U0106944

饒宗頤國學院漢學譯叢

百歲選堂

上古漢語新構擬

白一平 (William H. Baxter)

沙加爾 (Laurent Sagart)

著

來國龍
鄭 偉
王弘治

譯

中華書局

本叢書出版承蒙「香港浸會大學饒宗頤國學院—Amway 發展基金」慷慨贊助，謹此致謝。

□ 責任編輯：許 穎
□ 封面設計：霍明志 簡雋盈
□ 排 版：沈崇熙 賴艷萍 楊舜君
□ 印 務：劉漢舉

上古漢語新構擬

□
著者
白一平 (William H. Baxter)
沙加爾 (Laurent Sagart)

□
譯者
來國龍 鄭偉 王弘治

□
出版
中華書局（香港）有限公司
香港北角英皇道 499 號北角工業大廈一樓 B
電話：（852）2137 2338 傳真：（852）2713 8202
電子郵件：info@chunghwabook.com.hk
網址：http://www.chunghwabook.com.hk

□
發行
香港聯合書刊物流有限公司
香港新界荃灣德士古道 220-248 號
荃灣工業中心 16 樓
電話：（852）2150 2100 傳真：（852）2407 3062
電子郵件：info@suplogistics.com.hk

□
印刷
美雅印刷製本有限公司
九龍觀塘榮業街 6 號海濱工業大廈 4 樓 A

□
版次
2022 年 10 月第 1 版第 1 次印刷
© 2022 中華書局（香港）有限公司

□
規格
16 開（228 mm×151 mm）

□
ISBN：978-988-8808-26-7

目　錄

作者序

我們的《上古漢語新構擬》問世至今已經四年了，現在我們非常欣喜地看到上海教育出版社、香港浸會大學饒宗頤國學院聯合香港中華書局將在大陸和香港兩地同時出版《上古漢語新構擬》的中文簡體版和繁體版。如果中國的語言學研究者對本書中的許多新見解感到意外，我們並不會特別吃驚。我們期待著中國同行的反應，希望中國的同行能從各個不同的角度對我們的上古音構擬提出具有深度的和建設性的討論意見。正如書中所明言，我們並不認為我們的構擬系統是對上古漢語語音、形態和詞彙諸方面研究的定論，「新構擬」從本質上說是對迄今尚未得到解釋或者尚未得到充分解釋的語言事實所作的一系列假設。

自本書出版以來，學界同仁已經指出書中文字上的一些紕繆，我們自己也發現了一些疏漏。所幸這些錯誤只需做一些細微的更正，還不至於累及全書的基本觀點。儘管目前我們已發現有必要對某些構擬進行修正，但這些修改並沒有呈現在中文版中。為使中文版與原版之間保持一致，除了一些明顯的錯漏和誤字，我們決定盡可能少修改。中文版翻譯完全基於英文原版，未作任何顯著改動。英文版的勘誤表近期已刊布在我們的網站上：http://ocbaxtersagart.lsait.lsa.umich.edu/。

書末所附《構擬詞表》包括了全書中討論過的全部漢字，並標注了出現的頁碼。讀者也可從上述網站下載構擬全表，

這是我們在 2014 年 9 月 20 日上傳的，其中包含約 5000 字，分為三個以不同形式排序的 PDF 文檔。同時還有一個單獨的 xlsx 表格文檔可供下載，內容與 PDF 文檔完全一致。5000 字的構擬全表也收錄了本書《構擬詞表》中的內容。長短兩份詞表使用的是完全相同的構擬系統。

我們非常感謝本書的譯者來國龍教授、鄭偉教授和王弘治教授的勤勉工作；感謝馬坤博士和沈瑞清博士校讀了譯稿；感謝陳致教授對這項翻譯計劃的支持。在此還要特別感謝來國龍教授，他發起並多方協調這項工作，此外還一同參與翻譯了書中的部分章節。我們由衷感謝上述諸位向中國的學術界引介我們的「新構擬」。我們審讀了他們的翻譯文本，並認為中文版準確地反映了我們在英文原版中的學術觀點。

作者

於巴黎和安娜堡

2018 年 9 月 29 日

譯者序

　　美國密歇根大學白一平（William H. Baxter）教授和法國巴黎國立東方語言文化學院沙加爾（Laurent Sagart）教授合著的 *Old Chinese: A New Reconstruction*（《上古漢語新構擬》）是一部關於上古音研究的集大成的著作。2014 年由牛津大學出版社出版。該書出版後，受到中外學界的廣泛關注，隨即榮獲 2016 年度美國語言學會（Linguistic Society of America）的「布龍菲爾德圖書獎」（Leonard Bloomfield Book Award）。

　　兩位教授都是訓練有素、經驗豐富的漢語史專家，之前都發表過關於上古音研究的重要著作。白一平教授 1992 年出版 *A Handbook of Old Chinese Phonology* (《上古音手冊》)，繼承了清代以來中外學者對《詩經》韻部的研究成果，利用現代語言學的方法對傳統韻部作進一步細緻的分析，提出了包括上古音構擬的「六元音系統」在內的一系列理論。沙加爾教授則主要利用漢語方言、諧聲、詞族以及其他東亞語言中的早期借詞等材料探討上古漢語的詞根、詞綴和聲母系統，1999 年出版了 *The Roots of Old Chinese* 一書（該書中文版《上古漢語詞根》由復旦大學龔群虎教授翻譯，上海教育出版社 2004 年出版）。

　　白、沙兩位教授的合作在學術界也是一段佳話。1992 年白教授的書出版後，沙教授就寫了一篇長達二十多頁的詳細書評（*Diachronica* 10：2[1993]，pp. 237–260），他一方面高度

評價了白教授書的成就，另一方面也中肯地批評了書中存在的嚴重不足。白教授虛心接受了沙教授的批評，隨後他們就開始了長期的合作研究。兩位先生發揮各自的專長，取長補短，切磋琢磨，為後輩學者樹立了學術合作、協同創新的楷模。《上古漢語新構擬》就是兩位教授長期合作的結晶。這也使得本書具有綜合性、系統性的特點，即開始全面利用新出土的戰國秦漢古文字材料、漢語方言以及其他東亞語言中的早期漢語借詞等，全面系統地研究上古音以及相關的如上古漢語的形態、詞彙、語法等多方面的問題。兩位先生的共同努力，將上古音研究提升到一個新的境界。

本書是來國龍、鄭偉、王弘治三人合作翻譯的結晶。2015 年 10 月在復旦大學召開「古文字與漢語歷史比較音韻學」工作坊期間，我們決定合作翻譯《上古漢語新構擬》。現代語言學向來以術語與符號繁多著稱。為了統一術語的翻譯，我們三人先分頭翻譯了本書的索引。現代語言學的一般術語，我們參考了沈家煊先生翻譯的戴維‧克里斯特爾（David Crystal）的《現代語言學詞典》（*A Dictionary of Linguistics and Phonetics*，4th edition；中文版由商務印書館 2000 年出版）。需要特別說明的是，對本書中的一個重要概念 "onset" 的翻譯，我們選擇了「音首」這一詞（潘悟雲先生的《漢語歷史音韻學》中也用了「音首」一詞，見上海教育出版社，2000 年版，第 102 頁）。本書中「音首」指的是上古漢語音節的首要部分，即主元音之前的所有音節成分，它可以包括前置音節成分（最多可以有兩個輔音，包括前綴）、主要音節的聲母和介音。中文版的章節、格式和符號一般都遵從英文版的，如在構擬的上古音前加星號（＊），中古音標音都用斜體，字詞的釋義用單引號等。

我們的工作分配大致是這樣的：來國龍翻譯第一、二、三、六章及其他部分，鄭偉翻譯第四章，王弘治翻譯第五章，索引翻譯工作由三人共同完成，來國龍統稿。初稿完成後，我們互相校讀了譯稿，然後利用 2017 年 7 月參加在香港和澳門召開的首屆「上古音與古文字研究整合」國際研討會的機會，作者和譯者碰面討論了翻譯中遇到的具體問題。之後由來國龍整合譯稿，送交白一平先生和沙加爾先生審閱。兩位作者仔細審讀了我們的譯稿，在此過程中改正了一些明顯的疏漏。根據作者的修改意見，我們三人又分頭修改譯文。整理之後，又請了中山大學馬坤先生和新加坡國立大學沈瑞清先生校讀了譯稿。此後我們再次分別做了修改。最後由來國龍統一定稿。本書簡體版先出，責任編輯廖紅艷盡心盡力、精益求精。繁體版的出版又承梁月娥、段陶、沈燕飛、蘭倩、常慧琳仔細校閱，謹致謝忱。

在《上古漢語新構擬》譯稿完稿之際，我們願意借此機會感謝白一平先生和沙加爾先生對我們的信任與支持。我們還要謝謝馬坤先生和沈瑞清先生細心校閱譯稿。譯事繁難，尤其是翻譯這樣一部內容複雜豐富的語言學著作。三位譯者都有自己的工作和研究項目，只能利用難得的工作間隙，見縫插針，忙裡偷閒來從事翻譯工作。雖然我們也是誠惶誠恐，謹慎從事，盡了最大的努力，但是可能還會有不少錯漏，敬請讀者不吝教正為幸。

中國現代學術中，語言學一直是走在比較前沿的研究領域。這不但是因為有清代以來傳統語文學家、文獻學家的卓越成就，奠定了堅實的基礎，也是因為有高本漢、蒲立本、雅洪托夫、羅杰瑞等海外漢學家、語言學家的積極參與與貢獻，更是因為「五四」以來有趙元任、李方桂、王力、董同龢等幾代

中西兼通的學者的開闊胸懷和開放心態，不斷推進這一學科的發展。這正好印證了王國維先生在二十世紀初對中國學術的預言，即「異日發明光大我國之學術者，必在兼通世界學術之人，而不在一孔之陋儒，固可決也」（《奏定經學科大學文學科大學章程書後》，發表在《教育世界》1906 年第二、三期，收入《靜安文集續編》）。

　　我們希望我們的翻譯工作能給中文學界，尤其是為研究漢語古文字、漢語方言和其他東亞語言的年輕學子學習白、沙兩位先生這本著作提供方便。正如兩位先生在本書中指出的那樣，以上古音為基礎的上古漢語的綜合研究才剛剛起步。我們衷心祝願本書的翻譯，能為我們共同推進上古漢語的研究添磚加瓦；為綜合上古漢語、古文字學、戰國秦漢簡帛研究、漢語方言以及東亞語言的研究開闢一個新天地。

譯者

於洛杉磯和上海

2018 年 12 月 15 日

致謝

　　感謝安娜堡的密歇根大學和巴黎的東亞語言研究中心為我們這一遠程合作提供的支持。我們也要感謝密歇根大學的亞洲語言與文化系、語言學系、中國研究中心，尤其是文理學院的信息技術辦公室（College of Literature, Science, and the Arts: Information Technology: LSAIT）和語言資源中心（Language Resource Center: LRC）。如果沒有他們慷慨得力的協助，我們的項目是不可能完成的。特別是里德·帕克斯頓（Reid Paxton）、朱莉·埃弗謝德（Julie Evershed）、簡·斯圖爾特（Jan Stewart），他們幫我們設立了一個上古漢語詞彙的大數據庫，並儲存在 LRC 的服務器上，使我們只要能上網就能隨時隨地登入並更新數據。

　　我們也要感謝給予我們各種幫助和支持的人：米歇爾·阿布德（Michelle Abud）、秋谷裕幸、畢鶚（Wolfgang Behr）、陳劍、齊卡佳（Katia Chirkova）、米歇爾·費呂（Michel Ferlus）、金鵬程（Paul Goldin）、韓哲夫（Zev Handel）、向柏霖（Guillaume Jacques）、來國龍、阿蘭·盧卡（Alain Lucas）、野原將揮、許家平（Weera Ostapirat）、潘悟雲、托馬·佩拉爾（Thomas Pellard）、范氏秋河、裘錫圭、瑪莎·拉特利夫（Martha Ratliff）、許思萊（Axel Schuessler）、亞當（Adam D. Smith）、托爾·烏爾溫（Tor Ulving）、王弘治、魏克彬（Crispin Williams）。當然，書中的任何錯誤都與他們

無關。

　　最後，我們要感謝已故的羅杰瑞（Jerry Norman）和奧德里古爾（André-Georges Haudricourt），以及我們的老師包擬古（Nicholas C. Bodman）和魯國堯，感謝他們在學術上給予我們深遠的影響。

第一章　緒論

　　本書所介紹的白－沙「上古漢語新構擬」，是白一平（William H. Baxter）和沙加爾（Laurent Sagart）多年合作的結晶，是對上古漢語的音系、形態和詞彙更全面、更完整的語言學構擬。上古漢語是最早的漢語經典文獻（約公元前第一個千年的早期）所反映的語言，也是後世各種形式的漢語的祖先。我們先前都寫過關於上古漢語構擬的書和文章（特別是 Baxter 1992；Sagart 1999c; Baxter and Sagart 1998）。但是，新獲得的材料使我們得以採用新方法來處理舊問題，並在以前的研究基礎上取得了顯著的改進，白－沙構擬體系是這一新方法的成果。我們同時提供了四千多個漢語單字的上古音構擬，可以在下列網站找到：http://ocbaxtersagart. lsait.lsa.umich. edu/。

　　重構三千多年前的漢語的語言特徵，不僅僅是為了滿足歷史語言學家的好奇心。事實上，它更是解讀中華文明基本典籍的鎖鑰。希臘或羅馬的古文獻因為是用拼音文字寫下來的，辨識其中的詞比較容易，研究者不必過分擔心它們的實際發音就可以開始解析文本。而中國的古代文獻就不一樣，古文字讀音的重構通常對最初的離經辨志起到至關重要的作用。這一事實中國學者幾百年前就已經認識到了。

1.1 甚麼是上古漢語？

我們用廣義的「上古漢語」（Old Chinese）來指公元前 221 年秦統一中國之前的各種形式的漢語。漢語最早的文字記錄是約公元前 1250 年的商代晚期甲骨文（周克商在公元前 1045 年）。所以我們討論的也就是這一千年裡的漢語。很明顯，在這樣廣闊的時空跨度下，當時應該有很多種不同形式的漢語。原則上，我們要重構的是這段時間內漢語整體的歷史，包括它所有的複雜性，但是我們可以肯定的是，這些語言信息中有很多已經不可挽回地丟失了。

不過，一個有益的出發點是，我們可以重構漢語的各種已證實的語言形式的共同祖先。後世的方言可以說是從這一共同祖先演變而來。雖然我們沒法確定，但是似乎包括甲骨文、金文和最早的經典文獻在內的早期文本，也和這一共同祖先相差不遠。

歷史語言學中一般把可證實的語言（如拉丁語、希臘語、梵語）和必須構擬的語言（如原始日耳曼語、原始印歐語）區分開來。從某種意義上說，上古漢語是可證實的，因為文獻中有大量的書證。但是，由於上古漢語文字系統的性質，為了解析這些文本，我們必須重構它的音系和其他語言特徵。[1] 這是因為早期漢字系統的最重要原則是用代表一個詞的字符去記錄別的讀音相近的詞（有時還添加其他部件）。所以對於上古時期形成的文本來說，由於沒有拼音文字的便利，為了要確定文本

1　雖然拼音文字相對來說比較直接反映語音，但是某種意義上，拉丁語、希臘語、梵語也是需要構擬的。利用任何文字來記錄都要以重構該文字符號所代表的語言意義為前提，這甚至在拼音文字中也不總是顯而易見的。

中用的是哪個詞，我們必須弄清楚在文本寫成的時期哪些詞是讀音相近的。

　　而且，由於最早的漢語文獻所記錄的語言，看上去和所有已證實的漢語方言的共同祖先很接近，現階段我們很難有意義地區分上古漢語和原始漢語（Proto-Chinese=Proto-Sinitic 即各種漢語的共同祖先）。為了方便起見，我們用狹義的「上古漢語」來指根據現有證據構擬的最早期的漢語，並且我們認為來自任何漢語族語言的證據（包括借入其他語言的漢語借詞）都有助於我們的構擬。

1.1.1 上古音構擬的傳統方法

　　最重要的早期重構上古音的工作是清代（1644–1911）學者完成的。他們把辨析古音作為語文學的工具，用來解析形成於上古時期的經典文獻。他們用押韻和諧聲來辨識經典流傳過程中造成的文本錯亂或文字訛誤。

　　瑞典漢學家高本漢（Bernhard Karlgren, 1889–1978）結合清代學者的成果、字母標音法以及他自己的一些語言學的方法，建立了一個上古音的構擬體系（他稱之為 "Archaic Chinese"；在高本漢（Karlgren 1954）中做了總結），他主要用了三種證據：

1. 早期詩歌中的韻腳字，特別是中國最早的詩歌總集《詩經》；
2. 漢字中的諧聲聲符；
3. 中古漢語（高本漢稱「Ancient Chinese」）讀音的具體信息保存在《切韻》（成書於 601 年）和類似韻書以及其他書面材料中，如陸德明（550？–630）的《經典釋

2

文》（簡稱 JDSW），其中包含對經典文字的音義的解釋。

高本漢的方法現在已經成為傳統的方法，他提出的上古漢語的讀音既符合以上這三種證據，又（在某種程度上）符合自然語言。白一平的《上古音手冊》（*A Handbook of Old Chinese Phonology*, 1992）就繼承了這一傳統。這一傳統方法已經取得了重要的成果，但是也存在一些局限：

1. 忽視了中文文獻以外的證據（即現代方言的口語材料和其他語言中的早期漢語借詞）。
2. 多數研究者倚重清代小學家對《詩經》押韻的傳統分析，而不是直接分析韻文證據本身。
3. 大部分對諧聲聲符的分析不是基於實際使用的先秦文字，而是用漢代（公元前 206– 公元 220）以來的標準文字，或者是用許慎完成於公元 100 年、以分析秦篆為主的《說文解字》。這樣的做法很明顯是時代錯亂的。
4. 上古漢語多被看作是一個同質的、共時的系統，很少關注上古時期語言的變化。
5. 主要精力集中在語音的構擬，而較少注意構擬形式的形態或句法、語義的屬性。

1.1.2 一種更全面的方法

我們的新構擬還是依靠傳統構擬所使用的三種證據。但是，最近的一些進展使我們得以用一種更全面的方法。現代方言 —— 尤其是那些可能承載更多有關上古漢語信息的方言，比如福建及其周邊的閩方言 —— 現在的文獻記錄比過去要好得多，因此我們不必甚至不應該像高本漢那樣，只依靠中古漢

語的書面材料來替代上古漢語後來的語言形式。

　　我們還有更好的對侗臺語族（Kra-Dai=Tai-Kadai）、[2] 苗瑤語族（Hmong-Mien）、藏緬語族（Tibeto-Burman）、越語族（Vietic families）的調查和研究，這些語言中保留了借自漢語的早期借詞。這些借詞常常為我們提供了從現代方言和中古漢語書面材料中很難或根本不可能得到的語言信息，而這些信息是構擬上古漢語時應該考慮的。

　　另外一個最近的進展，是在中國激動人心的考古發掘，出土了一大批先秦時期的出土文獻。[3] 這些用統一和標準化之前的文字抄寫的文本，不但數量上日益增多，而且內容豐富，特別是湖北出土的郭店楚簡（參見："GD"條）和二十世紀九十年代上海博物館收藏的戰國竹書（參見："SB"條）。以前出土的先秦時期的文字材料內容有限，而且比較程式化：如商代的甲骨文和商周青銅禮器上的金文。多數常用詞都不見於這些材料，因此高本漢倚重稍後的標準文字也是可以理解的。但是，最近出土的簡帛寫本，內容豐富多樣，包括哲學、歷史、神話、法律、占卜、醫藥等多個領域。這些資料有一部分也見於傳世文獻，但多數是聞所未聞或以前僅知其名而不見其實的。此外，這些文本中有很多字形是前所未見的，為我們提供了構擬先秦讀音的寶貴證據。與此形成鮮明對照的是，很多秦漢以

3

2　我們採用許家平（Ostapirat 2000）提出的 "Kra-Dai" 來替代傳統術語 "Tai-Kadai"，因為對於懂泰語的人來說，"Tai-Kadai" 是一個聽起來很滑稽的詞，意為「台語甚麼的」（Montatip Krishnamra 告知）。

3　為了清楚表達，我們用「文本」（text）指表現為一個或多個物質形態的寫本中的語言學實體，而「寫本」（document）指承載一個文本的實物。因此，《詩經》是一個先秦的文本，而在現存的先秦寫本中只有一部分被保留下來。

來使用的標準文字，卻完全不反映上古漢語的語音。

我們也認為上古漢語的構擬已經發展到了可以有效地利用內部構擬的方法來重現上古漢語的形態。高本漢在他 1933 年的文章《漢語中的詞族》（"Word families in Chinese"）中已經為此打下一些基礎。他把音義相近的詞放在一起，作為判定它們的詞根和形態變化過程的初步工作。但是，他在古音構擬方面的局限，限制了他對有關規律的辨識。改善後的古音構擬，加上方言以及早期借詞的證據，使我們現在可以更精準地辨識形態變化的過程。

最後，如果用更完善的古音構擬，就能更好地理解早期文本中一些關於早期漢語及其方言變體的或明或暗的信息。

1.2 方法論

1.2.1 語言構擬的性質

我們把語言構擬看作是對一種或多種語言的較早階段進行推論，這種推論是通過提出假設，然后進行實際驗證。音系的構擬常常是最基本的工作，尤其在研究的初期，因為對音系的瞭解是理解其他語言結構的前提。但是，原則上我們的目標是構擬一種語言的所有，包括所有詞彙的語法及語義特徵，而僅僅是它們的讀音。

這些目標看上去不可能做到，而且有時候的確不可能做到。從原則上說，我們怎樣能獲得對一種死語言，或者是一批死語言這樣的認識呢？對如何重構語言史，有兩種截然不同的觀點。按照一種傳統的看法，歷史語言學家手上有某些科學的方法，如果正確運用的話，可以產生可靠的結果，萬無一失。正確使用這些方法所得到的結論，就可以被看作是「證實」

了。（依照這種看法，如果兩位學者得出不同的結論，那至少其中一位是用錯了方法。）而且，按照這種觀點，研究者只能一分材料說一分話，不能多說，討論那些未觀察到的現象是不科學的。

雖然很難說有任何人曾把這種方法自始至終貫徹到底，但是構擬的過程有時就是如此：某些結論說是被「證實」了，而且研究者之間的不同觀點可歸結於這方或那方的不合理的操作。我們這裡採用的是另外一種對於科學研究的看法，那就是假設－演繹法（hypothetico-deductive method），如邁爾（Mayr 1982：28–29）所描述的。在我們看來，語言的構擬是對一種語言的歷史所作的一系列的假設。假設並不僅僅是對觀察到現象的概括；更重要的是，它們一面基於已有的觀察，另一面也對未來的觀察提出可驗證的預測。這就是該方法的演繹部分。假設不能被證實，但是根據它們推演出來的預測，是可以被檢驗的。如果它們的預測是錯的，那就說明假設是有問題的；在這樣的情況下，科學家就要修正或替換原來的假設。

這一假設－演繹法最有名的用例是 1919 年 5 月 29 日的日食。這次日食為比較牛頓物理學和愛因斯坦的廣義相對論提供了一個很好的機會。在這之前，牛頓對古典物理學定律的歸納是深得人心的，大多數人可能會說它們就是被「科學地證實」了的。但是牛頓和愛因斯坦的理論，對光在被巨大物體（如太陽）影響時應該怎樣彎曲作出了不同的預測，而 1919 年的全日食正好為驗證這些預測提供了機會。結果是愛因斯坦的理論比牛頓的理論更符合觀測到的現象（Dyson，Eddington，and Davidson 1920）。

這樣，語言的構擬不僅僅是對所觀察到的事實的總結，更是關於語言實際的一系列假設。這些假設與觀察到的事實大致

符合，但同時也能預測還沒有看到的事實。我們的上古漢語構擬預測：在新發現的或還未經仔細分析的文本中，會或者不會押甚麼樣的韻；上古時期寫本中的某詞，會或者不會被寫成甚麼樣子；在漢語方言或其他語言的漢語借詞中，會或者不會找到怎樣的發音。因此，我們的構擬也會被已有的或是新發現的證據證偽。

5

　　因此只要有新材料不斷湧現，構擬的工作就永遠沒個完。很遺憾英語的 "reconstruct" 這個動詞似乎屬於澤諾·萬德勒（Zeno Vendler 1957）所謂的「完成式動詞」（accomplishment verbs），即暗含著一個過程和一個終點。對於完成式動詞（更確切地說是動詞短語）如 "run a mile"（跑一英里），我們可以問 "How long did it take you to run a mile?" 完成式動詞與「活動式動詞」（activity verbs）不同。對於活動式動詞如 "run"（跑步），正常的問話是 "How long did you run?"，但是我們不會說 "How long did it take you to run"（除非你已經預設了一個終點，如某人每天跑一定的距離）。對於 "reconstruct"（構擬）來說，"How long did it take you to reconstruct Old Chinese?"（構擬上古漢語花了你多少時間？），這聽起來是一句正常的話，因此「構擬上古漢語」似乎可以被看作是一個完成式動詞。事實上，高本漢好像就是這麼認為的，他 1940 年出版《漢文典》（*Grammata Serica*）時，大概認為他完成了上古漢語的構擬。[4]

　　但是我們認為，這樣理解構擬的過程是容易引起誤解的。上古漢語的一些信息已經不可挽回地丟失了，構擬上古漢語的過程永遠不可能完成。同時，隨著更多證據的出現，更多人來

4　高本漢後來也的確出版了一部稍加改正的《漢文典》（修訂本）（*Grammata serica recensa*，以下縮略為 GSR），主要是回應趙元任（Chao 1941）的批評，但是並沒有實質性的改變。

研究，現在的構擬就一定會需要修正。我們相信我們所構擬的基本假設是足夠穩固了的，因此現在可以公布我們的結果。我們把構擬的結果放在一個公開的網站上，這樣有了新材料或新主張時就可以作必要的修正。

值得強調的是，我們的假設應該能預測哪些現象是將來會觀察得到的，但同樣重要的是，也應該能預測哪些現象是不可能觀察得到的。如果碰到構擬系統不能解釋的實例，一般總是可以臨時提出一些特設的修改來解釋這些例外。但是，如果一個構擬系統能符合所有可以想像得到的現象，如果它甚麼都能解釋，它也就沒有預測力了。有的時候，與其馬上提出特定的修改，還不如等到能找出比較合理的解釋方法。

1.2.2 本書構擬上古漢語的方法

我們最終的目的不只是構擬狹義的上古漢語，而且是構擬所有一切我們所能構擬的先秦時期的語言史。甚麼是早期的語音系統？它是怎麼演變的？有哪些形態變化？有哪些方言差異？這些方言又是怎樣發展的？每個詞的語義和語法屬性是怎樣演變的？當時的漢語與哪些語言有接觸？這樣的接觸在語言上產生了甚麼結果？漢語的語言史和說漢語的人的歷史之間又是甚麼樣的關聯？為了回答這些問題，我們認為所有可能用到的證據都應該用上，不僅僅是上面所說的傳統的三種證據。

在第二章我們會概述所使用的每一種主要證據。不過，我們先要介紹一下所使用的記音符號。

舉例時，我們一般舉現代標準普通話讀音、中古音（MC）和構擬的上古音（OC）。普通話讀音用拼音字母。中古音讀音用一套約定的轉寫符號，我們會在第二章中詳細介紹。這套中古音的轉寫符號並不是對語音的構擬，而是把中古時代的書面

6

材料中關於讀音的信息用一套約定的符號表示出來，因此在它們前面也就不用星號。為了輸入打印的方便，也為了強調它們不是語音構擬，只用通常的 ASCII 字符（用斜體排），而不用國際音標。

上古音構擬形式前加星號（*），並使用國際音標符號。連字符（-）標示語素的界線。處在元音前的 *-r-，其兩端的尖括號（<*-r->）表示它是一個中綴（參見 3.3.2.6）。在 3.3.1 節討論詞根的結構時，我們還會進一步解釋上古漢語的詞在主要音節之前還可以有語音成分。有些前置音節可視為共時的前綴，所以我們用連字符把它和主要音節分開，比如在這一對中，表示靜態 – 不及物化的前綴 *N-：

（1）華 huā < *xwae* < *qʷʰˤra『花（名詞）』（漢代以後一般寫作「花」）[5]

華 huá < *hwae* < *N-qʷʰˤra『開花（動詞）；華麗的（形容詞）』

5　化（huà < *xwaeH* < *qʷʰˤ<r>aj-s『改變』）作為華（huā < *xwae* < *qʷʰˤra『花（名詞）』）的聲符，反映了漢代在帶咽化聲母的音節中 OC*-raj 和 *-ra 的合流。這表明漢代形成的標準文字有時反映的是漢代的音系，而不是上古漢語音系。參看下面 2.3 節的討論。請注意：我們寫作「化 huà < *xwaeH*」，好像普通話的 *huà* 是直接從中古音的 *xwaeH* 發展而來的。嚴格說來，普通話或其他任何形式的漢語口語都不可能從我們這裡所說的中古音直接而來，因為如上所述，我們不認為中古書面材料中的語音信息能準確地代表一種單一的方言。在大多數的例子中，普通話的語音形式可以從中古漢語形式中推導出來，但就是這樣的趨勢也有許多例外。但是，由於我們的討論主要集中在上古漢語，而不是普通話或中古漢語，為了方便，也為了一致，我們在現代普通話後面繼續用「<」符號，甚至在中古音中並沒有預示普通話的對應形式時（這是經常發生的）也這樣處理。

但是，在上古漢語時期，並不是所有的前置音節都可以分析為
共時的前綴。有些成分可能在更早時期是前綴，而在上古漢語
時期已經成為詞根的一部分。也有些成分可能一直都是詞根的
一部分。無論哪一種情況，如果我們不能確定前置音節是否是
共時的前綴，我們就在後面用一個小黑點（.）表示，而不用連
字符：

（2）千 qiān < *tshen* < *s.nˤi[ŋ]『一千』
（3）實 shí < *zyit* < *mə.li[t]『果實；充實』[6]

如上所述，我們永遠不會有上古漢語詞彙的全部信息；特別是
對單個字詞的構擬，有時候證據不足而無法確定。例如，大多
數情況下，我們可以從中古漢語的語音形式分辨出上古漢語中
某個詞的主要元音前有沒有一個 *-r-，但是在有些情況下，有
*-r- 和沒有 *-r- 的對應形式是沒有區別的。雖然上古音中 *kaŋ
和 *kraŋ 在中古音中分別還是有 *kjang* 和 *kjaeng* 的區別，但是
上古音的 *ka 和 *kra 都變成了中古音的 *kjo*。類似的例子，如
中古音的 *ki* 可以對應上古音 *kə 或 *krə，中古音的 *kje* 可以對
應上古音的 *kaj 或 *kraj。我們覺得有必要在我們的記音符號
中標示這種不確定性，因此這樣的例子我們記作 *k(r)a、*k(r)
ə 和 *k(r)aj，表示就我們所知，在上古音的主要元音之前可以
有一個 *-r-（但這並不意味著我們有任何確實的證據說明應該
構擬 *-r-）。

　　同樣地，在我們的構擬中，中古音的 *k-* 可以來自上古音

6　參考原始台語 *m.lec D『穀物』（Pittayaporn 2009），李方桂的構擬
　　*ml/ret D（Li 1977：93，269）。注意：上古音的韻尾可以是 *-t 或
　　*-k；我們寫作 *mə.li[t]，用方括號包圍 *t 來標示這個不確定性。

7

的 *k- 或 *C.q-（這裡 *C 是一個不確定的輔音）。在很多例子中，我們有證據去選擇這個或那個構擬，但是有時候我們沒有證據。在這種情形下，為了反映這種不確定性，我們記作 MC *k-* < OC *[k]-*。一般而言，「*[X]」的意思是「是 *X，或者是一個與 *X 在中古音中的對應形式一樣的形式」。有時主要元音也不容易確定。中古音韻尾帶 -n 的詞中方括號（[]）用得尤其多。這是因為雖然我們有堅強的證據證明中古音的韻尾 -n 可以來自上古的 *-n，也可以來自 *-r（參看 5.5.1 節），但有的詞，很難確定應該構擬哪一個韻尾。舉一個具體的例子：我們把奇 jī< *kje*『單數』構擬成 OC*[k](r)aj，表示依據現有的證據，我們不知道中古音的輔音 k- 是來自軟腭音還是小舌音，也不知道元音之前有沒有 *-r-。[7]

最後，在討論古文字時，我們採用方便的慣例，用花括號（如裘錫圭[8] 1988，2000）來指括號裡的標準文字所代表的詞（音義的結合），而不是這個字形本身。因此，{聞}指的是現在寫作「聞」的那個詞，而不是「聞」這個字本身；在上古漢語時期{聞}有好多種寫法，而且是在相當晚的時候才寫作「聞」的。

7　對於我們的初步構擬，有些使用者覺得像奇 jī<*[k](r)aj 這樣的構擬太麻煩、太混亂，他們希望有一套更簡單、更便於使用的符號標寫。在我們看來，雖然看上去我們的符號標記稍微笨拙點，但是它的好處是相對忠實地表達了我們的構擬形式中不同成分的可信度。同時它也提醒我們，我們的知識必然是不完備的。但是，對於有些使用者，如果出於某些合適的目的或在合適的場合，可以用一個簡化版：（1）可以去掉所有的括號和裡面的成分；（2）忽略方括號。奇 jī 的簡化版的符號標記就是 *kaj。但是，對於嚴肅的語文學研究或者是比較研究，我們還是建議用完整版，雖然不是很方便，但是那樣更實際，更可靠。

8　依此例，除非是在英文出版物中以他們的羅馬拼音名字而著稱的作者，我們以姓在前、名在後的方式寫中國和日本的人名。

1.3 章節安排

第二章將更加詳細地討論我們的構擬所用的各種證據。第
三章簡述上古漢語構擬研究的歷史以及我們的創新。第四章對
上古漢語音首的構擬是本書的核心，第五章是關於上古漢語韻
母的構擬。第六章介紹我們在構擬中已知的一些問題和未來將
研究的課題。

8

第二章 上古漢語的證據

2.1 中古音

2.1.1 中古音的材料來源

中古音的語音材料主要有兩個來源：一是韻書，特別是公元 601 年成書的《切韻》和公元 1008 年根據《切韻》增補的《廣韻》；二是陸德明（550?–630）的《經典釋文》，成書大約在六世紀晚期，它是對十四種經典的注釋，為特定語境中的詞注音。第三種書面材料是稍晚的韻圖，把字音按照不同的分類排列在二維平面表格中。但是我們很少用韻圖的材料，因為它們的解釋是有問題的。它們可能是以更晚的漢語語音為基礎（晚期中古音參看：Pulleyblank 1984），和上古漢語的構擬基本上無關。[1]

韻書是按照讀音編排的漢字字典，把可以互相押韻的字歸在一起。原本《切韻》早已亡佚，傳統的做法是用 1008 年成書的《廣韻》替代。但二十世紀四十年代末在北京故宮發現了一本幾乎完整的公元 706 年的王仁昫本《刊謬補缺切韻》，為我們提供了更早的《切韻》的版本（參看：龍宇純 1968）。

韻書（編排）的第一級劃分，是按中古音的平、上、去、

1　主要的例外是，有時韻圖中字音的位置可以幫助我們弄清楚在別處發現的模糊不清的反切（關於反切，看本章的討論）。

入四聲分為四個部分。[2] 每個調類又按韻排列。每個韻順次編號，以第一個漢字作為這個韻的名稱（即「韻目」）。各個版本的第一個字頭都是「東」字，所以這個韻就叫「一東」（每個調類都從一開始重新編號）。

9

　　每個韻又進一步分為若干小韻。下面例（4）舉了王仁昫本《刊謬補缺切韻》平聲第一韻的第一個小韻：其中包括「東」、「凍」兩字。

　　（4）

每個小韻中，第一個漢字下標示反切。反切是用兩個字拼合而成的注音方法，上字取其聲母，下字取其韻母和聲調。這兩個字後面往往跟著個「反」字（如王仁昫《刊謬補缺切韻》）或者「切」字（如《廣韻》）。

　　例如，下面就是例（4）中「東」字條下的反切，為「東、凍」注音：

　　（5）德紅反 dé hóng fǎn

　　第一個字「德」標示聲母，第二個字「紅」標示除聲母之外的其他語音成分（包括韻母和聲調），第三個字「反」表示「德紅」是反切注音。在我們用 ASCII 字符標寫（下面再介紹）

2　《廣韻》平聲又分為「上平」和「下平」，只是為了方便，因為平聲的字最多。這和後來聲調分為「陰平」和「陽平」沒有關係。

中古音符號時，「德」是 *tok*，「紅」是 *huwng*。要得到中古音的讀音，就把「德」的聲母，「紅」的韻母與聲調拼合在一起：德 紅 反 *t(ok)* + *(h)uwng* = *tuwng*。這是「東、凍」組的中古音讀音。

如果我們查反切上字「德」，我們就會找到：

（6）

這裡德「多特反，」中古音就是：*t(a)* + *(d)ok* = *tok*。如果我們再查「德」的反切上字「多」，我們會發現：

（7）

這裡德「多特反，」中古音就是：*t(a)* + *(d)ok* = *tok*。如果我們再查「德」的反切上字「多」，我們會發現：

10　「得河反」是：*t(ok)* + *(h)a* = *ta*。

這些拼寫是通過參考其他字的中古漢語發音來標示中古音，因此它們並不告訴我們一個詞事實上是怎樣具體發音的。但是將這些反切字繫聯起來，我們可以建立中古音的音類：我們根據反切，知道「德、多、得」都代表同一個中古音的聲母。[3] 在我們中古音標音法中，我們用 *t-* 來標示「德、多、得」的聲母，這是因為這三個詞在現代各種形式的漢語以及其他語言的漢語借詞中，絕大多數（雖然不是全部）是以 [t] 為聲母，

3　陳澧（1810－1882）在他的《切韻考》（[1842] 1995）中最早運用繫聯反切字的方法來建立中古音的音類。後來高本漢運用同樣的方法來重構他的 "Ancient Chinese"（即我們所稱的中古音）。

參見表 2.1（我們的中古音音標列在表中第一排）。[4]

表 2.1 中古漢語、部分現代方言和漢語借詞中的德、多、得

	德	多	得
中古漢語	*tok*	*ta*	*tok*
普通話	[tɤ³⁵]	[tuo⁵⁵]	[tɤ³⁵]
廣東話	[tɐk⁵]	[tɔ⁵⁵]	[tɐk⁵]
蘇州話	[tɤʔ⁴]	[tɒ⁴⁴]	[tɤʔ⁴]
朝鮮漢字音	*tŏk* [tʌk]	*ta* [ta]	*tŭk* [tɯk]
日本漢字音	*toku*	*ta*	*toku*
漢越語	*đức* [ɗɯk D1]	*đa* [ɗɑ A1]	*đắc* [ɗak D1]

　　我們的中古音標音並不是一種構擬；而是一套約定的、便

4　需要解釋一下我們使用的音標：我們用 McCune-Reischauer 羅馬拼音法標示韓國語，並用國際音標標音；用 Hepburn 式羅馬拼音標示日語。越南語以標準的國語（Quốc Ngữ）拼寫，並以國際音標標音。越南語的聲母 *d-*（國際音標 [ɗ]）是越南語中 [t] > [ɗ] 音變的結果，參看 Ferlus（1992：115）。按趙元任的數字系統表示聲調：5 表示最高，1 最低。越南語我們按照慣例以字母和數字表示調類：我們常引用的、來自漢語的早期借詞中，A、B、C、D 一般分別對應中古漢語的平、上、去、入，但是越南語的 A 調有時也對應中古漢語的去聲。字母後面的數字 1 和 2 分別代表聲調的上部音域（即陰調）和下部音域（即陽調）。（漢越語層的詞彙是在唐代時系統地借來，其中的 B 和 C 調類正好倒過來，所以 B 調對應中古漢語去聲，C 調上聲。）「德」和「得」，中古音都是 *tok*，但在朝鮮漢字音和漢越語中分別有不同的讀音，可能是因為它們是在不同的時間從漢語借來的。

於記憶的對中古漢語書面材料中所能找到的信息的標示。[5]

《經典釋文》不是一本字典，而是對十四種重要經典文本的隨文注釋，對詞在具體語境中的讀音進行解說（當然也還有其他信息）。例如在《左傳》隱公元年中有這樣一句：

（8）惠公之季年，敗宋師於黃。[6]

關於這一句，《經典釋文》說：

（9）敗宋，必邁反，敗他也，後放此。

之所以這樣注釋，是因為根據中古漢語的材料，敗字有兩讀：「打敗（他人）」（及物動詞）時讀 *paejH*，「被打敗」（不及物動詞）時讀 *baejH*。注釋告訴我們，《左傳》這裡的「敗」讀為 *paejH*（「必邁反」[MC *p(jit)* + *(m)aejH* = *paejH*]），是個及物動詞，意思是「打敗他人」。「後放此」是告訴讀者，同樣的原則適用於後面的「敗」的例子，這樣就不用每個例子都注釋了。

我們並不認為這些中古漢語材料忠實地反映某一時某一地的語言；而且從它們的內容上看，也明顯不是。《切韻序》明確指出這個系統是由至少兩種讀音綜合而成（見周祖謨 1966，1968）。《切韻》和《經典釋文》可能都是為了界定正確的讀書音。這一閱讀傳統在很多方面可能是不自然的，而且是建立在對經典文本的不一定是完美的闡釋之上。很難說當時的學者

5　除非特別說明，中古音的形式都是根據《廣韻》（余迺永 2000）。

6　除非特別說明，中文古籍文獻都引自網上的「漢籍電子文獻資料庫」（臺北「中研院」2013）。

在平常說話時是否會嘗試用這些讀書音,當然他們肯定會至少用一些在字典的標準釋義中找不到的口語詞。這也是為甚麼我們不給中古音擬音,而只是用一套約定俗成的轉寫。若沒有大量對現代方言的歷史研究,單靠這些書,不可能對中古時期的漢語口語進行精確描述。

但是這並不是說這些書面材料就不能成為構擬上古漢語的證據:事實上,這些材料所反映的多樣性可以幫助我們理解在這些材料被記錄下來以前的方言的情況。[7]

2.1.2 本書的中古音標音法

中古音的材料定義了音系學上一個被可能的音節填充的抽象空間,而且從書面材料中,一般也容易確定填充這一抽象空間的具體語音形式。漢語音節的傳統分析包括三個部分:聲母、韻母、聲調。因此音系學上這些抽象空間也具有這三個方面的屬性。我們用傳統的術語聲母、韻母、聲調來描述中古音,但是必須注意的是,這裡的韻母,如果按照傳統的定義,與「韻」是不同的:韻母還包括一些主要元音之前的成分,這些成分在不同的分析中可以被認為是音首的一部分。

即使我們不可能精準地確定這一音節空間與任何一個中古漢語具體的口語發音之間的對應關係,在大多數情況下,我們可以確定它所屬的語音區分不是人為編造的,而是某一歷史時

---

7 羅杰瑞和柯蔚南(Norman and Coblin 1995)批評中國歷史語言研究過度依賴中古書面材料的傾向。如果是討論方言學,我們完全同意他們的批評:中古音既不能用來代替現代方言中所發現的信息,也不能作為一個合適的架構來研究現代方言史。方言史研究的是方言之間的關係,而不是每一處方言與中古音系之間的關係。但是,對於上古漢語構擬而言,中古音材料雖然本身也不足夠,但是提供了其他任何地方都找不到的重要證據。

期的漢語中確實存在過在某些形式，因此它們是構擬上古漢語的重要材料。本書用中古音標音法來標示那個抽象空間中每一個音節的位置。

概括地來說，我們的中古音轉寫依照以下這些原則：

1. 為了簡潔與方便，也是為了提示這不是一個語音構擬，我們的轉寫只採用標準的 ASCII 字符；在本書中都寫成斜體。

2. 當中古音系中的某一成分的發音大致沒有疑問時，轉寫就按照那個發音來寫。例如一個詞的中古音轉寫以 *t-* 開頭，那它可能真的在中古時期大多數的漢語方言中以 [t] 開頭；那些以 *-p*、*-t*、*-k*、*-m*、*-n*、*-ng* 結尾的詞，可能真的以 [p]、[t]、[k]、[m]、[n]、[ŋ] 結尾。

3. 當一個音的發音不確定，或很難用 ASCII 字符來標示，或者各方言之間都不同時，我們用約定的符號，只是起到助記的作用。例如，「國」的中古音記作 *kwok*。在大多數中古漢語的方言中，這個詞可能就是以 [k] 開始，以 [k] 結尾，而且 *-w-* 對大多數方言來說，也可能是真實的。在現有的中古音構擬中，這個詞經常寫作 [kwək] 或 [kwʌk]。但是 ASCII 字符中沒有相當於 [ə] 或 [ʌ] 的符號；而且，我們也不知道這個元音是否是非圓唇的，以及它到底是哪種方言也不清楚。雖然 *kwok* 這樣的標記可能並不符合任何一種中古方言，但是這些符號容易辨認，且便於和這個詞的其他已知形式相聯繫。如下表 2.2 所示。

4. 我們標音法的設計，盡可能地使《切韻》系統中的自然類別易於辨識。例如，《切韻》系統有一個自然類別，即所謂的二等韻。雖然這個名詞在中古後期的韻圖中才出現，但是二等韻只要用《切韻》本身的分布標準就容易辨識出來，而

12

不用靠韻圖：它們在《切韻》系統中與「捲舌」聲母（如 *tr-*
和 *tsr-*）並存，而不與「腭音」聲母（如 *tsy-* 和 *ny-*）並存。[8]
在我們的標音系統中，所有的二等韻音節都很容易辨識，它們
的主要元音寫作 *-ae-* 或 *-ea-*，前面沒有 *-j-* 或 *-y-*。公元 601 年
前後，一些中古漢語的方言裡很可能就有這兩個對立的主要元
音，有時被構擬成 [æ] 和 [ɛ]，而另一些方言可能並沒有這種區
分。我們所說的 *-ae-* 是 [æ] 的助記符號，而 *-ea-* 很容易與 *-ae-*
和 [ɛ] 聯繫起來。

13

表 2.2 國（guó < *MC kwok*）的詞源形式

	國
中古音	*kwok*
普通話	[kuɔ³⁵]
廣東話	[kwɔk³³]
上海話	[koʔ⁵]
廈門話	[kɔk³²]
朝鮮漢字音	*kuk* [kuk]
日本漢字音	*koku*
漢越語	*quốc* [kwʌk D1]

8　我們在「捲舌」和「腭音」上加引號，這是因為選用這樣的術語是
　　表示一種特定的語音學的解釋或構擬，這或許對某一些地方的中古
　　漢語是對的，但並不是所有地方的中古漢語都一樣。（例如，南方
　　方言似乎不區分 MC *tr-* 和 *t-*；參見 Pulleyblank 1984：168）。但是，
　　像「二等韻」這樣的類別，完全可以用分布的方式來界定，不需要
　　用中古漢語特定的語音學解釋或韻圖。在我們的轉寫系統中，「捲
　　舌」聲母用 *-r-*，「腭化」聲母用 *-y-*。如果有需要，這些記號可以很
　　容易地轉用其他的語音學解釋。

《切韻》的這一例就恰好能夠告訴我們中古漢語方言的多樣性。我們的系統中用 -aen 和 -ean 表示《切韻》中相鄰的刪韻（MC *sraen*）和山韻（MC *srean*）。《切韻》把它們分成兩個韻，說明在有的方言中它們是可以區分的 —— 從當時的押韻的實例來看，這可能是真的。從上古音押韻和漢字諧聲材料分別獨立得出的證據，也支持這一結論。但是，當《切韻》中相鄰韻目以同一輔音開頭（如這裡都以 *sr-* 開頭）時，那可能表明某些方言中不區分這兩個韻。這種相鄰韻目可能在某些方言中已經合流的例子有：東（MC *tuwng*）～冬（MC *towng*），支（MC *tsye*）～脂（MC *tsyij*）～之（MC *tsyi*），刪（MC *sraen*）～山（MC *srean*），仙（MC *sjen*）～先（MC *sen*）。

2.1.2.1 中古漢語的聲調

中古漢語的「四聲」是平、上、去、入。在我們的標音法中，它們分別表示如下：

（10）平 píng < *bjaeng*『平穩』　　無標記

上 shǎng < *dzyangX*『上升』　用 -X 尾標記

去 qù < *khjoH*『降』　　　　用 -H 尾標記

入 rù < *nyip*『入』　　　　　用 -p、-t 或 -k 尾標記

聲調的名稱是對聲調的描述，同時它們本身也是屬於這個聲調；所以平（píng < *bjaeng*）本身就是一個平聲字，上（shāng ～ shǎng < *dzyangX*）是個上聲字，「去」、「入」亦是如此。為了在現代發音中保留這個一致性，「上」在作為中古漢語聲調名稱時，一般習慣念 shǎng（而不是中古音 *dzyangX*

在現代普通話中按規則對應的 shàng），因為大多數上聲字在普通話中是第三聲（上聲）。（但是，上聲字如果在中古漢語中其聲母為濁阻塞音，包括「上」字 [*dzyangX*] 本身，在普通話中就規則地演變為第四聲去聲）。入聲字包括所有以 -*p*、-*t* 或 -*k* 收尾的詞；這些韻尾在現代普通話中已經消失了，但是仍然保留在一些南方方言中，如廣東話。

注意中古音的四個聲調與現代普通話的四聲並不是簡單的對應關係：中古音的平聲和普通話第一、二聲調（陰平、陽平）規則對應；上聲字與普通話第三、四聲調（上聲、去聲）對應；去聲字都對應第四聲調（去聲）；入聲字在普通話中不太規則，可能歸入四個聲調中的任何一個。

2.1.2.2 中古漢語的聲母

我們的標音法中，中古漢語的聲母和常用的丁聲樹、李榮系統（1981）的名稱對應，見表 2.3。每個聲紐的標目字用中古漢語中的同聲紐字表示。第二豎列中的大寫字母代表右邊所列的聲母組。我們稱 *P-* 和 *K-* 組為「鈍音輔音」；其他組為「銳音輔音」。表 2.3 中方括號裡的數字，即該表下面的注釋的編號。中古漢語聲母系統以及其他傳統術語，更具體的討論參看白一平（Baxter 1992：45–61）。

中古漢語聲母中經常包括非、敷、奉、微，但是它們分別只是 *p*-（幫）、*ph*-（滂）、*b*-（並）、*m*-（明）的唇齒音對應形式。雖然這四個唇齒輔音的名稱經常用在中古漢語的討論中，但是把它們當作《切韻》系統的聲母則是時代錯亂的：因為《切韻》代表的早期中古音中還沒有唇齒音，所以我們的標音法不區別這兩組聲母。

表 2.3 中古漢語的聲母

1	P-	p- 幫	ph- 滂	b- 並	m- 明				
2	T-	t- 端	th- 透	d- 定	n- 泥	l- 來			
3	Tr-	tr- 知	trh- 徹	dr- 澄	nr- [1] 娘				
4	Ts-	ts- 精	tsh- 清	dz- 從			s- 心	z- 邪	
5	Tsr-	tsr- 莊	tsrh- 初	dzr- 崇			sr- 生	zr- [2]	
6	Tsy-	tsy- 章	tsyh- 昌	dzy- [3] 禪	ny- 日		sy- 書	zy- 船	y- [4] 以
7	K-	k- 見	kh- [5] 溪	g- 群	ng- 疑				
8		ʼ- 影	x- 曉	h- 匣					hj- [6] 云

表 2.3 注釋

[1] 趙元任（Chao 1941）指出 n- 和 nr- 是互補分布的，不需要作區分。據此，有時泥母用來指中古漢語聲母系統中的 n- 和 nr-。但是，在反切中，這個區分通常是存在的，因此我們在標音中保留。

[2] 聲母 dzr- 和 zr- 在《廣韻》中不作區分，因此 zr- 沒有傳統的命名。但是，王仁昫本《刊謬補缺切韻》中有一個單獨的 zr- 聲母，因此我們的系統也作這個區分。

[3] 「禪」字現在比較常見的讀音是 chán（如禪定的禪，禪宗的禪），但是作為聲母，丁聲樹、李榮（1981）提供了另一種讀音 shàn（意思是「禪讓」）。

[4] 在通過分析反切知道中古音的 y-（以母）和 hj-（云母）其實是不同的聲母之前，它們被當作一個聲母，傳統上稱為喻母。因為在韻圖中 y-（以母）總是放在四等，hj-（云母）在三等，所以 y-（以母）又稱「喻四」，hj-（云母）「喻三」。我們有時也這麼用。

[5] 現在的字典中「溪」字普通話念 xī，而不是從中古漢語讀音 khej 中可以預期的 "qī"，但也有的字典將 "qī" 列為舊讀。

[6] 匣母和云母傳統上是互補分布的，所以我們的標音系統中它

15

們都是 *h-*，但是傳統術語中它們是有區分的。在具體的例子中，我們的標音系統也把它們加以區分：所有的三等韻之前的 *h-* 代表云母（包括帶 *-i-*，而不是 *-j-* 的，如：隕 yǔn < *hwinX*『隕落』）。所有其他韻之前的 *h-* 代表匣母。在此類圖表中，我們把匣母寫作 *h-*、云母作 *hj-*，雖然代表云母的 *h-* 在轉寫中並不總是有 *-j-*。

2.1.2.3 中古漢語的韻母

標記中古漢語韻母最方便的方法就是依據它們在韻圖中的分布：傳統術語中的一、二、四等韻和三等韻（事實上，在《切韻》的早期中古音中，一、四等韻配的是相同的一套聲母，因此它們實則是同一類，但是習慣上還是把它們當作不同的類別，因為在韻圖上它們是這樣分布的）。一、二、四等字合起來稱為「A 型音節」（依據 Pulleyblank 1977–1978），三等字稱為「B 型音節」。[9] 在我們的上古音構擬中，A 型音節擬測為咽化音首，而 B 型音節沒有咽化（參見 3.1.1 節）。

在我們的中古音轉寫系統中，字母或字母組合 *a*、*e*、*i*、*o*、*u*、*ae*、*ea*、「+」（加號，代表加杠的 i：" ɨ "）是主要元音。相關的傳統音類和我們轉寫系統的主要標音法，見表 2.4。

因為聲母 *Tsy-* 只和三等韻配，為了方便，我們採用習慣的拼寫法，把 *Tsy-* 後面韻母裡元音前的 *-j-* 省略；這樣中古音的章母是 *tsy-*，韻母是 *-jang*，但我們拼寫作 *tsyang*，而不是 "*tsyjang*"，因為 *-j-* 在這裡是多餘的。

9　這條原則只有一個重要例外：即一些以 *Tsr-* 為聲母的三等韻字在中古漢語時期轉變為二等韻，如「生」（MC *srjaeng*）字在王仁昫本《刊謬補缺切韻》是三等韻，但是後來的是二等韻（MC *sraeng*）。從上古漢語的角度來看，這些字是 B 型音節，儘管它們是二等韻字。參見 4.1.1 節的討論。

表 2.4 中古音的音節類型

類別	傳統術語	中古音標音法及例子
I	一等	包含 -a-、-o- 或 -u-，但是沒有 -e- 和元音前的 -j-：綱 gāng < MC *kang*，本 běn < MC *pwonX*，東 dōng < MC *tuwng*。
II	二等	包含 -ae- 或 -ea-，但是沒有元音前的 -j-：間 jiān < MC *kean*，白 bái < MC *baek*，詐 zhà < MC *tsraeH*。
III	三等 [1]	包含 -i-，元音（包括「+」）左邊加 -j-，或者這兩者兼有；或者聲母帶 -y-：真 zhēn < MC *tsyin*，長 cháng < MC *drjang*，丙 bǐng < MC *pjaengX*，貴 guì < MC *kjw+jH*，章 zhāng < MC *tsyang*。
IV	四等	包含 -e-（但沒有 -a-），沒有 -j- 或 -y-：天 tiān < MC *then*，圭 guī < MC *kwej*，閉 bì < MC *pejH*。

表 2.4 注釋

[1] 在有重紐區分的情況下（參看 5.2.1 節和白一平［Baxter 1992：75–81］的解釋），重紐三等韻有元音 -i-，或其他元音左邊有 -j-，但不是兩者兼有：如乙 yǐ < MC *'it*，龜 guī < MC *kwij*，碑 bēi < MC *pje*，廟 miào < MC *mjewH*。重紐四等韻有元音前 -j- 和 -i-（也可能中間有一個 -w-）：如一 yī < MC *'jit*，季 jì < MC *kjwijH*，卑 bēi < MC *pjie*，妙 miào < MC *mjiewH*。

中古音一等韻及其《廣韻》韻目列在表 2.5。[10] 和其他的表格

---

10 《廣韻》和《切韻》的韻目與安排稍有不同，但習慣上用《廣韻》韻目。但是，在某些方面，我們的標音系統更接近《切韻》的安排，而不是《廣韻》的。例如，《廣韻》把「波」『波浪』歸在戈韻，就好像「波」有 -wa，但是王仁昫本《刊謬補缺切韻》只有歌韻，對應《廣韻》的歌和戈韻，「波」的反切也表明它的中古音是 MC *pa*，而不是 "*pwa*"，所以我們對「波」的標音是根據《切韻》的 *pa*，而不是《廣韻》的 "*pwa*"。

一樣，方括號裡的數字是表下面注釋的號碼。在很多例子中，幾個韻母歸在同一個韻目下。如東韻，包括韻母 -uwng 和 -juwng。注意入聲韻母 —— 那些帶清塞音韻尾的韻母 —— 是和那些帶同一發音部位是鼻音的韻尾的韻母相對應的。因此 -uwng、-uwngX、-uwngH、-uwk 可以看作是一組，就好像 -uwk 是 -uwng 的入聲。換一種分析就是中古漢語只有三聲，而塞音韻母沒有聲調的區別。

16

表 2.5 中古音一等韻及其《廣韻》韻目

		-X	-H		-p, -t, -k
-uwng	東 tuwng	董 tuwngX	送 suwngH	-uwk	屋 'uwk
-owng [1]	冬 towng	—	宋 sowngH	-owk	沃 'owk
-u	模 mu	姥 muX	暮 muH		
-aj, -waj [2]			泰 thajH		
-woj	灰 xwoj	賄 xwojX	隊 dwojH		
-oj	咍 xoj	海 xojX	代 dojH		
-won	魂 hwon	混 hwonX	慁 hwonH	-wot	沒 mwot
-on [3]	痕 hon	很 honX	恨 honH	-ot	—
-an [4]	寒 han	旱 hanX	翰 hanH	-at [4]	曷 hat
-wan [4]	桓 hwan	緩 hwanX	換 hwanH	-wat [4]	末 mat
-aw	豪 haw	晧 hawX	号 hawH		
-a [4]	歌 ka	哿 kaX	箇 kaH		
-wa [4]	戈 kwa	果 kwaX	過 kwaH		
-ang, -wang	唐 dang	蕩 dangX	宕 dangH	-ak, -wak	鐸 dak

續上表

-ong, -wong	登 *tong*	等 *tongX*	嶝 *tongH*	-ok, -wok	德 *tok*
-uw	侯 *huw*	厚 *huwX*	候 *huwH*		
-om	覃 *dom*	感 *komX*	勘 *khomH*	-op	合 *hop*
-am	談 *dam*	敢 *kamX*	闞 *khamH*	-ap	盍 *hap*

表 2.5 注釋：

[1] 沒有與冬韻相對應的上聲韻目；在本來只包括 *-jowngX* 韻母的腫韻中，也寄放了一些韻母是 *-owngX* 的字，有特別注解；可見，韻母是 *-owngX* 的字太少，不足以成為一個獨立的韻目。

[2] 一些以 *-j* 結尾的韻都是去聲，參見 5.5.2.2 節的解釋。

[3] 雖然在入聲以外的調類中，*-won* 和 *-on* 是在不同的韻目，但是沒有單獨的 *-ot* 韻目；少數是 *-ot* 的字被寄放在沒韻（*-wot*）中。

[4]《切韻》沒有單獨的韻目區分 *-an* 與 *-wan*、*-at* 與 *-wat*、*-a* 與 *-wa*，但是，如表中所示，《廣韻》有這樣的區分。在唇音聲母之後，沒有 *-an*、*-at*、*-a* 和 *–wan*、*-wat*、*-wa* 的區分，《切韻》的反切經常暗示的是前者，如末 mò < *mat* 在王仁昫本《刊謬補缺切韻》中是「莫割反」，即 *m(ak)* + *(k)at* = *mat*。但是《廣韻》經常把唇音聲母和這些韻母相配的音節當作好像有 *-w-* 的韻母，並把它們歸在帶 *-wan*、*-wat*、*-wa* 的韻目。在這一點上我們的標音遵從《切韻》而不是《廣韻》；因此我們把末 mò 的中古音標作 MC *mat*，儘管《廣韻》的末韻（mò < *mat*）包括帶 *-wat* 的字，這是把「末」當作 "*mwat*"。

　　中古音二等韻及其《廣韻》的韻母列在表 2.6。注意它們的元音都寫作 *-ae-* 或 *-ea-*，前面沒有 *-j-*（或 *-y-*）。

　　中古音四等韻及其《廣韻》的韻母列在表 2.7。

表 2.6 中古音二等韻及其《廣韻》韻目

	-X	-H		-p, -t, -k
-aewng	江 *kaewng*	講 *kaewngX*	絳 *kaewngH*	-aewk	覺 *kaewk*
-ea, -wea	佳 *kea*	蟹 *heaX*	卦 *kweaH*		
-eaj, weaj	皆 *keaj*	駭 *heajX*	怪 *kweajH*		
-aej, -waej			夬 *kwaejH*		
-aen, -waen	刪 *sraen*	潸 *sraenX*	諫 *kaenH*	-aet, -waet	鎋 *haet*
-ean, -wean	山 *srean*	產 *sreanX*	襇 *keanH*	-eat, -weat	黠 *heat*
-aew	肴 *haew*	巧 *khaewX*	效 *haewH*		
-ae, -wae	麻 *mae*	馬 *maeX*	禡 *maeH*		
-aeng, -waeng	庚 *kaeng*	梗 *kaengX*	映 *'jaengH*	-aek, -waek	陌 *maek*
-eang, -weang	耕 *keang*	耿 *keangX*	諍 *tsreangH*	-eak, -weak	麥 *meak*
-eam	咸 *heam*	豏 *heamX*	陷 *heamH*	-eap	洽 *heap*
-aem	銜 *haem*	檻 *haemX*	鑑 *haemH*	-aep	狎 *haep*

表 2.7 中古音四等韻及其《廣韻》韻目

	-X	-H		-p, -t, -k
-ej, -wej	齊 *dzej*	薺 *dzejX*	霽 *dzejH*		
-en, -wen	先 *sen*	銑 *senX*	霰 *senH*	-et, -wet	屑 *set*
-ew	蕭 *sew*	篠 *sewX*	嘯 *sewH*		
-eng, -weng	青 *tsheng*	迥 *hwengX*	徑 *kengH*	-ek, -wek	錫 *sek*
-em	添 *them*	忝 *themX*	*themH*	-ep	帖 *thep*

　　中古音三等韻有兩個表：表 2.8 是元音韻尾（或沒有韻尾）的韻母，表 2.9 是鼻音或塞音韻尾的韻母。在我們的中古音標音系統中，三等韻韻母主要元音是 *-i-*，或者主要元音的左邊有 *-j-* 或 *-y-*，或者兩者兼有。一些韻母兼具元音前的 *-j-* 和充當整個主要元音或部分主要元音的 *-i-*（可能中間還會插有 *-w-*）。這一標寫

是為了區別所謂的重紐（「聲紐重出」），這裡需要特別解釋一下。

重紐韻母的例子之一是支韻，它與中古音聲母 p- 相配，有兩個同音字組：一組首字是碑 bēi < MC *pje*「石碑」，另一組首字是卑 bēi < MC *pjie*「低下，謙遜」。重紐指的是像這樣會有一個以上音節且聲母相同的小韻。這些不同音節之間的語音區別的本質是個爭論已久的問題。但是在韻圖中，碑 bēi < *pje* 小韻在三等，卑bēi < *pjie* 小韻在四等。在我們的標音法中，重紐四等韻母如 *-jie*，兼有元音前的 *-j-* 和 *-i-*；重紐三等韻母如 *-je*，有 *-j-* 或 *-i-*，但不兼有兩者。這個區別只存在於鈍音聲母，即 *P-* 和 *K-* 型的。對重紐的區別更具體的討論，參看白一平（Baxter 1992：75–81）。

幽韻和清韻中的鈍音聲母的字在韻圖中也歸在四等，而我們把這樣的韻母分別標寫成 *-jiw* 和 *-j(w)ieng*。廣義上說，它們可以被看作是重紐四等，雖然在同一韻目中並沒有與之相對立的三等字。

表 2.8 中古音三等韻及其《廣韻》韻目（元音韻尾）

		-X	*-H*
-je, -jwe, -jie, -jwie	支 *tsye*	紙 *tsyeX*	寘 *tsyeH*
-ij, -wij, -jij, -jwij	脂 *tsyij*	旨 *tsyijX*	至 *tsyijH*
-i	之 *tsyi*	止 *tsyiX*	志 *tsyiH*
-j+j, -jw+j	微 *mj+j*	尾 *mj+jX*	未 *mj+jH*
-jo	魚 *ngjo*	語 *ngjoX*	御 *ngjoH*
-ju	虞 *ngju*	麌 *ngjuX*	遇 *ngjuH*
-jew, -jiew	宵 *sjew*	小 *sjewX*	笑 *sjewH*
-ja [1]	歌 *ka*	哿 *kaX*	箇 *kaH*
-jwa [1]	戈 *kwa*	果 *kwaX*	過 *kwaH*
-jae	麻 *mae*	馬 *maeX*	禡 *maeH*
-juw	尤 *hjuw*	有 *hjuwX*	宥 *hjuwH*
-jiw	幽 *'jiw*	黝 *'jiwX*	幼 *'jiwH*

表 2.8 注釋：

[1] 只有少數不重要的字的韻母是 -ja 和 -jwa；它們是後起的，
所以無法構擬其上古音。

19

表 2.9 中古音三等韻及其《廣韻》韻目（鼻音和塞音韻尾）

	-X	-H		-p, -t, -k
-juwng	東 tuwng	董 tuwngX	送 suwngH	-juwk	屋 'uwk
-jowng	鐘 tsyong	腫 tsyongX	用 yowngH	-jowk	燭 tsyowk
-in, -win, -jin [1]	真 tsyin　臻 tsrin	軫 tsyinX	震 tsyinH	-it, -wit-, -jit	質 tsyit　櫛 tsrit
-win, -jwin [1]	諄 tsywin	準 tsywinX	稕 tsywinH	-wit, -jwit	術 zywit
-jun	文 mjun	吻 mjunX	問 mjunH	-jut	物 mjut
-j+n	欣 xj+n	隱 'j+nX	焮 xj+nH	-j+t	迄 xj+t
-jon, -jwon	元 ngjwon	阮 ngjwonX	願 ngjwonH	-jot, -jwot	月 ngjwot
-jen, -jwen, -jien, -jwien	仙 sjen	獮 sjenX	線 sjenH	-jet, -jwet, -jiet, -jwiet	薛 sjet
-jang, -jwang	陽 yang	養 yangX	漾 yangH	-jak, -jwak	藥 yak
-jaeng, -jwaeng	庚 kaeng	梗 kaengX	映 'jaengH	-jaek	陌 maek
-jeng, -jieng, -jwieng	清 tshjeng	靜 dzjengX	勁 kjiengH	-jek, -jiek, -jwiek	昔 sjek
-ing, -wing	蒸 tsying	拯 tsyingX	證 tsyingH	-ik, -wik	職 tsyik
-im, -jim	侵 tshim	寢 tshimX	沁 tshimH	-ip, -jip	緝 tship
-jem, -jiem	鹽 yem	琰 yemX	豔 yemH	-jep, -jiep	葉 yep
-jaem	嚴 ngjaem	儼 ngjaemX	釅 ngjaemH	-jaep	業 ngjaep
-jom	凡 bjom	范 bjomX	梵 bjomH	-jop	乏 bjop

表 2.9 注釋：

[1]《切韻》只有一個真韻，而《廣韻》分成真韻和諄韻。《廣
韻》的一般規則是韻母是 -in 以及鈍音聲母配重紐三等韻韻
母 -win 的字歸真韻，而韻母 -win 中的銳音聲母字以及韻
母 -jwin 中的重紐四等字歸諄韻。

以上的中古音標音法是在白一平（Baxter 1992：27–85）基礎上的稍加修定版。這兩個版本的區別是：

1. 我們把白一平（Baxter 1992）版中的起首喉塞音 ʔ- 改成了 ’-（撇號，Unicode U+0027），標示傳統的起首聲母影母。

2. 中古音韻母白一平（Baxter 1992）版寫作 "-ɛi" 和 "-wɛi"（《廣韻》中的佳韻）現在分別改寫成 -ea 和 -wea。其他如 "ɨ"（帶杠的 i）改成「+」（加號，U+002B），"æ" 改成 ae，"ɛ" 改成 ea。

2.2 上古漢語的韻文證據

很多先秦文獻中都有韻文，但是傳統上用來構擬上古音的材料主要是《詩經》。《詩經》是中國最早的詩歌總集，其中幾乎所有的詩都押韻。構擬一個合格的上古音系統的先決條件之一，就是要能解釋《詩經》中的哪些字之間是互相押韻的，而且同樣重要的是，解釋哪些字之間是不可以互相押韻的。

和其他早期中國經典一樣，現有的《詩經》文本基本上是用兩千年前就已經標準化的文字系統來寫的。雖然其中很多詞在今天的口語中早就已經不用了，字典中還是給出了每個字的現代讀音，人們就是用這樣的發音來誦讀的。在朗讀的時候，我們很容易發現原來的韻腳不再押韻了。以《國風·周南·芣苢》為例，用現代的讀音來讀，右邊是押韻的字的中古音轉寫：

（11）《國風·周南·芣苢》

采采芣苢，薄言采之	căicăi fúyĭ, bó yán căi zhī	采 căi < MC *tshojX*
采采芣苢，薄言有之	căicăi fúyĭ, bó yán yŏu zhī	有 yŏu < MC *hjuwX*
采采芣苢，薄言掇之	căicăi fúyĭ, bó yán duō zhī	掇 duō < MC *twat*
采采芣苢，薄言捋之	căicăi fúyĭ, bó yán luō zhī	捋 luō < MC *lwat*
采采芣苢，薄言袺之	căicăi fúyĭ, bó yán jié zhī	袺 jié < MC *ket*
采采芣苢，薄言襭之	căicăi fúyĭ, bó yán xié zhī	襭 xié < MC *het*

　　分析這首詩的結構，我們很容易確定韻腳：它們是每一句中唯一變化的字。第二、三兩句在中古和現代漢語中仍然押韻，但是第一句的采（căi < MC *tshojX*）和有（yŏu < MC *hjuwX*）在中古和現代漢語中都不押韻。但是這樣的押韻一點也不奇怪，它是有一定的規律的，有很多類似的例子。一個合格的上古音構擬就必須能解釋這樣的押韻。

　　當我們用押韻或詩歌的其他技巧作為發音的證據時，我們不能想得太單純了：文學有自己約定俗成的常規，不能總是認定它能簡單直接地反映口語。這些文學作品所設定的讀者也不一定就是說同一種方言的人，還會有各種各樣的折中（進一步討論參看白一平 Baxter 1992：87–97）。上古漢語的押韻不像唐詩以及後來的詩詞那樣，有繁複且常常是人為的格律，而且不管詩人自己有甚麼樣的方言背景，詩詞的格律是受韻書嚴格規定並且必須遵守的。沒有證據顯示上古時期就有韻書或其他關於怎麼寫詩的規範性文本。當然，任何時期新創作的詩歌都可能受到已有詩歌的影響：例如，甚至在先秦時期，詩人有時可能會模仿著名詩篇的押韻，即使這些韻文並不反映詩人自己的發音。但是，整體來說，我們可以肯定，上古漢語的押韻很大程度上是基於當時的口語語音系統的。

　　在 1.1.1 節我們已經提到，清代學者為上古漢語用韻的分析奠定了基礎，其中集大成者是王念孫（1744–1832）和江有

21

誥（?–1851）。他們的方法是把上古漢語中的韻腳字歸為一個
韻部，用《廣韻》的韻來界定，同時也用《廣韻》的韻目來命
名這些韻部。這些方法至今還被廣泛使用。

目前在用的有數種傳統韻部的版本。最有影響的一個可
能是王力的《古代漢語》（1999），見下面表 2.10。王力也構
擬了每一韻部的音值，雖然大家經常使用的只是傳統的韻部名
稱，而沒有提及王力的音值構擬，下表中包括他的韻部構擬
（為了和我們的構擬相區別，他的構擬用引號標識）。傳統的做
法是韻部分為三類：韻尾是元音或沒有韻尾的陰聲，以清塞音
-k、-t 或 *-p 為韻尾的入聲，和以鼻音為韻尾的陽聲。韻部
的三分法（甲乙丙或 ABC）是依據韻尾的發音部位：在王力
的構擬中，甲類是沒有韻尾或軟腭韻尾，乙類有 *-i 或齒音韻
尾，丙類是唇音韻尾。

王力的韻部系統和清人的只有些微的區別。主要的修訂就
是王力（[1937] 1958）提出的從傳統的脂部分出脂部（表 2.10
中 18，構擬為一個前元音，"*-ei"）和微部（表 2.10 中 21，
構擬為一個非前元音，"-əi"）。

表 2.10 王力的上古音韻部及構擬

	陰聲 （沒有韻尾或元音韻尾）	入聲 （清塞音韻尾）	陽聲 （鼻音韻尾）
	1. 之 "*-ə"	2. 職 "*-ək"	3. 蒸 "*-əng"
	4. 幽 "*-u"	5. 覺 "*-uk"	6. 冬 "[*-ung]" [a]
甲類	7. 宵 "*-o"	8. 藥 "*-ok"	
A	9. 侯 "*-o"	10. 屋 "*-ok"	11. 東 "*-ong"
	12. 魚 "*-a"	13. 鐸 "*-ak"	14. 陽 "*-ang"
	15. 支 "*-e"	16. 錫 "*-ek"	17. 耕 "*-eng"

（續上表）

	陰聲 （沒有韻尾或元音韻尾）	入聲 （清塞音韻尾）	陽聲 （鼻音韻尾）
乙類 B	18. 脂 "*-ei" 21. 微 "*-əi" 24. 歌 "*-ai"	19. 質 "*-et" 22. 物 "*-ət" 25. 月 "*-at"	20. 真 "*-en" 23. 文 "*-ən" 26. 元 "*-an"
丙類 C		27. 緝 "*-əp" 29. 葉 "*-ap"	28. 侵 "*-əm" 30. 談 "*-am"

a　王力認為冬部（6）和侵部（28）在《詩經》時代是一個韻部，但到
　　戰國時代（公元前 475– 前 221 年）因為音變而分成兩部。參見王力
　　（1980：8）。

23

　　清代學者的古音分析是一項偉大的學術成就，而且通常人
們認為上古漢語韻部的劃分工作已經完成了。有些上古音的構
擬系統（如李方桂 1971 和蒲立本 1977–1978）不是建立在早
期韻文的實際押韻情況上，而是基於這一傳統的分析。這種傾
向又由於傳統的分析看上去很好，且我們在讀早期詩篇時似乎
很少碰到例外而得到加強。

　　雖然傳統的分析通常與押韻的情況一致，但它不能充分解
釋為甚麼有些押韻沒有出現。我們很容易找到在上古漢語中押
韻，但是現在不再押韻的例子，如前面舉的《國風·周南·芣
苢》；我們念《詩經》時，這是很明顯的。但是要識別現在念
起來押韻而上古漢語中不押韻的例子就比較難：要那樣，我們
就得查全部的詩韻，以確認哪些韻部沒有押韻。

　　原來押韻但後來不再押韻，是由上古漢語韻部的分化導致
的。如「采」cǎi < MC *tshojX* 和有 yǒu < MC *hjuwX*，在《國風·
周南·芣苢》中押韻，在中古漢語就歸入了不同的韻。現在押韻
而以前不押韻的，是因為上古漢語韻部的合流。因為分化比合流
更容易被人察覺，一開始上古音的研究者就有個印象，好像上古

22

漢語的韻部比後來漢語的韻部要少得多。他們的分析也漸漸變
得越來越細密，但是最近的研究表明他們的分析還不夠細密。

例如，和王力的三十部相比，清初學者顧炎武（1613–1682）
只分出十個韻部。前面已經提到，清代學者用《廣韻》的韻作為
分析的單位。顧炎武的第三部包括了來自《廣韻》魚（MC -jo）、
虞（MC -ju）和侯（MC -uw）韻的字。可能他是受了《詩經》中
《廣韻》的魚韻和虞韻押韻，而且虞韻和侯韻押韻的影響，這樣
可能就給人一個印象，即《廣韻》這三個韻在上古漢語中都押韻。

江永（1681–1762）和段玉裁（1735–1815）最早指出，《廣
韻》虞韻（MC -ju）與魚韻（MC -jo）在上古押韻的字，與虞
韻和侯韻（MC -uw）在上古押韻的字，是不同的兩組字，且
《廣韻》魚韻和侯韻在上古漢語互不押韻。故他們把顧炎武的
第三部分為魚部（我們構擬的 *-a，對應表 2.10 中 12）和侯部
（我們的 *-o，對應表 2.10 中的 9）。顧炎武弄錯了，上古漢語
魚部（*-a）和侯部（*-o）只是部分合流，這兩部中的部分字
後來都歸在《廣韻》虞韻（MC -ju）中。[11]

事實上，後來合流中消失了的上古漢語韻部的區別，如
果只是通過《詩經》韻文，是很難用歸納推理的方法發現的，
除非我們一開始就假設好這些區別的性質是甚麼。假如我們
有一組 15 個押韻字，而我們要檢查它們是否應該分成兩組，
但是不知道哪一個字原來是在哪組。把這 15 個字分成兩組有
16,368 種方式，所以要逐個檢查每一種可能的方式將會是一項

---

11 部分合流的條件是上古漢語中，在非咽化的唇音或唇音化的聲母之
後 OC*-a 和 *-o 合流：斧 fǔ < *p(r)aʔ『斧頭』和府 fǔ < *p(r)oʔ『庫
藏』合併，成為中古音 MC pjuX；矩 jǔ < *[k]ʷ(r)aʔ『木工角尺』和
枸 jǔ < *[k](r)oʔ『（一種樹）』合併，成為中古音的 MC kjuX；參
看 5.4.1.1 節。

艱巨的工作。[12] 一種務實的做法是，如果一開始就對韻部應該怎樣劃分有一些具體的假設，我們才會對解決這個問題有所推進。在顧炎武的第三部的例子中，《廣韻》區分魚韻（MC *-jo*）和侯韻（MC *-uw*）可能使江永和段玉裁認識到這樣的一個假設，即在上古漢語中這兩部也是有區別的。當他們用實際韻例來檢查時，發現這個假設果然是對的。

24

最近在韻部分析方法上的進展，已經超出了傳統古音分析中靠《廣韻》的具體排列得出假設而進行驗證的方法，而是依據中古音系統中音系成分的分布規律得出假設並進行推演。例如，中古音中元音前的 -w- 的分布，使雅洪托夫（Jaxontov 1960b）認識到一些中古音的 -w- 是來自上古音的唇音化聲母，如 *kw-，而另一些是來自原來的圓唇元音的複元音化。如：團 tuán『圓的；大量的』< MC *dwan* < OC *-on，與此相對的如：壇 tán『祭壇』< MC *dan* < OC *-an。我們稱之為「圓唇元音假設」。團和壇都屬於傳統的元部（表 2.10 的 26），但是圓唇元音的假設說明它們的主要元音是不同的，因此預測它們在上古音中不能互相押韻。仔細分析韻例表明這個推測是正確的（Baxter 1992：370–389）[13]。類似的有關分布的論據推導出「前元音假設」，預測了更多傳統分析所忽略的韻部區別，這些預測也被實際的韻例證明是對的。（更具體的對兩個假設的討論見 5.2.1 節）。

我們來回顧一下。在利用押韻的證據構擬上古音時，發現

---

12 計算的公式是：如果一個韻部有 n 個字，那麼有 $2^{n-1} - n - 1$ 種方式來把它們分成兩組（假定每組至少應該有兩個字）。

13 白一平（Baxter 1992：97–128）討論了決定一組韻例是否可以支持一個假設的標準。兩部韻字的相對使用頻率以及押韻的長短兩方面的因素都得考慮。

哪些韻不押韻和發現哪些韻押韻一樣重要。發現哪些韻押韻比較容易，我們從實際的韻例中就能看到。但是，要發現哪些韻不押韻就比較微妙。光看韻例的語料用歸納法很難發現這些區別，我們需要有一些假設來指導我們去尋找區別。清代學者從《廣韻》的排列中得出假設，據此逐步發現更多的韻部區別，但是沒有理由說他們已經發現了所有的區別。分析中古音音系成分的分布已經為我們提示了更多的韻部區別，而且這些區別也通過韻例語料的分析而被證實了。一個充分的上古漢語音系的構擬也應當解釋這些區別。

以押韻作為證據的局限就是上古漢語中只有一小部分的詞會用來押韻。新發現的古文字材料中的韻文可以幫助解決一些問題。但是，一個詞即使出現在韻文中，要是韻例太少的話，也還是很難構擬它的讀音。部分原因是這些韻文出現在不同的時間與地點，不一定反映相同的語音系統。（傳統的韻部不夠細緻，會給人一種感覺以為《詩經》的押韻相當嚴整，但事實上並不是這樣。）

清代學者利用文字系統的聲符和傳世文獻中的異文，對上古漢語聲母的研究做出了貢獻：例如，他們認識到，中古音中的 *Tr-* 類聲母是後來發展起來的，原先和 *T-* 類聲母沒有區別；類似地，*n-*、*nr-* 和 *ny-* 同源（我們構擬為 *n-）。在這一點上，他們預見了二十世紀的語言學構擬的許多成果。

2.3 先秦文字的證據

如上所述，韻文的證據只對一小部分上古漢語詞彙有用，而且押韻並不透露音首的情況。另外一個可能更加全面的證據來源於漢字本身，其中絕大多數有聲符：或是它本身就是聲

符，如所謂的假借字；或是加上一個義符，如形聲字（即諧聲字）。為了方便起見，不管有沒有附加義符，我們都把用同一聲符記錄的詞叫做有「諧聲關係」。

既然漢字系統兩千年來是凝固的，沒有重大的變化，在這期間的音變破壞了原來因為有相似的讀音而選擇相同聲符的詞之間的語音關係。但這一事實也意味著文字結構中保存的聲符可以幫助我們構擬更早的讀音。文字的證據特別重要，因為我們用來構擬上古音的傳統方法中所使用的三種證據——中古音、上古音韻文和漢字——只有兩種，即中古音和漢字，可以告訴我們音首的情況。

和使用韻文一樣，在使用文字來構擬上古音時，很重要的是，我們不但要考慮哪些詞是用同一個聲符來記錄的，還要考慮哪些詞是不用同一聲符來記錄的。傳統的中國學者注意到後來發音很不相同的聲母，在早期文字中是可以互相替換的。比如，曾運乾（[1927] 1972）發現中古音以 *y-*（傳統稱喻四＝以母）和以 *d-*（傳統稱定母）為聲母的詞之間，經常在同一文本的不同版本中可以互相替換，而且也常常有相同的聲符。這裡有一些例子：

（12）弋 yì < *yik*『用帶絲繩的箭來射』，是「代」的聲符
　　　代 dài < *dojH*『代替』

（13）余 yú < *yo*『我』，是「涂」的聲符
　　　涂 tú < *du*『道路』

（14）易牙 Yìyá < MC *yek-ngae*，『人名』，也有異文作
　　　狄牙 Díyá < MC *dek-ngae*

26

這就是古文字學者都知道的「喻四古歸定」。用同樣的推理，

學者總結出中古音的聲母 *ny-*（傳統稱日母）、*nr-*（娘母）和 *n-*（泥母）同源，因為它們中任何一個都可以用同一聲符來記錄。

這樣的結論給人的印象是上古音的聲母系統比中古音的還要更簡單：傳統的術語中，中古音有大約 40 個聲母（具體的數字不同學者還有不同的算法），王力（1999：689–700）的上古音系統只有 32 個聲母，何琳儀（1998：1）只有 19 個。和韻部的情況一樣，我們比較容易觀察到上古音中可以互相轉換的聲母，後來分化為兩個或更多不同的聲母。反之，幾個上古音的聲母合流為一個聲母，就不容易被察覺。我們也是慢慢才發現這樣的例子。

例如，蒲立本（1962–1963）發現中古音的 *d-* 有兩個不同的上古音來源，在文字系統中分得很清楚。我們現在把它們構擬為 *d^ˤ-* 和 *l^ˤ-*。以下是它們的一些最小對立：

（15）度 duó < *dak* < *[d]^{ˤ}ak『測量（動詞）』

鐸 duó < *dak* < *l^{ˤ}ak『一種鈴』

（16）屠 tú < *du* < *[d]^{ˤ}a『屠宰（動詞）』

涂 tú < *du* < *l^{ˤ}a『道路』

用來記錄 MC *d-* < OC *d^ˤ- 的聲符，一般和用來記錄 MC *d-* < OC *l^ˤ- 的聲符不同，而且有不同的規律：用來記錄 MC *d-* < OC *d^ˤ- 的聲符也記錄 MC *dzy-* < *d-、MC *t-* < *t^ˤ- 和 MC *tsy-* < *t-，但是很少用來記錄 MC *y-*。而用來記錄 *l^ˤ- 的聲符則經常用來記錄 MC *y-* < *l-、*sy-* < *l- 和 *th-* < *l^ˤ-，但是很少用來記錄 MC *dzy-*、*t-* 或 *tsy-*。高本漢和大多數後來的研究者都忽略了這些區別，古文字學者多半也沒有認識到這一點。

就像中古音聲母 MC *d-*（定母）有不止一個上古音的來源

一樣，中古音聲母 MC *y*-（喻四 = 以母）也有不止一個上古音的來源，並且在早期的文字系統中從不混淆。我們在上古音中構擬 *l- 和 *ɢ-（小舌濁塞音）作為中古音聲母 MC *y*- 的來源。以下是它們的最小對立：

（17）陽 yáng < *yang* < *laŋ『光亮』

　　　羊 yáng < *yang* < *ɢaŋ『羊』

（18）譯 yì < *yek* < *lAk『翻譯』

　　　亦 yì < *yek* < *ɢ(r)Ak『也』

（19）以 yǐ < *yiX* < *ləʔ『拿，用』

　　　已 yǐ < *yiX* < *ɢ(r)əʔ『停止；已經』

27

MC *y*- < *ɢ- 和 MC *y*- < *l- 可以區分開來，因為它們的諧聲關係很不同：*y*- < *ɢ- 的聲符一般與軟腭音和喉音有諧聲關係，而 *y*- < *l- 的聲符一般和 MC *sy*- < *l- 、MC *d*- < *lˤ- 和 MC *th*- < *lˤ- 的聲符有諧聲關係。

　　上古音 *ɢ- 是我們構擬的小舌塞音中的一個（據潘悟雲 1997 的建議修改而成）；具體討論參看 3.1.2 節（也見 Sagart and Baxter 2009）。和軟腭音的關係來源於：當前面有前置輔音時，上古的小舌音在中古音中會有軟腭音的對應形式：

（20）影 yǐng < *ʼjaengX* < *qraŋʔ『陰影』

　　　景 jǐng < *kjaengX* < *C.qraŋʔ『光亮；圖景』

在早期文獻中兩個詞都寫作「景」，應該是來源於同一詞根，雖然我們還不能確定「景」*C.qraŋʔ 的聲母前面的前置輔音是甚麼。

　　小舌音假設也解釋了以前沒有注意到的聲符中的一些其他的區別。例如，工 gōng < *kuwng*『工作』和公 gōng < *kuwng*『父親；諸侯』在中古音是同音字，而且以前把它們的上古音也構擬成同音字。但是先秦文獻中，從工聲的字和從公聲的字從來不相混（白於藍 2008：254–257），這是需要解釋的。我們是這樣構擬的：

（21）工 gōng < *kuwng* < *kˤoŋ『工作』

　　　公 gōng < *kuwng* < *C.qˤoŋ『父親；諸侯』。

這個構擬也解釋了為甚麼公 gōng < *C.qˤoŋ 在下面的例子中作聲符，每個都構擬了一個小舌音聲母：

（22）瓮 wèng < *'uwngH* < *qˤoŋ-s『土罐』

　　　容，公 róng < *yowng* < *[ɢ](r)oŋ『包容』[14]

古文字學者相信公 gōng < *C.qˤoŋ 是 { 瓮 } wèng < *'uwngH* < *qˤoŋ-s『土罐』的本字（季旭昇 2010：83–84）。而容 róng < *[ɢ](r)oŋ『包容』在標準文字中由宀 mián『房子；建築』和谷 gǔ『山谷』組成，但是原來的聲符是公 gōng < *C.qˤoŋ：《說文解字》有古文作宭，由宀和公組成（《說文詁林》3236a），金文的例子證實這是對的（《古文字詁林》6.803–804）；在早期文字中，厶和口常常可以互換。

──────────

14　如果「瓮」wèng < *qˤoŋ-s『土罐』的基本意義是『容器』，那和「容」róng < *[ɢ](r)oŋ『包容』可能在詞源上有聯繫。「容」也可以構擬為 *N-q(r)oŋ，至少作為不及物動詞。

　　容 róng < *[ɢ](r)oŋ 原來的聲符是公 gōng < *C.qˤoŋ，在標準文字裡並不是顯而易見的，這個例子也說明傳統的上古音構擬依靠標準文字是很有問題的。標準文字大約在秦漢時期（公元前 221 至公元 220）基本定型為現在這個樣子，離上古漢語的初始時期，已過千餘年之久。所以用標準文字來作為構擬上古漢語的指南，到底有多少是可信的？在最近之前都沒有一個明確的答案：如我們在上述 1.1.2 節已經指出，以前大批的先秦文字材料只有商代晚期的甲骨文和金文。這兩種文本都比較短而且程式化，它們的內容也比較有限，許多上古漢語的詞彙根本不在其中出現。這大概是為甚麼以前的上古漢語構擬主要依靠標準文字中的聲符，而不是先秦時期的文字系統。雖然高本漢熟悉甲骨文和金文，但在《漢文典（修訂本）》（*Grammata Serica Recensa*，簡稱 GSR）中他特意排除了那些在後來的標準文字中沒有的先秦文字（GSR，頁 5）。例如，｛容｝róng『包容』，他只收了容（GSR 1187a），而沒有收更早的㔾，也沒有認識到這些字和公 gōng（GSR 1173a）的關係。

　　從近年發現的先秦古文字材料中，我們發現了更多更好的上古漢語音系的證據，這是以前的研究者所得不到的，而且我們也看到了細緻的古文字研究對構擬上古漢語的重要性。有些例子中，標準文字就沒有提供足夠的信息；更有一些例子還會給人以誤導，因為它們反映的是秦漢時期的音系，而不是上古漢語音系。這裡我們舉兩個例子，更多的例子見下面 3.4 節。

設 shè < *syet* < *ŋ̊et『設立』

設 shè < *syet* 的音首很難構擬。中古音聲母 *sy-*（審三或書母）的諧聲關係有幾個不同的形式，表明它有幾個上古音的來源。

28

在我們的構擬中，包括 *n̥-、*l̥-，在前元音前的 *ŋ̊-，加上複
輔音 *s.t- 和 *s.th-，這些構擬基於諧聲關係和方言中的對應形
式。下面的例子顯示了我們構擬的幾個與中古音聲母 MC *sy-*
相關的例證和它們所依據的諧聲關係。

		中古音 MC	白 - 沙構擬（Baxter-Sagart）
（23）	恕 shù『寬恕』	*syoH*	*n̥a-s
	如 rú『如果、好像』	*nyo*	*na
（24）	輸 shū『運輸』	*syu*	*l̥o
	愉 yú『愉悅』	*yu*	*lo
（25）	勢 shì『形勢，勢態』	*syejH*	*ŋ̊et-s
	埶 yì『種植』	*ngjiejH*	*ŋet-s
（26）	書 shū『書寫』	*syo*	*s-ta
	煮 zhǔ『煮』	*tsyoX*	*[t]aʔ

但和上面這些例子不一樣，標準文字中的 設 shè < *syet* 並沒有
提供諧聲關係的信息，可以讓我們知道它應該按照中古音聲
母 MC *sy-* 的哪一個可能的上古音來源來構擬。[15] 在一篇重要文
章中裘錫圭（1985）揭示早期文獻中 {設} 是寫成 埶 yì < MC
ngjiejH（參見裘錫圭 1998）。這個發現使我們不但可以確定
{設} 的聲母是 *ŋ̊-，也可以認識到它與 勢 shì < MC *syejH* 的
詞源關係。它們的構擬如下：

---

15 高本漢只是簡單地把中古音 MC *sy-* 放置到上古音，構擬成 *śi̯at。
白一平（Baxter 1992：786）構擬為 "*h(l)jet"，作為一種默認的
假設；用我們現在的標音就等於 *l̥jet 或 *qʰet。鄭張（2003：458）
構擬為 *hljed。

（27）埶 yì < *ngjiejH* < *ŋet-s『種植』

設 shè < *syet* < *ŋet『設立』

勢 shì < *syejH* < *ŋet-s『形勢，勢態』

弄清楚了動詞設 shè < *syet* < *ŋet 的上古音構擬，我們可以知道勢 shì < *syejH* < *ŋet-s 只是它的名詞形式，在它的後面加上一個很常用的 *-s 後綴，其主要功能就是把一個動詞轉變為名詞（參看 3.3.2.7 節）。這樣，這個對很多翻譯者來說是極具挑戰性的「勢」字的意義，就相當清楚了。馬修辭典（Mathews dictionary，1943）把「勢」界定為「Power（力）；influence（影響）；authority（權勢）；strength（力量）；Aspect（形勢），circumstances（情況），conditions（狀況）」，但是從以上列舉的英文翻譯中，很難看出這些意義之間有甚麼樣的聯繫。從與設 shè < *ŋet 的聯繫上，我們可以看到這條共同的線索：「勢」的基本意義是事物被設立的方式。它可以指大自然設立事物的方式，包括地形和氣候。雖然這些不是人所能控制的，但是對知道怎樣認識和利用它們的人來說，它們也可以為人所用。在《韓非子》（公元前三世紀）中，「勢」可以指人主設立事情的方式，這樣事情會依人的意志而發生，就像是一個自然而然的結果。《韓非子·難勢》中有一句話包含了「設（動詞）」和「勢（名詞）」的用法，表明當時的讀者是瞭解它們之間的詞源關係的：

（28）吾所為言勢者，言人之所設也

（英文翻譯：'The setup (*ŋet-s) of which I am speaking refers to what is set up (*ŋet) by men.' [我所說的勢是指人所設立的]）

葛瑞漢（A. C. Graham 1989：280）譯成英文："When I speak of the power-base it is of something instituted by man"（我說的勢力基礎是指由人所制定的東西），他就沒有抓住它們詞源上的聯繫。這個例子也說明語言學的構擬可以為理解當時的讀者是怎樣解讀文本提供更好的視角。

改 ~ 改 gǎi < kojX < *C.q^{ˤ}ə?『改變』

在標準文字中，改 gǎi < kojX『改變』的聲符是己 jǐ < kiX『天干第六；自己』，這也是《說文解字》的解釋（《說文詁林》1337b）。但是在出土文獻中，我們發現它一直是以巳 sì < ziX『地支第六』為聲符的（魏慈德 2009），如在郭店楚簡和上博簡中：[16]

（29）{改} gǎi

30

作為比較，我們來看己 jǐ 和巳 sì 在郭店簡和上博簡上的例子，它們的古代字形比現代字形分辨得更清楚：[17]

（30）{己} jǐ
　　　{巳} sì

16　左邊的例子來自郭店簡《緇衣》第 17 號簡（GD 18），右邊的例子來自上博簡《孔子詩論》第 10 號簡（SB 1：22）。

17　「己」的字形來自郭店簡《語叢三》第 5 號簡（GD 97）和《競建內之》第 2 號簡（SB 5：19）；「巳」的字形來自郭店簡《緇衣》第 20 號簡（GD 18）和《孔子詩論》第 5 號簡（SB 1：17）。

另外，巳 sì < *ziX*『地支第六位』現在寫得和已 yǐ < *yiX*『停止，已經』不同，但是這是唐代以後的事（季旭昇 2010：1020）。我們的構擬如下：

（31）己 jǐ < *kiX* < *k(r)ə?『天干第六位』
　　　巳 sì < *ziX* < *s-[ɢ]ə?『地支第六位』
　　　已 yǐ < *yiX* < *ɢ(r)ə?『停止；已經』
　　　攺 gǎi < *kojX* < *C.qˤə?『改變（動詞）』

攺 gǎi < *kojX* 的中古音聲母 *k-* 來自上古音 *C.qˤ-*，就像前面討論的公 gōng < *kuwng* < *C.qˤoŋ* 的聲母一樣。聲符己 jǐ < *kiX* < *k(r)ə?*，帶著原有的 *k-* 聲母，替換了巳 sì < *ziX* < *s-[ɢ]ə?*，反映了從 *C.qˤ-* > *k-* 的音變。這個音變在後漢時期就已經發生，也反映在《說文》中。

　　文字中聲符的模式表明，上古音的音首系統不比中古音的聲母系統簡單，而是遠遠要複雜得多。一般來說，我們要讓構擬盡可能受到約束，使它們具有一定的預測價值：一個允許各種可能的複雜的輔音組合的構擬，可以解釋所有現存的諧聲關係，但是同樣重要的是，能夠預測怎樣的組合是<u>不可能發生</u>的。我們希望解釋所有實際發生的諧聲關係，僅此而已。

　　但是，不可避免的事實會指向這樣的結論，即上古漢語有非常複雜的詞首（word-initial）輔音組合。在大多數例子中，同一聲符的詞的中古音發音部位至少會相同，但是也有不少字違反這一原則。看下面的例子：

（32）九 jiǔ < *kjuwX*『九』
　　　肘 zhǒu < *trjuwX*『手肘』

在現代標準文字中，「肘」由「月」（肉）和「寸」組成。《說文》是這麼分析的（《說文詁林》1761a），高本漢沒有把它和九（GSR 992a，1073a）聯繫起來。但是，古文字學者都認為「九」是『手肘』的本字；「肘」字中的「寸」是「九」的簡寫，再在左邊加義符「肉」（季旭昇 2010：991，參見 4.4.1.1 節的討論）。

所以「九」本來代表的是 {肘} zhǒu < *trjuwX*『手肘』的意思，而被假借來記錄數字 {九} jiǔ < *kjuwX*『九』。但是中古聲母 *tr-* 和 *k-* 很難調和，通常它們不用同一個聲符來記錄的。沒有一個簡單的上古聲母可以是中古 MC *tr-* 和 MC *k-* 的共同來源，為了解釋這個聯繫，我們不得不構擬更複雜的聲母。我們的構擬是：

（33）肘 zhǒu < *trjuwX* < *t-[k]<r>uʔ『手肘』[18]

九 jiǔ < *kjuwX* < *[k]uʔ『九』

構擬像 *t-k- 這樣的組合看上去像是臨時將就：把聲母輔音堆砌在一起，我們可以解釋幾乎所有的諧聲關係，而無限制地使用這一方法會大大削弱構擬的可預測價值。但是這個例子，藏緬語比較和上古漢語形態模式，都表明我們的構擬可能是對的。藏緬語族中有非前綴形式的（如書面藏語 khru『手肘』）和前綴形式的（如嘉絨語 /tə²² kru³³/『手肘』[黃良榮和孫宏開 2002：661]）。其他的證據也表明上古漢語有前綴 *t-，它的一個功能就是表示不可分割地擁有（參看 3.3.2.4 節），這對表達身體部位的詞來說是合適的。一個類似的例子：

---

18 *<r> 表示我們認為 *-r- 是一個中綴。這個中綴經常出現在表示有一個以上成組的事物的詞。參看下面 3.3.2.6 節。

（34）齒 chǐ < *tsyhiX* < *t-[kʰ]ə(ŋ)ʔ『前齒』

這裡中古聲母 *tsyh-* 經常構擬為上古音齒音 *tʰ-，這是傳統的解決方法：高本漢構擬「齒」為 *t̂'iəg。但是，雖然和中古音是一致的，這樣的構擬忽視了閩方言中『牙齒』一詞的聲母是軟腭音，如福州 /kʰi 3/ 和廈門 /kʰi 3/，是一個非前綴的形式 *kʰəʔ（或可能是 *ŋ̊əʔ，參看 3.1.7.2 節）。

下面我們將會看到現代方言和其他語言中的早期漢語借詞也支持上古漢語的詞首（word-initial）應該有比較複雜的構擬。

2.4 現代漢語方言材料

我們早已認識到閩方言的特徵是中古的《切韻》音所不能解釋的。但是還有至少有兩種方言也保留了在中古漢語中已經消失的特徵，因此也可以為上古漢語的構擬提供各自的證據：它們是中國東南的客家方言和湖南的瓦鄉或叫鄉話方言。

32

2.4.1 閩方言

我們的原始閩語（Proto-Mǐn，pMǐn）音系的材料主要依據羅杰瑞的研究（始於 Norman 1973，1974a，1981）。對於原始閩方言，羅杰瑞在塞音中構擬了六種發音方式，一系列的清響音 *mh-、*nh-、*lh- 等和與其相對應的濁響音。學界接受羅杰瑞發現的步調非常緩慢，毫無疑問這是因為它們（六種發音方式）與中古漢語的簡單聲紐距離相差太大。但是，事實上羅杰瑞構擬的語音區別整體是建立在牢固的基礎之上的：他的語料只限於口語，而且他提出的對應關係在各個閩方言中顯示出令人滿意的規律性。

　　閩方言從主流漢語分流出去的時間應該發生在幾乎是「泛漢語」的「第一次軟腭音的腭化」之前，因為閩方言沒有發生此種現象（見 4.1.2 節）。許思萊（Schuessler 2010：305）把上古音 OC *ki- 到 [tɕi-] 的腭化定在西漢時期（公元前 207– 公元 9 年）；如果是這樣的話，那麼漢語的一支，也即原始閩語的祖先，應該是在這之前從主流漢語中分流出來。這樣可以解釋為甚麼原始閩語有一些詞彙沒有發生其他漢語方言中的那種創新。這一時間框架與羅杰瑞（Norman 1979）把閩方言的最早層次定在漢代是相符合的；這比丁邦新（1983）基於押韻系統演變的年代所做的估計要早一點：丁邦新認為閩語的分流發生在西漢與東漢的轉折時期（大約公元前 50– 公元 50 年）。

　　緊接著語言的個別化之後，發生了一系列造就閩方言的詞匯和音系上的創新，對此，羅杰瑞大多都做了研究：層（或一個同源詞）[19] 替代了田，意為『田地』；戍替代了屋，意為『房子』；囝替代了子，意為『孩子』；喙（MC *tsyhwejH*）替代了口，意為『嘴巴』（北京大學 1995：249）。在音系學上，閩語的一個獨特的創新是上古漢語的 OC*r 變為原始閩語軟化聲母 *-d-，如路 lù『道路』和鯉 lǐ『鯉魚』等詞（見 4.5.2.4 節）。這些創新保證了閩方言作為漢語族底下有效子群的地位。因為創新需要時間才能積累起來，原始閩語的年代大概是公元第一個千年的前半期。

---

19 閩語的『田地』經常被認為是塍 chéng < *zying*『田埂』，但是羅杰瑞指出這個詞源可能應該是層 céng < *dzong*『層次，分層』，「這樣稱呼是因為 [福建的] 多數田地是梯田」（Norman 1996：31）。我們同意羅杰瑞的觀點：這個閩語詞的原始閩語 pMĭn *dzhən A，基於永安 /tsʰî 2/ 和蓋竹 /tsʰê 2/（羅杰瑞 1981：58；鄧享璋 2007：370），這兩種閩中方言都區分 pMĭn *dzh- 和 *džh-。閩方言聲母 *dzh- 和韻母 *-ən 更接近層 MC *dzong* 而不是塍 MC *zying*。

2.4.2 客家方言

客家（Hakka）是地理上分布廣泛，但語言學上差異不大
的群體，主要分布在江西南部、福建西南、臺灣和廣東。客家
方言描述性語料很多也很豐富（李如龍和張雙慶 1992；李如龍
等 1999；劉綸鑫 2001）。多樣性最大的中心是在江西南部和緊
鄰的廣東東北和福建西部，原始客家語的本部可能就在這裡。
目前擴散的客家人群，依據梁肇庭（Leong 1997）的描述，是
1550 至 1850 年之間一系列以經濟利益為驅動的移民的結果。
因此原始客家話應該早於 1550 年，但是鑑於客家方言有限的
多樣性，即使在客家話核心區，也不會比這個年代早多少。客
家方言中存在不能從中古漢語推導出的特徵，比如帶響音聲母
的音節有聲調區別，這和羅杰瑞為原始閩語構擬的濁與清響音
的區別大致相對應。

33

2.4.3 瓦鄉（鄉話）方言

瓦鄉或鄉話方言公布在湖南西部。它們和其他漢語方言
有顯著不同，有一段時間大家甚至在爭論它們是否屬於漢語
族（王輔世 1982）。雖然可以肯定是漢語的一種，但是和閩方
言一樣，它們有一些特徵是沒法從中古漢語的系統中推衍出來
的。好幾種瓦鄉方言現在已經有調查資料，但是至今對它們的
語言史的研究還很少。它們有些特徵和閩方言一樣，但是可能
是共同存古，而不是共同創新，所以現在還不能把它們和閩語
放在一個單獨的子群中。

2.5 其他語言中的早期漢語借詞

接受早期漢語借詞的語族主要是越語族（Vietic）、苗瑤語族（Hmong-Mien，在中國叫「苗瑤」"Miáo-Yáo"）和侗台語族（Kra-Dai）。

2.5.1 越語族

越語族包括越南語（Vietnamese, VN）、芒語（Mu'ò'ng）和其他一些語言，如 Rục、Sách、Thavu'ng，是越南和老撾境內偏遠高地族群使用的語言。越語族是孟高棉語（Mon-Khmer）的分支，按照南亞語系的傳統分類，孟高棉語是該語系的東部語支。

越語族和漢族人群的廣泛接觸可能始於公元前三世紀的晚期。大約在秦朝滅亡的時候，漢族將領趙佗建立南越國，統治約今廣東、廣西和越南北部；約公元前二世紀，南越國成為西漢王朝的附屬國（Aurousseau 1923）。在趙佗統治下的可能包括說侗台語和越語族的人群，所以很可能侗台語和越語族中的一些早期漢語的借詞反映了趙佗時代的語音系統。

漢人統治越南到 938 年為止；整個這一時期，漢語借詞不斷被引入越語族語言，特別是在越南語中形成了連續的層積，每一層都反映了借詞時漢語的語音特徵。在越南語中，通過聲調的對應可以分為兩個主要時期。如馬伯樂（Maspero 1912）和奧德里古爾（Haudricourt 1954a）所示，在漢人統治的早期借進來的流行詞彙顯示了這些對應關係。[20] 在後來的漢人占領

34

---

20 也有相當一部分早期借詞的亞層次顯示越南語的 *ngang-huyền*（A）與漢語去聲對應。

時期，漢語上聲和去聲的對應關係對換了。

表 2.11 漢語與越南語聲調的對應（早期）

漢語聲調	越南語聲調
píng 平	*ngang-huyền* (A)
shǎng 上	*sắc-nặng* (B)
qù 去	*hỏi-ngã* (C)

所謂的漢越語讀音是漢人占領期結束之後，越南的文人用來高聲朗讀漢字的讀音系統。它的性質和口語中的借詞層次不同，但是它可能反映了十世紀早期，在漢人占領的最後時期，越南首都的漢字讀書音。它們的聲調與漢語的對應關係，見表 2.12。漢越語讀音對上古漢語的構擬沒有直接的關聯，後期的借詞也與上古漢語的構擬沒有關係，但早期層次中的借詞有表 2.11 中所示的聲調對應關係的特徵，則是和上古漢語構擬有關的。兩個時期的語音對應都不是完全同質的。

表 2.12 漢語與越南語聲調的對應（後期）

漢語聲調	越南語聲調
píng 平	*ngang-huyền* (A)
shǎng 上	*hỏi-ngã* (C)
qù 去	*sắc-nặng* (B)

2.5.2 苗瑤語族

苗瑤語（Hmong-Mien languages）是散居在中國南方和東南亞的人群所說的語言。對苗瑤語我們主要依靠瑪莎・拉特利夫（Martha Ratliff）的新構擬；如果沒有另外注明的話，所有的原始苗瑤語（Proto-Hmong-Mien，pHM）、原始苗語（Proto-Hmongic，pHmong）、原始勉語（Proto-Mienic，pMien）的構擬都來自拉特利夫（Ratliff 2010）。苗瑤語族中的勉語支分布緊密、界限分明；勉語支的語言一般是原始苗瑤語族中韻母對立最保守的。苗語支相對來說更加多樣化，但是同時與勉語相比，它的韻母對立是銳減的；這樣就形成一大批音系上的創新，使這些語言在苗語的分類中緊密地聯繫起來。除此之外，拉特利夫提到苗語的另外一個共同的創新：原始苗語的 pHM *-k 對應的是聲調 C。與她的前輩一樣，拉特利夫給出三層的構擬：原始苗瑤語、原始苗語、原始勉語。建立在王輔世和毛宗武（1995）工作的基礎上，她在苗瑤語族中識別出漢語借詞的許多層次，這使得她能夠從原始苗瑤語的構擬中排除掉後來的層次和借詞，使得構擬的系統看上去更加簡單而且更像一個自然的系統。

原始苗瑤語族的年代不太能確定。苗瑤語族借用漢語詞彙並在整個語族的兩分支中都表現出帶有規律的語音對應關係，大概至少延續到公元前一世紀。我們發現 *lˤ- > *dˤ- 和 *lˤ- > *tʰˤ- 的音變在下面的詞彙中有對應關係：

（35）銅 *[l]ˤoŋ > *duwng* > tóng『青銅，黃銅』，原始苗瑤語 pHM *dɔŋ『黃銅』

以及

（36）桶 *l̥ˤoŋʔ > *thuwngX* > tǒng『木桶』，原始苗瑤語
　　　pHM *thɔŋ(X).

沙加爾（Sagart 1999c：30–31）舉證這兩個音變在公元 79 年
之前已經發生在東漢的主流漢語中。

　　原始苗瑤語族的年代上限更難確定。基於本書第四章討論
的音首語音對應關係，原始苗瑤語中的漢語借詞有時比越語族
和原始閩語中的漢語借詞有更古老的特徵。例如，原始苗瑤語
中至少有一例顯示，一個上古漢語非咽化的齒齦塞音的對應形
式是非塞擦音（見例 [734]，參看 4.5.2.2 節）。既然越語族借
用漢語詞彙是在秦征服南方以後才可能，因此原始苗瑤語族的
年代上限可能在公元前三世紀末之前。

2.5.3 侗台（Kra-Dai）語族

　　侗台[21]語族分布在中國南方和東南亞，其最具多樣性的中
心是在中國南方，相對較晚的時候它們才向東南亞延伸。從公
元前 206 年趙佗在廣東、廣西建立南越國以後，侗台語族，尤
其是台語支和侗水語支（Kam-Sui），就一直與漢語有持續的
接觸，至今我們只構擬了侗台語族的分支：原始仡央語（Proto-
Kra，Ostapirat 2000），原始黎語（Proto-Hlai，Ostapirat
2004；Norquest 2007），原始侗水語（Thurgood 1988；
Ostapirat 2006），原始台語（Li 1977；Pittayaporn 2009）；所
以侗台語族的構擬現狀只允許我們零星地利用各個語言中的早
期漢語借詞。

21　前面第一章的注 2 中提到，我們用「侗台語（Kra-Dai）」這個名
　　稱，而不用「Tai-Kadai」（台 - 卡岱或卡岱），是採用了許家平
　　（Ostapirat 2000）的建議。

侗台語中，拉珈語（Lakkia、Lakkja）要單獨提出來。拉珈語是侗台語的一種，拉珈人在中國被官方劃定為瑤族，拉珈語是這個語族中唯一把以鼻音作為第二成分的複輔音簡化為只保留第一輔音，而把鼻化轉移到主要元音上的語言，即使在有鼻音尾音時也如此（Solnit 1988，Edmondson and Yang 1988，L-Thongkum 1992）。例如：

（37）原始台語（PT）*q.ma: A ↔ 拉珈語 /kʰũə A/『狗』

　　　PT *q.mu: A ↔ 拉珈語 /kʰũ: A/『豬』

　　　PT *q.mat: D ↔ 拉珈語 /kʰũət D1/『跳蚤』

上面的原始台語構擬來自張高峰（Pittayaporn 2009）。[22] 另外，許家平（Ostapirat 2006：1092，注 16）主張拉珈語的 /kjaai C1/『腸』來自原始侗水語 *k-s-，拉珈語的 /khjom C1/『酸』來自原始侗水語 *kh-s-，顯示拉珈語在一些非鼻音的複輔音中至少也保留了部分起首輔音。

在 4.2.2.3 節我們將會舉證，這樣的行為也可以在來自早期漢語的借詞裡觀察到，包括第二輔音是塞音的詞。拉珈語所顯示的前置輔音是被借語言漢語的一部分，這一事實被越來越多來自其他保守的語言 —— 如越語族的 Rục 語（Nguyễn Phú Phong et al. 1988）—— 的證據清楚地證明了：見表 2.13。

因此，拉珈語是上古漢語複雜音首的重要證據的來源之一。

---

22 李方桂（Li 1977）的原始台語聲母 *hm- 相當於張高峰（Pittayaporn）的 *q.m-。

表 2.13 拉珈語保留的起首輔音

漢語	拉珈語	水語	越南語	Rục	原始閩語
紙 *k.teʔ > tsyeX > zhǐ『紙』	khjei 3		giấy [zʌi B1]	kəcáy	*tš-
賊 *k.dzˤək > dzok > zéi『盜賊』	kjak 8		giặc [zak D2]	kəcʌ́k	*dzh-
牀 *k.dzraŋ > dzrjang > chuáng『牀』				kəci:ŋ	*dzh-
箴 *t.[k]əm > tsyim > zhēn『針』	them 1		găm [ɣam A1]		*tš-
溺 *kə.nˤewk-s > newH > niào『小便』（名）	kjĩ:w 5	ʔniu 5			*n-

2.6 漢語傳統文獻中對語言的直接討論

除了可以從韻文和文字的使用來推斷外，也有一些早期漢語文獻直接討論語言和讀音。揚雄（公元前 53– 公元 18 年）的《方言》、許慎（公元 58–147 年）的《說文解字》、劉熙的《釋名》（約公元 200 年）都是很著名的例子。而且漢代以來的經典注疏也有豐富的音義注解。東漢（公元 25–220 年）時期很多這樣的注解，在柯蔚南（Coblin 1983）一書中可以很方便地找到，但是還有很多注解有待發掘研究。有時一些以前看上去很隱秘難懂的注解，如果我們從上古漢語新構擬的角度來看，也就容易理解。後面會討論的例子包括何休（公元 129–182 年）在《公羊注》中對我們構擬為咽化特徵的描述（4.1.1 節）、鄭玄（127–200）在《禮記》注中對我們構擬為 *-r 韻尾的詞在本地方言讀音的解釋（5.5.1.4 節）。這裡我們只討論一個現象：傳世文獻中以「云」代「有」的現象。

37

2.6.1 早期文獻中以「云／員」代「有」的現象

清代學者注意到典籍中的「云」（有時寫作「員」），意為「說」，經常有早期的注疏家解釋為「有」或者至少傾向於這樣的解釋。在每一個例子中，「云」或「員」後面緊跟的詞都以鼻輔音開頭，說明以「云／員」代「有」是與對後接詞的鼻音輔音的同化有關。

清代學者王引之（1766–1834）記錄了其父王念孫（1744–1832）的意見，認為「云」有時候意為「有」，並舉了一些例子（[1798] 1956：31–32）。

我們對「云」和「有」的構擬如下：

（38）云 *[ɢ]ʷə[r] > *ɢʷən > hjun > yún『說』

有 *[ɢ]ʷəʔ > hjuwX > yǒu『有，存在』

這兩個詞的上古讀音相近：它們的音首和元音都相同，唯一的不同是「云」以 *-r（後來變為 [n]）收尾，而「有」以喉塞音 *-ʔ 收尾。這兩個詞可以互相替代，支持我們對兩個詞的音首 *[ɢ]ʷ- 和主要元音 *ə 的構擬。但是它們的韻尾不同怎麼解釋？

在好幾個以「云」代「有」的例子中，很明顯後面接的詞以上古音 OC *n- 開頭，這說明有 yǒu < *[ɢ]ʷəʔ 中的喉塞音 *-ʔ 被後面的鼻音同化了：*[ɢ]ʷəʔ n- > *[ɢ]ʷən n-。例如，王引之引的一個例子是唐代學者楊倞在《荀子注》裡引的慎到（公元前四世紀）的話。[23] 楊倞引慎到如下：

---

23 慎到（即慎子）的著作，只保留在這樣的引文中，具體參看 Thompson（1979）。這一段見於《荀子》第十二章《非十二子》。

（39）云能而害無能，則亂也。

王引之解釋說：

（40）言有能而害無能之人，則必亂也。

38

「云能」和「無能」平行，支持王引之的解釋。看來，這段文字在流傳過程中，「有能」被寫成了「云能」：

（41）

有 yǒu	能 néng
hjuwX	*nong*
*[ɢ]ʷə\?	**n̥ˤə(\?) ~ *n̥ˤəŋ²⁴*
『有』	『能力』

（42）

云 yún	能 néng
hjun	*nong*
*[ɢ]ʷən < *[ɢ]ʷə[r]	**n̥ˤə(\?) ~ *n̥ˤəŋ*
『說』	『能力』

也就是說，*[ɢ]ʷə\? n- 的序列被 *[ɢ]ʷən n- 的序列替代了，這是一個很自然的同化。²⁵ 王引之又舉《荀子・儒效》篇的「云能」代替「有能」的例子。同樣，他舉《尚書・秦誓》中在有鼻音聲母的然 *[n]a[n] > *nyen* > rán 之前以「員」代「有」的例子。

24　能 néng 的中古音 *nong* 中的鼻音韻尾可能是次生的：在《詩經・小雅・賓之初筵》和《詩經・大雅・桑柔》中它的韻腳可能是 *-ə\?。

25　雖然由於押韻的證據，我們暫時構擬「云」的上古音帶韻尾 *-r（《詩經・小雅・正月》和《詩經・小雅・何人斯》），但是楊倞引用慎到的版本時，*-r 早已經變成 [n] 了。

這裡員 yún < MC *hjun* 和云 yún < MC *hjun* 同音。[26]

在目前討論的例子中，以「云」yún < *[ɢ]ʷən（可能更早的是 *[ɢ]ʷə[r]）代「有」yǒu < *[ɢ]ʷəʔ 發生在中古音 MC *n-* 或 *ny-* 中，兩者都經常對應上古音聲母 OC*n-。但是這樣的替代也發生在其他輔音之前。《尚書・秦誓》有另外一段，王引之說：

（43）員　　　　　來
　　　　hjun　　　*loj*

應該理解為：

（44）或　　　　　來
　　　　hwok　　　*loj*
　　　『有人來』

「有」和「或」讀音相近，可能本是同源的，在早期典籍中它們經常可以互換。我們的構擬是：

（45）有 *[ɢ]ʷəʔ > *hjuwX* > yǒu『有，存在』
　　　或 *[ɢ]ʷˤ[ɢ]ək > *hwok* > huò『有的；或許』

但是為甚麼「云」yún < *[ɢ]ʷən（< *[ɢ]ʷə[r]）在「來」前面可以替代「有」或「或」呢？如在 4.5.2.4 節解釋的那樣，我們認為「來」原來有一個前置成分 *mə-，可以用來幫助解釋「來」

---

26 在別的語境中，「員」的現代漢語也讀作 yuán < MC *hjwen*，現在已經是更常見的讀音。

是「麥」（mài < *meak* < *m-rˁək『麥子』）的聲符。

這樣我們可以理解以「云」代「有」或「或」，是「來」（lái < *mə.rˁək）的鼻音前置成分的同化作用。事實上，我們知道的所有這種替換的例子都發生在鼻音聲母或前置成分之前。[27] 這些替代換關係給我們提供了主要元音（兩例都是 *ə）和前置成分的信息。

但必須注意的是，這一解釋假定「云」的韻尾 *-r 已經變成了 [n]。這些例子都是漢代文獻；我們預測以「云」代「有」的例子不會在先秦出土文獻中發生，因為當時 *-r 和 *-n 還是不同的。

中國經典的注疏中肯定還有很多這樣的例子，可以幫助我們構擬上古漢語的音系或者幫助確定某個詞的構擬。隨著構擬越來越精確，我們能夠更好地理解這些古代經典的注疏。所以作為構擬上古漢語的一種證據，傳世文獻及其故訓不應該被忽視。

2.7 藏緬語族

我們讚同漢語（= 漢語族）和所謂藏緬語族是漢藏語大家族的組成部分。我們的方法是大致假定漢語族本身是漢藏語中的一個有效的單元，但是在這個大家族中，下面怎麼分亞群

---

27 這些包括《後漢書·馮衍傳》中「云命」替代「有命」，見吳昌瑩（[1873] 1956）；兩例「云補」替代「有補」。「補」至少有一個鼻音前綴的讀音，如原始苗瑤語 pHM *mpjaX『補，補丁』（見 4.5.5.1 節）。這兩例出自范曄（398–446）的《後漢書》中，都是代表東漢時期（25–220）的文獻。這些解釋見楊樹達（1954，轉引自俞敏 1992：68）和清代學者吳昌瑩（轉引俞敏 1992：67）。

還不清楚。也就是說，我們還不確定漢藏語是完全分化為這兩支，還是它的種系發生要更為複雜。無論哪種情況，對於漢語族或藏緬語族理解的深入，都會幫助我們更好地理解另一種語言 —— 就像在印歐語研究中，知道希臘語和梵文的重音的位置可以幫助解釋日耳曼語的輔音交替（即由於維爾納定律 [Verner's Law] 而產生的「語法交替」["Grammatische Wechsel"]）。在設定關於上古漢語的假說時，從藏緬語（或其他任何語言）中得到啟發是完全合理的；事實上，我們這裡接受的斯塔羅斯金（Starostin）的上古漢語有 OC *-r 韻尾的假設（相對於韻尾 *-n 和 *-j），最早就是通過與藏緬語中有 [r] 韻尾的詞進行比較而得出來的（Starostin 1989：338–341；參見 5.5.1 節）。

但假如用藏緬語的證據來檢驗關於上古漢語的假設，那就錯了。事實上，一些藏緬語中有 [r]、[n]、和 [j] 韻尾的不同，可能會使人提出是否上古漢語也有類似的不同，但是只有來自漢語內部的證據（不排除其他語言中的漢語借詞）才能回答這個問題。類似地，藏緬語有某前綴、有某功能，這些是富有啟發性的，但對於上古漢語形態的構擬來說不是決定性的。

可能藏緬語族的一些語言中有來自漢語的借詞，它們與上古漢語的構擬可能是有關聯的，但限於我們目前的知識水平，很難有效地區分借詞和同源詞。

第三章
上古漢語構擬概觀

　　本章是我們對新構擬的一個概述；具體的觀點見第四章
（音首）和第五章（韻母）。

3.1 音首：主要假設

　　上古漢語的詞必須有一個主要起首輔音，有時也有前置成
分（具體討論見第四章）。我們的構擬在主要輔音和前置成分
上有了不少創新。

　　與早期的構擬方案相比，我們在構擬中使用的前置成分明
顯更多。為了解釋諧聲關係，高本漢的上古音已經構擬了一些
複輔音叢，如下面的例子：

（46）筆 高本漢的 *pli̯ət『毛筆』（> pit > bǐ；我們的 *p.[r]
　　　ut）；比較：
　　　律 高本漢的 *bli̯wət『法、規則』（> lwit > lǜ；我們
　　　的 *[r]ut）
（47）黑 高本漢的 *χmək『黑色』（> xok > hēi；我們的
　　　*m̥ˤək）；比較：
　　　墨 高本漢的 *mək『墨水』（> mok > mò；我們的

*C.mˤək）

（48）品 高本漢的 *p'li̯əm『類別』（> phimX > pǐn；我們
的 *pʰr[ə]mʔ）；比較：
臨 高本漢的 *bli̯əm『向下看』（> lim > lín；我們的
*(p.)rum）

但是，如果考慮現代方言和其他語言中的早期漢語借詞，我們
就必須構擬更多更複雜的音首。例如，高本漢構擬瓦 wǎ『屋
瓦』只是簡單的 *ngwa，白一平（Baxter 1992）作 *ngʷrajʔ（用
我們現在的標音法是 "*ŋ̊ˤʷrajʔ"）。但是我們現在構擬聲母為
*C.ŋˤʷ-（*C 是不確定的響音聲母）來解釋閩語、客家話和越
南語中早期借詞的陰調（upper-register tone）：

（49）瓦 *C.ŋ̊ˤʷra[j]ʔ > ngwaeX > wǎ『屋瓦』；原始閩語
pMǐn *ŋh-；梅縣客家話 /ŋa 3/；
比較：越南語 ngói [ŋɔi B1] 帶陰調（high-register tone）。

很明顯各個方言對前置成分的處理還有很大的差異，這在《說
文》關於「筆」的詞條可以清楚地看到（更多的例子見 4.4.4.4
節）：

42

（50）聿（*[m-]rut > *lut > ywit > yù）：
所以書也。
楚謂之聿（*lut < *[m-]rut?）；
吳謂之不律（*pə.[r]ut）；
燕謂之弗（*put）；
筆（*p.[r]ut > *prut > pit > bǐ）：

　　　　秦 謂 之 筆（*p.[r]ut）（《說文詁林》
　　　　1271b，1273a）

部分差異在於前置輔音與主要音節是緊密地還是鬆散地聯繫在一起。在像例（50）這種情況下，有時候有些詞根就必須構擬一個以上的形式。

　　我們的構擬在音首上的主要創新可以概括如下。

3.1.1 A 型（非三等）音節中的咽化音首

　　上古漢語中的 A 型音節後來成為中古音中的一、二、四等字的音節；[1] 所有其他的音節，傳統稱為三等字，是 B 型音節（這兩個術語是蒲立本發明的，見 Pulleyblank 1977–1978）。中古漢語的音節可以大致平分成兩類。高本漢在他的上古音構擬中把 B 型（三等）字擬成元音前帶半元音 *i̯（「medial yod」，也稱喻化）的介音 prevocalic，而 A 型（一、二、四等）字則沒有。董同龢（1948）接受了這個方案，李方桂（Li 1971）和白一平（Baxter 1992）也同樣如此，但是他們把喻化介音寫作 *-j-。有很多原因使人對這個方案感到不滿意；學者提出別的方案（見 4.1.1 節）。我們接受了羅杰瑞（Norman 1994）的意見，把 A 型音節構擬為帶有咽化音首，例如：

（51）綱 *kˤaŋ > kang > gāng『提網的繩』（一等，A 型）
　　　疆 *kaŋ > kjang > jiāng『邊疆』（三等，B 型）

（52）更 *kˤraŋ > kaeng > gēng『變更』（二等，A 型）

1　有一個例外：如第二章注 9 已經說明的，中古漢語時期發生一個音變：一些聲母是 *Tsr-* 的三等字變為二等，從上古漢語的角度來看，那是 B 型音節。

京 *[k]raŋ > kjaeng > jīng『山；首都』（三等，B 型）

（53）鼎 *tˤeŋʔ > tengX > dǐng『鼎』（四等，A 型）

整 *teŋʔ > tsyengX > zhěng『安排；整齊』（三等，B 型）

這種構擬可以幫助解釋兩個重要事實，這是以前的假設沒法做到的：（1）A 型音節中的元音傾向於被低化；（2）A 型音節的聲母有抗拒被腭化的阻力。參見 4.1.1 的進一步討論。

3.1.2 小舌音聲母

我們在上古漢語的聲母中增加了一套小舌音和圓唇小舌音，採用了潘悟雲（1997）的建議。我們在沙加爾和白一平（Sagart and Baxter 2009）說明了這樣做的理由，而且在上面 2.3 節也簡要提到。如潘悟雲指出的，中古音是擦音和塞音聲母的詞，在文字上互不干擾：如，中古音 s- 和 t- 不出現在同一諧聲系列中。但是，在喉音聲母中，喉塞音 ʻ-（傳統的影母）和擦音 x-、h-、hj-（傳統的曉母、匣母、喻三 = 云母）卻常常共用同一個聲符。例如，聲符「于」，比較污 ʻwae > wā『不淨；污穢』，訏 xju > xū『大』，于 hju > yú『去；在』；聲符「曷」，比較謁 ʻjot > yè『拜謁』，歇 xjot > xiē『停止，休息』，褐 hat > hè『粗布』；聲符「有」，比較郁 ʻjuwk > yù『雅致，優美』，賄 xwojX > huì『財物』，囿 hjuwH > yòu『園囿』。潘悟雲建議中古音的 MC ʻ-、x、h-/hj 分別與上古音的小舌塞音 *q-、*qʰ-、*ɢ- 對應（h 和 hj 在中古音的分布互補），這樣一來它們之間的接觸只不過是上古音中相同發音部位塞音的清濁、送氣不送氣的交替而已。我們接受潘悟雲的意見，構擬為：

（54）污 *qʷˤra > ʻwae > wā『不淨，汙穢』

訏 *qʷʰ(r)a > *xju > xū『大』

于 *ɢʷ(r)a > *hju > yú『去；在』

（55）謁 *qat > ʼjot > yè『拜謁』

歇 *qʰat > xjot > xiē『停止，休息』

褐 *[ɢ]ˤat > hat > hè『粗布』

（56）郁 *qʷək > ʼjuwk > yù『雅致，優美』

賄 *qʷʰˤəʔ > xwojX > huì『財物』

囿 *[ɢ]ʷək-s > hjuwH > yòu『園囿』

但是，我們覺得潘悟雲最初的建議也有幾點必需修改。

第一，潘悟雲的理論中，中古音聲母 MC ʼ- 的唯一來源是上古音的 *q-；然而，相對較長的諧聲系列中，除了 MC ʼ- 沒有其他的中古音聲母，而且在中古音聲母是 MC ʼ- 的詞以外，沒有一個詞族接觸（word-family contact）的範例，這兩個事實顯著表明，上古音中有一個不同於 *q- 的喉塞音聲母，而且與 *q- 形成對立（參見 4.3.1 節）。這樣，在較長的諧聲系列中有 MC ʼ- 作為它們獨特的中古音聲母時，我們構擬 *ʔ- 為中古音的 MC ʼ- 的來源，如「央、夗、亞、嬰、意、奧、幺、夭」等。在諧聲系列中，中古音 MC ʼ- 和其他中古音喉音交替時，如上舉（54）到（56）的例子，或者和中古音的軟腭音交替時，如在諧聲系列「可、夸、區、曷、今、圭、或」等，我們構擬為 *q-。因為我們的上古音構擬中沒有音節是以元音開頭的，我們的 *ʔ- 也可以看作是零聲母。但是，諧聲系列在區別 OC *ʔ- 和 *q- 時用處總是有限的，如我們在 4.3.1 節所示，上古音 OC *q- 和 *ʔ- 在原始閩語中已經合流為一個喉塞音，而原始閩語大概在漢代早期就已經從主流漢語中分化出來（見 2.4.1 節）。二者合流之後，漢語就失去了新造字與歷史上對應

44　諧聲系列相匹配的語音基礎。

第二，認為上古有軟腭音與小舌音對立的理論，必須解釋為甚麼中古的喉音（也就是上古小舌音的正常的對應形式）經常與軟顎音在諧聲系列中同時出現。潘悟雲的解釋是這兩類音在語音上很接近，可以用同一個諧聲聲符來記錄。我們則認為中古跟小舌音有諧聲接觸的軟腭音，是上古音中帶某些前置成分的小舌音的規則對應形式，如下面的例子所示，中古音中帶軟腭音和喉音聲母的字共用一個詞根：影 *'jaengX* > yǐng『影子』和 景 *kjaengX* > jǐng『明亮，圖景』。在沙加爾和白一平（Sagart and Baxter 2009）中，我們指出上古小舌音演變為中古軟腭音的條件是有鬆散附著的前置輔音：「影」和「景」我們以前分別構擬為 *qraŋʔ 和 *Cǝ.qraŋʔ。這裡我們修正原來的意見，認為這樣演變的條件是帶有一個緊密附著的前置輔音，我們在第四章注 24 中給出了理由：我們現在的擬音是影 *qraŋʔ > *'jaengX* 和景 *C.qraŋʔ > *kjaengX*。如果只把後者擬為軟腭輔音，前者擬為小舌輔音，那就不能夠表示它們共有的詞根。進一步討論見 4.4.5.1.

這裡又一次顯示，在實踐中，用諧聲系列來決定一個中古聲母是軟腭音的字，在上古是軟腭音還是小舌音，是受制於造該字時上古的小舌音是否已經變成了軟腭音。如果上古的小舌音在緊密附著的前置輔音之後已經變成了軟腭音，那麼該字的聲符就有可能是軟腭音，即使詞素本身的上古聲母是小舌音；反之亦然。因此，必須權衡諧聲關係的證據與文本、古文字、比較法和詞源等其他證據的輕重。

第三，我們對 B 型音節中 OC *ɢ- 的演變的看法與潘悟雲不同。他認為 B 型音節中的 *ɢ- 演變為中古音 MC *hj-*（喻三 = 云母）。因為中古漢語中絕大多數該聲母的字是圓唇化的（即

合口），這樣就要把許多聲母是喻三（＝云母）的字中的圓唇成分視作次生的。潘悟雲認為這是因為後舌位的輔音傾向於圓唇化，與後元音傾向於圓唇是平行的。因此潘悟雲把永 yǒng < MC *hjwaengX*『長（時間）』擬為 *ɢrăŋ，於 yú < MC *hju*『去；在』擬為 *ɢă；他推測在它們演變成中古音之前就已經圓唇化為 *ɢʷrăŋ、*ɢʷă（潘悟雲 1997：20）。我們的意見是，除了極少數的例外，中古 MC *hj-* 的上古音來源就是唇化小舌音 *ɢʷ-，而且大多數中古音 MC *hj-* 聲母字圓唇化是原生的。「永」和「於」，我們的擬音是 *[ɢ]ʷraŋʔ 和 *ɢʷ(r)a。我們也構擬了非圓唇的 *ɢ-，但是基於諧聲關係和詞族接觸，我們認為這個聲母演變為中古的 MC *y-*，即傳統的喻四＝以母（Sagart and Baxter 2009）。具體討論和例證參見 4.3.3 節。

　　第四，我們認為上古音 OC *qʰ- 和 *ɢ- 在鼻音前綴 *N- 或 *m- 之後，演變為中古 MC *ng-*。這將在 4.4.1.2、4.4.1.3、4.4.2.2、4.4.2.3 節具體討論。中古聲母 MC *ng-* 的上古小舌音和非小舌音聲母來源，有時可以在文字上區分開來。例如，五 wǔ < *C.ŋˤaʔ『五』和午 wǔ < *[m].qʰˤaʔ『地支第七位』作為聲符（除了一些後起的字）時就是這樣；參見 4.4.2.2 節的討論。

　　我們構擬的小舌和圓唇小舌輔音前面沒有任何前置輔音時的中古音主要對應形式，參見表 3.1.

表 3.1 上古音小舌輔音聲母和它們中古音的主要對應形式

A 型音節（咽化）		B 型音節（非咽化）	
上古音	中古音	上古音	中古音
*qˤ- >	ʼ-	*q- >	ʼ-
*qʰˤ- >	*x-*	*qʰ- >	*x-*
*ɢˤ- >	*h-*	*ɢ- >	*y-*

（續上表）

A 型音節（咽化）		B 型音節（非咽化）	
$*q^{wˤ}$- >	'(w)-	$*q^{w}$- >	'(w)-
$*q^{whˤ}$- >	x(w)-	$*q^{wh}$- >	x(w)-
$*ɢ^{wˤ}$- >	h(w)-	$*ɢ^{w}$- >	hj(w)-

接下來，我們討論關於前置輔音主要的新假設。

3.1.3 前置輔音作為原始閩語清響音的來源

羅杰瑞為原始閩語構擬了一系列的清響音 *mh-、*nh-、*lh- 等，來解釋聲調發展上的差別。閩北語[2]中 *lh 也有一個嗓音對應形式，和 *l- 的對應形式不同。這些不和我們所說的上古音中的清響音 *m̥(ˤ)-、*n̥(ˤ)-、*l̥(ˤ)- 等對應，後者有不同的對應形式。事實上，它們對應的是上古漢語中有緊密附著的前置清輔音成分的濁響音：例如，*k.r- 在原始閩語中變為 *lh-。有的例子的前置輔音可以從其他證據中看出來（如早期借詞或文字學的證據）；否則，我們就把它寫作 *C。參見 4.4.4.4 和 4.4.5.4 節。

3.1.4 鬆散附著的前置成分作為原始閩語「軟化」塞音的來源

2.4.1 節已經提到，羅杰瑞（Norman 1973，1974a）為原始閩語構擬了一套「軟化」塞音，它們在閩北方言中有明顯的

2　「閩北」我們指陳章太和李如龍（1991）界定的「閩北」方言，即建陽、建甌和其他方言，它們的聲母有系統的「軟化」對立，不見於其他閩方言。舊的術語中，閩方言分為以福州為代表的「閩北」和以廈門為代表的「閩南」。新的術語分為五組：在沿海，福州為閩東區，廈門仍然為閩南區，它們之間的莆仙區（包括莆田和仙遊）。在內陸是閩北和閩中區。具體參見陳章太和李如龍（1991）。

分段對應形式。羅杰瑞（Norman 1986）認為這些可能來自鼻冠音（prenasalized）的阻塞音，但是我們對這個解決方案不滿意，我們認為軟化的條件是主要音節的聲母前面有一個鬆散附著的前置成分，主要輔音因為處在兩個元音之間濁化或弱化。例如：

（57）上古音　　　　　羅杰瑞構擬的原始閩語　　　　中古音
　　　*Cə.t^ˤ- > 　　　　　　　*-t 　　　　　　　　　*t*-
　　　*Cə.d^ˤ- > 　　　　　　　*-d 　　　　　　　　　*d*- 　　　46

從類型學上來說，這是一個比鼻冠音更合理的解釋，而且這和現代福州話及其他沿海閩方言中的弱化現象相類似。具體討論參見 4.5 節。

3.1.5 緊密附著的前置輔音作為原始閩語送氣濁塞音的來源

在 2.4.1 節已經提到，一些閩方言中有送氣和不送氣聲母，和中古音的濁塞音和塞擦音對應；羅杰瑞因此在原始閩語的濁塞音和塞擦音中構擬了一個送氣的差別。我們的假設是送氣的對應形式是來自上古漢語的除 *N. 以外的緊密附著的前置輔音。

（58）上古音　　　　　羅杰瑞構擬的原始閩語　　　　中古音
　　　*b > 　　　　　　　　*b 　　　　　　　　　　*b*-
　　　*C.b > 　　　　　　　*bh 　　　　　　　　　*b*-
　　　*m.p > 　　　　　　　*bh 　　　　　　　　　*b*-

我們對閩方言中同時共存不送氣的和送氣的塞音對應於中古音的濁塞音的解釋是，閩方言經歷了兩波清音化的過程。第一波

的清音化影響到上古音的濁塞音和前面帶 *N 的清塞音，後者在原始閩語時就已經和濁塞音合流了。第一波清音化產生了不送氣的清音的對應形式，但是沒有影響到有緊密附著的前置成分的濁塞音聲母。後來這些前置輔音消失了，暴露出濁音聲母，它們變成氣嗓音（breathy）並且經歷第二波的清音化，產生了送氣的對應形式。具體討論見 4.2.1.1 節的表 4.9。

3.1.6 前置輔音成分（鬆或緊附著）作為越語軟化聲母的來源

在本族語詞彙和早期的漢語借詞中，越南語有一種阻塞音聲母擦音化的現象，這與閩北方言的軟化相似：當越南語有擦音化聲母時，其他關係密切的越語族（Vietic）語言有在越南語中已經消失的前置音節。學者公認越南語的輔音擦音化發生在元音間的輔音位置。例如：

（59）Rục /kəpuː1 1/，越南語 vôi [voi A1]『石灰』

當這樣的前置音節出現在借自漢語的詞彙時，我們認為也可以把這作為上古漢語有前置音節的證據。例如：

（60）Rục /kcoːŋ 3/，越南語 gióng [zʌwŋ B1]『種子』，來自：
　　　OC 種 *k.toŋʔ > tsyowngX > zhǒng『種子』

越南語最早的漢語借詞很可能是進入了原始越語族語言，而不是越南語本身，在當時越南語還沒有成為一種獨立的語言。早期漢語借詞中的所有前置音節，不管在漢語中是緊密或鬆散附著的，越南語都作為鬆散附著音節處理。

3.1.7 苗瑤語中漢語借詞的鼻冠音來自上古漢語的鼻音前置輔音

苗瑤語中一些來自漢語的早期借詞有鼻冠音或鼻冠音的反映；我們把這個作為上古漢語有前置鼻輔音的證據。

（61）原始苗瑤語 pHM *ntam A『挑在肩上』，來自

上古漢語 OC 擔 *mə-tˤam > *tam* > dān『挑在肩上』，

原始閩語 pMǐn *-tɑm A

參見 4.2.2.1 節的討論。

3.1.8 上古音 *N-r(ˤ)- 和 *m-r(ˤ)- 作為中古音 *d-* 和 *y-* 的來源之一

構擬 *N-r(ˤ)- 和 *m-r(ˤ)- 可以解決一些關於輔音聲母的疑問：

（62）*N-rˤ-, *m-rˤ- > MC *d-*

*N-r-, *m-r- > MC *y-*

參見 4.4.1.4 和 4.4.2.4 節的討論。

3.1.9 前置輔音 *t- 加軟腭音作為中古音 *Tsy-* 類聲母的來源之一

中古音 *Tsy-* 類聲母（*tsy-*, *tsyh-*, *dzy-*, *ny-*）規則地對應上古音的非咽化齒齦音聲母 *t-、*tʰ-、*d- 和 *n-；*Tsy-* 類聲母的另一個來源是非咽化軟腭音聲母在前元音 *i 和 *e 前的腭化。但是，軟腭音和 *Tsy-* 類聲母在非前元音前也有接觸，這一直以

來都沒有令人滿意的解釋。³ 我們現在把這種腭化歸結於一個在主要軟腭音之前的前置輔音 *t。

（63）齒 *t-[kʰ]ə(ŋ)ʔ 或 *t-ŋ̊əʔ > *tsyhiX* > chǐ『門牙』，
原始閩語 Proto-Mǐn *khi B

前置塞音經證明存在於越語族語言的早期借詞中，使得這個解決方案成為可能。參見 4.4.4 節的討論。

48

3.2 韻母

雖然我們修改了一些單字韻母的擬音，但是除了以下兩個例外，我們找不出理由要修改白一平（Baxter 1992）所述的主要元音和韻尾系統。首先，我們現在用 *ə 來寫白一平（Baxter 1992）寫作 *ɨ 的元音；其次更重要的是，依照斯塔羅斯金（Starostin 1989），我們現在認識到韻尾 *-r，與 *-j 和 *-n 的對立，並且找到了更多的證據（參見 5.5.1 節）。韻尾 *r 的常見中古音對應形式是 MC -n，但是也有方言中 *-r 與 *-j 合流。斯塔羅斯金沒有說這些方言的具體地點，我們現在有證據表明從 *-r > *-j 的音變發生在山東半島及其附近地區（參見 5.5.1.4）。

因此，如果不算韻尾後面的後置成分 *-ʔ 和 *-s，上古漢語的韻母是由六個主要元音（*ɨ、*ə、*u、*e、*a、*o）中的一個元音與一個韻尾（*ø、*-k、*-ŋ、*-j、*-t、*-n、*-r、*-w、*-wk、*-m、*-p）組合而成。並不是所有的組合都會出現；我們構擬的組合例見表 3.2。

3　白一平（Baxter 1992）用大寫字母來標記顯然沒法預測的軟腭音的腭化。

表 3.2 上古漢語韻母的擬音

	*ø	*-j	*-w	*-n	*-m	*-ŋ	*-r	*-t	*-p	*-k	*-wk
*i	—	-ij	-iw	-in	-im	-iŋ	-ir	-it	-ip	-ik	-iwk
*u	-u	-uj	—	-un	-um	-uŋ	-ur	-ut	-up	-uk	—
*ə	-ə	-əj	—	-ən	-əm	-əŋ	-ər	-ət	-əp	-ək	—
*e	-e	-ej	-ew	-en	-em	-eŋ	-er	-et	-ep	-ek	-ewk
*o	-o	-oj	—	-on	-om	-oŋ	-or	-ot	-op	-ok	—
*a	-a	-aj	-aw	-an	-am	-aŋ	-ar	-at	-ap	-ak	-awk

49

韻母擬音的具體討論見第五章。

3.3 詞根結構、詞的結構、詞綴

3.3.1 詞根結構

　　上古漢語的詞由一個詞根加上可能存在的詞綴組成。詞根或是單音節，由一個完整的音節（Σ）組成，或是雙音節，由一個完整的音節前面加一個次要音節（σ）組成，這樣就是 σ.Σ 的結構。次要音節相較於完整音節來說，所允許的結構位置以及每個位置存在的音位對立都要少一些。

　　一個完整的主要音節 Σ 包括五個結構位置，每個位置可以填充不同的音位組（圖 3.1）。

圖 3.1 上古漢語主要音節的結構

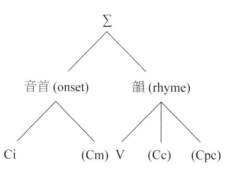

50

第一個位置 Ci（initial，聲母）是必需填充的。所有上古音的輔音，除了 *j 和 *w，都可能出現在這裡。（上古音裡）可能存在的輔音聲母系統表，見第四章表 4.1。

第二個位置 Cm（medial，介音）或是空著，或是 *r。如果有 *r，它可以是詞根的一部分，也可以是中綴 *<r>，占據相同的位置。我們把中綴 *<r> 寫在尖括號裡與介音位置的 *r 詞根相區別。

第三個位置 V（vowel nucleus，主元音）形成音節的峰（peak），必須由六個元音（*i、*e、*ə、*a、*u 和 *o）之一來填充。我們寫作 *ə，但是不清楚這個元音的音質：它可能是一個央元音 [ə]，或者是高的央元音 [ɨ]，或者甚至可能是高的非圓唇後元音 [ɯ]。[4]

第四個位置 Cc（coda，韻尾）或是空著，或由一個輔音來填充，後者可以是以下的任何一個：*m、*n、*ŋ、*r、*j、*w、*p、*t、*k、*wk。但是注意沒有 "*wŋ" 韻尾。

最後的位置 Cpc（postcoda，後置輔音）或是空著，或是一個喉塞音。喉塞音只能跟在一個響音（六個元音之一或者一個響音韻尾）之後：不可能有 *-kʔ、*-pʔ、*-tʔ、*-wkʔ 這樣的例子。不帶詞綴的單音節詞如：

（64）豝 *pˤra > pae > bā『母豬』

（65）終 *tuŋ > tsyuwng > zhōng『止』

（66）涯 *ŋˤrar > ngea > yá『河岸；邊界』

4　白一平（Baxter 1992）用「帶杠的 i」*ɨ 來代表這個元音，這個標音法不但大家一般都不熟悉，而且容易和一般的 *i 相混淆。斯塔羅斯金（Starostin 1989）用 *ə 表示這個元音，我們現在也這麼做。鄭張尚芳（2003 以及別處）把這個元音寫作 *ɯ。

　　除了主要音節，有些詞前面會有額外的音段成分，形成主
要音節前面的次要音節，也可以叫做「前置成分」，主要音節
之後還可以帶 *-s 尾。我們暫時的假設是音節尾成分 *-s 全部
都是形態上的後綴，所以我們在前面用一個連字符（-）聯繫。
對於音節前置成分，有時我們可以確定它們是前綴，有時不
能。在不能確定時，這些前置成分可能是（1）還沒有被認出
來的前綴，（2）已知的前綴但是其功能不清楚（3）詞根的一
部分。當我們不知道前置輔音是不是前綴，我們用點號（.）把
它和主要音節分開，而不用連字符，這樣至少暫時地把它看作
是詞根的一部分。比如，我們在前置輔音 *s- 之後，用一個連
字符，如：

　　（67）賜 *s-lek-s > *sjeH* > cì『給予』

因為我們把 *s- 作為提高配價能力的前綴（參見下面 3.3.2.3），
而附加到例（68）的詞根上：

　　（68）易 *lek > *yek* > yì『變化；交換』

但是我們在例（69）用一個點號，如

　　（69）千 *s.ŋˤi[ŋ] > *tshen* > qiān『千』

因為在這裡前置成分 *s 沒有明確的形態上的功能。

51

　　進一步的研究可能會表明，我們現在當作是詞根一部分的
有些前置音節可能是上古漢語中共時的詞綴；而有些可能在更
早以前是詞綴，但後來就只能當作是上古漢語中共時的詞根的

一部分。一個類似的例子是英語的 *believe* 和德語的 *glauben*，它們都是「相信」的意思。原來它們都來自原始日耳曼語的詞根 *laub-，但是有不同的前綴。但從共時的角度來看，現在必須把它們的前綴視為詞根的一部分了。當然也有一些前置音節可能從來就不是前綴。

在次要音節中有兩個結構性的位置：Cpi（preinitial consonant 前置音節中的輔音）和 Vpi（preinitial vowel 前置音節中的元音）（圖 3.2）。

圖 3.2 上古漢語次要音節的結構

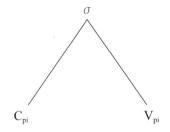

第一個位置 Cpi（前置音節中的輔音）必須由一個輔音來填充。可以填充第一個位置的輔音是有限的：我們有證據的是 *p、*t、*k、*r、*s、*m、*N；其中 *N 可以認為是 *n 或 *ŋ 在不同位置的音位變體。*r 作為前置輔音的證據很有限。我們在以下詞中構擬前置輔音 *r 來解釋以「魚」*ngjo* > yú 為聲符的「魯」lǔ < *luX*，「魯」字有中古音聲母 *l-*（中古來母一般來自上古音 *r）。

（70）魯 *r.ŋˤaʔ > *luX* > lǔ『（地名）』

魚 *[r.ŋ]a > *ngjo* > yú『魚』

　　有時候，比較的證據表明有一個前置輔音存在，但是我們並不能確定是哪一個。這樣的例子，我們寫作 *C。其他的輔音可能會出現在這個位置；我們現在還不能提供一個確定的清單。但沒有證據表明次要音節可以包括咽化輔音。

　　第二個位置 Vpi（前置音節中的元音）或是空著（這時次要音節的音峰是一個輔音），[5] 或以 *ə 填充。

　　我們稱沒有元音的前置音節為「緊密附著的」，而那些有元音 *ə 的為「鬆散附著的」。緊密附著的前置音節和主要音節中的必須成分聲母（起首輔音）形成緊密的輔音叢，這些輔音叢在中古漢語中以不同的方式被簡化，而鬆散附著的前置音節在中古漢語中完全消失了（有時候在消失之前也影響主要音節的聲母，如像閩北方言那樣）。

　　次要音節除了與後面的主要音節形成的音步之外，不能自由地出現；但少數高頻率的常用虛詞，在結構上和帶 /ə/ 的次要音節相同，可以算是自由出現的次要音節。例如：

52

（71）而 *nə > nyi > ér『和，但是』

　　　其 *gə > gi > qí『語氣詞』

　　　之 *tə > tsyi > zhī『（第三人稱賓語代詞；定語助詞）』

　　　不 *pə > pjuw > bù『不』

之 *tə 在《詩經》中不帶重音（Kennedy 1939）。如果我們把它們看作是次要音節，這種行為就是正常的。但是這裡我們仍然把它們看作是完整音節的一種。

5　塞音音節出現在北非的柏柏語（Berber language, Dell and Elmedlaoui 1985）以及其他語言中。

對上古漢語詞根的結構概括見圖 3.3。

圖 3.3 上古漢語詞根的結構

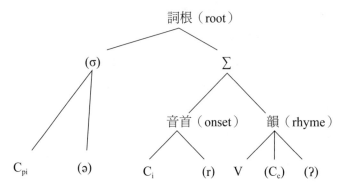

下面是帶緊密附著的前置音節的雙音節詞根例子：

（72）川 *t.lu[n] > *tsyhwen* > chuān『河，溪』（中古音的韻
母不規則，正常演變應該是 *tsywin*）

種 *k.toŋʔ > *toŋʔ? > *tsyowngX* > zhǒng『種子』；原始
越語中的借詞是 *k-coːŋʔ

板 *C.pˤranʔ > *paenX* > bǎn『木板』

下面是帶鬆散附著的前置音節的雙音節詞根例子：

（73）落 *kə.rˤak > *lak* > luò『掉下』

舌 *mə.lat > *zyet* > shé『舌頭』

嘗 *Cə.daŋ > *dzyang* > cháng『品嚐』

上古漢語沒有聲調（參見 5.1 節的討論）。主要音節一律帶重
音，而次要音節一律不帶。這給雙音節詞一個抑揚格（弱－強）

的節奏。在韻文中，雙音節和單音節的詞都只算一個音步：一個四個音步的韻文可以由單音節或雙音節的詞任意組合構成。

3.3.2 詞綴

上古漢語的很多詞彙有詞綴。上古漢語有數個前綴和後綴以及一個中綴。所有詞綴都是派生性的，而且有一些衍生能力比較強。前綴附著在詞根的第一音段之前，後綴在最後一個音段之後。中綴插在主要音節的聲母（Ci）和主元音（V）之間，也就是音節的介音位置。我們用連字符（「-」）把詞根與前綴和後綴分開，用尖括號（「< >」）把中綴從一個詞根裡區別開來。大多數的前綴是加到單音節詞根上（見下面具體討論的例子），但是也有一些加在雙音節詞根上的例子：

（74）藍 *[N-k.]r̥ˤam > *lam* > lán『靛青』；參考：原始苗瑤
　　　語 pHM *ŋglam
　　　懶 *[N-kə.]r̥ˤanʔ > *lanX* > lǎn『懶惰』；參考：原始芒
　　　語 pHmong *ŋglæn B『懶惰』

也有帶兩個前綴的詞根（參見 4.6 節的討論）：

（75）層 *N-s-t̥ˤəŋ > *dzong* > céng『雙層』
　　　近 *s-N-kərʔ-s > *gj+nH* > jìn『靠近（及物動詞）』

上古漢語中到底有哪些詞綴，目前還不能確定。但是有一些已經有很好的證據。我們先把它們列在下面。

前綴是輔音，有短（*C）和長（*Cə）兩種不同形式，不管是長的還是短的，都有同樣的形態功能。短的形式在音系學

上和緊密附著的次要音節無別，長的形式和鬆散附著的次要音節相同。這些不同形式的證據是通過語言比較而來的（參見4.2節）。短的和長的形式出現的條件現在還不清楚；我們目前把它們當作自由變體。短形式的詞綴比較普遍。有兩個前綴的詞的音節地位還不確定，同樣地，帶前綴的雙音節詞根的音節地位也還不確定。

3.3.2.1 *N- 前綴

幾乎所有的 *N 前置音節是前綴。*N- 前綴一般都是派生的靜態非及物動詞，常常是從及物動詞派生而來，而且使後接的清塞音或塞擦音變成濁音。長形式的 *Nə- 就沒有這種濁化的效果。例如：

（76） 敗 *pˤra[t]-s > *paejH* > bài『打敗（及物動詞）』
敗 *N-pˤra[t]-s > *baejH* > bài『遭受失敗（不及物動詞）』

（77） 折 *tet > *tsyet* > zhé『折彎；折斷（及物動詞）』
折 *N-tet > *dzyet* > shé『彎曲（不及物動詞）』

（78） 見 *[k]ˤen-s > *kenH* > jiàn『看見』
見 *N-[k]ˤen-s > *henH* > xiàn『出現』（<『被看見』）

進一步討論見沙加爾和白一平（2010、Sagart and Baxter 2012）。

3.3.2.2 *m- 前綴

上古漢語有幾個 *m- 前綴，各有不同的功能（參見沙加爾和白一平 2010）。和 *N- 前綴一樣，短形式使後接的清塞音或

塞擦音變成中古音的濁音。

　　前綴 *m₁ₐ- 使非意願動詞變成意願動詞，有時也有使動的
意味：

54

（79）覺 *kˤruk-s > kaewH > jiào『醒來』

　　　學 *m-kˤruk > haewk > xué『學習，模仿』

（80）見 *[k]ˤen-s > kenH > jiàn『看見』

　　　見 *m-[k]ˤen-s > henH > xiàn『使看見，介紹』

（81）晶 *tseŋ > tsjeng > jīng『明亮，透明』，精 *tseŋ
　　　『清純』

　　　淨 *m-tseŋ-s > dzjengH > jìng『洗淨（及物動詞）』

前綴 *m₁ᵦ- 使名詞變成意願動詞：

（82）背 *pˤək-s > pwojH > bèi『背脊』

　　　背 *m-pˤək-s > bwojH > bèi『背對』

（83）倉 *tsʰˤaŋ > tshang > cāng『糧倉』

　　　藏 *m-tsʰˤaŋ > dzang > cáng『儲藏』

（84）朝 *t<r>aw > trjew > zhāo『早上』

　　　朝 *m-t<r>aw > drjew > cháo『上朝』

前綴 *m₁ᵪ- 使動詞變成施事或工具名詞：

（85）判 *pʰˤan-s > phanH > pàn『分開』

　　　畔 *m-pʰˤan-s > banH > pàn『田畔』

（86）拄 *t<r>oʔ > trjuX > zhǔ『支柱，支持』

　　　柱 *m-t<r>oʔ > drjuX > zhù『柱子』

（87） 稱 *tʰəŋ > tsyhing > chēng『稱重；稱量；稱呼』

稱 *mə-tʰəŋ-s > tsyhingH > chèng『杆秤』；參考：原
始苗瑤語 *nthjʉəŋH『杆秤』

（88） 包 *pˤ<r>u > paew > bāo『包裹』

袍 *m.[p]ˤu > baw > páo『長袍』

帶雙重前綴的「層」*m-s-tˤəŋ > dzong > céng『樓層』參見 4.6
節的討論。

前綴 *m₂- 出現在人體器官名之前：

（89） 肚 *tˤaʔ > tuX > dǔ『肚子，胃』

肚 *m-tˤaʔ > duX > dù『肚子』

（90） 兜 *tˤo > tuw > dōu『頭盔，頭巾』

頭 *[m-t]ˤo > duw > tóu『頭部』

（91） 髀 *peʔ > pjieX > bì『髀骨，臀骨』

髀 *m-pˤeʔ > bejX > bì『髀骨』

前綴 *m₃- 出現在動物名之前：

（92） 黽 *qʷˤre > 'wea, 'wae > wā『蛙』

黽 *m-qʷˤre > hwea, hwae > wā『蛙』

（93） 鷽 *qˤruk > 'aewk > xué『一種鳥』

鷽 *m-qˤruk > haewk > xué『一種鳥』

（94） 麑 *m-ŋˤe > mej > ní『幼鹿』

（95） 鹿 *mə-rˤok > luwk > lù『鹿』；參考郎架方言：據勘
誤表改 /ma 0 lɔk 8/『鹿』（李錦芳 1999：199）

3.3.2.3 *s- 前綴

前綴 *s$_1$- 增強動詞的配價能力（包括及物動詞化和使動化）：

（96）丞 *təŋ > tsying > zhēng『（水蒸氣）上升』

升 *s-təŋ > sying > shēng『舉起，進獻』

（97）諤 *ŋˤak > ngak > è『直言』

愬 *s-ŋˤak-s > suH > sù『訴說，誹謗』

（98）當 *tˤaŋ > tang > dāng『對等；值』

商 *s-taŋ > syang > shāng『計量』

（99）視 *gijʔ > dzyijX > shì『看，看見』

示 *s-gijʔ-s > zyijH > shì『顯示』

前綴 *s$_2$- 派生出時地名詞（地方、時間、工具）：

（100）屰 *ŋrak > ngjaek > nì『逆，相反』

朔 *s-ŋrak > (srjak >) sraewk > shuò『月初第一天』（月亮由虧轉盈時）

（101）通 *lˤoŋ > thuwng > tōng『通透』

窗 *s-l̥ˤ<r>oŋ > tsrhaewng > chuāng『窗戶』（<『光穿過的地方』）

（102）亡 *maŋ > mjang > wáng『逃亡；消失；死亡』

喪 *s-mˤaŋ > sang > sāng『喪葬』（<『與死亡有關的情形』）

（103）以 *ləʔ > yiX > yǐ『拿，用』

鈶 *sə-ləʔ > ziX > yí『耒柄或鐮刀』（<『用來握的工具』）

關於上古漢語中 *s- 前綴更多的討論，見沙加爾和白一平
（Sagart and Baxter 2012）.

3.3.2.4 *t- 前綴
前綴 *t₁- 出現在某些靜態的或非靜態的不及物動詞之前：

（104）出 *t-kʰut > tsyhwit > chū『出去或出來』

（105）慹 *t-nip, *t-nˤ[i]p > tsyip, nep > zhí『害怕』（關於
聲母的演變，參見 4.4.4.4 節）

（106）跇 *n<r>ep > nrjep > niè『不能走路』
輒 *t-nˤep > tep『癱瘓，不能動』

前綴 *t₂- 出現在某些不可轉讓領屬的名詞之前：

（107）妐 *t-qoŋ > tsyowng > zhōng『岳父』

（108）肘 *t-[k]<r>uʔ > trjuwX > zhǒu『手肘』

（109）齒 *t-[kʰ]ə(ŋ)ʔ 或 *t-ŋ̊əʔ > tsyhiX > chǐ『門齒』

（110）喙 *t-l̥o[rʔ]-s, *l̥o[rʔ]-s > tsyhwejH, xjwojH > huì『鳥
獸等的嘴』

（111）臭 *t-qʰu(ʔ)-s > tsyhuwH > chòu『臭味』；參考：
朽 *qʰ(r)uʔ > xjuwX > xiǔ『腐爛』

3.3.2.5 *k- 前綴
前綴 *k- 加在動詞詞根上派生出動詞非限定性形式，可以
用作名詞：

（112）方 *C-paŋ > pjang > fāng『方形』

匡 *k-pʰaŋ > khjwang > kuāng『方筐』（詞根中的送
氣沒法解釋）

（113）明 *mraŋ > mjaeng > míng『明亮』

囧 *k-mraŋʔ > kjwaengX > jiǒng『明亮的窗戶』

前綴 *k- 也出現在動詞中；它的功能很難確定：

（114）謬 *m-riw-s > mjiwH > miù『謊言，錯誤』（<『歪
曲事實』）

摎 *k-riw > kjiw > jiū『絞死，纏繞』

（115）卬 *ŋˤaŋ > ngang > áng『高，高舉』

亢 *k-ŋˤaŋ > kang > gāng『舉高』

（116）淚 *[r][ə]p-s（［方言］>）*rup-s > lwijH > lèi『眼淚』

泣 *k-r̥əp > khip > qì『哭泣』

3.3.2.6 *<r> 中綴

中綴 *<r₁> 在動作動詞中表示分布式動作（有幾個行動
者，受動者或地點；重複的動作）：

（117）洗 *[s]ˤərʔ > sejX > xǐ『洗滌』

洒 ~ 灑 *Cə.s<r>ərʔ-s > srjeH > sreaH > sǎ『灑』；參
考：越南語 rảy [zai C1]『灑』（r- 反映出前置音節的
存在；參看 4.5.5.1 節的討論）57

（118）挾 *m-kˤep > hep > xié『抓握』

夾 *kˤ<r>ep > keap > jiā『夾住兩側』

（119）見 *[k]ˤen-s > kenH > jiàn『看見』

睍 *m-[k]ˤ<r>en > hean > xián『監視，望』

中綴 *<r₂> 在靜態動詞中起加強功能的作用：

（120）揭 *m-[k]at > *gjot* > jiē『舉』

桀 *N-[k]<r>at > *gjet* > jié『傑出；豪傑』（<『超越』）

（121）腫 *toŋʔ > *tsyowngX* > zhǒng『腫脹』

重 *N-t<r>oŋʔ > *drjowngX* > zhòng『重』

（122）厭 *ʔem > *ʔjiem* > yān『滿足的』

饜 *ʔ<r>em-s > *ʔjemH* > yàn『滿意的』

中綴 *<r₃> 在名詞中表示分布式結構（成雙或多個物體）：

（123）齊 *[dz]ˤəj > *dzej* > qí『整齊，齊一』

儕 *[dz]ˤ<r>əj > *dzreaj* > chái『類，同類』

（124）脛 *m-kʰˤeŋ-s > *hengH* > jìng『腿，小腿』

硜 *m-kʰˤ<r>eŋ > *heang*, *kʰˤ<r>eŋ > *kheang* > kēng『脛骨』

（125）縊 *q[i]k-s（［方言］> *qek-s）> *ʔjieH* > yì『勒死』

厄 *qˤ<r>[i]k > *ʔeak* > è『軛的一部分』（壓住牛馬頭頸以帶動大車的部件）

3.3.2.7 *-s 後綴

這是一個很常見的後綴，有許多功能，但只有少數功能易於理解。

後綴 *-s₁ 使動詞名詞化，是 *-s 最常見的功能。

（126）結 *kˤi[t] > *ket* > jié『打結』

髻 *kˤi[t]-s > *kejH* > jì『頭髻，髮髻』

（127）　磨 *mˤaj > ma > mó『摩擦，研磨』

　　　　　磨 *mˤaj-s > maH > mò『磨石』

（128）　內、納 *nˤ[u]p > nop > nà『使進去』

　　　　　內 *nˤ[u]p-s > *nut-s > nwojH > nèi『裡面』

後綴 *-s₂ 由名詞派生出動詞：

（129）　冠 *k.ʔˤor > kwan > guān『帽子』

　　　　　冠 *k.ʔˤor-s > kwanH > guàn『戴帽子』

（130）　衣 *ʔ(r)əj > ʔj+j > yī『衣服』

　　　　　衣 *ʔ(r)əj-s > ʔj+jH > yì『穿衣服』

（131）　王 *ɢʷaŋ > hjwang > wáng『國王』

　　　　　王 *ɢʷaŋ-s > hjwangH > wàng『稱王』

後綴 *-s₃ 由內向動詞或靜態動詞派生出外向動詞。

（132）　買 *mˤrajʔ > meaX > mǎi『買進』

　　　　　賣 *mˤrajʔ-s > meaH > mài『賣出』

（133）　受 *[d]uʔ > dzyuwX > shòu『接受』

　　　　　授 *[d]uʔ-s > dzyuwH > shòu『給予，授予』

（134）　學 *m-kˤruk > haewk > xué『學習；模仿』

　　　　　斆 *m-kˤruk-s > haewH > xiào『教』

（135）　好 *qʰˤuʔ > xawX > hǎo『好』

　　　　　好 *qʰˤuʔ-s > xawH > hào『喜好』（動詞）

（136）　惡 *ʔˤak > ʔak > è『壞，醜』

　　　　　惡 *ʔˤak-s > ʔuH > wù『討厭』（動詞）

58

3.3.3 詞族

　　上古漢語中，兩個詞有相同的詞根而有不同的詞綴，它們就可以說屬於同一詞族。在這一節裡我們用三個例子來說明詞族的概念。

　　詞根 *tˤəŋ『上升』出現在下例動詞中，沒有任何詞綴：

（137）登 *tˤəŋ > tong > dēng『上升』

加前綴 *s₁-，就形成一個使動動詞：

（138）增 *s-tˤəŋ > tsong > zēng『增加（及物動詞）』（<『使上升』）。

　　從上面最後這個形式 —— 到底是發生在 *s-t 變成 ts- 之前還是之後不清楚 —— 通過加前綴 *N-，派生出一個靜態動詞『增加的，增大的，加倍、高』：

（139）層 *N-s-tˤəŋ > dzong > céng『加倍，層疊』

另外一個詞，中古音也是 MC dzong，屬於名詞：

（140）層 *m-s-tˤəŋ > dzong > céng『又一層樓』

　　我們用前綴 *m₁꜀- 來構擬 *m-s-tˤəŋ，『又一層樓』的意思是一個房子裡『增加』空間的一種方式。在閩方言中，這個詞在『田地』的意義上代替了原有的『田』*lˤiŋ > den > tián（Norman

1996：31）：廈門 /tsʰan 2/、潮州 /tsʰaŋ 2/、福州 /tsʰeiŋ 2/、建
甌 /tsʰaiŋ 5/、永安 /tsʰĭ 2/。注意這裡的送氣聲母，這暗示原
始閩語 pMǐn 是 *dzh-，是上古漢語 OC *m-s-t- 預期的對應形
式。詞義的演變大致是從『增加田地大小的方式』，到『在一
層田之上再加一層』，到『梯田』，到『田地』。

　　詞根 *pˤan『分開』在一組核心意義為『分割』的詞裡很
明顯。這個詞根本身不作為一個詞出現，但是在加後綴 *-s₁ 後
就形成它的派生名詞：

　　（141）　半 *pˤan-s > *panH* > bàn『一半』

原來的動詞詞根加上中綴 *<r₁> 就有了分布式的意義：

　　（142）　班 *pˤ<r>an > *paen* > bān『分賜，分給』

從相關的詞根來看（參見下面 3.3.4 節），我們還有另外一個
詞族，包括「判」*phˤan-s > *phanH* > pàn『分開』及其帶工具
前綴 *m₁c- 的派生名詞：

　　（143）　判 *phˤan-s > *phanH* > pàn『分割』
　　　　　　畔 *m-phˤan-s > *banH* > pàn『田畔』

詞根 *truŋ『中』是一個名詞詞根，單獨出現在：

　　（144）　中 *truŋ > *trjuwng* > zhōng『中心』

從這個名詞添加後綴 *-s₂ 派生出一個動詞：

（145）中 *truŋ-s > *trjuwngH* > zhòng『擊中』

再進一步，加 *N- 前綴派生出一個新的靜態、不及物動詞：

（146）仲 *N-truŋ-s > *drjuwngH* > zhòng『（三兄弟或三個
月）居中的』（<『中間的一個』）；參考：原始苗瑤
語 *ntroŋ A『中心，中間』

我們假設的鼻音前綴，在原始苗瑤語形式中得到了直接的印證，
雖然我們預期的應該是 C 調對應漢語的去聲，而不是 A 調。

3.3.4 歷史上有關係的詞根

兩個可以構擬的獨立詞根，有相似的意義和相仿卻不相同
的讀音，這是常有的事。比如說，與上面討論的詞根 *tʰəŋ『上
升』相關的，我們有詞根 *təŋ『升起』：

（147）烝 *təŋ > *tsying* > zhēng『升起』

這個詞具體指水蒸氣，而且也用作及物動詞「蒸」。這個
詞根和前綴 *s- 一起出現：

（148）升 *s-təŋ > *sying* > shēng『上升』（如：升堂；上車）

　　在動詞「蒸」的帶 *-s 後綴的形式中，通過加前綴 *S-，[6] 派生出一個表蒸煮的器具的名稱：

（149）　甑 *S-təŋ-s > *tsingH* > zèng『蒸米飯的器具』

因此我們有兩個詞根 *tˤəŋ 和 *təŋ，它們的不同在於聲母是否咽化。還有其他的詞根，意義相近但是有送氣與不送氣的對立：

（150）　鬻 *m-quk > *yuwk* > yù『養育』
　　　　　畜 *qʰuk > *xjuwk* > xù『養育』

另外的例子如：上面（141）和（143）中：半 *pˤan-s > *panH* > bàn『一半』和判 *pʰˤan-s > *phanH* > pàn『分割』。

　　還有其他的例子，有詞尾 *-ʔ 和 *-k 的交替：如 *taʔ 和 *tak，都有『放』的意思：

（151）　署 *m-taʔ-s > *dzyoH* > shǔ『任命；官職』
　　　　　緒 *s-m-taʔ > *zjoX* > xù『安排；排好』
　　　　　著 *t<r>ak > *trjak* > zhuó『放置』
　　　　　著 *t<r>ak-s > *trjoH* > zhù『地方；明顯』
　　　　　席 *s-m-tAk > *zjek* > xí『席子』（<『放東西的地方』?）

6　我們用 *S- 而不是 *s- 來標示聲母的不規則演變：據 *s-təŋ 我們預期的中古音應該是 *sying*，就像例（148）那樣。關於這個標音，參見 4.4.3.1 節。

像這樣的語音上的交替，在上古漢語中雖然常見，但是沒有衍生能力。我們把它們看作是更早時期上古漢語的祖語裡面存在著的形態變化的遺留。它們類似英語中的 whole、heal 和 health 這組詞：

（152）whole ＜ 古英語 *hál*『健全的，健康的』＜ 原始日耳曼語 *hail-az

heal ＜ 古英語 *hǽlan*『使全或健全』＜ 原始日耳曼語 *hail-jan

health ＜ 古英語 *hǽlþ*『身體健康』＜ 原始日耳曼語 *hail-iþa

它們都來自相同的原始日耳曼語詞根 *hail-，意為『身體健康』，但是在現代英語中它們可能必須被看作是三個共時的不同詞根，只在歷史上有關聯。

同樣地，我們可以在更廣泛的比較中去解釋上古漢語中如 *taʔ 和 *tak 這樣的相關的詞根。例如，動詞中詞尾 *-ʔ 和 *-k 的交替使人想到庫基－欽語 KuKi-Chin languages 中詞幹 A 和詞幹 B 之間的交替（例如 So-Hartmann [2009: 71] 關於 Daai Chin 語的研究）。這方面還需要更多的研究。

61

3.4 先秦文字的性質

如 2.3 節所述，我們進行新構擬的主要動機之一，就是因為大量先秦古文字材料的發現，其中的先秦文字系統與上古漢語構擬密切相關，比以前的構擬所依賴的標準文字在關係上更

密切。這些出土文本使我們對先秦文字系統的性質有了一個新的認識，這和上古漢語構擬的問題相關聯。

　　對熟悉現代漢語的人來說，很容易時代錯亂地把先秦文字想像成為和兩千年來一直使用的標準文字沒有甚麼本質差別。學習標準文字，需要記住好幾千漢字，而隨著時間的推移，這些漢字和它們讀音之間的直接聯繫變得越來越弱。很重要的一點是，標準文字有強有力的制度的和文化的支撐，而上古漢語時期這樣的支撐還沒有後來那麼強大。標準文字在一個幅員遼闊、語言多樣的地區長時間使用，並且識字能力成為獲得政府公職的關鍵之一。有一套由中央規定的標準，而且有廣為傳播的工具書和其他文獻。這些文本的流傳最終因為紙的使用（比早期的書寫材料更廉價）、印刷術、商業書市的發展而變得更加容易。識字階級擁有的文化威望又加強了這些趨勢。所有這些因素都使得標準文字系統被很好地維護，只有細微的變化，雖然在很多方面它不但難學也很不方便使用。

　　但是在先秦時期都還沒有這些制度的和文化的支撐。當然有廣泛共享的一些約定俗成的慣例，否則文字不可能成為有效的交流的手段，但是沒有中央規定的統一標準。識字能力是得到某些工作的一個重要的先決條件，但對於獲得威望與享有崇高社會地位的職務，也還沒有變得像後來那麼重要。政治上的分裂可能也意味著文本一般還是在小範圍內流傳。與後來相比，書也還重且貴。所以和後來的帝制時代相比，對已有文本的熟悉，還沒有像後來那樣，成為創新的阻力。經典文本的體量也還小，而且對那些經典文本，更多的是記誦和聽講，而不完全是讀和寫。像我們在出土戰國文本中看到，不同書手之間的差異很大；最後，有很明顯的風格和範本供人模仿的書法，還沒有完全成為一個獨特的藝術門類。

因此，和後來帝制時期的文字系統比較，先秦文字更具流變性，而且在調整與修正上更少遇到阻力。當然，文字系統還是要在很大一批人中間起到交流的作用，而且文字系統也會去為適應它的功能而改變。文字是一個共時的系統，與語言有類似的限制。那麼，是哪些限制決定了先秦文字的結構呢？

首先，這個文字系統必須是學得會的。就像沒有任何一種口語會用超過大約一百個不同的音位，文字系統對必學必記的基本字符的數量，由於人腦記憶的限度，也一定有一個實際的上限。沒有像後來那樣的強有力的制度性支撐，需要牢記的基本字符的數量，和帝制時期相比，可能要少很多。

第二，就算其他的條件都一樣，字符與口語語音的對應關係的複雜性也有一定程度的限制。如果音變使這個關係複雜化，先秦文字系統尚能相對自由地來順應變遷。如果因為音變，一個聲符不再適合來記錄某個詞，很可能會被另外一個換掉；對這種調換遇到的阻力，應該會比後來的要弱得多。

我們以｛聞｝這個詞的字形的歷史為例。在甲骨文和早期金文中，這個字從人從耳：

（153）　

字中的「人」據說是跪坐而以手掩面之形（參見：于省吾1941，引自《古文字詁林》9：585）。在出土戰國文獻中，｛聞｝經常以「昏」為聲符。我們的擬音是：

（154）聞 *mu[n] > *mjun* > wén『聽』

　　　　昏 *m̥ˤu[n] > *xˤun > *xwon* > hūn『黃昏，昏暗』

以「昏」記錄「聞」是基於兩個詞中的 *m 和 *m̥ˤ- 在語音上的相似性以及它們共同享有的韻母 *-u[n]。我們也看到「昏」再加「耳」旁；就是「聕」，《說文》列為「古文」（《說文詁林》5356a）。

但是，到某個歷史階段，「昏」的聲母 *m̥ˤ- 變成一個擦音 [h] 或 [x]（> MC x-），就破壞了和 {聞}*mu[n] 的音近關係；而且在秦文字中（如睡虎地秦簡，參見季旭昇 2010：877），有一個新的字，以「門」為聲符：

（155）聞 *mu[n] > mjun > wén『聽見』
　　　 門 *m̥ˤə[r] > mwon > mén『門，戶』

在上古漢語的早期，「門」還不適合作「聞」的聲符，因為它們的主要元音還不一樣（*ə ≠ *u）；而且韻尾也可能不同（*-r ≠ *-n），雖然這一點還不確定。但是後來音變的結果，在大多數方言中詞尾 *-r 變成 *-n 了，*-un 和 *-ən 的對立在唇音音首後也消失了，所以這時候「門」適合作為 {聞} 的聲符；因為後來 *m̥(ˤ) 變成 *x(ˤ)，「昏」反而不適合作聲符。這個例子顯示早期文字中，由於存在較少的制度性阻力阻止創新，可以適應這些音變，以「門」代替「昏」為聲符。

然而，即使在先秦時期，也有一些力量控制文字系統的過分流變。寫下來的文本是要給不同的人在不同的時空閱讀和使用的。以前的記錄也還是要給人讀的；而且在一定的地域範圍內，文本還是從一地流傳到另一地。儘管這個地域比帝制時期的要小得多：政府行政管轄的範圍沒有那麼大，文本的流傳肯定沒有後來那麼廣泛。事實上，古文字學者已經辨認出先秦文字的地域差別。

63

　　不但字符的總數有限，而且當時應該有一種傾向，盡量避免對字形的差別作過分細緻的區分：如果兩個字字形相似，有時它們就合併，成為一個字符，而具有一種以上的功能 —— 也有可能從一開始它們就沒有明確地區分開來。一個這樣的例子就是現代漢字中，「肉」的簡省體與月亮的「月」字合併，雖然它們的功能很不相同，但是語境提供足夠的信息，不會把這兩個字符混起來。類似地，先秦文字中的「月」（『月亮』）和「夕」（『晚上』）也不是明確區分開來的（季旭昇 2010：565）。

　　我們可以假設先秦文字的結構是多種力量的一個平衡。字符不能太多，多到難學、難記、難寫、難認，但是也必須有足夠的數量來表達各種區別。與口語語音關係太曲折的字符，就會被別的表達這種關係更直接的字符所替代。但是文字系統的修改也不能太頻繁或太隨意，否則一時一地寫下來的文本，換到另一個時空，就會變得難以釋讀。

　　以詞為基礎的文字系統，文本中的每個字符代表的是一個語詞長度的單位，而不是像字母文字那樣是一個音段。但是從如何學、記、憶、識字的角度來看，我們認為先秦文字主要是一個以音節為基礎的文字系統，而不是以詞為基礎的。對於現代的識字標準來說，一個人必須能識讀大致五千到一萬個漢字，每個漢字大致代表一個語素。而一個學習先秦文字的人，只要識讀大約一千個字符，每個字符都可以作聲符來代表某類音節。很多這樣的字符起源於象形字，而有一些是根據它們的意義結合在一起的會意字。但是這個系統中最有能力來代表口語語音中的所有詞彙的，是一套大約一千個左右的聲符。當聲符單獨表達可能有歧義時，可以加一個義符。例如，「耳」有的時候就加在「昏」邊上，來代表 {聞}（見上面討論）。

　　在大多數例子中，一個聲符代表一類音節，其音首的發音部位以及主要元音、韻尾是明確的。例如，字符「皮」代表一個大致是 *P(r)aj 這樣的音節；這裡 *P 代表任何口語中咽化或者非咽化的唇塞音。元音前可以有，也可以沒有 *-r-；同樣，音節前可以有前置成分，也可以沒有。根據白於藍（2008：127），在最近的出土文獻中，字符「皮」，不加任何其他符號，可以代表下面的詞：

{ 皮 }*m-[p](r)aj > *bje* > pí『皮膚』

{ 彼 }*pajʔ > *pjeX* > bǐ『那』

{ 疲 }*[b](r)aj > *bje* > pí『疲勞，衰竭』

{ 破 }*pʰˤaj-s > *phaH* > pò『破壞』

{ 跛 }*pˤajʔ > *paX* > bǒ『跛腳』

類似地，字符「白」代表 *Pˤ(r)ak 這樣的音節類型。根據白於藍（2008：187），它單獨就可以用來代表所有下面這些詞：

{ 白 }*bˤrak > *baek* > bái『白色』

{ 伯 }*pˤrak > *paek* > bó『伯父』

{ 柏 }*pˤrak > *paek* > bǎi『柏樹』

{ 百 }*pˤrak > *paek* > bǎi『一百』

{ 泊 }*[b]ˤak > *bak* > bó『安靜，不動』

如果認為「皮」和「白」的這麼多種用法，只是後來成為標準的形聲字的省形或者是錯字，那是時代錯亂的觀念。相反，它們代表的是某種特定的音節的類型：具體代表的是哪一個詞，通常可以從語境中得到正確理解。額外的義符可以加上去，以

減少模糊性，而且後來這些義符成了常規。但是，我們所見到的出土文獻中的文字系統，主要是以一套字符來代表音節的類型。

有些音節可能有一個以上的聲符來代表。例如，代表音節 *ŋ(ˤ)(r)aj(ʔ) 的有兩個字符：

（156）我 *ŋˤajʔ > ngaX > wǒ『我們，我』

宜 *ŋ(r)aj > ngje > yí『適宜，應該』

這兩個聲符似乎可以互相替換：例如這個詞現在寫作：

（157）義 *ŋ(r)aj-s > ngjeH > yì『義務；正義』

在郭店簡和上博簡中寫作「宜」*ŋ(r)aj（事實上，{義}*ŋ(r)aj-s 是通過加後綴 *-s 從{宜}*ŋ(r)aj 派生出來的一個名詞）。但是，我們發現在郭店簡的《性自命出》中 *ŋ(r)aj-s『義務；正義』寫作「義」，而相應的上博簡《性情論》寫作「宜」（白於藍 2008：135）。

相反地，如果兩個字似乎是代表相同的音節類型，但是在早期文本中並不可以互相替換，這個事實可以啟發我們去發現可能我們忽視了的音系學上的區別。例如，「工」和「公」中古音都是 kuwng，以前的上古音擬音也是同音。但是，根據白於藍（2008：254–257），戰國出土文獻中用這兩個聲符記錄的兩組詞完全沒有交集——這說明它們在上古漢語中並不同音。仔細分析我們發現「工」是代表軟腭音聲母的音節，如例（158），而「公」是代表小舌音聲母的音節，如例（159）：

（158）工 *kˤoŋ > *kuwng* > gōng『官員』

　　　　空 *kʰˤoŋ > *khuwng* > kōng『空洞』

（159）公 *C.qˤoŋ > *kuwng* > gōng『公正；正義，公共
　　　　的』；是下列詞的聲符

　　　　容 *[ɢ](r)oŋ > *yowng* > róng『包容』[7]

　　與此同時，有一些音節類型看上去好像沒有自己合適的聲
符，在這種情況下，一般的語音匹配標準就必須放寬。例如，
似乎沒有單獨的聲符可以代表音節類型 *n(ˤ)er，如：

（160）臡 *nˤer > *nej* > ní『腌製的帶骨肉醬』（也讀作 *ner
　　　　> *nye*）

所以聲符難 nán < *nˤar，通常只用來代表音節類型 *nˤar，在
這裡和「肉」一起來表示｛臡｝*nˤer。

　　類似的例子，字符單 dān < *tan* < *Cə.tˤar『單獨』一般代
表音節類型 *Tar。但是在《史記‧匈奴列傳》中表示匈奴所騎
的一種馬的名字：

（161）驒騱 diānxí『一種野馬』

注釋說這個詞應該念為中古音的 MC *ten-hej*。從這裡我們可以

7　「容」字本來不是如《說文》所說的「宀」加「谷」，而是「穴」加「公」；
　　偏旁「厶」和「口」經常可以互換（何琳儀 1998：410）。高本漢沒
　　有認識到這一點，把「容」作為一個獨立的聲符（*GSR* 1187a）。《說
　　文》也有一個｛容｝的「古文」字形，是「宀」加「公」（《說文詁林》
　　3236a）。參見 沙加爾、白一平（Sagart and Baxter 2009）。

構擬這個詞（可能是借自匈奴語）的晚期上古漢語形式 *tˤer.gˤe。這裡單 dān < tan < *Cə.tˤar 用來記錄音節 *tˤer，儘管它們的主要元音不同，因為沒有更好的聲符可以用。

我們說這樣的例子中用的聲符是「不得已而求其次」（faute de mieux）的辦法：這說明雖然用一套聲符來代表音節類型是上古漢語的文字系統的基礎，但是這些音節被代表的可能性的程度是不均衡的。聲符代表音節類型的精確性，音節類型在不同地域是不相同的，而且語音相同的標準也不是總是一致的。例如，詞尾是 *-m 和 *-p 的音節類（相對較少）與詞尾是 *-ŋ 和 *-k 的音節類型（有相對較多種選擇的可能）相比，使用聲符的自由度相對較大。但一般而言，當然是選擇最適合的聲符來代表一個音節類型。

有一種趨勢是隨著時間的推移，文字系統的聲符變得越來越精確：例如，在早期古文字中「袁」代表兩種音節類型 *Qʷan 和 *Qʷen：

（162）遠 *C.gʷanʔ > hjwonX > yuǎn『遙遠』

　　　　寰，還 *gʷˤ<r>en > hwaen > huán『迴轉；旋轉』

　　　　還 *s-gʷen > zjwen > xuán『迴轉；旋轉；敏捷』

最後作了區分，「袁」被用來代表 *Qʷan，而「寰」代表 *Qʷen。

這樣的演變使得聲符系統比在開始的階段更加精確。但是，秦統一（公元前 221 年）以後，隨著文字系統越來越標準化，也有力量在降低聲符系統的精確性。有時語音的變化使得原來用同一聲符記錄的詞的讀音漸漸不同，但是現在的文字系統不太容易適應語音的變化（像以前那樣，{聞}的早期以

「昏」為聲符，後來以「門」為聲符）。

　　結果是，隨著時間的推移，詞的讀音和聲符之間的聯繫變得越來越不直接，最後形成了我們現有的系統。此外，造新的形聲字時，如果是用現存的形聲字的語音標準，語音相似性的標準會降低。因此，後起的漢字一般沒有像以前的字那樣富有信息 ── 特別是對上古漢語語音而言。　　　　　67

第四章　上古漢語的音首

　　我們將上古漢語中主元音之前的音節成分定義為一個詞的音首（onset），它包括：

　　可能存在的任何前置音節成分，最多可以包括兩個輔音，包括前綴，元音 *ə 可有可無；
　　主要音節的聲母；
　　介音 *-r-（某些情形下是個中綴），如果有的話。

　　音首中唯一必須出現的成分是主要音節的聲母。占據主要音節聲母位置的上古漢語輔音請參看下文表 4.1。
　　接下來我們討論影響這些輔音變化的若干主要的音韻演變。

表 4.1 上古漢語主要音節的聲母輔音

常態：B型	p	t	ts				k	kʷ	q	qʷ	ʔ
	pʰ	tʰ	tsʰ	s			kʰ	kʷʰ	qʰ	qʷʰ	
	b	d	dz				g	gʷ	ɢ	ɢʷ	
	m	n			l	r	ŋ	ŋʷ			
	m̥	n̥			l̥	r̥	ŋ̊	ŋ̊ʷ			

（續上表）

咽化：A型	pˤ	tˤ	tsˤ		kˤ	kʷˤ	qˤ	qʷˤ	ʔˤ	ʔʷˤ*
	pʰˤ	tʰˤ	tsʰˤ	sˤ	kʰˤ	kʷʰˤ	qʰˤ	qʷʰˤ		
	bˤ	dˤ	dzˤ		gˤ	gʷˤ	ɢˤ	ɢʷˤ		
	mˤ	nˤ		lˤ	rˤ	ŋˤ	ŋʷˤ			
	m̥ˤ	n̥ˤ		l̥ˤ	r̥ˤ	ŋ̊ˤ	ŋ̊ʷˤ			

* 該音非常少見

4.1 上古漢語輔音聲母的演變：主要變化

4.1.1 咽化

中古漢語音節可以分為兩種基本類型，蒲立本（Pulleyblank 1977–1978）稱之為「A型」和「B型」。用傳統的術語來說，A型為一、二、四等音節，B型為三等音節。在我們的中古漢語標音法中，B型（或者說三等）寫成有 -i- 元音，或元音前的 -j- 介音，或兩者都有，也可能具有一個寫作 -y- 的聲母輔音；A型音節則既沒元音 -i-，也沒有 -j- 介音，也不帶 -y- 的聲母。

三等和非三等在上古漢語中的來源問題已經爭論了數十年。高本漢（1940）為三等字在元音前構擬了喻化（yod）介音 *-i̯-，非三等沒有這個介音；這種構擬一度成為習慣（李方桂（1971）和白一平（Baxter 1992）用 *-j- 來代替 *-i̯-）。但是蒲立本（Pulleyblank 1962–1963：99）注意到了高本漢所擬的喻化介音在漢語早期域外借詞的讀音中並無反映，認為是個元音長短的區別：他提出三等音節帶有長元音，上古漢語階段之後發生複元音化（diphthongize），並產生了作為副產品的高本漢所說的喻化音。鄭張尚芳（1987）和斯塔羅斯金（Starostin

68

1989）也將 A/B 型音節之分歸因於元音的長短，但看法正好與蒲氏相反。鄭張和斯塔羅斯金都援引了藏緬語與漢語的對應詞來說明漢語的非三等與長元音對應、三等則與短元音對應。[1]

後來，蒲立本（1973，1977–1978）放棄了之前的元音長短的解決辦法而提出用音節的第二摩拉（mora）的重音（用元音上的銳音性符號來標識）作為非三等字的特徵，而三等字則是重音在音節的第一摩拉上（用鈍音性符號來標識）。後來羅杰瑞（Norman 1994）受到了俄語中普遍存在的「硬」輔音和「軟」輔音之別的啟發，為上古漢語的非三等音節構擬了咽化特徵，並認為非咽化音節後來發生了腭化。咽化是輔音或元音的協同發音特徵（secondary articulation），咽化表現為舌根的後退以使咽部收縮；阿拉伯語諸多方言的「強勢（emphatic）」輔音就是咽化的。我們目前的構擬採用了羅杰瑞的咽化假設，因為它最具有解釋力。[2]

各家對於 A/B 型音節之分的不同解釋以及相關的記音歸納於表 4.2，以中古最小對立「銘」míng < *meng*『銘文』（A 型）和「名」míng < *mjieng*『名字』（B 型）為例。

1　鄭張引用了獨龍語（ISO 639−3，代碼 duu）的例子；斯塔羅斯金引用了 Mizo（即盧舍依語，ISO 639−3，代碼 lus）的例子。這些語言與漢語 A/B 型音節的對應可能是有根據的；但即使是如此，也未必意味著上古漢語這兩類音節的區分就元音的長短。可以參看本書 2.7 部分對藏緬語作為構擬上古漢語證據的討論。

2　不過，本書的符號轉寫與羅杰瑞的不同：他在聲母輔音之前加撇號來表示咽化，我們則用國際音標 [ˤ]（Unicode 碼為 02E4，是「上標符轉面喉塞音」）來標寫為聲母的最後一個成分，同時在 *-r-（如果有的話）之前，如表 4.2 最後一行所示。

表 4.2 關於上古漢語 A/B 型音節的不同構擬

	A 型音節 銘 míng	B 型音節 名 míng
中古漢語	*meng*（青）	*mjieng*（清）
高本漢（1957）	*mieng	*mi̯ĕng
蒲立本（1962–1963）	*meŋ	*mēŋ
李方桂（1971）	*ming	*mjing
蒲立本（1977–1978）	*máɲ	*màɲ
鄭張尚芳（1987）	*meŋ	*mẽŋ
斯塔羅斯金（1989）	*mēŋ	*meŋ
白一平（1992）	*meng	*mjeng
羅杰瑞（1994）	*'meng	*meng
鄭張尚芳（2003）	*meeŋ	*meŋ
白－沙	*mˤeŋ	*C.meŋ

對上古漢語 A/B 型音節的語音解釋的多樣性，表明構擬語音差別的存在和分布往往比構擬其語音性質要容易一些。顯示 A/B 型音節差異的證據比比皆是，然而關於此差異的專門的語音解釋的證據卻很難找到。我們選擇把咽化作為 A 型音節的特性是基於以下幾點考慮：

1. A/B 型音節在上古漢語裡可以任意互相押韻，表明兩者的差別主要在於音節的聲母而非韻母。

2. 在漢語後來的發展階段裡，A 型音節的元音比 B 型音節有著更低的舌位形式。從跨語言視角來看，元音與咽化輔音相

69

鄰時往往容易低化。[3]

3. 齒齦音、軟腭音、邊音等通常在 B 型音節中發生腭化，而在 A 型音節中不發生腭化。

4. 漢代的漢語譯音詞以及侗台語和苗瑤語的借詞表明，上古漢語的軟腭音聲母在 A 型音節裡帶有小舌音的發音形式（Norman 1994）。從咽化的軟腭音向小舌音的發展在其他語言中也有平行表現。[4]

把 A 型音節的相關特徵構擬成咽化音，與其他解釋相比，更自然地解釋了這些事實。

最近，Ferlus（2009b）提出 A 型音節和 B 型音節的區別源自上古漢語中雙音節詞（有前置輔音）和單音節詞（無前置輔音）的對立，A 型音節來自前者，B 型音節來自後者。Ferlus 指出，一旦前置輔音失落，上古漢語的差異就被輔音聲母的強 / 弱對立替代：強輔音聲母發展出緊音，弱輔音發展出鬆音或氣嗓音。這些音質因此導致了孟高棉語中鬆緊聲域（voice registers）的複元音化類型，緊音使元音低化，鬆音或氣嗓音使元音高化。

這種解釋存在一些問題。當我們依據語言比較方面的證據來構擬上古漢語時，我們並未發現漢語 A 型音節詞有前置音節而 B 型音節詞缺失前置音節的傾向。在 4.2 節中，我們可以看到，前置輔音的直接證據主要來自早期的越語和拉珈語借詞，

---

3 關於阿拉伯口語裡咽化輔音對後接元音的聲學影響，報導最多的是 F_1 的上升與 F_2 的下降（Shar & Ingram 2010 及該文的參考文獻）。F_1 的上升表示元音舌位下降。

4 Jakobson 認為，從音系的角度來看，阿拉伯語的小舌音 q- 和 ḥ-[ħ] 是咽化的軟腭音（[1957]1971：515–518）。到了漢代，來自上古漢語的小舌音就消失了；參看 4.3 節。

以及羅杰瑞的原始閩語的軟化輔音（如原始閩語中的 *-p-）和
濁送氣音（如原始閩語中的 *bh-）。儘管下列例子屬於 B 型音
節，但它們帶有前置輔音声母的證據很強：

（163）牀 *k.dzraŋ > dzrjang > chuáng『牀』，原始閩語
　　　 *dzh-
　　　 前置輔音 *k- 可用 Rục 語 /kəcɨ:ŋ²/『牀』來印證；前
　　　 置輔音也可用越南語 giường /zɯʌŋ A2/『牀』中的
　　　 擦化輔音和原始閩語中的送氣輔音 *dzh- 來證明：
　　　 廈門 /tsʰŋ2/，潮州 /tsʰɯŋ2/，福州 /tsʰouŋ 2/，建甌 /
　　　 tsʰɔŋ 2/（詳見 4.2 節）。

（164）種 *k.toŋʔ > tsyowngX > zhǒng『種子』
　　　 前置輔音 *k- 可由 Rục 語 /kco:ŋ3/『種子』體現；
　　　 越南語 giống /zʌwŋ B1/『物種、繁殖、血緣、種
　　　 族；性別』也證明了前置輔音的存在。（原始閩語
　　　 有 *tš-，它反映的是上古漢語的 *t- 還是 *k.t-，無法
　　　 判斷）

（165）箴 *t.[k]əm > tsyim > zhēn『針』
　　　 前置輔音 *t- 可由拉珈語 /them 1/ 體現；越南語
　　　 găm [ɣam A1]『竹針或金屬針』也證明了前置輔音
　　　 的存在。（原始閩語有 *tš-：它反映的是上古漢語的
　　　 *t- 還是 *t.k-，也無法判斷）

（166）謝 *sə-lAk-s > zjaeH > xiè『凋謝、退出』
　　　 原始閩語 *-dzia C 和越南語 giã /za C2/『告別』表
　　　 明有一個前置輔音，基於中古漢語，可被認定為
　　　 *sə-。（詳見 4.5.3.3 小節）。

下列例子雖然是 A 型音節，但它們沒有甚麼前置音節：

（167）斗 *tˤoʔ > tuwX > dǒu『斗；杓子』，原始閩語 *t-；
越南語 đấu /ɗʌw B1/『斗』，聲母未擦音化。

（168）節 *tsˤik > tset > jié『關節』，原始閩語 *ts-；越南
語 tết /tet D1/『新年節日』，聲母未擦音化（越南語
/t/ < 原始越語 *ts-；見 Ferlus 1992）。

（169）繭 *kˤ[e][n]ʔ > kenX > jiǎn『繭』，原始閩語 *k-，越
南語 kén /kɛn B1/『繭』，聲母未擦音化。

（170）芥 *kˤr[e][t]-s > keajH > jiè『芥子植物』，原始閩
語 *k-；越南語 cải /kɑi C1/『洋白菜』，聲母未擦音
化。

（171）點 *tˤemʔ > temX > diǎn『黑點』，原始閩語 *t-；越
南語 đốm /ɗom B1/『點』，聲母未擦音化。

（172　白 *bˤrak > baek > bái『白色的』，原始閩語 *b-，越
南語 bạc /ɓak D2/『銀色的』，聲母未擦音化。

雖然咽化音構擬的直接證據很難發現，我們找到東漢何休
（129–182）頗具啟發性的注釋。何休對《春秋》三傳之一的《公
羊傳》做過注（轉引自周祖謨 [1943]1966：406），涉及了連
接副詞「乃」和「而」語音的差異。我們的構擬如下：

（173）乃 *nˤəʔ > nojX > nǎi（A 型）而 *nə > nyi > ér（B 型）

《公羊傳》歷史敘述的部分比較少，不像《左傳》那樣有趣味，
但是它涵蓋了對《春秋》本身詳盡的討論，且嘗試去解釋為甚
麼文本用某個詞而非另一個。下面是《春秋》（宣公八年）中

的一段注釋：

（174）冬十月己丑，葬我小君頃熊。⁵雨，不克葬。庚寅，
　　　　日中而克葬。

在《春秋》的另一處（定公十五年）有相似的段落，寫到下葬
因雨水天氣而推遲，文中說到，「乃克葬」，用的是「乃」而非
「而」。《公羊傳》注了「乃」、「而」二字的意義，並試圖解釋
何時用何者。其注釋採用了問答的形式：

（175）而者何？難也。乃者何？難也。曷為或言而，或言
　　　　乃？乃難乎而也。

72

其觀點似乎是「乃」、「而」二字被用作轉折副詞（『但是』
或『相反』）—— 表明當時的情況是下葬遇到了阻礙 —— 但是
「乃」的程度更強。這種早期對於先秦文本的元語言學注釋本
身是很有意思的，然而讓我們感興趣的語音層面的內容是漢代
經師何休關於「乃」、「而」二字的語音描述：

（176）言乃者內而深，言而者外而淺。

「內而深」是對咽化音舌頭後退的比較合適的印象式描寫，可
與沒有咽化的舌頭未後退的「外而淺」對立。
　　術語「內」和「外」在其他早期注疏中用於分別指示 A 型

5　這段引自《春秋公羊傳》。在流傳下來的《春秋》文本裡，文字沒
　　甚麼差別，除了「頃熊」寫作「敬嬴」。

音節和 B 型音節，類似「緩氣」和「急氣」。[6]「緩氣」也適用於描述有咽化聲母的音節，該類音節更難發音，因為其涉及了附加的舌位後退，發這種音節時間上慢一些。此類注疏大概是我們能得到的有關 A/B 型音節對立最直接的語音描寫。

顯然，將 A 型音節構擬成咽化聲母造成了一個輔音繁多的聲母系統，因為不管發音部位和方法是甚麼，所有的非咽化輔音都有對應的咽化輔音。我們知道這樣的系統在類型學上是不常見的，在出現咽化輔音的語言中，不是所有的輔音都會有咽化。比如，咽化送氣塞音和咽化清響音似乎都很罕見的。另一種可能是在聲母和韻母之間的位置構擬一個獨立的咽化音段[2]，我們沒有採取這種構擬方法，但也不想排斥它。

系統中所顯示的類型上的人為性，可能正是構擬過程的產物。上述促使我們構擬咽化音（如 A 型音節元音舌位的降低和聲母的抗腭化）的現象大約可追溯到漢代：表明在當時相關的特徵是咽化。由於在此之前幾乎沒有相關信息顯示 A/B 差異的性質，我們嘗試把咽化追溯到上古漢語的最早期階段。然而事實上，漢代以咽化形式存在的差異很可能在早期是以其他不同的特徵存在的，但我們尚未找到任何與之相關的證據。雖然在我們的構擬中，咽化表面上是上古漢語早期階段的特徵，且咽化輔音持續了長達一千年（甚至更多）之久，但這只反映了我們缺乏表明早期差異性質的證據。帶來上述語音改變的咽化很可能只存在了很短的一段時間，且由於類型學上不常見，使之相當不穩定而極易發生進一步的音變。

73

6　周祖謨認為「內」代表洪音，「外」代表細音，這兩個術語一般分別指 A 型和 B 型音節。周氏也舉例說明了「急氣」和「緩氣」表達的涵義跟「內」和「外」大多相同。

　　雖然咽化語言多集中在高加索語、亞非語系以及薩利希語系中，但至少此特徵在一種藏緬語中可見，即四川紅岩的北部羌語（Evans 2006a，2006b），臺灣的兩種南島語阿眉斯語（Amis）和泰雅語（Atayal）也有咽化輔音（Maddieson 和 Wright 1991）。更進一步，羅杰瑞（1994：403，注釋 9）引述 Jakobson（[1931]1971），強調了他提出的漢語的咽化對立和某些土耳其語的所謂「音節和諧」（syllabic harmony）過程（通過膦化來區別的輔音對立，與元音和諧密切相關）有極大的相似性。

　　總的來說，我們給中古漢語的一、二、四等構擬了咽化的上古音，而三等沒有。但是上古漢語非咽化噝音聲母後跟介音 *-r- 的某些字出現了一些例外：*sr-、*tsr-、*tsʰr-、*dzr-（以及其他在中古漢語階段之前合併進來的聲母）。作為非咽化聲母，這些詞在中古漢語三等字中以捲舌噝音的形式出現，符合我們的預期：

（177）蝨 *srik > *srit* > shī『虱子』

（178）差 *tsʰraj > *tsrhje* > cī『不均』

（179）愁 *[dz]riw > *dzrjuw* > chóu『愁苦』

但是這類詞的一部分表現為二等韻字：

（180）生 *sreŋ > *sraeng* > shēng『生、出生、生活』

（181）殺 *s<r>at > *sreat* > shā『殺死』

（182）差 *tsʰraj > *tsrhae* > chā『差異、選擇』

這是因為諸如例（180）、（181）、（182）的字在某個相當晚的

時期才從三等韻字變成二等韻字，也就是說，它們丟失了我們
記為 -j- 的中古漢語介音。我稱這個演變為 Tsrj- > Tsr-（Baxter
1992：267–269）。可以推測，這些形式中 -j- 的丟失的一個重
要因素，是由於捲舌音和腭化音組合的語音不和諧造成的。

我們知道這些字丟失了 -j-，是因為這些字經常有反切材
料，顯示曾有帶 -j- 的反切。舉個例子，《廣韻》的「生」字：

74

（183）生：所庚切，即：sr(joX) + (k)aeng = sraeng

在更早的《王仁昫刊謬補缺切韻》中，它的反切是：

（184）生：所京反：也就是 sr(joX) + (k)jaeng = srjaeng

Tsrj- > Tsr- 的音變同時也解釋了《廣韻》通常被認為是不規則
的 sraeng 讀音，因為「生」上古押 *-eŋ 韻，而 -aeng 通常只
來自於上古漢語的韻部 *-aŋ。不過中古漢語的 -jaeng 是上古韻
部 *-reŋ 的規則形式，如：

（185）驚 *kreŋ > kjaeng > jīng『受驚』
　　　　鳴 *m.reŋ（方言讀音 > *mreŋ）> mjaeng > míng『叫
　　　　（鳥類或動物）』

因此，中古漢語「生」的 -aeng 是 Tsrj- > Tsr- 音變的一個正常
結果：生 *sreŋ > srjaeng > sraeng。

另外一個違反非咽化聲母演變為三等一般模式的例外是：

（186）三 *s.rum > *sam* > sān『三』

我們預計它應按照 OC*s.rum > *srim* 演變，而非演變成中古音 MC *sam*，且我們在下例中可以看到這種規則演變：

（187）參 *srum > *srim* > shēn『獵戶星座』（由獵戶座星帶上的三顆星得名）

但是作為一個數詞，三 *s.rum 中古漢語有著 *s-* 的形式，而非我們所預計的 *sr-*，很可能是受後面一個數詞「四」sì < *sijH* 的影響。眾所周知，「三」的中古漢語韻母 *-am* 也是不規則的；我們還未為這種不規則結果找到一個合理解釋。

　　聲母輔音咽化帶來的首要影響是阻礙齒齦塞音和 *n- 的腭化，以及軟腭音和邊音的腭化（見下文）。另外，在上古漢語階段以後，咽化的軟腭音後退成小舌音。上文曾介紹過，羅杰瑞（1994：404）提到早期佛經譯音（公元 200–400 年）中，上古漢語咽化音節中的軟腭音已經變成小舌音。[7]有證據顯示，在中古漢語時期，A 型軟腭音仍比 B 型發音部位靠後，公元六世紀的《切韻》和《經典釋文》中 A 型和 B 型軟腭音聲母字的反切上字是有區別的。

　　雖然現代漢語方言中 A 型和 B 型軟腭音聲母的區別消失了，但是原始苗瑤語和原始苗語的借詞仍然規則地以小舌音來反映上古漢語的 A 型軟腭音。例如：

7　因為該演變發生在上古小舌音聲母變作中古的不同喉音聲母之後，因此來自於上古的小舌音的聲母和來自上古咽化軟腭音的聲母並沒有合併。例如 *q- 在 *kˤ- 變作 [q] 之前已經變作 [ʔ] 了。

（188） 故 *kˤaʔ-s > *kuH* > gù『舊的（不是新的）』；比較：
原始苗瑤語 *quoH『舊』
空 *kʰˤoŋʔ > *khuwngX* > kǒng『中空的』；比較：原
始苗瑤語 *qheŋ B『洞』
嫁 *s-kˤra-s > *kaeH* > jià『女子出嫁，將女兒嫁出』；
比較：原始苗瑤語 *qua C『將女兒嫁出』

目前，因為掌握的證據有限，我們不能很有信心地確定上古漢
語小舌音聲母在苗瑤語中的反映形式。

有關上古漢語咽化輔音後的元音舌位下降，可見 5.3.1 節
關於韻母發展的討論。

4.1.2 腭化

非咽化輔音在發展成中古漢語的過程中有腭化趨勢：這種
趨勢的結果會使 A 型和 B 型對立加強，且可能降低了對咽化
這種類型學上不常見特徵的依賴。除非腭化受到元音前 *-r- 的
阻礙，非咽化上古漢語聲母齒齦塞音和鼻音在中古漢語中變成
腭化塞擦音和鼻音：

（189） *t- > *tsy-*   真 *ti[n] > *tsyin* > zhēn『真實的』

*d- > *dzy-*   石 *dAk > *dzyek* > shí『石頭』

*n- > *ny-*   入 *n[u]p > *nyip* > rù『進入』

*n̥- > *sy-*   身 *n̥i[ŋ] > *syin* > shēn『身體；自身』

中古漢語 *tsy-*、*dzy-*、*ny-*、*sy-* 在語音上分別可以合理地解釋
成 [tɕ]、[dʑ]、[ɲ]、[ɕ]。此類顎化輔音在鄭玄（公元 127–200

年）和應劭（公元 140?–206 年）的記錄中就已存在，雖然同時期的其他記載中 B 型音節仍然存在非腭化齒齦塞音（Coblin 1983：55）。齒齦塞音腭化的變化，有規則地反映在羅杰瑞的原始閩語中：

（190）真 *ti[n] > tsyin > zhēn『真實的』，原始閩語 *tšin A

　　　　吹 *tʰo[r] > tsyhwe > chuī『吹（動詞）』，原始閩語 *tšhye A

　　　　春 *tʰun > tsyhwin > chūn『春季』，原始閩語 *tšhiun A

越南語裡的早期漢語借詞中既顯示了腭化形式，如例（191），也有非腭化形式，如例（192）和例（193）：

（191）種 *k.toŋʔ > *toŋʔ > tsyowngX > zhǒng『種子』；越南語 giống⁸ [zʌwŋ B]

（192）尺 *tʰAk > tsyhek > chǐ『尺（長度單位）』；越南語 thước [tʰɯʌk D1]『米尺』

（193）燭 *tok > tsyowk > zhú『火炬』；越南語 đuốc [ɗuʌk D1]『蠟燭』

苗瑤語的漢語借詞同樣反映了腭化塞擦音：

8　在 Alexandre de Rhodes 的詞典（1651）的正字法當中，發展為現代越南文、寫作 gi-（現在的河內發音是 [z]）聲母，按照葡萄牙語的拼寫習慣，很可能早期是個濁的前腭擦音，gi- 中的字母 g- 並不代表任何的軟腭音。

（194）穿 *tʰo[n] > tsyhwen > chuān『穿過』；原始苗瑤語
　　　　　*chu̯en『穿線』

但是，我們偶爾也能發現更古老的齒齦塞音的形式：

（195）稱 *mə-tʰəŋ-s > tsyhingH > chèng『提秤，桿秤』；原
　　　　　始苗瑤語 *nthju̯əŋH『平衡』

非咽化邊音也演變成中古漢語的腭化輔音（參看 4.3.4 和 4.3.5
節）：

（196）　*l- > y-　　葉 *l[a]p > yep > yè『葉子』
　　　　　*l̥- > sy-　　首 *l̥uʔ > syuwX > shǒu『頭部』

　　　　（中古漢語 y- 和 sy- 可分別合理地看成是 [j] 和 [ɕ]。）

上古漢語鼻音前綴後的 *r- 和 *l- 合併，之後兩者隨著上古 *l-
的演變，如腭化（見 4.4.1.4 節和 4.4.2.4 節）：

（197）*N.r- > y-　酉 *N-ruʔ >*l̥uʔ > yuwX > yǒu『地支第十
　　　　　位地支』
　　　　　*m.r- > y-　蠅 *m-rəŋ > *ləŋ > ying > yíng『蒼蠅』

基於此，我們預計 *N.r̥- 和 m.r̥- 會變成中古漢語的 sy-，但是
我們沒有明確的例子。

　　同樣地，非咽化音 *ɢ- 變成中古漢語的 y-，不管後面跟著
的元音是甚麼，如「與」*ɢ(r)aʔ-s > yoH > yù『參與』。原始

閩語和苗瑤語中也有相應的發展：

（198）羊 *ɢaŋ > *yang* > yáng『羊』，原始閩語 *ioŋ A，原
　　　　始苗瑤語 *juŋ A『綿羊、山羊』

另外，上古漢語的非咽化軟腭塞音 *k-、*g- 以及鼻音 *ŋ-、
*ŋ̊- 在前元音前一般演變為中古漢語的腭化音（Pulleyblank
1962–1963：100）。這種音變被稱作「第一次軟腭音的腭化」。[9]
例子如下：

（199）旨 *kijʔ > *tsyijX* > zhǐ『美味的』
（200）脂 *kij > *tsyij* > zhī『脂肪』
（201）視 *gijʔ > *dzyijX* > shì『看』
（202）腎 *Cə.[g]i[n]ʔ > *dzyinX* > shèn『腎臟』；比較原始
　　　　閩語 *-gin B『肫』（Norman 2006：138）
（203）瘈 *ke[t]-s > *tsyejH* > zhì『發瘋（狗）』
（204）支～枝 *ke > *tsye* > zhī『樹枝；軀幹』；原始閩語
　　　　*ki A
（205）善 *[g]e[n]ʔ > *dzyenX* > shàn『好』
（206）兒 *ŋe > *nye* > ér『兒童』
（207）設 *ŋ̊et > *syet* > shè『設立』

但是，我們沒有發現送氣音 *kʰ- 腭化的例子，也沒有發現帶軟
腭音韻尾的軟腭音聲母字腭化的例子（詳見 5.4 節）：

9　第二次軟腭音的腭化較晚近，見於諸多現代漢語方言，包括北京
　　話。如：金 MC *kim* > jīn [tɕin 1]『金色的』，缺 MC *khwet* > quē
　　[tɕʰyɛ 1]『殘缺；有缺陷的』。該問題不是此處的討論範圍。

（208）遣 *[k]ʰe[n]ʔ > khjienX > qiǎn『送』

（209）棄 *[kʰ]i[t] -s > khjijH > qì『丟棄，放棄』

（210）勁 *keŋ-s > kjiengH > jìng『強大，有力』

在例（199）－（207）中，我們根據諧聲和同族詞構擬了軟腭聲母。比如，我們在例（205）中構擬了一個軟腭聲母「善」*[g]e[n]ʔ > dzyenX > shàn，因為《廣韻》中存在一個字 kjenX，以「善」*[g]e[n]ʔ 作為其聲符：這個字是連綿詞（binome）「撲撏」kjenX.trjenX 的一部分，注釋為「醜長」，從中可推測上古 *krenʔ.trenʔ，腭化因介音 *-r- 而受阻。在例（207）「設」*ŋ̊et > syet > shè『設立』中，我們構擬了一個 *ŋ̊-，因為名詞「勢」*ŋ̊et-s > syejH > shì『形勢』是從動詞「設」（『設立』）加 *-s 加後綴衍生來的，而「勢」*ŋ̊et-s > syejH > shì『形勢』的聲符是「埶」*ŋet-s > ngjiejH > yì『種植』（白一平 2010）。[10]

　　在上古漢語晚期，上古漢語的 *q- 和 *qʰ- 丟失了口腔的阻塞成分而分別變成 *ʔ- 和 *χ-。很有可能小舌音 *χ- 從早些階段的 *qʰ(ˤ)- 變成了軟腭音 [x]，因為它後續在相同情況下會和其他軟腭音一樣腭化，如：

（211）屎 *[qʰ]ijʔ > *xijʔ > syijX > shǐ『排泄物』（見 4.3.2
　　　　和 5.5.5.1 對該例的討論）

雖然在前元音前唇化小舌音（labiouvulars）*qʷ- 和 *qʷʰ- 並沒有經歷腭化，*ɢʷ- 卻腭化了。*ɢʷ- 在非前元音以及 *r- 前變為

---

10 在例字「埶」*ŋet-s > ngjiejH > yì『『種植』』當中，*ŋ- 沒能腭化為 ny-，倒是預料之外的。不過值得注意的是，《廣韻》沒有「nyejH」這樣的照理應該會出現的音節。

hj(w)-：

（212）院 *ɢʷra[n] -s > *hjwenH* > yuàn『院子四周的墙』

圜、圓 *ɢʷ<r>en > *hjwen* > yuán『圓形的』

但是在前元音前，若不存在 *r-，*ɢʷ- 就腭化為 *y(w)-*：

（213）惟 *ɢʷij > *ywij* > wéi『（系詞）；即是』

營 *[ɢ]ʷeŋ > *yweng* > yíng『劃分界限；扎營』

詳見 4.3.3 節。

在上古漢語某一個方言中，*r̥- 演變成 *x-*，與來自 *qʰ- 的 *x-* 合併，都在前元音前腭化。如：

（214）爍 *r̥ewk > *xewk > *syak* > shuò『熔化，泡』

從語源上看，這個詞可能與「藥」*m-r[e]wk > *yak* > yào『醫 藥植物』有關。

Schuessler（2010：35）指出，軟腭音的第一次腭化發生 在西漢時期。他認為軟腭音在 *i 前的腭化早於在 *e 前。在漢 語方言中，只有閩語有較強證據顯示，其最早的層次跳過了此 項音變：

（215）支 ~ 枝 *ke > *tsye* > zhī『樹枝』，原始閩語 *ki A

指 *mə.kijʔ > *tsyijX* > zhǐ『手指；指向』，建甌 /ki 6/

腎 *Cə.[g]i[n]ʔ > *dzyinX* > shèn『腎臟』；原始閩語

*-gin B『肫』；也可比較客家（香港粉嶺崇謙堂方

言）/kʰin 1/『腎臟』

78

因此，原始閩語肯定在第一次軟腭音腭化前就分出來了。有關第一次軟腭音腭化是否影響原始苗瑤語和越南語所接觸的漢語方言，證據還很不充分。

但是，3.1.9 節已經提到，不是所有和上古軟腭音有關的中古漢語腭音聲母都是由前元音造成的，因為一些表面上很相似的變化在非前元音字中也能觀察到：

（216）出 中古漢語 *tsyhwit* > chū『出來』，是下面「屈」字的聲符

屈 中古漢語 *khjut* > qū『屈從』

齒 中古漢語 *tsyhiX* > chǐ『門牙』（上古漢語元音：*ə)；廈門 /kʰi 3/，福州 /kʰi3/

從這些例子中，我們可以看出一個完全不同的音變過程。我們假設上古軟顎音聲母帶有緊接的前置 *t-（4.4.4 節），然後 *t-加軟腭塞音的輔音叢首先簡化成齒齦塞音，再和一般齒齦音一樣經歷腭化：

（217）齒 *t-[kʰ]ə(ŋ)ʔ（或 *t-ŋ°əʔ?）> *tʰəʔ > *tsyhiX* > chǐ『門牙』

出 *t-kʰut > *tʰut > *tsyhwit* > chū『出來』

箴 *t.[k]əm > *təm > *tsyim* > zhēn『針』

十 *t.[g]əp > *dəp > *dzyip* > shí『十』

實際上，這種音變不僅局限於軟腭聲母，小舌音聲母中也有類似的例子：

（218）娗 *t-qoŋ > *toŋ > *tsyowng > zhōng『丈夫的父親』

杵 *t.qʰaʔ > *tʰaʔ > tsyhoX > chǔ『杵』（「杵」的
*qʰ- 構擬，見 4.4.2.2 節）

唇音中也可能存在：

（219）箒、帚 *[t.p]əʔ > *tuʔ > tsyuwX > zhǒu『掃帚』

前置輔音 *t- 取代非咽化輔音聲母並不總產生中古漢語的腭
音；當存在介音 *r 時，它會演變成中古漢語的捲舌聲母：

（220）䞓 *t-kʰreŋ > *tʰreŋ > trhjeng > chēng『紅色』；
比較：
輕 *[kʰ]eŋ > khjieng > qīng『輕，不重』

（221）肘 *t-[k]<r>uʔ > *truʔ > trjuwX > zhǒu『肘部』；右
邊的「寸」最初是「九」字：
九 *[k]uʔ > kjuwX > jiǔ『九』，是肘部的畫圖（季旭
昇 2010：348–349，991）

（222）耴 *t-nrep > *trep > trjep > zhé『耳朵下垂（用於人
名）』；是下面「踂」字的聲符
踂 *n<r>ep > nrjep > niè『絆腳病』

4.1.3 捲舌化

上古漢語輔音系統中不存在捲舌聲母，捲舌輔音在上古漢
語向中古漢語的演變過程中，隨著一些以 *r 為聲母或介音簡
化而出現。下面是一些齒齦聲母後接介音 *r 的例子：

79

（223）鎮 *t<r>i[n]-s > *trinH* > zhèn『鎮壓』

鬯 *tʰraŋ-s > *trhjangH* > chàng『祭祀用的酒，金釀黑黍而成』

住 *dro(ʔ)-s > *drjuH* > zhù『停止』

䵑 *n<r>[i]k > *nrit* > nì『黏合；膠』

杻 *ŋ<r>uʔ > *trhjuwX* > chǒu『手銬』

榛 *tsri[n] > *tsrin* > zhēn『榛子』

差 *tsʰraj（> *tsrhjaeʔ*）> *tsrhae* > chā『差異；選擇』

沙 *sˤraj > *srae* > shā『沙子』

前置輔音 *s 後跟輔音 *r 到了中古漢語，變成捲舌擦音 *sr-*：

（224）數 *s-roʔ > *srjuX* > shǔ『數（動詞）』；又讀 *s-roʔ-s > *srjuH* > shù『數字（名詞）』

捲舌噝音聲母也可能來自上古漢語的前置輔音 *s- 和介音 *-r- 組合的輔音叢。如：

（225）責 *s-tˤrek > *tsˤrek > *tsreak* > zé『要求付款；要求』
債、責 *s-tˤrek-s > *tsˤrek-s > *tsreaH* > zhài『債務』；比較：
謫 *m-tˤrek > *m-dˤrek > *dˤrek > *dreak* > zhé『責備，懲罰』

（226）揣 *s-tʰ<r>orʔ > *tsʰ<r>orʔ > *tsʰ<r>ojʔ > *tsrhjweX* > chuǎi『測量，估計』；聲符與下面的「喘」字相同
喘 *[tʰ]orʔ > *tsyhwenX* > chuǎn『喘息』

（227）朔 *s-ŋrak >（*srjak* >）*sraewk* > shuò『月初第一
天』；聲符與下面「逆」字相同

逆 *ŋrak > *ngjaek* > nì『不順從』

（228）札 *s-qˤrət > *tsreat* > zhá『木牘』；比較：

乙 *qrət > *ʔrət > *ʼit* > yǐ『天幹第二位』

（229）鋤 *s-[l]<r>a > *s-d<r>a > *dzra > *dzrjo* > chú『鋤
頭』；比較：

除 *[l] <r>a > *dra > *drjo* > chú『去除』

（230）窗 *s-lˤ<r>oŋ > *s-tʰˤ<r>oŋ > *tsʰˤroŋ > *tsrhaewng* >
chuāng『窗子』；比較：

通 *lˤoŋ > *tʰˤoŋ > *thuwng* > tōng『穿過』

80

4.1.4 次生性濁化

與高本漢（1940）、董同龢（1948）及跟隨他們所有的上
古漢語構擬一樣，我們把中古音的塞音和塞擦音的三種不同的
發音方式 —— 清不送氣、清送氣和濁音 —— 投射到上古音，
如：

（231）*p(ˤ)- > *p-*

*pʰ(ˤ)- > *ph-*

*b(ˤ)- > *b-*

這三種不同發音方式出現在各個發音部位，無論是咽化聲母還
是非咽化聲母（表 4.1）。

但是，並非所有中古音的濁塞音和塞擦音都反映上古漢語
主要音節聲母的濁音：根據內部構擬，我們推測中古漢語的部
分濁音是次生的，反映了一個緊跟著前置鼻輔音 *N 或 *m 的

清塞音或塞擦音。前置鼻輔音演變到中古，在其消失之前，會使後接的塞音或塞擦音變成濁聲母。如：

（232） *N.tsʰ- > *N.dz- > *dz-

*m.p- > *m.b- > *b-

具體可參看 4.4.1.1、4.4.1.2、4.4.2.1 以及 4.4.2.2 節。

上述三個階段的語音發展在苗瑤語借詞中都有所反映：早期借詞反映了清前置鼻化形式，如原始苗瑤語 *mp- 和 *ntsh-；後期借詞展現了濁前置鼻化形式，如原始苗瑤語 *mb- 和 *ndz-；而再後來的借詞顯示了簡單的濁塞音或塞擦音，如下面的例子：

（233） 濁 *[N-tˤ]rok > *N-dˤrok > draewk > zhuó『汙濁的』，原始苗瑤語 *ṇtḷo C『汙濁的』（保留原始清輔音聲母）

（234） 淨 *N-tseŋ-s > *N-dzeŋ-s > dzjengH > jìng『干淨』，原始勉語 *ndzəŋ C『干淨』（反映了 *N-ts- > *N-dz-）

（235） 黃 *N-kʷˤaŋ > *ŋgʷˤaŋ > *gʷˤaŋ > hwang > huáng『黃色』（衍生自：光 *kʷˤaŋ > kwang > guāng『光線、光亮』），原始勉語 *ʔgʷjəŋ A『明亮的』，反映了原始苗瑤語 *ŋkʷj-（且可能表現了早期語義）。比較原始苗語 *gʷaŋ A『亮／光／黃色』，是一個不帶鼻冠音的晚期借用。

（236） 峽 *N-kˤrep > *N-gˤrep > *gˤrep > heap > xiá『山口、隘口』，原始苗語 *ɢlow D『山口、隘口』（不帶鼻冠音，反映了上古漢語之後的 *gˤ-）

鬆散的前置輔音 *mə- 和 *Nə- 在苗瑤語借詞中也同樣以前置鼻音的形式出現，但是它們在中古漢語時期並沒有起濁化作用，顯然它們的鼻音前置輔音與輔音聲母沒有直接接觸。

在中古漢語階段，次生的濁塞音和塞擦音的表現與相應的原有濁聲母沒有甚麼不同。正如原始的 *g̊- 和 *g̊ˤ- 合併成中古漢語的 h，*N.q̊ˤ- 和 *N.k̊ˤ-，*m.q̊ˤ- 和 *m.k̊ˤ- 的演變也是如此。而正如非咽化 *ɢ- 和 *g- 在中古漢語中分別發展成 y- 和 g-，保留了對立，非咽化聲母 *N.q- 和 *m.q- 演變成中古漢語 y-，而 *N.k- 和 *m.k- 則演變成 g-，同樣保留了對立。帶有鼻冠輔音的非小舌音聲母的演變歸納於表 4.3。

值得注意的是，在大部分情況下，前置輔音 *N 和 *m 帶有清送氣聲母（如 *N.pʰ- 和 *m.pʰ-）和清不送氣聲母（如 *N.p- 和 *m.p-）的中古漢語形式一致。但是，小舌音的發展卻不是這樣。鼻冠音只導致不送氣小舌塞音濁化：*N.q-、*m.q- > *ɢ- > 中古漢語 y-（見 4.4.1.1 和 4.4.2.1 節），而帶有鼻冠音的送氣或濁小舌音聲母發展成了中古漢語 ng-，如表 4.4 所示（具體可見 4.4.1.2、4.4.1.3、4.4.2.2 以及 4.4.2.3 節）。

下面的例子表明了這些變化。

（237）繘 *N.qʷi[t] > *ɢʷi[t] > ywit > yù『井上汲水的繩索』；又讀：

繘 *C.qʷi[t] > *kʷi[t] > kjwit > jú『井上汲水的繩索』

（238）尹 *m-qurʔ > *ɢurʔ > ywinX > yǐn『統治』；比較：

君 *C.qur > *kur > kjun > jūn『君王』（這兩個字在早期文獻中常常可以互換；見《古文字詁林》2.29。）

（239）午 *m-qʰˤaʔ > *ŋˤaʔ > nguX > wǔ『違反；交叉』；此字最初為「杵」的象形字：

82

杵 *t.qʰaʔ > *tʰaʔ > *tsyhoX* > chǔ『杵』

（240）蟻 *m-qʰəjʔ > *ŋəjʔ > *ngj+jX* > yǐ『螞蟻』；其聲
符是：

豈 *C.qʰəjʔ > *kʰəjʔ > *khj+jX* > qǐ『怎麼』

（241）牙 *m-ɢˤ<r>a > *ŋˤra > *ngae* > yá『牙齒』；「牙」是
「與」字的聲符：

與 *m-q(r)aʔ > *yoX* > yǔ『給予；為了；和』，原始
閩語 *ɣo B『給予』

（242）偽 *N-ɢʷ(r)aj-s > *ŋʷ（r）aj-s > *ngjweH* > wěi『假
的』；比較：

為 *ɢʷ(r)aj > *hjwe* > wéi『做，擔任』

在帶有 *-r- 的送氣咽化聲母（如 *m.qʷʰˤr- 和 *N.qʷʰˤr-）裡，
向鼻音發展的音變受到阻礙：這些聲母演變為 *h-*，與 *ɢʷˤr-
一樣：

（243）華 *N-qʷʰˤra > *hwae* > huá『開花；多花的、華麗
的』；比較：

華 *qʷʰˤra > *xwae* > huā『花』（後來寫作「花」）

（244）繣 *m-qʷʰˤrek-s > *hweaH* > huà『捆綁』；又讀
繣 *qʷʰˤrek > *xweak* > huà『捆綁』

表 4.3 帶鼻冠音的非小舌阻塞音的中古漢語形式

	上古漢語	中古漢語
非咽化	*N.p-，*N.p^h-，*m.p-，*m.p^h-	b-
	*N.t-，*N.t^h-，*m.t-，*m.t^h-	dzy-
	*N.ts-，*N.ts^h-，*m.ts-，*m.ts^h-	dz-
	*N.k-，*N.k^h-，*m.k-，*m.k^h-	在 *i 或 *e 前為 dzy-，其他位置為 g-
	*N.k^w-，*N.k^{wh}-，*m.k^w-，*m.k^{wh}-	g(w)-
咽化	*N.p^ˤ-，*N.p^{hˤ}-，*m.p^ˤ-，*m.p^{hˤ}-	b-
	*N.t^ˤ-，*N.t^{hˤ}-，*m.t^ˤ-，*m.t^{hˤ}-	d-
	*N.ts^ˤ-，*N.ts^{hˤ}-，*m.ts^ˤ-，*m.ts^{hˤ}-	dz-
	*N.k^ˤ-，*N.k^{hˤ}-，*m.k^ˤ-，*m.k^{hˤ}-	h-
	*N.k^{wˤ}-，*N.k^{whˤ}-，*m.k^{wˤ}-，*m.k^{whˤ}-	h(w)-

表 4.4 帶鼻冠音的小舌音聲母的中古漢語形式

	上古漢語	中古漢語
非咽化	*N.q-，*m.q-	y-
	*N.q^w-，*m.q^w-	在 *i 或 *e 前為 y(w)-，其他位置為 hj(w)-
	*N.q$^{(w)h}$-，*m.q$^{(w)h}$-	ng(w)-
	*N.ɢ$^{(w)}$-，*m.ɢ$^{(w)}$-	ng(w)-
咽化	*N.q$^{(w)ˤ}$-，*m.q$^{(w)ˤ}$-	h(w)-
	*N.q$^{(w)hˤ}$-，*m.q$^{(w)hˤ}$-	ng(w)-
	*N.ɢ$^{(w)ˤ}$-，*m.ɢ$^{(w)ˤ}$-	ng(w)-

4.2 比較法在漢語中的應用

　　以前對上古漢語輔音聲母的構擬，包括我們自己的，都沒有采用歷史語言學傳統的比較方法，而主要是用一種根據中古漢語與諧聲關係所反映的信息來構擬的特殊方法。[11] 我們現在的構擬吸收了之前學者的方法，且有所創新，在上古漢語聲母構擬中系統地綜合了原始閩語以及原始苗瑤語和越語早期漢語借詞所體現的語音對立。我們將說明，這些獨立的資料為不在中古漢語中出現的，或從諧聲系列的研究中無法得到的聲母對立提供了一致性的證據。由於其涉及了一大段歷史時期，且資料相當多，這些借詞形成不同的時間層次，都是中國歷史演變的不同階段遺留下來的。每個層次都是從一個具體的漢語方言借來的，而且跟那個方言有著語音對應。這樣我們不妨把原始苗瑤語和越語（Vietic）的早期漢語借詞作為上古漢語末期某種漢語方言的代表看待。[12]

　　通過在中古漢語、原始閩語以及苗瑤語和越語最早期借詞之間建立語音對應，我們對上古漢語聲母的構擬離標準的比較法更近了一步。原始閩語及原始苗瑤語、越語早期漢借詞是極為寶貴的資料，因為這些資料為我們提供了複雜音首（complex onsets）的證據，這方面中古漢語的證據以及諧聲材料是既有限又難以解釋的。下面幾節將詳細分析原始閩語、原

11　當然，在傳統的方法之外，還有其他一些嘗試。可參看下面的注 19。

12　越南語裡的早期漢語借詞（很可能在原始越語 Proto-Vietic 分化之前就已經借入了）不應該跟來自漢語的漢越語的讀音層次相混淆，後者是唐代（618–907）進入越南語的，它跟上古漢語的構擬沒有直接的關係。如果不做另外說明，我們所舉的越南語的例子，都不會是來自漢越語這個層次。

始苗瑤語和越語早期借詞中有關複雜音首聲母差異的證據。

4.2.1 原始閩語

如上所述，基於中古音框架的傳統上古音構擬有一大缺憾，即忽視了現代漢語方言的證據。高本漢推測除了閩語外，所有其他漢語方言都來源於長安方言，即隋（581–618）、唐（618–907）兩代都城所在地的方言，而且他認為長安方言在中古漢語時代的書面文獻中得以體現。因此，他認為中古漢語可以作為除了閩語外其他所有現代漢語方言的代表。雖然高本漢承認中古漢語不能解釋閩語的音系，他並沒有用閩語的材料來構擬上古音。他並未采用可能是歷史語言學最行之有效的比較法，儘管他也收集了方言材料，並將現代漢語方言和域外漢語借詞的語音進行比較，不過這麼做的原因僅僅是為了給既有中古音框架確定音值，而中古音框架仍是來自各種韻書、《經典釋文》以及韻圖。相較之下，在歷史比較法中，原始語框架的音位對立（不僅是音值）是在其後代語言的基礎上建立的 ——無論能否在書面文獻中得到證明。

正如我們對上古漢語的定義，它應該是閩語和中古漢語的共同祖先，因此若某些方言保留了中古漢語中沒有的信息，在構擬上古音時，我們必須將其考慮在內。此外，近期研究顯示，閩語並非唯一一種中古漢語系統無法解釋的現代漢語方言。一個完善的上古音構擬方案應考慮所有現代漢語方言資料。當然，我們也不能忽視早期的書面文獻，畢竟沒有人願意忽視古希臘語和古梵語，而僅僅從現代諸語言中構擬出原始印歐語。但是構擬必須基於所有後代（包括古代的和現代的）語言的音韻對應。最近幾十年的漢語方言研究使這條路變得可行。

84

羅杰瑞的研究及其構擬的原始閩語（始自 Norman 1973、1974a、1981）顯示閩語保留了大量中古漢語缺失的複雜音首成分，且很難從其他證據中得以重構。這些材料並未系統地運用到上古音的構擬中，但是我們的構擬將之納入，不是只依賴中古漢語，而是包括中古漢語和閩語的對應。希望未來的方言研究將此種構擬做得更加精確全面，並涵蓋其他保留了中古漢語缺失特徵的方言。下一節我們將舉一些此類特徵的例子。

4.2.1.1 原始閩語的塞音、塞擦音聲母

基於現代閩語的對應材料，羅杰瑞（1973、1974a）為原始閩語構擬了一套複雜的輔音聲母。他關於原始閩語塞音和塞擦音的構擬歸納於下表 4.5。

表 4.5 羅杰瑞（1973）構擬的原始閩語的塞音和塞擦音聲母

1	*p	*t	*ts	*tš	*k
2	*ph	*th	*tsh	*tšh	*kh
3	*-p	*-t	*-ts	*-tš	*-k
4	*b	*d	*dz	*dž	*g
5	*bh	*dh	*dzh	*džh	*gh
6	*-b	*-d	*-dz	*-dž	*-g

表 4.6 羅杰瑞原始閩語雙唇塞音在四種北部閩語中的形式
（特殊的「軟化」形式以陰影標注）

	原始閩語	中古漢語	建陽	建甌	石陂	和平
1	*p	p-	p-	p-	p-	p-
2	*ph	ph-	pʰ-	pʰ-	pʰ-	pʰ-
3	*-p	p-	w-/ø-	p-/ø-	b-/ɦ-	pʰ-
4	*b	b-	p-	p-	p-	pʰ-
5	*bh	b-	pʰ-	pʰ-	pʰ-	pʰ-
6	*-b	b-	w-/ø-	p-/ø-	b-/ɦ-	pʰ-

表 4.7 羅杰瑞原始閩語雙唇塞音在北部閩語 A 調中的形式

	建陽	建甌	石陂	和平
*p *A	p- 1 [53]	p- 1 [54]	p- 1 [53]	p- 1 [24]
*ph *A	pʰ- 1 [53]	pʰ- 1 [54]	pʰ- 1 [53]	pʰ- 1 [24]
*-p *A	w-/ø- 9 [31]	p-/ø- 3 [21ˀ]	b-/ɦ- 9 [31]	pʰ- 4 [4ˀ]
*b *A	p- 2 [33]	p- 5 [22]	p- 5 [33]	pʰ- 2 [13]
*bh *A	pʰ- 2 [33]	pʰ- 5 [22]	pʰ- 5 [33]	pʰ- 7 [31]
*-b *A	w-/ø- 9 [31]	p-/ø- 3 [21ˀ]	b-/ɦ- 9 [31]	pʰ- 2 [13]

表 4.8 羅杰瑞原始閩語聲母 *-p、*b、*bh、*-b 的例字

類型	例字	原始閩語	中古漢語	建陽	建甌	石陂	和平
3	飛 fēi『飛行』	*-p A	pj+j	ye 9	yɛ 3	ɦye 9	pʰui 4
3	崩 bēng『崩塌』	*-p A	poŋ	waiŋ 9	paiŋ 3	baiŋ 9	pʰen 4
4	肥 féi『肥、胖』	*b A	bj+j	py 2	py 5	py 5	pʰi 2

（續上表）

類型	例字	原始閩語	中古漢語	建陽	建甌	石陂	和平
4	平 píng『平的』	*b A	bjaeng	piaŋ 2	piaŋ 5	piaŋ 5	pʰiaŋ 2
5	皮 pí『皮膚』	*bh A	bje	pʰui 2	pʰyɛ 5	pʰo 5	pʰui 7
5	篷 péng『雨篷、船帆』	*bh A	buwng	pʰoŋ 2	pʰoŋ 5	pʰəŋ 5	pʰuŋ 7
6	簰 pái『木排』	*-b A	bea	wai 9	pai 3	bai 9	pʰæ 2
6	瓶 píng『瓶』	*-b A	beng	waiŋ 9	paiŋ 3	baiŋ 9	pʰen 2

　　為了方便起見，我們用表格左側一欄的數字來表示輔音種類。在大部分閩方言中，第 4 類輔音已經變成清不送氣音，第 5 類輔音則是清送氣音。第 3 類和第 6 類輔音被認為是「軟化」的，因為在一些閩方言中，它們具有響音的或元音性的形式，如表 4.6 所示（此表僅限於雙唇塞音，軟化的形式以陰影標注）。然而，在石陂方言中，第 3 類和第 6 類輔音是濁音，在和平方言中，第 2 至 6 類輔音均是清送氣音。[13]

　　閩語輔音聲母的類型與聲調也有複雜的交織關係。在表 4.7 中，我們僅以原始閩語 *A 調（對應中古漢語平聲）中各種雙唇塞音的音段和調型為例，展示其關聯。調型以傳統調類數值標在前，在方括號中標以調值（采用趙元任的五度標調法）。[14]

　　原始閩語具有 6 類輔音聲母，而中古漢語僅有 3 類：*p 和 *-p 都對應中古漢語 p-；*ph 對應中古漢語 ph-；*b，*bh 和 *-b

---

13　此處及下文中，建陽的材料來自羅杰瑞（1971，1973，1974a，1981，1982，1986，1991，1996）；建甌的材料來自羅杰瑞（1973，1981，1986，1996）；石陂的材料來自羅杰瑞（2000）和秋谷裕幸（2004）；和平的材料來自羅杰瑞（1995）。

14　建甌的第 3 調與和平的第 4 調都伴有喉部的後縮，本書認為這表明應具有 [ʔ]。

都對應中古漢語 *b-*。第 3 類到第 6 類對應的例子見表 4.8。　　　　85

　　其他證據（尤其是域外語言的漢語借詞，見下文）表明這些特徵並非最近才產生的，我們在構擬上古漢語聲母時，需要將其考慮在內。我們的主要假設如下（以雙唇塞音為例）：

1. 羅杰瑞的原始閩語 *p- 反映了上古漢語的 *p(ˤ)- 和 *C.p(ˤ)-。*p(ˤ)- 和 *C.p(ˤ)- 的區別是以越語證據為基礎進行重構的（見 4.2.2.1 節），這種區別在中古漢語和原始閩語中都丟失了。

2. 原始閩語 *ph- 反映了上古漢語 *pʰ(ˤ)-、*C.pʰ(ˤ)- 或 *Cə.pʰ(ˤ)-。（注意原始閩語的送氣聲母不軟化。）　　　　86

3. 原始閩語 *b- 反映上古漢語 *b(ˤ)- 或其他 *N.- 後的雙唇塞音。顯然，緊密相連的音節前置鼻音 *N.- 在原始閩語階段之前就已經使後接的阻塞音濁化且丟失了，因為在閩語中，上古漢語 *N.p(ˤ)- 和 *b(ˤ)- 有著一致的形式。

4. 原始閩語的軟化塞音（第 3 類和第 6 類）來自於一個鬆前置輔音後，兩個元音之間的塞音或塞擦音的輔音發生弱化：比如原始閩語 *-p- < 上古漢語 *Cə.p(ˤ)-，原始閩語 *-b- < 上古漢語 *Cə.b(ˤ)-。

5. 原始閩語濁送氣音（第 5 類）來自除了 *N.- 外其他緊密相連的前置音節後的濁塞音或塞擦音，如：原始閩語 *bh- < 上古漢語 *C.b(ˤ)-。或來自任一塞音或塞擦音前的前置輔音 *m-，如：上古漢語 *m.p(ˤ)- 或 *m.pʰ(ˤ)-。

我們假設大部分閩語中第 4 類（*b-）和第 5 類（*bh-）間的送氣對立來自兩波不同的清化（devoicing）勢力的影響。在第一波勢力中，原始閩語的濁阻塞音聲母（包括原始濁阻塞音，如

*b-，以及緊密相連的 *N.- 後的阻塞音，如 *N.p-）變成清不
送氣聲母。在第二波勢力中，濁阻塞音聲母變成清送氣聲母，
如附近的贛語和客家方言一樣。在閩語中，一個緊密相連的音
節前置音保護濁阻塞音免受第一股清化勢力的影響。丟失那些
前置音後，剩餘濁塞音和塞擦音受到第二股勢力影響，變成清
送氣音（見下表 4.9）。

這種演變在藏語和嘉絨語中也有類型學上平行的例子。複
輔音的部分濁阻塞音的延遲清化在藏語方言中有很好的記錄。
比如，孫天心報告過雜多 [rDza.rdo] 方言「經歷了一次重要的
分化，古藏語的濁阻塞音變作清聲母，且為陽調的氣嗓音，而
古藏語中帶有前置輔音（preradicals）的濁阻塞音仍保留濁音」
（Sun 2003：38–39）。

在德格 [Sde.dge] 方言中，早期與晚期清化阻塞音根據聲
調區別開來（格桑居冕、格桑央京 2002）。[15] 類似的，在嘉絨
語的藏語借詞中，藏文的簡單濁塞音是清化的，但當一個藏文
濁塞音聲母跟在一個前置輔音聲母後時，濁音在嘉絨語中得以
保留。比如藏文 sb- 到了嘉絨語就變成 /zw-/</zb-/。這表明在
作為嘉絨語借詞源頭的藏語方言中，簡單濁塞音清化，而濁輔
音叢仍保留濁音（向柏霖 [Guillaume Jacques]2008：114）。

表 4.9 總結了四種情況下上古漢語中帶有塞音和塞擦音的
聲母音變的順序：普通濁音（*b-），帶緊密型前置輔音的 *N
清音（*N.p-），帶緊密型前置輔音 *C 的濁音（*C.b-）以及前
帶 *m 的清音（以送氣 *m.pʰ- 為例）。

---

15 感謝齊卡佳（Katia Chirkova）提供關於藏語方言複聲母清化的有
　價值的信息。

　　至於軟化輔音聲母，羅杰瑞（1986）注意到閩語中含有軟化輔音聲母的詞借到苗瑤語中時往往帶有前置鼻聲母，提出閩語的軟化輔音（表 4.8 中的第 3 類和第 6 類）原來帶有前置鼻音，例子可見表 4.10。（表 4.10 中瑤語的濁塞音和塞擦音反映了原始苗瑤語帶鼻冠音的塞音和塞擦音。）[16]

87

表 4.9 羅杰瑞原始閩語 *b 和 *bh 的來源及發展

	平 píng 『水平』	別 bié 『被分離』	雹 báo 『冰雹』	被 bèi 『被單』
中古漢語	*bjaeng*	*bjet*	*baewk*	*bjeX*
羅杰瑞的原始閩語	*b A	*b D	*bh D	*bh B
上古漢語	*breŋ	*N-pret	*C.[b]ˤruk	*m-pʰ(r)ajʔ
*m，*N 後的濁化	—	Nb-	—	mb-
*N 的丟失：*Nb-> b	—	b-	—	—
第一次清化：b-> p- （L=陽調）	p- L	p- L	—	—
音節前置音 *C，*m 的丟失	—	—	b-	b-
第二次清化：b-> pʰ-ᵃ	—	—	pʰ- L	pʰ- L
以上音變在廈門和福州的結果（L=陽調）	p- L	p- L	pʰ- L	pʰ- L

ᵃ　*b- 到 *pʰ- 的音變可能經過了一個 *b-> *bʰ- 的階段，此處忽略。

16　若不特別注明，此處及下文中，原始苗瑤語、原始苗語、原始勉語的構擬均引自 Ratliff（2010）。

表 4.10 勉語中與原始閩語軟化塞音的對應詞

類型	例字	原始閩語	勉語	上古漢語
3	沸 fèi『沸騰』	*-p	bwei 5	*Nə.p[u][t]-s
3	早 zǎo『早』	*-ts	dzyou 3	*Nə.tsˤuʔ
3	賭 dǔ『打賭』	*-t	dou 3	*mə.tˤaʔ
3	擔 dān『負重在肩上』	*-t	daam 1	*mə-tˤam
3	轉 zhuǎn『回』	*-t	dzwon 5	*mə-tronʔ
6	步 bù『腳步，大步』	*-b	bia 6	*mə-bˤa-s
6	婦 fù『兒媳婦』	*-b	bwaŋ 4	*mə.bəʔ
6	字 zì『字母、字』	*-dz	dzaaŋ 6	*mə-dzə(ʔ)-s
6	舌 shé『舌頭』	*-dž	byet 6	*mə.lat

　　然而，我們發現苗瑤語中的前置鼻音也對應原始閩語的濁送氣音（表 4.8 中的第 5 類，如 *bh-）的前置鼻音，可見表 4.11；這表明軟化現象並非前置鼻音本身帶來的。

表 4.11 原始閩語濁送氣塞音的對應借詞

類型	例字	原始閩語	原始苗瑤語	上古漢語
5	柱 zhù『柱子』	*dh	*ɲjæu『柱子』（也比較原始 Kra 語 *m-tʂu A『柱子』）	*m-t<r>oʔ
5	秫 shú『黏性的小米』	*džh	*mblut『有黏性的』	*m.lut ~ *mə.lut[a]
5	鼻 bí『鼻子』	*bh	*mbruiH『鼻子』	*m-bi[t] -s

[a] 此處「秫」的閩語形式反映了上古漢語 *m.lut，但是中古漢語形式反映了上古漢語 *mə.lut（詳見 4.5.2.4 小節）。緊密和鬆散型的前置音節有時會有交替。

從語音學角度來看，我們認為用處於元音間位置的弱化來解釋軟化現象比用前置鼻音更加合理（這種可能性羅杰瑞也提到過）。北部閩語的軟化現象與共時層面的形態音位變化類似，這樣的音變影響了福州話中某些複合詞的介輔音（馮愛珍 1998）：　　88

（245）毛筆，福州 /mo 53/ + /pɛiʔ 24/ → /mo 21 βɛiʔ 24/

　　　　被告，福州 /pɛi 242/ + /ko 212/ → /pɛi 53 o 212/

　　　　書店，福州 /tsy 55/ + /taiŋ 212/ → /tsy 53 laiŋ 212/

在我們的系統中，帶有鬆散型前置音節 *Cə.p(ˤ)- 或 *Cə.b(ˤ)- 的聲母分別產生了原始閩語的軟化音 *-p- 或 *-b-。而如 *C.b(ˤ)- 這樣帶有緊密型前置音節的聲母（除了 *N；見表 4.9）產生了原始閩語的 *bh-、*m.p(ˤ)- 和 *m.pʰ(ˤ)- 也是如此。在任意情況下，前置輔音聲母 *C.- 可能是個鼻音或其他音。例如，羅杰瑞（1986：383）引了「蟑螂」一詞（見下例（246）），北部閩語反映了原始閩語 *-dzɑt D（Norman 1981：60），而其他一些閩語和粵語表明帶有 /k/ 的前置音節，反映了上古漢語的 *kə-dzˤ-。這個詞的本字未確定。

（246）原始閩語 *-dzɑt D『蟑螂』，北部閩語：建甌 /tsuɛ 4/，政和 /tsuai 5/，崇安 /luai 8/；同樣，邵武 /tsʰai 6/（Norman 1982：548），和平 /tʰai 4/（Norman 1995：122），鎮前 /tsua 5/，建陽 /loi 8/，五夫 /luai 8/（Norman 1996：37），連墩村 /lue 8/（Norman 2002：357）. 比較福安 /sat 8/ ～ /ka 1 sat 8/，福州 /ka 6 sak 8/，廈門 /ka 1 tsuaʔ 8/；粵語 /ka-tsat 8，kat-tsat 8/『蟑螂』

一些學者嘗試用閩方言向鄰近方言不同歷史層次的借用，來解釋中古漢語輔音聲母在閩語中的不同對應。比如，平田昌司（1988）認為石陂方言中的濁塞音（對應建陽方言的軟化輔音聲母）受到鄰近吳語的影響，因為吳語以有濁阻塞音聲母為特徵。羅杰瑞（Norman 2000）這種對軟化輔音聲母的解釋做出了令人信服的反駁。例如，「崩」bēng < 中古漢語 *pong*『崩塌』在石陂方言中為 /baiŋ 9/，其濁輔音聲母不可能借自吳語，因為吳語中該字的輔音是清聲母。此外，閩語中一些帶軟化輔音聲母的詞是閩語中獨有的詞，吳語中並不存在。

89

然而，在這些北部閩語軟化輔音聲母對應中古漢語和吳語濁阻塞音的詞中，至少有一些一定是在上古漢語階段以後才借進來的。例如，在對應中古漢語 *Tsij* 和 *Tsi* 的詞中，石陂方言在白讀層中有韻母 /i/，建陽方言中有韻母 /oi/，均是來自上古漢語（資料來自秋谷裕幸 2004 和 Norman 1971）；見表 4.12。（建陽方言聲調的下劃線表示短促，冒號表示調值稍長）文讀層對應的韻母分別是 /u/ 和 /o/，參見表 4.13。

但是有一些例子表明軟化輔音聲母同時在文讀層韻母中出現，在表 4.14 中以陰影標注。（羅杰瑞原始閩語中的軟化音 *-dz 在石陂方言和建陽方言中的形式分別是 /dz/ 和 /l/。）

北部閩語軟化輔音聲母的另一種形式是「菩薩」púsà < 中古漢語 *bu-sat*『菩薩』的第一個音節：石陂方言 /bu2 sa7/，和平方言 /wo2 sai7/，表面上反映了原始閩語的軟化輔音 *-b。但是顯然這個詞在時間上不可能早於佛教引入的公元 1 世紀。北部閩語不同層次的詞彙還需進一步研究。目前，當北部閩語第

90

6 類對應到中古漢語濁阻塞音聲母，只有北部閩語外還有其他證據，我們才能為其構擬上古漢語鬆散型的前置音節，因為閩

語以外沒有其他證據，從其他方言中借來濁阻塞音實際上是一種現實的可能性。

表 4.12 北部閩語白讀層韻母對應中古漢語 *Tsij* 和 *Tsi*

	中古漢語	石陂	建陽
姊 zǐ『姐姐』	*tsijX*	tɕi 21	tsoi 21
死 sǐ『死（動詞）』	*sijX*	ɕi 21	soi 21
四 sì『四』	*sijH*	ɕi 33	soi 32：
絲 sī『絲綢』	*si*	ɕi 53	soi 55

表 4.13 北部閩語文讀層韻母對應中古漢語 *Tsij*

	中古漢語	石陂	建陽
資 zī『財產』	*tsij*	tsu 53	tso 55
私 sī『私有的』	*sij*	su 53	so 55
次 cì『次等（形容詞）』	*tshijH*	tsʰu 33	tho 32：

表 4.14 北部閩語帶有文讀韻母的軟化聲母

	中古漢語	石陂		建陽	
		白讀	文讀	白讀	文讀
自 zì『自己』	*dzijH*	tɕi 45	dzu 45	tsoi 43：	lo 43：
字 zì『書寫漢字』	*dziH*	dzi 45	—	loi 43：	lo 43：
瓷 cí『瓷器』	*dzij*	—	dzu 53	—	lo 55
慈 cí『慈祥』	*dzi*	—	dzu 53	—	lo 33：

4.2.1.2 原始閩語響音

另一處閩語聲母比中古漢語更複雜的是中古漢語有（濁）響音聲母的詞。在閩語中，對應於中古漢語響音聲母的有兩類：同時基於音段上和聲調上的對立，羅杰瑞（1973）給原始閩語構擬了清響音聲母 *lh-、*mh-、*nh- 等，與濁輔音聲母 *l-、*m-、*n- 形成對立。類似的對立也必須出現在客家話的祖語——原始客家話的構擬中，涉及的是一些相同的詞。這裡為了舉例方便，我們僅以原始閩語裡傳統的平聲字（原始閩語 A 調）的 *l- 和 *lh- 在三種北部閩語（連墩村、[17] 石陂、和平）和一種客家方言（梅縣）的表現為例，見表 4.15。在北部閩語中，羅杰瑞的原始閩語 *l- 變成了 [l]，原始閩語 *lh- 變成了一個噝音（一般是 [s]）；有時 *l- 和 *lh- 也有聲調上的對立。在客家方言中，羅杰瑞的 *lh- 一般有陰調調值（梅縣為調1），這是清輔音聲母音節的特徵。

如表 4.15 最後一列所示，我們將羅杰瑞原始閩語濁響音構擬成上古漢語濁響音，其清響音構擬成上古漢語帶有清前置輔音聲母（以 *C 表示）的濁響音（注意我們上古漢語如 *l(ˤ)- 的清響音跟羅杰瑞原始閩語中的清響音 *lh- 並不相同）。我們假設上古漢語 *C.r- 實際上在閩語中仍為 *C.r，在北部閩語中，當存在緊密型的前置清輔音時，*r 發展出了一個擦音變體，可能為 [z] 或 [ʐ]。當前置輔音失落後，該擦音發生清化變成 [s]，這種情形在表 4.15 所舉連墩村、石陂、和平等方言可以見到。

---

17 連墩村的材料引自羅杰瑞（2002），梅縣的材料引自羅杰瑞（1989）和北京大學（2003）。

表 4.15 三種北部閩語、梅縣（客家話）及上古漢語中的
羅杰瑞原始閩語 *l 和 *lh（*A 調）

	原始閩語	中古漢語	連墩村	石陂	和平	梅縣	上古漢語
犁 lí『犁』	*l A	lij	lai 2	li 5	læ 2	lai 2	*[r][i]j
流 liú『流動』	*l A	ljuw	lau 2	lɔ 5	liu 2	liu 2	*ru
聾 lóng『聾』	*lh A	luwng	soŋ 2	səŋ 5	suŋ 7	luŋ 1	*C.rˤoŋ
鱗 lín『魚鱗』	*lh A	lin	saiŋ 2	saiŋ 5	sem 7	lin 1	*C.r[ə][n]

在越南語漢語借詞的最早層次中，有一個十分相似的演變，即前置輔音 *r 在 *k 後變為擦音：在越南語中，上古漢語 *k.r- 演變成現代越南文字上的 s- [ʂ]，如「力」*k.rək『力量』，越南語 sức [ʂɯk D1]（在關係密切的越語 Rục 中讀作 /kʰrɨk⁷/）。在下節中，我們將會看到，前置音節在其他語言的漢語借詞中往往幸存下來。要注意原始閩語的清響音，如 *lh- < 上古漢語 *C.r(ˤ)- 一般和原始閩語 *bh- < *C.b(ˤ)- 有著一樣的聲調發展，表明響音前的清音 *C.- 在原始閩語中得到保留。

該假設也能解釋羅杰瑞（1973）描述的閩南方言中清鼻音的有趣行為。雖然羅杰瑞的普通鼻輔音聲母 *m、*n 和 *ŋ 在廈門和潮州話中往往去鼻音化變成 /b/、/l/ 和 /g/，他的清鼻音 *mh、*nh 和 *ŋh 卻避免了此項音變。此外，清鼻音的鼻音性質向右擴散，使鄰接的元音鼻化，見表 4.16。

我們給出的解釋是去鼻化過程 *m > /b/、*n > /l/- 以及 *ŋ > /g/ 只涉及不帶前置輔音的詞首鼻音，而在帶有前置輔音的聲母，如 *C.m(ˤ)- 中，這種音變受到了阻礙。我們認為前置輔音（在這裡一定是非鼻音）不僅阻止了軟腭打開的預備動作，且縮短了鼻輔音，導致鼻化性質向鄰近的元音擴散。這與拉珈

91

語中的情況相似，以鼻音作為第二音段的輔音叢的鼻音性質
向右擴散（見 2.5.3 和 4.2.2.3 節）。在 Michaud、Jacques 和
Rankin（2012）的研究中也可以看到類似的觀點，他們舉的例
子來自其他亞洲、歐洲以及美洲語言。

表 4.16 閩南方言中緊密型前置輔音阻礙去鼻音化以及
鼻音性質的向右擴散

	羅杰瑞原始閩語	廈門	潮州
磨 *mˤaj > ma > mó『摩擦、磨』	*m	bua 2	bua 2
南 *nˤ[ə]m > nom > nán『南』	*n	lam 2	lam 2
鵝 *ŋˤa[r] > nga > é『鵝』	*ŋ	gia 2	go 2
肉 *k.nuk > nyuwk > ròu『肉，肉體』	*nh	—	něk 8
麻 *C.mˤraj > mae > má『麻類植物』	*mh	muã 2	muã 2
艾 *C.ŋˤa[t]-s > ngajH > ài『艾屬植物』	*ŋh	hiã 6	hiã 6

4.2.1.3 對應於中古漢語擦音的閩語塞擦音

閩語中也有一些塞擦音聲母對應中古漢語擦音 s-（心）和
sy-（書或審三）。我們僅以中古漢語 sy- 為例。表 4.17 展示了
中古漢語 sy- 與羅杰瑞原始閩語 *tš- 或 *tšh- 聲母的對應。除
了福州和廈門閩語外，我們還舉了古丈瓦鄉話（湖南西北部特
殊的一種方言）。閩方言與中古漢語 sy- 聲母相對應的是一個
不送氣塞擦音，瓦鄉話也往往表現出一個不送氣塞擦音。[18] 原
始閩語 *tš- 與中古漢語 sy- 的對應，根據諧聲和詞源學上的聯

---

18 福州的材料引自馮愛珍（1998），廈門的材料引自 Douglas（1899），
　　瓦鄉話的材料引自伍云姬、沈瑞清（2010）。福州話的讀音，放在
　　方括號內的，表示跟規則的對應不同，可能是讀書音。

繫來看，反映了上古漢語聲母 *s.t-。相似的證據顯示原始閩語 　　92
*tšh- 和中古漢語 *sy-* 和上古漢語 *s.t- 的對應常常表明其上古
漢語為清響音聲母。

這些例子表明除閩語外，至少瓦鄉話包含著在書面材料中
的中古漢語不好解釋的系統性差異。若假設上古漢語也是這些
方言的祖語，那麼在構擬上古漢語時，根據比較法的原則，來
自這些方言的證據也必須考慮在內。[19]

表 4.17 中古漢語 *sy-* 的對應塞擦音及其上古來源

	原始閩語	中古漢語	福州	廈門	古丈	上古漢語
水 shuǐ『水』	*tš	*sywijX*	tsy 3	tsui 3	tsu 3	*s.turʔ
升 shēng『升（單位）』	*tš	*sying*	tsiŋ 1	tsin 1	tsaŋ 1	*s-təŋ
書 shū『書寫』	*tš	*syo*	tsy 1	tsu 1	tɕiəu 1	*s-ta
室 shì『房間』	*tš	*syit*	[seiʔ 7]	tsit 7	tɕi 7	*s.ti[t]

---

19 據我們所知，唯一把這類語音的差異有系統地包含在上古漢語的
音系的嘗試是 Benedict（1976，1987）和斯塔羅斯金（1989）。
Benedict（1987：46）提出，羅杰瑞構擬的原始閩語的 *-k- 和 *-g-
來自原始漢語的 *s-k- 和 *s-g-；並認為原始閩語的 *gh- 來自「原
始漢語」的 *g-，原始閩語的 *g- 來自上古漢語的 *C+g-。斯塔羅
斯金（1989）將羅杰瑞構擬的原始閩語聲母系統的一部分推至上
古漢語；比如把羅杰瑞的原始閩語 *b- 和 *bh- 同樣看作上古漢語
的聲母。同樣地，也把羅杰瑞的清響音推至上古漢語（1989：59–
65）。斯塔羅斯金並沒有將軟化輔音納入考慮的範圍。在中古的 *sy-*
與上古的 *t- 有接觸的地方，斯塔羅斯金（1989：159–160）把中
古的 *sy-* 視為 *tsy-* 的變體，並認為後者是上古 *t- 的正常對應。蒲
立本（1973）認為羅杰瑞構擬的原始閩語的濁送氣反映上古漢語帶
前綴 *ɦ- 的清送氣聲母，如上古的 *ɦpʰ- 演變到羅杰瑞的原始閩語
的 *bh-，但他沒有提供更進一步的證據與論點。

（續上表）

	原始 閩語	中古 漢語	福州	廈門	古丈	上古 漢語
手 shǒu『手』	*tšh	*syuwX*	tsʰieu 3	tsʰiu 3	ɕiəɯ 3	*ŋuʔ
首 shǒu『頭』	*tšh	*syuwX*	[sieu 3]	tsʰiu 3	—	*l̥uʔ
試 shì『嘗試』	*tšh	*syiH*	tsʰei 5	tsʰi 5	sɿ 5	*l̥ək-s
舒 shū『慢， 簡單』	*tšh	*syo*	tsʰy 1	tsʰu 1	—	*l̥a

4.2.2 其他語言的早期漢語借詞

　　雖然現在中國境內的語言及方言仍然呈現多樣的面貌，但在古代，情況一定更加複雜。特別是長江以南起初講的並非漢語，後來漢語才逐漸地引入（Gernet 1990：25–26）。考慮到該區域至今仍然存在少數民族語言，我們可以認為長江以南的區域至少存在壯侗語、苗瑤語、南亞語以及藏緬語等語族的語言與早期漢語的接觸。顯然，早期漢語和中國北方的非漢語也有接觸，這些語言中也可能保留早期借詞，可幫助我們構擬上古漢語。這裡我們利用近期關於這些語言的重要研究，將重點放在苗瑤語、越語和壯侗語的漢語借詞上。[20] 一般來說，這些早期漢語借詞確證了一個觀點，即上古漢語主要元音左邊的那一部分相當複雜，包括前置的次要音節和前置的輔音。

20　關於壯侗語，可以參看 Ostapirat（2000）和 Pittayaporn（2009）；關於苗瑤語，可以參看 Ratliff（2010）；關於南亞語，尤其是越語族或越芒（Viet-Muong）語族，可參看 Ferlus（1982，1996，1997）。

4.2.2.1 越語

Ferlus（1976，1982）的研究表明原始越語作為南亞語語支，包括越南語、Mường 語、Thavưng 語及 Rục 語等的祖語，允許帶有次要元音的前置音節。這些在部分語言中得以保留，如 Rục 語。然而，在越南語中，元音間的輔音（位於前置音節和主要元音之間）弱化，前置音節失落，如表 4.18 所示。[21]

93

表 4.18 越語對應輔音聲母

Rục 語 ↔ 越南語對應	注釋	Rục 語	越南語	
p- ↔ ɓ-	四	poːn³	bốn	[ɓon B1]
t- ↔ ɗ-	尾巴	tuej²	đuôi	[ɗuʌi A1]
k- ↔ k-	魚	kaː³	cá	[ka A1]
c- ↔ tɕ-	成熟的	ciːn³	chin	[tɕin B1]
s- ↔ t-	手臂，手	siː¹	tay	[tai A1]
CVp- ↔ v-	石灰	kəpuːl¹	Vôi	[voi A1]
CVt- ↔ z-	睪丸	katáːl	dái	[zai B1]
CVk- ↔ ɣ-	熊	cakuː⁴	gấu	[ɣʌu B1]
CVc- ↔ z-	牀	kəciːŋ²	giường	[zɯɯŋ A2]
CVs- ↔ z-	蛇	pəsiŋ³	rắn	[zan B1]

據此，越南語中濁擦音聲母對應別處的塞音（或 [s]）可以作為前置音節存在過的證據。若越語前置音節或越南語弱化輔音在漢語借詞中出現，我們認為借來的詞在作為借源的漢語裡也曾存在過前置音節。漢語借詞在某個越語中帶有前置音節

---

21 前置音節成分與越南語擦音化有關的這一假設，由 Haudricourt（1965）首次提出，他把這種現象歸因於前綴 r-。又由 Ferlus（1976）和 Thompson（1976）兩位差不多同時加以推闡。

時，我們在構擬上古漢語就要考慮到這個輔音。[22]

如上所示，閩語中保留了一些前置音節的痕跡。帶緊前置音節的濁阻塞音（包括受前置輔音 *m 影響的次生濁阻塞音）變成了羅杰瑞構擬的原始閩語中的濁送氣音，如 *bh-，在多數閩方言中反映為清送氣音：*C.b(^{ˤ})- > b(^{ˤ})- > p^h-（見表 4.9）。鬆散的前置音節導致元音間的弱化現象，產生了羅杰瑞的原始閩語的軟化輔音聲母。根據閩語材料構擬出來的前置音節往往在越語中也出現前置音節，雖然越語似乎並不區別前置音節的鬆緊。見表 4.19 中的例子。

漢語「賊」在拉珈語借詞中作 /kjak 8/ < *gj-『強盜、土匪』，前置輔音 *k 可以得到進一步的支持（見 4.2.2.3 節及表 4.23）。

表 4.19 上古漢語鬆緊前置音節在越語中的對應

	中古漢語	原始閩語	上古漢語	Rục 語	越南語
牀 chuáng『牀』	dzrjang	*dzh	*k.dzraŋ	kəciːŋ²	*giường* [zɯʌŋ 21]
賊 zéi『強盜、土匪』	Dzok	*dzh	*k.dzˤək	kəcʌk	*giặc* [zak 32]
脰 dòu『脖子』	duwH	*-d	*kə.dˤok-s	kadɔːk	*dọc*『莖』 [zawk 32]
步 bù『步子』	buH	*-b	*mə-bˤa-s	—	*vã*『用腳行走』[vɑʔ 35]
補 bǔ『修補』	puX	*-p	*Cə-pˤaʔ	təpaː³	*vá* [vɑ 35]

---

22 感謝 Michel Ferlus 就此問題的有用的討論，以及在獲取越語材料時給予的廣泛的幫助。如無特別說明，除越南語外的越語支語言的例子都由 Ferlus 提供。

4.2.2.2 苗瑤語

對於苗瑤語，學界一致認為原始苗瑤語在塞音和塞擦音聲母上具有三種對立的特徵，即同時具備清不送氣音、清送氣音和濁音。這與中古漢語一致，且原始苗瑤語將其二分為帶鼻冠音與否：共有六種不同的對立：*p-、*ph-、*b-、*mp-、*mph-、*mb-。這種語音類型在苗語中得到了很好的保留，但是根據 L-Thongkum（1993）的構擬，在勉語中經歷了變異。Ratliff（2010）在這一點上接受了 L-Thongkum 的觀點（見表4.20）。

94

表 4.20 苗瑤語塞音系列的發展（H= 陰調，L= 陽調）

原始苗瑤語	原始苗語	原始勉語
*p-	*p-	*p-（H）
*ph-	*ph-	*ph-（H）
*b-	*b-	*b-（L）
*mp-	*mp-	*ʔb-（H）
*mph-	*mph-	*bh-（H）
*mb-	*mb-	*mb-（L）

早期苗瑤語容易使用本族語中的鼻冠音來對應漢語借詞中的前置鼻音。然而，對於我們提出的兩個前置鼻輔音聲母 *N 和 *m，苗瑤語並沒有區分。此外，雖然 Ratliff 為原始苗瑤語前置鼻輔音構擬了鬆緊對立（2010：12，209），但這種對立與漢語中前置鼻輔音的鬆緊對立並不一致。比如表 4.21 中的例子在原始苗瑤語中都有緊的前置輔音。

95

表 4.21 漢語前置輔音鼻音與原始苗瑤語前置鼻音化

漢語	原始苗瑤語
仲 *N-truŋ-s > *drjuwngH* > zhòng『兄弟排名中間』	*ntroŋ『中間』
晴 *N-tsʰeŋ > *dzjeng* > qíng『（天氣）晴』	*ntshjiəŋ『清楚』
鼻 *m-bi[t] -s > *bjijH* > bí『鼻子』	*mbruiH『鼻子』
樹 *m-toʔ-s > *dzyuH* > shù『樹』	*ntjuəŋH『樹』
沸 *Nə.p[u][t]-s > *pj+jH* > fèi『煮沸』（動詞）	*mpuæiH『煮沸』（不及物動詞）
早 *Nə.tsˤuʔ > *tsawX* > zǎo『早』	*ntsjouX『早』
滑 *Nə-gˤrut > *hweat* > huá『滑的』	*ɴɢuat『光滑的 / 滑的』
繰 *mə-tsˤawʔ > *tsawX* > zǎo『漂白；洗滌』	*ntsæwX『洗（手）』
稱 *mə-tʰəŋ-s > *tsyhingH* > chèng『杆秤』	*nthjuəŋH『平衡』（名詞）
紵 *mə-draʔ > *drjoX* > zhù『苧麻；亞麻』	*nduH『苧麻 / 亞麻』

表 4.22 原始苗瑤語和閩語清響音的對應

例字	苗瑤語	原始閩語	上古漢語
面 miàn < *mjienH*『臉』	原始勉語 *hmienA『臉』	*mh	*C.me[n]-s
年 nián < *nen*『豐收；年』	原始苗瑤語 *hŋuəŋH『年』	*nh	*C.nˤi[ŋ]
李 lǐ < *liX*『李子』	原始苗瑤語 *hljəŋX『李子』	*lh	*C.rəʔ

　　和上古漢語一樣，原始苗瑤語存在清濁響音的對立。但是原始苗瑤語另有一套前置喉音系列：*ʔm-、*ʔn-、*ʔl- 等，且這種三分的響音在其子語言原始苗語和原始勉語中以不同的語音形式保存了下來。因而，有人會預料在向漢語借詞時，若借詞代表的時期足夠早，苗瑤語會以自己的清響音來表現上古漢語的清響音。對於上古漢語 *l- 來說確實是這樣，苗瑤語的形式在幾個例子中是 *hl-（如「梯」，「大」，「燙」；見 4.3.5 節）。

然而，像 *ŋ̊ 的清響音在苗瑤語的確切例子很少。[23] 更普遍的情況是原始苗瑤語的清響音，如 *hm- 和 *hn- 對應上古漢語由一個清前置輔音和一個響音組成的複輔音（這種對應是 Norman 1991 發現的）。例子見表 4.22。

4.2.2.3 拉珈語

在 2.5.3 節中，我們提到了關於拉珈語複輔音簡化方式的觀察，即把原有的、以鼻音做第二成分的複輔音，簡化為只保留第一輔音並把鼻音轉化到元音上（Solnit 1988，Edmondson and Yang 1988，L-Thongkum 1992）。這種做法也影響了漢語借詞，我們可以據此構擬漢語一方看不見的前置塞音：

（247）　溺 *kə.nˤewk-s > *newH* > niào『尿』，拉珈語 /kjĩːw 5/

（248）　亢 *k-ŋˤaŋ > *kang* > gāng『抬高』，拉珈語 /kʰãːŋ 3/

（249）　攝 *kə.ŋep > *syep* > shè『抓住』，拉珈語 /kʰjɛ̃ːp 7/

我們在（247）的「溺」中構擬了一個鬆的複聲母，因為其原始閩語聲母是 *n；若原始閩語輔音為 *nh，我們則會構擬一個 *k.n-。在下表 4.23 中，我們看到在漢語借詞中，拉珈語也簡化了兩個阻塞音構成的複輔音，只保留前一個。然而，在漢語中，複輔音中的舌冠音將得以保留，不管其實際位置如何。

---

23 不巧的是，上古漢語的清鼻音例子只有很少的一部分被借入了苗瑤語。一個上古的 *ŋ̊- 對應於苗瑤語 *hn- 可能的例子是「餉」 *ŋaŋ(ʔ)-s >*syangH* > shàng「『提供食物；食物』」。比較原始苗瑤語 *hnrəaŋH「『米飯』」，但是語義上沒有直接關係。

表 4.23 拉珈語中輔音聲母的保留

漢語	拉珈語	越南語	Rục 語	原始閩語
箴 *t.[k]əm > *tsyim* > zhēn『針』	them 1	*găm*	—	*tš
紙 *k.teʔ > *tsyeX* > zhǐ『紙』	khjei 3	*giấy*	kəcáy	*tš
賊 *k.dzˤək > *dzok* > zéi『強盜、土匪』	kjak 8	*giặc*	kəcʌ́k	*dzh
牀 *k.dzraŋ > *dzrjang* > chuáng『床』	—	—	kəci:ŋ	*dzh

拉珈語所揭示的前置輔音表明漢語借源中前置輔音的存在，在其他保守語言中有綜合證據，越語中的 Rục 語（Nguyễn Phú Phong et al. 1988）以及越南語中的擦音化現象尤其值得注意。漢語裡，若複輔音聲母完全清化，拉珈語表現出一個送氣音（「箴」，「紙」）；若清前置輔音後接一個濁輔音，這個前置輔音在輔音叢簡化前由於同化作用而濁化，表現出一個陽調調值（如「賊」*k.dzˤək > *g.dzˤək > *g- > /kjak 8/）。因此，拉珈語對構擬上古漢語的複輔音聲母提供了重要的線索。

4.2.3 從比較證據推論上古漢語音首發音方法的區別

如前面幾節所述，漢語方言和早期漢語借詞材料的結合可以加深我們對上古漢語聲母類型的理解。總的來說，原始閩語讓我們區分了簡單聲母、緊密型複輔音聲母和鬆散型複輔音聲母，不過有兩個限制需強調：

1. 上古漢語帶有前置 *N- 的塞音和塞擦音在原始閩語中被處理成簡單的濁塞音或塞擦音：比如，*N.p(ˤ)- 與 *b(ˤ)- 合併。

2. 上古漢語前帶緊複輔音中清前置輔音的清塞音與對應的簡單聲母並未區分。也就是說，上古漢語 *t-、*C.t-、*k.t- 和 *s.t- 在原始閩語中都變成 *t-、*ts- 或 *tš-，這取決於介音 *-r- 與咽化的有無。

例如：

（250）真 *ti[n] > tsyin > zhēn『真的』原始閩語 *tš-
（251）點 *tˤemʔ > temX > diǎn『黑點』原始閩語 *t-
（252）水 *s.turʔ > sywijX > shuǐ『水；河流』原始閩語 *tš-
（253）債 *s-tˤrek-s > tsreaH > zhài『債務』原始閩語 *ts-
（254）紙 *k.teʔ > tsyeX > zhǐ『紙』原始閩語 *tš-
（255）登 *k-tˤəŋ > tong > dēng『一種祭祀用的器皿』原始閩語 *t-
（256）正 *C.teŋ > tsyeng > zhēng『一（月）』原始閩語 *tš-
（257）刀 *C.tˤaw > taw > dāo『刀』原始閩語 *t-

97

表 4.24 上古漢語清阻塞音聲母帶緊非鼻音前置輔音
與否在越南語中的區別

漢語	越南語		
隻 *tek > tsyek > zhī『單』 點 *tˤemʔ > temX > diǎn『黑點』	chiếc đốm	[tɕiʌk D1] [đɔm B1]	未擦化
責 *s-tˤrek > tsreak > zé『責備』 紙 *k.teʔ > tsyeX > zhǐ『紙』 正 *C.teŋ > tsyeng > zhēng 『第一個（月）』 刀 *C.tˤaw > taw > dāo『刀』	dức giấy giêng dao	[zuk D1] [zʌi B1] [ziʌŋ A1] [zɑu A1]	擦化

在表 4.24 的例子中，越南語資料顯示了一種閩語未能反映的上古漢語語音差異：前者用非擦化的輔音聲母 *d-* [ɗ] 和 *ch-* [c] 表示簡單上古漢語輔音聲母，擦化的 *d-* 和 *gi-*（今越南語合併為 [z]）表示緊複輔音聲母（表 4.24）。

對於上古漢語前置輔音的鬆緊，早期苗瑤語借詞提供證據很有限，然而一旦與中古漢語、原始閩語及越語的材料相結合，苗瑤語就可幫助我們區分帶有前置鼻輔音和未帶前置鼻輔音的複聲母。有了閩語和越南語的材料，我們能夠進一步區分上古漢語中帶 *N（原始閩語中為一般濁塞音，越南語中不擦化）和帶 *m（原始閩語中為送氣濁塞音，越南語中擦化）的緊密型複聲母。運用比較語言學的證據推測上古漢語聲母的基本原則歸納於下表 4.25 中，以雙唇輔音聲母為例。（越南語中「H」表示陰調，「L」表示陽調。）

在下面幾節中，我們將更具體地討論上古漢語聲母的構擬，將其分為簡單聲母、帶緊前置輔音的聲母、帶鬆前置輔音的聲母及複雜聲母。

98

表 4.25 中古漢語、原始閩語、越南語及原始苗瑤語雙唇塞輔音聲母的發音方法特徵，以及對應的上古漢語聲母類型

中古漢語	原始閩語	越南語	原始苗瑤語帶前置鼻音	原始苗瑤語不帶前置鼻音
p-	*p	*b-* [ɓ] H	（無例子）	上古漢語 *p(ˤ)-
p-	*p	*v-* [v] H	（無例子）	上古漢語 *C.p(ˤ)-
p-	*-p	*v-* [v] H	上古漢語 *mə.p(ˤ)-	上古漢語 *Cə.p(ˤ)-
ph-	*ph	*ph-* [f] H	上古漢語 *mə.pʰ(ˤ)-	上古漢語 *pʰ(ˤ)- ，*C.pʰ(ˤ) ，*Cə.pʰ(ˤ)
b-	*b	*b-* [ɓ] L	上古漢語 *N.p(ˤ)- ，*N.pʰ(ˤ)- ，*N.b(ˤ)-	上古漢語 *b(ˤ)-

（續上表）

中古漢語	原始閩語	越南語	原始苗瑤語帶前置鼻音	原始苗瑤語不帶前置鼻音
b-	*bh	*v-* [v] L	上古漢語 *m.p($ˤ$)-，*m.pʰ($ˤ$)-，*m.b($ˤ$)-	上古漢語 *C.b($ˤ$)-
b-	*-b	*v-* [v] L	上古漢語 *mə.b($ˤ$)-	上古漢語 *Cə.b($ˤ$)-

表 4.26 上古漢語簡單聲母的反映形式（以雙唇音為例）

上古漢語	中古漢語	原始閩語	原始苗瑤語	越南語
*p($ˤ$)-	*p-*	*p	*p-	*b-* [ɓ] H
*pʰ($ˤ$)-	*ph-*	*ph	*ph-	*ph-* [f] H
*b($ˤ$)-	*b-*	*b	*b-	*b-* [ɓ] L
*m($ˤ$)-	*m-*	*m	*m-	*m-* [m] L
*m̥($ˤ$)-	*xw-*（東部方言？），*x-*（西部方言？）	*x	—	—

4.3 簡單音首

簡單聲母是指不帶前置輔音的聲母。一般的發展模式見表 4.26，以雙唇輔音聲母為例。具體的每種聲母類型的形式表格附在下面每個子小節的末尾。在這些表格中，破折號「—」表示我們沒有明確的例子；在越南語欄下，「H」表示陰調（平聲 *ngang*，問聲 *hỏi*，或銳聲 *sắc*）；「L」表示陽調（玄聲 *huyền*，跌聲 *ngã* 或重聲 *nặng*）。若形式標注括號，表示這是根據我們的假設推斷出的形式，但沒有實際的例子。（越南語欄下 IPA[國際音標] 符號僅表示越南正音的語音轉寫。）在中古漢語欄，「E」和「W」分別代表東部和西部方言的可能形式。

4.3.1 清不送氣阻塞音：*p(^{ˤ})- 類

清不送氣阻塞音一般在中古漢語、閩語以及早期借詞中得以保留。在中古漢語中，如果後面不接 *-r-，那麼非咽化的齦塞音 *t-、*t^h- 和 *d-（噝阻塞音 *ts-、*ts^h-、*s- 或 *dz- 不包括在內）將分別腭化成中古漢語 tsy-、tsyh- 和 dzy-（見 4.1.2 節）：

（258） 隻 *tek > tsyek > zhī『單一』，越南語 chiếc [ciʌk D1]『車的量詞』

炙 *tAk-s > tsyaeH > zhì『炙烤』，原始苗瑤語 *ci C

真 *ti[n] > tsyin > zhēn『真的』，原始閩語 *tšin A

若後接 *-r-（包括 <r> 中綴），則不管齦塞音（包括噝音）咽化與否，都變成捲舌音 tr-、tsr- 等。在中古漢語中（見 4.1.3 節）：

（259） 卓 *t^{ˤ}rawk > traewk > zhuō『高級的；杰出的』

著 *t<r>ak > trjak > zhuó『放置』

生 *sreŋ > srjaeng > sraeng > shēng『生，出生；生活』

上古漢語的 *p(^{ˤ})-、*t^{ˤ}- 和 *ts(^{ˤ})- 分別以 *p-、*t- 和 *ts- 的形式借入原始越語，但是在越南語中，原始越語 *p- 和 *t- 分別演變成陰調的內爆音 ɓ- [ɓ] 和 đ- [ɗ]（Ferlus 1982）。例子如下：

（260）斧 *p(r)aʔ > pjuX > fǔ『斧子』，越南語 búa [ɓuʌ B1]

『斧子』

邊 *pˤe[n] > pen > biān『旁』，越南語 bên [ɓen A1]

『旁』

氐 *tˤijʔ > tejX > dǐ『底部』，越南語 đáy [ɗai B1]

『底部』

點 *tˤemʔ > temX > diǎn『黑點』，越南語 đốm [ɗom

B1]『點』

越南語 *t- > đ- [ɗ] 留出的空格在原始越語 *ts-（以及 *s-）變成

t- [t] 時得到填補：

（261）節 *tsˤik > tset > jié『竹節』；原始閩語 *ts-；越南語

tết [tet D1]（＜原始越語 *ts-）『新年』

箭 *[ts]en-s > tsjenH > jiàn『箭』；越南語 tên [ten

A1]（＜原始越語 *ts-）『箭』

（在早期越南語借詞中，像「箭」例這樣漢語去聲體現為 *A 調

的情況並不罕見。）

　　不管在中古漢語還是原始閩語中，清不送氣小舌塞音

*q-、*qʷ-、*qˤ- 及 *qʷˤ- 和喉塞音 *ʔ-、*ʔʷ-、*ʔˤ- 及 *ʔʷˤ-

的區別已經丟失。至於原始苗瑤語和早期越語借詞，我們不

能從現有的材料中確定兩者的區別是否丟失。可能原始台語

（Pittayaporn 2009）中，*q-（等）表現為 *k、*ʔ-（等）表

現為 *ʔ-，但是其材料是不平衡的，且前者的演變的明確例子

很少：

（262）　黿 *qʷˤre > 'wea > wā『青蛙』，原始泰語 *krwe A
　　　　　『小青蛙』（「黿」又讀 *m-qʷˤre > hwea『青蛙』，
　　　　　*m- 表示動物前綴，符合小舌輔音）

　　　　　臆 *ʔ(r)ək > 'ik > yì『胸懷』，原始泰語 *ʔɤk D
　　　　　『胸部』

　　　　　腰 *ʔew > 'jiew > yāo『腰部』，原始泰語 *ʔje:w A
　　　　　『腰部』

　　　　　燕 *ʔˤe[n]-s > 'enH > yàn『燕子』，原始泰語 *ʔe:n
　　　　　B『燕子』

　　　　　甕 *ʔˤaŋ-s > 'angH > àng『盆』，原始泰語 *ʔa:ŋ B
　　　　　『盆』

　　　　　溫 *ʔˤun > 'won > wēn『溫暖；溫和』，原始泰語
　　　　　*ʔun B『溫暖』

　　　　　厭 *ʔ<r>em-s > 'jemH > yàn『滿足』，原始泰語
　　　　　*ʔi:m B『滿足』

然而，上古漢語中清不送氣小舌塞音（*q- 等）和喉塞音（*ʔ-
等）的區別可以從詞族的交替以及文字的聲符中得到重建，
除了那些在 *q- 和 *ʔ- 合併後產生的漢字（Sagart & Baxter
2009）。當中古漢語中帶有聲母' - 的字與中古漢語軟腭音同
屬一個詞族時，我們通常假定小舌音在非鼻音的緊密型前置輔

音後變成軟腭音，因此構擬一個小舌音聲母：*C.q- > k- 等。[24]
例子如下：

（263）　影 *qraŋʔ > ʼjaengX > yǐng『影子』

　　　　景 *C.qraŋʔ > kjaengX > jǐng『明亮；圖景』

　　　　鏡 *C.qraŋʔ-s > kjaengH > jìng『鏡子』

（264）　翁 *qˤoŋ > ʼuwng > wēng『老人』

　　　　公 *C.qˤoŋ > kuwng > gōng『父親；王子』

然而，中古漢語聲母 ʼ- 和 k- 的詞族接觸也可能反映帶前綴
*k-，以上古漢語 *ʔ- 為聲母的詞根。在下面的例（265）中，
我們的構擬與 Sagart & Baxter（2009）不同，即以 *ʔ- 代替
*q-，因為若上古漢語主要音節為 *quj，我們認為應寫成聲符
「貴」（這個聲符也常用來寫上古漢語的 *kuj）：

---

24 在 Sagart & Baxter（2009）中，我們提出從小舌音到中古漢語
軟腭音的變化，其條件是鬆散的前置音節。但是根據諸如「鏡」
kjaengH > jìng『鏡子』之類的例子，這個看法應該被修正。「鏡」
具有聲母 *q-，證據是相關的詞有「影」*qraŋʔ > ʼjaengX > yǐng『影
子』。越南語 gương[zɯʌŋ A1]「鏡子」的擦音化聲母說明「鏡」在
上古漢語時期有前置輔音（參看 4.2.2.1 小節）。但如果「鏡」來自
上古的 *Cə.qraŋ-s，我們希望它會變成原始閩語的軟化聲母 *-k-；
事實上原始閩語「鏡」的聲母是 *k-，正如建陽的 /kiaŋ5/、建甌
的 /kiaŋ 5/（原始閩語的 *-k- 在建甌應該要變作零聲母，建陽也可
能會如此）。然而，原始閩語的 *k 可以來自上古漢語 *C.q。因此
將「鏡」構擬為 *C.q-：*C.qraŋʔ-s > kjaengH，是唯一同時符合所
有有關事實的構擬。類似地，公 *C.qˤoŋ > kuwng > gōng『父親；
王公』、價 *C.qˤ<r>aʔ-s > kaeH > jià『價錢』、改 *C.qˤəʔ > kojX >
gǎi『改變（動詞）』等例基於諧聲或語源方面的考慮，為其構擬了
小舌音聲母，以及帶緊密型前置輔音的複輔音聲母，因為這些例子
在原始閩語裡的演變是 *k-，而不是軟化聲母 *-k-。

（265）威 *ʔuj > ʼjw+j > wēi『使人敬畏的』

　　　　畏 *ʔuj-s > ʼjw+jH > wèi『害怕』

　　　　鬼 *k-ʔujʔ > kjw+jX > guǐ『鬼怪』

可以比較以「貴」為聲符的軟腭音或小舌音聲母字：

（266）貴 *kuj-s > kjw+jH > guì『有價值的；貴的』

　　　　靧 *qʰˤuj-s > xwojH > huì『洗臉』

　　　　遺 *[ɢ](r)uj > ywij > yí『留下；拒絕』

一般而言，在與軟腭音或小舌音沒有詞族聯繫的字以及只出現
在中古漢語聲母 ʼ- 的諧聲系列中，我們將中古漢語聲母 ʼ- 構
擬成 *ʔ- 而非 *q-：

（267）一 *ʔi[t] > ʼjit > yī『一』

　　　　衣 *ʔ(r)əj > ʼj+j > yī『衣服』

　　　　因 *ʔi[n] > ʼjin > yīn『憑借』

　　　　央 *ʔaŋ > ʼjang > yāng『中央』

其他上古漢語清不送氣阻塞音的例字列舉如下。

（268）得 *tˤək > tok > dé『得到』；原始閩語 *t-；原始苗瑤

語 *təuk『得到』[25]

（269） 酒 *tsuʔ > *tsjuwX > jiǔ『酒』；原始閩語 *ts-；原始
　　　　苗語 *cow B

（270） 蝨 *srik > *srit > shī『虱子』；原始閩語 *š-（原始閩
　　　　語 *sr- 在 *š- 和 *s- 之間波動。）

（271） 沙 *sˤraj > *srae > shā『沙子』；原始閩語 *s-

（272） 故 *kˤaʔ-s > *kuH > gù『舊的』；原始苗瑤語 *quoH
　　　　『舊的』

（273） 金 *k(r)[ə]m > *kim > jīn『金屬，青銅』；原始閩語
　　　　*k-；越南語 kim [kim A1]

　　　　『金屬，針』；原始苗瑤語 *kjeəm『金』 101

（274） 貴 *kuj-s > *kjw+jH > guì『有價值的；貴的』；原始
　　　　閩語 *k-；越南語 cửi[kui C1]『價格高』

（275） 芥 *kˤr[e][t]-s > *keajH > jiè『芥菜』；原始閩語 *k-；
　　　　越南語 cải[kɑi C1]『捲心菜』

（276） 媼 *ʔˤuʔ > *ʔawX > ǎo『老婦人』；原始苗瑤語 *ʔəuX
　　　　『年長姐姐／妻子』

這些聲母對應形式見表 4.27。

---

25 越南語 được [ɗɯʌk D2]『獲得，得到』帶有預料中的聲母，但聲
　　調是不好解釋的陽調。韻母也是不容易解釋的：在早期借詞中，越
　　南語 -ược [ɯʌk] 看起來對應於上古漢語的 *-ak（就像 thước [tʰɯʌk
　　D1]『公尺』來自漢語的「尺」*tʰAk > *tsyhek > chǐ『尺（計量單
　　位）』）。再如「德」*tˤək> *tok > dé『道德』（就我們所知道的，上
　　古漢語時期「德」與「得」*tˤək > *tok > dé『獲得』同音），越南
　　語是 đức [ɗɯk D1]，其讀音符合對應規則。

表 4.27 上古漢語簡單清不送氣阻塞音聲母的對應形式

上古漢語	中古漢語	原始閩語	越南語	原始苗瑤語
*p(ˤ)-	*p-	*p	*b- [ɓ] H	*p
*tˤ-	*t-	*t	*đ- [ɗ] H	*t
*t(ˤ)r-	*tr-	*t	—	*tr
*t-	*tsy-	*tš	*ch- [tɕ] H	*c
*ts(ˤ)-	*ts-	*ts	*t- [t] H	*ts
*ts(ˤ)r-	*tsr-	*ts ~ tš	—	—
*s(ˤ)-	*s-	*s	*t- [t] H	—
*s(ˤ)r-	*sr-	*s ~ *š	—	—
*k(ʷ)ˤ- *k(ʷ)-	*k- *k- > tsy-ᶠ	*k	*c- ~ *k- [k] H	*q *kj
*q(ʷ)(ˤ)- *ʔ(ʷ)(ˤ)-	*'-	*ʔ	—	*ʔ

4.3.2 清送氣阻塞音：*pʰ(ˤ)- 型

上古漢語清送氣阻塞音在後來一般仍保持原來的形式，例外如下。在中古漢語中，元音前的 *-r- 會阻礙腭化，且導致前面齒音的捲舌化，對於清不送氣阻塞音也是如此。若後面不接 *-r-，非咽化齒塞音 *t- 等將在中古漢語、原始閩語和苗瑤語中腭化，但是噝音 *ts- 不腭化。與 *k- 不同，沒有材料顯示上古漢語 *kʰ- 在前元音前發生腭化：

（277）企 *kʰeʔ > khjieX > qǐ『用腳尖站』

（278）輕 *[kʰ]eŋ > khjieng > qīng『輕』

送氣小舌塞音 *q(ʷ)ʰ(ˤ)- 變成中古漢語 x-，大致經過像 [χ] 或 [x] 的階段：

（279） 香 *qʰaŋ > *xaŋ > *xjang* > xiāng『芳香』

（280） 好 *qʰˤuʔ > *xawʔ > *xawX* > hǎo『好的』

但是當非咽化時，該擦音有規則地在前元音前腭化成中古漢語 *sy-*（包括非前元音 *-a 和 *-ak，我們分別記作 *-A 和 *-Ak，見 5.4.1.1 和 5.4.1.2 節）：

（281） 屎 *[qʰ]ijʔ > *xijʔ > *syijX* > shǐ『排泄物』；也讀作：
屎 *qʰij > *xjij* >shǐ『悲嘆』，未能按照規則發生腭化 [26]

（282） 襫 *[qʰ](r)Ak > *xek（？）> *syek* > shì『稻草的防雨衣』；其聲符為：
奭 *[qʰ](r)Ak > *syek* > shì『紅色』，可能與下面的例字有關
赤 *[t-qʰ](r)Ak > *tsyhek* > chì『紅色』；比較
赫 *qʰˤrak > *xaek* > hè『紅色，熾烈的』

羅杰瑞（1974：32）注意到，閩方言偶爾出現反映原始閩語 *kh- 對應的上古漢語 *qʰ-：

---

26 與高本漢（GSR 561）的說法相反，「尸」*ləj > *syij* > shī「『尸體』」並不是「屎」*[qʰ]ijʔ > *xijʔ > *syijX* > shǐ『排洩物』的聲符，參看 5.5.5.1 節。

（283）豨 *qʰəjʔ > xj+jX > xǐ『豬』；建甌、石陂、建陽 /kʰy 3/；政和 /kʰui 3/；崇安 /kʰəu 3/

（284）虎 *qʰˤraʔ > *r̥ˤaʔ > xuX > hǔ『老虎』；鎮前、建甌 / kʰu 3/，建陽 /kʰo 3/

（285）薅 *qʰˤu > xaw > hāo『除草』，原始閩語 *kh-：廈門 /kʰau 1/；其聲符據說是「好」字的縮略形式：好 *qʰˤuʔ > xawX > hǎo『好』；「薅」也寫作「茠」*qʰˤu > xaw > hāo『除草』，其聲符為「休」*qʰ(r)u > xjuw > xiū『休息』

（286）脅 *qʰ<r>ep > xjaep > xié『側面，身體側邊』；建陽、石陂 /kʰe 7/；邵武、和平、崇安 /kʰie 7/，都表示『翼』。[27]

看起來，對於 *qʰ(ˤ)r- 的處理有著方言的差異性。與 *qʰ(ˤ)- 相同，大部分字表現為中古漢語 x-：

（287）虩 *qʰrak > xjaek > xì『害怕』

（288）孝 *qʰˤ<r>uʔ-s > xaewH > xiào『孝順』

（289）赫 *qʰˤrak > xaek > hè『紅色，熾烈的』

（290）險 *qʰr[a]mʔ > xjemX > xiǎn『險峻的，危險的』

在少數例子中，*qʰr- 演變成中古漢語 trh-：

（291）絺 *qʰrəj > trhij > chī『細葛布』；比較：希 *qʰəj > xj+j > xī『稀少的』

---

27 此處的比較及支持材料來自羅杰瑞（2006：136）。

（292）蓄、畜 *qʰ<r>uk > *trhjuwk* > chù『儲存』；比較

畜 *qʰuk > *xjuwk* > xù『營養』

畜 *qʰuk-s > *xjuwH* > xù『家畜』

上古漢語 *qʰr- 發展出的 *x-* 和 *thr-* 的交替，與清響音 *l̥-、
*r̥-、*n̥- 的 *x-* 和 *th-/trh-* 的方言交替相似（見下述 4.3.5.1）。　103
對於後者，有些證據顯示 *x-* 來自西部，*th-/trh-* 來自東部。我
們假設上古漢語 *qʰr- 的兩個變體與此一致。

更多的上古漢語清送氣阻塞音的例子如下：

（293）蜂 *pʰ(r)oŋ > *phjowng* > fēng『蜜蜂』；原始閩語
*ph-

（294）騙 *pʰen(ʔ)-s > *phjienH* > piàn『欺騙』；越南語
phinh[fiŋ C1]『哄誘』

（295）奉 *pʰ(r)oŋʔ > *phjowngX* > fèng『雙手捧住；呈現；
接收』；原始苗瑤語 *phuɛŋ B『用雙手拿』

（296）片 *pʰˤe[n]-s > *phenH* > piàn『一半』；原始苗瑤語
*phəan A『被子的量詞』

（297）炭 *[tʰ]ˤa[n]-s > *thanH* > tàn『木炭』，原始閩語 *th-

（298）穿 *tʰo[n] > *tsyhwen* > chuān『穿行』；原始苗瑤語
*chuen A『穿線』

（299）尺 *tʰAk > *tsyhek* > chǐ『尺（計量單位）』；越南語
thước [tʰɯʌk D1]『米尺』

（300）春 *tʰun > *tsyhwin* > chūn『春季』；原始閩語 *tšh-

（301）秋 *tsʰiw > *tshjuw* > qiū『秋天；莊稼』；原始閩語
*tsh-

（302）草 *[tsʰ]ˤuʔ > *tshawX* > cǎo『粗糙』，越南語 tháu

[tʰau B1]『蔓生的』（注意越南語以 th- [tʰ] 表示上古漢語 *tsʰ(ˤ)-，與 t- [t] 表示上古漢語 *ts(ˤ)- 平行）

（303） 苦 *kʰˤaʔ > khuX > kǔ『苦』；原始閩語 *kh-；越南語 khó [xɔ B1]『困難，苦的』

（304）空 *kʰˤoŋʔ > khuwngX > kǒng『空的；洞』；原始苗瑤語 *qhəŋ B『洞』

（305） 化 *qʷʰˤ<r>aj-s > xwaeH > huà『轉化』；原始閩語 *x-

（306） 華（後寫作「花」）*qʷʰˤra > xwae > huā『花朵』；原始閩語 *x-

送氣簡單聲母的形式歸納於表 4.28 中。（此處及下文中古漢語欄中上標的「ᶠ」表示「在前元音前」）

表 4.28 上古漢語送氣簡單聲母的對應形式

上古漢語	中古漢語	原始閩語	越南語	原始苗瑤語
*pʰ(ˤ)-	ph-	*ph	ph- [f] H	—
*tʰˤ-	th-	*th	—	—
*tʰ(ˤ)r-	trh-		—	—
*tʰ-	tsyh-	*tšh	th- [tʰ] H	—
*tsʰ(ˤ)-	tsh-	*tsh	th- [tʰ] H	—
*tsʰ(ˤ)r-	tsrh-		—	—
*k(ʷ)ʰˤ-	kh-	*kh	kh- [x] H	—

（續上表）

上古漢語	中古漢語	原始閩語	越南語	原始苗瑤語
*q(^{w})^{hˤ}-	x-		—	—
*q(^{w})^{h}r-	trh-（E）， x-（W）	*x ~ *kh	—	—
*q(^{w})^h-	x-； *q^h- > sy-^{F}		—	—

4.3.3 濁阻塞音：*b(ˤ)- 型

上古漢語的簡單濁塞音和塞擦音在中古漢語、原始閩語和苗瑤語中大部分仍保留濁音。在原始閩語中，它們演變成羅杰瑞那套一般濁塞音（不送氣、不軟化），如 *b-，*d- 等，在大部分現代閩方言中清化成帶低調的不送氣清塞音（Norman 1973）。越南語中，上古漢語濁塞音和塞擦音先是清化成清不送氣且低調的 *p-L、*t-L 等，然後 *p- 和 *t- 變成內爆音 [ɓ] 和 [ɗ]（「b」和「d」）。在中古漢語以前，非咽化齒塞音和軟腭塞音在與清阻塞音相同條件下腭化。此外，齒阻塞音在 *-r- 前變成捲舌音。下面舉一例腭化的 *g- ：

（307）　視 *gijʔ > dzyijX > shì『看』；其使動形式為：

示 *s-gijʔ-s > zyijH > shì『顯示』，在軟腭聲母字中

作為聲符，如下：

祁 *[g]rij > gij > qí『（地名）』

咽化對於上古漢語 *g- 和 *ɢ- 的影響比其對應清聲母的影響更為顯著。中古漢語裡 *gˤ- 和 *ɢˤ- 合併為一個濁擦音，即傳統所說的匣母（我們記作中古漢語 h-）：

（308）紅 *gˤoŋ > *huwng* > hóng『粉紅』

（309）后 *gˤ(r)oʔ > *huwX* > hòu『君主；王后』

此合併發生於上古漢語晚期，咽化軟腭音的發音部位往後移動
（見 4.1.1 節），類似的現象可以在原始苗瑤語中觀察得到：

（310）下 *gˤraʔ > *haeX* > xià『下』；原始苗瑤語 *GaX『低 /
　　　　矮』

與之相反，非咽化的 *g- 在中古漢語中仍保留 g- 形式，除非發
生腭化（腭化後變成 *dzy-*）：

（311）述 *g(r)u > *gjuw* > qiú『聚集一起；伴侶』

（312）其 *gə > *gi* > qí『語氣詞』

105 　（313）矜 *griŋ > *gin* > qín『一種長矛』

上古漢語非咽化的 *ɢ- 變成中古漢語 *y-*（Sagart & Baxter
2009）和原始閩語 *ø-（有關閩語形式的進一步討論見下文）。
由 *ɢ- 變成的 *y-* 可以憑它與中古漢語的軟腭音、喉塞音和 *x-*
的諧聲及詞族關聯同其他來源的 *y-* 相區別（主要是由 *l- 變成
的 *y-*）。這樣，我們在下例中構擬了 *ɢ-：

（314）羊 *ɢaŋ > *yang* > yáng『綿羊』；原始閩語 *ioŋ A；
　　　　原始苗瑤語 *juŋ A『綿羊 / 山羊』。
　　　　因為這是下面兩個字的聲符：

（315）羌 *C.qʰaŋ > *khjang* > qiāng『西部部落』

姜 *C.qaŋ > *kjang* > jiāng『姓』[28]

相比之下，「昜」*laŋ > *yang* > yáng『明亮的』，儘管它在中古漢語裡與「羊」字同音，但與中古漢語 *d-*、*th-*、*sy-*、*dr-* 有諧聲關聯，這是上古漢語邊音的常規交替，由此將「昜」構擬為 *laŋ。雖然「羊」和「昜」都是常見的聲符，但是在古文字材料中，它們分別用來表示互不相干的詞（白於藍 2008：82–86，265–268），且兩類聲系中的詞族並不重疊。

在閩語中，上古漢語非咽化的 *g-，可能還有 *gʷ-，都變成原始閩語 *g-：

（316）舅 *[g](r)uʔ > *gjuwX* > jiù『母親的兄或弟』，原始閩語 *g-；越南語 *cậu*[kʌu B2]

　　　　橋 *[g](r)aw > *gjew* > qiáo『橋』，原始閩語 *g-；原始苗瑤語 *ɟow，越南語 *cầu*[kʌu A2]

非咽化的 *ɢ- 和 *ɢʷ- 變成閩語 *ø-：

（317）羊 *ɢaŋ > *yang* > yáng『綿羊』，原始閩語 *ioŋ A

（318）夜 *[ɢ]Ak-s > *yaeH* > yè『夜晚』，原始閩語 *ia C

（319）有 *[ɢ]ʷəʔ > *hjuwX* > yǒu『有，存在』，原始閩語 *iu B

---

28 高本漢把 *yáng*「羊」、*qiāng*「羌」、*jiāng*「姜」置於三個不同的諧聲系列（GSR 732、712、711），但是《說文》後兩字都是以「羊」為聲符的（《說文詁林》1571b、5521a）。

但是咽化的 *gˤ-、*gʷˤ-、*ɢˤ-、*ɢʷˤ- 似乎變成了原始閩語的 *ɦ-：[29]

（320）旱 *[g]ˤa[r]ʔ > hanX > hàn『干、干旱』，原始閩語 *ɦan B

（321）話 *[g]ʷˤrat-s > hwaejH > huà『說話；話』，原始閩語 *ɦua C

（322）畫 ~ 劃 *gʷˤrek > hweak > huà『畫（動詞）』，原始閩語 *ɦuak D（比較派生的名詞「畫」*C-gʷˤrek-s > hweaH > huà『畫』，原始閩語 *ɣwa C，例（695），見 4.4.5.3 節）

後面未跟 *-r- 的 *ɢ- 變成了原始閩語的 *ø-，我們為原始閩語 *z- 構擬了一個 *ɢr- 的來源。根據我們的假設，雖然聲母 *r- 變成原始閩語的 *l-（參看 4.3.4 節），一旦 *r 前面有另一個聲母，則這種演變就會受到阻礙：尤其是諸如 *ɢr-，*m.r- 和 *N.r- 的組合會變成原始閩語 *z-（有關 *m.r- 和 *N.r- 的討

---

29 在羅杰瑞的構擬方案中，原始閩語的聲母 *ø- 和 *ɦ- 不容易相互區分，這個事實使情況變得略顯複雜。根據羅杰瑞的看法，它們在音段上的表現是相同的，除了建陽有時候將來自於 *ɦ- 的字讀 / h/ 而不是零聲母。區分二者唯一的其他的方法，就是來自 *ø- 的字應該和 *m- 這樣的濁響音字具有相同的聲調，而來自 *ɦ- 的則應該和 *-b- 這樣的軟化聲母字具有相同的聲調。不過，據羅杰瑞（1974a），只有建陽方言能夠清楚地分別這兩類字的聲調行為，即帶 *ø- 或者 *m- 聲母的 *A 調音節字應為第 2 調，而帶 *ɦ- 或 *-b- 聲母的字應為第 9 調。而且，在福州、廈門、建陽、永安等四個方言中，帶 *ø- 聲母又屬 *B 調的字有時候變作第 3 調，而 *ɦ- 聲母字則不會（Norman 1974a：29–32）。關於閩語的問題，需要進一步進行研究才能解決（參看 6.4 小節）。

論，見 4.4.1.4 以及 4.4.2.4 節）。*ɢr- 可能的例子如下：　　106

（323）翼（*ɢʷrəp）> *ɢrəp >（方言）*ɢrək > *yik* > yì『翅
　　　　膀』；原始閩語 *zit D

（這個字顯然涉及了聲母 *ɢʷ- 的異化作用，以及由 *-əp 到 *-ək
在某種方言裡的語音演變，見 5.7 節。原始閩語 *-it 通常對應
中古漢語 -*ik*。）[30]

（324）鹽 *[ɢr][o]m > *yem* > yán『鹽』，原始閩語 *z-；這
　　　　個字的聲符為：

---

30 ｛翼｝『翅膀』的構擬因為諧聲關係比較例外、且有關材料可能
來自不同方言的緣故，變得尤為複雜。能夠最好地解釋各種證據
的構擬似乎應該是 *ɢʷrəp。該字的小舌音聲母的構擬可以從其聲
符「異」*ɢ(r)ək-s > *yiH* > yì『不同的』得到支持，「異」也可以寫
作「异」（雖然據我們所知，這種寫法在先秦文獻中並沒有），聲
符為「已」*ɢ(r)əʔ > *yiX* > yì『終止；已經』（早期文字中，它跟
「巳」*s-[ɢ]əʔ > *ziX* > sì『地支第六』沒有分別）。不過「翅膀」也
寫作「翋」，以「立」*k.rəp > *lip* > lì『站立』為聲符，支持韻母
元音之前 *-r- 的構擬，也意味著中古音的 -*k* 尾來自上古音最初的
*-p 尾。而且，在甲骨文中，「翅膀」的字形常被用於 ｛昱｝ yù <
yuwk『第二天』（日可以加，也可以不加），｛昱｝後來寫作「翊」、
「翌」（趙誠 1988：230–231）。「昱」，中古音 *yuwk*「第二天」有規
律地反映了更早期的讀音 *ɢ(r)uk，但其聲符「立」再一次表明應有
介音 *-r-，以及中古的 -*k* 尾來自於更早的 *-p。請注意，在古文字
中，字形「立」不僅用作 ｛立｝ lì < *lip* < *k.rəp『站立（動詞）』，
也用於 ｛位｝ wèi < *hwijH*『位置』，其唯一可行的上古音構擬似應
為 *ɢʷrəp-s（考慮到中古的讀音，以及聲符為「立」）。現在我們設
想 ｛位｝ wèi < *hwijH*『位置』在語源上與 ｛立｝ lì < *lip* < *k.rəp『站
立（動詞）』是有關係的，但我們不知道任何可以將中古音的 *lip*
和 *hwijH* 聯繫起來的有規則的形態構詞學的過程。相反地，我們推

監 *[k]ˤram > *kaem* > jiān『檢查』；比較

鹹 *Cə.[g]ˤr[o]m > *heam* > xián『咸』[31]

其他從上古 *ɢ- 演變到中古漢語 *y-* 的例子有：

（325）亦 *ɢ(r)Ak > *yek* > yì『也』

（326）已 *ɢ(r)əʔ > *yiX* > yǐ『停止；已經』

（327）異 *ɢ(r)ək-s > *yiH* > yì『不同』

（328）欲 *ɢ(r)ok > *yowk* > yù『想要』

測，「位」*[ɢ]ʷrəp-s > *hwijH* > wèi『位置』是某個類似於 *ɢʷəʔ-rəp-s 讀音的縮略，其第一個音節 *ɢʷəʔ 可能是「有」yǒu < *hjuwX* < *[ɢ]ʷəʔ（通常表示「有，存在」），第二個音節是 {立} lì < *lip* < *k.rəp > *lip*『站立（動詞）』。（yǒu「有」作為前綴的語法功能不是很清楚，但它可以在 yǒu Shāng「有商」表示商朝的表達中出現。）如果我們構擬給 {翼} yì < *yik*『翅膀』*ɢʷrəp，那麼 5.7 小節提出的韻尾從唇音到軟腭音的方言性演變，同時伴隨比較自然的同化和異化演變，便能夠產生中古音的以下形式：{翼} *ɢʷrəp > *ɢrəp > *ɢrək > *yik*『翅膀』；{昱} *ɢʷrəp > *ɢʷrup > *ɢrup > *ɢruk > *yuwk*『第二天』。注意「昱」也是「煜」*ɢʷrəp > *yuwk* > yù『發光，閃光』的聲符，「煜」《廣韻》又讀 *hip*。根據這種思路，中古音的 *hip* 應該是上古 *ɢʷrəp 的規則性演變的結果。（為瞭解釋此處中古的 *h-*，有必要構擬聲母 *ɢʷ-，正如「炎」*[ɢ]ʷ(r)am > *hjem* > yán『燃燒，熾熱的』和「熊」*C.[ɢ]ʷ(r)əm > *hjuwng* > xióng『熊』所示；」熊」字讀音的發展雖然與「昱」*ɢʷrəp > *yuwk* > yù『第二天』相類似，但是不完全相同）。在最早的歷史文獻中，聲符「立」（表示 {立} 或者 {位} 語素）沒有用來表示「翅膀」，也沒有表示「第二天」的意思；很可能要等到 *ɢʷəʔ-rəp-s『位置』已經縮減成 *ɢʷrəp-s 之後，它作為 *[ɢ]ʷrəp 的聲符才合適。

31 雖然「鹽」字支持 *-r- 的構擬，但該字出現較晚，已有的證據表明最早見於睡虎地秦簡。「{鹽}」在早期文字中的字形像「覃」*N.rˤ[o]m > *dom* > tán『延展』（季旭昇 2010：867）；所以我們的假設是它最初的元音可能是 *o。

（329）與 *ɢ(r)aʔ-s > yoH > yù『參與』

上古漢語非咽化 *ɢʷ- 通常演變為中古漢語 hj-，與 *ɢ- 或 *gʷ-不同：

（330）王 *ɢʷaŋ > hjwang > wáng『國王』

（331）往 *ɢʷaŋʔ > hjwangX > wǎng『去往』

（332）佑 *[ɢ]ʷə ʔ-s > hjuwH > yòu『幫助』

（333）為 *ɢʷ(r)aj > hjwe > wéi『做，擔當』

（334）於 *ɢʷ(r)a > hju > yú『去；在』

然而，若其後緊跟一個前元音，*ɢʷ- 則變成中古漢語 y(w)-：

（335）惟 *ɢʷij > ywij > wéi『系詞；亦即』

（336）役 *ɢʷek > ywek > yì『戰役；勞役』

這個演變因 *-r- 受阻：

（337）帷 *ɢʷrij > hwij > wéi『帷幕』

其他上古漢語簡單濁阻塞音的例子：

（338）縛 *bak > bjak > fù『捆綁』；越南語 buộc [ɓuʌk D2]『繫住，捆綁』

（339）平 *breŋ > bjaeng > píng『平的』；原始閩語 *b-；越南語 bằng [ɓaŋ A2]『平的』；原始勉語 *beŋ A『平的』

（340） 白 *bˤrak > baek > bái『白色』；原始閩語 *b- ；越南
語 bạc [ɓɑk D2]『銀』；原始勉語 *bæk D『白色』

107 （341） 石 *dAk > dzyek > shí『石頭』；原始閩語 *džiok D

（342） 住 *dro(ʔ)-s > drjuH > zhù『停住』；原始閩語 *diu
C；越南語 đỗ [ɗɔ C2]『停下』

（343） 餈 *dzij > dzij > cí『大米或小米糕』，原始閩語 *dz-

（344） 叢 *dzˤoŋ > dzuwng > cóng『收集；灌木叢』，原始
閩語 *dz-

（345） 逑 *g(r)u > gjuw > qiú『聚集一起；伴侶』

（346） 葵 *gʷij > gjwij > kuí『錦葵』

（347） 芋 *[ɢ]ʷ(r)a-s > hjuH > yù『芋』，原始閩語 *io C；
原始苗瑤語 *wouH

（348） 院 *ɢʷra[n] -s > hjwenH > yuàn『院子四周的墙』；原
始閩語 *yan C

簡單濁塞音的形式歸納於表 4.29 中。

表 4.29 上古漢語簡單濁塞音的對應形式

上古漢語	中古漢語	原始閩語	越南語	原始苗瑤語
*b(ˤ)	b-	*b	b- [ɓ] L	*b
*dˤ	d-	*d	đ- [ɗ] L	—
*d(ˤ)r	dr-			—
*d	dzy-	*dž	—	—
*dz(ˤ)	dz-	*dz	—	*dz
*dz(ˤ)r	dzr-		—	—

（續上表）

上古漢語	中古漢語	原始閩語	越南語	原始苗瑤語
*g(ʷ)ˤ	h-	*ɦ	—	—
*g(ʷ)	g- *g- > dzy-ᶠ	*g	—	—
*ɢ(ʷ)ˤ	h-	*ɦ	—	—
*ɢ	y-	*ø	—	*j
*ɢr	y-	*z	—	—
*ɢʷ	hj- ˎ y-ᶠ	*ø	—	*w

4.3.4 濁響音：*m(ˤ)- 型

簡單濁響音在以清濁為條件的聲調分化中獲得陽調，如越南語。在原始閩語中，它們表現為一般的響音，而非送氣響音。上古漢語 *n- 與齒塞音在同樣條件下演變為捲舌或腭化的形式，而 *ŋ- 與軟腭塞音在同樣條件下腭化。例子如下：

（349）兒 *ŋe > nye > ér『孩子』

例（349）「孩子」不可能來自 *neʔ，因為「兒」是一組諧聲字的首字，大部分都是 *ŋˤ- 形式，如下例可能來自一個相關的詞根：

108

（350）倪 *ŋˤe > ngej > ní『年幼、柔弱』

中古漢語中，上古漢語 *l- 腭化成 y-，*lˤ- 變成 d-，*l- 和 *lˤ- 在後跟介音或中綴 *r 的情況下都變成 dr-。我們根據諧聲和假借，構擬了下面的邊音：

（351）夷 *ləj > *yij* > yí『平的，平靜的』；在早期文獻中寫
作

尸 *ləj > *syij* > shī『尸體』（其韻母參見 5.5.5.1 節）

（352）逃 *lˤaw > *daw* > táo『逃走』

（353）除 *[l]<r>a > *drjo* > chú『去除』

（354）櫂 *lˤrewk-s > *draewH* > zhào『槳』

（355）大 *lˤa[t] -s > *dajH* > dà『大』；原始閩語 *d-；有時
在傳世文獻中寫作：

世 *l̥ap-s > *l̥at-s > *syejH*『世代』（高亨 1989：633–
634）.

越南語、苗瑤語和原始閩語中零星地保留了一些原來的邊音
形式：

（356）蛻 *lot > *ywet* > yuè『昆蟲或爬行動物的蛻皮』，越
南語 *lột* [lot D2]『蛻皮；擺脫』

（357）田 *lˤiŋ > *den* > tián『田地；捕獵』，原始苗瑤語
*ljiŋ『田地』

（358）澤 *lˤrak > *draek* > zé『沼澤；水分』，廈門 /laʔ 8/
『潮濕的』

（359）條 *lˤiw > *dew* > tiáo『枝椏，芽』，廈門 /liau 2/『條
狀物』

上古漢語邊音在湖南西北部的瓦鄉話中得到最好的保留。瓦
鄉話中現代的邊音通常與上古的 *lˤ-、*lˤr- 和 *lr- 對應，下
面是古丈話的例子（資料來自伍云姬、沈瑞清 2010：15，
24）：

（360）地 *[l]ˤej-s > dijH > dì『地面，土地』，古丈 /li 22/

（361）大 *lˤa[t] -s > dajH > dà『大』，古丈 /lu 22/

（362）桃 *C.lˤaw > daw > táo『桃子』，古丈 /laɔ 13/

（363）田 *lˤiŋ > den > tián『田地；捕獵』，古丈 /lɛ 13/

（364）糖 *C.lˤaŋ > dang > táng『糖』，古丈 /loŋ 13/

（365）讀 *C.lˤok > duwk > dú『讀』，古丈 /luʔ 53/

（366）遲 *l<r>ə[j] > drij > chí『慢』，古丈 /li 13/

（367）腸 *lraŋ > drjang > cháng『腸』，古丈 /lioŋ 13/

（368）蟲 *C.lruŋ > drjuwng > chóng『昆蟲』，古丈 /liaɔ 13/

瓦鄉話和閩方言都有 *l- > y- 的表現，但是沒有（或不總是）*lˤ- > d- 或 *lˤr- > dr-，可見 *l- > y- 的變化首先發生。*lˤ- > d- 最早的證據來自公元一世紀（具體見 Sagart 1999c：30–31）。

這些變化將邊音從主流漢語的聲母系統中去除：在中古漢語之前的某個時期，*r(ˤ)- 變成 l-，從而填補了這個空格。由於瓦鄉話和閩方言分流於這個空格產生之前，所以它們都保留了上古漢語 *r 的非邊音形式。瓦鄉話的例子如下：

（369）梨 *C.r[ə][j] > lij > lí『梨樹，梨子』，古丈 /za 13/
　　　 漏 *[Nə-r]ˤok-s > luwH > lòu『漏』，古丈 /za 22/
　　　 來 *mə.rˤək > mə.rˤə > *rˤə > loj > lái『來』，古丈 /zɛ 13/
　　　 淋 *r[ə]m > lim > lín『淋、澆水』，古丈 /zɛ 13/

這些形式可以與閩語作比較，上古漢語 *m.r-、*N.r-、*ɡr 在

原始閩語中表現為 *z-（見 4.4.1.4 和 4.4.2.4 節），在北部閩語
中 *C.r- 表現為 [s]，很可能是經過 [z] 的階段（4.4.5.4 節）。
然而作為一個簡單聲母，*r(ˤ)- 在閩語中確實變成了邊音 [l]。[32]

苗瑤語中 *r(ˤ)- 保留為 [r]，越南語對應帶陽調的 r- [z]。
其他上古漢語濁響音的例子有：

（370）磨 *mˤaj > ma > mó『摩擦，磨碎』；原始閩語 *m-；
越南語 *mài* [mɑi A2]『銼，磨快』

（371）買 *mˤraj? > meaX > mǎi『買』；原始閩語 *m-；原
始苗瑤語 *mɛj X『買』[33]

（372）馬 *mˤra? > maeX > mǎ『馬』；原始閩語 *m-；原始
苗瑤語 *mjæn B『馬』

（373）望 *maŋ-s > mjangH > wàng『向遠處看』；原始苗瑤
語 *maŋH『看』

（374）難 *nˤar > nan > nán『難的』；原始閩語 *n-；越南
語 *nàn* [nɑn A2]『困難』

（375）二 *ni[j] -s > nyijH > èr『二』；原始閩語 *ń-

（376）髯 *nam > nyem > rán『胡鬚』，原始苗瑤語 *ɲaŋ A
『胡鬚』

（377）逆 *ŋrak > ngjaek > nì『逆反』；原始閩語 *ŋ-；越南
語 *ngược* [ŋɯʌk D2]『逆反』

---

32 上古漢語的 *r(ˤ)- 因此對應於羅杰瑞構擬的原始閩語的 *l-。但是，
有可能這一平行的對應形式是閩語支分流出去以後再受中原地區音
變（*r- >l-）擴散影響的結果。

33 關於「買」*mˤraj? > meaX > mǎi『買』中韻母 *-aj 的構擬，可參看
下面的 5.5.2.1 小節。

（378）銀 *ŋrə[n] > ngin > yín『銀』；原始閩語 *ŋ-；原始
　　　苗瑤語 *ŋʷiən A『銀』

（379）腸 *lraŋ > drjang > cháng『腸』；原始閩語 *d-；原
　　　始勉語 *ɢljaŋ A『腸』[34]

（380）易 *lek-s > yeH > yì『容易』；原始閩語 *ø-

（381）離 *raj-s > ljeH > lí『排斥』；越南語 rẫy [zʌi C2]『與
　　　妻子斷絕關係』

（382）簾 *rem > ljem > lián『竹簾』；越南語 rèm [zɛm A2]
　　　『門簾，竹簾』

（383）梁 *raŋ > ljang > liáng『橫梁；橋』；越南語 rường
　　　[zɯʌŋ A2]『橫梁；板梁』

（384）鹵 *rˤaʔ > luX > lǔ『鹹』（即『鹽鹼地』）；原始閩語
　　　*l-

（385）流 *ru > ljuw > liú『流動』；原始閩語 *l-；原始勉語
　　　*ri̯əu C『流動』

（386）淋 *r[ə]m > lim > lín『淋、澆水』；原始閩語 *l-；原
　　　始勉語 *rəm A『淋、澆水』

（387）令 *riŋ-s > ljengH > lìng『下命令』

簡單濁響音聲母的形式歸納於表 4.30。

110

---

34 勉語支的大部分方言的這個詞有軟腭－邊音複聲母，例如 Mun 語 /
kla:ŋ 2/（覽金方言），但這不一定反映的是上古音時代的軟腭聲母：
它可能表明某個漢語方言作為借語形式的、類似於 [dl] 的聲母，其
來源是上古 *lr-；比較雲南省河口瑤族自治縣的楔子鄉的勉語方言
/tlaŋ 2/（王輔世、毛宗武 1995：349）。類似的情況，還可以比較
原始苗瑤語的 *ɢlæw 代表了漢語「桃」*C.lˤaw > daw > táo『桃子』，
楔子勉語讀 /tlau 2/。

表 4.30 上古漢語簡單濁響音的對應形式

上古漢語	中古漢語	原始閩語	越南語	原始苗瑤語
*m(^{ˤ}) -	*m-	*m	*m- [m] L	*m-
*n^ˤ-	*n-	*n	*n- [n] L	—
*n(^{ˤ})r-	*nr-			—
*n-	*ny-	*ń	—	原始苗語 *ɲ-
*ŋ(^{w})^ˤ-	*ng-	*ŋ	*ng- [ŋ] L	*ŋ-
*ŋ-	*ng- 、*ny-^{F}			
*l^ˤ-	*d-	*d ~*l	*l- [l] L	*lj- ~ *d-
*l(^{ˤ})r-	*dr-			*ɢl-
*l-	*y-	*ø		*l-
*r(^{ˤ})-	*l-	*l	*r- [z] L	原始勉語 *r

4.3.5 清響音：*m̥(^{ˤ})- 型

中古漢語中，帶有響音輔音聲母的字有時候和清阻塞音輔音的字有諧聲和 / 或詞族聯繫。在這種情況下，我們給清阻塞音構擬上古漢語的清響音：

（388） 芴 *m̥ˤut > *xwot > hū『粗心；困惑的』；比較：

勿 *mut > *mjut > wù『不要』

（389） 兄 *m̥raŋ > *xjwaeng > xiōng『年長的兄弟』；比較：

孟 *mˤraŋ-s > *maengH > mèng『最年長』

（390） 灘 *n̥ˤar > *than > tān『前灘』；比較：

難 *nˤar > *nan > nán『困難的』

（391） 饟 *n̥aŋ > *syang > xiǎng『進食于人』；比較：

　　壤 *naŋʔ > *nyangX* > rǎng『耕種土地』

（392）　犧 *ŋ(r)a[j] > *xje* > xī『祭祀用動物』；比較：

　　　　我 *ŋˤajʔ > *ngaX* > wǒ『我們，我』

（393）　湯 *l̥ˤaŋ > *thang* > tāng『熱的液體』；比較：

　　　　易 *laŋ > *yang* > yáng『明亮的』

111

（394）　體 *r̥ˤijʔ > *thejX* > tǐ『身體；四肢』；比較：

　　　　豊 *[r]ˤijʔ > *lejX* > lǐ『禮器』

（395）　寵 *r̥oŋʔ > *trhjowngX* > chǒng『喜歡，恩賜』；比較：

　　　　龍 *[mə]-roŋ > *ljowng* > lóng『龍』

　　我們構擬的 *m̥(ˤ)- 和 *ŋ̥ˤ-，高本漢分別構擬為 *χm- 和 *t'n-。董同龢（1948）用 *m̥- 替代了高本漢的 *χm-，李方桂（1971）進一步擴展了構擬清響音的範圍。

　　但是，我們構擬清響音如 *m̥(ˤ)- 的例字，斯塔羅斯金（1989）和鄭張尚芳（2003）則構擬了帶 *s- 的複聲母，如 *sm-；梅祖麟（Mei 2012）構擬了帶 s- 前綴的 *s-m-。不過，相關字的語義與我們為前綴 *s- 構擬的功能通常沒有關聯，而且沒有內部或外部證據顯示這些字在上古漢語階段帶有前綴 *s-。因此，我們更傾向將它們構擬為清響音。一些上古漢語的清響音可能在原始漢藏語中表現為帶 *s- 的複輔音，然而支持 *s- 的證據來自漢語之外，不能用它來構擬上古漢語。另一方面，有力的證據表明上古漢語 *s- 輔音叢加上響音有不同的形式（見 4.4.3.4 小節）。Sagart & Baxter（2012）對這個問題做了詳細的討論。

4.3.5.1 舌冠清響音 *n̥(ˤ)- 、*l̥(ˤ)- 和 *r̥(ˤ)- 的方言表現形式

如上述例子顯示，舌冠清響音通常在中古漢語中有舌冠音的形式：

（396）

上古漢語	中古漢語	上古漢語	中古漢語
*n̥- >	sy-	*n̥ˤ- >	
*l̥- >	sy-	*l̥ˤ- >	th-
*r̥- >	trh-	*r̥ˤ- >	

但是也有證據顯示這些聲母有另一種演變路徑，即變成擦音 [x]（也可能為 [h]），繼而變成中古漢語的 x-。這種演變發生在中西部方言，而如例（396）這種舌冠音形式則可能發生於沿海區域。這就引起了像下邊的交替情況：

（397）漢 *n̥ˤar-s > xanH > hàn『（江河名）』（在出土文獻中也寫作「灘」）

灘 *n̥ˤar > than > tān『前灘』；比較：

難 *nˤar > nan > nán『困難的』

（398）隋 *l̥oj-s > xjwieH > huì『少量用於祭祀的肉碎』；比較：

隋 *l̥ˤojʔ > thwaX > tuǒ『少量用於祭祀的肉碎』

我們有非常詳細的材料證明「天」tiān < then <*l̥ˤi[n] 在中古時代有一個聲母為 x- 的方言讀音：[35]

---

[35] 蒲立本（1962–1963：117–118）最早指出 *l̥ (ˤ)- > x- 從上古到中古的演變是一種方言性的演變，他的擬音 *θ- 對應於我們的 *l̥(ˤ)-。

（399）天 *l̥ˤi[n] > *then ~ xen* > tiān『天』

我們給「天」構擬 *l̥ˤ- 是因為它是下列例字的聲符：

（400）吞 *l̥ˤən > *thon* > tūn『吞咽』
　　　　舔 *l̥ˤ[i]mʔ > *themX* > tiǎn『舔』[未收錄於 *GSR*]，
　　　　越南語 *liếm* [liʌm B1]（注意這裡的陰調）

《後漢書》中也有證據顯示「天」有聲母 *x-*，因為這個字被用於譯寫印度的波斯語名字 *Hinduka* 的第一個音節，譯寫為地名「天竺」< 中古漢語 *then-trjuwk*。另外，Bodman（1954：28）指出，劉熙《釋名・釋天》給「天」做了兩個注音：顯 *xiǎn* < *xenX*『顯示』、坦 *tǎn* < *thanX*『平坦、平易』。劉熙時代，這兩個字也可能分別讀作 *xˤenʔ 和 *tʰˤanʔ：

（401）顯 *qʰˤenʔ；漢代：*xˤenʔ > 中古漢語 *xenX*
　　　　坦 *[tʰ]ˤa[n]ʔ；漢代：*tʰˤanʔ > 中古漢語 *thanX*

這兩個注音很有可能分別顯示上古漢語天 *l̥ˤi[n] 的兩種漢代讀音 *xˤen 和 *tʰˤen。《釋名》的記錄如下：

（402）天，豫、司、兗、冀以舌腹言之：天，顯也，在上
　　　　高顯也。青、徐以舌頭言之：天，坦也，坦然高而
　　　　遠也。（郝懿行等 1989：1006）

《釋名》中記錄的區域的大致位置繪於圖 4.1。有聲母 *x-* 的區域在實線以西，聲母 *th-* 在實線以東。這樣可以看出，上古漢

語 *l̥ˤ- 在沿海地區演變為中古 *th-*，在更內陸的地區演變為 *x-*。

圖 4.1《釋名》中「天」條目提到的區域

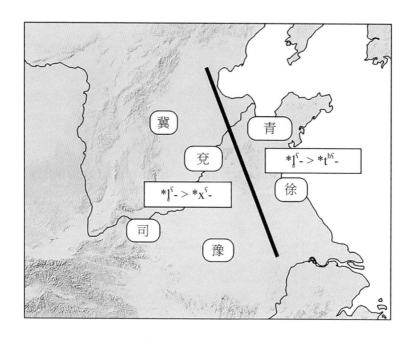

蒲立本（1962–1963：117–118）指出，另外有證據顯示中西部地區的「天」帶有聲母 *x-*，如祆 xiān< 中古漢語 *xen*，用於指稱索羅亞斯德教和他們的主神阿胡拉・馬茲達（Ahura Mazda）。根據 Dien（1957），這個字源於「天」字的西部讀音；在佛教文本中也用於指稱天神提婆（devas）。在釋慧琳（卒於820 年）的《一切經音義》中，「祆」字的注釋如下：

113

（403）祆神、上顯堅反。《考聲》云：胡謂神為天，今關中人謂天神為祆也。[36]

另一個表明西部「天」*l̥ˤi[n] 的讀音帶有聲母 x- 的證據來自白語，白語是云南地區藏緬語的一種，將這個字借為 /xẽ 55/。類似的上古漢語 *l̥ˤ- 在白語 /x/ 的例子還有（白語讀音引自黃布凡 1992）：

（404）湯 *l̥ˤaŋ > thang > tāng『熱水』；白語 /xã 55/

位於西南地區的白語從漢語西部方言中借了 [x] 形式來表現 *l̥ˤ- 並不稀奇。

　　有材料顯示，上古漢語 *ŋ̊ˤ- 演變出的中古漢語 th- 和 x- 的地理分布與 *l̥ˤ- 發展的形式相似。漢江的名字：漢 *ŋ̊ˤar-s > xanH > Hàn，有來自上古漢語 *ŋ̊ˤ- 的中古形式 x-，且這條河流經以 x- 表現 *l̥ˤ- 的中部區域。[37]

　　另一方面，對於非咽化的 *ŋ̊- 和 *l̥-（以及前元音前的 *ŋ̊-），原始閩語通常為 *tšh-，也是上古漢語非咽化 *tʰ- 的常規形式：這暗示著可能存在過一種將 *ŋ̊ˤ-、*l̥ˤ- 讀成 [tʰˤ]，而將 *ŋ̊-、*l̥- 讀成 [tʰ] 的早期沿海方言。

　　其他上古漢語清響音的例子有：

114

36　這段材料引自 Dien（1957：285）。此處提到的《考聲》指的是《考聲切韻》，是唐代張戩所著的一部韻書，釋慧琳經常提到。

37　將「漢」*ŋ̊ˤar-s > xanH 的韻尾 *-r 讀為 -n 也是中西部方言的特點，在沿海方言中，*-r 變為 *-j，參看 5.5.1 節。

（405）身 *n̥i[ŋ] > *syin* > shēn『身體；自己』；在出土文獻
中為下面「仁」字的聲符

仁 rén < *nyin* < *niŋ

（406）手 *n̥uʔ > *syuwX* > shǒu『手』；原始閩語 *tšhiu B

「手」字帶有鼻音聲母首先由 Unger（1995）和鄭張尚芳（1995）
提出，可以解釋例（407）中的詞族關聯：

（407）杽 *n̥<r>uʔ > *trhjuwX* > chǒu『手銬』

狃 *Cə.n<r>uʔ > *nrjuwX* > niǔ『動物足跡；爪子』
（聲母見下面 4.5.5.3 節）

（408）退 *n̥ˤ[u]p-s > *thwojH* > tuì『後退』；在西漢馬王堆
帛書材料裡帶有聲符「內」

內 *nˤ[u]p-s > *nwojH* > nèi『內部』（《老子》九章中
寫為「芮」；見高明 1996：261）

（409）尸 *l̥əj > *syij* > shī『尸體』；在甲骨文和金文中用作
「夷」字的借字

夷 *ləj > *yij* > yí『外族人（尤其是東邊的）』

上古漢語 *l̥- 的證據有時也可以在相關的語言中獲得：

（410）梯 *l̥ˤ[ə]j > *thej* > tī『樓梯』；原始苗瑤語 *hlæ A
『橋梁』

（411）湯 *l̥ˤaŋ > *thang* > tāng『熱的液體』；原始苗瑤語
*hlaŋ A『燙傷』

（412）蛻 *l̥ˤot-s > *thwajH* > tuì『昆蟲或爬蟲的蛻皮』；越
南語 *lốt* [lot D1]『蛻皮』（注意這裡的陰調）

原始閩語 *l̥- 的形式為 *tšh-：

（413）首 *l̥uʔ > *syuwX* > shǒu『頭』，原始閩語 *tšh-：廈門 /tsʰiu 3/『頌歌、讚美詩的量詞』

（414）賒 *l̥A > *syae* > shē『賒欠』，原始閩語 *tšh-：潮州 /tsʰia 1/

（415）試 *l̥ək-s > *syiH* > shì『嘗試』，原始閩語 *tšh-：廈門 /tsʰi 5/

注意中古漢語 *l̥-，*n̥- 和 *s.t- 全都合併為 *sy-*，但是原始閩語通常有 *tšh- < 上古漢語 *l̥-，*n̥-，與 *tš- < 上古漢語 *s.t- 對立（見 4.2.1.3 節）。

上古漢語 *r̥- 在中古漢語中的分化發展與 *qʰr- 在方言中的分化類似（見 4.3.2 節）：一種方言中（從 *qʰr- 的分化來看，可能是「東部方言」），咽化的 *r̥ˤ- 發展為中古漢語 *th-*，非咽化的 *r̥- 演變為 *trh-*：

（416）獺 *r̥ˤat > *that* > tǎ『水獺』

（417）體 *r̥ˤijʔ > *thejX* > tǐ『身體；四肢』

（418）瘳 *r̥iw > *trhjuw* > chōu『恢復』

（419）攄 *r̥a > *trhjo* > shū『擴大延伸』

（420）离 *r̥aj > *trhje* > chī『山怪』

115

但在另外一種方言中，可能是西部方言，*r̥ˤ- 和 *r̥- 都表現為 *x-*，當非咽化 *r̥- 在前元音前時，我們有 *r̥- > *x- > *sy-*，如上文例（214）：

（421） 虺 *[r̥]ˤu[j] > xwoj > huī『疲倦的』；與下面的「儽」
字同源

儽 *[r]ˤuj-s > lwojH > lèi『疲倦的』

（422） 虺 *r̥u[j]ʔ > xjw+jX > huǐ『雷聲』；與下面的「雷」
字同源

雷 *C.rˤuj > lwoj > léi『靁』

對上古漢語清響音的形式歸納，可參看下面的表 4.31。請注
意，我們所說的上古漢語清響音不能與羅杰瑞（1973）為原
始閩語構擬的 *mh-、*nh-、*lh- 等音相混淆。在我們的構擬
中，這些原始閩語聲母表現的是有清的前置音節的上古漢語濁
響音 *C.m-、*C.n-、*C.r- 等（見 4.4.5.4）。[38]

表 4.31 上古漢語簡單清響音的對應形式

上古漢語	中古漢語（東部層次）	中古漢語（西部層次）	原始閩語	越南語	原始苗瑤語
*m̥(ˤ)-	x（w）-	x（w）-	*x	—	—
*n̥ˤ-	th-	x-	*th	—	—
*n̥(ˤ)r-	trh-	x-	*th	—	—
*n̥-	sy-	x-	*tšh	—	—
*ŋ̊ˤ-	—	—	—	—	—
*ŋ̊-	x- ﹒sy-ᶠ	x-	*xʔ、*tšhᶠ	—	—
*l̥ˤ-	th-	x-	*th	l- [l] H	*hl

---

38 斯塔羅斯金（1989）的上古漢語 *mh-、*nh- 等原來是羅杰瑞（1973）
原始閩語的 *mh-，*nh- 等。這大概也是為甚麼在我們構擬 *m̥(ˤ)-、
*n̥(ˤ)- 的詞裡，斯塔羅斯金選擇構擬 *sm-、*sn- 等的理由之一。

（續上表）

上古漢語	中古漢語（東部層次）	中古漢語（西部層次）	原始閩語	越南語	原始苗瑤語
*l(ˤ)r-	trh-	x-	*th	—	—
*l-	sy-	X	*tšh	th- [tʰ] H	—
*rˤ-	th-	x-	*th	—	—
*r-	trh-	x- 、sy-ᶠ	—	th- [tʰ] H	—

4.4 帶緊密型前置輔音的音首

4.4.1 帶前置輔音 *N 的音首

4.4.1.1 前置輔音 *N 加清不送氣阻塞音：*N.p(ˤ)- 型

我們知道，上古漢語及物 / 動態動詞與對應的不及物 / 靜態動詞之間存在著一種形態交替。這種形態交替在中古漢語中表現為清濁阻塞音的交替：

（423）見 *kenH*『看見』：現 *henH*『顯現』

（424）別 *pjet*『分別，區別』：別 *bjet*『被分開的』

（425）敗 *paejH*『打敗』：敗 *baejH*『遭受失敗』

（426）壞 *kweajH*『破壞、毀滅』：壞 *hweajH*『遭到破壞』

（427）斷 *twanX*『切成兩段』：斷 *dwanX*『被切成兩段』

（428）折 *tsyet*『折、斷』（及物動詞）：折 *dzyet*『折（不及物動詞）』

（429）屬 *tsyuwk*『聚集』：屬 *dzyuwk*『從屬於』

（430）夾 *keap*『夾在兩物之間』：狹 *heap*『狹窄』

（431）置 *triH* > zhì『放置；豎起』：直 *drik* > zhí『直的』

116

一些情況下，交替在帶清聲母的名詞和靜態 / 不及物動詞的濁
聲母之間發生：

（432）光 *kwang* > guāng『光線、明亮』：黃 *hwang* > huáng
『黃色』

在原始苗瑤語借詞中，這些交替對中的濁 / 不及物動詞表現出
鼻冠音：

（433）狹 *N-k^ˤ<r>ep > *heap* > xiá『狹窄』，原始苗瑤語
*ɴɢep『狹窄』

（434）直 *N-t<r>ək > *drik* > zhí『直的』，原始苗語
*ndzjæw C『直的』[39]

（435）黃 *N-k^{wˤ}aŋ > *hwang* > huáng『黃的』，原始閩語
*ɦ-；原始勉語 *ʔg^{w}iəŋ A <*NK^w-『明亮的』[40]

在這樣的例子中，我們構擬了帶清聲母的及物或名詞詞根，認
為中古漢語濁聲母形式是由於上古漢語的不及物 / 靜態鼻音前
綴 *N- 使後接的清塞音或塞擦音濁化而發展出來的（見 3.3.2.1

---

39 原始苗語的 *C 調是原始苗瑤語帶韻尾 *-k（屬 *D 調）的規則演變
的結果，參看 Downer（1967：590）和 Ratliff（2010：31）。

40 在 Ratliff（2010：86–106）的構擬中，原始勉語的喉塞化濁塞音
反映了更早期的鼻冠清塞音，由此原始勉語的 *ʔg^w- < 原始苗瑤語
*ŋk^w- 或 *ɴq^w-。音標「*NK^w-」的涵義是聲母可能是 *ŋk^w- 也可能
是 *ɴq^w-，具體是哪個還沒有足夠的證據說明。

節和 Sagart & Baxter 2012)。[41] 我們認為，從共時層面來說，
*N- 是被後面音段部位同化的鼻音成分。在上面的例子中，這
個漢語的前綴 *N- 在苗瑤語中表現為鼻冠音（苗瑤語鼻冠音也
可體現上古漢語前綴 *m-；見 4.4.2 節和 4.5.2 節。）

　　可以推測，鼻音前綴使後接阻塞音濁化，進而脫落：如，
*Np- > *Nb- > *b-（即中古漢語 b-）。最早的原始苗瑤語借
詞體現濁化前的 *Np- 階段，如例（435）所示（原始苗瑤語
*NKʷ- < 上古漢語 *N-kʷˤ-），而晚一點的借詞體現了已濁化的
*Nb- 階段，如（433）所示（原始苗瑤語 *ɴɢ- < 上古漢語 *N-
kˤ-）。越南語中也有類似的現象：雖然越南語沒有直接體現上
古漢語 *N-，但一些上古漢語聲母為 *N-p- 之類的漢語借詞在
越南語中有陰調，證明借來的聲母是清的，如例（436）。我
們認為這些屬於漢語借詞的最早層次，而其他上古漢語聲母為
*N-p- 之類的借詞在越南語中讀陽調，我們認為是漢語濁化以
後借到越南語的，如例（437）。

（436）庳 *N-peʔ > bjieX > bì『低，矮』，越南語 bé [ɓɛ B1]
　　　　『小，少』（陰調）

（437）舊 *N-kʷəʔ-s > gjuwH > jiù『舊』，原始閩語 *g-；
　　　　越南語 cũ [ku C2]『舊』（陽調）

因此，我們給下面的例（423）–（432）構擬靜態 / 不及物動
詞前綴：

---

41 把這些帶濁輔音聲母的對字處理為不及物動詞詞根，並由於使動式
　　*s- 前綴的影響而發生清化（Mei 2012），並不是可行的解決辦法，
　　因為我們將在 4.4.3.3 小節中指出，*s- 受後接的阻塞音的清濁而同
　　化（Sagart & Baxter 2012）。

117

（438）現 *N-[k]ˤen-s > *Ngˤen-s > *gˤen-s > henH > xiàn
『顯現』

（439）別 *N-pret > *Nbret > *bret > bjet > bié『被分開』，
原始閩語 *b-

（440）敗 *N-pˤra[t]-s > *Nbˤrat-s > *bˤrat-s > baejH > bài
『遭受失敗』

（441）壞 *N-[k]ˤ<r>ujʔ-s > *Ngˤruj-s > *gˤruj-s > hweajH >
huài『遭到破壞』

（442）斷 *N-tˤo[n]ʔ > *Ndˤonʔ > *dˤonʔ > dwanX > duàn
『被切成兩段』

（443）折 *N-tet > *Ndet > *det > dzyet > shé『折（不及物
動詞）』，原始閩語 *dž-

（444）屬 *N-tok > *Ndok > *dok > dzyowk > shǔ『從屬於』

（445）狹 *N-kˤ<r>ep > *Ngˤrep > *gˤrep > heap > xiá『狹
窄』，原始閩語 *ɦ-

（446）直 *N-t<r>ək > *Ndrək > *drək > drik > zhí『直的』，
原始閩語 *d-

（447）黃 *N-kʷˤaŋ > *Ngʷˤaŋ > *gʷˤaŋ > hwang > huáng『黃
的』，原始閩語 *ɦ-

和中古漢語一樣，原始閩語不能區分上古漢語簡單濁塞音（如
*b-）和帶有前綴 *N- 的原始清塞音（如 *N.p-）。通常當原始
閩語表現上古漢語帶 *N- 的塞音聲母時，則該塞音屬於羅杰瑞
的一般濁塞音系列：*b-、*d- 等（不送氣，非軟化）。

（448）別 *N-pret > *Nbret > *bret > *bjet > bié『被分開』，
原始閩語 *b-

（449）重 *N-t<r>oŋʔ > *Ndroŋʔ > *droŋʔ > drjowngX >
zhòng『重的』，原始閩語 *d-；構擬為 *N-t-，因為
跟『腫』*toŋʔ > tsyowngX > zhǒng『腫，腫脹的；
腫塊』有詞族聯繫。

（450）直 *N-t<r>ək > *Ndrək > *drək > drik > zhí『直的』，
原始閩語 *d-

（451）折 *N-tet > dzyet > shé『屈（不及物動詞）』，原始
閩語 *dž-

（452）狹 *N-kˤ<r>ep > *Ngˤrep > *gˤrep > heap > xiá『狹
窄』；原始閩語 *ɦap D

（453）黃 *N-kʷˤaŋ > *Ngʷˤaŋ > *gʷˤaŋ > hwang > huáng
『黃』；原始閩語 *ɦuoŋ A

（454）拳 *N-kro[n] > gjwen > quán『拳頭』，原始閩語
*g-；比較
卷 *[k](r)o[n]ʔ > kjwenX > juǎn『卷（動詞）』

（455）近 *N-kərʔ > *Ngərʔ > *gərʔ > gj+nX > jìn『近』，
原始閩語 *g-；比較其派生的及物動詞：近 *s-N-
kərʔ-s > *s-Ngərʔ-s > *s-gərʔ-s > *gərʔ-s > gj+nH
> jìn『靠近（及物動詞）』；比較：越南語 gần [ɣʌn
A2]，Rục 語 /tŋkɛɲ/（Gérard Diffloth，私下交流告
知）

118

在例（455）中，「近」字中的清聲母 *k 和前置鼻聲母 *N- 在
Rục 語 /tŋkɛŋ/『近』中都可以觀察到。[42] 注意，越南語中擦音化
的 g- [ɣ] 也表明了前輔音的存在。Rục 語中 /t/ 形式通常對應上
古漢語 *s-（Rục 語中沒有前置聲母 /s/；見 Nguyễn Phú Phong
et al. 1988）。在漢語中，前置聲母 *s- 在軟腭聲母前丟失，除
非軟腭聲母後接一個前元音（見 4.4.3.1 節）。

　　若前綴 *N- 也在清擦音前出現，而非僅在塞音和塞擦音前
存在，則會顯得更合理，但是我們目前沒有明確的證據。在目
前的系統中，上古漢語有兩個清擦音：*s- 和 *sˤ-，但是我們
不知道中古漢語及物 / 動態和不及物 / 靜態動詞之間是否存在
s-：z- 或 s-：dz- 的對立。這就提出了 *N- 並沒有使後接 *s- 濁
化的可能性。我們也沒有明確的證據在上古漢語喉塞音 *ʔ(ʷ)
(ˤ)- 前構擬 *N-。

　　其他上古漢語清不送氣阻塞音帶有前置聲母 *N- 的例子：

（456）共 *N-k(r)oŋʔ-s > *Ng(r)oŋʔ-s > *g(r)oŋʔ-s >
　　　　gjowngH > gòng『一起，全部』；原始閩語 *g-；比
　　　　較：廾 *k(r)oŋʔ > kjowngX > gǒng『兩手相連』

（457）舊 *N-kʷəʔ-s > *Ngʷəʔ-s > *gʷəʔ-s > gjuwH > jiù
　　　　『舊』；原始閩語 *g-；越南語 cũ『舊』；比較：久
　　　　*[k]ʷəʔ > kjuwX > jiǔ『長時間』

42　Rục 語的 /tŋkɛŋ/ 明顯反映了漢語「近」的去聲 gj+nH 一讀，因為越
　　南語與之相對應的形式 gần『『接近的』』是讀玄聲（A2）調。在
　　進入越南語的早期漢借詞層之一，漢語的去聲字讀平聲（A1）調和
　　玄聲（A2）調。

*N- 加清不送氣阻塞音的形式歸納於表 4.32。　　　　　119

表 4.32 上古漢語帶前置聲母 *N 的不送氣阻塞音的對應形式

上古漢語	中古漢語	原始閩語	越南語	原始苗瑤語
*N.p(^{ʕ})-	b-	*b	b- [6]	—
*N.t^{ʕ}-	d-	*d	đ- [ɖ]	—
*N.t(^{ʕ})r-	dr-	*d	đ- [ɖ]	*ndzj-
*N.t-	dzy-	*dž	—	—
*N.ts(^{ʕ})-	dz-	*dz	—	—
*N.ts(^{ʕ})r-	dzr-	—	—	—
*N.k(^{w})^{ʕ}-	h-	*ɦ	—	*NK-，*NG-
*N.k(^{w})-	g-	*g	c- [k]	—
*N.q(^{w})^{ʕ}-	h-	—	—	—
*N.q-	y-	—	—	—
*N.q^{w}-	hj，y-^{F}	—	—	—

4.4.1.2 前置輔音 *N 加清送氣阻塞音：*N.p^{h}(^{ʕ})- 型

雖然明確的例子不多，但是我們假定有緊密連接的前綴 *N- 的清送氣阻塞音與清不送氣阻塞音有著相同的形式：*N.p^{h}- > 中古漢語 b- 等。

這是我們對 Sagart & Baxter 2010 觀點的改變之處。我們討論的是下面這些例子，這些動詞是漢語借詞，在勉語中有清送氣和濁聲母的交替：

（458）/khɔi 1/ < *kh-『打開』（及物動詞），借自「開」*[k]^{hʕ}əj > khoj > kāi『打開（及物動詞）』；比較：/

gɔi 1/ < *ŋkh-『開（不及物動詞）』（Downer 1973：
14–16；Ratliff 2010：208）

勉語聲母 /g/ 在這裡繼承了一個更早期的前置鼻化清塞音
*ŋkh-，暗示借來的漢語形式也有前綴 *N-。因為例（458）
中，中古漢語只有單一形式 khoj 對應勉語中的及物和不及物動
詞兩種形式，所以在 2010 年的文章中，我們提出上古漢語中
*N- 對後接的送氣塞音沒有影響，於是上古漢語 *kʰ 和 *N-kʰ-
合併為中古漢語 kh-。

我們現在構擬一個與 *N- 相應的鬆散連接的前置輔音，記
作 *Nə-（見 4.5.1 節）。苗瑤語不區別 *N- 與 *Nə-，但是在中
古漢語中，*Nə- 介於中間的元音 *ə 阻礙了鼻音對後面塞音的
濁化作用。因此，我們做出如下構擬：

（459） 開 *[k]ʰˤəj > khoj > kāi『打開（及物動詞）』；比較：
勉語 /khɔi 1/ < *kh-『打開（及物動詞）』；開 *Nə-
[k]ʰˤəj > khoj > kāi『開（不及物動詞）』；比較勉語 /
gɔi 1/ < *ŋkh-『開（不及物動詞）』

基於這樣的分析，我們認為緊密相連的前綴 *N- 確實能夠使後
接的送氣塞音或塞擦音濁化，演變如下：*N-pʰ- > b-、*N-tʰ-
> d-、*N-kʰ- > g- 等。具有這類聲母的材料雖然有限，但確實
存在：

（460） 曲 *kʰ(r)ok > khjowk > qū『彎曲，彎曲的』
局 *N-kʰ(r)ok > gjowk > jú『彎曲的，彎的』，原始

閩語 *g-[43]

另一例為：

（461）晴 *N-tsʰeŋ > *Ndzeŋ > *dzeŋ > *dzjeng* > qíng『天氣
變晴』；比較：原始苗瑤語 *ntshjiən『清的』。「晴」
顯然與「清」字包含著同一個詞根
清 *tsʰeŋ > *tshjeng* > qīng『清的（形容詞）』

*N- 加送氣小舌音 *qʰ- 往中古的發展跟其他送氣阻塞音有所
不同。正如簡單聲母 *q(ʷ)ʰ(ˤ)- 弱化為擦音，變成中古漢語的
x-（很可能以小舌音 [χ] 為過渡形式），上古汉語 *N-qʰ(ˤ)（即
[Nqʰ(ˤ)]）大概先弱化為 [Nχ]，再變成 [N]，最終當軟腭－小舌
音的對立消失時，與上古漢語 *ŋ(ˤ)- 合併。這個序列可產生中
古漢語 x- 對 ng- 的及物和不及物對偶詞，如：

（462）嚇 *qʰˤ<r>ak > *xaek* > hè『恐嚇』
愕 *N-qʰˤak（> Nχˤak）> *ngak* > è『受到驚嚇的』

120

---

43 Ratliff（2010：87 注）比較了原始苗語 *ŋkhuw D『捲曲的』和漢
語「曲」*kʰ(r)ok > *khjowk* > qū『彎曲，彎的』，但正如她所指出的，
苗語 *ŋkhuw D『捲曲的』一詞的聲調指向了原始苗瑤語帶 *-p 或
*-t，而不是 *-k 韻尾。可能原始苗瑤語代表的是從「屈」qū < *khjut*
< *[kʰ]ut『彎曲，屈從』衍生的形式，或是 *Nə-[kʰ]ut（將變作中
古音的 *khjut*）或是沒有在中古漢語的書面材料中得到反映（就我
們所知道的）的理論上存在的不及物形式 *N-[kʰ]ut > *gjut*『彎曲』。

做此種分析的外部證據有「阿魏」（一種藥用植物）一詞，是從吐火羅語 B 的 *aŋkwaś* 借入漢語的（Bailey 1946：786，引自 Pulleyblank 1962–1963：99）。我們對第二個漢字的上古漢語構擬與吐火羅語的第二部分匹配：

（463）阿 *qˤa[j] > *ʔaj > *ʔa = 中古漢語 ʼa > ē（『斜坡，河岸』）

魏 *N-qʰuj-s > *N-qʰwəj-s > *nχwəj-s > *ŋwəj-s > ngjw+jH > wèi『高』

*N- 帶有清送氣聲母的形式歸納於表 4.33，尚屬推測，暫無材料證據的形式用方括號表示。

表 4.33 上古漢語帶前置輔音 *N 的清送氣聲母的對應形式

上古漢語	中古漢語	原始閩語	越南語	原始苗瑤語
*N.pʰ(ˤ)-	[b-]	[*b]	[b- H，b- L]	─
*N.tʰ(ˤ)-	[d-]	[*d]	[ɖ- H，ɖ- L]	─
*N.tsʰˤ-	[dz-]	[*dz]	[t- H，t- L]	─
*N.tsʰ-	dz-	*dz	[t- H，t- L]	*ntshj-
*N.kʰˤ-	[h-]	─	─	─
*N.kʰ-	g-	*g	[c- H，c- L]	*ŋkh-
*N.qʰ(ˤ)-	ng-	─	─	─

4.4.1.3 前置輔音 *N 加濁阻塞音：*N.b(ˤ)- 型

有關 *N- 後接濁阻塞音的證據十分罕見。苗瑤語中是我們構擬上古漢語前置鼻輔音的主要證據，在苗瑤語中我們未找

到以 *b、*d、*dz、*g 等為聲母的及物 / 動態動詞和以 *mb、
*nd、*ndz、*ŋg 等為聲母的不及物 / 靜態動詞的對立。可能這
是因為上古漢語的 *N-b-, *N-d-, *N-g- 等在苗瑤語的最早借詞
層形成之前就已經與簡單濁阻塞音合併了（如：*N-b- > b-）。
上古帶 *N- 前置輔音的聲母到了中古音階段能產生一個不一樣
的形式的、只有濁的小舌音聲母 ɢ(ʷ)(ˤ)-，這類聲母的前置輔
音 *N- 變成中古漢語 ng-：

（464） 雅 *N-ɢˤraʔ > ngaeX > yǎ『適當的，有教養的』；在
　　　　先秦文獻中，與「夏」字書寫形式相同，很可能是
　　　　其派生而來的：
　　　　夏 *[ɢ]ˤraʔ > haeX > xià『巨大的』

（465） 偽 *N-ɢʷ(r)aj-s > ngjweH > wěi『虛假的』；其詞
　　　　根是：
　　　　為 *ɢʷ(r)aj > hjwe > wéi『做，擔當』

「為」字含有『變成，成為』的意思，與「偽造」、「虛假」在
語義上有關聯。

121

4.4.1.4 前置輔音 *N 加濁響音：*N.r(ˤ)- 型

現在我們不知帶前置輔音 *N- 的濁鼻音或邊音的例子。也
許這樣的聲母存在於上古漢語中，但是在早期與跟它相應的無
前綴輔音合併了。

但是，我們構擬了 *N.r(ˤ)- 和 *m.r(ˤ)- 這樣的組合，來解
釋那些有 *r(ˤ)- 聲母證據的例子，而中古漢語中有聲母 y- 或
d- ── 這兩個語音形式分別與邊音 *l- 和 *lˤ- 有關。若我們假
設在上古漢語演變到中古漢語的進程中，原始的 *r(ˤ)- 在緊密

連接的鼻冠音（*N- 或 *m-）後演變為 *l(^{ʕ})-，這些例子便可以
得到解釋：

（466） *N-r- > *Nl- > *l- > 中古漢語 *y-*

　　　　 *N-r^{ʕ}- > *Nl^{ʕ}- > *l^{ʕ}- > 中古漢語 *d-*

　　　　 *m-r- > *ml- > *l- > 中古漢語 *y-*

　　　　 *m-r^{ʕ}- > *ml^{ʕ}- > *l^{ʕ}- > 中古漢語 *d-*

然而在原始閩語中，非咽化的 *N.r- 或 *m.r- 的語音形式看起
來像 *z-，而非我們預計的來自上古漢語中原始 *l- 的 *ø-。這
暗示了閩語在例（466）中所示變異發生之前，即在聲母仍帶
有 r 音的時期（*N-r- 或 *m-r- 階段）就已經從漢語的主流分
化出來了。若其在聲母位置，上古漢語 *r(^{ʕ})- 在閩方言中最終
變為 [l]，但是 *r 在介音或中綴位置時，就沒有變為 [l]（見
4.3.4 節中關於聲母 *r- 的討論）。這裡是我們構擬的一些帶有
*N.r(^{ʕ})- 的例子，帶有前置輔音 *m 的例子可見 4.4.2.4 節。

（467） 游 *[N-]ru > *Nlu > *lu > *yuw* > yóu『浮，游』；原
　　　　 始閩語 *z-；比較：流 *ru > *ljuw* > liú『流』

（468） 斿 *[N.]ru > *Nlu > *lu > *yuw* > yóu『旗幟的垂飾』，
　　　　 又讀作 *[r]u > *ljuw*；比較：旒 *[r]u > *ljuw* > liú『帽
　　　　 子或旗幟的垂飾』

（469） 隤 *N-r^{ʕ}uj > *N-r^{ʕ}wəj > *Nl^{ʕ}wəj > *l^{ʕ}wəj > *dwoj* > tuí
　　　　 『疲憊的』；比較：儽 *[r]^{ʕ}uj-s > *lwojH* > lèi『疲憊的』

（470） 淫 *N.r[ə]m > *Nləm > *ləm > *yim* > yín『無節制，
　　　　 放縱的』；比較：婪 *[r]^{ʕ}[ə]m > *lom* > lán『垂涎，
　　　　 覬覦』

在此假說下所觀察到的形式歸納於表 4.34 中。

表 4.34 上古漢語帶前置輔音 *N 的濁響音及其對應

上古漢語	中古漢語	原始閩語	越南語	原始苗瑤語
*N.m(^{ˤ})-	——	——	——	——
*N.n(^{ˤ})-	——	——	——	——
*N.ŋ(^{ˤ})-	——	——	——	——
*N.l(^{ˤ})-	——	——	——	——
*N.rˤ-	*d-*	——	——	——
*N.r-	*y-*	*z	——	——

4.4.1.5 前置輔音 *N 加清響音：*N.m̥(^{ˤ})- 型

我們假定前置輔音 *N 在清響音前也同樣存在，但還不能提供可靠的例子。

122

4.4.2 帶前置輔音 *m 的音首

上古漢語中有不少同音的 *m- 前綴（見 3.3.2.2 節），其中一個（*m$_{1a}$-）是一個常見的動詞前綴，表示自主性動作。另外在一些例子中，我們必須構擬一個前置輔音 *m，與已知的前綴都不一樣；我們將其寫為「*m.」，後接一個句點符號「.」而非短橫杠「-」。

和 *N 相似，緊密連接的前置輔音 *m 使後接的阻塞音濁化。在中古漢語中，*m 和 *N 會產生相同的語音形式。比如，*N.p(^{ˤ})- 和 *m.p(^{ˤ})- 都變為中古漢語 *b-*，送氣音也是如此，*N.p^h(^{ˤ})- 和 *m.p^h(^{ˤ})- 都變為中古漢語 *b-*。在苗瑤語中也是如

此，前置輔音 *m- 表現出前置鼻音化，和前置輔音 *N 一樣。但是在閩方言中，*N-p- 和 *m-p- 會產生不同的形式：前者演變為原始閩語的 *b-，後者演變為原始閩語的 *bh-。相似地，在越南語中，*m 和 *N 不同，*m 產生一個擦音聲母，而 *N 則沒有。具體將在下幾節中進行討論。

4.4.2.1 前置輔音 *m 加清不送氣阻塞音：*m.p(ˤ)- 型

羅杰瑞給原始閩語構擬了濁送氣音，如 *bh-，來解釋某些閩方言中有送氣對立的詞，而這些詞在中古漢語中有濁輔音聲母，如例（471）和（472）的對比。

（471）舅 中古漢語 *gjuwX* > jiù『母親的兄弟』，原始閩語 *g-：廈門 /ku 6/，建陽 /kiu 5/，石陂 /kiu 1/

臼 中古漢語 *gjuwX* > jiù『臼』，原始閩語 *gh-：廈門 /kʰu 6/，建陽 /kʰiu 1/，石陂 /kʰiu 1/

（472）平 中古漢語 bjaeng > píng『平的』，原始閩語 *b-：廈門 /pĩ 2/，福州 /paŋ 2/

平 中古漢語 *bjaeng* > píng『使平坦』，原始閩語 *bh-：廈門 /pʰĩ 2/，福州 /pʰaŋ 2/

羅杰瑞的解決辦法是將送氣對立追溯至原始閩語的濁塞音和塞擦音：比如，*g- ≠ *gh- 以及 *b- ≠ *bh-（Norman 1973）。

我們則有不完全一樣的解釋。正如在 4.2.1.1 節（表 4.9）中所述，我們認為如廈門話和福州話這些閩方言中的情況來源於兩波清化的階段：第一波產生了清不送氣音（*b > *p），第二波產生了清送氣音，如下表 4.35 中所示。

在表 4.35 中，第一階段是上古漢語。在第二階段中，阻塞音在 *N- 或 *m- 後濁化。在第三階段中，*Nb- 和原始的 *b- 合併，但是 *mb- 保持不變。在第四階段中，第一次清化使處於詞首位置（word-initial）的 *b- 變成不送氣的 *p-（陽調），但是由於 *mb- 中的 *b 不是詞的第一個音段，所以不受影響。在第五階段，前置輔音 *C 和 *m 失落，導致 *b- 填補了第四階段中清化留下的空位。第六階段是第二波清化，產生了清送氣音（陽調），這次清化很可能與贛語、客家話以及閩語中的邵武方言產生清送氣音相關。[44] 第七階段表現出廈門話或福州話中的形式。這些方言中的送氣形式使羅杰瑞在原始閩語中構擬了濁送氣音，如 *bh-。然而我們懷疑原始閩語階段的實際對立並非羅杰瑞構擬中的 *b- ≠ *bh-，而是 *b- ≠ *m.b- 或 *C.b-，如上述第三階段。

---

[44] 表 4.35 所描述的語音演變是關於廈門話的那些來自於上古帶非咽化的 *b（或 *b- < *N.p-）聲母的字。在閩語的其他方言中，聲調的演變是有所不同的：比如說，福州話具有羅杰瑞所擬的濁送氣聲母的 C 調（去聲）字（如 *bh- < 上古 *m.p-）按理讀第 5 調（陰去），不是第 6 調（陽去）（Norman 1974a）。而且，就有些發音部位的輔音來說，咽化與非咽化聲母的音段表現在原始閩語中是不同的。例如，上古的 *m.k- 變作羅杰瑞所擬原始閩語的 *gh-，但上古 *m.kˤ- 變成了他擬的原始閩語的 *ɣ-，參看例（476）、（477）和（478）。請注意，羅杰瑞的原始閩語的 *b-、*bh- 和 *-b- 型聲母（和他的軟化聲母 *-p-）到邵武話（Norman 1974b，1982）及鄰近的和平話（Norman 1995）都變成了清送氣音。這意味著這些方言都未曾發生第一波清化演變（表 4.35 的階段四），而只有第二波清化（階段六）。

表 4.35 廈門話和福州話對上古漢語 *N.p- > /p/（L），*C.b- > /pʰ/（L）和 *m.p- > /pʰ/（L）的反映

1	上古漢語	*b-	*N.p-	*C.b-	*m.p-
2	*N 和 *m 後的濁化	—	N.b-	—	m.b-
3	Nb- > b-	—	b-	—	—
4	第一次清化：b- > p- L	p-L	p-L	—	—
5	C.b > b- ，m.b- > b-	—	—	b-	b-
6	第二次清化：b- > pʰ- L	—	—	pʰ-L	pʰ-L
7	廈門，福州	p-L	p-L	pʰ-L	pʰ-L

下面的例子說明了上古漢語帶有前置輔音 *m- 的清塞音的演變：

（473）抱 *[m-p]ˤuʔ > *mbˤuʔ > *bˤuʔ > bawX > bào『兩臂合圍持物』（自主性動詞），原始閩語 *bh-；比較：包 *pˤ<r>u > paew > bāo『包，捆』

（474）樹 *m-toʔ > dzyuX > shù『種植；立直』（自主）；比較其派生名詞：

樹 *m-toʔ-s > *mdoʔ-s > *doʔ-s > dzyuH > shù『樹木』，原始閩語 *džh-；比較：原始苗瑤語 *ntjṵəŋH 『樹木』。其詞根很可能與下面各字一致：

拄 *t<r>oʔ > trjuX > zhǔ『支撐』

柱 *m-t<r>oʔ > drjuX > zhù『柱子』（工具名詞），原始閩語 *dh-；比較：原始苗瑤語 *ɲɹæu A『柱子』，

原始 Kra 語 *m-tʂu A『柱子』（Ostapirat 2000）[45]

（475）頭 *[m-t]ˤo > *mdˤo > *dˤo > *duw > tóu『頭（身體部分）』，原始閩語 *dh-；比較：

兜 *tˤo > tuw > dōu『頭盔，兜帽』

上古漢語的咽化聲母 *m.kˤ- 變成羅杰瑞構擬的原始閩語中的 *ɣ-，而非 *gh-。但是正如羅杰瑞（1974a：28）所述，原始閩語的 *ɣ- 和濁送氣音的聲調形式有著相同的模式；這表明在某一階段它們的發展是平行的。非咽化聲母 *m.k(ʷ)- 變成羅杰瑞所構擬的原始閩語中的 *gh-，如下例（478）所示。

（476）蟹 *m-kˤreʔ > *mgˤreʔ > *gˤreʔ > heaX > xiè『蟹』（帶有動物前綴），原始閩語 *ɣ-；比較：越南語 cáy [kai B1]『一種城性水裡的蟹，招潮蟹’，似乎表明了一個不帶前綴的形式，即上古漢語 *kˤreʔ

（477）合 *m-kˤop > hop > hé『合併』（自主），原始閩語 *ɣ-；比較：越南語 góp [ɣɔp D1]『與他人合作』，gộp [ɣop D2]『加入，合併，合在一起』（我們懷疑越南語 góp 是一個早期借詞，而 gộp 是一個晚期借詞）。比較：合 *kˤop > kop > gě『一起；放在一起；合在一起的』[46]

（478）忌 *m-k(r)ək-s > *mg(r)ək-s > *g(r)ək-s > giH > jì

45　原始 Kra 語與原始苗瑤語的 *A 調類字一般漢語的平聲字對應。該例中表現出的不一致對應，我們還無法做出解釋。

46　《經典釋文》在多處提供了中古「合」讀為 kop 的用例，如「合卺」héjǐn < kop-kj+nX「喝交杯酒」，此據《禮記・昏義》（《經典釋文》217）的描述，為婚禮儀式的一部分。

『訓誡；避免』(自主性)，原始閩語 *gh-：廈門 /kʰi
6/，潮州 /kʰi 6/；比較相關的形式如下：

誠 *kˤrək-s > keajH > jiè『訓誡』

在下面例子中我們有 *m-q- > 中古漢語 y-、原始閩語 *ɣ-：

（479）與 *m-q(r)aʔ > yoX > yǔ『給；和』，廈門 /hɔ 6/『給』
< 原始閩語 *ɣ-

我們上面提到過，就聲調行為而言，原始閩語 *ɣ- 和濁送氣聲
母字有著相同的模式。

羅杰瑞構擬的原始閩語中如 *bh- 的濁送氣音也有其他的
來源（例如 *C.b(ˤ)- 型聲母，見 4.4.5.3 節）。若我們有前置
鼻輔音的直接證據（多來自苗瑤語），或當我們可以從帶有清
聲母的同源詞而推斷詞根有清聲母時（見上面的例子），我
們將構擬 *m 加一個清聲母。舉個例子，我們將「樹」shù <
dzyuH『樹』（原始閩語 *džh-）構擬為 *m-t-，因為原始苗瑤語
*ntju̯əŋH『樹』以及同源詞「拄」*t<r>oʔ >trjuX > zhǔ『支撐，
支持（動詞）』：「樹」中的 *m- 前綴來自於自主性動詞「樹」
shù < dzyuX < *m-toʔ『種植』。我們認為「樹」shù < dzyuH
『樹』最早用來表示種下的樹，以區別於一般的樹（木 *C.mˤok
> muwk> mù『樹，木頭』）。

因為原始閩語區分上古漢語帶前置輔音 *m- 的清聲母和帶
有 *N- 的清聲母，在閩語中有自主功能的 *m 和靜態／不及物
功能的 *N 存在最小對立對：

（480）定 *N-tˤeŋ-s > dengH > dìng『固定；固定的（不及

物動詞）』（不及物化 *N-）：原始閩語 *d-：建甌 /
tiã 6/『平靜的，安靜的』，廈門 /tiã 6/『穩定的，靜
止的』

定 *m-tˤeŋ-s > *mdˤeŋ-s > *dˤeŋ-s > dengH > dìng『使
穩定，固定（及物動詞）』（自主的 *m-），原始閩
語 *dh-：建甌 /tʰiaŋ 6/『提前確定時間或日期』（李
如龍、潘渭水 1998：192）；廈門 /tʰiã 6/『為了使自
己感覺舒服一點而吃一點食物或藥』，定膽 /tʰiã 6
tã 3/『用某種手段以保持自己的精神』（Douglas
1899：552）

在這個例子中，清的詞根聲母可由下例來表明：

（481）丁，釘 *tˤeŋ > teng > dīng『釘子』
　　　釘 *tˤeŋ-s > tengH > dìng『釘（動詞）』
　　　定 *tˤeŋ-s > tengH > dìng『燒好的（食物）』

較之一般的原始閩語的處理，兩個表面上的反例為：

（482）肚 *m-tˤaʔ > duX > dù『肚子』，原始閩語 *d-（廈
　　　門 /tɔ 6/，潮州 /tou 4/，福州 /tou 6/，建甌 /tu 6/）；
　　　比較：
　　　肚 *tˤaʔ > tuX > dǔ『肚子，腹部』
（483）挾 *m-kˤep > hep > xié『抓住』，原始閩語 *gap D
　　　『掐』；原始勉語 *ʔɟəp D< *nc-『用筷子取食物』；
　　　越南語 gắp [ɣap D1]『用筷子取食物，取出（從傷
　　　口中取出子彈）』；比較：

夾 *kˤ<r>ep > *keap* > jiā『壓在中間』

梜 *C.kˤ<r>ep > *kaep* > jiā『筷子』，也讀作 *kˤep
> *kep*『筷子』；[47] 比較 Maleng Kha Pong 語（Ferlus
提供材料）/təkap⁷/ < 原始越語 *t-kap『烤肉叉』；
比較：

狹 *N-kˤ<r>ep > *heap* > xiá『狹窄的』，原始閩語
*ɦap D[48]

在「肚」dù < *duX*『肚子』和「挾」xié < *hep*『抓住』兩個例
子中，詞族內各字的清濁交替表明了前置鼻輔音的存在，以及
前綴 *m- 的語義關鍵點。但是在這兩個例子中，我們本預計
出現原始閩語的聲母 *dh- 和 *ɣ- 而沒有預計出現 *d- 和 *g-。
（原始閩語的 *g- 在任何情況下在 A 型音節中都是不尋常的）
我們懷疑這些形式或不是原始閩語，或不是原始閩語本土層的
一部分。[49] 在任何情況下，作為表示『肚子』的基本詞，閩方
言保留了上古漢語的「腹」*p(r)uk > *pjuwk* > fù，或複合詞，
如 *fù dù*『腹肚』。

在越南語中，前置輔音 *m 加上清的不送氣聲母會產生擦
化聲母，在早期借詞中是陰調的形式，在晚期借詞中是陽調的
形式。

---

47 《廣韻》的讀音 *kaep* 是不規則的，我們預想應該是 *keap*。讀音 *kep*
來自《經典釋文》（卷 164）。

48 *xiá*「狹」在原始閩語中另一個可能的構擬是 *ap D，帶零聲母
*ø-；正如之前所提到的，羅杰瑞所擬的 *ɦ 和 *ø 經常難以區別，
尤其是一些代表性方言失落了相關的形式時。

49 原始閩語在時代上可能與早期中古漢語有重疊的部分，前者可能包
含了早期中古漢語的借詞。我們曾經指出過上古 *l- 到原始閩語中
顯示出層次性的一個明顯的例子（參看 4.3.4 小節）。

帶陰調的形式：

（484）競 *m-kraŋʔ-s > *gjaengH* > jìng『努力；競爭』；越

南語 *ganh* [ɣaiŋ A1]『與……競爭』　　　　126

帶陽調的形式：

（485）肚 *m-tˤaʔ > *duX* > dù『肚子』，越南語 *dạ* [zɑ B2]
『腹部』

越南語保留了「合」*m-kˤop > *hop* > hé『合併』的早期（陰調）
和晚期（陽調）兩個借詞，見上述例（477）。

動物前綴 *m- 可以解釋下面這些例字的清濁交替：

（486）黿 *qʷˤre > *'wea* > wā；*m-qʷˤre > *ɢʷˤre > *hwea* >
wā『青蛙』

（487）鷽 *qˤruk > *'aewk* > xué；鷽 *m-qˤruk > ɢˤruk >
haewk > xué『一種鳥類』

其他有前綴 *m- 的例子：

（488）尹 *m-qurʔ > *ɢurʔ > *ywinX* > yǐn『統治；統治者』；
和下字相關

君 *C.qur > *kjun* > jūn『君王；統治者』（這兩個詞
在早期文獻中常以同一個字書寫）

（489）均 ~ 韵 ~ 韻 *[m-qʷ]<r>i[n] -s > *hwinH* > yùn『和諧

的，韻』；[50] 比較：

均 *C.qʷi[n] > *kjwin* > jūn『均勻，平等』

鈞 *C.qʷi[n] > *kjwin* > jūn『制陶的轉盤』

勻 *[N-q]ʷi[n] > *ywin* > yún『均勻的』

旬 *s-N-qʷi[n] > *zwin* > xún『十天一週』（時地名
詞；見 3.3.2.3 節和 4.6 節）

（490） 載 *[m-ts]ˤəʔ-s > *dzojH* > zài『裝載某物在交通工具
上（及物動詞）』；比較：

載 *[ts]ˤəʔ-s > *tsojH* > zài『被裝載在交通工具上』

127　清不送氣聲母帶前置輔音 *m- 的形式歸納於表 4.36 中。

表 4.36 上古漢語帶前置輔音 *m- 的清不送氣音及其對應

上古漢語	中古漢語	原始閩語	越南語	原始苗瑤語
*m.p(ˤ)-	*b-*	*bh	*v-* [v]	—
*m.tˤ-	*d-*	*dh	*d-* [z]	—

---

50 *yùn*「韻」的標準的傳統漢字是「韻」，其《廣韻》讀音是
hjunH。如果我們單純依靠此種證據，我們由此將會構擬上古音
*ɢʷə[n]-s。但更早的《切韻》殘卷提供的讀音卻是 *hwinH*，「韻」
是個後起字。語素｛韻｝更早寫作「均」，它表示上古音應擬作
[m-qʷ]<r>i[n]-s，現在又寫作簡化的「韵」。[m-qʷ]<r>i[n]-s 的
構擬具有語源學的意義，它將語素｛韻｝與「平均」或「循環」等
意義的詞根聯繫起來（其他的形式可參看例 489），帶有表示重複
義的中綴 *<r>，以及可以解釋為派生出工具名詞的前綴 *m-（參看
3.3.2.2 節）：「可以用來製造和諧或平均的事物」（我們還不知道先
秦文獻中是否有表明「韻」意義的確切的例子）。季旭昇（2010：
741）把「勻」最初的字形解釋為「鈞」*C.qʷi[n] > *kjwin* > jūn 字
的初文，後者製陶工具的轉盤。

（續上表）

上古漢語	中古漢語	原始閩語	越南語	原始苗瑤語
*m.t(^{ˤ})r-	dr-	*dh	d- [z]	—
*m.t-	dzy-	*džh	—	*ntj-、*ɲy-
*m.ts(^{ˤ})-	dz-	[*dzh]	—	—
*m.k(^{w})^ˤ-	h-	*ɣ	g- [ɣ]	—
*m.k(^{w})-	g-	*gh	—	—
*m.q(^{w})^ˤ-	h-	—	—	—
*m.q-	y-	*ɣ	—	—

4.4.2.2 前置輔音 *m 加清送氣阻塞音：*m.p^h(^{ˤ})- 型

*m.p^h(^{ˤ})- 型聲母的證據主要來自中古漢語濁送氣和清送氣聲母之間的詞族聯繫。比較語言學方面的證據很少，不足以建立確切的語音對應。在中古漢語中，*m- 使後接的阻塞音濁化：

（491）奉 *m-p^h(r)oŋʔ > *b(r)oŋʔ > bjowngX > fèng『雙手呈上』；比較：

奉 *p^h(r)oŋʔ > phjowngX > fèng『雙手拿著；呈現；接收』

（492）撤 *m-t^{h}ret > *dret > drjet > chè『移除，拿開』；比較：

撤 *t^{h}ret > trhjet > chè『移除，拿開』

（493）社 *m-t^{h}Aʔ > *dAʔ > dzyaeX > shè『祭祀土地神』；比較：

土 *tʰˤaʔ > *thuX > tǔ『土地』[51]

（494）藏 *m-tsʰˤaŋ > *dzˤaŋ > dzang > cáng『貯藏』

倉 *tsʰˤaŋ > tshang > cāng『穀倉、糧倉』

（495）脛 *m-kʰˤeŋ-s > *gˤeŋ-s> hengH > jìng『腿，小腿』

輕 *kʰˤ<r>eŋ > kheang > kēng『小腿骨』

與 *N-qʰ- 型聲母一樣（4.4.1.2 小節），我們找到了 *m-qʰ- 變作中古漢語 ng- 的證據。比如下面兩個字，在現代標準漢語和中古漢語中都為同音字：

（496）五 wǔ < nguX『五』

午 wǔ < nguX『地支第七位』

它們在上古漢語中通常也被構擬為同音字（高本漢：*ngo，李方桂：*ngagx），但是我們將其分別構擬為 *C.ŋˤaʔ 和 *[m].qʰˤaʔ。漢藏語比較有力地表明軟腭鼻音在「五」wǔ < nguX 及其他帶有該聲符的字中本就存在：

（497）五 *C.ŋˤaʔ > nguX > wǔ『五』，藏文 lnga，緬甸文 ŋa³（黃布凡 1992：267），Lepcha 語 /fəŋo/（Plaisier 2007），Mizo 語（Lushai 語）pa-nga（Lorrain & Savidge 1898：158），原始藏緬語 *l/b-ŋa（Matisoff 2003：149）

---

51 在 Baxter（1992：755，793）中，「土」tǔ < thuX < *tʰˤaʔ 被錯誤地構擬為一個邊音 *hl-（目前我們的構擬是 *lˤ-）。正如 Sagart（1993b：256）所指出的，中古的 dzy-，如「社」shè < dzyaeX 表明上古應是齒齦音聲母，而非邊音聲母。

吾 *ŋˤa > *ngu* > wú『我，我的』，藏文 nga，緬甸文 ŋa，拉祜語 ŋà，原始藏緬語 *ŋa『我』（Matisoff 2003：487）

「五」和「午」兩個字常被用作聲符，若它們在上古漢語中確實為同音字，我們可以期待兩個字作為聲符或多或少可以互相替換，但是兩者互相替代的現象卻較晚才出現。[52] 雖然「五」和「午」兩個字最終讀音相同，「午」的諧聲和詞族聯繫在上古漢語時期卻沒有顯示出軟腭鼻音詞根。

52　我們所知道的該例最早出現於郭店楚簡《五行》（公元前 4 世紀晚期）用「語」yǔ < *ngjoX* < *ŋ(r)aʔ（通常表示「說（話）」）來表示被廣泛引用的《詩·大雅·烝民》五章的「禦」yù < *ngjoX* < *m-qʰ(r)aʔ，出現於「不畏彊禦」（他不畏懼強權與反對勢力）一句（郭店第 33 簡，150 頁）。傳世文獻中這個字一般寫作「御」*m-[qʰ](r)aʔ > *ngjoX* > yù（『抵擋；反抗』，和『壓迫的』有關）。從傳世文獻的語境及該文句來看，看起來『壓迫的』（我們將它擬作小舌音）是其本義。如果這個分析是正確的，那麼郭店《五行》簡用 yǔ「語」這個寫法表示「被壓迫的」暗示著音變 *m-qʰ- > *ŋ- 在公元前 4 世紀後期的楚地已經發生。

然而，白於藍（2008：104–105）引到的其他幾個「五」、「午」相交涉的例子，似乎是錯誤的。比如，有時候被分析為從「午」從「又」的字形，據李家浩（2004）的說法，實際上是｛鞭｝*pe[n] >*pjien* > biān『鞭子』的早期寫法，而它在上海博物館藏的戰國楚簡《民之父母》簡 9 中是作｛辯｝*[b]renʔ > *bjenX* > biàn「分辯，爭辯」的聲符（《上博》2.25，2.168），同時也是｛馭｝*[ŋ](r)a-s > *ngjoH* > yù『駕駛馬車』（公元前 5 世紀晚期的曾侯乙墓所見竹簡中，有時將其寫作「五」，用作聲符）的早期字形的意符。雖然｛馭｝yù < *[ŋ](r)a-s『駕駛馬車』經常在傳世文獻中被寫成「御」yù < *m-[qʰ](r)aʔ，*yù*｛御｝『抵禦』和 yù｛馭｝『駕馭』在早期文獻中是互不混淆的，而且似乎也互不相關（戴家祥 1995，引自《古文字詁林》2.525–526）。

首先，我們來看一下漢字「杵」chǔ < 中古漢語 *tsyhoX*『杵』，正如《說文》(《說文詁林》2545b) 記載，包含「午」作為聲符。「杵」字的詞根聲母在北部閩語中顯示，包含一個送氣塞音：建陽 /khy 3/，石陂 /khy 3/『杵』。雖然「午」最常用於表示「地支第七位」，但這只是假借的用法，而該漢字最初表示「杵」chǔ < MC *tsyhoX*『杵』。我們的構擬如（498）所示。

（498）杵 *t.qʰaʔ > *tʰaʔ > *tsyhoX* > chǔ『杵』（該聲母參見 4.4.4.2 小節），建陽 /khy 3/，石陂 /khy 3/

午 *[m].qˤʰaʔ > *nguX* > wǔ『地支第七位』

下述形式分別來自商代甲骨和青銅器銘文（季旭昇 2010：1021）：

（499）午 wǔ < *nguX*『地支第七位』的商代字形：

從語源學上看，「午、戶、互」三個諧聲系列之間有許多詞族聯繫。見下述（500）–（505）例，所共有的詞根最可能有小舌詞根聲母：

（500）『停止』

禦 *m-qʰ(r)aʔ > *ngjoX* > yù『抵擋；阻礙；停止』

冱 *N-qˤaʔ-s > *huH* > hù『關進，塞住』

戶 *m-qˤaʔ > *huX* > hù『停止，抑制』

（501）『處所』

許 *qʰ(r)aʔ > *xjoX* > xǔ『處所』

所 *s-qʰ<r>aʔ > srjoX > suǒ『處所；關係代詞』

處 *t.qʰaʔ > tsyhoX > chǔ『在（某處）』

處 *t.qʰaʔ-s > tsyhoH > chù『處所』

（502）『伐木聲』

許許 ~ 滸滸 ~ 所所 *qʰˤaʔ- qʰˤaʔ > xuX-xuX > hǔ hǔ
『伐木聲』

例（502）出現在《詩經》的「小雅」第 165 篇《小雅·伐木》第三章中，「伐木許許」聽起來如同 *qʰˤaʔ- qʰˤaʔ。《毛詩》「伐木許許」，《經典釋文》注的讀音為 xuX-xuX（< *qʰˤaʔ-qʰˤaʔ）；《經典釋文》記載的另外一些版本將其寫作「滸滸」xuX-xuX（黃焯 1980：67）。《說文》注釋的 suǒ「所」不是「處所」（其通常的解釋），而是「伐木聲也」，並注出所字含有 jīn「斤」（斧），以「戶」*m-qˤaʔ > huX> hù『門』作為聲符，且引用了《詩經》（#165.3）中的「伐木所所」（《說文詁林》6375b）。[53]　　**129**

這些例子都為含有聲符「午」的漢字構擬小舌詞根聲母提供了支持。看起來 *m.qʰˤ- 和 *ŋˤ- 至少在《說文》時期（公元 100 年）就已經合併了，因為某些字含有來自 *ŋ(ˤ)- 的 ng- 作為 wǔ「午」的聲訓出現：

（503）午：啎也。五月陰氣午逆陽，冒地而出。

午 [nguX] < *[m].qʰˤaʔ 的意思為「啎」[nguH < *ŋˤak-s]『反對』。在第五 [五 nguX < *C.ŋˤaʔ] 個月，陰氣逆對 [逆 ngjaek < *ŋrak] 陽氣，覆蓋地面

53　Karlgren（1942–1946，#1872）也給出了用於表示「數量」意義的「所」寫作「許」*qʰ(r)aʔ > xjoX > xǔ 的例子，進一步支持了「午」*[m].qʰˤaʔ >nguX 和小舌音之間的聯繫。

而冒出來（《說文詁林》6639b）。

在兩者合併之後，我們才發現「午」和「五」兩個字在用作聲符時可以互換。比如，我們認為下面例字來自相同的詞根：

（504）禦 *m-qʰ(r)aʔ > ngjoX > yù『抵擋；阻礙』

（505）圉 ~ 圄 *m-qʰ<r>aʔ > ngjoX > yǔ『監獄』

例（505）中，漢字「圄」包含聲符「吾」*ŋˤa > ngu > wú，含有上古的 *ŋˤ-。我們的構擬預測這個漢字出現得較晚，因為在早期漢字中，含有 *ŋˤ- 的漢字不應被用於書寫含有聲母 *m-qʰˤ- 的詞。事實上，漢字「圉」顯然比「圄」要古老。這個字經常出現在商代甲骨文中：完整的形式表示的是一個人戴著手銬在圍場中，有時候這個人的形態縮略為「口」kǒu，有時候只有手銬，對應著標準漢字「圉」（《古文字詁林》8.867）：

（506）

但是據我們所知，反映後期 *m.qʰ- 與 *ŋ- 合併的漢字「圄」在先秦文獻中並未找到證據（《古文字詁林》6.153）。原始苗瑤語中的漢語借詞也確認了前置鼻輔音和塞音詞根聲母的存在：

（507）原始苗瑤語 *ŋgluə A『牛欄，監獄』

和別處一樣，這裡的原始苗瑤語介音 *-l- 可能對應上古漢語的介音 *r，雖然其聲調對應是不規則的。

*m 和清送氣聲母的組合形式歸納於表 4.37 中。

表 4.37 帶前置輔音 *m 的清送氣塞音聲母及其對應

上古漢語	中古漢語	原始閩語	越南語	原始苗瑤語
*m.pʰ(ˤ)-	b-	—	—	—
*m.tʰˤ-	d-	—	—	—
*m.tʰ(ˤ)r-	dr-	—	—	—
*m.tʰ-	dzy-	—	—	—
*m.tsʰ(ˤ)-	dz-	—	—	—
*m.kʰˤ-	[h-]	—	—	—
*m.kʰ-	[g-]	—	—	—
*m.qʰr-	ng-	—	—	*ŋgl-
*m.qʰ-	ng-	—	—	—

4.4.2.3 前置輔音 *m 加濁阻塞音：*m.b(ˤ)- 型

在中古漢語中，帶前置輔音 *m 的濁阻塞音和帶 *N 的濁阻塞音（見 4.4.1.3 節）有著一致的演變路徑。在原始閩語中，帶 *m 的濁阻塞音表現出濁送氣音（包括 *ɣ-），在苗瑤語中則表現為濁的鼻冠音聲母。例如：

（508）浮 *m.b(r)u > bjuw > fú『漂浮』；原始閩語 *bh-；原始勉語 *mbjəu A『漂浮』

（509）平 *m-breŋ > bjaeng > píng『使平坦』；原始閩語 *bh-：廈門 /pʰĩ2/『使像地面一樣平坦』；比較：平 *breŋ > bjaeng > píng『平的』；原始閩語 *b-：廈門 /pĩ 2/『平的、平坦、平滑的』；原始勉語 *beŋ A

『平的』

（510）下 *m-gˤraʔ-s > *haeH* > xià『下降』；原始閩語 *ɣ-：
廈門 /he 6/『使下降』；原始苗語 *ɴɢa B『下降』；
比較：
下 *gˤraʔ > *haeX* > xià『下面』，原始閩語 *ɦ-：廈
門 /e 6/『下方』，建陽 /a 5/ ~ /ha 5/

因為閩語帶或不帶 *m 的濁阻塞音演變並不一致，現代閩語保
留了在中古漢語中已經合併的最小對立，如例（509）和（510）
所示。例（509）中原始勉語的形容詞形式 *beŋ A『水平的』
（反映了原始苗瑤語 *b-；參看 Ratliff 2010：37）使我們更加
相信，其詞根聲母在上古漢語中是一個普通的濁塞音。

帶 *m- 的濁小舌音演變為中古漢語的 *ng-*，如 *N.ɢ-（見
4.4.1.3 小節）。這在中古漢語 *ng-* < *m.ɢ- 和有小舌音來源的
ɣ- 的諧聲系列之中也可得到體現。比如，「牙」yá < 中古漢語
ngae『牙齒』是早期漢字「與」yǔ <*yoX*『給；為；和』的聲
符，我們將其構擬為 *m-q(r)aʔ，帶有一個小舌聲母，因為它
和「舉」*C.q(r)aʔ > *kjoX* > jǔ『提，升』之間有字形上的聯
繫（很有可能是語源學上的聯繫）。早期字形的例子可見於例
（511）（《古文字詁林》2.573、3.230、9.672、6.349）。

（511）𠈌 = 牙 *m-ɢˤ<r>a > *ŋˤra > *ngae* > yá『牙齒』
𦥑 = 與 *m-q(r)aʔ > *yoX* > yǔ『給；為；和』，原始
閩語 *ɣ-
𦥑 = 舉 *C.q(r)aʔ > *k(r)aʔ > *kjoX* > jǔ『提，升』
𨑔 = 邪 *sə.ɢA > *s.ɢA > *zA > *zjae* > xié『歪斜的』；
也用於表示地名：

琅邪 *[r]ˤaŋ-ɢ(r)A > *lang-yae* > Lángyá（山東境內
一座山的名字）

131

若上古漢語「牙」yá < 中古漢語 *ngae*「牙齒」的聲母曾經是一
個軟腭鼻音 *ŋˤ-，yá「牙」不可能是「與」*m-q(r)aʔ > *yoX* >
yǔ 的聲符。因此，我們所擬「牙」*m-ɢˤ<r>a，帶有身體名詞
前綴 *m-。相比於將其構擬為一個軟腭鼻音，「牙」*m-ɢˤ<r>a
中的小舌塞音同時解釋了「邪」*sə.ɢA > *zjae* > xié『歪斜的』
在中古漢語中所具有的聲母 *z-*：我們將展示 *s-ŋ- 如何演變為
中古漢語的 *s-*（4.4.3.4 小節），只有在濁阻塞音前上古漢語的
前置輔音 *s 才會演變為中古漢語 *z-*（4.4.3.3 小節）。

　　和「牙」*m-ɢˤ<r>a > *ngae* > yá『牙齒』相關的形式在
東南亞語言中帶有聲母 [ŋ]。例如，原始台語 *ŋa（Li 1977：
204），越南語 *ngà* [ŋɑ B2] 以及 Bahnar 語 *ngəla*，意義都為
「長牙，象牙」（Norman 1988：19）。這些證據可以用來佐證
這個漢字帶有軟腭鼻音聲母，但是我們懷疑這些詞可能在發生
從 *m-ɢˤ- 到 *ŋˤ- 的演變後，通過象牙交易從漢語借入，而且
發生了語義窄化，而非相反。

　　另外的濁阻塞音前帶前置聲母 *m 的例子有：

（512）鼻 *m-bi[t]-s > *bjijH* > bí『鼻子』，原始閩語 *bh-；
　　　　原始苗瑤語 *mbruiH『鼻子』；[54] 比較：
　　　　鼻 *Cə-bi[t]-s > *bjijH* > bí『聞（及物動詞）』，原
　　　　始閩語 *-b-（見 4.5.5.2 節）

---

54 原始苗瑤語的 *r 不好解釋；中古漢語的重紐四等字的韻母 *-jij* 通常
　　表示其並不具有元音前的介音 *-r-。

（513）上 *m-daŋʔ > dzyangX > shàng『舉起』，原始閩語
*džh-：廈門 /tsʰiũ 6/『（使上升），開啟，如門；
儲存，如貨物；縫上，如鞋底；使升起，如水；生
產，如潮濕，白蟻等』（Douglas 1899：88）；比較：
上 *Cə.daŋʔ > dzyangX > shàng『上升』，原始閩語
*-dž-：廈門 /tsiũ 6/『在……之上，上方，上級的，
前任的……』（Douglas 1899：58）

（514）毒 *m-[d]ˤuk-s (?)[55]『下毒』（自主的），原始閩
語 *dhəu C：廈門 /tʰau 6/，福州 /tʰau 5/『下毒』；
比較：
毒 *[d]ˤuk > dowk > dú『毒藥』，原始閩語 *d-

濁阻塞音前 *m 的形式歸納於表 4.38 中。

表 4.38 帶前置輔音 *m 的濁塞音聲母及其對應

上古漢語	中古漢語	原始閩語	越南語	原始苗瑤語
*m.b(ˤ)-	b-	*bh	—	*mb-
*m.dˤ-	d-	*dh	—	—
*m.d-	dzy-	*džh	—	—
*m.dz(ˤ)-	(dz-)	—	—	—
*m.g(ʷ)ˤ-	h-	*ɣ	—	*NG-
*m.g(ʷ)	g-	*gh	—	—
*m.ɢ(ʷ)ˤ-	ng-	*ŋ	ng-[ŋ]	—

---

55 該形式的構擬基於閩語；中古的書面文獻中並沒有與 *m-[d]ˤuk-s
相對應的讀音。如果有，我們預料它的中古音應該是「dawH」。然
而，原始閩語的 *-əu 總是對應於中古漢語的 -uw，而不是 -aw。

4.4.2.4 前置輔音 *m 加濁響音：*m.n(ˤ)- 型

漢字異讀、詞族聯繫以及諧聲系列的交替證據顯示，前置音節 *m 可出現於鼻音 *n(ˤ)- 和 *ŋ(ˤ)- 聲母之前。*m- 在下列例子中用來表示動物的前綴：

132

（515）麛，麖 *m-ŋˤe > mej > mí『小鹿』詞根很顯然是：
　　　　倪 *ŋˤe > ngej > ní『年輕且虛弱』；也可以比較：
　　　　兒 *ŋe > nye > ér『兒子』

因為聲符「爾」的關係，我們在下例之中構擬了 *m-n-：

（516）彌 *m-nə[r]ʔ > mjieX > mí『停止』（自主性的）；
　　　　比較：
　　　　爾 *n[ə][r]ʔ > nyeX > ěr『你（的）』

在下例中，我們在 *l- 前構擬了 *m：

（517）塍 *m.ləŋ > zying > chéng『田地間高起的小路』；
　　　　比較：
　　　　勝 *l̥əŋ-s > syingH > shèng『克服；超過』
（518）秫 *m.lut > zywit > shú『黏的小米』，原始閩語 *džh-，原始苗瑤語 *mblut『黏性的（植物）/黏的』

例（518）中的前置 *m 在苗瑤語的 *-b- 中得到支持。原始閩語中的送氣聲母 *džh- 表明該輔音叢在原始閩語中變成了前置

鼻音化的阻塞音：*m.l- > *mᵈl- > *md-。[56] 一個相似的例子是：

（519）墜 *m.lru[t]-s > *drwijH* > zhuì『墜落』；原始苗語
　　　*mbl̥ei C『（葉子／水珠）掉落』

這裡也是同樣的，原始苗語的音節中間的 *-b- 指明了 *l 前出現了一個前置輔唇音 *m。語義上，有自主義的 *m- 前綴和這個動詞看起來不大相配，因此我們將其寫作『*m.』，而非『*m-』。這樣一來，*m 可能是詞根的一部分。

　　聲母 *m.r- 到中古漢語的演變看起來是有方言條件的。在某種方言中，*m.r- 和 *m.rˤ- 分別演變為 *y* 和 *d*：

（520）蠅 *m-rəŋ > *m-ləŋ > *ying* > yíng『蒼蠅』

這個字被構擬為 *m-r-(帶有表示動物的前綴)，因為其聲符為：

（521）黽 *mˤrəŋʔ > *meangX* > měng『蟾蜍』

例（520）「蒼蠅」在原始閩語有 *z-（廈門 /sin 2/），和原始閩語 *N.r- 和 *gr- 的形式一致（*z- 在「游」和「鹽」兩個詞中，可分別參看例（467）和（324））。原始台語 *m.le:ŋ A『昆蟲』（Pittayaporn 2009）和 Rục 語 *məlaŋ*『大蒼蠅』（Nguyễn Phú Phong et al.1988：20）應是發生了從 *m-r- 到 *m-l- 的演

---

56 *shú*「秫」的中古音 *zywit* 反映了另一個讀音變體 *mə.lut；可參看 4.5.2.4 節的論述。

變之後才借過來的。一個 *m.rˤ 變為中古漢語 d- 的例子是：

（522）眔 *m-rˤəp > *m-lˤəp > dop > tà『達到』

我們為這個字構擬了一個聲母 *m-rˤ-，因為在甲骨和早期青銅銘文中，它是由一只眼睛裡滴水的圖案組成的：

（523）　　　　　　　　　　　133

這暗示「眔」字最初在早期上古漢語中表示『眼淚』，即後來寫作「淚」的字（季旭昇 2010：268）：

（524）眔 *m-rˤəp > dop > tà『達到』（早期的「淚」字）
　　　　淚 *[r][ə]p-s >（方言）*rup-s > lwijH > lèi『眼淚』
　　　　泣 *k-r̥əp > khip > qì『哭泣』；注意其聲符是：
　　　　立 *k.rəp > lip > lì『站立』

「眼淚」的早期漢字用來寫成自主動詞 *m-rˤəp > dop > tà『達到』是一個語音上恰當的選擇：

（525）眔，遝 *m-rˤəp > dop > tà『達到』
　　　　隶，逮 *m.rˤəp-s > dojH > dài『達到』
　　　　及 *[m-k-]rəp > gip > jí『達到』
　　　　暨 *[m-k-]rəp-s > gijH > jì『達到』

在另一種方言中，上古漢語 *m.r- 和 *m.rˤ- 分別與 *mr- 和 *mˤr- 合併，變為中古漢語的 m-。如在下例中：

（526）命 *m-riŋ-s > *mriŋ-s > *mreŋ-s > *mjaengH* > mìng
『命令（名詞）』；比較：

令 *riŋ > *ljeng* > líng『派遣（人）』

（527）麥 *m-rˤək > *mrˤək > *meak* > mài『麥子』；其聲
符為：

來 *mə.rˤək > *mə.rˤə > *loj* > lái『來』[57]

前置輔音 *m 加上濁響音的形式歸納於表 4.39。

表 4.39 帶有前置輔音 *m 的上古漢語濁響音及其對應

上古漢語	中古漢語	原始閩語	越南語	原始苗瑤語
*m.n(ˤ)-	*m-*	—	—	—
*m.ŋ(ˤ)-	*m-*	—	—	—
*m.lˤ	*y-*	—	—	—
*m.l(ˤ)r-	*dr-*	—	—	—
*m.l-	*zy-*	*džh	—	*mbl-
*m.rˤ-	*d- ~m-*	—	—	—
*m.r-	*y- ~ m-*	*z	—	—

---

57 「來」字韻尾 *-k 的不規則失落（可能是由於其某個非重讀變體又
變重讀形式造成的），可參看 Baxter（1992：330）和本書 5.4.2.2 節。

4.4.2.5 前置輔音 *m 加清響音：*m.r̥(ˤ)- 型

我們不知道任何前帶 *m 的清響音的例子。可能的例子是 tǎ「獺」（水獺），它有兩種中古漢語讀音，*trhaet* 和 *that*：

（528） 獺 *r̥ˤat > *that* > tǎ『水獺』

　　　　獺 *[m-r̥]ˤat > *trhaet* > tǎ『水獺』；比較：原始苗語
　　　　*ntshjua A『水獺』。其聲符為：

　　　　剌 *mə.rˤat > *lat* > là『邪惡的；辛辣的』；比較：
　　　　原始苗瑤語 *mbrat『辛辣的』，原始台語 *m.r-
　　　　（Ostapirat 2011）

134

中古漢語「水獺」的讀音 *that* 可以被構擬為上古漢語 *r̥ˤat（4.3.5 節）。Ratliff（2010）構擬了原始苗語 *ntshjua A『水獺』，可以與漢語相關聯。雖然我們通常期待上古漢語的 *-t 與原始苗語的 *D 聲調對應，上古漢語 *-t 和原始苗瑤語的聲調 A 也有平行的例子：

（529） 一 *ʔi[t] > *ʾjit* > yī『一』；原始苗瑤語 *ʔɨ A『一』。

我們假定苗語的鼻冠音形式 *ntshjua A 對應於未被解釋的中古音 *thraet*。帶或是不帶前綴 *m- 是動物名稱交替的一種來源，如上述例（486）和例（487）所示。因此，我們暫時將「獺」（『水獺』）構擬為 *[m-r̥]ˤat > *trhaet* 和 *r̥ˤat > *that* > tǎ。見表 4.40。

表 4.40 帶前置輔音 *m 的上古清響音及其對應

上古漢語	中古漢語	原始閩語	越南語	原始苗瑤語
*m.m̥-	—	—	—	—
*m.ŋ̊-	—	—	—	—
*m.ŋ̊-	—	—	—	—
*m.l̥-	—	—	—	—
*m.r̥-	?trh-	—	—	? *ntshj-

4.4.3 帶有前置輔音 *s 的音首

Sagart & Baxter（2012）討論了帶前置輔音 *s- 的聲母至中古漢語的演變，以及梅祖麟（Mei 1989，2012）與之對立的看法。

4.4.3.1 前置輔音 *s- 加清不送氣阻塞音：*s.p(ˤ)- 型

前置輔音 *s- 對不送氣的塞音和塞擦音有一些影響。我們不知道任何前置輔音 *s- 緊跟 *p- 或 *pˤ- 的例子。上古漢語 *s.t-，而非 *s.tˤ- 演變為中古漢語 sy-（似乎是 [ɕ]），可假定經歷了一個 [stɕ] 的中間階段，最終在前置輔音 *s 的影響下簡化為中古漢語的硬腭擦音 sy-：*s.t- > *stɕ- >*ɕ- = sy-。因此上古漢語 *s.t- 在中古漢語中和有著其他來源的中古漢語的 sy- 合流，如 *n̥- 和 *l̥-。但是這種合流在原始閩語中並未發生：上古漢語 *s.t- 變成了原始閩語的 *tš-，與原來上古漢語的 *t- 合流，而上古漢語的 *n̥- 和 *l̥- 則變成原始閩語的 *tšh-。看起來同樣的區別在瓦鄉話中得以保留，*s.t- > [ts]，而 *l̥-、*n̥- > [s]（見 4.2.1.3 節的表 4.17）。

有個例子表明勉語借自漢語中閩語或瓦鄉話型的方言，其

中的 *s.t- 是一個塞擦音的形式：

（530）　識 *s-tək > *syik* > shí『認識』，原始勉語 *tsi̯ɛk D『認
　　　　識 / 識別』

135

咽化的 *s.tˤ- 變成了中古漢語的 *ts-*，顯然是音位換位的結果。
類似地，有 *s.tˤr- > 中古漢語 *tsr-*。下述例子表明了配價能力
增加的前綴 *s-（見 3.3.2.3 節）：

（531）　登 *tˤəŋ > *tong* > dēng『上升』
　　　　增 *s-tˤəŋ > *tsˤəŋ > *tsong* > zēng『增加』（及物動詞）
（532）　謫 *C.tˤrek > *treak* > zhé『責備』；越南語 *dức* [zuk
　　　　D1]『譴責』（前置輔音 *C 由越南語中陰調的擦化
　　　　聲母標明）
　　　　責 *s-tˤrek > *tsˤrek > *tsreak* > zé『催款』
　　　　責，債 *s-tˤrek-s > *tsˤrek-s > *tsreaH* > zhài『債務』

雖然非咽化的 *s.t- 通常變為中古漢語的 *sy-*，也有一些例子顯
示中古漢語的 *ts-* 來自帶有詞根聲母 *t- 的形式同咽化的 *s.tˤ-
一樣，大概也是通過換位而來。我們尚未找到上古漢語 *s.t-
分化演變為中古漢語的 *sy-* 和 *ts-* 的語音條件。目前，我們只能
寫成 *sy-* <*s.t- 和 *ts-* < *S.t- 以區分二者：

（533）　甑 *S-təŋ-s > *tsəŋ-s > *tsingH* > zèng『蒸飯的瓦器』
　　　　（工具性名詞；見 3.3.2.3 節）；比較：
　　　　烝 *təŋ > *tsying* > zhēng『蒸（及物動詞）』

在我們的轉寫中，大寫的 *S 僅表示一個前置輔音 *s 意外地得到了一個換位後的中古漢語形式，如此處的：*S-t- > *ts-*。這個 *S 並不表示上古漢語與 *s- 對立的第二個嘶音。[58] 在例（533）中，前置輔音 *S- 看起來是工具性名詞的前綴 *s-。

在 *ts- 和 *ts^ˤ- 之前，*s- 有擦音化的作用（Mei 1989：35），產生中古漢語的 *s-*。在例（534）和（535）中，我們考慮到 *ts- 或 *ts^ˤ- 的詞族聯繫，構擬了 *s-ts(ˤ)-：

（534）膝 *s-tsik > *sit* > xī『膝蓋』；比較：

節 *ts^ˤik > *tset* > jié『竹節』

（535）搔 *s-[ts]^ˤu > *saw* > sāo『搔、抓（動詞）』；比較：

叉，爪 *[ts]^ˤ<r>uʔ > *tsraewX* > zhǎo『爪子』

*s-k^ˤ 的規則演變應為中古漢語的 *k-*。在一些北部閩語中（偶爾出現在閩中方言中），聲母 [x] 或 [h] 在少數口語詞中對應於中古漢語的 *k-*（Norman 1973：229）。「教」中古漢語 *kaewH* > jiào 和「嫁」中古漢語 *kaeH* > jià『嫁』兩個詞，都可接受三個論元角色的事實，使我們懷疑增加配價能力的前綴 *s- 可能在其中發揮作用（見 3.3.2.3 節）。據此，我們為該對應構擬了 *s.k-。（*s.k 向著 [x] 或 [h] 的演變與前置輔音 *s 使後接塞音或塞擦音擦化的普遍傾向是一致的。）在保守的越語族語言，

---

58 有一種可能是我們構擬的演變為中古 *sy-* 的 *s.t- 實際上是 *sə.t-，而演變作中古的 *ts-* 的 *S.t- 在上古實際上是 *s.t-。另一個可能是方言差異的結果。這裡就像我們用大寫的 *A 表示某個帶 *a 的目前不好解釋的形式一樣。這個 *A 不能被解釋成第七個元音（參看 5.4.1.1、5.4.1.2 和 5.5.2.1 節）。

如 Rục 語中，一些相關字含有 /tə/。在越南語中則有擦音化的
聲母（一如預期）。乍一看，這些證據似乎說明上古漢語的相
關字中有 *t.k-。但是，我們在越語中並未找到我們構擬的上
古漢語 *t. 或 *tə. 與越語 /t/ 或 /tə/ 有明顯對應的例子。而且，
Rục 語中沒有前置輔音 /s/。因此，我們構擬了 *s.k-。北部閩
語和越語中涉及的字有所重疊，但不完全相同。

136

（536） 嫁 *s-kˤra-s > kaeH > jià『嫁』，建甌 /xa 5/，和平 /
ha 5/；比較：越南語 gả [ɣɑ C1]『嫁女兒』

（537） 教 *s.[k]ˤraw > kaew > jiāo『教』，建陽、連墩村、
建甌 /xau 1/
教 *s.kˤraw-s > kaewH > jiào『教；教導』

（538） 肝 *s.kˤa[r] > kan > gān『肝臟』，建陽、連墩村、建
甌 /xueŋ 1/，和平 /hon 1/，永安 /hum 1/（閩中）；
比較：Rục 語 /təka:n/，越南語 gan [ɣan A1]

（539） 劍 *s.kr[a]m-s > kjaemH > jiàn『劍』；比較：Rục 語
/təkiəm/『劍』，越南語 gươm [ɣɯʌm A1]（用 A 調
對應漢語去聲）

給「劍」字構擬 *s.k- 也符合「劍」的諧聲系列中包含帶前置
輔音 *s 的字的事實，包括以下諧聲字：

（540） 譣 *s.qʰ[a]m > tshjem，sjem > qiān『虛假的，逢
迎的』，
僉 *s.qʰ[a]m > tshjem > qiān『全部；許多』

當非咽化的 *s.k- 緊跟一個前元音，這個軟腭音腭化，和簡單聲母 *k- 一樣（見 4.1.2 小節），導致 *s-tɕ- 的產生，與來自 *s.t- 的 *s-tɕ- 合併，進一步演變為中古漢語的 *sy-*：

（541） 蓍 *s-kij > *s-tɕij > *ɕij > *syij* > shī『蓍草』；其聲符為

耆 *[g]rij > *gij* > qí『年老的』

（542） 收 *s-kiw > *s-tɕiw > *ɕiw > *syuw* > shōu『收集；豐收』；其聲符為

丩 *k-riw（方言 > *kriw）> *kjiw* > jiū『彎曲、擰』

上古漢語 *s.q 演變為中古漢語的 *s-*，而 *s.qr 則演變為 *tsr-*：

（543） 宣 *s-qʷar > *swar > *sjwen* > xuān『傳播（動詞）』；聲符相同的：

垣 *[ɢ]ʷar > *hjwon* > yuán『牆』

（544） 筍 *s-qʷi[n]ʔ > *swinX* > sǔn『竹子的芽』；聲符相同的：

絢 *qʷʰˤi[n]-s > *xwenH* > xuàn『華麗的，裝飾的』

（545） 楔 *s.qˤet > *set > *set* > xiē『放入尸體牙齒中的楔形物』；比較：

契 *[kʰ]ˤet-s > *khejH* > qì『刻痕』

（546） 濈 *s.q<r>[i]p > *tsrip* > jí『擠在一起』；比較：

揖 *qip > ʼjip > yī『鞠躬（動詞），致敬』[59] 　　　137

（547）札 *s-qˤrət > *tsˤrət > tsreat > zhá『木簡』；其聲
符為：

乙 *qrət > *ʔrət > ʼit > yǐ『天干第二位』

帶有前置輔音 *s 的上古漢語清不送氣塞音和塞擦音的形式歸
納於表 4.41。

表 4.41 帶前置輔音 *s 的上古漢語清不送氣塞音及其對應

上古漢語	中古漢語	原始閩語	越南語	原始苗瑤語
*s.p-	—	—	—	—
*s.tˤ-	ts-	*ts	d- [z]	*ts-
*s.t(ˤ)r-	tsr-	*ts	—	—
*s.t-	sy-	*tš	—	—
*s.ts-	s-	—	—	—
*s.kˤ-	k-	*k；[x] 或 [h]（閩北）	g- [ɣ]	*q-；*sj-ᶠ
*s.k-	k-；sy-ᶠ	—	—	—
*s.qr-	tsr-	—	—	—
*s.q-	s-	*s		

---

59 關於「揖」字，高本漢為其構擬了中古音 tsip 和 tsrip（意為「聚
攏，聚眾」），與「濈」*s.q<r>[i]p > tsrip > jí「『聚在一起』」實
為同一個詞。《廣韻》所見「揖」字唯一的中古音是 ʼjip。高氏給
「揖」擬的 tsip 和 tsrip 兩個讀音完全是根據《經典釋文》第五卷對
《詩・周南・螽斯》「螽斯羽，揖揖兮」裡「揖」字讀子入、側立兩
切。我們認為 tsrip 是其有規則的讀音，而 tsip 很可能代表了中古
tsr-、tsrh- 等與 ts-、tsh- 等合併的方言（正如「叟」*s-ruʔ >srjuwX
> suwX > sǒu『老人』）；參看注 68 中類似的例子。

4.4.3.2 前置輔音 *s 加清送氣阻塞音：*s.tʰ(ˤ)- 型

*s.tʰ(ˤ)- 型聲母的演變和 *s.t- 型是並行的。在中古漢語中，非咽化的 *s.tʰ- 和 *s.t- 一樣，都為 sy-。但是在一些字中，閩語對兩者有所區分，*s.t- > 原始閩語 *tš- 和 *s.tʰ- > 原始閩語 *tšh-：

（548） 奢 *s.tʰA > syae > shē『奢侈的』，原始閩語 *tšh-（廈門 /tsʰia 1/『浪費的』）；其聲符是：

者 *tAʔ > tsyaeX > zhě『（名詞化標誌）』

（548）中的聲符「者」*tAʔ 表明主要聲母為齒齦塞音，而非像 *l- 或 *ŋ̊- 一樣的響音。在下述例子中，我們可以在《說文》注釋中找到些許線索：

（549） 黍 *s-tʰaʔ > syoX > shǔ『黍（黏的）』；《說文》注釋為：「禾屬而黏者也。以大暑而種，故謂之黍。」（《說文詁林》3142b）：一種黏性的谷物。之所以稱為黍 [*s-tʰaʔ] 是因為其在大暑 [*s-tʰaʔ] 時節播種（大暑：二十四節氣中的第十二個，始於七月 22–24 日）。

我們將「暑」構擬為 *s-tʰaʔ > syoX > shǔ『熱』。我們預期的原始閩語 *tšh- 在漳平方言中得以保留，如在「處暑」（第十四個節氣）的說法 /tsʰi 3 tsʰi 3/ 中（張振興 1992：38）。而「黍」*s-tʰaʔ > shǔ『黍』，在大部分閩方言中有嘶音聲母（廈門 /sue 3/、福州 /sœ 3/），而非預料的 *tšh-，也許是因為原始閩語存

在的層次性問題。但是在一些官話方言中，「黍」*s-tʰaʔ >*syoX* > shǔ『黍』和「暑」*s-tʰaʔ* > *syoX* > shǔ『暑熱』都有送氣聲母：合肥 /tʂʰu 3/，揚州 /tsʰu 3/ 兩個字都是如此（北京大學 2003：122）。這些不常規的形式指明中古漢語時期前的底層。

客家話中的 *s.tʰ- 有時也保留了一個送氣塞擦音，我們有如下的構擬：

（550）獸 *s.tʰu(ʔ)-s > *syuwH* > shòu『（野）獸』，在一些客家方言中（翁源、陸川、贛縣、長汀等；李如龍、張雙慶 1992：249）讀為 /tsʰiu 5/『野獸』

例（550）齒齦聲母的構擬得到了早期文獻的文字上的支持。在郭店楚簡《緇衣》中的簡 38 上的寫法是「獸」，而上海博物館藏《緇衣》（簡 19）和傳世文獻都寫作「守」（《郭店楚墓竹簡》1998：20、130–131;《上海博物館藏戰國楚竹書》第 1 冊：210），我們將「守」構擬為 *s.t-：

（551）守 *s-tuʔ > *syuwX* > shǒu『保持，守衛』，原始閩語 *tš-：廈門 /tsiu 3/『守衛；細心保持』（Douglas 1899：56）

在咽化或是介音 *r 阻礙 *tʰ- 的膠化時，*s-tʰ- 在中古漢語時期就演變為一個塞擦音：

（552）催 *s-tʰˤuj > *tsʰˤuj > *tshwoj* > cuī『催促，抑制』；這個詞通過增價從 {推} 派生的：

推 *tʰˤuj > *thwoj* > tuī『推開』

（553）揣 *s-tʰ<r>orʔ > *tsʰrorʔ > *tsrhjweX* > chuǎi『測量；
估計』，也讀作 *tʰorʔ >*tsyhwenX*（同義）

在 *tsʰ- 前，*s- 演變為中古漢語的 s-，如 *s-ts-。因為原始
閩語經常丟失前置輔音 *s-，所以上古 *s-tsʰ 演變為原始閩語
*tsh，如在「星」（『星星』）一詞中：

（554）星 *s-tsʰˤeŋ > *sˤeŋ > *seng* > xīng『星星』，原始閩語
*tsh-，在 18 種閩方言中得到反映，如廈門 /tsʰĩ 1/；
見陳章太、李如龍（1991：8）

我們將「星」構擬為 *s-tsʰˤeŋ 以解釋閩語的聲母，同時也解釋
了「星」字用來寫有『晴朗』意的 {晴} 詞的現象：

（555）晴 *N-tsʰeŋ > *dzjeng* > qíng『晴朗（天氣）』

這樣一分析，「星」一詞是通過在動詞詞根 *tsʰˤeŋ『明亮的』
前添加前綴 *s₂ 而派生的名詞。下邊的例子包含著與 *tsʰˤeŋ 根
相關的非咽化聲母的詞根：

139　　（556）清 *tsʰeŋ > *tshjeng* > qīng『清的』

s-kʰ- > 中古漢語 *sy-* 這種演變的一個可能的例子是下面的例
（557），但是很多現代方言中「翅」似乎來自一個無 *s- 的上
古漢語格式：

（557）翅 *s-kʰe-s > *s-tɕʰe-s > *ɕe-s > syeH > chì『翅膀』；
　　　也許有另一種讀法：
　　　*kʰe-s > * tɕʰe-s（可預期的中古漢語為「tsyheH」）
　　　> chì，官話 /tʂʰɻ 4/[譯注：原書作調 5]，廣州 /tʃʰi
　　　5/；其聲符為：
　　　支 *ke > tsye > zhī『樹的分支，四肢』，原始閩語
　　　*ki A

若沒有後接介音 *r，上古漢語 *s.qʰ- 通常演變為中古漢語的
s-。Sagart（1999c：210）討論了「寫」中古漢語 sjaeX『描繪；
書寫』的語義演變。這個漢字最初的意思為『傾吐』，與「卸」
（『卸下』）同源，後者的聲符為「午」，在 4.4.2.2 小節已有過
討論，見上面的例（498）：

（558）寫 *s-qʰAʔ > *sAʔ > sjaeX > xiě『描繪』；原始勉語
　　　*xja B『書寫』
　　　卸 *s-qʰA(ʔ)-s > *sA-s > sjaeH > xiè『卸下』
　　　午 *[m].qʰˤaʔ > *ŋˤaʔ > nguX > wǔ『地支第七位』

若「寫」的詞根聲母為 *ŋ，原始勉語中的漢語借詞 *xja B『書
寫』將難以理解。*xja B 顯然反映了上古漢語 *s-qʰAʔ 和中古
漢語 sjaeX 之間的某個讀音階段，可能是 [sχjaʔ]。在《說文》
中，漢字「卸」的讀音與汝南地區「寫書」的「寫」的讀音相
似。[60] 從中我們可知，「寫」的去聲讀法在汝南方言中存在。

60「卸」字「讀若汝南人寫書之寫」（《說文詁林》4026a）。

另一種語音演變，從 *s.qʰ- 到中古漢語 *tsh-*，可見於一些例子中，如中古漢語讀 *s-* 的一對詞中的一個。比如，《廣韻》的「舃」（『拖鞋，鞋子』）有兩種讀音，該字是上述「寫」字的聲符：

（559）寫 *s-qʰAʔ > *sAʔ > *sjaeX* > xiě『描述』；原始勉語 *xja B『書寫』

舃 *s.qʰAk > *sjek* > xì『拖鞋，鞋子』，也讀作 *tshjak*，似乎來自 *s.qʰak

「舃」字兩個中古音，其聲母和元音的區別都暗示我們面對的是一個方言性區別。

在有介音 *r 的情況下，演變也受方言差異的影響。在發生 *qʰr- > *x-* 的方言中，*s.qʰr- 演變為中古漢語的 *sr-*：

（560）所 *s-qʰ<r>aʔ > *srjoX* > suǒ『處所；關係代詞』（見 4.4.2.2 小節的討論）

在發生 *qʰr- > *trh-* 的方言中，*s-qʰr- 發展為中古漢語的 *tsrh-*。例如：

（561）扱 *s-qʰr[ə]p > *tsrhip*（《經典釋文》）或 *tsrhjep > tsrheap* > chā『搜集，收集』。《經典釋文》也給出了一些其他讀法：*khip* <*C.qʰr[ə]p，*xip* <*qʰ(r)[ə]p，以及 *ngip* < *[m-]qʰr[ə]p（《經典釋文》118，145），其聲符為：

及 *[m-k-]rəp > *gip* > jí『達到』

前綴 *s 後接清送氣音的對應證據參看表 4.42。

140

表 4.42 帶輔音前綴 *s 的清送氣塞音及其對應

上古漢語	中古漢語	原始閩語	越南語	原始苗瑤語
*s.pʰ-	—	—	—	—
*s.tʰˤ-	*tsh-*	—	—	—
*s.tʰ(ˤ)r-	*tsrh-*	—	—	—
*s.tʰ-	*sy-*	*tšh	—	*sj-
*s.tsʰ(ˤ)-	*s-*	*tsh	—	—
*s.kʰ-	*sy-*ᶠ	—	—	—
*s.qʰ(ˤ)r-	*sr- ~ tsrh-*	—	—	—
*s.qʰ(ˤ)-	*s- ~tsh-*	—	—	原始勉語 *x-

4.4.3.3 前置輔音 *s 加濁阻塞音：*s.b(ˤ)- 型

我們找不到明顯的咽化濁塞音帶前置輔音 *s 的例子。但在非咽化的濁塞音或塞擦音之前，前置輔音 *s 被同化為 [z]：比如 *s.d- > [zd]、*s.dz- > [zdz]、*s.g- > *z.g-、*s.ɢ- > [zɢ]等，然後複聲母簡化為中古漢語的 z-（中古 *xié* 邪母），上古音本來沒有 z- 音位。*s.ɢ- 的例子包括：

（562）祥 *s-ɢaŋ >（*zɢaŋ >）*zjang* > xiáng『吉祥的』；聲符是：

羊 *ɢaŋ > *yang* > yáng『羊』

（563） 旋 *s-ɢʷen-s >（*zɢʷen-s >）zjwenH > xuàn『頭上的
髮旋』；詞根是：

圜，圓 *ɢʷ<r>en > hjwen > yuán『圓的』

元音前有介音 *-r-，我們構擬的聲母是 *s.ɢr- > zr- ：[61]

（564） 俟 *s-[ɢ]rəʔ > zriX > sì『等』；聲符是：

矣 *qəʔ > hiX > yǐ『（句末語助詞）』；[62] 俟 *s-[ɢ]rəʔ
『等』很可能與下字有關：

已 *ɢ(r)əʔ > yiX > yǐ『停止；完畢』

*s.d- 和 *s.dz- 明確的例子不容易找到。*s.d- 的一個可能的例
子是：

（565） 象 *s.[d]aŋʔ > zjangX > xiàng『大象』，原始閩語
*dzh-，廈門 /tsʰiũ6/；原始台語 *ɟaːŋC（Pittayaporn

---

61 中古音 zr- 聲母在傳統音韻學不被承認，因為《廣韻》中不能將它
和 dzr- 區分開。事實上，dzr- ≠ zr- 與 dz- ≠ z-、dzy- ≠ zy- 的平
行關係首先是 1940 年代後期從北京故宮博物院藏王仁昫《切韻》
殘卷的反切中找到的，參看 Baxter（1992：39，56–57）。

62 「矣」yǐ < hiX 的中古音聲母（傳統的名稱是喻三，即云母）很少
見，除了見於圓唇元音或半元音之前（如「云」*[ɢ]ʷə[r] > hjun >
yún『說』或者「圜」~「圓」*ɢʷ<r>en > hjwen > yuán『圓形的』），
因為該聲母在上古通常來自 *ɢʷ-。該音變模式的另一個例外是處所
代詞「焉」*[ʔ]a[n] > hjen > yān，它是一個類似於 yǐ「矣」的句末
助詞：當 yān「焉」出現於句首，它讀作帶喉塞音聲母的 *ʔa[n] >
'jen > yān「怎樣」。在這類情況下，我們猜想中古音的 h(j)- 聲母是
上古非重讀音節位置的聲母 *q- 或 *ʔ- 的演變結果。（中古 h(j)- 沒
有跟圓唇元音或半元音相結合的情況，是異化作用的結果，很可能
由上古最初的 *ɢʷ-，變作了 [ɦʷ]，例如「炎」*[ɢ]ʷ(r)am > *ɦʷ(r)am
> *ɦ(r)am > hjem > yán『燃燒，熾熱的』；參看 5.7 節。）

2009：327），原始拉珈語 *dza:ŋ C（L-Thongkum
1992：60）；原始勉語 *ɣjiɔŋ B（聲母不容易解釋），
原始越語 *ʔa-ɹa:ŋ

如果我們設想，當閩語方言（如廈門話，參看 4.2.1.1 部分的
表 4.9）發生第一波濁音清化的時候，原始閩語的 *s-d- 仍然
還在，那麼構擬形式 *dzh- 便是可以解釋的。由此，*d- 被保
留了下來，而免於第一波清化（產生清不送氣音）的發生，然
後通過第二次清化變為現代的送氣清音：*s-d- > *zd- > *dz- >
*dzɦ- > [tsʰ]-。

141

　　例（566）介紹了閩語裡與此平行的例子。我們預料，複
雜聲母 *s-m-t-（參看 4.6 小節）應該變為像 *s-d- 這樣的形式：

（566）　席 *s-m-tAk > zjek > xí『席子』；時地名詞,『放東西
　　　　的地方』，原始閩語 *dzh-；[63] 從同個詞根派生而來
　　　　的還有：
　　　　著 *t<r>ak > trjak > zhuó『放置』

基於 4.4.3.1 節討論的 *s.t- > *stɕ- >sy-，我們可能會預想 *s.d-
和 *s-m-t- 的演變與 *s.t- 併行，即 *s.d-（或 *s-m-t-）> *zdz-
> zy。但實際上，如例（566）所顯示，*s-m-t- 演變為中古的
z-。這大概是因為在 *s-d-（或 *s-m-t-）變為 *zd- 以後，複輔

63　羅杰瑞（1986：381）根據閩中方言包括「席」字在內的聲母為 /š/
　　的例子，為「席」字構擬了原始閩語 *džh- 而非 *dzh-。這個聲母 /
　　š/ 似乎是後來產生的，比如沙縣蓋竹方言的「秋」*tsʰiw > tshjuw
　　> qiū 讀 /tʃʰiu 1/，原始閩語 *tshiu A（Norman 1974a：32，1981：
　　41；鄧享璋 2007：362）。

音 *zd- 在齒齦音腭化之前從 *zd- 簡化到 *z-，使該複輔音從此
不能發生齒齦塞音的腭化。然而，這項變化一定是發生在軟腭
音聲母的第一次腭化之後的。因為我們看到了如下的演變：

（567）示 *s-gijʔ-s > *zgijʔ-s > *zdzijʔ-s > *zijʔ-s > *zyijH >
　　　　shì『顯示』；是下面動詞的使動形式：
　　　　視 *gijʔ > *dzijʔ > dzyijX > shì『看，看見』

然而，像例（568）所見（即上文所舉的例 455），如果帶的
是非前元音韻母，軟腭音聲母沒有遭受第一次腭化，到了中古
音，在軟腭音聲母的前置輔音 *s- 就簡單消失了：

（568）近 *s-N-kərʔ-s > *s-Ngərʔ-s > *s-gərʔ-s > *gərʔ-s >
　　　　gjɨnH > jìn『靠近（及物動詞）』；比較越南語 gần
　　　　[ɣʌn A2]，Rục 語 /tŋkɛɲ/。

我們也可以看到上古到中古 *s.b- > dz- 的演變，可能的演變過
程是 *s.b- > *zb- > *bz- > dz-。商代甲骨文中，字形「自」為
鼻子的形象，代表寫 bi{鼻}（『鼻子』）、{自}（自己，用作
副詞）兩個語素（徐中舒 1988：378）：

（569）㞷
　　　　鼻 *m-bi[t]-s > bjijH > bí『鼻子』，原始閩語 *bh-；
　　　　比較原始苗瑤語 *mbruiH『鼻子』（原始苗瑤語的

*-r- 不好解釋）⁶⁴

自 *s.[b]i[t]-s > *zbit-s > *bzit-s > *dzit-s > *dzijH* >
zì『自己』，原始閩語 *dz-（我們預料，*s-b- 會變
作原始閩語的 *dzh-）

自 *s.[b]i[t]-s > *dzijH* > zì『從』

因為「自」字常常用於上例的後兩個語素中，聲符「畀」被加
到「自」下，表示鼻子的意思。⁶⁵

（570）鼻 *m-bi[t]-s > *bjijH* > bí『鼻子』；聲符是：
畀 *pi[t]-s > *pjijH* > bì『給』

另一個聲母為 *s.b- 的可能的例子是：

（571）匠 *s.baŋ-s > *zbaŋ-s > *bzaŋ-s > *dzaŋ-s > *dzjangH*
> jiàng『匠人』，原始閩語 *dzh-；我們猜想聲符是：
匚 *paŋ > *pjang* > fāng『容器，箱子（《說文》）』；
可能與之有聯繫的是：
方 *C-paŋ > *pjang* > fāng『方形』 142

在商代古文字中，「匚」*paŋ > *pjang* > fāng 是如下的字形：
（《古文字詁林》9：1019）

---

64 中古音 *bjijH* 可能反映了早期的去聲形式 *-j-s、*-t-s 或者 *-p-s，
但除了東南地區，現代漢語方言的韻尾形式應該跟聲入聲 *-t 有關
（這類讀音應該對應中古音的「*bjit*」），排除了 *-j-s 的可能性。
65 「鼻」的字形由 zì「自」和「畀」組成，見於商代甲骨文，但很明
顯是用作地名，而不是 *bi*{ 鼻 }「鼻子」（裘錫圭 1992：95–96）。

（572）

該字形還用於以下諸例：

（573） 祊 *pˤraŋ > paeng > bēng『在廟門的門內進行祭祀』

《說文》認為「匠」的語義來自「斤」（『斧子』）和 fāng「匚」（『箱子』）兩部分的複合，且表明當時（公元 100 年）其聲母很可能已經是 *dz- 了。「匚」作為聲符的角色已經不再被承認了（《說文詁林》5729b）。

濁塞音和塞擦音帶前置輔音 *s 的對應形式可參看表 4.43。

表 4.43 上古漢語帶前置輔音 *s 的濁塞音與塞擦音及其對應

上古漢語	中古漢語	原始閩語	越南語	原始苗瑤語
*s.b-	dz-	*dzh	—	—
*s.d-	z-	*dzh	—	—
*s.dz-	—	—	—	—
*s.g-	g- ；zy-ᶠ	—	—	—
*s.ɢ(ʷ)-	z-	—	—	—
*s.ɢr-	zr-	—	—	—

4.4.3.4 前置輔音 *s 加濁響音：*s.m(ˤ)- 型

和濁阻塞音不同，類似於 *m(ˤ)- 的濁響音到了中古漢語，並沒有使前置輔音 *s- 變濁。一般來說，發展出中古漢語的嘶音 s- 或（假如 *-r- 存在的話）sr-，聲母的演變模式為：

*s.m(ˤ)- > MC s-，*s.m(ˤ)r- > sr-，*s.r(ˤ)- > sr- 等。不

過，*s.lr- 聲母的演變情形不同，因為正如 *l(ˤ)r- 會變作阻塞音 *dr-*，可能有 *s.l(ˤ)r- > *s.lᵈr- > *sdr- > *zdr- > *dzr-（與 *s.tr->*tsr-* 和 *s.tʰr- > *tsrh-* 的演變相平行，可以參看上面的 4.4.3.1 和 4.4.3.2 小節）。

*s.m(ˤ)- 的例子包括：

（574）喪 *s-mˤaŋ > *sang* > sāng『哀悼，喪禮』

　　　　喪 *s-mˤaŋ-s > *sangH* > sàng『喪失；破壞』；《說文》（《說文詁林》665a）說它的聲符是：

　　　　亡 *maŋ > *mjang* > wáng『逃亡；丟失；死亡』

「喪」*s-mˤaŋ 字的前綴 *s- 派生出了一個來自動詞的名詞，該名詞所指為與亡故有關的某個事件（見 3.3.2.3）：『哀悼，喪禮』 <『與亡故有關的場景』。[66] 另一個例子是：

（575）戌 *s.mi[t] > *swit* > xū『第十一個地支』；該字是下面兩個字的聲符：

66　梅祖麟（Mei 2012：8）對商代甲骨文中 *wáng*「亡」是否作為 *sāng*「喪」字的聲符提出了懷疑。根據于省吾（1979：75–77）的研究，{喪}被寫作「桑」*[s]ˤaŋ > *sang* > sāng『桑樹』，並沒有出現「亡」*maŋ 這個字形。雖然這點不錯，但西周金文中「亡」確實作為{喪}字形的一部分了（于省吾將其「亡」看成是「喪」的聲符）。事實上，「亡」*maŋ 充當聲符在《上海博物館藏戰國楚竹書》材料中得到了進一步的證實，*sāng*{喪}「悼念，喪禮」在「喪服」（孝衣）一詞中出現，左邊寫作 *dǎi*「歹」（壞的），右邊寫作 *máng*「芒」，中古 *mang* < *mˤaŋ『麥芒』。*dǎi*「歹」明顯是形符，而「芒」*mˤaŋ 只能被看成是表音成分（《上海博物館藏戰國楚竹書》第 4 冊：183）。請注意，「芒」*mˤaŋ 是跟「喪」一樣是典型的 A 型音節字。詳細可參看 Sagart & Baxter（2012）。

威 *m̥et > *xjwiet* > xuè『消滅，摧毀』

滅 *[m]et > *mjiet* > miè『摧毀』

關於 xū「戌」字有前置輔音 *m 的另外的證據是 Ahom 語（在印度阿薩姆邦所用的一種侗台語）十二地支的名字。Ahom 語的「狗年」叫 /mit/（對應於「戌」xū < *s.mi[t]，可參看 Coedès 1935，Li 1945）。

在原始閩語裡，非咽化的 *s.l- 和 *s.n- 變作了 *tsʰ-，可能的演變是 *s.l- > *s̩l- > *stʰ- > *tsʰ- 和 *s.n- > *sn̩- > *stʰ- > *tsʰ-：

（576）羞 *s-nu > *su > *sjuw* > xiū『羞恥』；原始閩語 *tsʰ-：廈門 /tsʰiu 1/，福州 /tsʰieu 1/；其聲符與下字的聲符相同：

紐 *n<r>uʔ > *nrjuwX* > niǔ『紐扣』

（577）泄 *s-lat > *sat > *sjet* > xiè『洩漏，滲出』；原始閩語 *tsʰ-：廈門 /tsʰuaʔ 7/（用於「泄屎」/tsʰuaʔ 7 sai 3/『腹瀉』一詞）；聲符是：

世 *l̥ap-s > *l̥at-s > *syejH* > shì『世代』，也跟下列字有諧聲關係：

枼，葉 *l[a]p > *yep* > yè『葉子』

當聲母部分包括流音 *r 時，不管它是主要聲母還是介音，到中古音都變作 sr- 而不是 s-。

（578）數 *s-roʔ > *srjuX* > shǔ『數（動詞）』

數 *s-roʔ-s > *srjuH* > shù『數字（名詞）』；與之相
關的有：

數 *s-rok > *sraewk* > shuò『頻繁地』；相同聲符的字
可比較：

縷 *[r]oʔ > *ljuX* > lǚ『細線』

（579）率 *s-rut > *srwit* > shuài『跟從；率領』，還可以讀：

率 *s-rut-s > *srwijH* > shuài『率領（動詞）；指揮官』

率 *[r]ut > *lwit* > lǜ『規則，標準』；《經典釋文》還
記錄了讀音 lwijH < *[r]ut-s（該書卷 35）

（580）使 *s-rəʔ > *sriX* > shǐ『差遣；導致』，原始閩語 *səi
B『使用』

使 *s-rəʔ-s > *sriH* > shǐ『使節』；來自詞根 *rəʔ『服
務』，也可以見於：

吏 *[r]əʔ-s > *liH* > lì『官吏』

在下列例子中，中古音時期的音變另有一些新的情況：

（581）叟，叜，傁 *s-ruʔ > *srjuwX* > *suwX* > sǒu『老人』；
比較：

老 *C.rˤuʔ > *lawX* > lǎo『年老的』，原始閩語 *lh-：
比較建甌 /se 6/，建陽 /seu 5/，邵武 /sa 7/

（注意閩語「老」lǎo < OC *C.rˤuʔ『年老的』說明了前置輔音
的存在，即使其反映了一個咽化的 *rˤ- 而不是 *r- 的主要聲母
輔音。）至於「叟」，《廣韻》所只記了 *suwX* 這個音。通常說
來，中古的 -uw 來自上古的 *-o 而不是 *-u，但是《詩經》押

144 韻清楚地表明，該聲符的字押韻為 *-u，不是 *-o。[67] 而且，在
《經典釋文》裡，以「叟」為聲符的字常常讀為中古音的 *srjuw*
（上古 *sru 的規則性演變形式）。*suwX* 音來自兩種音變，並影
響了中古音時期的某些方言：（1）中古音的介音 *-j-*（且先不
管音標所代表的具體語音性質為何）在 *Tsr-* 聲母後一般會失
落（參看 4.1.1 小節和 Baxter 1992：267–269）；（2）*Tsr-*、*Ts-*
兩種類型的聲母合併，於是便有「叟」*s-ruʔ > *srjuwX* [ʂj-] >
「*sruwX*」[ʂ-] > *suwX* [s-]。[68]

　　一個複雜但比較有意思的例子是下面的例（582）：

（582）鋤，鉏 *s-[l]<r>a > *dzrjo* > chú『鋤頭（名詞）』；『鋤
　　　　地（動詞）』[69]

　　　　鋤，鉏 *s-[l]<r>a > *dzrjo* > chú『鋤地』

67　*sōusōu*「叟叟」（『濕透的』）在《詩・大雅・生民》七章中和 *-u
　　韻字押韻；*sōu*「搜」字（該字的意思還有爭議）在《詩・魯頌・
　　泮水》七章也押 *-u 韻。

68　中古聲母 *Tsr-* 和 *Ts-* 合併由《經典釋文》所錄的反切又音來體現，
　　許多現代漢語方言也有所反映。例如，雖然中古的 *tsy-*、*tsr-* 在普
　　通話裡都讀 [tʂ]，但是其他方言，如贛、客家、部分湘語，還有部
　　分官話方言與中古音 *tsr-* 有規則地對應的聲母都是 [ts]，即便是這
　　些方言將中古音 *tsy-* 反映為翹舌音 [tʂ]（Sagart 1993a：133–134;
　　Coblin 2011：38–65）。

69　我們用方括號把輔音 *l 包圍起來，如「鋤、鉏」*s-[l]<r>a 和「除」
　　*[l]<r>a，以表示對主要音節的聲母具體為何還不確定：它可以是
　　*l 或者是某個更複雜的音，比如說，*s-m-l<r>a 和 *m-l<r>a 也是
　　可能的，此處 *m- 的典型語法意義是表示自主的動作行為（參看下
　　面對閩語的討論）。

除 *[l]<r>a > *drjo* > chú『除去；消除』；[70] 可能有關
的字：

餘 *la > *yo* > yú『餘下的；多餘的』

通常來說，「鋤」和「鉏」的聲符「且」會引導我們為 chú <
dzrjo『鋤頭』構擬帶齒音塞擦音的上古聲母：

（583）且 *[tsʰ]Aʔ > *tshjaeX* > qiě『而且』，又讀「且」*tsa
　　　> *tsjo* > jū『[句末語助詞]』

不過，「鋤」、「鉏」兩個字都較晚，很可能是在 *s-lr- 已經變
作塞擦音以後才出現的。「鋤」不見於《說文》，而有「鉏」，
解釋是『立薅所用也』（站著除草時用的東西）。就我們所知，
兩字都沒有在先秦時期的文獻中出現。[71]
　　通常「除」*[l]<r>a > *drjo* > chú『移除』表示移除某物，
大部分是不如意的，比如災禍、疾病。但當具體被使用時，
「除」也很自然地可以表示除去不想要的植物，正如例（584），
《左傳・隱公元年》裡著名的一段文字。祭仲跟隱公說，不要
聽從其母的話而滿足他那恃寵好鬥的弟弟的要求，並且用了除

---

70 如果真如我們所猜想的，*[l]<r>a 中的 *-r- 是中綴，那麼它表示一
　個以上的東西被除去，或者移除這一動作具有分布式的意義。早期
　文獻中出現的 *chú*「除」經常就有這種情形。

71 《說文》的釋義（《說文詁林》6289a）使用了「薅」*qʰˤu > *xaw*
　> hāo『除草』這個詞（它出現於閩語的口語層中，如廈門 /kʰau
　1/）。段玉裁對《說文》的釋義做的補充性解釋是「古薅艸坐為
　之，其器櫾 [nòu]，其柄短」（古時候除草是坐著進行的；所用的工
　具叫做「櫾」nòu [< *nuwH* < *nˤok-s]；它有一個短柄。參看段玉裁
　[1815]1981：707）。

草做比方，來比喻他弟弟的野心。

（584）《左傳‧隱公元年》：不如早為之所，無使滋蔓，蔓
難圖也，蔓草猶不可除，況君之寵弟乎。

「鋤」（名詞和動詞）在閩語裡的各種形式有助於構擬它的上古
漢語形式，但也頗為複雜，需要做進一步的詳細的研究。動詞
「鋤」在羅杰瑞的原始閩語裡可以構擬 *dh- 聲母：

（585）原始閩語 *dhy A『鋤（動詞）』：福州 /tʰy 2/，廈門
/tʰi 2/，建陽 /hy 2/

至於閩語作「鋤頭」和「鋤地」講的閩語詞，羅杰瑞（1996：
35）做了如下的評述：

> 這些形式雖然在字典裡經常被寫成「鋤」字，但
> 由於聲母的不同，所以不能相聯繫：「鋤」是中古崇
> 母 [MC *dzr*-]，而在閩語裡，它們應該跟定 [MC *d*-]、
> 澄 [MC *dr*-] 母相聯繫。

不過，就我們的構擬來看，原始閩語的 *dhy A 和 {鋤}
*s-[l]<r>a > dzrjo 的對應，畢竟還是有可能是規則的。該例與
前置輔音 *s- 在閩語裡經常性失落的演變模式也是符合的。再
看下面這些例子：

（586）水 *s.turʔ > *sywijX* > shuǐ『水；河』；原始閩語
*tšyi B（似乎來自上古 *turʔ）

　　書 *s-ta > *syo* > shū『書寫』；原始閩語 *tšy A（似乎來自上古的 *ta）

　　星 *s-tsʰˤeŋ > *seng* > xīng『星星』；原始閩語 *tshaŋ A（似乎來自上古的 *tsʰˤeŋ）

　　奢 *s.tʰA > *syae* > shē『奢侈的』；原始閩語 *tšhia A（似乎來自上古 *tʰA）

　　窗 *s-l̥ˤ<r>oŋ > *tsrhaewng* > chuāng『窗戶』；[72] 原始閩語 *tʰəŋ A（似乎來自上古的 *l̥ˤ<r>oŋ）

從上例各字的語音演變模式來看，原始閩語的「鋤」（動詞）聲母為 *dh- 而不是塞擦音不那麼奇怪了。如果 { 鋤 } 的聲母來自 *s-m-l<r>a，那麼原始閩語的 *dhy A 便應該是規則性演變，而表示自主的前綴 *m- 符合動詞 { 鋤 } 的意義。名詞用的「鋤」，*s- 可以是派生出工具名詞的 $*s_2$- 前綴；在動詞用的「鋤」，s- 是增強動詞的配價能力的 $*s_1$-。可能「除」*drjo* < *m-l<r>a 是以雜草為對象的動作，而「鋤」*dzrjo* <*s-m-l<r>a 是以田或長大的農物為對象的動作。[73]

---

72 關於「窗」的構擬，可參看 4.4.3.5 節的討論。

73 有些北部閩語顯示出 { 鋤 }『鋤頭』有軟化聲母：鎮前 /ty 9/、五夫 /ly 9/（Norman 1996：34）、石陂 /dy 2/（秋谷 2004：81；秋谷的第 2 調對應於羅杰瑞的第 9 調），暗示了原始閩語的讀音是 *-dy A；這跟廈門的 /ti 2/『鋤頭』是一致的。原始閩語的 *-dy A 會是上古漢語 *Cə.l<r>a 或 *Cə-m-l<r>a 的規則性反映（參看 3.1.4 節）。但是，當北部閩語的軟化聲母與中古的濁阻塞音對應時，閩語的軟化聲母有時候是次生性的（見表 4.14），所以還需要做進一步的研究。

（587） 鋤 *s-m-l<r>a (？) > dzrjo > chú『鋤』（名詞或動詞？）

另一種可能是，原始閩語 *dhy A「除草」的本字是「除」而不是「鋤」，不帶 *s-。在這種情況下，我們將 { 除 } 擬作 *m-l<r>a 而不是 *l<r>a。

我們給 xī「西」構擬了 *s-nˤ-：

（588） 西 *s-nˤər > *sˤər > sej > xī『西方』；以它為聲符的有：

迺 ~ 廼 *nˤərʔ (？) > nojX > nǎi『於是』；也寫成：

乃 *nˤəʔ > nojX > nǎi『於是』

此處關於所構擬的韻母，仍有尚未解答的問題：{ 西 } xī < sej『西方』構擬的韻母是 *-ər（參看 5.5.5.4 節），而 nǎi { 乃 }『於是』應該構擬 *-ə（參看 5.4.2.1 節），因此為甚麼「西」能作為寫 { 乃 } 這個語素的聲符，不是很清楚。再說，*nˤərʔ 演變到中古音，規則的形式應是 nejX，而不是 nojX。這種韻母演變上的混亂，可能是因為副詞性成分「乃」出現在非重音位置上（正如 5.4.2.2 小節將要討論的「來」字一樣）。無論如何，「迺」、「乃」的早期形式都出現在商代甲骨文，用來寫中古讀 nojX 的語素 { 乃 }（趙誠 1988：293）；「西」xī < sej 用作 { 乃 } nǎi < nojX 的聲符，故而支持 *s-nˤ- 的聲母構擬。

給「西」構擬 *s-nˤ- 也可以解釋為甚麼「西」可以作為「哂」 shěn < syinX『嘲笑』的聲符。中古音的形式 sy- 不能簡單地解釋為來自上古的 *s-，但可以規則地反映上古的 *n̥-：

（589）西 *s-nˤər > *sˤər > *sej* > xī『西方』

呭 *ŋərʔ > *syinX* > shěn『嘲笑』

從構詞法來看，西 xī < *s-nˤər 可以跟意為「阻止」或「休息」的詞聯繫起來，*s- 可以是從動詞詞根派生出時地名詞的 *s₂-前綴。[74]

（590）尼 *nˤərʔ > *nejX* > ní『阻止』（不及物動詞？）

尼 *nˤərʔ-s > *nejH* > ní『阻止，阻攔』（及物動詞？）；比較：

柅 *n<r>[ə]rʔ > *nrijX* > nǐ『用於馬車的阻攔工具』

西 *s-nˤər > *sˤər > *sej* > xī『（止息的地方）西方』；與下邊「棲」實同一個詞：

棲 *s-nˤər > *sej* > qī『鳥的巢穴』（普通話讀 qī 是不規則的）

根據《說文》的記載，中古音讀 *sej* 的「棲」是西邊的「西」的異文。《說文》也解釋了「西」和「棲」的關聯：

（591）「㢴（＝西）[*s-nˤər]，鳥在巢上也，日在㢴方而鳥㢴，故因以為東㢴之㢴。凡㢴之屬皆从㢴。㢴或从

---

74 因為我們不把 *-ʔ 看作是上古音時代的後綴，那麼「西」*s-nˤər 的詞根 *nˤər 與「尼」*nˤərʔ > *nejX* > ní（阻止）的詞根雖然是有關聯的，但在共時平面並不完全相同。有趣的是，「東」*tˤoŋ > *tuwng* > dōng『東方的』和「動」*[Cə-m-]tˤoŋʔ > *duwngX* > dòng『移動』是與「西、棲」類似的錯配（mismatch）。參看 Sagart（2004）。

木妻」（《說文詁林》5288a）。[75]

雖然在怎樣分析「西」的早期字形上還有不同意見，但是把它分析成鳥窩還是為許多研究商代文字的學者所接受的（于省吾、姚孝遂 1996：1029–1033）。就像「西」在語源上是『止息之所』一樣，相應地，東邊的「東」則和移動、動身的「動」這一概念聯繫起來（參看 Sagart 2004）。

（592）東 *tˤoŋ > tuwng > dōng『東方』

動 *[Cə-m-]tˤoŋʔ > duwngX > dòng『移動』，原始閩語 *-d-

我們給下面的例字構擬了聲母 *s-n-：

（593）信 *s-ni[ŋ]-s > sinH > xìn『誠信的』；這個字的聲符早期文獻裡有：

人 *ni[ŋ] > nyin > rén『（其他）人』

身 *n̥i[ŋ] > syin > shēn『身體；本身』

千 *s.n̥ˤi[ŋ] > tshen > qiān『千』

「信」*s-ni[ŋ]-s「誠信的」詞根可能是 rén「仁」（『仁慈的』）：

---

75 關於「妻」qī < tshej（『妻子』）字形的解釋還有爭議，但無論如何，它似乎不是形聲字，它的聲母很難做出很確切的構擬：有個可能是 *s.l̥ˤ-（見 Sagart 1999c：173）。根據季旭昇（2010：865），「棲」（中古音 sej）最早的寫作「鳥巢」的記錄見於睡虎地秦簡，因此它很可能是從秦國引進的晚起字。

（594）仁 *niŋ > *nyin* > rén『仁慈的』，聲符是：

人 *ni[ŋ] > *nyin* > rén『（其他）人』；「仁」字在出
土文獻裡的聲符有：

身 * n̥i[ŋ] > *syin* > shēn『身體；本身』和

千 *s.n̥ˤi[ŋ] > *tshen* > qiān『千』

我們給下面的例字構擬了 *s-ŋr- 聲母：

（595）山 *s-ŋrar > *srean* > shān『山』，原始閩語 *š-；它
的詞根與下邊的「𪩘」相同：

𪩘 *ŋ(r)ar(ʔ) > *ngjenX* > yǎn『山』（《詩·大雅·公
劉》二章與平聲字押韻）

在《詩·大雅·公劉》中，「𪩘」*ŋ(r)ar(ʔ) 是六個連續押 *-ar
韻的韻腳字之一（參看下文的例 1035）。其他的韻腳字很明顯
都是平聲字。我們設想，「𪩘」*ŋ(r)ar(ʔ) 與「山」*s-ŋrar 是同
源詞。《毛詩》對「𪩘」注是「小山」。

　　《釋名》（公元 200 年）是用聲訓來解釋詞義的著作。《釋
名》對「山」shān < *s-ŋrar 的記錄，支持了給「山」構擬聲母
*s-ŋ-，同時韻尾是 *-r：

（596）《釋名》：山 *s-ŋrar，崖 [*ŋˤrar]『水邊』也；產
[*s-ŋrarʔ] 生物也。[76]

76「山崖也，產生物也」（郝懿行等 1989：1015）。

我們給有關的字做了如下構擬：

（597）崖，涯，厓 *ŋˤrar > ngea > yá『水邊；邊緣』

產 *s-ŋrarʔ > sreanX > chǎn『生產，產生』；聲符是：

彥 *ŋrar-s > ngjenH > yàn『裝飾品』，同聲符的有：

顏 *C.ŋˤrar > ngaen > yán『臉，前額』；原始苗語 *hŋen A『前額』

頭一個字「崖」yá < ngea 明顯反映了韻尾 *-r 與 *-j 的某種方言（參看 5.5.1.4 節）。我們設想，相關的詞根 *ŋrar（在「山」*s-ŋrar 和「巘」*ŋ(r)ar(ʔ) 兩個字中）、*ŋˤrar（在「崖」*ŋˤrar 和「顏」*C.ŋˤrar 兩個字中）的基本意義是「斜坡，近乎垂直的面」，這樣的詞根義就可以用來指山的邊，河的岸，前額等。

我們給例（598）構擬了 *s-ŋr-：

（598）朔 *s-ŋrak > *srak > (srjak >) sraewk > shuò『陰曆月份的第一天』；[77] 其詞根與聲符：

屰（＝逆）*ŋrak > ngjaek > nì『逆向』

「朔」*s-ŋrak「陰曆月份的第一天」大概可以被解釋成一個由旁格動詞「屰」（＝逆）*ŋrak『逆向』派生而來的名詞，其詞

---

77 中古音 -aewk 与上古音 *-ak 的不尋常對應，一般被視為是不規則的，它是由 Tsrj- > Tsr- 的演變造成的，並且影響到中古漢語的某些方言變體，參看 4.1.1、5.4.1.2 節。

義可以分析為「月亮往另一個方向運行的時間」（亦即月亮開始變大而不是變小）。《說文》的聲訓記錄還包括：蘇 *s-ŋˤa > *su* > sū『復甦』：

148

> （599）　朔 [*s-ŋrak]：月一日始蘇 [sū < *su* < *s-ŋˤa] 也。从月屰 [nì <ngjaek < ŋrak] 聲。[78]

*s 加濁響音的其他例子是：

> （600）　蘇 *s-ŋˤa > *su* > sū『復甦』；聲符是：
> 　　　魚 *[r.ŋ]a > *ngjo* > yú『魚』；蘇 *s-ŋˤa『復甦』可能是下面一個同詞根的字的使動形式：
> 　　　寤 *ŋˤa-s > *nguH* > wù『睡醒』
> 　　　悟 *ŋˤa-s > *nguH* > wù『睡醒，意識到』
> （601）　襄 *s-naŋ > *sjang* > xiāng『除去，掃除』；詞根是：
> 　　　攘 *naŋ > *nyang* > ráng『奪；盜取』
> （602）　錫 *s.lˤek > *sek* > xī『錫』；聲符是：
> 　　　易 *lek > *yek* > yì『改變；交易』，也可讀作：
> 　　　易 *lek-s > *yeH* > yì『容易』

帶前置輔音 *s 的濁響音的對應可參看表 4.44 的概括；帶 *r 音的該類型複聲母的情形另外在表 4.45 單獨列出。

---

[78]「朔：月一日始蘇 [*su* < *s.ŋˤa] 也。从月、屰聲。」（《說文詁林》2995a）。

表 4.44 帶前置輔音 *s 的濁響音（不含 *r）及其對應

上古漢語	中古漢語	原始閩語	越南語	原始苗瑤語
*s.m(ˤ)-	s-	—	—	—
*s.nˤ-	s-	—	—	—
*s.n-	s-	*tsh	—	—
*s.lˤ-	s-	—	—	—
*s.l-	s-	*tsh	—	—
*s.ŋ(ˤ)-	s-	—	—	—

表 4.45 帶前置輔音 *s 的濁響音（含 *r）及其對應

上古漢語	中古漢語	原始閩語	越南語	原始苗瑤語
*s.m(ˤ)r-	sr-	—	—	—
*s.n(ˤ)r-	sr-	—	—	—
*s.l(ˤ)r-	dzr-	*dh?	—	—
*s.ŋ(ˤ)r-	sr-	*š	—	—
*s.r(ˤ)-	sr-	*š ~ *s	—	—

4.4.3.5 前置輔音 *s 加清響音：*s.ŋ̊- 型

帶前置輔音 *s 的清響音聲母的構擬，是為瞭解釋詞根聲母為響音且中古聲母為 *tsh-* 或 *tsrh-* 的情形。我們為下面的例子構擬了 *s.ŋ̊：

（603）千 *s.ŋ̊ˤi[ŋ] > tshen > qiān『一千』；早期的寫法，其
聲符為：
人 *ni[ŋ] > nyin > rén『（別）人』

正如上面例（593）所示，在出土文獻中，「千」*s.ŋ̊ˤi[ŋ] 和
「身」*ŋi[ŋ] 可以相互替換，以充當「信」xìn < *s-ni[ŋ]-s『誠
信的』字的聲符。

我們給「窗」構擬了聲母 *s-l̥ˤ-，因為我們認為該字和「通」
tōng < thuwng < *l̥ˤoŋ 詞根相同：

（604）窗，窻 *s-l̥ˤ<r>oŋ > *s-tʰˤ<r>oŋ > *tsʰˤroŋ >
tsrhaewng > chuāng『窗戶』；比較：
通 *l̥ˤoŋ > *tʰˤoŋ > thuwng > tōng『穿透』；可能具有
相同詞根的字如：
聰 *s-l̥ˤoŋ > tshuwng > cōng『聽力好；聰慧的』

「窗」～「窻」的聲母 *s-l̥ˤ-，以及我們假設的前綴 *s- 和中綴
*<r>，可以得到《說文》的支持，該書給「窻」的解釋是「通
孔也」（《說文詁林》3282b）。「通」*l̥ˤoŋ > thuwng > tōng『貫
通』的詞根所代表的意思看起來應是詞義的一部分，而且可以
看作是聲訓。另外，*s- 的作用是在動詞基礎上派生出一個時
地或工具名詞。中綴 *<r> 表示的意思大概是屋內打開的通孔
的多樣性。可以注意的是原始閩語讀作塞音，如廈門 /tʰaŋ 1/，
和上文所舉例（586）的其他例字相類似。

*s.l̥- 聲母的另外的例子還有：

（605） 帨 *s.l̥ot-s > *s.tʰot-s > *tsʰot-s > tshjwejH『佩巾』，
也讀作：

帨 *l̥ot-s > sywejH > shuì（詞義跟上字一樣）

我們給下面的例子構擬了 *s.r̥-：

（606） 楚 *s.r̥aʔ > tsrhjoX > chǔ『刺，荊棘』；聲符是：

疋 *sra > srjo > shū『腳』

有兩個例子涉及咽化聲母：

（607） 採 *s.r̥ˤəʔ > tshojX > cǎi『採摘，收割』；比較

嗇 *s.rək > srik > sè『收割』；跟下面的例子是平
行的：

彩 *s.r̥ˤəʔ > tshojX > cǎi『多彩的』，又：

色 *s.rək > srik > sè『顏色；神色』

這兩對例子引自白一平（1983）和 Baxter（1992：205），從
多個音韻層面顯示了平行的交替，而且很可能需要用方言差異
來解釋。

帶前置輔音 *s- 的清響音聲母在相關語言中的對應可參看
表 4.46 的概括。

表 4.46 上古漢語帶前置輔音 *s 的清響音及其對應

上古漢語	中古漢語	原始閩語	越南語	原始苗瑤語
*s.m̥(^{ˤ})-	—	—	—	—
*s.n̥(^{ˤ})-	tsh-	*tsh	—	—
*s.ŋ̊-				
*s.l̥(^{ˤ})-	tsh-	—	—	—
*s.l̥(^{ˤ})r-	tsrh-	*th	—	—
*s.r̥^{ˤ}-	tsh-	—	—	—
*s.r̥-	tsrh-	—	—	—

4.4.4 帶前置輔音 *p、*t、*k 的音首

考慮到諧聲或詞源方面的聯繫無法用別的方面來解釋，我們構擬了前置輔音 *p、*t、*k。有時候我們可以認定前置 *t 或 *k 就是構詞前綴（見 3.3.2 節），此外它們也可以組成詞根的一部分。有時候，其他語言中的漢語借詞或者閩語的材料能幫我們確定前置輔音是甚麼，或者至少能證明它確實存在。

當前置輔音 *p、*t、*k 位於阻塞音聲母之前，且中間沒有 *ə 時，這種類型的複聲母會往中古漢語的方向簡化。例如：

（608） 鬼 *k-ʔujʔ > *kujʔ > kjw+jX > guǐ『鬼』；跟下面的字同源：

威 *ʔuj > ʼjw+j > wēi『威嚴』

畏 *ʔuj-s > 'jw+jH > wèi『畏懼；威嚇』[79]

先秦時期的文獻中，wēi｛威｝和 wèi｛畏｝都被寫成「畏」字的字形，早期的寫法以 guǐ「鬼」為聲符（季旭昇 2010：746）。[80]

（609）冠 *[k.ʔ]ˤor > *kˤor > kwan > guān『帽子』，原始閩語 *koi C『雞冠，雞冠狀的東西』，如廈門 /ke 5/『公雞的雞冠；飾頭巾』（讀成比較特別的去聲，Norman 2006：137）；比較原始苗瑤語 *ʔwi̯ən『雞冠／雞冠狀的東西』

冠 *k.ʔˤor-s > *kˤor-s > kwanH > guàn『戴帽子』

（610）匡 *k-pʰaŋ > *kʷʰaŋ > khjwang > kuāng『方形的籃子』（送氣的 *pʰ- 不容易解釋）；「匚」是聲符，同時也是「匡」的關係詞：

匚 *paŋ > pjang > fāng『方形盛物器』（見《說文》）；比較：

方 *C-paŋ > pjang > fāng『方形』，越南語 vuông [vuʌŋ A1]

---

79 中古音 'jw+j 和 'jw+jH 也可能來自上古 *q- 聲母，但這樣的話，期待的聲符應該是「貴」*kuj-s > kjw+jH > guì 因為「貴」似乎是上古 *-uj 結合軟腭或小舌聲母的正常聲符。

80 感謝來國龍提出的有用的討論。我們把以「歸」guī < kjw+j < *[k]ʷəj『歸來（動詞）』來解釋「鬼」guǐ < kjw+jX < *k-ʔujʔ『鬼』看作是俗詞源，很可能從漢代或稍晚，*-uj 到 *-wəj 的雙元音化以後才可以出現（見 5.5.7 節）。從語義的觀點來看，這種聯繫不是不可能，但因為這兩個字在上古音時期屬於不同的韻部（歸 *-əj、鬼 *-uj），所以它們不大可能有同一個來源。據我們所知，這則聲訓最早出現於《說文》（《說文詁林》4058a）和大部分不早於公元 3 世紀的《列子》(Barrett 1993：299–301；Graham 1960–1961)。

（611）法，灋 *[p.k]ap > *pap > pjop > fǎ『模式，法度』；
其聲符似乎是：
去 *[k]ʰ(r)ap-s（方言 >）*[k]ʰ(r)ak-s > khjoH > qù『離
去』；也跟下面的字諧聲：
盍 *m-[k]ˤap > hap > hé『茅草屋頂，覆蓋』（動詞）
蓋 *[k]ˤap-s > kajH > gài『覆蓋（動詞）；蓋子』　　151

可以注意到，這些例子裡的第一個輔音為中古漢語所保留，其
中例（610）「匡」kuāng < khjwang < *k-pʰaŋ『方形籃子』的
第二個輔音以圓唇成分的方式也被保留了。來自上古 *k 加唇
輔音且到了中古漢語變成唇化軟腭音聲母的例子可以參看下面
的例子，比如 *k.m- 和 *k.m̥-。就 *k.m- 來說，方言的發展形
式似乎在 *k.m- > *km- > *kʷ- > kw- 和 *k.m- > m- 之間有所
波動。

（612）袂 *k.mˤet（方言讀音 >）*kmˤet > *kʷˤet > kwet >
mèi『袖子』（保留前置輔音 *k；官話的 mèi 代表了
另一種讀音）
袂 *k.met-s > *met-s > mjiejH > mèi『袖子』（失落
前置輔音 *k）

（613）囧 *k-mraŋʔ（方言讀音 >）*kmraŋʔ > *kʷraŋʔ >
kjwaengX > jiǒng『明窗』；相關詞：
明 *mraŋ > mjaeng > míng『明亮的』

（614）曠 *[k-m̥]ˤaŋ-s > *kʷʰˤaŋ-s > khwangH > kuàng『空缺
的，廢棄的』；可能有關的詞：
荒 *m̥ˤaŋ > xwang > huāng『荒地；田地生草，無人
耕種』

另一個可能的例子是：

（615）闃 *[k-m̥]ˤik > *[k-m̥]ˤek> *kʷʰˤek > khwek > qù
『安靜』

洫 *m̥(r)ik > xwik > xù『清靜，沈寂』；聲符是：

血 *m̥ˤik > m̥ˤit > xwet > xuè『血』（關於唇鼻音，見
Sagart 1999a）

當一個聲母包含兩個阻塞音，在大部分情況下，兩個中的一
個，第一個或者第二個，是個齒齦塞音或塞擦音。[81] 在這樣例
子當中，不管那個齒齦塞音或塞擦音在上古時期複聲母中的位
置如何，上古複輔音在中古漢語的表現形式通常跟上古齒齦音
相對應，只不過是它的清濁和送氣與否是複輔音的第二個輔音
決定的。如此上古漢語 *t.kʰ-、*tʰ- 有相同的中古音聲母，上古
漢語的 *t.g- 發展到中古漢語，跟上古的 *d- 是一樣的，上古
漢語的 *k.dz- 到中古的發展，跟上古的 *dz- 到中古的發展結
果也是一樣的。越語族，像 Rục 語裡的證據是關鍵的：這些語
言保留了帶前置輔音 *k 的聲母，比如 *k.t-、*k.dz-，幾乎沒
變。越南語以擦音化的形式反映了複輔音聲母的第二個輔音，
是符合預期的。雖然拉珈語屬於侗台語族的一種，它的「紙」、
「賊」等詞跟 Rục 語一樣很好地證明了軟腭前置輔音。拉珈語
如果在漢語來源的字中第二個輔音是清音，那麼其對應形式是
清送氣加高調；如果同樣位置的輔音是濁的，那麼其對應形式

---

81 我們不知道任何關於帶前置輔音 *p、*t、*k 且主要聲母為 *s(ˤ)- 的
例子，如 *k.s(ˤ)-、*p.s(ˤ)-、*t.s(ˤ)-；同樣地，我們也不知道兩個齒
齦阻塞音同現的複聲母的例子，如 *t-t、*t-d、*t-dz。

是讀低調的不送氣音。如果是清的複輔音，原始閩語表現為一
般的清塞音；如果複輔音中有個濁的阻塞音，則表現為濁送氣
音（參看表 4.47）。

表 4.47 中古漢語、越語、拉珈語、原始閩語裡的
上古漢語雙阻塞音複聲母

	中古漢語	Rục、Sách 語	越南語	拉珈	原始閩語	上古漢語
zhǐ 紙『紙』	tsyeX	R. /kəcay3/	giấy [zʌiB1]	khjei3<*kt-	*tš	*k.teʔ
zhǒng 種『種子』	tsyowngX	R. /kco:ŋ 3/	giống [zʌwŋ B1]	—	*tš	*k.toŋʔ
dēng 鐙『燈』	tong	S. /kə ten/	—	—	*t	*k-tˤəŋ
zéi 賊『盜賊』	dzok	R. /kəcʌk/	giặc [zak D2]	kjak8<*gdz-	*dzh	*k.dzˤək
chuáng 牀『床』	dzrjang	R./kəcə:ŋ2/	giường [zɯʌŋ A2]	—	*dzh	*k.dzraŋ
zhēn 箴『針』	tsyim	—	gằm [ɣamA1]	the:m1<*tk-	*tš	*t.[k]əm

我們現在討論每一種類型的聲母的具體演變。

4.4.4.1 前置輔音 *p、*t、*k 加清不送氣阻塞音：*p.k(ˤ)- 型

正如上文所述，在下列例子中可能有 *p.k-：

（616）法，灋 *[p.k]ap > *pap > pjop > fǎ『法度』

　　　（617）廢 *[p-k]ap-s > *pap-s > *pat-s > pjojH > fèi『廢除』[82]

上面所舉的例（616）和例（617）在金文裡都來自更早的「灋」，例如《盂鼎》（參看《古文字詁林》8：509）：

（618）𣥽　　灋 *[p.k](r)ap > pjop > fǎ『法度』

這兩個字形之中，左上角的部分就是「去」字的最初寫法：

（619）𠫑

雖然《說文》沒有說「去」是「灋」和「法」的聲符（《說文詁林》4352b），但是其他所有的嘗試性解釋都顯得牽強，而且「去」字很明確地在下列一些其他收 *-p 的字裡頭被作為聲符使用：

（620）胠 *[kʰ]<r>ap > khjaep > qū『腋窩；軍陣的右翼』
　　　　劫 *k(r)ap > kjaep > jié『搶劫』
　　　　盍 *m-[k]ˤap > hap > hé『用茅草蓋屋頂，覆蓋』
　　　　（動詞）
　　　　蓋 *[k]ˤap-s > kajH > gài『覆蓋（動詞）；蓋子』

然而，「去」字本身的主要讀音難以從一個收 *-p 尾的音節有規則地發展而來：

---

82 「發」*Cə.pat > pjot > fā，其同聲符的「廢」反映了從 *-p-s 到 *-t-s 的演變。先秦文獻中沒有「廢」這個字。

（621） 去 qù < *khjoH*『離開』；還有

去 qǔ < *khjoX*『去除』[83]

困難在於，中古漢語的 *-joH* 韻母通常反映了上古漢語 *-ak-s、*-a-s 或者 *-aʔ-s 韻母，而中古漢語的 *-joX* 則一般來自上古的 *-aʔ。有一個可能是中古漢語的 *khjoH* 反映的是唇音韻尾無條件地變為了軟腭韻尾的西部方言：*-ap-s > *-ak-s > *-joH*。從韻尾與聲調的關係來看，這個有利於解釋 *khjoH* 而不能解釋 *khjoX*。另一種可能是「去」（『離去』）不重讀的頻率可能很高，其韻尾 *-p 在非重讀位置或者失去了，或者弱化為 *-ʔ，然後這個非重讀的變體又被重讀了，就像「來」一樣：

（622） 來 *mə.rˤək > *rˤək > *rˤə > *loj* > lái『來』

去 *[k]ʰ(r)ap-s > *[k]ʰ(r)a-s > *khjoH* > qù『離去』；

或者可能是

去 *[k]ʰ(r)ap-(s) > *[k]ʰ(r)aʔ > *khjoX*

153

注意「廢」（『廢除』）可以解釋成『使離開』，具有前綴 *p 和與「去」有關的詞根 *kap：

（623） 廢 *[p-k]ap-s > *pap-s > *pat-s > *pjojH* > fèi『（使離開）廢除』

上面已經提到以下兩個 *k.ʔ- 型聲母的例子：

---

[83] 雖然「去」的讀音 qǔ < *khjoX* 在現代漢語詞典裡沒有記載，但它在《廣韻》裡是有的，在《經典釋文》中也常常出現。

（624） 冠 *[k.ʔ]ˤor-s > kwanH > guàn『戴帽子』

（625） 鬼 *k-ʔujʔ > kjw+jX > guǐ『鬼』

至於「箴」tsyim，越南語的 găm [ɣam A1]『竹製或金屬製的箴』和原始苗語 *kjɔŋ A『箴』都指出，其上古聲母裡面應該有個 *k。前綴 *t- 可以從原始拉珈語（L-Thongkum 1992）*the:m 1『箴』得到印證（表 4.23）。

（626） 針，箴，鍼 *t.[k]əm > tsyim > zhēn『箴』，原始閩語 *tš-；比較原始苗語 *kjɔŋ A，越南語 găm [ɣam A1]，原始拉珈語 *the:m A，原始台語 *qem A(Pittayaporn 2009：340）

我們在這裡把 *t.[k]- 用方括號標出，是因為 *t.q- 也是個可能的構擬：「箴」和「鍼」在諧聲上都屬於「咸」*[g]ˤr[ə]m > heam 這個系列，包括了軟腭、小舌聲母字。

　　「十」在商代文字就是一個簡單的垂直線；周代金文裡，在線的中間普遍都有個較濃的墨點，在標準的「十」字的寫法裡，它最終發展成為橫著的一條線（《古文字詁林》2：689–690）：

（627） ｜　｜　｜ {十} 在商代甲骨文的寫法
　　　 ╏　◆　┃ {十} 在西周金文裡的寫法

裘錫圭（2004）認為這些字形都是象形字，代表了 {針} 的形

狀；很明顯，zhēn｛針｝、shí｛十｝在發音上的相似程度足以
用同一個字形來表示。因此我們構擬了：

（628）十 *t.[g]əp > *dzyip* > shí『十』，原始閩語 *dž-；[84]
　　　　比較原始苗瑤語 *gjụɛp，原始拉珈語 *dzep D
　　　　（L-Thongkum 1992：64）

這樣，「十」這個最初就代表了｛針｝zhēn < *t.[k]əm 這個語
素的字形，後來頻繁使用，作為另一個不同的語素｛十｝shí <
*t.[g]əp 的字形，為了避免混淆，偏旁「金」被添加到了起初
的象形字上來代表「針」。

　　我們發現在商周古文字中還有個類似的例證，就是「肘」
trjuwX（中古漢語）> zhǒu 和「九」*kjuwX*（中古漢語）>
jiǔ 的字形。用來表示「九」的字形被認為最初是表示「肘」
的。該字形的「又」看起來代表的是手或者胳膊，可參看例
（629），但很明顯有些彎曲，以表示肘關節部位，可參看例
（630）。該字被借來做數詞「九」的字形，因為兩個詞之間在
發音上是相似的。後來其他字形被添加上去，以便能夠更加具
體地、清楚地表達「肘」的意義。如例（631）添加了一條線
用來標出手肘的位置（季旭昇 2010：197，348，991；《古文
字詁林》3.374、4.433、10.892）：

（629）𠂇　𧝑｛右｝*[ɢ]ʷəʔ > *hjuwX* > yòu『右手』
　　　　　　｛有｝*[ɢ]ʷəʔ > *hjuwX* > yǒu『有，存在』

154

---

84 上古的 *t.g- 在羅杰瑞構擬的原始閩語中按理應該是 *džh-；我們設
　想 *dž- 應該是從某個非閩語方言借來的。

（630）𠃐 𠃉｛肘｝*t-[k]<r>uʔ > *trjuwX* > zhǒu『肘』

     ｛九｝*[k]uʔ > *kjuwX* > jiǔ『九』

（631）𠃐｛肘｝*t-[k]<r>uʔ > *trjuwX* > zhǒu『肘』

不過，加了一條線之後，字形上跟「寸」（拇指）又很容易混同。「寸」的字形請看例（632），這些都是戰國文字（季旭昇2010：235，《古文字詁林》3.578）：

（632）𮧵 寸寸 *[tsʰ]ˤu[n]-s > *tshwonH* > cùn『拇指；寸』

例（631）的「肘」和例（632）的「寸」變得混同，結果是「肘」的標準字形有了「肘」的形狀，右邊那個字形看起來像「寸」，於是再加上「肉」旁，來避免字形上相混。

因此，古文字學的證據使得｛肘｝zhǒu < *trjuwX*、｛九｝jiǔ < *kjuwX* 在發音上相似得以落實。但考慮到中古漢語的讀音，我們必須在｛肘｝zhǒu < *trjuwX* 的讀音裡包含 *t 和 *r，在｛九｝jiǔ < *kjuwX* 的讀音裡包含 *k。所以我們的構擬如例（633）：

（633）肘 *t-[k]<r>uʔ > *trjuwX* > zhǒu『肘』，邵武 /tou 3/
     （暗示了原始閩語的 *t-）

     九 *[k]uʔ > *kjuwX* > jiǔ『九』，原始閩語 *k

這個 *t- 在「肘」字裡可能是個表示不可讓渡義（inalienable）的名詞前綴（參看 3.3.2.4 節）。方括號表示有可能可以 *kʷ 來代替 *k，或者是「九」有個複雜的聲母，可能是 *tə.kuʔ（可

比較藏文 *dgu*『九』）。[85]「九」和「肘」在不少藏緬語裡也有相同的發音，比如 Garo 語都讀 *sku*。[86]

155

「粥」或「鬻」，中古漢語 *tsyuwk* > zhōu，在潮州話讀作 /kiok 7/，說明了其聲母為複輔音。在大部分方言裡，作為前置輔音的 *t- 取代了喉音聲母後部的詞根聲母。中古漢語 *yuwk* > yù 是「鬻」的第二個讀音，意思是「養育」，排除了軟腭音，支持小舌音的構擬。由此我們假設其詞根是 *quk『養育』，在該詞中，詞根聲母受鼻音前綴的影響變濁音。我們構擬了：

（634）　粥、鬻 *t-quk > *tsyuwk* > zhōu『米粥』；原始勉語
　　　　　*tjŭok D『粥』

　　　　　鬻 *m-quk > *yuwk* > yù『養育』；相關的詞根是：

　　　　　畜 *qʰuk > *xjuwk* > xù『養育』

「粥」字所附前綴 *t- 的語法功能還不知道。

「笤帚」的「帚」< *tsyuwX* 看來是「婦」*bjuwX* > fù 的聲符。我們設想前置輔音 *t 取代了為唇音的主要音節聲母，並嘗試做如下構擬：

85　像 *tə.kuʔ 這樣的形式通常應演變為閩語中的軟化聲母，到北部閩語（如建陽、建甌）則變成零聲母，但建甌有 /kiu 3/『九』，跟上古 *tə.kuʔ 到閩語的演變規律不相一致，除非「九」與「十」都不屬於閩語的固有層。

86　漢藏語「九」和「肘」的相似性可能跟從一數到十時利用手和胳膊有關，「九」有時候會跟手肘聯繫起來，新幾內亞的 Papuan 語族語言，就有這種情況（Rule 1993；Franklin 2001），如 Foe 語，「九」和「肘」是同一個詞。

（635） 帚 *[t.p]əʔ > *[t.p]uʔ > *tuʔ > *tsyuwX* > zhǒu『笤帚』；比較泰語：/pʰɛ:w C1/（Pittayaporn）『掃除』，原始勉語 *ʔɟæu C < 原始苗瑤語 *nc-『掃除』[87]

婦 *mə.bəʔ > *buʔ > *bjuwX* > fù『女人，妻子』，原始閩語 *-b-；比較：原始勉語 *mbɥɛŋ B，越南語 *vợ* [vʌ B2] < 原始越語 *-bə:ʔ

*k.t- 的例子有：

（636） 種 *k.toŋʔ > *tsyowngX* > zhǒng『種子』，原始閩語 *tš-；比較越南語 *giống*[zʌwŋB1]，Chứt 語 /kəco:ŋ³/

（637） 紙 *k.teʔ > *tsyeX* > zhǐ『紙』，原始閩語 *tš-；比較越南語 *giấy* [zʌi B1]，Rục 語 /kəcaj³/

帶前置輔音的清不送氣塞音的聲母對應在表 4.48、4.49 和 4.50 中做了概括。

156

表 4.48 上古漢語帶前置輔音 *p 的清不送氣塞音及其對應

上古漢語	中古漢語	原始閩語	越南語	原始苗瑤語
*p.t(ˤ)-	—	—	—	—
*p.ts(ˤ)-	—	—	—	—
*p.k(ˤ)-	*p-*	—	—	—
*p.q(ˤ)-	—	—	—	—
*p-ʔ(ˤ) -	—	—	—	—

---

87 原始勉語 *ʔɟæu C < 原始苗瑤語 *nc- 表明「帚」*[t.p]əʔ『笤帚』帶有鼻音前綴，同時調類也有所變化。

表 4.49 上古漢語帶前置輔音 *t 的清不送氣塞音及其對應

上古漢語	中古漢語	原始閩語	越南語	原始苗瑤語
*t.pˤ-	—	—	—	—
*t.p-	tsy-	—	—	—
*t.ts(ˤ)-	—	—	—	—
*t.kˤ-	—	—	—	—
*t.k-	tsy-	*tš	g- [ɣ] H	*k-
*t.k(ˤ)r-	tr-	*t	—	—
*t.qˤ-	t-	—	—	—
*t.q-	tsy-	—	—	*tj-
*t-ʔ(ˤ)-	—	—	—	—

表 4.50 上古漢語帶前置輔音 *k 的清不送氣塞音及其對應

上古漢語	中古漢語	原始閩語	越南語	原始苗瑤語
*k.p(ˤ)-	—	—	—	—
*k.tˤ-	—	—	—	—
*k.t-	tsy-	*tš	gi- [z] H	—
*k.ts-	—	—	—	—
*k.q(ˤ)-	—	—	—	—
*k.ʔ(ˤ)-	k-	*k	—	*ʔ-

4.4.4.2 前置輔音 *p、*t、*k 加清送氣阻塞音：*p.tʰ(ˤ)- 型

*p.tʰ(ˤ)- 型聲母可以參考古文字、方言、詞源和諧聲等材料中不同部位清送氣聲母的交涉來構擬。

例（638）構擬 *[p.qʰ]- 聲母是基於諧聲關係，三個詞在語

源方面也可能有關聯。

（638）烹 *[p.qʰ]ˤraŋ > *phaeng* > pēng『煮』；聲符是：

　　　　亨 *qʰˤraŋ > *xaeng* > hēng『通達』；又讀：

　　　　亨 *qʰaŋʔ > *xjangX* > xiǎng『祭品』

在例（639）中，我們構擬了 *t-kʰ-（或者也可能是 *t-ŋ̊ -），因為雖然中古漢語是 *tsyh-*，但閩語顯示了 /kʰ-/ 聲母。既然後接元音是非前元音，普通的軟腭音腭化音變無法解釋其中古聲紐。與「肘」相同，*t- 可能是表示不可讓渡意義的前綴（參看 3.3.2.4 小節）。

（639）齒 *t-[kʰ]ə(ŋ)ʔ 或 *t-ŋ̊əʔ > *tʰəʔ > *tsyhiX* > chǐ『前
　　　　齒』；有些現代閩語反映了原始閩語的 *tšh-，其他
　　　　則是 *kh-，如廈門、福州 /kʰi 3/。「齒」字的標準字
　　　　形的聲符是：
　　　　止 *təʔ > *tsyiX* > zhǐ『腳；停止』（《古文字詁林》
　　　　2.555）

宋代韻書《集韻》（丁度 [1039] 1985）給「齒」字記錄了黃河下游的「河東」方言的又讀稱拯切 *tsyhingX*，暗示了例（639）可能存在韻尾 *-ŋ。在 *t-[kʰ]- 用方括號是因為 *t-qʰ- 也是一種可能的構擬。但「河東」的 -ŋ 韻尾也可能另外解釋為來自聲母的鼻音擴展。在這種解釋下，聲母應該包含一個鼻輔音，比如 *t-ŋ̊-。（類似於「齒」，《集韻》還記錄了「耳」*C.nəʔ > *nyiX* > ěr 的河東音 *nyingX*，複聲母 *C.n- 構成了促進鼻音右擴展的環境；見 4.2.1.2 節的討論。）在這種解釋下，「齒」該構擬為

*t-ŋ°əʔ，而廈門、福州音 /kʰi 3/ 應該看作非前元音之前上古漢
語 *ŋ- 到原始閩語 *kh- 的聲母演變。

　　在甲骨文和早期金文中，聲符「止」zhǐ < *təʔ 並不是
「齒」的一部分，當時「齒」是個象形字：

（640）🖼

在《古文字詁林》（2.555–2.256）提供的例子裡，帶「止」聲
符的「齒」字最早出現於戰國時期（公元前 475–221 年）。

　　以「出」chū< tsyhwit 為聲符的字在中古或有見系聲母或
有章系聲母。這種交替不可能是因為軟腭塞音發生腭化，因為
「出」的元音不是前的。只有上古聲母包含著一個齒齦塞音，中
古聲母才可以得到解釋。我們構擬「出」的詞根為軟腭聲母加
*-ut，跟例（641）的表示「挖掘，挖出」義相關。前置 *t- 見
於一批不及物動詞（見 3.3.2.4 節）。比較：

（641）出 *t-kʰut > tsyhwit > chū『出去或出來』，原始閩語
　　　　*tšh-
　　　　掘 *[g]ut > gjut > jué『挖出（土）』
　　　　淈 *[g]ˤut > hwot > hú『挖出』

「車」chē < tsyhae 有個軟腭音的變體 jū < kjo『馬車』（用於
中國象棋）。後來以「紡車」的引申義被借入緬甸語，讀 khya
3。該形式意味著發音部位是比較靠後的聲母（軟腭或小舌）。
「車」也與「輿」yo > yú 是同族詞，也排除了軟腭音的可能
性。我們構擬：

（642） 車 *[t.qʰ](r)A > *tsyhae* > chē『馬車』；比較原始苗語
*tshjụa A『紡車』，越南語 *xa* [sɑ A1]；比較
車 *C.q(r)a > *kjo* > jū『馬車』
輿 *m-q(r)a > *yo* > yú『車箱，車；扛』

上面提到的「匩，筐」kuāng < *khjwang* 指的是四方形的容器。
《詩・召南・采蘋》二章含有該例的用法：

158

（643）《詩・召南・采蘋》二章：于以盛之，維筐及筥。毛
傳：「方曰筐，圓曰筥。」

我們猜想 kuāng「匩」~「筐」跟其他方形義的詞有關係，如
上文提到的例（571）。我們的構擬如下：

（644） 匩 *k-pʰaŋ >*kʷʰaŋ > *khjwang* > kuāng『方形的籃子』
（送氣不容易解釋）。來自相關的詞根：
匚 *paŋ > *pjang* > fāng『受物之器』（《說文》）；與
下字詞根相同：
方 *C-paŋ > *pjang* > fāng『方形』，越南語 *vuông*
[vuʌŋ A1]

「匩」現在的寫法由「匚」*paŋ > *pjang* > fāng『箱子，容器』
充當意符，「王」*ɡʷaŋ > *hjwang* > wáng 充當聲符（西周金文
實際上顯示了聲符「往」*ɡʷaŋʔ，而不是「王」）。但既然「匩」
和「匚」與方形容器有關，語音上又相近，我們設想它們是同
族詞，最初都寫作「匚」（如 2001 年出版的《漢語大詞典》所
指出的）。「匚」*paŋ > *pjang* > fāng『箱子，容器』與「方」

*C-paŋ > *pjang* > fang『方形』很可能具有相同的詞根。我們把｛筐｝kuāng < *khjwang* 的詞根擬作 *pʰaŋ，也有『方形』的意思，*k- 前綴可能具有動詞轉名詞的功能。複聲母 *k-pʰ- 在西周時期簡化為 *kʷʰ-，使得「匡」與「匚」的聯繫變得模糊難辨，於是到了西周中期，另外促使了「往」作為聲符（據季旭昇 2010：913 所提供的字形）。

「經」chēng < *trhjeng*『紅色』的聲符是軟顎音聲母的「至」jīng < *keng*，但沒有前置輔音 *t-，中古漢語的聲母就不好解釋。我們的構擬如下：

（645）　經 *t-kʰreŋ > *trhjeng* > chēng『紅色』；可能和原始
　　　　　台語 *ʔdl/rieŋ A（Li 1977：129，274）有關係 [88]
　　　　　至 *k.lˤeŋ > *keng* > jīng『水的支流（據《說文》）』；
　　　　　許多早期與之有關的字形，還包括了邊音字的
　　　　　聲符：
　　　　　壬 *l̥ˤeŋʔ > *thengX* > tǐng，這是下面一字的早期
　　　　　寫法：
　　　　　挺 *l̥ˤeŋʔ > *thengX* > tǐng『直著站立』

帶前置輔音 *p、*t 和 *k 的清送氣聲母在相關語言的對應可參看表 4.51、4.52 和 4.53 的概括。

88　Pittayaporn（2009：160）給原始台語構擬了 * Ç.dwi:ŋ，並且說 *-w- 是「推測性」的。

表 4.51 帶前置輔音 *p 的清送氣聲母字及其對應

上古漢語	中古漢語	原始閩語	越南語	原始苗瑤語
*p.t^h(^{ˤ})-	—	—	—	—
*p.ts^h(^{ˤ})-	—	—	—	—
*p.k^h(^{ˤ})-	—	—	—	—
*p.q^h(^{ˤ})-	*ph-*	—	—	—

表 4.52 帶前置輔音 *t 的清送氣塞音和塞擦音聲母字及其對應

上古漢語	中古漢語	原始閩語	越南語	原始苗瑤語
*t.p^h(^{ˤ})-	—	—	—	—
*t.ts^h(^{ˤ})-	—	—	—	—
*t.k^{hˤ}-	—	—	—	—
*t.k^h(^{ˤ})r-	*trh-*	—	—	—
*t.k^h-	*tsyh-*	*tšh ~ *kh	—	—
*t.q^{hˤ}-	—	—	—	—
*t.q^h-	*tsyh-*	—	*x-* [s]	原始苗語 *tshj-

表 4.53 帶前置輔音 *k 的清送氣塞音和塞擦音聲母字及其對應

上古漢語	中古漢語	原始閩語	越南語	原始苗瑤語
*k.p^h(^{ˤ})-	*kh(j)w-*	—	—	—
*k.t^h(^{ˤ})-	—	—	—	—
*k.ts^h(^{ˤ})-	—	—	—	—
*k.q^h(^{ˤ})-	—	—	—	—

4.4.4.3 前置輔音 *p、*t、*k 加濁阻塞音：*k.dz(ˤ)- 型

這類聲母的三個例子已經討論過了，分別是例（163）的「㑽」*k.dzraŋ，表 4.23 的「賊」*k.dzˤək 和例（628）的「十」*t.[g]əp。下面我們討論另外的例子。

「椎」chuí < *drwij*『錘子』在原始閩語的聲母是 *dh-，暗示其帶有緊密型的前置輔音，這點可由越語族的 Pong 語的材料得到支持。我們的構擬是：

> （646）椎 *k.druj > *drwij* > chuí『錘子』，原始閩語 *dh-；
> 比較 Pong 語 /ktuːj/『木槌』

上古漢語裡偶爾能看到與上面描述的一般模式（即帶齒齦音的聲母的發展通常跟單獨的齒齦音聲母相同）不一樣的例外。比如說，雖然從漢借詞的讀音以及諧聲聯繫來看，「氏」*k.deʔ > *dzyeX* > shì『姓氏』提供了齒齦音而非軟腭音為主導的語音演變（比較表 4.47「紙」的讀音），但是，在馬王堆帛書本《五行》（第 84 欄）中所引的《詩經》當中，同樣的「氏」就用來寫句末語助詞「兮」*gˤe > *hej* > xī（見國家文物局 1980：17）：

> （647）《詩・曹風・鳲鳩》（毛詩）：鳲鳩在桑，其子七兮。
> 馬王堆帛書本《五行》裡的這句詩寫作：「尸叴在桑，其子七氏。」

160

我們把帛書本的記錄看成是一種方言性的變化，表明了 *k.dˤeʔ 變作 *g.dˤeʔ，最後變作 *gˤe，軟腭音聲母比齒齦音聲母佔優勢：

（648）兮 *gˤe > *hej* > xī『（句末語助詞）』

氏 *k.deʔ > *g.deʔ（方言讀音 >）*geʔ，用來寫
{兮} *gˤe『句末語助詞』；一般性的演變是：

氏 *k.deʔ > *g.deʔ > *deʔ > *dzyeX* > shì『姓氏』；

比較：

紙 *k.teʔ > *teʔ > *tsyeX* > zhǐ『紙』

同樣性質的方言发展可見於例（649）：

（649）祇 *[k.d]e > *g.de（方言讀音 >）*ge > *gjie* > qí
『地祇』

一般來說，我們預想的變化是在前元音的影響下，非咽化的軟
腭聲母發生腭化，即 *ge > *dzye*。例（649）的「祇」沒有發
生腭化，大概是因為在西漢的時候，軟腭音和元音 *e 之間，
有輔音 *d 作為障礙。按照 Schuessler（2010），在漢語史上軟
腭音的第一次腭化的時間就在西漢。

濁阻塞音帶清塞音前置輔音的聲母的對應，請參看表 4.54
和表 4.55 的概括。

表 4.54 上古漢語帶前置輔音 *t 的濁阻塞音及其對應

上古漢語	中古漢語	原始閩語	越南語	原始苗瑤語
*t.b(ˤ)-	—	—	—	—
*t.d(ˤ)-	—	—	—	—
*t.dz(ˤ)-	—	—	—	—
*t.gˤ-	—	—	—	—
*t.g-	*dzy*-	*dž	—	*gj-
*t.ɢ-	—	—	—	—

表 4.55 上古漢語帶前置輔音 *k 的濁阻塞音及其對應

上古漢語	中古漢語	原始閩語	越南語	原始苗瑤語
*k.b(ˤ)-	—	—	—	—
*k.dˤ-	—	—	—	—
*k.d(ˤ)r-	dr-	*dh	—	—
*k.d-	dzy- (~ g-)	—	—	—
*k.dzˤ-	dz-	*dzh	gi-[z]L	—
*k.dzr-	dzr-	*dzh	gi-[z]L	—
*k.g-	—	—	—	—
*k.ɢ-	—	—	—	—

4.4.4.4 前置輔音 *p、*t、*k 加濁響音：*p.m(ˤ)- 型

就上古漢語帶前置塞輔音的複聲母到中古漢語的演變而言，塞音性的前置輔音加濁響音的組合比塞音性前置輔音加阻塞音的組合更缺少可預測性。漢代中期和後期的漢語方言有了不同的演變。「聿」yù < *ywit*、「筆」bǐ < *pit*（《說文》解釋為「用來書寫的工具」，可參看上面第三章已經提到過的引文）：

161

（650）聿：所以書也。（「聿」*[m-]rut 是用來書寫的工具）

楚謂之聿，（「聿」*lut<*[m-]rut?）

吳謂之不律，（「不律」*pə[r]ut）

燕謂之弗。（「弗」*put）

……

筆：秦謂之筆。（「筆」[*p.[r]ut]）

（《說文詁林》1271b、1273a）

另一個例子是揚雄《方言》「貔」pí < *bjij* ~ péi < *bij*『野貓的
一種』(《釋名》,見《經典釋文》: 黃焯 2006: 789 所引):

> (651) 貔,陳楚江淮之間謂之㺚(貔 [pí,中古漢語 *bjij*
> < *[b]ij]:在陳和楚之間以及江、淮之間叫做「㺚
> 」[lái < 中古漢語 *loj* < *[r]ʕə]);北燕朝鮮之間謂之
> 豼(在燕地北部和朝鮮,把它叫做「豼」[péi < *bij*
> < *[b]rə]);[89] 關西謂之狸(函谷關以西,把它叫做
> 「狸」[中古漢語 *li* < *p.[r]ə])。

在例(651)《方言》「貔」字下,郭璞(276–324)加了注,說
當時的江南,即長江以南地區它的叫法是個雙音節詞:

> (652) 今江南呼為豼狸(現在的江南地區把它叫做「豼狸」
> [中古漢語 *bij-li*]。)[90]

中古韻書包含著這樣的方言讀音。表示『毛筆』義的老的和
新的說法分別是「聿」*[m-]rut > *ywit* > yù 和「筆」*p.[r]ut>
*prut > *pit* > bǐ。二者雖有不同的方言基礎,但都有中古漢語

---

89 「豼」的中古音 *bij* 來自《集韻》(丁度 [1039] 1985),暗示了上
　　古音是 *brə。郭璞《方言》注說,這個字的音跟「丕」pī < *phij* <
　　*pʰrə『大的』差不多,但我們猜想這裡可能有文本的錯誤,它實際
　　是應該地名「邳」(中古音 *bij*,有時寫作 pī「丕」),《集韻》裡
　　「邳」和「豼」是同音字。

90 正如之前的注釋中提到的,「豼」的中古音 *bij* 按演變規則來說應來
　　自上古的 *brə,但我們認為,此處郭璞給「豼狸」注的江南音,應
　　該被解讀為雙音節的 *bə.rə,而不是「 *brə.rə」。

標準音的讀法。可以注意，《說文》和郭璞給《方言》作的注
表明了吳地（今江蘇南部和浙江北部）方言有過鬆散型的複聲
母「不律」[*pə.[r]ut] 和「貓狸」[*bij-li* < *bə.rə]。古代的陳
（河南東部）和楚（湖北），以及函谷關以西（陝西）則為緊密
型的複聲母，或者是失去了前置輔音。燕地（河北）看起來在
單音節化的路上走得更遠。這不奇怪，我們在中古漢語裡還可
以看到類似以下的異讀字。

（653）稟 *p.rimʔ（方言）> *primʔ > *pimX*
　　　　又讀 *p.rimʔ > *p.rimʔ > *limX* > lǐn『配給量』

（654）慹 *t-nip > *tip > *tsyip* > zhé『害怕』
　　　　又讀 *t-nˤep > *nˤep > *nep*

（655）袂 *k.mˤet > *kʷˤet > *kwet*
　　　　又讀 *k.met-s > *met-s > *mjiejH* > mèi『袖子』

162

前置輔音的失落看起來是 *p.m(ˤ)- 型聲母到中古漢語最普遍的
發展。不過，原始閩語至少還保留了上古漢語 *k.n-、*p.r- 和
*k.r- 中清音聲母的要素，因為這些聲母演變為羅杰瑞清響音聲
母擬的 *nh-、*lh-，我們的上古音構擬是 *C.n(ˤ)-、*C.l(ˤ)-。

（656）露 *p.rˤak-s > *luH* > lù『露水；顯露』，原始閩語
　　　　*lh-；原始台語 *p.ra:k『被顯露』（Pittayaporn 2009）

（657）兩 *p.raŋʔ > *ljangX* > liǎng『一對』；原始閩語
　　　　*lh-；早期的寫法是「丙」的疊加：
　　　　丙 *praŋʔ > *pjaengX* > bǐng「天干第三」（Baxter
　　　　1992：272）

（658） 肉 *k.nuk > *nyuwk* > ròu『肉』；原始閩語 *nh-；
　　　　Pong /kŋuk 7/『肉』

上古漢語 *k.r- 通常變為中古漢語的 *l*-、原始閩語的 *lh-、越
南語的 *s*- [ʂ] 和原始苗瑤語 *kl-：

（659） 倩 *k.r[a]n-s > *ljenH* > liàn『小雞』，原始閩語
　　　　*lh-；原始苗瑤語 *klaːn C『小母雞』

（660） 蓮 *k.[r]ˤe[n] > *len* > lián『蓮子』，原始閩語 *lh-；
　　　　越南語 *sen* [ʂɛn A1]『蓮花』

（661） 籠 *k.rˤoŋ > *luwng* > lóng『籠子』，原始閩語 *lh-；
　　　　越南語 *chuồng* [ʨɐʌŋ A2]
　　　　『籠子，棚，遮蔽處，欄舍，馬廄，豬圈』，原始臺
　　　　語 *kroŋ A『籠子』（Li 1977：225）

（662） 朗 *k.rˤaŋʔ > *langX* > lǎng『明亮』；越南語 *sáng* [ʂaŋ
　　　　B1] < *kr-『明亮，乾淨』，Rục 語 /pləj kàraŋ/『晴天』

（663） 籃 *k.rˤam > *lam* > lán『籃子』；原始閩語 *lh-；聲
　　　　符是：
　　　　監 *[k]ˤram > *kaem* > jiān『監視』

（664） 六 *k.ruk > *ljuwk* > liù『六』；原始閩語 *lh-；原始
　　　　苗瑤語 *kruk

（665） 螺 *k.rˤoj > *lwa* > luó『螺旋形物，蝸牛』，原始閩
　　　　語 *lh-；原始勉語 *kluei A/B『蝸牛』

（666） 笠 *k.rəp > *lip* > lì『竹製帽子』，原始閩語 *lh-；原
　　　　始台語 *klɤp D『竹製帽子』（Pittayaporn 2009）

（667） 卵 *k.rˤorʔ > *lwanX* > luǎn『蛋』；原始閩語 *lh-；原

始勉語 *kləu C『蛋』

（668）力 *k.rək > lik > lì『力量』，原始閩語 *lh-；越南語
　　　　súc [ʂuk D1] < *kr-『力量』；原始苗瑤語 *-rək『力
　　　　量』[91]

如前所說，拉珈語一般保留聲母的兩個輔音的頭一個，如果
失去的第二個輔音是個鼻音，那麼鼻音性成分便擴展到元音
上去：

（669）亢 *k-ŋˤaŋ > kang > gāng『抬升』；拉珈語 /khã:ŋ 3/
　　　　『抬起』；它的詞根與下面一詞相同：
　　　　卬 *ŋˤaŋ > ngang > áng『高的；抬升』

（670）巠 jīng < keng < *k.lˤeŋ『水的支流』（《說文》）；早
　　　　期的字形，其頂部的偏旁被解釋成織布機的形狀，
　　　　下部的偏旁代表了聲符：
　　　　壬 *lˤeŋʔ > thengX > tǐng『好的』（季旭昇 2010：
　　　　836）；比較：
　　　　經 *k-lˤeŋ > keng > jīng『織布機上的縱線；治理；
　　　　法則』

163

Ratliff 在對最後一個詞的構擬中加了連字符，表示原始苗瑤語有一
　　個鬆散的前置輔音聲母的存在。我們預測的是 *kl-，而非 Ratliff 的
　　*-r。我們還不知道，為何演變會不規則。

就「法則」的義項,「經」*k-lˤeŋ 看起來包括了一個前綴 *k-
(其功能尚不確定),與之相關的詞根音節有:

（671） 程 *l<r>eŋ > *drjeng* > chéng『法度』

在下例中,可以構擬複輔音 *t-l-:

（672） 多 *[t.l]ˤaj > *ta* > duō『很多』,原始閩語 *t-;比較
原始台語 *hlai A（Li 1977）或 *ʰlaːj A（Pittayaporn
2009）;原始黎語（Proto-Hlai,Norquest 2007：464）
*hləːy;同諧聲的有:
移 *laj > *ye* > yí『移動』

（673） 質 *t-lit > *tsyit* > zhì『物質,固體部分』;比較:
實 *mə.li[t] > *zyit* > shí『水果;滿的』,原始閩
語 *-dž-;原始台語 *m.lec D『穀物』（Pittayaporn
2009）

在下例中,我們構擬了複聲母 *k.m-:

（674） 舞 *k.m(r)aʔ > *mjuX* > wǔ『跳舞』,原始閩語 *mh-
（Norman 1991：211）;越南語 *múa* [muʌ B1]『跳
舞 [儀式性的,會使用扇子、劍或面紗];揮舞,
旋轉,迴旋』（注意這裡的陰調）,Rục 語 /kumúa/
『跳舞』

帶前置塞音的濁響音聲母的對應可參看表 4.56、4.57 和 4.58
的概括。

表 4.56 上古漢語帶前置輔音 *p 的濁響音及其對應

上古漢語	中古漢語	原始閩語	越南語	原始苗瑤語
*p.m(ˤ)-	—	—	—	—
*p.n(ˤ)-	—	—	—	—
*p.ŋ(ˤ)-	—	—	—	—
*p.l(ˤ)-	—	—	—	—
*p.r(ˤ)-	l-、p-	*lh	—	—

表 4.57 上古漢語帶前置輔音 *t 的濁響音及其對應

上古漢語	中古漢語	原始閩語	越南語	原始苗瑤語
*t.m(ˤ)-	—	—	—	—
*t.nˤ-	t-、n-	—	—	—
*t.n(ˤ)r-	tr-	—	—	—
*t.n-	tsy-	—	—	—
*t.ŋ(ˤ)-	—	—	—	—
*t.lˤ-	t-	*t	—	—
*t.l(ˤ)r-	—	—	—	—
*t.l-	tsy-	—	—	—

164

表 4.58 上古漢語帶前置輔音 *k 的濁響音及其對應

上古漢語	中古漢語	原始閩語	越南語	原始苗瑤語
*k.m(ˤ)-	m- 、 k-	—	m- [m] H	—
*k.nˤ-	—	—	—	—
*k.n-	ny-	*nh	—	—
*k.ŋ(ˤ)-	ng- 、 k-	—	—	—
*k.l(ˤ)-	k-	*k	—	—
*k.r(ˤ)-	l-	*lh	s- [ʂ]	*kl-

4.4.4.5 前置輔音 *p、*t、*k 加清響音：*p.m̥(ˤ)- 型

我們預想 *p.m̥(ˤ)- 型聲母裡面的前置輔音會有遺存而反映為送氣的塞音或塞擦音。我們在上文已經舉了兩個例子，例（614）、（615）的 *k-m̥(ˤ)-。下面我們討論 *l̥- 和 *r̥- 的例子。

「喙」（「動物的口鼻；喘氣」）在中古漢語時期有兩個讀音，意義上沒有分別，都見於《廣韻》和《經典釋文》（卷91）：

（675）喙（*l̥o[r?]-s? >）*l̥ot-s > xjwojH > huì 『動物的嘴；喘息』

喙 *（t-l̥o[r?]-s?）> *t-l̥ot-s > tsyhwejH > huì 『動物的嘴；喘息』（該字可能是原始閩語 *tšhyi C『嘴』的本字，參看下文的討論）。聲符是：

彖 *l̥ˤo[r]-s > thwanH > tuàn 『奔跑的豬』

例（675）的聲母和韻母都值得討論。中古音 *xjwojH* 反映了 *l̥(ˤ)-* > *x-* 從上古到中古的聲母演變，我們將其視作西部方言的特點（參看 4.3.5 節的討論）。我們考慮到中古音是 *tsyhwejH*，所以給「喙」字構擬的上古聲母是 *t-l̥-，但原始閩語的 *tšh- 應視作來自上古 *l̥- 的規則性音變，因此中古漢語可能反映了類似於閩語的上古簡單聲母 *l̥- 的方言演變而不是帶前置輔音 *t- 的聲母。[92]

　　至於韻母，中古漢語的 *-jwojH* 和 *-jwejH*[93] 只是有規則地反映了上古漢語的 *-ot-s 或 *Cʷat-s。就 *-or 來說，我們一般預料它會變成中古漢語的 *-jwon*、*-jwen* 或 *-jwe*。羅杰瑞（1996：22）注意到了原始閩語裡「喙」*tšhyi C 的韻母與中古漢語的 *-jwojH* 或 *-jwejH* 是不規則的對應，所以對原始閩語 *tšhyi C『嘴』跟 {喙} *tsyhwejH* 是否有關係表示了懷疑。不過，原始閩語 *-yi 韻和中古漢語 *-jwe* 是有一致關係的，因此閩語的讀音可能反映了上古 *lorʔ-s 或 *t-lorʔ-s（*-r > *-j 的變化是沿海方言的一種特點，可參看 5.5.1.4 節）的規則性演變。我們設想，「喙」字 *-jojH* 和 *-jwejH* 的讀音可能反映了先秦時期某種 *-rʔ 和 / 或 *-nʔ 變為 *-t 的方言，中古音間接地反映上古漢

92　直到 2007 年，原始閩語中「嘴」的聲母是 *tsh- 還是 *tšh-，仍然不清楚。羅杰瑞所用的閩中永安方言可以區分出這兩個發音部位的證據，是另外一個表示「嘴」的詞（即 /tse 3/，有規則地來自「觜」*[ts]ojʔ > *tsjweX > zuǐ『鳥嘴』，也是官話和其他方言的口語詞「嘴」的來源）。不過鄧享璋（2007：363）指出另一個閩中方言蓋竹話有 /tʃʰyi 5/『滿嘴』，它和原始閩語的 *tšh- 是對應的。

93　2.1.2.3 節提到，在我們的中古音擬音方案裡，中古 *tsyhwejH* 是記 *tsyh-* 聲母加 *-jwejH* 韻的正常寫法（*-j-* 介音在帶 *-y-* 聲母後刪略）。

語，而閩語是直接的反映。[94]

「訓」xùn < *xjunH*『訓導』和「順」shùn < *zywinH*『順應』
兩個字在出土文獻裡經常換用（白於藍 2008：343–344）。在
我們目前的系統裡，只有邊音聲母能夠中古的 *x-* 與 *zy-* 兩個聲
母之間游移。我們的構擬是：

（676）訓 *l̥u[n]-s > *xjunH* > xùn『訓導』

順 *Cə.lu[n]-s > *zywinH* > shùn『順應』（聲母的討
論可參看 4.5.5.3）；兩個字的聲符「川」可解釋為邊
音 *t.l̥-：

川 *t.l̥u[n] > *tsyhwen* > chuān『河流，河』（中古韻
母是不規則的，我們預想的應該是 *tsyhwin*）

我們給「康」kāng < *khang*『平靜；從容』構擬了 *k-r̥ˤ-：

（677）康 *k-r̥ˤaŋ > *khang* > kāng『平靜；從容』；聲符是：

庚 *kˤraŋ > *kaeng* > gēng『天干第七位』，與「唐」
字也有諧聲關係：

唐 *[N-]rˤaŋ > *dang* > táng『擴大；大量的』（其聲母
的討論見於 4.4.1.4 節）

---

94 如果 *-rʔ 和 / 或 *-nʔ 在楚地變成了 *-t，那麼就可以解釋為何郭店
楚簡《五行》簡 46 中，{ 淺 }*[tsʰ]e[n]ʔ > *tshjenX* > qiǎn『淺』可
以寫成一個「水」加「察」*[tsʰ]ˤret，也可見於馬王堆帛書本（參
看裘錫圭的注，《郭店楚墓竹簡》154 頁，注 63）。

165

商代的第一個統治者的名字，傳世文獻通常寫作「湯」*thang* > tāng，先秦出土文獻寫作「唐」或「康」。但其聲符「庚」*kˤraŋ 表明上古應讀作 *r(ˤ)-。然而作為聲符的「易」*laŋ 通常顯示了聲母為邊音：

（678） 易，陽 *laŋ > *yang* > yáng『明亮的』

傷 *l̥aŋ > *syang* > shāng『受傷的』

腸 *lraŋ > *drjang* > cháng『腸子』

湯 *l̥ˤaŋ > *thang* > tāng『熱水』

我們估計 tāng「湯」作為商王的名字時代相對較晚，這反映了後來 *r̥ˤ-、*l̥ˤ- 的合併（在東部方言裡都變成 *tʰ-，在西北都變成 *x-，可參看 4.3.5 小節）。

（679） 康，唐 *r̥ˤaŋ > *thang* > tāng『商代的開國君主』；後寫作「湯」，假設商代的建立者的名字在上古漢語為 *l̥ˤaŋ

「泣」qì < *khip*『哭泣』的聲符是「立」lì < *lip* < *k.rəp『站立』，表明聲母部分應包括捲舌音（rhotic）成分。而且該動詞看起來應該跟名詞「淚」*[r][ə]p-s > *lwijH* > lèi『眼淚』是有語源關係的。我們的構擬如下：

（680） 泣 *k-r̥əp > *kʰrəp > *khip* > qì『哭泣』；聲符是：

立 *k.rəp > *rəp > *lip* > lì『站立』；比較

淚 *[r][ə]p-s（方言讀音 >）*rup-s > *rut-s > *lwijH* > lèi『眼淚』

「考」kǎo < *khawX*『年長的；已故的父親』的聲符是「老」lǎo
< *lawX*『年老的』，也表明「考」的聲母應包括捲舌音成分。
如果該字有介音 *-r-，我們料想應該變為中古的二等韻 *-aew*。
但既然現在看到的中古音是 *-aw*，可見捲舌音成分應該是主要
音節的聲母。同時既然前置輔音在目前我們的框架裡沒有送氣
成分，那麼我們必須將該字的聲母擬作 *r̥ˤ-，前面是個前置輔
音 k。我們的構擬是：

166

> （681）考 *k-r̥ˤuʔ > *khawX* > kǎo『年長的；已故的父親』，
> 具有相關的詞根 *rˤuʔ、*ruʔ 的詞有：
> 老 *C.rˤuʔ > *lawX* > lǎo『年老的』；原始閩語 *lh-（如
> 建陽 /seu 5/）
> 叟 *s-ruʔ > *srjuwX* > *suwX* > sǒu『老人』（參看
> 4.4.3.3 節）

*p.r̥- 的例子可能有動詞「娉」pìn < *phjiengH*『聘問』。其聲符
也出現於「騁」chěng < *trhjengX*『（馬等）疾馳』。我們的構
擬是：

> （682）娉 *p.[r̥]eŋ-s > *phjiengH* > pìn『聘問，婚姻』
> 騁 *[r̥]eŋʔ > *trhjengX* > chěng『（馬等）疾馳』

帶前置輔音的清響音聲母的對應，可參看表 4.59、4.60 和 4.61
167　的概括。

表 4.59 上古漢語帶前置輔音 *p 的清響音及其對應

上古漢語	中古漢語	原始閩語	越南語	原始苗瑤語
*p.m̥(ˤ)-	—	—	—	—
*p.n̥(ˤ)-	—	—	—	—
*p.ŋ̊(ˤ)-	—	—	—	—
*p.l̥(ˤ)-	—	—	—	—
*p.r̥(ˤ)-	ph-	—	—	—

表 4.60 上古漢語帶前置輔音 *t 的清響音及其對應

上古漢語	中古漢語	原始閩語	越南語	原始苗瑤語
*t.m̥(ˤ)-	—	—	—	—
*t.n̥(ˤ)-	—	—	—	—
*t.ŋ̊(ˤ)-	—	—	—	—
*t.l̥ˤ-	—	—	—	—
*t.l̥-	tsyh-	*tšh?	—	—
*t.r̥-	—	—	—	—

表 4.61 上古漢語帶前置輔音 *k 的清響音及其對應

上古漢語	中古漢語	原始閩語	越南語	原始苗瑤語
*k.m̥(ˤ)-	kh-	—	—	—
*k.n̥(ˤ)-	—	—	—	—
*k.ŋ̊(ˤ)-	—	—	—	—
*k.l̥(ˤ)-	—	—	—	—
*k.r̥(ˤ)-	kh-	—	—	—

4.4.5 帶緊密型且不確定的前置輔音 *C 的音首

在有些上古的音首裡，我們必須構擬一個前置輔音，不過不能確定這究竟是一個甚麼音，因為它在目前所能考慮到的所有的語音材料中都沒有出現。

4.4.5.1 前置輔音 *C 加清不送氣阻塞音：*C.p(^{ˤ})- 型

之所以構擬像 *C.p(^{ˤ})- 這樣的複聲母，主要是考慮到越南語裡與中古漢語清不送氣阻塞音相對應的是讀陰調、擦音化的輔音（即 *v*- [v]，*d*-[z]，*gi*- [z]，*g*- [ɣ]；還包括對應 *C.s- 的 *r*- [z]），而原始閩語則顯示為一般的（非軟化）的清阻塞音。在此情況下，越南語排除了構擬簡單聲母的可能，閩語則排除了鬆散型的複聲母的可能，中古漢語的聲母形式裡不見濁音成分，排除了前置輔音為 *m- 或 *N-。因此前置輔音 *C 需要考慮清塞音或 *s。例子可參看表 4.62。

表 4.62 緊密型複聲母中清阻塞音聲母在越南語的擦化

漢語	越南語	原始閩語
本 *C.pˤə[n]ʔ > pwonX > běn『樹幹』	*vốn* [von B1]『資本，原來』	*p
壁 *C.pˤek > pek > bì『墙壁』	*vách* [vaik D1]『墙壁』	*p
板 *C.pˤranʔ > paenX > bǎn『木板』	*ván* [vɑn B1]『木板』	*p
刀 *C.tˤaw > taw > dāo『刀』	*dao* [zɑu A1]『刀』	*t
正 *C.teŋ > tsyeng > zhēng『一（月）』	*giêng* [ziʌŋ A1]『第一個月』	*tš
謫 *C.tˤrek > treak > zhé『責備』	*dức* [zɯk D1]『批評』	*t

（續上表）

漢語	越南語	原始閩語
井 *C.tseŋʔ > tsjengX > jǐng 『井』	giếng [ziʌŋ B1]『井』	*ts
筋 *C.[k]ə[n] > kj+n > jīn 『筋』	gân [ɣʌn A1]『神經；筋；靜脈』	*k

　　複聲母 *C.q- 的情況相類似，其反映與 *C.k- 沒甚麼不同。我們將其歸因於前置輔音 *C 引起的，由 *q- 到 *k- 的前化（fronting）音變。我們給中古軟腭音聲母 k- 等構擬上古小舌音 *C.q- 等，根據是與小舌音聲母字有明確的詞源或諧聲聯繫，這裡不需要有越南語擦音化聲母的證據。

（683）景 *C.qraŋʔ > kjaengX > jǐng『光亮；影像』（也表示『陰影』），

　　　鏡 *C.qraŋʔ-s > kjaengH > jìng『鏡子』，原始閩語 *k-；越南語 gương [ɣɯʌŋ A1]；比較

　　　影 *qraŋʔ > ʼjaengX > yǐng『陰影』

（684）舉 *C.q(r)aʔ > kjoX > jǔ『舉，抬起』；相關的字有：

　　　與 *m-q(r)aʔ > yoX > yǔ『給』，原始閩語 *ɣ-（參看 4.4.5.3 節）；

　　　注意中古漢語的 y- 不能反映上古漢語的軟腭聲母

　　就固有詞來說，越南語文字上寫作 r- [z]，同時讀陰調的是與 s-[ʂ] 聲母字相當的擦音化形式。可比較「蛇」：Sách 語 / psiŋ/，越南語 rắn [zan B1]；「牙齒」：Thavưng 語 /ksaŋ/，越南語 răng [zaŋ A1]（Ferlus 1982：99）。在某些早期借詞中，　168

越南語的 *r-* [z] 也跟中古漢語 *s-* 相對應。當中古漢語 *s-* 與越南語讀陰調的 *r-* 相對應而前置輔音 *C 的性質不明確時，我們的構擬是 *C.s-：

（685） 譟 *C.sˤaw-s > *sawH* > zào『叫喊』；越南語 *rao* [zɑu A1]『叫喊』

（686） 燥 *C.sˤawʔ > *sawX* > zào『乾燥』；越南語 *ráo* [zɑu B1]『乾燥』

（687） 箱 *C.[s]aŋ > *sjang* > xiāng『箱子』；越南語 *rương* [zɯʌŋ A1]『箱子，行李箱』

在這些例子當中，到了現代漢語方言（如例（685）和例（686）的普通話讀音），讀作塞擦音聲母，而不是從中古漢語的角度來看屬於規則演變的擦音 [s]，該現象大概也支持一個緊密型的前置輔音 *C 的構擬。

上古漢語帶不確定的前置輔音 *C 的一般清阻塞音及其對應在表 4.63 中做了概括。

表 4.63 上古漢語帶不確定的前置輔音 s 的清阻塞音及其對應

上古漢語	中古漢語	原始閩語	越南語	原始苗瑤語
*C.p(ˤ)-	*p-*	*p	*v-* [v] H	—
*C.tˤ-	*t-*	*t	*d-* [z] H	—
*C.t(ˤ)r-	*tr-*	*t	*d-* [z] H	*tr-
*C.t-	*tsy-*	*tš	*gi-* [z] H	—
*C.ts(ˤ)-	*ts-*	*ts	*gi-* [z] H	—
*C.s(ˤ)-	*s-*，*ts-*	*s，*tsh	*r-* [z] H	—

（續上表）

上古漢語	中古漢語	原始閩語	越南語	原始苗瑤語
*C.k(^{ʕ})-	k-	*k	g- [ɣ] H	*k-
*C.q(^{ʕ})-	k-	*k	g- [ɣ] H	—

4.4.5.2 前置輔音 *C 加清送氣阻塞音：*C.pʰ(^{ʕ})- 型

除了像 *p.qʰ- > ph-，*t.kʰ- > tsyh- 和 *s.tʰ- > sy- 這樣的演變例子外，有時通過前置輔音對後接主要聲母的次生性影響，可以觀察到上古漢語的清送氣音前面會帶上一個緊密型前置輔音。比如說，上古漢語 *qʰ- 演變到中古漢語 kh- 的前化（fronting）音變，我們認為是緊密型前置輔音 *C- 引起的。如例（688）：

（688）愆 *C.qʰra[n] > khjen > qiān『超過，犯錯』；很可能跟下面的字有關係：

衍 *N-q(r)anʔ > yenX > yǎn『溢出』

（689）乞 *C.qʰət > khj+t > qǐ『乞討，請求』：跟下面的字有相同的詞根：

氣 *qʰət-s > xj+jH > xì『贈送糧食』；乞 *C.qʰət 也是下面「气」字的聲符：

气 *C.qʰəp-s > *C.qʰət-s > *kʰət-s > khj+jH > qì『（吸入的東西）氣息，空氣，水汽』，原始閩語 *kh-；詞根是：

吸 *qʰ(r)əp > xip > xī『吸』，原始閩語 *kh-

請注意「乞」*C.qʰət 用作「气」*C.qʰəp-s『（吸入的東西）氣息，空氣，水汽』的聲符，只能在 *C.qʰəp-s 變成 *C.qʰət-s 以後發生。「气」最有可能是帶有前置輔音 *C 的，而與動詞「吸」

169

同源的，且帶有動詞轉名詞的 *-s 後綴。

（690） 勸 *C.q^{wh}ar-s > *khjwonH* > quàn『鼓勵』；其聲符最
終是

叩（＝誼，喧）*q^{wh}ar > *xjwon* > xuān『喧嘩，叫喊』

（對這些例子中的韻尾 *-r 的討論可參看 5.5.1.2 節。）

帶不確定的前置輔音的送氣聲母及其對應可參看表 4.64。

表 4.64 上古漢語帶不確定的前置輔音的濁送氣聲母字及其對應

上古漢語	中古漢語	原始閩語	越南語	原始苗瑤語
*C.p^{h}(^{ʕ})-	—	—	—	—
*C.t^{h}(^{ʕ})-	—	—	—	—
*C.ts^{h}(^{ʕ})-	—	—	—	—
*C.k^{h}(^{ʕ})-	—	—	—	—
*C.q^{h}(^{ʕ})-	*kh-*	*kh	—	—

4.4.5.3 前置輔音 *C 加濁阻塞音：*C.b(^{ʕ})- 型

前置輔音 *C 加一個濁的阻塞音到了中古漢語發展為一
個濁阻塞音（如 *C.b- > *b-*），在羅杰瑞構擬的原始閩語中則
發展為濁送氣音（如 *C.b- > *bh-）。[95] 這就是說，上古漢語
的 *C.b-、*C.d-、*C.dz-、*C.g- 與 *m.p-、*m.t-、*m.ts-、
*m.k- 有著相同的演變形式。要區別上述兩類聲母，需要排除
第二個輔音受了前置輔音 *m 的影響而濁化的可能性。如原始

---

95 前面提到，原始閩語的 *ɣ- 在羅杰瑞的系統中，其表現與濁送氣音
相同。

苗瑤語顯示不帶鼻冠音的濁聲母：

（691）騎 *C.g(r)aj > *gje* > qí『跨坐；騎』；原始閩語
　　　 *gh-；原始苗瑤語 *ɹej A『騎』

此處我們構擬了 *C.g(r)aj 而不是 *m.k(r)aj 或 *m.g(r)aj，因為
一個帶有前置輔音 *m 的形式在苗瑤語裡會產生鼻冠音。同樣
的推斷還可以看例（692）：

（692）園 *C.ɢʷa[n] > *hjwon* > yuán『園子』；原始閩語
　　　 *ɣ-；原始苗語 *waŋ A『花園』

看起來 *C.ɢ- 和 *C.g- 兩種上古聲母後來有相同的演變結果，
中古漢語是 *g-*，原始閩語是 *gh-，如例（693）：

170

（693）芹 *C.[ɢ]ər > *gj+n* > qín『芹菜』，原始閩語 *gh-，
　　　 廈門 /kʰun 2/；其聲符通常用來寫帶小舌音聲母的
　　　 字，如：
　　　 欣 *qʰər > *xj+n* > xīn『欣喜』

但是，*m-q- 聲母的後世形式則有所不同，到中古漢語是 *y-*，
原始閩語是 *ɣ-，可參看例（694）（該例與 4.4.2.1 小節的例
（479）相同，也可以參考例（511）關於「與」有小舌音聲母
的文字學證據）：

（694）與 *m-q(r)aʔ > *yoX* > yǔ『給；為；和』（帶有意願義
　　　 的 *m- 前綴），廈門 /hɔ 6/『給』< 原始閩語 *ɣ-；

與「舉」字同詞根：

舉 *C.q(r)aʔ > *kjoX* > jǔ『舉，抬起』

詞族關係提示詞根為濁阻塞音聲母時，也可以排除聲母前置輔音 *m 引起的次生化濁化，正如例（695），詞根聲母明顯為 *gˤ- ：

（695） 畫 *C-gʷˤrek-s > *hweaH* > huà『圖畫（名詞）』，原始閩語 *ɣua C；比較：

畫，劃 *gʷˤrek > *hweak* > huà『畫圖（動詞）』，原始閩語 *ɦuak D

在例（696）裡，我們構擬了 *C.g-，因為原始閩語的 *ɣ- 對應一個緊密的前置輔音，而不是 *N，而且語義上也不支持 *m- 的構擬：

（696） 橫 *C.gʷˤraŋ > *hwaeng* > héng『交叉的；橫向的』；原始閩語 *ɣ-

當詞根起首的濁塞音成分缺乏具體例證時，我們用方括號表示聲母清濁不確定，前置輔音聲母為鼻音與否也不確定。如此，*C.[b]- 聲母的意思是既可以是 *m.p-，也可以是 *C.b-。例如：

（697） 縫 *C.[b](r)oŋ-s > *bjowngH* > fèng『縫』，原始閩語 *bh-

（698） 團 *C.[d]ˤon > dwan > tuán『圓的，大量的』，原始
　　　　閩語 *dh-

（699） 市 *C.[d]ə? > dzyiX > shì『市場』，原始閩語 *džh-

（700） 蠶 *C.[dz]ˤ[ə]m > dzom > cán『蠶』，原始閩語
　　　　*dzh-

（701） 巷 *C.[g]ˤroŋ-s > haewngH > xiàng『小巷子，街
　　　　道』，原始閩語 *ɣ-

前置輔音 *C 加濁阻塞音的聲母的對應可參看表 4.65。

表 4.65 上古漢語帶不確定的前置輔音 s 的濁塞 / 塞擦音及其對應

上古漢語	中古漢語	原始閩語	越南語	原始苗瑤語
*C.b(ˤ)-	b-	*bh	—	—
*C.dˤ-	d-	*dh	—	—
*C.d-	dzy-	*džh	—	—
*C.dz(ˤ)-	dz-	*dzh	—	—
*C.g(ʷ)ˤ	h-	*ɣ		
*C.g(ʷ)-	g-	*gh		*ɟ-
*C.ɢ(ʷ)ˤ-	h-	*ɣ		
*C.ɢ-	g-	*gh		
*C.ɢʷ-	h(j)-	*ɣ	—	*w-

4.4.5.4 前置輔音 *C 加濁響音：*C.m(ˤ)- 型

在濁響音聲母之前帶前置輔音 *C 的例子比較普遍，也比
較簡單：它們反映為原始閩語和原始苗瑤語的清響音、客家話

和越南語的陰調響音。然而 *C.lˤ- 變作了中古漢語的 *d-*，原始
閩語的 *dh-。就鼻音聲母而言，羅杰瑞（1991）提供了較多的
例子，我們採用他的研究。例如：

171

（702）面 *C.me[n]-s > *mjienH* > miàn『臉』；原始閩語
　　　 *mh-，陸豐客家話 /mian 5/（陰調）；原始勉語
　　　 *hmien A『臉』

（703）米 *(C).mˤ[e]jʔ > *mejX* > mǐ『加工過的小米或稻
　　　 穀』；梅縣客家話 /mi 3/（陰調）；原始勉語 *hmei B
　　　 『去了皮的稻穀』

（704）蚊，䘌 *C.mə[r] > *mjun* > wén『蚊子』，原始閩語
　　　 *mh-；比較原始越語 *t.mu:l『蚊子』

（705）染 *C.n[a]mʔ > *nyemX* > rǎn『染』，梅縣客家話 /
　　　 niam 3/；越南語 *nhuốm* [ɲuʌmB1]『染色』

（706）年 *C.nˤi[ŋ] > *nen* > nián『年成；年』，原始閩語
　　　 *nh-，梅縣客家話 /nian 2/；原始苗瑤語 *hɲu̯əŋH
　　　 『年』

（707）五 *C.ŋˤaʔ > *nguX* > wǔ『五』，原始閩語 *ŋh-，梅
　　　 縣客家話 /ŋ 3/；原始台語
　　　 （Pittayaporn 2009）*haː C，原始拉珈語 *ʔŋɔː C
　　　 『五』（L-Thongkum 1992）

（708）瓦 *C.ŋʷˤra[j]ʔ > *ngwaeX* > wǎ『屋頂上的瓦片』；原
　　　 始閩語 *ŋh-，梅縣客家話 /ŋa 3/；越南語 *ngói* [ŋɔi
　　　 B1]『瓦』；原始苗瑤語 *ŋʷæX『瓦』[96]

---

96 我們料想在原始苗瑤語中應該是 *hŋʷ-，但 Ratliff（2010：30）的
　 系統裡面沒有這個聲母。

（709） 蟲 *C.lruŋ > drjuwng > chóng『蟲子』；原始閩語
　　　　*dh-

（710） 桃 *C.lˤaw > daw > táo『桃子』；原始閩語 *dh-，原
　　　　始苗瑤語 *glæw A『桃子』

（711） 老 *C.rˤuʔ > lawX > lǎo『老』；原始閩語 *lh-，梅縣
　　　　客家話 /lau 3/『老』

（712） 李 *C.rəʔ > liX > lǐ『李子』；原始閩語 *lh-；原始苗
　　　　瑤語 *hli̯əŋX『李子』

（713） 列 *C.r[a]t > ljet > liè『冷』；比較越南語 rét [zɛt
　　　　D1]『冷』（Bodman 1980：85）

（714） 藕 *C.ŋˤ(r)oʔ > nguwX > ǒu『蓮藕』；原始閩語 *ŋhəu
　　　　B，梅縣客家話 /ŋeu 3/，越南語 ngó [ŋɔ B1]，泰語 /
　　　　ŋau B2/ ~ /hŋau C1/（Norman 1991：210）[97]

（715） 顏 *C.ŋˤrar > ngaen > yán『臉，額頭』；原始苗語
　　　　*hŋen A『額頭』

172

我們設想，上古漢語的邊音聲母 *C.lˤ- 和 *lr- 分別經過 [lᵈ]、
[lᵈr] 的過渡階段演變到中古的 d- 和 dr-，參看表 4.66。我們認
為原始苗瑤語「桃子」（例 710）的特殊聲母 *gl-，是該語言
的說話者發漢語 [lᵈ] 音的嘗試。類似地，腸 *lraŋ（> lᵈraŋ）>
drjang > cháng『腸子』，在原始勉語有 *gljaŋ A『腸子』。

---

97 關於「藕」ǒu < *C.ŋˤ(r)oʔ『蓮花的根』，北京大學（2003）所提供
　　的梅縣方言的文讀音是 /ŋeu 3/，口語音是 /ŋeu 1/。但可能應該反過
　　來，根據羅杰瑞（1989：334–335）的描述，我們料想與原始閩語
　　*ŋh- 對應的應該變成第 3 調，而跟原始閩語 *ŋ- 對應的應該變成第
　　1 調，前者更應該是口語音。

前置輔音 *C 加濁響音的表現形式請看表 4.66。

表 4.66 上古漢語帶不確定的前置輔音的濁響音及其對應

上古漢語	中古漢語	原始閩語	越南語	原始苗瑤語
*C.m(^{ˤ})-	m-	*mh	m- [m] H	*hm-
*C.nˤ-	n-	*nh	—	*hn-，*hn̥-^{F}
*C.n-	ny-	*nh	nh- [ɲ] H	—
*C.ŋ(^{ˤ})-	ng-	*ŋh	ng- [ŋ] H	*hŋ-^{F}
*C.lˤ-	d-	*dh	—	*ɢl-
*C.l(^{ˤ})r-	dr-	*dh	—	原始勉語 *ɢlj-
*C.l-	—	—	—	—
*C.r(^{ˤ})-	l-	*lh	r- [z] H	*hl-，*r-

4.4.5.5 前置輔音 *C 加清響音：*C.m̥(^{ˤ})- 型

我們不知道清響音帶不確定前置輔音的例子。

4.5 帶鬆散型前置音節的音首

上古漢語以塞音為主要音節的聲母的字，同時在原始閩語裡為軟化聲母的，說明其帶有鬆散的前置音節。不過，正如 4.2.1.1 小節所說，北部閩語裡不是所有的軟化聲母字都是本地方言所固有的，有些（至少中古漢語為濁聲母的字當中）看起來是從保留濁音的方言裡借來的。必須小心地把它們剔除掉，否則會影響我們對上古漢語前置輔音的構擬。有關係詞存在時，我們料想越南語與北部閩語的軟化聲母相對的聲母形式是

個擦音化的聲母，但具體例子不多。鬆散型前置輔音的另一個具體反映是苗瑤語有鼻冠音，而中古漢語不讀濁聲母。

　　中古讀鼻音聲母，同時在接觸語言裡帶前置輔音，而且在閩南方言發生去鼻音化的字，我們為它們構擬前置聲母輔音。（前置輔音緊密結合的話，我們預料聲母保留其鼻音性質，並且鼻音向右擴展至韻母。參看 4.2.1.2 節。）

173

4.5.1 帶前置音節 *Nə 的音首

　　在之前的研究裡（沙加爾、白一平 2010），我們並沒有構擬與 *N- 相應的鬆散前置音節，我們設想具有靜態不及物意義的前綴 *N- 總是牢牢地附著於後面的輔音。但是現在我們除了 *N-，考慮到苗瑤語裡帶鼻冠音聲母，而原始閩語裡是清的或濁的軟化聲母的字，還必須要構擬鬆散型前置音節 *Nə-：

（716）沸 *Nə.p[u][t]-s > pj+jH > fèi『沸騰』（不及物動詞），原始閩語 *-p-，原始苗瑤語 *mpu̯æiH『沸騰』（不及物動詞）

（717）早 *Nə.tsˤuʔ > tsawX > zǎo『早的』；原始閩語 *-ts-，原始苗瑤語 *ntsi̯ouX『早的』

（718）滑 *Nə-gˤrut > hweat > huá『滑溜的』；原始閩語 *-g-，原始苗瑤語 *ɴɢu̯at『平滑的 / 滑溜的』

這個證據指出了靜態和不及物動詞前有個鼻音前綴，而且它並沒有使得中古漢語裡的清聲母變濁，但它卻導致了閩語裡軟化聲母的產生，這表明了緊密型的 *N 有著鬆散結合的可能性。

我們將它寫作 *Nə，以便跟其他的前置音節的寫法相平行。[98]

4.5.1.1 前置音節 *Nə 加清不送氣阻塞音：*Nə.p(^{ˤ})- 型

這些聲母的例子（716）、（717）之前已經討論過，可參看表 4.67。

表 4.67 上古漢語前置音節 *Nə 的清不送氣塞音及其對應

上古漢語	中古漢語	原始閩語	越南語	原始苗瑤語
*Nə.p(^{ˤ})-	*p-*	*-p	—	*mp-
*Nə.t(^{ˤ})-	—	—	—	—
*Nə.ts(^{ˤ})-	*ts-*	*-ts	—	*nts-
*Nə.s(^{ˤ})-	—	—	—	—
*Nə.k(^{ˤ})-	—	—	—	—
*Nə.q(^{ˤ})-	—	—	—	—
*Nə.ʔ(^{ˤ})-	—	—	—	—

4.5.1.2 前置音節 *Nə 加清送氣阻塞音：*Nə.pʰ(^{ˤ})- 型

我們構擬的 *Nə- 有助於解釋中古漢語的清送氣聲母和苗瑤語帶不及物鼻冠音的例子：

---

98 前置聲母 *Nə 在語音上如何表現，目前還不清楚。作為鬆散型的前置輔音，它可能含有央元音；原始苗瑤語的材料表明了鼻音成分存在，但到底是元音帶鼻化還是個鼻輔音，並不清楚；如果是鼻輔音，那它的發音部位也不能確定。下面的例（725）可能表明 *Nə 在語音上是 [ŋə]。

（719）開 *Nə-[k]ʰˤəj > *khoj* > kāi『開著（不及物動詞）』；勉
語 /goi 1/ < 原始苗瑤語 *ŋkh-『開（花），開（心）』　　**174**

（對於「開」字，我們早先的構擬是 *N-kʰˤəj；可參看 4.4.1.2
小節）比較及物動詞：

（720）開 *[k]ʰˤəj > *khoj* > kāi『打開（及物動詞）』；勉語 /
khoi 1/ < 原始苗瑤語 *kh-『打開（及物動詞）』

在像「開」的例子裡，我們並不期待閩語的材料有何助益，
理由是閩語裡送氣音聲母不受軟化的影響。在新的解決方案
裡，我們早先有關 *N 不使送氣聲母變濁的看法沒有必要堅持
了（之前的討論在 Sagart 2003 和沙、白 2010 裡可以看到）。
現在我們可以用 *N- 來解釋濁阻塞音聲母和送氣阻塞音聲母之
間，或者是鼻音聲母 *ng*- 與清擦音聲母 *x*- 之間及物性功能的
交替。比如一個簡單詞根 *kʰok 可以出現於「曲」qū< *khjowk*
< *kʰ(r)ok『彎下去，彎的』（及物）和「局」jú < *gjowk* <
*N-kʰ(r)ok『彎的，曲的』（不及物）。詞根 *qʰˤak 可以同時
解釋「嚇」hè < *xaek* < *qʰˤ<r> ak『恐嚇』（及物）和「愕」è
<*ngak* < *N-qʰˤak『害怕的』（不及物）。這樣的詞族交替，用
*N- 可使送氣聲母免於濁化的假設來解釋是行不通的。其他的
例子還有：

（721）缺 *Nə-[k]ʷʰˤet > *khwet* > quē『分開；有缺陷的』；
原始苗瑤語 *NKʷet『有一個缺口』

（722）渴 *Nə-[k]ʰˤat > *khat* > kě『口渴的』；原始苗瑤語
*NKhat『口渴的』

（723） 坼 *Nə-qʰˤ<r>ak > trhaek > chè『有分裂的（不及物動詞）』；勉語 /dzɛʔ 7/ < *ntsh-『（土地）有裂縫的』(Downer 1973)；可比較不帶前置輔音的形式：拆 *qʰˤ<r>ak > trhaek > chāi『分開，拆開』，勉語 /tshɛʔ 7/ < *tsh-

送氣聲母前加前置音節 *Nə 在相關材料裡的對應可參看表 4.68.

表 4.68 上古漢語加前置音節 *Nə 的送氣清塞音及其對應

上古漢語	中古漢語	原始閩語	越南語	原始苗瑤語
*Nə.pʰ(ˤ)-	—	—	—	—
*Nə.tʰ(ˤ)-	—	—	—	—
*Nə.tsʰ(ˤ)-	—	—	—	—
*Nə.kʰ(ˤ)-	kh-	—	—	*ŋk(h)-
*Nə.qʰ(ˤ)-	—	—	—	—
*Nə.qʰ(ˤ)r-	trh-	—	—	*ntsh-

4.5.1.3 前置音節 *Nə 加濁阻塞音：*Nə.b(ˤ)- 型

*Nə.b(ˤ)- 型音節的例子很少。下面是一個可能的例子：

（724） 滑 *Nə-gˤrut > hweat > huá『滑溜的』，原始閩語 *-g-；原始苗瑤語 *ɴɢʷat『平滑的 / 滑溜的』

請參看下面的表 4.69：

175

表 4.69 上古漢語帶前置音節 *Nə 濁塞音及其對應

上古漢語	中古漢語	原始閩語	越南語	原始苗瑤語
*Nə.b(^{ˤ})-	—	—	—	—
*Nə.d(^{ˤ})-	—	—	—	—
*Nə.dz(^{ˤ})-	—	—	—	—
*Nə.g^{ˤ}-	h-	*-g	—	*NG-
*Nə.g-	—	—	—	—
*Nə.ɢ(^{ˤ})-	—	—	—	—

4.5.1.4 前置音節 *Nə 加濁響音：*Nə.r(^{ˤ})- 型

例（725）是 *Nə.rˤ- 型聲母的可能的例子：

（725）　漏 *[Nə-r]^{ˤ}ok-s > luwH > lòu『漏』，原始苗語 *ŋgro
　　　　 C『漏』

原始苗語 *ŋgro C「漏」提供了前置鼻輔音的證據，是同時
也暗示了 *Nə 裡的 *N 是軟腭的發音部位。原始苗語 *-g- 可
以看作是出現於 *ŋ、*r 之間的一個寄生性音段（parasitic
segment）。中古漢語失去了前置輔音，同時也沒有變成中古
的 y-，這說明這個前置輔音也是鬆散的（*N.r- 會變成中古的
y-）。動詞是非及物的、非意願性，表明前綴應該是 *Nə 而不
是 *mə。參看表 4.70。

表 4.70 上古漢語帶前置音節 *Nə 的濁響音及其對應

上古漢語	中古漢語	原始閩語	越南語	原始苗瑤語
*Nə.m(^{ˤ})-	—	—	—	—
*Nə.n(^{ˤ})-	—	—	—	—
*Nə.ŋ(^{ˤ})-	—	—	—	—
*Nə.l(^{ˤ})-	—	—	—	—
*Nə.r(^{ˤ})-	l-	—	—	*ŋgr- (？)

4.5.1.5 前置音節 *Nə 加清響音：*Nə.r̥(^{ˤ})- 型

我們尚不知道上古漢語有清響音帶前置輔音 *Nə 的例子。

4.5.2 帶前置音節 *mə 的音首

4.5.2.1 前置音節 *mə 加清不送氣阻塞音：*mə.p(^{ˤ})- 型

這些聲母在中古漢語裡是不送氣的清塞音，在苗瑤語裡帶鼻冠音，在閩語裡是清的軟化聲母。例如：

（726）擔 *mə-tˤam > tam > dān『用肩挑』，原始閩語 *-t-；
原始苗瑤語 *ntam『用肩挑』

（727）菇 *mə.kˤa > ku > gū『蘑菇』，原始閩語 *-k-；原始
苗瑤語 *ŋkjæu『蘑菇』

（728）繰 *mə-tsˤawʔ > tsawX > zǎo『漂白；洗』；原始苗瑤
語 *ntsæwX『洗』

（729）粉 *mə.pənʔ > pjunX > fěn『麵粉』；原始苗瑤語

176

> *mpwə:n B『麵粉』（王輔世、毛宗武 1995：89，
> 664）

（730）　蔭 *mə-q<r>[u]m-s >'*imH* > yìn『陰暗』；原始勉語
　　　　（L-Thongkum 1993）*ʔglom C < *ŋkl-『遮陽』

（731）　散 *mə-sˤa[n]ʔ-s > *sanH* > sàn『分散（及物動詞）』；
　　　　比較原始勉語 *dzhan C< 原始苗瑤語 *ntsh-『散
　　　　開』，越南語 *ran* [zɑn A1]『散開，擴散』

在例（731）裡，我們設想原始苗瑤語的塞擦音形式反映了一
個增音（epenthetic）[t]：*mə-sˤ- > *ms- > *ns- > *ntsh-。[99]
也請注意，越南語 [zɑn A1] 是個陰調（越南語聲調 A 與中古
漢語去聲字的對應有不少實例）。我們知道，越南語不但塞音
會發生軟化，而且在原始越語帶前置輔音的 *s- 聲母也是如此
（Ferlus 1982）。它的固有詞與 *s-* 聲母相對應的聲母在文字上
寫作 *r-* [z-]（見 4.4.5.1 節的討論）。可以設想，勉語的前置鼻
輔音和古越南語使 *s 擦音化的前置輔音是上古漢語的同一個
前置輔音。

　　前置音節 *mə 加不送氣清阻塞音的聲母形式可參看表
4.71。

---

99 我們把原始苗瑤語聲母的送氣成分當作是起初的擦音聲母演變的副
　　產品，但因為缺乏平行的例子，所以很難證實。

表 4.71 上古漢語帶前置音節 *mə 的清阻塞音及其對應

上古漢語	中古漢語	原始閩語	越南語	原始苗瑤語
*mə.p(ˤ)-	p-	—	—	*mp-
*mə.tˤ-	t-	*-t	—	*nt-
*mə.t-	—	—	—	—
*mə.ts(ˤ)-	ts-	—	—	*nts-
*mə.s(ˤ)-	—	—	—	—
*mə.k(ˤ)-	k-	*-k	—	*ŋkj-
*mə.qr-	—	—	—	*ŋkl-
*mə.ʔ-	—	—	—	—

4.5.2.2 前置音節 *mə 加清送氣阻塞音：*mə.pʰ(ˤ)- 型

前置音節 *mə 加送氣清阻塞音的形式只是針對中古漢語清送氣聲母的構擬，在苗瑤語裡是帶鼻冠音的聲母，而且不具有非及物的意義（否則它將引導我們構擬前置音節 *Nə 而不是 *mə），原始閩語並沒有使得上古漢語的送氣音聲母發生軟化。例如：

（732）拍 *mə-pʰˤrak > phaek > pāi『拍打』；原始苗瑤語 *mpjɛk『拍』（王輔世、毛宗武 1995）

（733）唱 *mə-tʰaŋ-s > tsyhangH > chàng『領唱』；原始苗瑤語 *ɳtʃwjʋə:ŋ A『唱』（王輔世、毛宗武 1995：252，563，只見於勉語支）

（734）稱 *mə-tʰəŋ-s > tsyhingH > chèng『桿秤』；原始苗瑤語 *nthju̯əŋH『平衡』

至於後一例，屬侗台語族的毛難語的 /ⁿdaŋ 5/『稱重』（梁敏 1980：102）確認了苗瑤語的鼻冠音成分。請注意，以上三個例子當中有兩個苗瑤語的輔音是不送氣的，也參看 4.5.2.5 節的例（748），這可能反映了早期苗瑤語送氣音分布的某種語音限制。請看表 4.72 的語音對應。

表 4.72 上古漢語帶前置音節 *mə 的送氣阻塞音

上古漢語	中古漢語	原始閩語	越南語	原始苗瑤語
*mə.pʰ(ˤ)-	ph-	—	—	*mp-
*mə.tʰˤ-	—	—	—	—
*mə.tʰ-	tsyh-	—	—	*nthj-
*mə.tsʰ(ˤ)-	—	—	—	—
*mə.kʰ(ˤ)-	—	—	—	—
*mə.qʰ(ˤ)-	—	—	—	—

4.5.2.3 前置音節 *mə 加濁阻塞音：*mə.b(ˤ)- 型

帶前置音節 *mə- 的濁阻塞音在中古漢語裡是濁聲母，在羅杰瑞構擬的原始閩語裡是軟化的濁聲母，在苗瑤語裡是帶鼻冠音的濁聲母，在越南語裡是讀陽調的擦音化聲母。例如：

（735）婦 *mə.bəʔ > bjuwX > fù『女人，妻子』，原始閩語 *-b-；越南語 vợ [vʌ B2]『妻子』；原始勉語 *mbɥeŋ B

（736）步 *mə-bˤa-s > buH > bù『步行』，原始閩語 *-b-；越南語 vã [vɑ C2]『步行，走路』；瑤語 /bia 6/ < *mb-『步子，跨步』

（737）紵 *mə-draʔ > *drjoX* > zhù『苧麻；亞麻』，原始閩
語 *-d-；原始苗瑤語 *nduH『苧麻，亞麻』

（738）字 *mə.dzə(ʔ)-s > *dziH* > zì『生育，愛護；文字』，
原始閩語 *-dz-；*原始勉語 *ndzaŋ C『詞、字』

（739）猴 *mə-gˤ(r)o > *huw* > hóu『猴子』，原始閩語 *-g-

以上這些對應可以參看表 4.73。

表 4.73 上古漢語帶前置音節 *mə 的濁阻塞音及其對應

上古漢語	中古漢語	原始閩語	越南語	原始苗瑤語
*mə.b(ˤ)-	*b-*	*-b	v- [v] L	*mb-
*mə.dˤ-	—	—	—	—
*mə.d(ˤ)r-	*dr-*	*-d	—	*nd-
*mə.dz(ˤ)-	*dz-*	*-dz	—	*ndz-
*mə.gˤ-	*h-*	*-g	—	—
*mə.g-	—	—	—	—
*mə.ɢ(ˤ)-	—	—	—	—

4.5.2.4 前置音節 *mə 加濁響音：*mə.r(ˤ)- 型

上古漢語在鼻音聲母前的 *mə 作為前置音節，到了中古
漢語、原始閩語、苗瑤語和越南語裡是看不到的。不過有些例
子在先秦文獻裡用「無」*ma > *mju* > wú 來寫，此時的「無」
並非否定詞，而是動詞前綴。《詩經・大雅・文王》五章中
（235.5）「無念爾祖」，初看一起來意思好像是「不要懷念你

的祖先」，但很明顯應該是「要懷念你的祖先」，《毛傳》[100] 和《爾雅》（3.81）[101] 都做了類似的注解。我們把「無」看作是表示意願義的鬆散的前綴 *mə。該前綴加在動詞「念」*nˤim-s > nemH > niàn『思念』之前，表達意願的語義，讓它能夠當作命令句的主要動詞。

帶 *mə.rˤ- 的例子是：

（740）　來 *mə.rˤək > *mə. rˤə > *loj* > lái『來』；[102] 它是下字的聲符

　　　　麥 *m-rˤək（方言）> *mrˤək > *meak* > mài『麥子』

當中古漢語的 *l*- 在原始閩語是個軟化的 *-d-，而且諧聲系列或相關語言中的漢語借詞提供前置聲母中帶唇鼻音成分的信息時，我們為此構擬 *mə.r-。同樣地，當中古漢語的 *zy*- 在原始閩語是個軟化聲母 *-dž-，而且聲母帶有唇鼻音的證據存在，我們為此構擬 *mə.l-。下列中古來母字在上古帶前置唇鼻音，其證據來源於諧聲材料，對應原始閩語中的 *-d-（Norman 2005：4）：

100　「無念，念也。」

101　「勿念，勿忘也。」（郝懿行等 1989：146）。《爾雅》是約公元前三世紀訓詁材料的集合。

102　動詞「來」在《詩經》中有時（可能是早期的）與 *-ək 押韻（如《詩經》203.4，242.1，263.6），但也有時與 *-ə 押韻。我們的解釋是這個常用動詞有一個異體在非重音位置時就丟掉了韻尾 *-k；和 *-ə 押韻表示這個不重讀的音節又要重讀了（就像現代英語中 *it* 來自於中古英語和上古英語的 *hit*）。參見 Baxter（1992：337–338）和 5.4.2.2. 節。

（741） 鯉 *mə-rəʔ > *liX* > lǐ『鯉魚』，原始閩語 *-d-

（742） 蠣 *mə-rat-s > *ljejH* > lì『牡蠣』，原始閩語 *-d-

（743） 埋 *m.rˤə > *meaj* > mái『埋葬』：原始閩語 *-d-，反
映了另一變體「埋」*mə.rˤə

（744） 鹿 *mə-rˤok > *luwk* > lù『鹿』，原始閩語 *-d-；比較
布央語（郎架方言）/ma 0 lok 8/（李錦芳 1999：199）

例（744）提到的布央語分布於雲南、廣西兩省區，是侗台語
的一種。

中古漢語的 *zy-* 對應到原始閩語 *-dž- 的那些字，很明顯
表明了上古漢語非咽化的 *l 與鬆散的前置輔音的結合。比較證
據尤其支持下列 *mə 構擬的例子：

（745） 舌 *mə.lat > *zyet* > shé『舌頭』，原始閩語 *-dž-；
原始苗瑤語 *mblet『舌頭』

（746） 食 *mə-lək > *zyik* > shí『吃』，原始閩語 *-dž-；原
始苗語 *mbljæ C『吃菜配米飯』

（747） 實 *mə.li[t] > *zyit* > shí『水果；滿的』，原始閩
語 *-dž-；原始台語 *m.lec D『穀粒』（Pittayaporn
2009）

我們認為，腭化為 [ʎ] 後，上古漢語非咽化的 *l 在兩個元音之
間變成了擦音，產生了中古漢語的 *zy-*（應該讀作 [ʑ]）。參看
表 4.74。

表 4.74 上古漢語前置音節 *mə 的濁響音聲母及其對應

上古漢語	中古漢語	原始閩語	越南語	原始苗瑤語
*mə.nˤ-	n-	—	—	—
*mə.n-	—	—	—	—
*mə.ŋ(ˤ)-	—	—	—	—
*mə.r(ˤ)-	l-	*-d	—	—
*mə.l-	zy-	*-dž	—	—

4.5.2.5 前置音節 *mə 加清響音：*mə.l̥(ˤ)- 型

清響音前加 *mə 的一個可能的例子是：

（748） 脫 *mə-l̥ˤot > thwat > tuō『脫落』；比較原始勉語
*ʔdut（< *nt-）『脫落 / 逃脫』

在例（748）中，「脫」*mə-l̥ˤot 明顯是漢語裡 *l̥ˤ- > *tʰˤ- 音變
發生之後才借入勉語的，但同時前置鼻輔音還在。漢語在前
綴 *mə 後的送氣塞音到苗瑤語裡的不送氣音的對應，我們在
4.5.2.2 節做了說明。請參看表 4.75。

表 4.75 上古漢語帶前置音節 *mə 的清響音及其對應

上古漢語	中古漢語	原始閩語	越南語	原始苗瑤語
*mə.m̥(ˤ)-	—	—	—	—
*mə.n̥(ˤ)-	—	—	—	—
*mə.ŋ̊(ˤ)-	—	—	—	—
*mə.r̥(ˤ)-	—	—	—	—

（續上表）

上古漢語	中古漢語	原始閩語	越南語	原始苗瑤語
*mə.l̥ˤ-	th-	—	—	*nt-
*mə.l̥-	—	—	—	—

4.5.3 前置音節 *sə 的音首

按照本書的原則，構擬上古漢語前置 *sə- 的條件是原始閩語有軟化聲母而中古漢語顯示與 *s 有關的語音影響（如擦音化）。

4.5.3.1 前置音節 *sə 加清阻塞音：*sə.p(ˤ)-、*sə.pʰ(ˤ)- 型

我們沒有比較確切的上古漢語帶前置音節 *sə 加送氣或不送氣塞音聲母的例子。就送氣塞音來說，這完全可以預料到，因為正如我們前文已經提到的，閩語並不使送氣音軟化。對於不送氣清塞音來說應該另外找解釋：比如說，關於齒齦輔音，我們預料看到原始閩語的 *-t- 或 *-tš- 反映上古的 *sə.t-。本書認為上古 s.t- 要變成中古 sy-，而 s.tˤ- 變成中古的 ts-. 如我們在 4.4.3.1 節的注 58 中所指出的：另一種可能是，緊密型的 *s.t(ˤ)- 變為中古的 ts-，不管咽化與否（在這種情況下，發展到中古漢語 ts- 的以上古咽化聲母佔優勢應該看作是偶然的），而上古的 *sə.t- 以及帶前元音的 *sə.k- 變為中古 sy-，*sə.ts- 變為 s-，而且其他發音部位也發生類似的發展。第二種可能就需要假設 *sə 在閩語中的脫落早於其他鬆散型的前置成分，至少在北部閩語發展出軟化聲母之前就沒有了。這個問題需要再詳加研究。我們暫時採取的方案是 *s.t > sy-、*s.tˤ > ts-，看不到支持 *sə.t- > tsy 的證據也可能是偶然的，其他發音部位的聲母字情況也相類似。

180

4.5.3.2 前置音節 *sə 加濁阻塞音：*sə.b(ˤ)- 型

我們能看到上古漢語 *sə.d- 的例子：

（749）脣 *sə.dur > *zywin* > chún『嘴脣』，原始閩語 *-dž-
　　　（?）：（福州 /suŋ 2/，建甌 /œyŋ 3/）；[103] 聲符是：
　　　辰 *[d]ər > *dzyin* > chén『地支第五』

「辰」字屬於齒齦塞音的諧聲系列。上古漢語的簡單聲母 *d- 理
應演變為中古漢語的 *dzy-*，因此 *zy-* 顯示了前置輔音的影響。
類似的，原始閩語的 *-dž- 是 *dž- 的軟化聲母，*dž- 反映了上
古漢語非咽化的 *d-：根據我們的原則，「脣」字的上古漢語應
該是帶鬆散前置輔音的 *d-。那個前置輔音的影響就是在中古
漢語裡將塞擦音變作擦音。我們在 4.4.3 節看到，緊密型前置
輔音 *s 後接像 *t-、*ts-、*dz-、*k-（後接前元音）和 *g-（後
接前元音）的阻塞音時，其對聲母的影響就是使它擦音化，
如 *s.g- > *zg- >*zdž- > *zy-*。這個演變就可以解釋中古漢語
「示」*s-gijʔ-s > *zyijH* > shì『顯示』（例 567）的擦音聲母是怎
麼來的。然而，至於上古漢語的 *s.d-，我們主張前置輔音 *s
向主要聲母 d- 同化而變為 *z-* 之後，複輔音 [zd] 在 [d] 腭化之
前簡化為 *z-*，這樣 [z] 就沒有機會使後接的塞擦音擦音化（參
看 4.4.3.3 節）。關於「脣」*sə.d- 演變為 *zy-* 的過程，我們設

103　廈門 /tun 2/、潮州 /tuŋ 2/『嘴脣』也可能反映原始閩語的 *d-；上
　　　古音的 *d- 在 B 型音節中未能發生腭化，其原因無法解釋。建甌
　　　帶軟化聲母的形式 /œyŋ 3/ 是不是口語音，不好斷定。建甌話「嘴
　　　脣」的口語音是 /tsʰy 5 pʰyɛ 6/『嘴皮』，李如龍、潘渭水（1998：
　　　35）將其解釋成「喙皮」。原始閩語是 *tšhyi C bhye A。

想，上古 *s.d- 演變為 *zd-* 之後，*sə.d- 就簡化成 *s.d-，填補了之前就有的上古漢語 *s.d- 留下的空位。新的 *s.d- 變成濁的 *zd-，因為腭化音變又變作 *zdʐ-，最後再擦化為 *zy-*。

　　*sə.ɢ- 聲母的例子是：

（750）松 *sə.ɢoŋ > *zjowng* > sōng『松樹』，原始閩語 *-dz-；聲符是：

公 *C.qˤoŋ > *kuwng* > gōng『公平的，公正的，公開的』[104]

181

可以比較上古漢語「旋」*s-ɢʷ- 到原始閩語 *dz- 的演變（參看 4.4.3.3 節）。

　　Sagart & Baxter（2009）顯示「公」應有小舌音聲母，因為諧聲字「瓮」wèng < *'uwngH* < *qˤoŋ-s『土製的罐子』和「頌」róng < *yowng* < *[ɢ](r)oŋ『面容』（現在寫作「容」）。這裡我們再次假設，本來的 *s.ɢ- 變作了 *zɢ-，然後鬆散型的 *sə.ɢ- 填補空缺，變作 *s.ɢ-，繼而發生逆同化變作 *zɢ-，最後跟來自 *s-ɢ- 的中古漢語 *z-* 合併。還有一個例子是：

（751）邪 *sə.ɢA > *zjae* > xié『歪』，原始閩語 *-dz-（Norman 1996：34）；原始苗語（王輔世 1979）*ɢei A『邪，歪』

---

104 從木從公的字形在公元前 4 世紀後期的《鄂君啟舟節》裡作為地名出現過，參看《古文字詁林》5.811–812。

相關的對應可參看表 4.76。

表 4.76 上古漢語前置音節 *sə 的濁塞音及其對應

上古漢語	中古漢語	原始閩語	越南語	原始苗瑤語
*sə.b(ˤ)-	—	—	—	—
*sə.dˤ-	—	—	—	—
*sə.d-	zy-	*-dž	—	—
*sə.dz(ˤ)-	—	—	—	—
*sə.g(ˤ)-	—	—	—	—
*sə.ɢˤ-	—	—	—	—
*sə.ɢ-	z-	*-dz	—	*ɢ-

4.5.3.3 前置音節 *sə 加濁響音：*sə.l(ˤ)- 型

正如上文 4.5.2.4 小節所討論的，我們預期非咽化 *l- 前面加上鬆散的前置音節之後，變成中古濁的腭化擦音 zy-（船母）。就具體的前置音節 *sə 來說，我們假設上古漢語的 *sə.l 會變成 [səẓ-]，當前置音節失去元音之後，再變成緊密型的 *sẓ-，從而變作 *zẓ-，最後成為中古漢語的 z-。例如：

（752） 謝 *sə-lАk-s > zjaeH > xiè『辭謝，放棄』，原始閩語 *-dz-（建陽 /lia 6/）；比較越南語 giã [zɑ C2]『告辭』

我們設想，當原始閩語分化出來時，前置音節還鬆散地前附於主要音節，於是有了軟化聲母 *-dz-。這個字在複聲母簡化之前被借入越南語，於是前置音節導致擦音化：giã[zɑ C2]『告

辭』。儘管看不到其他相關語言的證據，我們仍然將中古漢語
的 z- 與上古漢語的邊音聲母的聯繫視為 *sə.l- 的證據。例如：

（753）隨 *sə.loj > zjwe > suí『跟隨』；有相同聲符的，可
比較：

182

墮 *lˤojʔ > dwaX > duò『墜落』

（754）徐 *sə.la > zjo > xú『慢慢地走』；聲符是
余 *la > yo > yú『第一人稱單數代詞，可能是敬稱』

（755）馴 *sə.lu[n] > zwin > xún『溫順的；逐步的』；具有
相同聲符的如
順 *Cə.lu[n]-s > zywinH > shùn『順著；遵從』
訓 *l̥u[n]-s（方言 >）*xun-s > xjunH > xùn『訓導』

（756）似 *sə.ləʔ > ziX > sì『相似的』；聲符是：
以 *ləʔ > yiX > yǐ『拿，用』

我們還不知道前置音節 *sə 和其他響音聲母相結合的具體例
子：看來，這個前置音節只在後面的聲母是 *l 時才能推斷得
來。同樣地，我們也不知道 *sə 和其他清響音聲母相結合的例
子。表 4.77 總結了這類對應。

表 4.77 帶前置音節 *sə 的濁響音及其對應

上古漢語	中古漢語	原始閩語	越南語	原始苗瑤語
*sə.m(ˤ)-	—	—	—	—
*sə.n(ˤ)-	—	—	—	—
*sə.ŋ(ˤ)-	—	—	—	—
*sə.lˤ -				

（續上表）

上古漢語	中古漢語	原始閩語	越南語	原始苗瑤語
*sə.l-	z-	*-dz	gi- [z]	—
*sə.r(^{ʕ})-	—	—	—	—

4.5.4 帶前置音節 *pə、*tə、*kə 的音首

　　構擬帶鬆散前置音節 *pə、*tə 和 *kə 的聲母，需要兩個獨立的要素：一是前置輔音包含的具體的塞音成分，其證據來自越語、拉珈語和漢語方言；另一個是前置音節是鬆散型的。帶阻塞音聲母的例字中，北部閩語的聲母軟化提供了鬆散前置音節的證據，除了上古漢語的送氣塞音在閩語從不軟化以外。（在帶有響音聲母的字例中，原始閩語的一般響音聲母 *m-、*n- 和 *l- 等，能夠反映鬆散的，而非緊密的前置音節，後者將產生原始閩語的 *mh-、*nh- 和 *lh- 等聲母）。很少的例子能滿足這種雙重條件。

　　4.5.4.1 **前置音節 *pə、*tə、*kə 加阻塞音：*kə.d(^{ʕ})- 型**

　　「蟑螂」一詞，是個上古漢語 *kə.dz- 和原始閩語 *-dz- 對應的明顯的例子，而且前置輔音 *kə 的構擬得到的閩南方言、粵語的支持（參看 4.2.1.1 的討論）。這裡再重複一下這個例子：

（757）原始閩語 *-dzɑt D『蟑螂』，北部閩語：建甌 /tsuɛ 4/，政和 /tsuai 5/，崇安 /luai 8/；再如邵武 /tsʰai 6/（Norman 1982：548），和平 /tʰai 4/（Norman 1995：122），鎮前 /tsua 5/，建陽 /loi 8/，五夫 /luai 8/（Norman 1996：37），連墩村 /lue 8/（Norman

2002：357）。

比較：福安 /sat 8/ ~ /ka 1 sat 8/，福州 /ka 6 sak 8/，廈門 /ka 1 tsuaʔ 8/；粵語 /ka-tsat 8，kat-tsat 8/。

越語提供了第二個例子：「脰」dòu < *duwH*『脖子』，在原始閩語裡是軟化聲母 *-d-，在 Rục 語裡有前置軟腭音 /kadɔk/『頸背』（Nguyễn Phú Phong et al. 1988）。相對應的越南語裡的詞是 *dọc* [zɔk D2]『某種植物的肉質葉梗；刀背；管子；秤桿』，具有擦化的聲母 *d-* [z]：

（758）脰 *kə.dˤok-s > *duwH* > dòu『脖子』，原始閩語 *-d-；Rục 語 /kadɔk/『頸背』，越南語 *dọc* [zɔk D2]『某種植物的肉質葉梗等』，原始越語 *k-dɔ:k『頸背』

這些聲母在語言間的對應參看表 4.78。

表 4.78 上古漢語帶前置音節 *kə 濁阻塞音及其對應

上古漢語	中古漢語	原始閩語	越南語	原始苗瑤語
*kə.b(ˤ)-	—	—	—	—
*kə.dˤ-	*d-*	*-d	*d-* [z] L	—
*kə.d-	—	—	—	—
*kə.dz(ˤ)-	—	*-dz	—	—
*kə.g(ˤ)-	—	—	—	—
*kə.ɢ(ˤ)-	—	—	—	—

4.5.4.2 前置音節 *pə、*tə、*kə 加濁響音：*kə.l(^{ˤ})- 型

「道」dào < *dawX*『道路』的諧聲聲符是「首」*l̥uʔ >
syuwX >shǒu『頭部』，所以上古漢語裡一定有邊音聲母的成
分。雖然必須承認在語義上還不是很確定，羅杰瑞（1996：
36）猜測「道」從閩語表示「遠」的詞演變而來，如石陂 /dɔ
5/（「遠」）。該詞在閩語的聲母來自原始閩語軟化的 *-d-。
在目前的框架下，羅杰瑞的推測暗示 *lˤ 之前有個鬆散的前置
音節。原始苗瑤語 *kləuX『路』與此相一致。我們做了如下
構擬：

（759）道 *[kə.l]ˤuʔ > *dawX* > dào『道路』，原始閩語 *-dɑu
　　　　B『遠的』；原始苗瑤語 *kləuX『道路』

其中方括號裡頭表示的是閩語提供的尚待證明的證據。如果證
明閩語的證據是不可靠的，苗瑤語本身的證據仍然能夠指向
*kə.lˤuʔ 或 *k.lˤuʔ 的構擬。

「溺」niào < *newH*『小便』在原始閩語是個普通的 *n- 聲
母。拉珈語的金田方言和六拉方言的 /kĩu B1/（L-Thongkum
1992），其第一個元音的鼻化色彩是對上古漢語鼻音聲母的
繼承，同時也體現了前置輔音 *k。上古漢語的聲母不能是
*k.n-，因為它會變成原始閩語的 *nh-。我們做了如下構擬：　184

（760）溺 *kə.nˤewk-s > *newH* > niào『小便』，原始
　　　　閩語 *n-；拉珈語 /kĩu B1/（金田、六拉方言：
　　　　L-Thongkum 1992：66）

「落」luò < *lak*『落下』在原始閩語的聲母是 *l-（建陽 /lɔ 8/，

邵武 /lo 6/），但閩南方言的材料顯示，前面有個音節 /ka/，比如廈門 /ka-lau? 8/『東西掉下來』（Douglas 1899：297）漢語北方邊緣平遙方言（現在歸入晉方言），也有類似的前置音節：/kʌ?-lʌ?/『少量往下落』（侯精一 1989：200）。這種前置音節在解釋諧聲方面有積極的價值，因為該諧聲系列的其他字的聲母帶軟腭塞音。我們的構擬如下：

（761）　落 *kə.rˤak > *lak* > luò『掉落』，原始閩語 *l-，廈門 /ka-lau? 8/『東西掉下來』(Douglas 1899：297)；平遙 /kʌ?-lʌ?/『少量往下落』（侯精一 1989：200）；參看 Sagart（1999c：99）。同聲符的字如：格、袼 *kˤrak > *kaek* > gé『至；來』（「各」字最早用在這項意義的詞中，參看陳初生 1987：123。）也可能跟下字有關：路 *Cə.rˤak-s > *luH* > lù『路』，原始閩語 *-d-（參看 4.5.5.3 節的例（801）

前置音節 *kə 加濁響音聲母的對應情況可看表 4.79。我們還沒有明確的例子來證明前置音節位置 *pə、*tə 加濁響音聲母的存在。

表 4.79 上古漢語帶前置音節 *kə 的濁響音及其對應

上古漢語	中古漢語	原始閩語	越南語	原始苗瑤語
*kə.m(ˤ)-	—	—	—	—
*kə.nˤ-	*n-*	*n		

（續上表）

上古漢語	中古漢語	原始閩語	越南語	原始苗瑤語
*kə.n-	—	—	—	—
*kə.ŋ(^{ˤ})-	—	—	—	—
*kə.r(^{ˤ})-	l-	*l	—	—
*kə.l̥^{ˤ}-	d-	*-d	—	*kl-
*kə.l̥-	—	—	—	—

4.5.4.3 前置音節 *pə、*tə、*kə 加清響音：*kə.l̥(^{ˤ})- 型

下例「攝」字在清響音聲母前面可能加前置音節 kə：

（762）攝 *kə.ŋep > *syep* > shè『捉住，抓住』；比較原始臺
語 *^{h}ni:p『捏』（Pittayaporn 2009）；聲符是：
聶 *nrep > *nrjep* > niè『答應；在某人耳邊耳語』

我們根據諧聲聯繫，給「攝」shè < *syep* < *kə.ŋep 構擬了
*ŋ-（比較「躡」*nrep > *nrjep* > niè「踏」等）。但是拉珈語 /
khjɛ̃:p 7/ 顯示，在鼻音聲母之前可能有軟腭部位的前置塞音，
聲母鼻音成分按規則變成了元音的鼻音性。因此我們構擬了：　　185

（763）攝 *kə.ŋep > *syep* > shè『捉住，抓住』

4.5.5 帶鬆散的、不確定的前置音節 *Cə 的音首

從構擬鬆散前置音節的證據中常常不能推測前置音節是哪
一個。在這種情況下我們構擬前置音節 *Cə。

4.5.5.1 前置音節 *Cə 加清不送氣阻塞音：*Cə.p(ˤ)- 型

*Cə.p(ˤ)- 型聲母在中古漢語裡是不送氣清塞音或是塞擦音，在原始閩語裡是軟化的清塞音或塞擦音。如果越南語有相對應的字，我們預計它應該是個讀高域聲調的擦化音聲母。苗瑤語的聲母應該是個不送氣清音。例如：（閩語材料引自 Norman 1971，1996；秋谷 2004）

（764）搬 *Cə.pˤan > pan > bān『搬動』；原始閩語 *-p-（建陽 /voiŋ 9/）

（765）反 *Cə.panʔ > pjonX > fǎn『反過來』；原始閩語 *-p-（建陽 /vaiŋ 3/）

（766）發 *Cə.pat > pjot > fā『飛出，送出』；原始閩語 *-p-（石陂 /buai 3/）

（767）飛 *Cə.pə[r] > pj+j > fēi『飛』；原始閩語 *-p-（建陽 /ye 9/）

（768）崩 *Cə.pˤəŋ > pong > bēng『（山）崩坍』；原始閩語 *-p-（建陽 /vaiŋ 9/）；原始苗語 *puŋ A『掉下來』

（769）戴 *Cə.tˤək-s > tojH > dài『戴在頭上』；原始閩語 *-t-（建陽 /lue 9/）

（770）單 *Cə.tˤar > tan > dān『單一，簡單』；原始閩語 *-t-（建陽 /lueŋ 9/）

（771）斲 *Cə.tˤrok > traewk > zhuó『砍，切開』；原始閩語 *-t-（建陽 /lo 3/）

（772）簪 *Cə.tsˤ[ə]m > tsom > zān『髮簪』；原始閩語 *-ts-（建陽 /laŋ 9/）

（773）薦 *Cə.tsˤə[r]-s > tsenH > jiàn『草，草料』；原始閩

語 *-ts-（建陽 /luŋ 9/）『草墊子』[105]

（774）醉 *Cə.tsu[t]-s > *tswijH* > zuì『喝醉』；原始閩語
　　　*-ts-（建陽 /ly 9/）

（775）膏 *Cə.kˤaw > *kaw* > gāo『豬油』；原始閩語 *-k-（建
　　　陽 /au 9/）

（776）狗 *Cə.kˤroʔ > *kuwX* > gǒu『狗』；原始閩語 *-k-（建
　　　甌 /e 3/）；原始苗瑤語 *qluwX『狗』

（777）蕨 *Cə.kot > *kjwot* > jué『蕨菜』；原始閩語 *-k-（建
　　　陽 /ue 9/）；原始勉語 *kʷjət D『蕨類植物』

（778）牯 *Cə.kʷˤaʔ > *kuX* > gǔ『公牛』；原始閩語 *-k-（建
　　　陽 /o 3/）

（779）飢 *Cə.k<r>ə[j] > *kij* > jī『飢餓』；原始閩語 *-k-（建
　　　陽 /ue 9/）

（780）假 *Cə.kˤraʔ > *kaeX* > jiǎ『借來的；假的』；原始閩
　　　語 *-k-（建陽 /a 3/）；越南語 *gá* [ɣɑ B1]（*gá tiếng*
　　　『用別人的名字』）

「補」bǔ < *puX* 這個字，我們看到了前置輔音的性質相矛盾的
材料：原始閩語中軟化的 *-p-（石陂 /bio 3/）說明應該是個鬆
散的前置輔音。原始苗瑤語有 *mpjaX『修補』，表明上古漢語
的構擬應該是 *mə-pˤaʔ。然而，Rục 語 /təpa:3/『修補』卻指向
了 *tə-pˤaʔ 或是 *sə-pˤaʔ 的構擬。我們可以在同一個詞根的基

105　我們認為建陽話的形式與「薦」字對應；羅杰瑞（1996：26）將
　　　其與 *shān*「苫」（『稻草席子』）比較。可參看 5.5.5 節中對例
　　　（1106）的討論。

礎上處理為兩個動詞，或者是只構擬一個複雜點的音首 *tə-m-pˤaʔ 或 *sə-m-pˤaʔ。從目前的證據來看，該問題還不能很好地解決。暫時簡單構擬為：

（781） 補 *[Cə]-pˤaʔ > *puX* > bǔ『修補』，越南語 *vá*『修補』

當中古漢語 MC *s-* 在越南語讀為陰調的 *r-* [z]，而且當漢語現代方言也讀作 [s]，我們構擬為 *Cə.s-。如：

（782） 灑 *Cə.s<r>ərʔ > *srjeX* > *sreaX* > sǎ『灑』；又讀 *Cə.s<r>ərʔ-s > *srjeH* > *sreaH* > sǎ『灑』；越南語 *rảy* [zai C1]『灑』

（783） 釃 *Cə.sre > *srje* > shāi『濾酒』；越南語 *rây* [zʌi A1]『篩子；濾』

複聲母 *Cə.q(ˤ) 在越南語裡產生了聲母 *g-* 或 *gh-*（都讀 [ɣ]）：

（784） 倚 *Cə.q(r)ajʔ > *ʼjeX* > yǐ『斜靠』，後來有了『椅』 *Cə.q(r)ajʔ > *ʼjeX* > yǐ『椅子』；越南語 *ghé* [ɣe B1]

187　前置音節 *Cə 加不送氣清阻塞音的各種形式見表 4.80。

表 4.80 上古漢語帶前置音節 *Cə 的不送氣清阻塞音及其對應

上古漢語	中古漢語	原始閩語	越南語	原始苗瑤語
*Cə.p(^{ʕ})-	p-	*-p	v-[v]H	*p-
*Cə.t^ʕ-	t-	*-t	—	—
*Cə.t(^{ʕ})r-	tr-	*-t	—	—
*Cə.t-	—	—	—	—
*Cə.ts(^{ʕ})-	ts-	*-ts	—	—
*Cə.s(^{ʕ})-	s-	—	r- [z] H	—
*Cə.s(^{ʕ})r-	sr-	—	r- [z] H	—
*Cə.k(^{ʕ})-	k-	*-k	g(h)- [ɣ] H	*q-，*k-
*Cə.q(^{ʕ})-	ʼ-	—	g(h)- [ɣ] H	—
*Cə.ʔ(^{ʕ})-	—	—	—	—

4.5.5.2 前置音節 *Cə 加濁阻塞音：*Cə.b(^{ʕ})- 型

前置音節 *Cə 加濁阻塞音（像 *Cə.b(^{ʕ})-）與不加前置輔音的濁阻塞音有相同的中古漢語形式。原始閩語裡，鬆散的前置音節會產生軟化的濁聲母。苗瑤語的對應形式是濁塞音。我們預料越南語應該是讀低域調的擦音化的聲母，但沒有明確的證據來證明它。當中古漢語是個濁的阻塞音聲母時，必須要注意閩語與之對應的詞是不是來自口語層次（參看 4.2.1.1 小節）。

「鼻」字代表兩不同的讀音，在閩語裡有區別。一個是「鼻子」*m-bi[t]-s > bjijH > bí，具有身體部位前綴 *m-，到原始閩語裡是規則的 *bh-（廈門 /pʰĩ 6/、福州 /pʰei 5/、建陽 /pʰoi 6/）。另一個是及物動詞「聞」，原始閩語裡是軟化的 *-b-（石陂 /bi 6/）。我們的構擬如下：

（785） 鼻 *m-bi[t]-s > *bjijH* > bí『鼻子』，原始閩語 *bh-
鼻 *Cə-bi[t]-s > *bjijH* > bí『用鼻子聞（及物動
詞）』，原始閩語 *-b-。

動詞「嘗」cháng < *dzyang*『嘗』和「上」shàng < *dzyangX*『上
升』在中古漢語時期聲韻相同。在閩語裡（建甌 /ioŋ 4/，建
陽 /ioŋ 5/『上』；建甌 /ioŋ 3/，建陽 /ioŋ 9/『嘗』）都是軟化聲
母。我們的構擬如下：

（786） 嘗 *Cə.daŋ > *dzyang* > cháng『嘗』，原始閩語 *-dž-

對於「上」，我們找到同個詞根的三個形式：兩個動詞和一個
名詞。閩方言有以下不同的形式：『往上去，上升』（原始閩語
*-dž-，B 調）、『放上，使上升』（原始閩語 *džh-，B 調）、『頂
上、上面』（原始閩語 *dž-，C 調）[106]

（787） 上 *Cə-daŋʔ > *dzyangX* > shàng『往上去，上升』，
原始閩語 *-džioŋ B（廈門 /tsiũ 6/，揭陽 /tsiõ 4/，
福州 /suoŋ 6/，建甌 /ioŋ 4/）
上 *m-daŋʔ > *dzyangX* > shàng『放上，使上升』，原
始閩語 *džhioŋ B（廈門 /tsʰiũ 6/，福州 /tsʰuoŋ 6/）
上 *daŋʔ-s > *dzyangH* > shàng『頂上、上面』，原始
閩語 *džioŋ C（廈門 /tsiũ 6/，揭陽 /tsiõ 6/，建甌 /
tsioŋ 6/）

---

106 語料來自 Douglas（1899）、羅杰瑞（1996）、蔡俊明（1976）和
馮愛珍（1998）。

意為『往上去，上升』的「上」在北部閩語裡有軟化聲母，說明具有前置音節 *Cə-（輔音 C 的具體音值不好確定），使動意義可加 *m- 來表示，名詞形式似乎有詞根 *daŋʔ 和名物化後綴 *-s。兩個動詞形式的「上」的區別在中古漢語裡消失了，只在動詞（*dzyangX*）、名詞（*dzyangH*）之間保留了聲調的分別。

　　我們構擬了 *Cə.ɢ- 來解釋「檐」yán < *yem*『屋檐』和「癢」yǎng < *yangX* 在原始閩語的 *-dž- 聲母。

（788）檐 *Cə.[ɢ]am > *yem* > yán『屋檐』，原始閩語 *-dž-
　　　　（廈門 /tsĩ 2/，福州 /sieŋ 2/）

（789）癢 *Cə.ɢaŋʔ > *yangX* > yǎng『癢』，原始閩語 *-dž-
　　　　（廈門 /tsiũ 6/，福州 /suoŋ 6/，建陽 /ioŋ 6/）；聲符是羊 *ɢaŋ > *yang* > yáng『羊』

我們設想，羅杰瑞給原始閩語構擬的 *-dž-（我們猜實際上應是 *Cə.dž-）來自更早的 *[j]，是上古漢語後期非咽化 *ɢ- 演變的結果，然後在元音之間被強化為 -dž-：*Cə.ɢ- > *Cə.j- > *Cə.dž-（比較拉丁語 *major* > 意大利語 *maggiore*）。這種強化音變發生在華南地區，在原始閩語階段之前，瓦鄉話也屬於這一區域，它的讀音是 /dzoŋ 3/『癢』。

　　下面還有一些閩語從帶前置音節 *Cə 的濁塞音演變而來的軟化聲母的例子：

（790）吠 *Cə.bo[t]-s > *bjojH* > fèi『吠』；原始閩語 *-b-（石陂 /by 6/）

（791）彈 *Cə.dˤar > *dan* > tán『子彈』；原始閩語 *-d-（石陂 /duaiŋ 2/『彈（琴）』）

188

（792）腎 *Cə.[g]i[n]ʔ > *dzyinX* > shèn『腎』，原始閩語
　　　 *-gin B『（鳥）的胃』，如福州 /keiŋ 6/，建陽 /iŋ 5/
　　　（Norman 2006：138）

（793）厚 *Cə.[g]ˤ(r)oʔ > *huwX* > hòu『厚』；原始閩語 *-g-
　　　（建陽 /eu 5/），原始勉語 *ɦɔuB『厚』

在最後一例裡的方括號表示在此種環境下，難以區分咽化的軟
腭聲母及小舌聲母。

　　不確定的鬆散型的前置音節加濁阻塞音的對應在表 4.81
裡做了概括。

表 4.81 上古漢語帶不確定的鬆散前置音節的濁塞音及其對應

上古漢語	中古漢語	原始閩語	越南語	原始苗瑤語
*Cə.b(ˤ)-	*b-*	*-b	—	—
*Cə.d(ˤ)-	*d-*	*-d	—	—
*Cə.d(ˤ)r-	*dr-*	*-d	—	—
*Cə.d-	*dzy-*	*-dž	—	—
*Cə.dzˤ-	*dz-*	*-dz	—	—
*Cə.dz(ˤ)r-	*dzr-*	*-dz	—	—
*Cə.gˤ-	*h-*	*-g	—	*ɦ-
*Cə.g-	*g-*	*-g	—	—
*Cə.ɢˤ-	—	—	—	—
*Cə.ɢ-	*y-*	*-dž	—	—

4.5.5.3 前置音節 *Cə 加濁響音：*Cə.l(ˤ)- 型

當主要輔音是個鼻音的時候，該類型的聲母難以察覺。因為原始閩語無法區分帶鬆散前置音節的鼻音聲母與簡單的鼻音聲母。一個可能的情況是下面的例（794）：

（794）狃 *Cə.n<r>uʔ > *nrjuwX* > niǔ『動物的足跡；爪子』；西部客家話 /ɲiau 1/『爪子』（李如龍等 1999：124），原始勉語 *ʔɲauB『爪』

構擬 *Cə.n- 的論據如下。客家話能夠區分兩套響音：大多數客家話的上聲字第 1 調，對應於原始閩語的一般響音聲母，像 *n- <上古漢語 *n-；第二套讀第 3 調，對應於原始閩語的清響音，如 *nh- < *C.n-（Norman 1989）。因此如果「狃」niǔ 來自 *C.n-，即帶有緊密的前置清輔音，我們能夠預想到客家話讀第 3 調，而不應該是第 1 調。但根據勉語有 *ʔɲ- 的情況來看，上古漢語聲母應該有一個清的前置音節。鑑於此，我們構擬了鬆散的前置聲母 *Cə.n-。

上古漢語 *Cə.l(ˤ)- 和 *Cə.r(ˤ)- 到了閩語裡均軟化，因此容易鑑別。具體的對應可參看表 4.82 的概括。

*Cə.l(ˤ)- 的例子如下：

（795）袋 *Cə.lˤək-s > *dojH* > dài『袋子』；原始閩語 *-d-（建陽 /lui 6/），原始勉語 *di C『袋子』

（796）奪 *Cə.lˤot > *dwat* > duó『強取』；原始閩語 *-d-（建陽 /lue 8/）

（797）池 *Cə.lraj > *drje* > chí『水池』；原始閩語 *-d-（石陂 /di 2/）

（798） 蛇 *Cə.lAj > zyae > shé『蛇』；原始閩語 *-dž-（廈
門 /tsua 2/，福州 /sie 2/）；越南語 xà [sɑ A2]

（799） 船 *Cə.lo[n] > zywen > chuán『船』；原始閩語 *-dž-
（石陂 /yiŋ 2/）

（800） 射 *Cə.lAk > zyek > shè『射』；原始閩語 *-dž-（建
陽 /ia 8/）

正如我們在 4.5.2.4 小節提到的，原始閩語的 *-d- 的一個來源
是上古漢語的 *mə.r(ˤ)-(Norman 2005)。當原始閩語的軟化聲
母 *-d- 對應於中古漢語的 l- 前置音節本質不明時，我們就構
擬 *Cə-r(ˤ)-，正如此例：

（801） 路 *Cə.rˤak-s > luH > lù『道路』；原始閩語 *-d-（建
陽 /lio 6/，邵武 /tʰio 6/）；陸豐客家話 /lu 6/

此處陸豐客家話的 /lu 6/「路」確認了聲母不含清輔音（不然應
該是讀第 5 調）。前置音節聲母應該是個鼻音，但我們無法說
清楚語義上 *mə 或者 *Nə 前綴哪一個更合適。

表 4.83 提供了前置音節 *Cə 在響音聲母之前的可驗證
對應。

190

表 4.82 上古漢語帶鬆散前置音節的邊音聲母及其對應

上古漢語	中古漢語	原始閩語	越南語	原始苗瑤語
*Cə.lˤ-	d-	*-d	—	*d-
*Cə.l(ˤ)r-	dr-	*-d	—	
*Cə.l-	zy-	*-dž	x- [s-] L	—

表 4.83 上古漢語帶有不確定鬆散前置音節的
濁響音聲母及其對應

上古漢語	中古漢語	原始閩語	越南語	原始苗瑤語
*Cə.m(ˤ)-	—	—	—	—
*Cə.n(ˤ)-	—	—	—	—
*Cə.n(ˤ)r-	nr-	—	—	—
*Cə.ŋ(ˤ)-	—	—	—	—
*Cə.lˤ-	d-	*-d	—	*d-
*Cə.l(ˤ)r-	dr-	*-d	—	—
*Cə.l-	zy-	*-dž	x- [s-] L	—
*Cə.r(ˤ)-	l-	*-d	—	—

4.5.5.4 前置音節 *Cə 加清響音：*Cə.m̥(ˤ)- 型

對於上古漢語裡清響音加上不確定的前置音節的組合，我們還不知道具體的例子。

4.6 帶複雜前置輔音的音首

上面幾個小節大概論述了針對簡單聲母、緊密型和鬆散型複聲母所提出的原則，它並不能解釋所有的語言之間的語音對應。有時候，需要構擬複雜聲母。所謂複雜聲母，指的是包括兩個前置輔音的聲母。有時候還帶一個 [ə]。頭一個輔音永遠是個前綴；第二個可以是個詞根性前置輔音。兩個前置輔音都是前綴的話，可能屬於不同的時間層次，最外邊的前綴一定屬於時間上較晚近層次。因此，它們出現的順序並不絕對是可預測的。我們已經討論過一些複雜前置輔音的例子（比較 4.4.3.3 小節對「席」字和 4.4.3.4 節對動詞「鋤（地）」的討論）。接下來我們再討論更多的例子。

中古音「羨」*zjenH*『愛慕』的讀音表明該字的上古音應該有個前置輔音 *s 再跟一個濁輔音，或是齒齦音，或是小舌音（*s.g- 是不可能的，因為在本書的框架裡，當 *s.g- 後接非前元音時，*s- 在中古漢語裡沒有留下痕跡）。越南語 *ghen* [ɣɛn A1]『妒忌的，羨慕的』（漢語去聲對應越南語的 A 調，這在早期層次中有不少例子）這個讀音顯示，使 *s- 變作濁音的輔音，不應是齒齦音。同時，陰調顯示聲母應是清的。為解釋越南語的陰調，我們構擬如下：

（802）羨 *s-N-qa[r]-s > *zjenH* > xiàn『愛慕』；越南語 *ghen* [ɣɛn A1]『羨慕的，嫉妒的』

這個字是帶前綴 *N 的靜態動詞，再加上前綴 *s- 它就變作了及物動詞。越南語聲母 *gh-* [ɣ] 是因為前置 *s- 而擦音化的。*N- 是看不到的：可能在越南語借用這個字的時候，聲母還沒

有濁化，而 *N 在越南語裡丟掉了。

　　在另外一個例子裡，我們似乎看到順序相反的 *s- 和 *N-前綴。不及物動詞「登」*tˤəŋ > tong > dēng『升』是「增」*s-tˤəŋ > tsong > zēng『增加』的詞根，此處 *s- 的功能是增加動詞的配價能力。

　　（803）層 *N-s-tˤəŋ > dzong > céng『層疊』

「曾」由「增」通過加靜態 / 不及物前綴 *N- 派生得來。可能當 *N 前綴加在音節時，輔音叢 *s-tˤ- 已經換位成 *tsˤ- 了。如此，我們的構擬並非是對某個共時階段的反映，但它仍然包括了演變為中古漢語的必要因素。

　　在上文 4.4.4.2 節所舉的例（645）裡，我們指出「巠」jīng < keng『水的支流』和「經」jīng < keng『織布機；調節；規則』具有聲母 *k.lˤ-。在同個諧聲系列裡，「莖」jīng < heang『莖稈』看起來在語源上跟「筳」tíng < deng『莖』是有關係的。於是我們構擬了：

　　（804）莖 *m-k-lˤ<r>eŋ > heang > jīng『莖稈』

頭一個前綴的語法功能尚不清楚，可能植物的莖被認為是它的「身體」的一部分。

　　「懶」lǎn < lanX『懶惰的』在泰文裡的借詞 /graan 2/ 和原始苗語 *ŋglæn B『懶惰的』都顯示了一個軟腭前置輔音。後者的形式也表明了鼻冠音的存在。原始閩語有 *-d- 聲母，如建陽 /lyeŋ 5/、福州 /tiaŋ 6/，顯示前置輔音是鬆散型的，到了原始閩語時期，則變成了濁音。我們可以構擬 *N-kə.rˤ-，它演變為

原始閩語的 *gə.dˤ-，羅杰瑞的 *-d-。

（805）懶 *[N-kə.]rˤanʔ > lanX > lǎn『懶惰的』，原始閩語
　　　　*-d-；原始苗語 *ŋglæn B

原始苗瑤語 *ŋkjɔːm A『含』（王輔世、毛宗武 1995）和侗臺
語的毛南語 /ᵑgam1/『含』（梁敏 1980：100）都表明「含」的
聲母是帶有鼻冠的清塞音。同時，原始閩語的聲母是濁的 *-g-
（如建陽 /aŋ 9/），聲母的濁化和軟化明顯是不同前置輔音作用
的結果。我們構擬了：

（806）含 *Cə-m-kˤ[ə]m > hom > hán『含在嘴裡』

從關係詞「疏」*sra > srjo > shū『分散的』來看，「粗」tshu
> cū『粗糙的，（頭髮）厚的』，乍看需要構擬 *s.r̥ˤa（平行的
例子可參看例（607））。而原始苗語 *ntsha A『粗糙的』顯示
*s.r̥- 已經變成了送氣塞擦音，但還有前置鼻音節：從語義來
考慮，大概是前綴 *N- 或 *Nə-。我們構擬如下：

（656）粗 *Nə-s.r̥ˤa > tshu > cū『粗糙的，（頭髮）厚的』

因為我們估計上古漢語 *N-s.r̥ˤa 會演變為中古的 dzu。
　　另一個例子是：

（807）旬 *s-N-qʷi[n] > zwin > xún『十天』；比較：
　　　　鈞 *C.qʷi[n] > kjwin > jūn『製陶用的轉盤』

韻 *[m-qʷ]<r>i[n]-s > *hwinH* > yùn『和諧的；韻』[107]

詞根是帶有像「圓圈、旋轉」義的 *qʷi[n]：「旬」xún < *zwin*，我們需要構擬一個前綴 *N 來解釋該字的濁聲母，以及一個 *s-前綴來解釋嗓音中古聲母 z-，由此我們將其擬作 *s-N-qʷi[n]。

　　上文討論了我們對上古聲母及其發展的看法。下一章將把注意力轉到上古漢語的韻母上。

193

107　關於「韻」*[m-qʷ]<r>i[n]-s 的構擬，可參看 4.4.2.1 節的例（489）和注 50。

第五章 上古漢語的韻母

　　此章主要介紹我們所構擬的上古漢語韻母，以及從上古到中古漢語乃至現代漢語方言的韻母系統的發展。我們在上古韻母構擬中所採用的材料主要是：上古時代的韻文、中古韻母的區別、漢字諧聲系統（特別關注近年來出土的古文字材料）。原則上，此章應該仍依照第四章上古漢語音首構擬的體例，系統地比較上古韻母與閩語和其他方言，以及越語族、苗瑤語族、侗台語族中的早期借詞之間的對應關係。從這些材料當中，我們發現了一些支持我們構擬的證據，例如關於韻尾 *-r 的構擬（見 5.5.1）。不過就目前所見現代方言和早期借詞材料，並沒有提供很多超出我們現有材料範圍之外的新內容。造成這一情況的部分原因是相關方言和語言的研究仍然處於起步階段，因而更大程度上清晰、准確地掌握這些語言材料韻母的基本情況將是未來研究中的重中之重（見 6.4 中的相關討論）。

5.1 概述：元音、韻尾和後置輔音

　　上古漢語的韻母最多由四個部分依次組成：主元音、韻尾、後置輔音 *-ʔ、後置輔音 *-s。其中元音是唯一必須出現的成分：

　　韻母＝元音（韻尾）(ʔ) (-s)

上古漢語有六個元音，如表 5.1 所示。[1]

表 5.1 上古漢語六元音

*i	*ə	*u
*e		*o
	*a	

　　元音系統的構擬與 Baxter（1992）基本一致，只是把 *ɨ（Baxter 1992、Sagart 1999c）替換為央元音 *ə。這一修改主要出於一些實用的目的：首先經驗顯示多數讀者更加熟悉 *ə 這個符號，再者 [ɨ] 的音標很容易與常見的前高元音 [i] 產生視覺混淆。

　　韻尾位置上可以出現半元音、鼻音、流音 *-r、清塞音（見表 5.2）。

1　要確定六元音系統的發明優先權是一件頗為困難的工作，而且這也許並不具有太重要的意義。白一平的老師包擬古在上世紀 70 年代早期已經開始著手六元音系統的構擬，但當時有的問題還沒有解決；白一平（1977）就其構擬中的某些問題也提出過自己的解決方案。白一平、斯塔羅斯金、鄭張尚芳三位學者在七十年代冷戰、文化大革命、中蘇敵對等社會大環境隔絕聲氣的環境下，各自獨立地完成了六元音的構擬 —— 但是，他們的工作都深刻地受到李方桂的構擬系統（1971）和雅洪托夫「圓唇元音假設」的影響。白一平和鄭張尚芳於 1981 年在北京首次會面；白一平和斯塔羅斯金的第一次會面是 1987 年在安娜堡（Ann Arbor，Michigan；此時斯塔羅斯金已經完成了斯塔羅斯金 [1989] 的全部手稿），之前他們也曾經保持過短暫的通信。三位學者對彼此構擬系統之間的高度相似都深感意外。

表 5.2 上古漢語韻尾

	1	2	3	4
元音韻尾	(*-ø)	*-j	*-w	
鼻音韻尾	*-ŋ	*-n		*-m
流音韻尾		*-r		
清輔音韻尾	*-k	*-t	*-wk	*-p

韻尾的構擬與 Baxter（1992）基本一致，只是增加了 *-r，5.5.1 中將對此詳加論述。在描寫韻母系統的發展時，為方便起見，沒有韻尾輔音的韻母一律處理為帶有零韻尾 *-ø。本章的順序將根據韻母的韻尾類型（依表 5.2 中所列）展開。表 5.2 第一列見 5.4 小節，第二列見 5.5 小節，第三列見 5.6 小節，第四列見 5.7 小節。韻尾演化的一般趨勢可歸納為：

開音節（帶零韻尾 *-ø）在中古音和現代方言中仍然以元音性成分結尾，但有時也會在音節末增生出滑音，例如：*Cˁə > C(w)oj，*Cˁu > Caw，*Cˁe > Cej。

韻尾 *-ŋ 與 *-k 在中古音中繼續保留，但是 *-iŋ 與 *-ik 經常分別變為 *-in 和 *-it，在 *-s 之前會發生 *-ik-s > *-it-s > *-ij-s > -ijH 的變化。

*-j 韻尾在大部分情況下都保持原貌，但在中古音及現代漢語大部分方言中，*a 之後的 *-j 會脫落，例如：*Cˁaj 變為 MC Ca。

*-r 韻尾通常會與 *-n 合併，不過在某些方言中，它會變為 *-j。（一些對音材料反映我們構擬的 *-r 的實際音值就是 [r] ── 詳見 5.5.1.3 ── 但其實這個韻尾構擬為 *-l 似

也無妨。）

*-n 韻尾和 *-t 韻尾在中古音都保持不變（除了在 *-s 之前 *-t 會脫落：*-t-s > *-js > -jH）。*-w 韻尾一般在中古音繼續保存；而 *-wk 到中古音變為 -k。

唇音韻尾 *-m 和 *-p 發展到中古音，在一般情況下也會保持不變，但是在歷史上有一些異化音變現象：風 *prəm > pjuwng > fēng（名詞），熊 *C.[ɢ]ʷ(r)əm> hjuwng > xióng（名詞）。*-p-s 韻尾在很早階段就已演變為 *-t-s，然後進一步變為 *-js > -jH。

不是所有的元音韻尾組合都會在構擬中體現，可能的組合情況參見表 5.3。表中結構有些許不平衡之處：*-u 可以作為一韻母形式出現，而 *-i 不可以。相應地，*-ij 可以構成一個韻母，但是卻沒有 *-uw 這樣的韻母。[2] 韻尾 *-w 和 *-wk 只出現在非圓唇元音之後，不過我們認為沒有理由構擬 *-əw 或者 *-əwk。

表 5.3 上古漢語韻母的構擬形式

	*-ø	*-j	*-w	*-n	*-m	*-ŋ	*-r	*-t	*-p	*-k	*-wk
*i	—	-ij	-iw	-in	-im	-iŋ	-ir	-it	-ip	-ik	-iwk
*u	-u	-uj	—	-un	-um	-uŋ	-ur	-ut	-up	-uk	—
*ə	-ə	-əj	—	-ən	-əm	-əŋ	-ər	-ət	-əp	-ək	—
*e	-e	-ej	-ew	-en	-em	-eŋ	-er	-et	-ep	-ek	-ewk

2 這樣的安排沒有甚麼特別的深意，但是歷觀從上古漢語到中古漢語的音變，「*-ij」這樣的形式比起「*-i」來更容易解釋音變的具體方向，不過至於 *-u 則不必去考慮這些問題。

（續上表）

| *o | -o | -oj | — | -on | -om | -oŋ | -or | -ot | -op | -ok | — |
| *a | -a | -aj | -aw | -an | -am | -aŋ | -ar | -at | -ap | -ak | -awk |

　　根據 Haudricourt（1954a，1954b）的理論框架，我們為中古的上聲構擬了後置輔音 *-ʔ，作為其發生來源（在中古漢語中，上聲以音節末的 -X 來表示）。這個後置輔音可以出現在除清塞音之外的所有韻尾之後（包括零韻尾）。[3] 目前的假設認為，當喉塞音仍然存在時，在喉頭的閉合階段就會有使喉頭拉緊的趨勢，從而造成音高升高，產生音系上的差異，並最終導致了中古「上聲」的出現。

　　根據 Haudricourt（1954a，1954b）的研究，我們也為中古去聲（在中古音中以音節末的 -H 來表示）構擬了 *-s 作為其發生來源。在上古漢語中，這個後置輔音出現在所有韻尾之後，也可以出現在後置輔音 *-ʔ 之後。在上古漢語階段相當早的時期，韻尾 *-p-s 就已經演變為 *-t-s，至少在《詩經》押韻裡還能看到這個音變產生的影響。最後，所有出現在 *-s 前的清塞音全部脫落，繼而音節末尾的 *-s 也弱化為 [h]，最終導致了音高曲拱（pitch contour）的變化差異，形成了中古的去聲（見表 5.4）。[4]

3　白一平（1992：182–183）認為在清塞音韻尾後可以出現 *-ʔ，以此解釋中古音中出現的上聲字與收 *-k 尾的入聲字之間的異讀交替現象，但是本書不再接納這一構擬。

4　這裡只是說明了從上古到中古音的主要變化，但是在不同的方言裡這種變化的結果可能會有所不同。某些方言，清塞音韻尾還沒脫落以前，可能會直接丟失 *-s 尾。（這種變化很可能也是發生於 *-p-s 變為 *-t-s 之後。）普通話「鼻」bí 的讀音很可能是跟這種直接脫落 *-s 尾的音變有關，「鼻」在中古音中是一個去聲字（bjijH），某些南方方言還保留去聲的讀法，但普通話的讀音卻反映的是一個中古入聲字，類似於 bjit 這樣的讀音。

表 5.4 上古帶 *-s 的清塞音韻尾的演變

OC			MC
*-Vk-s	> *-Vs		> -VH
*-Vt-s	> *-Vts	> *-Vjs	> -VjH
*-Vp-s	> *-Vts	> *-Vjs	> -VjH
*-Vwk-s	> *-Vws		> -VwH

嗾音韻尾 *-js 或許是最晚消失的，因此屬於這一類來源的去聲字還常用來轉寫印度語言中 -s，-ś 或 -ṣ 一類韻尾的音節。比如以下的例子（引自 Bailey 1946；Pulleyblank 1962–1963；Pulleyblank 1973）：

（808）貴霜 Guìshuāng < *kjw+jH-srjang*，Kushan（早期中亞地區古國）；關鍵部分是：貴 kjw+jH < *kuj-s

（809）罽賓 Jìbīn < *kjejH-pjin*，Kashmir（克什米爾，古印度俗語 *Kaśpir(a)，見 Pulleyblank 1973：370）：罽 kjejH < *kajs < *[k](r)[a][t]-s

（810）都賴 Dūlài < *tu-lajH*，Talas 河（在今哈薩克斯坦和吉爾吉斯斯坦）：賴 lajH < *rˤajs < *rˤa[t]-s

（811）波羅奈 Bōluónài < *pa-la-najH*，梵文 *Vārāṇasī*（古印度俗語：*Varanaz(ī)，Pulleyblank 1973：370）：奈 najH < *nˤajs < *nˤa[t] -s『處理』

（812）毗里害波底 Pílǐhàibōdǐ < *bjij-liX-hajH-pa-tejX* 對梵文 Bṛhaspati（印度神祇）：害 hajH < *ɦˤajs < *N-kˤat-s

196

我們暫且認為所有的音節末的 *-s 都是某種形態後綴。複韻尾 *-ʔ-s 和 *-s 擁有同樣的反映（reflexes）。在內部構擬的基礎上，某些讀去聲的詞可以被認為是從韻尾為 *-ʔ 的詞幹上通過添加 *-s 後綴派生形成的，如此則可以解釋以下例子：

（813）坐 *[dz]ˤo[j]ʔ > dzwaX > zuò 動詞『人的止息方式之一』

坐，座 *[dz]ˤo[j]ʔ-s > dzwaH > zuò 名詞『席位』

（814）下 *gˤraʔ > haeX > xià，方位詞，廈門 /e 6/，石陂 /ɦa 5/，原始閩語 *ɦa B『底部』

下 *m-gˤraʔ-s > haeH > xià 動詞，廈門 /he 6/，原始閩語 *ɣa C『從低處到高處』

（815）語 *ŋ(r)aʔ > ngjoX > yǔ『說話』

語 *ŋ(r)aʔ-s > ngjoH > yù『告訴』

如果接受 Haudricourt 韻末 *-s 的構擬假設，那麼高本漢為上古漢語構擬的清濁兩套韻尾的做法就顯得沒有必要了。高本漢構擬濁塞音韻尾 *-g、*-d、*-b 是為了解釋中古音的開音節和入聲音節發生諧聲關聯和交替的現象。董同龢（1948）和李方桂（1971）都是這一觀點的追隨者。表 5.5 中是一些具體例子：

表 5.5 高本漢、李方桂的 *-g, *-d, *-b 和
OC *-k-s, *-t-s, *-p-s 的對應

	中古音	白一沙	高本漢	李方桂 [a]
覺 jué『覺醒』	kaewk	*kˤruk	*kôk	*[krəkw]
覺 jiào『喚醒』	kaewH	*kˤruk-s	*kôg	*[krəgwh]
脫 tuō『脫落』	thwat	*mə-l̥ˤot	*t'wât	*[thuat]
蛻 tuì『脫皮動物』	thwajH	*l̥ˤot-s	*t'wâd	*[thuadh]
盍 hé『覆蓋（屋頂）(v.)』	hap	*m-[k]ˤap	*g'âp	*gap
蓋 gài『蓋 (v.)，蓋子 (n.)』	kajH	*[k]ˤap-s	*kâb	*kabh

[a] 方括號中的形式表示其構擬是根據李方桂系統得出的，但實際不見於
李方桂（1971）。

　　高本漢在韻尾的構擬上有時走得太遠，比如他也為鮮
與 *-k 發生關聯的一些字構擬了 *-g 韻尾，董同龢和李方桂
（1971）也仍然跟從他的構擬方案。例如：

（816）高本漢的 *-əg，不僅對應我們構擬的 *-ək-s，也對
　　　應 *-ə。
　　　高本漢的 *-og，不僅對應我們構擬的 *-awk s，也
　　　對應 *-aw。
　　　高本漢的 *-ôg，不僅對應我們構擬的 *-uk-s，也對
　　　應 *-u。

具體細節詳見下文 5.4 小節至 5.7 小節對每一韻部的單獨討
論，每一小節都會有一張比較我們構擬系統與其他幾家上古音
系統的對照表。

197

5.2 六元音系統

　　一個恰如其分的上古漢語元音系統的構擬，應該解釋下列情節：

　　（1）在中古音和現代方言觀察到的語音分別；

　　（2）《詩經》和其他早期韻文中的用韻差異；

　　（3）秦文字系統中的諧聲分別。

此節將概括介紹六元音構擬的理據，並展示此構擬如何對一些尚未得到解釋的語言現象做出正確預測。首先來看一下我們的構擬如何來解釋中古音的語音區別。

　　方便起見，我們先從《切韻》裡傳統上被稱為「一等」和「四等」的韻開始討論。「一等」、「四等」這樣的分類本是來自宋代流行的韻圖，但是我們通過《切韻》內部證據而得到的韻類與韻圖分等可相吻合：一等韻和四等韻只使用表 5.6 中所列聲母。[5] 表中最左欄中的大寫字母是右側聲母輔音的代表符號。

表 5.6 一等韻和四等韻所用到的十九紐

P-	p-	ph-	b-		m-	
T-	t-	th-	d-		n-	l-
Ts-	ts-	tsh-	dz-	s-		
K-	k-	kh-			ng-	
	ʼ-	x-	h-			

5　這些輔音聲母就是黃侃（1886–1935）所謂的「古聲十九紐」，黃侃根據這些聲母在中古音系裡的分布格局認為它們是最為基本的聲母，參見王力（1985：348–351）。

表 5.7 是帶後鼻音韻尾 -ng 的一、四等韻母與聲母的配合表，左側兩列分別是中古韻母的轉寫及其傳統術語形式。表中主體的每一格代表一類中古音音節，聲調不計其內：如「*Pang*」可代表旁 páng < *bang*，芒 máng < *mang*，等等。

198

表 5.7 中古漢語帶 -ng 韻尾的一、四等韻母

中古韻目		*P-*	*T-*	*Ts-*	*K-*
-ang	唐一開	*Pang*	*Tang*	*Tsang*	*Kang*
-wang	唐一合	—	—	—	*Kwang*
-uwng	東一	*Puwng*	*Tuwng*	*Tsuwng*	*Kuwng*
-eng	青四開	*Peng*	*Teng*	*Tseng*	*Keng*
-weng	青四合	—	—	—	*Kweng*
-ong	登一開	*Pong*	*Tong*	*Tsong*	*Kong*
-wong	登一合	—	—	—	*Kwong*
-owng	冬一	*Powng*	*Towng*	*Tsowng*	*Kowng*

注意 *-wang, -weng, -wong* 只出現在 *K-* 類聲母之後，這種分布特點說明在更早期階段，這些音節結構（忽略調類）應該屬於（818）中的情況，而不是（817）所示的樣子。

（817）$\begin{pmatrix} *P \\ *T \\ *Ts \\ *K \end{pmatrix}$ (w) 主要元音 韻尾

$$（818）\begin{pmatrix} *P \\ *T \\ *Ts \\ *K \\ *K^w \end{pmatrix}\ \text{主要元音 韻尾}$$

-wang, -weng, -wong 這類韻母僅見於 K- 類聲母後的現象說明，-w- 應當本屬於聲母的特徵，因而在上古漢語中無需在聲母韻母之間為 *-w- 獨闢出一個位置。我們根據表 5.7 中的這種偏態分布（skewed distribution）做成表 5.8 的上古聲韻配合表。頂行和左欄為上古音構擬，表中主體為上古音構擬到中古的對應形式。表中每一行對應一個傳統上古韻部，第二豎欄中為韻部名。

表 5.8 中古帶 -ng 韻尾一、四等韻的上古來源

上古音	傳統韻部	*P^ˤ-	*T^ˤ-	*Ts^ˤ-	*K^ˤ-	*K^{wˤ}-
*-aŋ	陽	Pang	Tang	Tsang	Kang	Kwang
*-oŋ	東	Puwng	Tuwng	Tsuwng	Kuwng	—
*-eŋ	耕	Peng	Teng	Tseng	Keng	Kweng
*-əŋ	蒸	Pong	Tong	Tsong	Kong	Kwong
*-uŋ	冬	Powng	Towng	Tsowng	Kowng	—

　　表中的空格只是唇化聲母和圓唇元音的搭配，比如「*K^{wˤ}oŋ」或「*K^{wˤ}uŋ」這樣的音節俱付闕如。這樣的組合可能也存在過，不過我們目前沒有證據可以支持構擬這樣的形式。

　　根據目前的材料，至少需要五個元音 *o、*u、*a、*e、

*ə 才能滿足帶 *-ŋ 韻尾的音節組合。[6] 那麼這是否也能滿足中古音帶 -n 韻尾的音節組合呢？表 5.9 中是中古漢語一、四等韻母中帶 -n 韻尾的音節表，請對比上表 5.7：

表 5.9 中古漢語帶 -n 韻尾的一、四等韻

中古韻母		P-	T-	Ts-	K-
-an	寒一開	Pan	Tan	Tsan	Kan
-wan	桓一合	—	Twan	Tswan	Kwan
-en	先四開	Pen	Ten	Tsen	Ken
-wen	先四合	—	—	—	Kwen
-on	痕一開	—	—	—	Kon
-won	魂一合	Pwon	Twon	Tswon	Kwon

6　雖然對我們來說五個元音加上韻尾 *-ŋ 是符合目前我們所討論的音節類型的最自然的分配方式，但我們還可以通過增加不同類型的韻尾（或者聲母）來達到減少元音數量的目的。比如，如果我們額外再構擬 *-ŋʷ 和 *-ɲ，我們就可以把元音數量減少到只有兩個（*a 和 *ə），*-on 可以改寫作 *-aŋʷ，*-uŋ 可以改寫作 *-əŋʷ，*-eŋ 可以改寫作 *-aɲ。這實際上就是蒲立本（1977–1978）所採取的辦法，他的構擬系統最終就只有兩個元音 *a 和 *ə。蒲立本的構擬雖然從類型上看並非異想天開，但我們覺得除非有特別的理由必須構擬一個很小的元音系統，否則並沒有必要像蒲立本這樣做。此外，蒲立本為了解釋在我們構擬了收 *-n 尾的韻母中觀察到的韻腳分別，他就必須為自己的二元音系統的韻尾再添加唇化的 *-nʷ 和腭化的 *-nʲ。這樣就需要構擬「*-anʷ」（相當於我們的 *-on），「*-anʲ」（相當於我們的 *-en，）諸如此類，在收 *-t, *-m, *-p 尾的音節也會如此。

此表中的分布情況更為微妙。中古音 *-wen* 跟表 5.7 中 *-wang*, *-weng*, *-wong* 這些韻母一樣只出現在 *K-* 類聲母後。不過，雖然中古音沒有「*Twang*」或「*Tswang*」這樣的音節，卻有 *Twan* 和 *Tswan*。我們可以回頭重拾（817）中的圖式，構擬一個在主元音前可以自由出現的 **w* 來解釋表 5.9 的現象，這也恰恰是由高本漢最早提出的處理方法。但是雅洪托夫（1960b）提出了另一種假設：*Twan, Tswan, Twon, Tswon* 這些音節形式中的 *-w-* 是從過去圓唇元音發展來的次生音變的結果，*Twon* 和 *Tswon* 源自上古 **Tun* 和 **Tsun*（按照咽化聲母假設應該是 **Tˤun* 和 **Tsˤun*）。從上古到中古，圓唇元音 **o* 和 **u* 在銳音韻尾（我們構擬系統中的 **-j, *-n, *-t, *-r*，參表 5.2 第二欄）發生了裂化音變：**Tˤon > Twan*，**Tˤun > Twon*。我們把雅洪托夫的假說稱為「圓唇元音假設」，這是六元音系統構擬最為關鍵的基礎之一。圓唇元音假設可以解釋表 5.10（下文還將作修改）中帶 *-n* 韻尾音節的分布類型，讀者可與表 5.8 相參照。

表 5.10 中古帶 *-n* 韻尾一、四等韻母的上古來源（未完待續）

上古音	**Pˤ-*	**Tˤ-*	**Tsˤ-*	**Kˤ-*	**Kʷˤ-*
*-an	*Pan*	*Tan*	*Tsan*	*Kan*	*Kwan*
*-on	*Pan*	*Twan*	*Tswan*	*Kwan*	—
*-en	*Pen*	*Ten*	*Tsen*	*Ken*	*Kwen*
*-ən	*Pwon*	?	?	*Kon*	*Kwon*
*-un	*Pwon*	*Twon*	*Tswon*	*Kwon*	—

關於表 5.10 還有幾點要說明。我們原來應該存在 *Pˤan：*Pˤon、*Kʷˤan：*Kˤon、*Pˤən：*Pˤun 和 *Kʷˤən：*Kˤun 的對立，但這些區別對在中古音裡發生了合併，是由於發生了以下兩個音變：（1）圓唇元音在銳音韻尾前裂化；（2）*w 在唇音聲母後不起區別作用。詳細來說，*Kˤon 裂化為 *Kˤwan，在語音上就與上古原來的 *Kʷˤan（> MC *Kwan*）相合併；*Kˤun 裂化為 *Kˤwən，在語音上與上古原來的 *Kʷˤən（> MC *Kwon*）相合併。然後，在某一階段，*w 在唇音聲母後不再起區別作用，於是 *Pˤon 裂化為 *Pˤwan，不過最終是與上古原來的 *Pˤan（> MC *Pan*）合併。*Pˤun 裂化為 *Pˤwən，與上古原來的 *Pˤən（> MC *Pwon*）合併。（「*Kʷˤoŋ」和「*Kʷˤuŋ」相類，也可能存在過 *Kʷˤon 或 *Kʷˤun 這樣的音節，但據我們所知，沒有理由一定要構擬這種音節形式。）

到目前為止，我們的分析完全是建立在中古音音節類型的基礎之上，還未涉及上古押韻。我們所構擬的帶 *-ŋ 的各個韻母在上古押韻的材料裡可以得到很好的支持：新構擬的韻母和傳統韻部對應得嚴絲合縫，如表 5.11 所示。

表 5.11 上古收 *-ŋ 韻尾的各個韻母（不完全）
與傳統韻部的對照表

上古音構擬	傳統韻部
*-aŋ	陽
*-oŋ	東
*-eŋ	耕
*-əŋ	蒸
*-uŋ	冬

初步看來，似乎只需要把中古 -ng 韻尾音節聲韻配合表中的五個元音搬來表 5.10 中，就可以同樣滿足中古 -n 韻尾音節的分布了。但是上古帶 *-n 韻尾的傳統韻部與我們的構擬之間的關係顯然比 *-ŋ 複雜得多。因為根據傳統韻部分析，中古的 -en 可以來自三個上古韻部：真、元、文。（高本漢分別構擬了 *-ien，*-ian 和 *-iən 來解釋中古 -en 的來源，但是前元音假設可以提供一個不同的構擬方案，見下文的討論）。表 5.12 中是有關例證，並附有詩經韻腳的序號。

200

表 5.12 從三個傳統韻部發展來的中古音 -en 例字

	中古音	傳統韻部	《詩經》押韻
賢 xián	hen	真	《小雅・北山》（205）第二章、《大雅・行葦》（246）第三章
見 jiàn	kenH	元	《小雅・頍弁》（217）第三章
先 xiàn	senH	文	《小雅・小弁》（197）第六章

中古音 -en 分別來自個不同的傳統韻部，而我們所構擬的三個音節形式 *-an，*-on 和 *-en 卻全都對應一個傳統韻部：元部。*-ən 和 *-un 則對應傳統分部的文部。把表 5.10 中上古押韻所蘊含的各種區別綜合起來，可以得到表 5.13（方便起見，橫行均以數字標識；此表在下文中仍有進一步的修訂。）

表 5.13 中古帶 -n 音節的來源及其對應的傳統上古韻部
（並未全部羅列）

	韻母	傳統韻部	*Pˤ-	*Tˤ-	*Tsˤ-	*Kˤ-	*Kʷˤ-
1	-(w)an < *-an		Pan	Tan	Tsan	Kan	Kwan
2	-(w)an < *-on	元	Pan	Twan	Tswan	Kwan	—
3	-(w)en < *-en		Pen	Ten	Tsen	Ken	Kwen
4	-(w)en < *-in	真	Pen	Ten	Tsen	Ken	Kwen
5	-(w)en < ?		—	Ten	Tsen	—	—
6	-(w)on < *-ən	文	Pwon	—	—	Kon	Kwon
7	-won < *-un		Pwon	Twon	Tswon	Kwon	—

現在表 5.13 裡中古音 -(w)en 佔到了三行，而不再是像表 5.10 中僅僅一行了，這三行分別對應於上古傳統韻部：元部（*-en）、真部（*-in）、文部（下文將很快討論文部的構擬）。整個表格現在有 7 行，比起表 5.8 和 5.10 來多了兩行。這是不是意味著我們應該構擬七個元音呢？並非如此，因為第 5 和第 6 行存在互補分布。關於源自上古文部帶 P-，K- 類聲母中古音 -en，我們尚找不到可靠的例證，而帶 T- 或 Ts- 類聲母的 -on 也僅有一個例子，很明顯這屬於例外。

在整本《廣韻》中有關 Ton 或 Tson 之類的音節，只存在一個例子：

（819） 吞 tūn < thon『咽下』（原始閩語：*thun A），

此字還有一個異讀：

（820） 吞 tiān < *then*『姓氏』

為了解釋以上現象，我們把第 5 行和第 6 行都構擬為 *-ən，並且認為當 *ə 處於銳音聲母和銳音韻尾之間時一般會發生前化。於是 *-ən 就會變成 -en，（820）即經歷了這種規則音變：吞 *l̥ˤən > then。而（819）中古音 -on 是例外，很可能是受到擬聲化的影響。需要注意的是，在普通話中「吞」的讀音是 tūn，而不是「tēn」（普通話中不存在此音節），儘管後者更符合音變規則。在銳音聲母之後的中古音 -on 本身是極罕見的，不過中古音 -en 和 -won 在銳音聲母之後有大量的異讀交替，這似乎表明在某些方言中可能存在進一步的音變：*-ən > -on > -won。

還有另一個例子：

（821）存 cún < *dzwon*『生存』

一般情況下，我們在表 5.13 的第 7 行中填上中古音 -won，然後把它的上古音形式構擬為 *-un，但是目前有更好的證據說明正確的構擬應該是 *[dz]ˤə[n]，而不是 *dzˤun。中古音 -won 乃是 *-ən 不規則演變的結果。《說文》中「存」從「才」得聲，「才」的主元音在我們的構擬中也是 *ə：

（822）才 cái < *dzoj* < *[dz]ˤə（《說文詁林》6607a）『才能；才智』

此外，存 cún < *dzwon* 和「在」zài < *dzojX* 應該是一對同

根詞：

（823）　在 zài < dzojX < *[dz]ˤəʔ『存在』（介詞、動詞）　　　202

《說文》視「才」為「在」的聲符，同時也用「存」cún < *[dz]ˤə[n] 來作「在」zài < *[dz]ˤə 的聲訓：

（824）　在 [*[dz]ˤəʔ]，存 [*[dz]ˤə[n]] 也。从土，才 [*[dz]ˤə] 聲。[7]（《說文詁林》6120b）

目前還不清楚上古漢語詞彙中 *-əʔ 和 *-ə[n] 的交替在同根詞族中具體意義是甚麼。無論其實際情況為何，現在看起來「在」zài < *[dz]ˤəʔ 這一音節形式的類推影響，對於阻止 *-ən > -en 的規則音變是有作用的。現在我們看到的「存」到中古音的變化大致是：*[dz]ˤə[n] > dzon > dzwon。以「存」為聲符的字一般在中古音讀 -en，以下是上古音 *-ən 在銳音聲母後發展為中古音 -en 的例子：

（825）　荐 *N-tsˤə[n]-s > dzenH > jiàn（也讀為 dzwonH）『牧草』
　　　　栫 *[dz]ˤə[n]-s > dzenH > jiàn『用柴木壅塞或圍住』
　　　　薦 *[N-ts]ˤə[n]-s > dzenH > jiàn『兩次；第二次』其義可能與「再」有關：
　　　　再 *[ts]ˤə(ʔ)-s > tsojH > zài『兩次；第二次』

7　小徐本《說文》（參 Boltz 1993：435–436）有「此與坐同意」一句，意謂「在」中的「土」和「坐」中的「土」作用一樣，都是用來表示處所和地點的。

　　李方桂（1971）按照高本漢的方案，也給表 5.13 中的第
5 行的上古來源構擬了 *-iən 的形式 —— 即把中古讀 -en 的詞
歸為上古文部。但是如果認識到第 5、第 6 行實際是一種互補
關係後，就沒有必要再去構擬 *-iən 了，它們可以直接構擬為
*-ən。採用這條假設之後，表 5.13 現在可以修改為表 5.14，所
有的形式可以用六個元音來解釋了。

　　以上的論證主要依據對中古音的音系分布結構和上古音押
韻的研究，是六元音系統的基礎。

5.2.1 圓唇元音假説和前元音假設

　　六元音構擬吸收了關於上古漢語元音的兩大假設：「圓唇
元音」假設已見上文討論。此外，還有前元音假設，討論詳見
下文。雅洪托夫（1960b）提出的圓唇元音假設認為，如果在
中古音音節中存在著 -w- 介音與無 -w- 介音的對立（傳統術語
合口與開口的對立），-w- 介音只可能有兩個來源：或是來自
上古漢語的唇化聲母（如：*kʷ- ），或是來自於在銳音韻尾之
前裂化的單圓唇元音：如 *-on > *-wan 或是 *-un > *-wən。
中古音只有 Kweng 和 Kwen 這樣的音節，而沒有「Tweng」和
「Twen」，這是因為在上古音中只有唇化軟腭音或唇化小舌
音聲母，如：*kʷ(ˤ)- 和 *qʷ(ˤ)-，而沒有唇化齒音聲母，如：
「*tʷ(ˤ)-」。上古的圓唇元音也不可能在裂化之後變為中古的
-we-。

203

表 5.14 中古音一、四等韻母帶 -n 音節的上古來源（修訂版）

	韻	傳統韻部	*Pˤ-	*Tˤ-	*Tsˤ-	*Kˤ-	*Kʷˤ-
1	-(w)an < *-an	元	Pan	Tan	Tsan	Kan	Kwan
2	-(w)an < *-on		Pan	Twan	Tswan	Kwan	—
3	-(w)en < *-en	真	Pen	Ten	Tsen	Ken	Kwen
4	-(w)en < *-in		Pen	Ten	Tsen	Ken	Kwen
5	-(w)on ~ -en < *-ən	文	Pwon	Ten	Tsen	Kon	Kwon
6	-won < *-un		Pwon	Twon	Tswon	Kwon	—

　　與六元音構擬有關的另一個重要假設是「前元音假設」。前元音假設的主要內容是認為上古音當中沒有 *ia，*ie 或 *iə 這樣的元音組合，這些構擬曾經是高本漢和李方桂所構擬的四等韻的上古形式。根據前元音假設，中古四等韻直接來自前元音 *i 和 *e（如表 5.14 中第 3、第 4 行所示），或者是來自處於銳音聲母和銳音韻尾之間的 *ə（如表 5.14 中的第 5 行所示）。表 5.15 是有關此構擬的三家不同方案：

表 5.15 三家構擬中中古音 -en 的三個上古來源

		Baxter-Sagart	高本漢	李方桂（1971）
1	來自元部的 MC -en：肩 jiān < ken『肩膀』	*-e[n] *[k]ˤe[n]	*-ian *kian	*-ian *kian
2	來自真部的 MC -en：眠 mián < men『睡覺』	*-i[n] *mˤi[n]	*-ien *mien	*-in *min
3	來自文部的 MC -en：荐 jiàn < dzenH『草』	*-ə[n] *N-tsˤə[n]-s	*-iən *dzʼiən	*-iən *dziənh

如果我們不再為上古音構擬 *ia, *ie, *iə 這樣的組合形式，那麼下一步就是為中古四等韻（在我們的中古音標寫中四等韻主元音為 -e-，且其前不出現 -a-, -j- 或 -y-）的上古來源構擬主元音 *e 和 *i（如表 5.15 第 1 和第 2 行所示），或在銳音聲母和銳音韻尾之間時，可以構擬 *ə，之後它會發生前化音變（如第 3 行所示）。[8]

前元音假設的其他要點還涉及 Type-B 音節（非咽化音節）和中古重紐問題（詳細討論，參見 2.1.2.3）。簡而言之，在我們的系統當中（以及其他的六元音構擬方案中），被稱為「重紐四等」的音節（我們的中古音標識系統中以元音前的介音 -j- 和 -i- 來表示）在上古階段都被構擬為帶前元音：*i 或 *e。在 5.3.2 中，我們還會詳細探討重紐問題，現在我們只通過幾個例子來說明一二。表 5.16 中所示是中古音中形成最小對立的三分格局，其中我們的中古音轉寫音節形式是 *bjonH*, *bjenH* 和 *bjienH*，試比較與高本漢和李方桂系統的異同。傳統分部中，表中三字俱歸入元部。

表 5.16 上古元部 B 型音節在中古音的三分格局

		中古音		Baxter-Sagart	高本漢	李方桂（1971）
1	飯 fàn『米飯』	*bjonH*	願	*bo[n]ʔ-s	*bʼi̯wǎn	*bjanh
2	弁 biàn『帽子』	*bjenH*	線三	*C.[b]ro[n]-s	*bʼi̯an	*bjianh
3	便 biàn『安適』	*bjienH*	線四	*[b]e[n]-s	*bʼi̯an	*bjianh

8　附帶一提，把 *ia 和 *iə 從元音系統中移除出去就能解釋高本漢和李方桂系統中的許多空白：兩家構擬都有「*Kian」一類音節，但卻沒有「*Kiang」一類的音節，對此缺位兩家都沒有解釋。六元音系統把高、李的 *Kian 改作 *Kˤen > *Ken*，與軟腭韻尾的 *Kˤeŋ > *Keng* 相類，如此就不會有空白缺位了。

「弁」*bjenH* 和「便」*bjienH* 都屬《切韻》線韻，不過歸於不同的小韻，其反切不同。這兩個小韻在線韻中都有同一個中古聲紐 *b-*，因而被稱為「重紐」。這兩個音節的對應形式幾乎在所有方言中都無法區分，因此它們在中古音的具體語音區別還不甚明了。但是在宋代的韻圖當中，「弁」*bjenH*（表 5.16 第 2 行）被置於三等位置上，而「便」*bjienH*（表 5.16 第 3 行）則出現於四等位置上，因此「弁」和「便」就被分別稱為「重紐三等」和「重紐四等」。[9] 既然具體的音值不清楚，所以我們的中古音標識用人為的符號來區分兩種重紐音節：重紐三等的轉寫或者有 *-j-* 介音，或者主元音為 *-i-*；重紐四等的轉寫則 *-j-* 和 *-i-* 都有。

至於重紐在上古音中的性質，高本漢認為重紐完全是一種人為造作的分別，所以在其中古漢語和上古漢語構擬中，「弁」和「便」直接被處理為同音。李方桂承認重紐在中古有別，但其上古音系統也沒有具體解釋重紐的來源。他使用 *ia 來做「弁」與「便」的韻母（李方桂擬作：*bjianh），以與「飯」*bjonH*（李方桂擬作：*bjanh）相區別，但他的構擬無法解釋「弁」與「便」之間的區別（1971：41）。在六元音系統中，上古音主元音前的 *-r- 介音對於區分韻母來說至關重要，下文我們還將具體論述。但是究其扼要，像 *bjonH*（第 1 行）這樣的音節在上古音中必須構擬為非前元音，重紐三等音節如 *bjenH*（第 2 行）在上古音中構擬為前元音或非前元音俱無妨，而重紐四等音節如 *bjienH*（第 3 行）在上古音中只能構擬為前元音。

9　英文稱「division-III」和「division-IV」，中文術語是「重紐三等」、「重紐四等」。

　　表 5.17 中是三家對前高元音音節的不同構擬，反映的是中古音 *mjut, mit, mjit* 的三分對立格局。高本漢的構擬仍然把「密」和「蜜」處理為同音，即便韻書和韻圖都已經清晰表明兩者之間存在區別。和前面的例子一樣，李方桂承認兩者有別，但是不能通過構擬來解釋這種差別，因此還是為這兩個字構擬了相同的上古音形式，只不過在「蜜」的構擬上打了一個問號（1971：47）。我們的構擬用元音前介音 *-r-* 來區別重紐三四等：密 *mit* < *mri[t]；蜜 *mjit* < *mit。

表 5.17 上古物部、質部三等音節（Type-B）在中古音的三分格局

		中古音		Baxter-Sagart	高本漢	李方桂（1971）
1	物 wù『物體』	*mjut*	物	*C.mut	*mi̯wət	*mjət
2	密 mì『稠密』	*mit*	質三	*mri[t]	*mi̯ĕt	*mjit
3	蜜 mì『蜂蜜』	*mjit*	質四	*mit	*mi̯ĕt	*mjit (?)

　　這裡需要說明的重點是，在前元音假設之下，根據中古音，重紐四等音節如「便」*bjienH* 和「蜜」*mjit* 需要構擬前元音的上古形式（分別為 *e 和 *i）。有關重紐構擬的具體解釋將在下文述及相關韻部時再詳細討論。

　　我們的討論從中古帶 *-ng* 和 *-n* 韻尾的一、四等音節入手，不過現在發現由一、四等音節的上古構擬而伸發出來的六元音系統，也同樣可以用於分析二等和三等音節，以及帶其他不同韻尾的各種音節，詳參下文。正是通過這一理路，我們相信應該為上古漢語構擬一個六元音的系統。

　　以上有關六元音的論述，主要還是根據中古音的聲韻分布展開的。我們也確實參考了上古音的押韻材料來區分中古

音 -en 的三個不同來源（上古 *-en, *-in，及特定語音環境中的 *-ən）。但是把 *-an, *-on 和 *-en 構擬為三個不同主元音的結論，卻是主要依據中古音的音系配合格局，而非從先秦韻文中歸納得出。實際上，正如表 5.14 中所見，我們構擬的帶 *-n 韻尾的上古韻母跟傳統的韻部並不是完全一一相配：傳統韻部把我們構擬的 *-an，*-on 和 *-en 全歸入元部，把 *-ən 和 *-un 全都屬於文部。高本漢和李方桂的構擬與傳統韻部分合保持一致。為比較我們三家的異同，請參見表 5.18。[10]

表 5.18 上古收 *-n 尾韻部三家構擬對照表

	中古音	Baxter-Sagart	傳統韻部	高本漢	李方桂（1971）
1	-an	*-an		*-ân	*-an
2	-wan	*-on	元	*-wân	*-uan
3	-en	*-en		*-ian	*-ian
4	-en	*-in	真	*-ien	*-in
5	-on/-en	*-ən	文	*-ən/*-iən	*-ən/*-iən
6	-won	*-un		*-wən	*-ən

10　表格的內容做了一定程度的簡化，以突出諸家構擬之間最為重要的區別；實際上，表中每一行中所列的構擬形式並不總是一對一地彼此對應。比如 MC *Tan* 的上古構擬形式在白—沙、高本漢和李方桂系統中分別為 *Tan、*Tân 和 *Tan，與表中第一行對應一致。但是 MC *Pan* 在白—沙系統中有兩個上古來源：*Pˤan，*Pˤon，高本漢的構擬是 *Pwân，李方桂的構擬是 *Pan。MC *Kwan* 在白—沙系統裡來自 *Kʷˤan 或 *Kˤon，高本漢 *Kwân，李方桂 *Kwan。

　　與傳統韻部不相一致，這是不是就證明六元音系統不可靠呢？首先，詩文傳統中的押韻與某個特定方言的韻母系統，並不必然是一種直截了當，一一對應關係。舉例來說，八百多年來，中國的詩人無論其自身的方言背景為何，都必須依從「平水韻」（簡化了的《切韻》音系）的 106 韻為標準來寫格律詩。甚至於在日本，當詩人寫作漢詩之時，同樣必須按照漢語韻書的標準來押韻。

　　但是，在先秦時期沒有證據顯示曾經流行過規範性的韻書或者是相類似的文本。因此，一般的想法總是認為，如果沒有這一類人為的限制，詩人們會覺得用自己口音裡的韻母來押韻是極為自然的。事實上，前文簡要介紹過的六元音系統的確成功地言中上古時期的詩人能夠在押韻中區分 *-an, *-on, *-en 這些傳統上全歸為元部的韻母，也能夠區分 *-ən 和 *-un 這兩個傳統全歸為文部的韻母。

　　換言之，我們的元音構擬與傳統韻部分析之間存在差異並不足以證明我們的構擬有誤。也有可能傳統韻部分析有誤，而我們的構擬倒是正確的。本書 2.2 中已經說明，不利用推理性的假設論證，而單純依靠韻例語料來歸納式地判定韻部，是一項在計算上存在極大困難的任務。弄清在上古曾經押韻但現代不再押韻的例子相對容易，反之要弄清現在可押韻而在上古卻不能押韻的例子，其難度要大得多。實際上，被我們構擬為 *-an, *-on, *-en 的詞，在現代漢語詩韻中通常都屬於一個韻，因此即使它們在《詩經》裡互不通押，但對一個現代讀者而言，卻不易分辨。這一情形，與清代學者糾結於《切韻》「支」、「脂」、「之」三韻之分合相仿佛。在清人的口音中，這三個韻都已合流，已很難知曉它們在《詩經》押韻中曾經是互相分別的。幸虧《切韻》仍然把它們區分為三個不同的韻，說

明其上古來源可能不同，而事實也正是如此。[11]

　　類似的，前文在討論 *-an，*-en，*-on 再分部時，對聲韻配合格局的描述（對於 *-en 和 *-un 也如此），也產生了一些假說，需要對上古漢語的韻腳語料重新做一番檢視。換言之，要解決六元音構擬和傳統分部之間的齟齬，不應該一味地拒斥新構擬，而應該用我們構擬的預測反過來驗證上古漢語押韻，看六元音系統是否能反映出之前未被揭示的韻部區別。Baxter（1992）採用概率統計的方法來測試進一步區分傳統韻部的假說，最後證明了六元音構擬做出的預測是正確的：我們構擬的 *-an, *-en, *-on 在韻腳分析中的確是可以區分的，*-ən 和 *-un 以及帶其他韻尾的韻母也同樣可分。[12] 這些有關上古漢語押韻的事實情況，無論在傳統歸部分析裡，還是在高本漢和李方桂根據傳統歸部所做的構擬當中，都是無法解釋的。

5.2.2 六元音構擬對文獻學研究的啟示

　　由於中國古典文獻學仍然非常重視傳統的上古韻分部，我們覺得有必要指出，六元音構擬對於早期漢語文獻的研究同樣能產生積極的影響，構擬研究決不應該僅僅局限在歷史語言學家感興趣的範圍之內。清代研究古音分部的學者，最初並不是為了弄清先秦漢語語音系統這樣的抽象命題，其旨趣是為了把古音研究作為更好地理解早期典籍的文獻學工具。這一小節將

11　實際上上古韻部並不總是更緊密地對應《切韻》的韻類；比如，上古之部所含的字就不止於《切韻》的之韻，其中還有一部分是中古的脂韻字。

12　詳細討論請參見白一平（1992）。在少數的押韻現象裡（帶唇音韻尾的韻部），韻字數量太少，難以形成具有統計意義的結果，但是我們沒有理由認為這些收唇音韻尾字的音節是來自漢語中跟其餘部分的不同的元音系統。

通過一些具體例子，來展示我們的構擬相較於傳統分部和其他

207　既有的構擬系統，在文獻研究領域具有更好的解釋能力。

《詩經・齊風・猗嗟》（106）第三章

Baxter（1992：387–388）已經指出，《齊風・猗嗟》（106）
第三章存在文獻爭議。下面（826）是引自《毛詩》的文本，
韻腳字都已標注了中古讀音。[13]

（826）《齊風・猗嗟》	韻腳字	（MC）
猗嗟變兮	變	*ljwenX*
清揚婉兮	婉	*'jwonX*
舞則選兮	選	*sjwenH*
射則貫兮	貫	*kwanH*
四矢反兮	反	*pjonX*
以禦亂兮	亂	*lwanH*

第五句中有一處文字上的問題。毛傳未注，東漢鄭玄
（127–200）箋曰：「反，復也。」《經典釋文》注云：

13　高本漢（1950：68–69）對此詩的英譯："Lo! how handsome, the
clear forehead how beautiful; / when dancing he is in counting [i.e.,
"perfectly follows the rhythm of the music"]; / when shooting he
pierces (the target); / his four arrows succeed one another in a regular
sequence, / so as to prevent (disorder:) violation of the rules." 高氏
英譯的第五句採用了改「反」為「變」的讀法，不過他也提供了《毛
詩》版本此句的譯文："his four arrows (revert =) all come (one after
the other) to the same place."

（827）反兮：如字 [pjonX]，復也。《韓詩》作變 [pjenH]，
　　　　變易。（《經典釋文》67）

此字在不同家傳的《詩經》中有不同寫法：《毛詩》作「反」，
《韓詩》作「變」（《韓詩》全書已散佚，引文散見於各處傳注
中）。高本漢在其《詩經注釋》（1942–1946，14：195）中，
把兩種不同的理解都翻譯出來了：

（828）《毛詩》：四矢反兮 "The four arrows (revert =) come
　　　　(one after the other) to the same place" "(all hit the
　　　　center of the target)"（四支箭 [一支接一支地]）射
　　　　到靶 [中央]）
　　　　《韓詩》：四矢變兮 "The four arrows (change =)
　　　　succeed one another"（四支箭接連而來）

兩種理解在原詩中都說得通，於是高本漢總結道：「究竟哪一
個版本體現了詩作的本意，令人尚難取舍」。
　　傳統的上古音構擬對這裡的疑義提不出語音上的證據來加
以分辨。但是第五句的韻字如果放在六元音系統中就很明顯打
破了整個韻段的規則：其他韻字的主元音都是 *-o-，而「反」
的主元音在我們的構擬中是 *-a-，這符合「反」在其他詩文中
的韻例。表 5.19 中，是高本漢、李方桂、郭錫良（1986，根
據王力的系統）和我們四家對《毛詩》此章韻腳的構擬。[14]

---

14 此處暫不列出蒲立本系統（1977–1978）的構擬，因為蒲立本並沒
　　有提供全部漢字的構擬。不過此詩韻腳字，包括有問題的第五行的
　　韻腳，在蒲立本的系統裡都是 *-an 韻母。

表 5.19《毛詩・齊風・猗嗟》（195）第三章韻字的四家構擬

	中古音	傳統韻部	高本漢	李方桂	郭錫良	白一沙
1	變 *ljwenX*	元	*bli̯wan	[*bljuanx][a]	*lĭwan	*[r]on?
2	婉 *'jwonX*	元	* • i̯wǎn	* • wjanx	*ĭwan	*[?]o[n]?
3	選 *sjwenH*	元	*si̯wan	*sjuanh	*sĭwan	*[s]o[n]?-s
4	貫 *kwanH*	元	*kwân	*kwanh	*kuan	*kˤon-s
5	反 *pjonX*	元	*pi̯wǎn	*pjanx	*pĭwan	*Cə.pan?
6	亂 *lwanH*	元	*lwân	*luanh	*luan	*[r]ˤo[n]-s

a 李方桂（1971）沒有提供「戀」liàn < *ljwenX* 的上古構擬，我們通過其他字的構擬推得「*bljuanx」這個構擬形式。

在早先的三家構擬中，第五句中的韻字沒有任何反常特異之處。[15] 但是在我們的構擬中，「反」的韻母是 *-an，而其他字的韻母是 *-o[n]。[16] 第五行的韻字在《韓詩》中讀作「變」biàn

---

15 所可怪異者，乃是「反」作為一個上聲字，在這裡卻都和去聲字通押。不過，雖然在《詩經》押韻傾向於用中古音的同調類字，但例外並不罕見，類似這首詩中的聲調錯配即屬一例。

16 《詩經》中含「反」的韻段並不全都是嚴整規則的。「反」字與「遠」yuǎn < *hjwonX* < *C.ɡʷan? 通押兩次，而「遠」本身又與只能被構擬為 *-a[n] 的字反覆通押（《鄭風・東門之墠》（89）首章，《豳風・伐柯》（158）第二章，《小雅・伐木》（165）第五章，《小雅・杕杜》（169）第三章，《小雅・角弓》（223）第二章，《大雅・板》（254）首章）。「變」*ljwenX*，「選」*sjwenH*，「亂」*lwanH* 這些字的中古韻母都來自上古的 *-o[n]；「婉」*'jwonX* 在《鄭風・野有蔓草》（94）首章、《齊風・甫田》（102）第三章、《曹風・候人》（151）第四章中都與 *-o[n] 通押；「貫」*kwanH* 在《小雅・何人斯》（199）第七章裡與「壎」xūn < *xjwon* < *qʰo[n] 通押，而「壎」字的聲符「熏」的上古主元音是圓唇元音（熏 xūn < *xjun* < *qʰu[n]『煙熏（v.）；氣味』）。

< *pjenH*，其上古形式當構擬為 *pro[n]-s，如此就與其他韻腳配合得嚴絲合縫。[17] 因此正如 Baxter（1992：364–366）指出，從音韻角度來看，《韓詩》的讀法更勝一籌。

上博簡《孔子詩論》的發現，進一步證實了《猗嗟》中第五句的韻字原當作 { 變 } *pro[n]-s（*SB* 1.13–1.41，1.121–1.168）。在《孔子詩論》第 22 簡中引用了《猗嗟》第三章第五句，其中對應於 { 變 }*pro[n]-s 的字形作：

（829）𩴱

李家浩（1979）已指出，此字在戰國文獻中常用作「弁」：

（830）{ 弁 } biàn < *bjenH* < *C.[b]ro[n]-s『帽子』

這個字形也經常假借為 { 變 } *pro[n]-s。就目前所知，它還從來沒有假借作「反」的用例。「弁」在《齊風・甫田》（102）第三章中即當 *-o[n]-s 入韻。

六元音系統說明《猗嗟》第三章第五句的早期版本當作「四矢變兮」，根據我們的推斷，「反」fǎn < *panʔ 取代 { 變 } *pro[n]-s 只能發生在 *-on > *-wan 的裂化音變之後（見前

---

17 「變」*pro[n]-s 不見於《詩經》其他韻段中，不過同一聲符又見於第一行中的「孌」liàn < *ljwenX* < *[r]onʔ『美』之中，而從「絲」luán < *lwan* < *mə.rˤo[n]『馬具鈴鐺』之字總是與 *-o[n] 一類字通押（《邶風・靜女》（42）第二章，《齊風・甫田》（102）第三章，《檜風・素冠》（147）首章，《曹風・候人》（151）第四章及《大雅・韓奕》（261）第六章）。最後值得一提的是，「變」: *pro[n]-s『change (v.)』可能在詞源上與「亂」luàn < *lwanH* < *[r]ˤo[n]-s『混亂、反亂』相關。

文 5.2.1）。在裂化之後，《猗嗟》第三章的所有韻字的押韻就
無任何不妥了。Baxter（1992）曾預言如果我們能發現更早
的《猗嗟》文本，它應當支持我們認為第三章第五句的韻字當
作｛變｝*pro[n]-s 的論斷，而不是傳世文本上的｛反｝fǎn <
*panʔ。「上博簡」的問世證明了我們的預測是正確的。

另一個相仿的例子是《老子》第 39 章的押韻韻段，參見
表 5.20。（此章中還包括句間韻 *-eŋ 的韻段，與此處討論無
關）。傳統的韻部分部及相關早期構擬都不認為此章押韻有任
何異常。所有韻腳字都歸傳統「月部」。但在六元音系統中，
第五句以外的其他句子的韻字都可以構擬為 *-at。而根據前元
音假設，第五句的韻字「滅」MC *mjiet*（中古音重紐四等韻）
只能夠來自上古韻母 *-et（詳細論證參 5.2.1）。構擬形式參見
表 5.21。39 章第五句不僅在音韻表現上是不規則，在文獻來
源上也大有可疑。

209

表 5.20《老子》第 39 章韻段 [18]

	老子 39	中古音	上古音
1	天 無 以 清 將 恐 裂	*ljet*	*[r]at
2	地 無 以 寧 將 恐 發	*pjot*	*Cə.pat
3	神 無 以 靈 將 恐 歇	*xjot*	*qʰat
4	谷 無 以 盈 將 恐 竭	*gjet*	*N-[k](r)at

---

18 英譯（據劉殿爵 1963 酌改）： "Without what makes it clear, heaven
might split; / without what makes it settled, earth might fly away; /
without what makes them spiritually active, the spirits might come to
rest; / without what fills them, the valleys might dry up;/ without what
gives them life, the myriad beings might be annihilated; / without
what makes them noble and high, dukes and kings might fall."

（續上表）

	老子 39	中古音	上古音
5	萬物無以生將恐滅	*mjiet*	*[m]et
6	侯王無以貴高將恐蹶	*Kjwot*	*kʷat

表 5.21《老子》第 39 章韻字的諸家構擬

	MC	傳統韻部	高本漢（1957）	李方桂（1971）	郭錫良（1986）	白一沙
1	裂 *ljet*	月	*li̯at	*ljat	*lĭăt	*[r]at
2	發 *pjot*	月	*pi̯wăt	*pjat	*pĭwăt	*Cə.pat
3	歇 *xjot*	月	*χi̯ăt	*xjat	*xĭăt	*qʰat
4	竭 *gjet*	月	*g'i̯ăt	*gjat	*gĭăt	*N-[k](r)at
5	滅 *mjiet*	月	*mi̯at	*mjiat	*mĭăt	*[m]et
6	蹶 *kjwot*	月	*ki̯wăt	*kwjat	*kĭwăt	*kʷat

　　無獨有偶，有其他證據也可以證明第 5 句是後來羼入原文的。鮑則岳（William Boltz 1984：220–224，1985）使用了完全獨立的證據材料，證明第 5 句是後期羼入《老子》本文的，它也不見於西漢的馬王堆帛書《老子》。（可惜在郭店《老子》中沒有這一章。）而我們的構擬是完全依賴語音系統的結構，推斷第 5 句的韻腳在先秦時期與此章中其他句子的押韻不相協。後來，*-at 在特定環境中（參見 5.5.2）發生了高化和前化音變，變為 *-et；由於這一音變的影響，傳世文本的韻文中多見 *-at 與從 *-at 演變而來的 *-et 發生混押。隨著韻例逐漸放寬，「滅」在第 39 章中的押韻也就不再被認為拗口出韻了。我們的構擬可以同時解釋何以「滅」在原始文本中不能押韻，而在後期文本中又變為可以接受的韻腳。而傳統韻部分析及相關

構擬面對此類問題則無計可施。

　　總的來看，六元音構擬與傳統歸部有齟齬不合之處，這並非六元音系統之短，而正是其長處所在。齟齬不合是由於在傳統歸部前修未密，在對早期文本做文獻學研究中還稱不上完美。當然，六元音系統的假設也正不斷地經受著各類新出土文獻的證偽挑戰，不過到目前為止，它仍然是站得住腳的。

　　儘管從我們的標準來看傳統的上古音歸部仍不夠周密，但是在接下來的章節中我們還是會經常提及傳統歸部，因為對一部分讀者而言，它們仍然是有意義的，其他的讀者也可以通過掌握傳統歸部來閱讀有關先秦的音韻和典籍的文獻學研究。我們系統當中的部分歸部是和傳統歸部完全一致的，比如我們構擬的 *-e 所轄的字，基本上全同於傳統支部，類似於這種情況可以「*-e = 支」來表示。但是在一部分情況下，我們構擬的韻部只是部分地與傳統韻部重合，比如我們構擬的 *-en 相當於傳統元部的一部分，類似於這種情況我們以「*-en ⊂ 元」表示，用真子集符號來提醒讀者此處並非一一對應。以下 5.4 到 5.7 諸章節將詳細討論各個韻部的構擬。

5.3 上古韻母的演變：主要進程

　　上古漢語階段之後，影響韻部發展的主要因素包括：1）音首是否咽化；2）主元音前是否存在 *-r- 介音。此外還有許多與音首、主元音和韻尾相關的同化音變和異化音變在起作用。此節我們將介紹韻母演變的大勢，具體細節將在 5.4 到 5.7 諸節中討論。

5.3.1 咽化音首的影響

咽化音首一般會引起後接元音發生低化音變。相仿的例子在其他帶咽化聲母的語言中也能找到，比如阿拉伯語（Jakobson [1957] 1971）和聖經希伯來文（Weingreen 1959：19）。咽化聲母引起低化音變的這一特性，是我們為 A 型音節（非三等音節）構擬咽化音首的主要依據（參見 3.1.1）。最初元音低化並不屬於語音上的區別性特徵，但是在某個階段咽化特徵消失，於是元音就成為區別性對立的單位。

在上古漢語中，含高元音的非三等音節和三等音節可以自由通押，如（831）中所示。（其中存在 *-iŋ > *-in 的音變現象，這是一種規則音變；此外某些形式可能還說明有另一種音變：*-iŋ > *-eŋ，詳參 5.4.4）。

（831）《邶風·燕燕》（28）第四章韻字：

	中古音	上古音
淵	'wen	< *ʔ^{wˤ}in < *[ʔ]^{wˤ}i[ŋ]
身	syin	< *ņin < *ņi[ŋ]
人	nyin	< *nin < *ni[ŋ]

211

在《切韻》中，「身」shēn < *ņi[ŋ] 和「人」都是真韻（MC -in）字，上古是不帶咽化聲母的，而「淵」yuān < *[ʔ]^{wˤ}i[ŋ]，屬於先韻字（MC -en），上古帶咽化聲母。《切韻》的分韻與六世紀以來詩歌押韻的實際情形是相吻合的：「淵」yuān < *[ʔ]^{wˤ}i[ŋ] 與「身」shēn < *ņi[ŋ]、「人」rén < *ni[ŋ] 互不通押，而是與從上古非高元音 *e 變來的「前」qián < dzen < *dzˤen

之類的字通押。表 5.22 中所列為相關上古韻部與中古韻的對照關係。

表 5.22 上古音 *-in 和 *-en 押韻關係的改變

上古音	上古韻母	傳統韻部	中古韻母	《廣韻》韻目
*Cin *C$^\varsigma$in	*-in	⊂真	-in	真
*C$^\varsigma$en	*-en	⊂元	-en	先

通言之，上古同部的三等與非三等音節在《切韻》中會分屬於不同的韻。咽化聲母居前而引發的元音低化似乎是對這一現象的最佳解釋。具體的演變步驟和發展程度在不同的方言當中或許並不一致，《切韻》音系中展現出來的變化大致如下所示，這一變化模式也能得到六世紀詩歌押韻材料的支持（我們省去了由唇化聲母演變而來的中古合口介音 -w-）。

（832） *Cin > Cin（真）

　　　*C$^\varsigma$in > Cen（先），併入 Cen < *C$^\varsigma$en

（833） *Cən > Cj+n（欣）~ Cjun（文）~ Cin（真）

　　　*C$^\varsigma$ən > Con（痕）~ Cwon（魂），與 Cjon（元）<

*Can[19] 押韻

（834）*Can > Cjen（仙），與 Cjen < *Cen 押韻

或者 > Cjon（元），與 Con 或 Cwon < *Cˤən 押韻

*Cˤan > Can（寒）~ Cwan（桓），不再同原來的

*Can 押韻

（835）*Cu > Cjuw（尤）

*Cˤu > Caw（豪），併入 Caw < *Cˤaw

（836）*Caw > Cjew（宵），併入 Cjew < *Cew

*Cˤaw > Caw（豪），不再與上古音 B 型音節 *Caw

押韻

（837）*Ciw > Cjiw（幽）~ Cjuw（尤）

*Cˤiw > Cew（蕭），併入 Cew < *Cˤew

　　在不同韻內，咽化對元音影響略有不同，如果有其他因素
共同起作用，情況會變得愈加複雜。比如低元音 *a 在軟腭韻
尾之前會保持低元音不變，因此 Cjang（陽）< *Caŋ 在中古音
中會繼續與 Cang（唐）< *Cˤaŋ 押韻，《廣韻》將兩韻列為「同
用」，「平水韻」中合兩韻為一。更詳細的討論請參下文中個別

---

19 傳統詩韻裡，《切韻》的元韻（-jon, -jwon）與痕韻（-on）、魂韻
（-won）相押，這是我們把這三韻的中古音都轉寫為「-on」的基本
依據。雖然這三個韻在《切韻》裡是互相獨立的，但是它們被先後
編次在一起，這可能顯示它們在某些方言中是可以通押的，後來官
韻中的確也把這三個韻標為「同用」，並組成了律詩押韻標準「平
水韻」的「十三元」。但是在大多數方言裡，MC -j(w)on（元）是
與 -j(w)en（仙）和 -(w)en（先）押韻，其讀音可能近似 [ien] 或
[yen]；為了不出韻，詩人們要麼需要翻檢韻書，要麼就得死記哪些
在他們口音裡讀 [ien] 和 [yen] 的字是屬於《切韻》元韻字、哪些是
屬於仙、先兩韻。由於這種混淆不便，「平水韻」中的元韻還有一
個「該死十三元」的俗名；參見王力（1988：128）。

212   韻母的討論。

5.3.2 元音前 *-r- 介音的影響

　　構擬元音前的 *-r- 介音，便於解釋三種有關的中古音音節特徵的來源：1）中古音捲舌擦音與塞擦音聲母（*tsr-, tsrh-, dzr-, sr-, zr-*）或捲舌塞音（*tr-, trh-, dr-, nr-*），詳參 4.1.3；2）中古音二等音節；以及 3）某些三等音節（包括許多重紐三等音節）。二等音節中 *-r- 的構擬是由雅洪托夫（1960a，1963）提出來的（雅洪托夫原來的想法與我們的構擬有略微不同），三等音節中的 *-r- 的構擬是由蒲立本（1962–1963）提出的。李方桂（1971）為上述第 1 和第 2 種情況構擬了 *-r-，但是他沒有把這個構擬延伸到三等音節中去。所有的六元音構擬方案（包括 Starostin 1989，Baxter 1992，鄭張尚芳 2003，以及當前本書的新構擬）都為上述三種情況構擬了 *-r-。[20] 為第 2 和第 3 種音韻現象構擬 *-r-，包含了一個基本的假設，即元音前的 *-r- 介音或可影響後接元音的音質。雖然 *-r- 在舌尖輔音之後以捲舌的特徵得以保留，但在 *K- 和 *P- 類聲母俱已消失。某些由 *-r- 引起的伴隨性元音音變後來逐漸形成了真正的音位對立。我們接下來將分別論述咽化音節和非咽化音節的特徵和演變。

5.3.2.1 帶元音前 *-r- 介音的咽化（A 型）音節（「二等韻」）

　　在非三等音節中，元音前的 *-r- 介音似乎具有使非圓唇

20　當前構擬系統中與 *r 有關的創新之處包括帶前置輔音的 *r- 聲母，還有 *-r 韻尾，見 4.4，4.5 和 5.5.1 小節。

元音前化的功能，同時也能夠引發其他一些音韻特徵，從而最終形成了我們轉寫為 *-ae-* 和 *-ea-*（可能分別代表中古音的 [æ] 和 [ɛ]）的中古音二等韻母的元音。通常的演化結果是 *a 變為 *-ae-*，而上古非低不圓唇元音則變為 *-ea-*，如表 5.23 所示。

表 5.23 咽化音節 *-r- 之後不圓唇元音的演化

上古音	中古音	例字
*CˤriC >		皆 *kˤrij> *keaj* > jiē『所有』 脈 *C.mˤ<r>[i] k > *meak* > mài『血脈』
*CˤrəC >	*CeaC*	革 *kˤrək> *keak* > gé『皮革』 儕 *[dz]ˤ<r>əj > *dzreaj* > chái『類，等同』
*CˤreC >		狹 *N-kˤ<r>ep > *heap* > xiá『狹窄』 察 *[tsʰ]ˤret> *tsrheat* > chá『檢查』
*CˤraC >	*CaeC*	馬 *mˤraʔ> *maeX* > mǎ『馬』 沙 *sˤraj > *srae* > shā『沙子』

　　中古二等音節相對於其他音節的區別性特徵究竟是甚麼，目前還不完全清楚。這一問題的答案在不同的中古方言裡很可能會不一致。蒲立本根據一些漢語中的印度語言對音材料（1984：191–193），把我們的 *ae-* 和 *ea-* 構擬為早期中古漢語（EMC）的捲舌元音 [aʳ] 和 [ɛʳ]。這也是一個相當合理的假設：蒲立本的捲舌元音原來是受 *-r- 的影響變化而來的。不過對此現在還沒有直接證據。

　　表 5.23 中只是基本變化的大勢，不過中古音的 *-ae-* 並非全都來自上古音 *a，*-ea-* 也不是全都來自上古非低元音。例如，OC*Kʷˤren 就沒有按照一般規律變為 MC「*Kwean*」，押韻、諧聲和詞族證據都顯示它最終變為了 MC *Kwaen*（見

Baxter 1992：382–383）。以下略舉一例：[21]

> （838） 環 *C.ɢʷˤ<r>en > hwaen > huán『玉環』
>
> （839） 圜，圓 *ɢʷ<r>en > hjwen > yuán『圓，圓形』
>
> （840） 還 *s-ɢʷen > zjwen > xuán『返回』
>
> （841） 翾 *qʷʰen > xjwien > xuān（重紐四等韻只可能來自 *-en）『飛翔』

同樣的，如果假定 MC -ea- 均無例外地由非低元音而來，我們可能就得嘗試把「殺」shā < MC *sreat* 構擬為「*sˤret」。可實際上，「殺」的上古形式應當是 B 型音節 *s<r>at，根據一般規則它會變為中古音 *srjet*，[22] 但是在中古漢語諸多方言中，帶 *Tsr-* 聲母的 B 型音節在其演化中似乎都失去了介音 *-j-*：*s<r>at > srjet > sreat*。宋代韻圖已反映出這種變化，帶捲舌聲母的音節都被安置在二等的位置上。三等位置上不出現 *Tsr-* 類聲母；這就是為甚麼「殺」會跟「八」*pˤr[e]t > peat > bā 同樣出現在二等位置上。此外還有「山」shān < *srean* 也是從 B 型音節的 *a 變來的，跟 A 型音節的 *e 無關：山 shān < *srean < srjen <

21　早期文字字形裡，*ɢʷen（如：「圜，圓」yuán < hjwen < *ɢʷ<r>en）和 *ɢʷan（如：遠 yuǎn < hjwonX < *C.ɢʷan?）都使用同一個聲符；參裘錫圭（1985）。後來，在原聲符上有上加「目」形的字形被用來作 *ɢʷen 的聲符，而不帶「目」形的則代表 *ɢʷan。

22　雖然在中古音材料中並沒有明確記有 *srjet* 的讀音，但是《經典釋文》中反覆為去聲字「殺」shài < *s<r>at-s 出注 *sreajH* 和 *srjejH*（有時 *srjejH* 被稱為舊讀），通過這一現象我們還是可以推斷出 *srjet* 讀音的存在。「殺」的入聲讀音一般不出反切，而逕注為「如字」。「所列反」[sr(joX)+ (l)jet = srjet] 的注音在書中也有所見（pp. 74，214，366），但很可能是「所例反」之誤 [sr(joX) + (l)jejH = srjejH]。

*s-ŋran < *s-ŋrar。[23] 如果不認識到這些例子要構擬 *a，就會導致看不清楚上古音中前元音 *-en, *-et, *-ew 與非前元音 *-an, *-at 和 *-aw 分韻的界線。

　　上文所討論的例子當中，元音前 *-r- 介音引起後接元音音質的變化，並最終使得元音產生音系上的區別對立。但在此變化過程中，它對圓唇元音似乎沒產生任何影響。例如，傳統侯部字（我們構擬為 *-o）裡沒有二等字。此外，除了帶捲舌聲母的音節外，我們也無法僅憑中古音內部證據來區分 *Cˤo 和 *Cˤro，我們只能在少數一些例子中，利用其他的證據為侯部構擬出 *-r-。比如，在含有 *e/o 交替的聯綿詞中通常會兩個都是帶 *-r- 的音節，或者兩個都不是：

23　雖然「山」在《廣韻》中只有一個讀音 srean，但是《經典釋文》在《爾雅》中還給出了一個異讀：srjen（JDSW 422）。《經典釋文》裡「稍」shào < sraewH『逐漸地』也有一個舊音異讀：srjewH（JDSW 135）。「殺」的去聲一讀：shài < sreajH < srjejH < *s<r>at-s『減少』在《經典釋文》中出現過多次，有時注為「舊音 srjejH」（一例見 JDSW 122）；「灑」sǎ < *Cə. s<r>ərʔ 注為 sreaX，也同樣注「舊音」srjeX（JDSW 270；《廣韻》中有三讀：sreaX, sraeX, srjejX）；諸如此類。鄭張尚芳的構擬沒有解釋 Tsrj- > Tsr- 的音變，他把「山」shān < srean 構擬為「*sreen」（2003：455），對應於我們構擬的「*sˤren」。但是鄭張的構擬與《詩經》的押韻有衝突，如在《小雅·斯干》（181）首章、《小雅·小弁》（197）第八章和《商頌·殷武》（305）第六章中，其他韻腳字的主元音都不是前元音。（我們把「山」構擬為 shān < srean < *s-ŋrar，其韻母部分為 *-ar 而不是 *-an；請參 5.5.1.2. 小節）。鄭張把「殺」shā < sreat 同樣構擬為前元音：「*sreed」，對應於我們的「*sˤret」。斯塔羅斯金把「山」shān < srean 構擬為 *srān（1989：576），此擬音在《詩經》押韻裡無大礙，但到中古音 srean 的音變就顯得不很規則；我們未發現斯氏對「殺」的擬音。

（842）輾轉 zhǎnzhuǎn < *trjenX-trjwenX* < *trenʔ-tronʔ『臥
不安席貌』（《周南・關雎》[1] 第二章，《陳風・澤
陂》『臥不安席貌』[145] 第三章）

（843）間關 jiānguān < *kean-kwaen* < *kˤre[n] -kˤro[n]『輪
轄發出的聲音』（《小雅・車舝》[218] 首章）

（844）契闊 qièkuò < *khet-khwat* < *kʰˤet-kʰˤot『勤勉的』
（《邶風・擊鼓》[31] 第四章）

（845）斯須 sīxū < *sje-sju* < *se-so『片刻』（《禮記・祭義》）

據此，我們可以推測在聯綿詞「邂逅」中，因「邂」字本屬二
等字帶 *-r-，故兩個音節可能都帶有 *-r-，即便「逅」的中古
音 *huwH* 本身可能來自上古 *gˤo-s，也可能是 *gˤro-s：

（846）邂逅 xièhòu < *heaH-huwH* < *gˤre-s-gˤro-s『無憂無
慮的』（《鄭風・野有蔓草》[94] 首章和第二章，
《唐風・綢繆》[118] 第二章）

214

類似的，狗 gǒu < *kuwX* 在原始苗瑤語構擬中顯示元音前有一
個 *-l-，這可能是來自漢語借詞中的 *-r-。因此，儘管「狗」
的中古音 *kuwX* 並沒有很清晰地反映出有 *-r-，我們還是把它
的上古音構擬為 *Cə.kˤroʔ。[24]

---

24 如果此處的 *-r- 是表集合概念或複數的中綴 *<r> 的話，那麼或
許的確存在著帶 *<r> 和不帶 *<r> 的形式：*Cə.[k]ˤoʔ 和 *Cə.
kˤ<r>oʔ；這兩個形式都會得到同一個中古音讀音 *kuwX*。前置音
節 *Cə. 可以解釋北部閩語中軟化聲母的來源：如建甌 /e 3/，建陽
/heu 3/；見 4.5.5.1 小節。

（847） 狗 *Cə.kˤroʔ > *kuwX* > gǒu；『哺乳動物，犬科』參見
　　　　原始苗瑤語 *qluwX，原始勉語 *klo B（L-Thongkum
　　　　1993：188）

通常，在鈍音聲母之後是很難區分 *Cˤro 和 *Cˤo 的。[25] 但
在帶鈍音韻尾的音節裡，如 *Cˤroŋ 和 *Cˤrok，它們的中古對
應形式卻可以同 *Cˤoŋ 和 *Cˤok 的對應形式相區分，這可能是
由於 *o 在 *-ŋ 和 *-k 前會裂化為類似 [aw] 的讀音，這種音變
在零韻尾條件下不會發生。

（848） 江 *kˤroŋ > *kˤrawŋ > *kaewng* > jiāng；參見原始
　　　　Monic 語 *kroːŋ『大河』（Diffloth 1984：132）
（849） 邦 *pˤroŋ > *pˤrawŋ > *paewng* > bāng『國家』
（850） 角 *C.[k]ˤrok > *kˤrawk > *kaewk* > jiǎo『獸角，角落』
（851） 剝 *[p]ˤrok > *pˤrawk > *paewk* > bō『割裂，剝削，
　　　　剝皮』

---

25 在類似 *Tˤro 、*Tsˤro 這樣帶銳音聲母的音節裡，*-r- 會導致中古
　　音裡捲舌聲母的生成，而 *-o 在 A 型音節中會按規則變為中古音
　　-uw；最後生成的中古音形式「*Truw*」、「*Tsruw*」在《切韻》當中
　　會被當成 *Trjuw*、*Tsrjuw* 一類音節對待，這樣的話本來的 A 型音
　　節 *Tsˤro 看上去仿佛與 B 型音節的 *Tsru 發生過合併。（我們中古
　　音標寫中的「*-j-*」在這種音節裡可能是人為的。考慮到「*-j-*」易在
　　Tsr- 類聲母後脫落，像 *tsrjuw* 這樣的音節可能在實際語音上更像是
　　[tʂɨuw]；因此這可能就是 [tʂuw] 與 [tʂɨuw] 的合併。）例如：「咮」
　　*tˤ<r>ok-s > *trjuwH* > zhòu『鳥嘴』，「縐」*[ts]ˤro-s > *tsrjuwH* > zhòu
　　『皺褶』，兩個字都來自 A 型音節，比較 B 型音節的「株」*tro >
　　trju > zhū『樹根、莖』，「芻」*[tsʰ]ro > *tsrhju* > chú『草料』，這兩
　　個字都經歷了 B 型音節的規則變化：*-o > *-ju*；參見 5.4.5.1. 小節。

　　在其他例子中，原本的圓唇元音也會裂化為一個不圓唇元音，所以 *r 可以影響主元音。以下例子中主元音的裂化反映了在咽化聲母之後元音的低化：

（852）降 *m-kˤru[ŋ] > *m-kˤrawŋ > haewng > xiáng『降服』

（853）學 *m-kˤruk > *m-kˤrawk > haewk > xué『學習；模仿』

（854）爪 *[ts]ˤ<r>uʔ > *[ts]ˤrawʔ > tsraewX > zhǎo『鳥獸的腳踝或趾甲』

（855）卯 *mˤruʔ > *mˤrawʔ > maewX > mǎo『地支的第四位』

（856）壞 *N-[k]ˤ<r>ujʔ-s > *gˤrwəj-s > hweajH > huài『被毀壞』

（857）滑 *Nə-gˤrut > *Nə-gˤrwət > hweat > huá；原始苗瑤語 *ɴɢɯat『光滑的』

（858）蠻 *mˤro[n] > *mˤrwan > *mˤran > maen > mán『我國古代南方的民族』

（859）踝 *m-kˤ<r>o[r] ʔ > *m-kˤ<r>wajʔ > hwaeX > huái『腳踝』

5.3.2.2 非咽化（B 型）音節中的元音前 *-r- 介音

　　我們可以從中古漢語的文獻材料中看到，在非咽化音節裡，元音前 *-r- 也經常會影響後接元音，不過由於我們尚缺乏中古漢語及其方言實際語音的知識，這種影響所造成之後果的具體細節仍然不能完全確定。當上古的非前化不圓唇元音 *ə 和 *a 在中古音中開始前化時，這種變化一般都是由於前接的 *-r- 造成的，如（860）至（863）的例子：

（860）卬 *[k.ŋ]ˤaŋ > ngang > áng『昂，仰』

迎 *ŋraŋ > ngjaeng > yíng『迎接』

215

（861）卻 *[k]ʰak > khjak > què『推辭；拒絕』

綌 *[k]ʰrak > khjaek > xì『粗葛布衣』

（862）分 *pə[n] > pjun > fēn『分開；分割』

貧 *[b]rə[n] > bin > pín『缺少錢財；窮困』

（863）馮 *[Cə.b]əŋ > bjuwng > píng『姓』

馮，憑 *[b]rəŋ > bing > píng『倚靠』

不過 *-r- 也同樣會影響本來就是高元音的音節，因為我們看到同樣帶高元音的帶 *-r- 和不帶 *-r- 的音節的中古對應形式之間也存在對立，如例（864—869）：

（864）名 *C.meŋ > mjieng > míng『名字，名稱』

鳴 *m.reŋ（方言）> *mreŋ > mjaeng > míng『鳥獸昆蟲叫』

（865）營 *[ɢ]ʷeŋ > yweng > yíng『劃分區域；扎立營寨』

榮 *[N-qʷ]reŋ > hjwaeng > róng『光榮，美譽』

（866）卑 *pe > pjie > bēi『低下，低劣』

碑 *pre > pje > bēi『石碑』

（867）蜜 *mit > mjit > mì『蜂蜜』

密 *mri[t] > mit > mì『稠密；濃密』

（868）勻 *[N-q]ʷi[n] > ywin > yún『均勻』

筠 *[ɢ]ʷri[n] > hwin > yún『竹子的青皮』

（869）脂 *kij > tsyij > zhī『油脂，油膏』

耆 *[g]rij > gij > qí『長者』

在上引每一對例子中,我們無論是從諧聲還是從分部角度來看,兩個字在上古音中都具有一樣的主元音。但是到了中古音裡,它們明顯具有不同韻母。例(864)和(865)中所有的字都屬於《切韻》不同的韻。(866)至(868)當中的例子在《切韻》中同韻,但卻注為不同反切,亦即皆屬於重紐,我們已在上文討論過。[26] 而且,這幾對字在宋代韻圖都可以系統地加以區分:例(866–868)中的第一個字都在韻圖四等位置上,而第二字都在三等位置上。例(869)中的聲符顯示這兩個字原來都應該有軟腭聲母,不過對「脂」*kij > tsyij 來說,上古的 *k- 已經在前元音 *i 之前腭化為 MC tsy-;而在「耆」*[g]rij > gij 當中腭化被 *-r- 所阻(此例中的兩字都在韻圖三等位置上,因為 tsy- 及其他腭化聲母只能出現在三等位置上)。

要從語音上給這些分別做出解釋是相當困難的,因為在現代方言中幾乎找不到有關這些分別的任何語音上的線索,而且文獻當中所做出的區別,也很可能是綜合了兩種或更多方言的結果。但可以肯定的一點是,這種分別在一些漢語方言中是確實存在的。我們也可以認為無論這種區別的語音實質為何,它們都是由上古音元音前的 *-r- 介音引起的。例如,在我們構擬的帶有元音前 *-r- 介音的音節經常與中古音聲母 l- < *r(ˤ)- 或者其他 *-r- 的證據發生諧聲關係,如(870)至(874)所示:

---

26 中古音 ywin 和 hwin 的聲母在傳統的「三十六字母」中同屬「喻」母。在 2.1.2.2 小節中已經提過,在現代音韻學術語以及我們的標寫系統裡,這兩個是不同的聲母,它們在《切韻》的反切上字明顯分作兩類。MC y- 被稱為「喻四」或「以母」,三等(B 型音節)中的 MC h- 被稱為「喻三」或「云母」。

（870）京 *[k]raŋ > kjaeng > jīng『人工築起的高丘；京城，國都』

涼 *C.raŋ > ljang > liáng；『冷』；參考：書面藏文 grang-ba『冷，涼』

（871）變 *pro[n] -s > pjenH > biàn『改變，變化』（動詞）

戀 *mə.rˤo[n] > lwan > luán『鑾鈴』；參考：泰語 bruan A『脖子上的鈴鐺（家畜用）』（Bodman 1980：74）

（872）丙 *praŋʔ > pjaengX > bǐng『天干的第三位，用以紀年、月、日』

兩 *p.raŋʔ > ljangX > liǎng『量詞，雙』早期文字寫法為二「丙」相重。

（873）冰 *p.rəŋ > *prəŋ > ping > bing『水在零攝氏度或以下凝結成的固體』（代表一種發生 *p.r-> *pr- 音變的方言；見 4.4.4.4）

凌 *p.rəŋ > ling > líng『冰』[27]

（874）命 *m-riŋ-s（方言：> *mreŋ-s）> mjaengH > mìng（n.）『任命，委任』

令 *riŋ-s（方言：> *reŋ-s）> ljengH > lìng『發出命令』。注意：先秦文字中「命」與「令」在字形上

27「凝」*[ŋ](r)əŋ > nging > níng『凝結』可能與之相關，但其構形意義尚不明了。《經典釋文》給《爾雅》的注釋中（JDSW 417）提到一本字作「冰」，而另一本中作「凝」。

無明顯區別。[28]

用構擬元音前介音 *-r- 來解釋上述對立的方法，有時也被簡化為一種規則，即應該給所有的三等重紐音節都構擬一個上古 *-r-，但是這一認識過於浮泛了。OC *-r- 和三等重紐之間的關係絕不是如此直截了當的：我們應該給部分重紐三等音節構擬一個 *-r-，而不是全體。例（875）和（876）反映了早期中古音音節 *CaC/*CraC 或 *CəC /*CrəC 之間的對立，這裡的對立是可以用 *-r- 來解釋的。[29]

---

28 在某些先秦文獻裡，「命」有時會好像因詞性（名 / 動）的不同而被寫作不同字形。例如，在《孔子詩論》第七簡（ SB 3.19）中，{ 命 } 共出現六次：其中四次字形中有下加二橫，而另兩處則沒有。無下加二橫的兩次用例都明顯是動詞的用法，而下加二橫的用例則都是名詞。參見林素清（2003）。

29 根據我們的假設，我們會期待存在 *Kan > MC *Kjon* 和 *Kran > MC *Kjen* 這樣的對立形式，但實際上，雖然 MC -*jon* 和 -*jen* 分屬《切韻》中不同的韻目，但要在軟腭音和喉音聲母後發現這兩個韻的最小對立實屬不易。例如，《廣韻》中有 *ngjon* 這個音節，但是卻沒有 *ngjen*；有 *kjon* 卻沒有 *kjen*。像 *Kjon* 和 *Kjen* 在韻圖代表的晚期中古漢語（蒲立本 1984：71）裡已經合併了，而且在《切韻》代表的一種或幾種基礎方言裡，也可能早已合併。因此，我們無法確定 *Kjen* 須當總是被構擬為帶 *-r- 介音，而 *Kjon* 要被構擬為不帶 *-r- 介音的形式。在唇音聲母後，上述的最小對立是存在的，例如：「晚」*m[o] [r]? > *mjonX* > wǎn 和「勉」*mr[o][r]? > *mjenX* > miǎn『努力』；唇音在 MC -*jon* 之前變為唇齒音，但在 -*jen* 之前保持不變。

	上古音	中古音	例字
（875）	*Paŋ	Pjang（陽）	昉 *paŋ? > pjangX > fǎng『適巧，正在』
	*Praŋ	Pjaeng（庚三）	丙 bǐng < pjaengX < *praŋ?『天干第三位』
（876）	*Pə[n]	Pjun（文）	分 *pə[n] > pjun > fēn『分開；分割』
	*Prə[n]	Pin（真三）	貧 *[b]rə[n] > bin > pín『缺少錢財；窮困』

不過，確實也存在一些明顯的 *Cra（C）與 *Ca（C）或者 *Crə（C）與 *Cə（C）合併的例子。在這種情況下，帶 *-r- 和不帶 *-r- 的音節形式到了中古音階段也就不存在對立區別了。除非另有其他的證據，否則我們無法知道這些中古音形式應該不應該構擬 *-r-。遇到這種情況，我們會使用 *-(r)- 以示謹慎，表示在元音之前或許曾經有一個 *-r-。帶括號的 *-(r)- 217 並不意味著有證據可以肯定 *-r- 的存在，僅僅代表我們所知暫付闕如。以下是一些例子：

	上古音	中古音	例字
（877）	*Paj *Praj	Pje（支三）	靡 *m(r)aj? > mjeX > mǐ『倒伏』
（878）	*Paw *Praw	Pjew（宵三）	表 *p(r)aw? > pjewX > biǎo『外表』
（879）	*Kə *Krə	Ki（之）	基 *k(r)ə > ki > jī『基礎』
（880）	*Kək *Krək	Kik（職）	亟 *k(r)ək > kik > jí『迫切』

在下文中還會看到這種情況，屆時我們還會詳加討論。

5.3.3 同化與異化

韻母的發展還受到各種同化、異化音變的影響。譬如在 *Kʷ(r)u 這種音節環境中，元音 *u 受到聲母唇化的影響會被異化為 *ə。

（881）　軌 *kʷruʔ >*kʷrəʔ > *kwijX* > guǐ『車轍』

押韻和諧聲系聯都可以證明（881）中「軌」的主元音應當是 *u，但是在中古音音節所反映出來的，其上古元音倒像是 *ə。[30]

唇音韻尾 *-m 和 *-p 在唇音聲母或唇化聲母之後也常會異化為 [ŋ] 和 [k]。

（882）　熊 *C.[ɢ]ʷ(r)əm > *C.ɢʷəŋ > *hjuwng* > xióng『熊』（名詞）；參廈門 /him 2/

反之，同化的例子有：在沒有 *-r- 介音干擾的情況下，元音 *ə 在（非咽化）的 *P- 和 *Kʷ- 聲母之後會受其同化影響而發生圓唇化音變，變成 *u（> MC *-juw*）。

30　在《詩經・邶風・匏有苦葉》（34）第二章裡，「軌」guǐ < *kʷruʔ 與「牡」mǔ < *muwX (< *mjuwX) < *m(r)uʔ『雄性』相押；其他以「九」jiǔ < *kjuwX < *[k]uʔ 為聲符的字也同樣可以與 *u 相押（*[k] 在這裡表示我們不知道應該構擬 *kuʔ 還是 *kʷuʔ；很可能同一個聲符可以同時用來記錄這兩個讀音）。高本漢沒有在其上古漢語構擬中解釋這個現象：他把「軌」guǐ < *kʷruʔ 構擬為 *Ki̯wəg，對應我們的構擬形式 *Kʷrəʔ，他把「軌」的主元音處理為 *ə。

（883）有 *[ɢ]ʷə> *ɢ(ʷ)uʔ > *hjuwX* > yǒu『具有，存在』

最後，*ə 和 *a 處於音聲母和銳音韻尾中間時，會規則地發生前化音變，*ə 在咽化聲母之後也發生前化音變。

（884）先 *sˤər > *sˤən > *sˤin > *sen* > xiān『時間或次序在前』[31]

（885）壇 *[d]anʔ > *denʔ > *dzyenX* > shàn『高臺』

在下文單獨韻部的討論當中，我們還將對此類異化音變詳加論述。

本章的餘下部分將詳細說明我們所構擬的上古各韻部，以及在各類語音條件下它們是如何分化為中古音的各個對應韻母的。我們不時也會舉出一些零星的閩語和其他方言中的韻母對應形式以作參證。但要徹底釐清上古韻部在閩語裡的發展變化，仍有許多未盡的工作需要我們著手來做。

218

表 5.24 根據韻尾類型區分的各節內容

章節號	韻尾類型
5.4	後韻尾：*-ø、*-k、*-ŋ
5.5	銳音韻尾：*-j、*-t、*-n、*-r
5.6	韻尾 *-w 和 *-wk
5.7	唇音韻尾：*-p 和 *-m

---

31 這個例子中發生了三個音變：（1）*-r 變為 *-n，（2）銳音音首和銳音韻尾之間的非前元音變成前元音，（3）咽化音節中高元音的低化。我們不知道這些變化的時間順序，可能在不同的方言中各不相同，但是中古音的結果是相同的。

　　如表 5.24 所示，上古各韻部根據韻尾類型進行區分。在
每一節中，具有相同主元音的韻部會被集中討論。例如，在
5.4 節中，第一小節 5.4.1 將討論帶口腔後部的韻尾 *-ø，*-k
和 *-ŋ 的主元音為 *a 的各韻部；5.4.2 小節將討論帶後韻尾、
主元音為 *ə 的各韻部，諸如此類。為了表述方便起見，我們
將以表格形式來展現主要的信息內容，隨附總的問題和一些特
殊現象的討論。

5.4 帶後韻尾（*-ø、*-k、*-ŋ）的韻母

　　前文已提及，在軟腭韻尾 *-k 和 *-ŋ 之前，元音有低化或
保持低舌位的趨勢。然而開音節（帶零韻尾）中並無此趨勢。
絕大多數元音的變化皆如預期，除了原來本為 *-ik 和 *-iŋ 的
韻部表現出一些其他的變化方式，這很可能是由方言差異造成
的。（見下節 5.4.4）

　　我們的韻部構擬中區分 *-V-s，*-Vʔ-s 和 *-Vk-s 這樣不
同的形式。其他的構擬系統中並不都對此作出區分，比如我們
構擬的 *-ə-s，*-əʔ-s 和 *-ək-s 在高本漢的系統當中只是一個
*-əg，在李方桂的系統中只是一個 *-əgh。

5.4.1 帶後韻尾的 *a
　　在這一章中，我們為上古音中每一類主元音和韻尾組合
形式列出表 5.25，給出其傳統韻部名稱、中古讀音及諸家的構

擬等信息。[32] 表中暫只列出不帶 *-r- 介音的 A 型（帶咽化聲母）音節為代表。A 型音節，亦即是傳統音韻學術語稱為一等（見表內）和四等的韻母，[33] 其發展變化較為簡單，便於我們比較不同構擬系統間的異同。

表 5.25 上古漢語帶後韻尾的 *a（A 型音節）：諸家構擬一覽表

		1	**2**	**3**	**4**
1	Baxter-Sagart	*-a	*-ak	*-ak-s	*-aŋ
2	上古韻部	= 魚	= 鐸		= 陽
3	中古音	-u 模	-ak 鐸	-uH 暮	-ang 唐
4	高本漢（1957）	*-o	*-âk	*-âg	*-âng
5	董同龢（1948）	*-âg	*-âk	*-âg	*-âng
6	王力（1958）	*-á	*-ăk	*-āk	*-aŋ
7	李方桂（1971）	*-ag	*-ak	*-agh	*-ang
8	蒲立本（1977–1978）	*-áɣ	*-ák	*-áks	*-áŋ

32　表中所列斯塔羅斯金構擬的「*-āks」屬於他的「早期上古漢語」；在他稱為「上古漢語」的階段，早期的 *-ks 已經變為了 *-h，早期的 *-ps、*-ts 也已雙雙變作硬腭音的 *-ć，而早期的 *-s 在鼻音之後也變為 *-h（1989：332）。本書中的上古漢語更加接近於斯塔羅斯金所謂的早於上古漢語的這一歷史階段，這一時期 *-s 仍然存在（見 1.1 小節的討論），因而此表及以下相似表格中我們都將引用斯氏系統中的早期階段的構擬形式。

33　根據前元音假設，在一般情況下一個上古韻部會有中古一等韻的對應形式（主元音為非前元音），或者中古四等韻的對應形式（主元音為前元音 *i 或 *e），但不會同時擁有。只可在一種情況下出現例外，即是當 *ə 處於銳音聲母和銳音韻尾之間時發生前化音變，如是則 *-əj、*-ət(-s)、*-ən、*-ər 會同時有一等的對應形式（在鈍音聲母後）和四等的對應形式（在銳音聲母後）；參見 5.5.5 小節。

（續上表）

		1	2	3	4
9	Starostin（1989）	*-ā	*-āk	*-āks	*-āŋ
10	Baxter（1992）	*-a	*-ak	*-aks	*-ang
11	鄭張尚芳（2003）	*-aa	*-aag	*-aags	*-aaŋ

像 5.25 之類的表裡，第一欄中是我們構擬為零韻尾或元音韻尾的韻母（在表 5.25 中是 *-a），第二欄為其對應的入聲韻母，即帶清塞音韻尾（在表 5.25 中是 *-ak）的韻母，第三欄（*-ak-s）是入聲音節加上 *-s 後綴之後的韻母形式，第四欄則是對應的帶鼻音韻尾的韻母（在表 5.25 中是 *-aŋ）。

韻母 *-aʔ，*-a-s 和 *-aʔ-s 的變化皆同於第一欄，所不同者僅為調類而已。我們將 *-ak 和 *-ak-s 在表中分列開來，以便展示各家構擬中對 *-ak-s 的不同處理方式。例（886）至（888）中，比較了我們與高本漢、王力和李方桂對於此項構擬的不同之處。

		中古音	B-S	高本漢	王力	李方桂
（886）	a 呼 hū『喊叫』	xu	*qʰˤa	*χo	*xɑ	*xag
	b 呼 hù『喊叫』	xuH	*qʰˤa-s	*χo	*xɑ	*xagh
（887）	a 吐 tǔ『吐出』	thuX	*tʰˤaʔ	*t'o	*t'ɑ	*thagx
	b 吐 tù『嘔吐』	thuH	*tʰˤaʔ-s	*t'o	*t'ɑ	*thagh
（888）	a 度 duó（動詞）『計算，推測』	dak	*dˤak	*d'âk	*dăk	*dak
	b 度 dù（名詞）『計算工具或單位』	duH	*[d]ˤak-s	*d'âg	*dāk	*dagh

例（886b），（887b）和（888b）的韻母在中古音形式都是（-*uH*）。在李方桂的構擬中，它們的上古音形式也同樣相同：*-agh*。但是在高本漢、王力和我們的構擬當中，*-ak-s（888b）：*-a-s（886b）：*-aʔ-s（887b）是相互有別的。不過無論是高本漢、王力還是李方桂都沒有把 *-a-s（886b）同 *-aʔ-s（887b）區分開來。（886b），（887b）和（888b）中的上古韻母構擬，單從中古音出發是看不出分別的，我們是借助諧聲分析，並參考例如以上諸例中（a）和（b）形成的詞族關聯，才將它們構擬為不同形式的。

在處理傳統韻部的歸字時，諸家之間同樣也存在著差異：我們構擬為 *-ak 和 *-ak-s 的字，王力歸入傳統的入聲鐸部（將表 5.25 中的第三欄和第二欄放在一起），而其他各家會把我們構擬的 *-ak-s 歸為傳統的陰聲魚部（將第三欄併入第一欄中）。我們採納王力的歸部。

表 5.25 第二行中「＝魚」表示我們構擬的 *-a 對應傳統的魚部（請參看之前段落中王力的解釋）。以此類推，我們系統中的 *-ak 和 *-ak-s 對應傳統的鐸部（根據王力所採用的傳統分析），而我們的 *-aŋ（包含 *-aŋʔ，*-aŋ-s 和 *-aŋʔ-s 等形式）對應傳統的陽部。在以後出現的表格當中我們有時會使用數學符號「⊂」（真子集）來代替等號「＝」：例如下文表 5.55 中 *-an，我們會寫作「⊂元」，表示傳統的元部並不完全對應我們構擬的 *-an，它還應該涵括 *-en 與 *-on。[34]

表 5.25 第三行中，我們在每一欄裡都給出了上古韻部在中古音裡的對應形式，並注明了相應的《廣韻》韻母的名稱。

220

---

34 由於 *-ar, *-er, *-or 當中的 *-r 韻尾一般會變為 MC *-n*，這幾個韻母一般都被歸入了傳統的元部；見 5.5.2 小節。

有些讀者可能更習慣於傳統的《廣韻》裡韻母名稱，而不喜歡
用字母來拼寫。不熟悉《廣韻》韻母的讀者，為了能閱讀使用
傳統音韻學術語的文獻，應該學習這些術語與我們的構擬內容
相互串聯起來。從第 4 行到第 11 行，我們給出的是八套上古
音系統的相應構擬，供讀者比較。

5.4.1.1 *-a（＝傳統的魚部）

下面討論具體的上古韻的時候，我們用像 5.27 之類的表
格來單獨詳細歸納韻的具體變化，表中列出的內容包括帶各種
不同類型輔音聲母、含 *-r- 介音的 A 型音節和 B 型音節等。
表中使用大寫字母來代表具有相似變化軌跡的同類型聲母。表
5.26 具體說明了每種大寫字母所代表的上古音單輔音聲母。

221

表 5.26 上古音單輔音聲母對應字母一覽表

*Kˤ	軟腭塞音，小舌塞音，	*kˤ *khˤ *gˤ *ŋˤ *ŋ̊ˤ; *qˤ *qʰˤ *ɢˤ; *ʔˤ
*K	喉塞音	*k *kʰ *g *ŋ *ŋ̊; *q *qʰ *ɢ; *ʔ
*Kʷˤ	唇化腭塞音，唇化小舌	*kʷˤ *kʷʰˤ *gʷˤ *ŋʷˤ *ŋ̊ʷˤ; *qʷˤ *qʷʰˤ *ɢʷˤ; *ʔʷˤ
*Kʷ	塞音，唇化喉塞音	*kʷ *kʷʰ *gʷ *ŋʷ *ŋ̊ʷ; *qʷ *qʷʰ *ɢʷ; *ʔʷ
*Pˤ	雙唇音	*pˤ *pʰˤ *bˤ *mˤ *m̥ˤ
*P		*p *pʰ *b *m *m̥
*Tˤ	齒音，流音	*tˤ *tʰˤ *dˤ *nˤ *n̥ˤ; *lˤ *l̥ˤ *rˤ *r̥ˤ
*T		*t *tʰ *d *n *n̥; *l *l̥ *r *r̥
*Tsˤ	塞擦音，擦音	*tsˤ *tsʰˤ *dzˤ *sˤ
*Ts		*ts *tsʰ *dz *s

大寫字母共區分了十種上古音聲母：五種是咽化的，五種
是非咽化的。在不需要特別指出發音部位時，我們會使用 *Cˤ-
和 *C- 來分別代表咽化或非咽化的聲母。在中古音系統裡，我
們也同樣會使用 C- 來表示任意聲母輔音。

　　表 5.27 中給出了 *-a 和 *-ra 在不同類型上古聲母之後的
中古音對應形式。例如在第一行中，*Cu* 是 *C^ˤa 的對應形式，
這表示：*-a（不包括 *-ra）在任何咽化聲母之後都會變 MC *-u*。
接下去的兩行裡，*K^{ʷˤ}ra 的中古對應形式是 *Kwae*，*C^ˤra 的
中古對應形式就是 *Cae*，這表示 *-ra 在咽化的唇化聲母（*K^{ʷˤ}-）
之後變為 MC *-wae*，而在其他的咽化聲母（*C^ˤ-）之後則變
為 MC *-ae*。（換言之，首列類似 *K^{ʷˤ}ra 這樣具有特殊變化的音
節，其後再補敘 *C^ˤ- 或 *C- 所代表的音節類）中古聲母的代
表字母的用法可參見表 2.3。MC *C-* 的具體指代聲母可以通過
第四章中已提到的原則推斷出來。

　　表的最右一欄是反映有關音變的一些例子。像「苦 *k^{hˤ}aʔ
> *khuX* > kǔ『苦味』即代表 *C^ˤa > *Cu* 的演變。

　　類似於表 5.27 的一系列表格都是關於單輔音聲母之後上
古韻母的演變。複輔音聲母之後的韻母演變一般可以通過單輔
音聲母的類比推知。比如，*m-k^ˤ- 後來變為了 *g^ˤ-，其演變軌
跡基本與「*K^ˤ-」所代表的單輔音聲母一致。當一個音節前成
分對聲母主要輔音的發音部位發生影響時，其導致的變化就會
與表格中的歸納不盡一致。例如下面這個例子：

（889）宣 *s-q^ʷar > *sjwen* > xuān『散布』

主要的聲母輔音 *q^ʷ- 本應歸於代表字母 *K^ʷ- 一類，但由於
*s-q^ʷ- 變為了 *sw-，在音變發展的某一階段，這裡的聲母就融
入 *Ts- 的演變模式裡去了。

　　在我們的構擬系統中存在某些音節類型是沒有對應的可
靠例證的，或者暫無例證可被清楚無誤地歸入此類型。遇到這
種情況，會在表下專門出注說明。還有一些上古音音節類型在

表中會給出多個可能結果，我們認為這種情況可能是由於方言
混雜，或是不明條件的某些語音條件造成的，我們會在表後加
以說明。例如，*Ta 類型中的一些音節會變為 MC *Tsyo*，而另
一些會變為 MC *Tsyae*。我們現階段還難以完滿地解釋這一分
歧，因此當中古音的演化結果為 MC *Tsyae* 時，我們不再採用
*Ta，而是專設了 *TA 這種寫法來表示其上古來源。

如有需要進一步解釋的音變現象，我們會在示例左側以方
括號標示數字，並在表下出注說明。以下請看表 5.27：

222

表 5.27 *-a 到中古音的對應形式

上古音	中古音	注釋	例字
*Cˤa	*Cu*	[1]	苦 *kʰˤaʔ > khuX > kǔ 『苦味』 孤 *kʷˤa > ku > gū 『孤兒』 土 *tʰˤaʔ > thuX > tǔ 『泥土』
*Kʷˤra	*Kwae*		瓜 *kʷˤra > kwae > guā 『瓜果』
*Cˤra	*Cae*		家 *kˤra > kae > jiā 『家庭』 豝 *pˤra > pae > bā 『母豬』 柤 *tsˤra > tsrae > zhā 『果木名』
*P(r)a	*Pju*	[2] [3]	無 *ma > mju > wú 『沒有』 膚 *pra > pju > fū 『皮膚』
*Kʷ(r)a	*Kju*		娛 *ŋʷ(r)a > ngju > yú 『歡喜，戲』
*C(r)A	*Cjae*	[4]	邪 *[ɢ](r)A > yae > yé（疑問助詞）
*TA	*Tsyae*		者 *tAʔ > tsyaeX > zhě（名物化助詞）
*TsA	*Tsjae*		且 *[tsʰ]Aʔ > tshjaeX > qiě 『尚且』
*C(r)a	*Cjo*	[2]	語 *ŋ(r)aʔ > ngjoX > yǔ 『說話』 筥 *[k]raʔ > kjoX > jǔ 『圓形的竹器』 豬 *tra > trjo > zhū 『豬』 初 *[ts]ʰra > tsrhjo > chū 『開始』

表 5.27 附注：

[1] *Kʷˤa 和 *Kˤa 到中古音中都變為 MC *Ku*，單從中古音本身的
證據來，兩者是無法區分的。不過通過字形和詞族關聯的分
析，我們還是可以構擬中 *Kʷˤa。例如：孤 *kʷˤa > ku > gū『幼
年死去父親或父母雙亡』的唇化聲母的構擬是依據其聲符而來
的：瓜 *kʷˤra > kwae > guā『蔓生植物，屬葫蘆科，果實可食』。

[2] 帶鈍音聲發的 B 型音節中，單從中古音的證據是無法分別
*Ca 和 *Cra 的：*Ka 和 *Kra 都變為中古的 *Kjo*，*Pa 和
*Pra 都變為 *Pju*，*Kʷa 和 *Kʷra 都變為 *Kju*。只有通過字形
和詞族方面的證據，我們才有信心為這些音節構擬出 *-r-。
例如：筥 jǔ < kjoX < *[k]raʔ『圓籃子』的聲符是呂 *[r]aʔ >
ljoX > lǚ『脊椎；律管』。

[3] 韻母 *-a 和 *-ra 在 *K- 之後變為中古的 MC *-jo*，但是在 *Kʷ-
或 *P- 之後會變為 *-ju*，從而與 *K(r)o 和 *P(r)o 合併。在絕
大多數現代方言中，中古音 *-jo* 和 *-ju* 的分別均無跡可尋，但
在閩語和南部吳語還有遺存。（羅常培 1931；董同龢 1960：
1041；周祖謨 [1943] 1966；Mei 2001）比如，羅杰瑞構擬的
原始閩語韻母 *-y 當是由 OC *C(r)a 演化而來，而原始閩語
韻母 *-io 則是來自 OC *Kʷ(r)a 和 *P(r)a，如下表 5.28 所示：

表 5.28 *C(r)a, *Kʷ(r)a, and *P(r)a 在閩語中的對應形式

	上古音	中古音	原始閩語	廈門	揭陽
	*C(r)a	-jo（魚）	*-y	-u, -i	-ɯ
鋸 jù『鋸子』	*k(r)a-s	kjoH	*ky C	ku 5	ku 5
箸 zhù『筷子』	*[d] <r>ak-s	drjoH	*dy C	ti 6	tɯ 6
書 shū『書寫』	*s-ta	syo	*tsy A『書本』	tsu 1	tsɯ 1
	*Kʷ(r)a，P(r)a	-ju（虞）	*-io	-ɔ	-ou

（續上表）

雨 yǔ『雨水』	*C.ɢʷ(r)aʔ	hjuX	*ɣio B	hɔ 6	hou 4
芋 yù『芋頭』	*[ɢ]ʷ(r)a-s	hjuH	*io C	ɔ 6	ou 6
斧 fǔ『斧頭』	*p(r)aʔ	pjuX	*pio B	pɔ 3	pou 3

[4] 除 MC -jo 和 -ju 以外，OC *-a 還有第三種中古對應形式 -jae，
我們對此尚未予以解釋，以下有一些對比例子：

> （890）煮 zhǔ < tsyoX（= tsy- + -joX）[35]『燒開，烹 』
>
> 渚 zhǔ < tsyoX（= tsy- + -joX）『水中小块陸地』
>
> 赭 zhě < tsyaeX（= tsy- + -jaeX）『紅土』
>
> 者 zhě < tsyaeX（= tsy- + -jaeX）『名物化助詞』

以上四字都從「者」得聲，因此在上古音其主元音皆應一致。
這些字的中古音聲母皆為 tsy-，一般可認為是從 OC *t- 演化
而來的，因此這四個字的上古音似乎都應構擬為 *taʔ。但是為
何在中古音裡這些字會分別變為 tsyoX 和 tsyaeX 這兩種不同
的對應？目前我們尚無滿意的答案。這種現象只限於帶中古聲
母 Tsy- 和 Ts- 兩類音節。上古音聲母既然遠較中古音的情況複
雜，而我們的構擬還是不完全的，所以不同中古對應形式的條
件可能來自上古聲母的差別之中。例如，MC tsyaeX 可能是由
*C.taʔ 變化而來，聲母前的前置輔音會阻止後面的元音遵循正
常的音變而變為 MC -jo。但是目前我們的處理方法只是直接
把中古音 -jo 和 -jae 的上古音直接記成 OC *-a 和「*-A」的區
別。*A 並非第七個上古漢語的元音，它只是一個特別的處理
方式，表示「這是 OC *-a 的一種特殊情況，由於目前不明的

---

35 請記住在我們的中古音標寫系統中，tsyoX 是 tsy- + -joX 的縮寫，而
tsyaeX 是 tsy- + -jae 的縮寫；因此兩個對立的韻母是 MC -jo 和 -jae。

原因，它會變為 MC *-jae* 而不是 MC *-jo*。」[36] 沒有證據顯示 *-A 與一般的 *-a 在押韻行為有任何不同。[37]

其他 MC *-jae* < OC *-a（以 *-A 來代表）的例子還有：

（891）車 *[t.qʰ](r)A > *tsyhae* > chē『陸地上靠輪子轉動而運行的交通工具』；[38] 參照：

車 *C.q(r)a > *kjo* > jū『陸地上靠輪子轉動而運行的交通工具』

輿 *m-q(r)a > *ɢ(r)a > *yo* > yú『車，運載工具；轎子』

（892）社 *m-tʰAʔ > *dzyaeX* > shè『指土地神或祭祀土地神的地方、日子及祭禮』；參照：

土 *tʰˤaʔ > *thuX* >[39]tǔ『地面上的泥沙混合物』

（893）奢 *s.tʰA > *syae* > shē『用錢沒有節制，過分享受』（參廈門 /tsʰia 1/，福州 /tsʰia 1/）

---

36 我們在另外兩種情況中使用同樣的標寫方法：*-Ak（MC *-jek* < OC *-ak）和 *-Aj（MC *-jae* < OC *-aj）；參 5.4.1.2 和 5.4.2.2 小節。另外一個處理方法是構擬相當於中古音的上古區別。例如斯塔羅斯金把「渚」*tsyoX* 構擬成 *taʔ，把「者」*tsyaeX* 構擬成 *tiaʔ（1989：687–688）；鄭張尚芳（2003）的構擬則是：「渚」*tjaʔ，「者」*tjaaʔ。然而，這些對立在他們的系統中的分布極少見；我們覺得還是把這些問題暫不處理，留待以後解決為上。

37 例如，在《小雅・蓼蕭》（173）首章、《小雅・裳裳者華》（214）首章和《小雅・車舝》（218）第四章中，*-joX* < *-aʔ 和 *-jaeX* < *-Aʔ 通押。

38 通常 *-r- 會導致生成中古音的捲舌音聲母：*Tr-* 或 *Tsr-*；但也存在另一種可能的發展結果：*t-qʰrA > *t-ɽA > *t-hA > *tʰA > *tsyhae*.

39 這些字音在白一平（1992）中都被錯誤構擬為邊音聲母；參見沙加爾（1993b：256–257）及本書第四章注 51.

（894）寫 *s-qʰAʔ > sjaeX > xiě『描摹，叙述』

（895）遮 *tA > tsyae > zhē⁴⁰『掩盖，掩 』

5.4.1.2 *-ak(-s)（＝傳統的鐸部）

-ak 在不同聲母條件之後的中古對應形式見表 5.29 中的歸納。-ak-s 的對應形式同於表 5.27 的 *-a-s（去聲）。

表 5.29 上古音 *-ak 的中古對應形式

上古音	中古音	注釋	例字
*Kʷˤak	Kwak		郭 *kʷˤak > kwak > guō『外城』
*Cˤak	Cak		惡 *ʔˤak > 'ak > è『不好；丑陋』 度 *[d]ˤak > dak > duó『計算』（動詞）
*Kʷˤrak	Kwaek ~ Kweak	[1]	攫 *qʷˤrak > 'waek > wò『捕獲（動詞）』 獲 *m-qʷˤrak > hweak > huò『捕獵』（動詞）
*Cˤrak	Caek		客 *kʰˤrak > khaek > kè『來賓，賓客』 百 *pˤrak > paek > bǎi『十的十倍』 宅 *m-tˤ<r>ak > draek > zhái『住宅』
*Kʷ(r)ak	Kjwak	[2]	瞿 *C.qʷ(r)ak > kjwak > jué『驚恐』
*Cak	Cjak	[2]	卻 *[k]ʰak > khjak > què『拒絕，推辭』 縛 *bak > bjak > fù『束，捆綁』 若 *nak > nyak > ruò『順從』
*Prak	Pjaek	[3]	碧 *prak > pjaek > bì『青綠色』
*Krak	Kjaek		逆 *ŋrak > ngjaek > nì『違背』

---

40 例（894）和（895）分別是上聲字和去聲字，但它們卻在字形上與入聲音節發生關聯，這種現象很不尋常；參見：「舄」*s.qʰAk > sjek > xì『拖鞋，鞋』和「度」*[d]ˤak > dak > duó『度量（動詞）』。這可能提出一個線索，能解釋為何我們在這些例子裡的韻母是 -jae，而不是 -jo。

（續上表）

上古音	中古音	注釋	例字
*Trak	*Trjak*	[3]	著 *t\<r>ak > *trjak* > zhuó『放置』
*Tsrak	*Tsrjak ~ Tsraewk*	[3] [4]	斮 *[ts]rak > *tsrjak* > zhuó『砍，斬』 朔 *s-ŋrak >（*srjak* >）*sraewk* > shuò『舊曆每月初一』
*TAk	*Tsyek*	[5]	石 *dAk > *dzyek* > shí『石頭』
*TsAk	*Tsjek*		昔 *[s]Ak > *sjek* > xī『從前』

表 5.29 附注：

[1] *Kʷˤrak 的對應形式或為 MC *Kweak* 而非一般所料的 *Kwaek*，很有可能古代韻書並未忠實地對兩類音節進行區分：

　　（896）　攫 *qʷˤrak > *'waek* > wò『捕取』（動詞），然而其同根詞有：

　　　　　　獲 *m-qʷˤrak > *hweak* > huò『捕獵』（動詞）

[2] 儘管 *-a 和 *-ra 在 B 型音節的鈍音聲母之後會發展出相同的對應形式，但 *-ak 和 *-rak 卻分別有不同的中古對應：*-jak* 和 *-jaek*。當聲母為鈍音時，*Crak 和 *Cˤrak（> *Caek*）的對應形式都見於同一個《切韻》韻中。不過我們沒有與 *Kʷrak 相關的例證，它很可能與 *Kʷak 合併了。

[3] 在鈍音聲母之後，*-r- 會使後接元音前化，在銳音聲母之後，*-r- 會使聲母捲舌化，但是中古的韻母應為 *-jak*，而非 *-jaek*。

[4] *-ak（鐸部）也會發展出類似 *Tsraewk* 這樣的中古音節形式，這一般被認為是從上古而來的不規則音變。但是這些音節很明顯是由中古時期發生的 *Tsrj- > Tsr-* 的音變的結果。這種類形的不規則現象很有可能都是方言接觸造成的。

（897）朔 *s-ŋrak > *srak > *srjak* > *sraewk* > shuò『月初第
一天』；其聲符為

屰 = 逆 *ŋrak > *ngjaek* > nì『反對』

[5] 和 *-a 相類，*-ak 和 *-ak-s 在銳音聲母後有不同的音變方
向（詳下文），其原因未明。我們把變作 MC *Cjak* 的音節
形式記作 *Cak，變作 MC *Cjek* 的記作 *CAk。此處的 *A 如
上小節中已申明的，並不代表是第七個上古元音。*-Ak 僅
表示是「*-ak 的一種特殊情況，因不明原因，會變為 MC
-jek」，同理見後文的 *-Ak-s。有證據顯示這種特殊變化與
方言變異有關：閩方言中上古為 *-Ak 的字在原始閩語中的
形式為 *-iok，與上古形式為 *-ak 的字一致。顯然，在齒音
和硬腭音聲母之後產生的 *-ak > MC *-jek* 的音變，是在中古
漢語書面文獻所記錄的方言中發生的一種創新音變，而閩語
並未參與其中：

（898）尺 *tʰAk > *tsyhek* > chǐ『長度單位』，原始閩語
*tšhiok D：廈門 /tsʰioʔ 7/，福州 /tsʰuoʔ 7/

（899）石 *dAk > *dzyek* > shí『構成地殼的礦物硬塊』，原
始閩語 *džiok D：廈門 /tsioʔ 8/，福州 /suoʔ 8/

（900）螫 *[l]Ak > *syek* > shì『毒蟲或蛇咬刺』，原始閩語
*tšhiok D：廈門 /tsʰioʔ 7/

（901）炙 *tAk > *tsyek* > zhì『烤，焙』，原始閩語 *tšiok D：
建陽 /tsio 7/（Norman 1971：203）

（902）釋 *l̥Ak > *syek* > shì『淘米』，原始閩語 *tšhiok D：
廈門 /tsʰioʔ 7/（廈門大學 1982：712）

（903）射 *Cə.lAk> *zyek* > shè『以弓矢射物』；原始閩語

　　　　　*-džiok D，福州 /suoʔ 8/

（904）借 *[ts]Ak > tsjek > jiè『借出，借入』，原始閩語
　　　　　*tsiok D：廈門 /tsioʔ 7/，福州 /tsuoʔ 7/

（905）席 *s-m-tAk > zjek > xí『席子』，原始閩語 *dzhiok
　　　　　D：廈門 /tsʰioʔ 8/

　　我們把一部分字構擬為 *-ak-s（而不是 *-a-s），因為這些
字與上古形式為 *-ak 的字都有直接的語源或字形上的聯繫，
下面是一些例子：

（906）惡 *ʔˤak > ʼak > è『醜惡』
　　　　　惡 *ʔˤak-s > ʼuH > wù『厭惡（動詞）』

（907）度 *[d]ˤak > dak > duó『測量（動詞）』
　　　　　度 *[d]ˤak-s > duH > dù『度量（名詞）』

（908）莫 *mˤak > mak > mò『否定代詞』
　　　　　墓 *C.mˤak-s > muH > mù『埋葬死人的地方』；

（909）射 *Cə.lAk > zyek > shè『以弓矢射物』
　　　　　射 *Cə.lAk-s > zyaeH > shè『射；射手』

（910）借 *[ts]Ak > tsjek > jiè『借出；借入』
　　　　　借 *[ts]Ak-s > tsjaeH > jiè『借出；借入』

（911）夕 *s-ɢAk > zjek > xī『日落的時候；泛指晚上』
　　　　　夜 *ɢAk-s > yaeH > yè『天黑的時間』

　　（909）到（911）這幾個例子，我們用 *-Ak-s 來代替
-ak-s，因為其中古對應是 -jaeH 而非 -joH。-a-s 和 *-ak-s 的
合併至晚在《詩經》一些篇章的押韻裡就已經出現了（見《邶
風·柏舟》（25）第二章）。

226

5.4.1.3 *-aŋ（＝傳統的陽部）

*-aŋ 的中古對應和 *-ak 大致相仿，只是無需構擬特殊形式「*-Aŋ」。見表 5.30。

表 5.30 *-aŋ 的中古對應形式

上古音	中古音	注釋	例字
*Kʷˤaŋ	Kwang		廣 *kʷˤaŋʔ > kwangX > guǎng『寬』
*Cˤaŋ	Cang		剛 *kˤaŋ > kang > gāng『強張；堅硬』 旁 *[b]ˤaŋ > bang > páng『旁邊；廣泛』 湯 *l̥ˤaŋ > thang > tāng『熱水』
*Kʷˤraŋ	Kwaeng		觥 *[k]ʷˤraŋ > kwaeng > gōng『酒器』
*Cˤraŋ	Caeng		更 *kˤraŋ > kaeng > gēng『改變』 彭 *C.[b]ˤraŋ > baeng > péng『地名』 瞠 *t̥ʰˤraŋ > trhaeng > chēng『瞠』
*Kʷaŋ	Kjwang		王 *ɢʷaŋ > hjwang > wáng『君王』
*Caŋ	Cjang		強 *N-kaŋ > gjang > qiáng『健壯』 方 *C-paŋ > pjang > fāng『方形』 上 *Cə-daŋʔ > dzyangX > shàng『上升』
*Kʷraŋ	Kjwaeng		永 *[ɢ]ʷraŋʔ > hjwaengX > yǒng『久遠』
*Praŋ	Pjaeng		丙 *praŋʔ > pjaengX > bǐng『天干第三位』
*Kraŋ	Kjaeng		京 *[k]raŋ > kjaeng > jīng『國都』
*Traŋ	Trjang	[1]	張 *C.traŋ > trjang > zhāng『開弓』
*Tsraŋ	Tsrjang		牀 *k.dzraŋ > dzrjang > chuáng『牀』

表 5.30 附注：

[1] 和 *-rak 的情況相似，鈍音聲母後的 *-r- 會使 *-aŋ 的主元音前化（例如 *Kraŋ > Kjaeng），但銳音聲母之後，*-r- 對元音沒有影響，它直接使聲母發生捲舌化：*Traŋ > Trjang，*Tsraŋ > Tsrjang。

　　我們在一些同義或近義詞裡發現 *-a 和 *-aŋ 的語音交替。
比如「亡」的構擬是：

（912）亡 *maŋ > *mjang* > wáng『逃；失去；死』

「亡」在甲骨文和其他早期文獻中的主要用法並不是後世常見的
「消失」的意思，而是用作否定詞「無」：

（913）無 *ma > *mju* > wú『沒有』

這一現象大概說明「亡」*maŋ 和「無」*ma 是有詞源上的聯
繫的。蒲立本（1962–1963：232–233）還指出過其他相關的
交替例子：

（914）於 *ɢʷ(r)a > *hju* > yú『到；在』
　　　　往 *ɢʷaŋʔ > *hjwangX* > wǎng『到，去』 227

尚不能確定這裡的 *-ŋ 是否是上古漢語裡的一個能產性後綴，
不過它可能反映了更早期的原始漢藏語的面貌。在孟加拉和
印度東北部有一種藏緬語加羅語，它有一個後綴 *-ang* /aŋ/（表
「離開」義），可以加在位移動詞之後用以表示從說話者逐漸遠
離的位移動作：

（915）*mal-ang-a*『爬走』，來自 *mal-a*『爬』
　　　　kat-ang-a『跑開』，來自 *kat-a*『跑』
　　　　jro-ang-a『游走』
　　　　i·-ang-a『去』，參照 *i·-ba-a*『來』（Burling
　　　　2004：144）

5.4.2 帶後韻尾的 *ə

表 5.31 比較了我們和其他幾家上古音系統所構擬的 *-ə，*-ək(-s) 和 *-əŋ。

-ə，-ək(-s) 和 *-əŋ 在非咽化的雙唇音或唇化的聲母之後皆受其同化的影響使元音發生圓唇化，這是此類上古韻部的特徵之一。但是 *-r- 阻礙同化的發生，咽化聲母也令同化失效。例如：

（916）有 *[ɢ]ʷəʔ > hjuwX > yǒu『擁有，存在』

洧 *[ɢ]ʷrəʔ > hwijX > wěi『水名』

（917）福 *pək > pjuwk > fú『保佑』

逼 *prək > pik > bī『威脅，強迫』

（918）伏 *[b]ək-s > bjuwH > fú『趴下』

備 *[b]rək-s > bijH > bèi『完全』

（919）弓 *kʷəŋ > kjuwng > gōng『弓箭』

*Kʷrəŋ > Kwing 也是一種具有可能性的演變，但是目前暫時找不到相關的例子。

表 5.31 帶後韻尾的 OC *ə（A 型音節）諸家構擬比較表：

Baxter-Sagart		*-ə	*-ək	*-ək-s	*-əŋ
傳統韻部		= 之	= 職		= 蒸
中古音	*K-, *T(s)-	-oj 咍	-ok 德	-ojH 代	-ong 登
	*P-	-woj 灰	-ok 德	-wojH 隊	-ong 登
	*Kw-	-woj 灰	-wok 德	-wojH 隊	-wong 登
高本漢（1957）		*-əg	*-ək	*-əg	*-əng
董同龢（1948）		*-ôg	*-ôk	*-ôg	*-ông

（續上表）

王力（1958）	*-ə	*-ək	*-ək	*-əŋ
李方桂（1971）	*-əg	*-ək	*-əgh	*-əng
蒲立本（1977–1978）	*-ə́ɣ	*-ə́k	*-ə́ks	*-ə́ŋ
Starostin（1989）	*-ə̄	*-ə̄k	*-ə̄ks	*-ə̄ŋ
Baxter（1992）	*-ɨ	*-ik	*-iks	*-ing
鄭張尚芳（2003）	*-ɯɯ	*-ɯɯg	*-ɯɯgs	*-ɯɯŋ

除了例（916）至（918）所示的音節類型外，在中古音的證據範圍內是無法偵測到非咽化鈍音聲母之後是否有 *-r-。

5.4.2.1 *-ə（＝傳統的之部）

*-ə 的中古對應形式如表 5.32 所示：

表 5.32 *-ə 的中古對應形式一覽表

上古音	中古音	注釋	例字
*Kʷˤə	Kwoj	[1]	賄 *qʷʰˤəʔ > xwojX > huì『財貨』
*Pˤə	Pwoj		梅 *C.mˤə > mwoj > méi『梅樹』
*Cˤə	Coj		改 *C.qˤəʔ > kojX > gǎi『更換』（動詞）
			乃 *nˤəʔ > nojX > nǎi『才』
*Kʷˤrə	Kweaj		怪 *[k]ʷˤrə-s > kweajH > guài『奇異』
*Cˤrə	Ceaj		駭 *[g]ˤrəʔ > heajX > hài『驚懼』
			霾 *mˤrə > meaj > mái『陰霾』
			豺 *[dz]ˤrə > dzreaj > chái『狼』
*Kʷə	Kjuw	[2]	臼 *C.[g]ʷəʔ > gjuwX > jiù『器具』
*Pə	Pjuw		不 *pə > pjuw > bù『否定副詞』
*Kʷrə	Kwij		龜 *[k]ʷrə > kwij > guī『爬行動物』
*Prə	Pij		鄙 *prəʔ > pijX > bǐ『郊野之處』

（續上表）

上古音	中古音	注釋	例字
*C(r)ə	Ci	[3]	基 *k(r)ə > ki > jī『根本』（名詞）
			止 *təʔ > tsyiX > zhǐ『趾；停步』
			治 *lrə-s > driH > zhì『調節，處理』
			緇 *[ts]rə > tsri > zī『黑色』

表 5.32 附注：

[1] MC *Koj* 也是由 *Kˤəj 演化而來的；*Kwoj* 也能由 *Kʷˤəj 或 *Kˤuj 演化而來，*Pwoj* 也可由 *Pˤəj 或 *Pˤuj 變來。但是由於 *-əj 在銳音聲母後發生前化音變，*Toj* 和 *Tsoj* 只來自 *Tˤə 和 *Tsˤə。

[2] *ə 在非咽化的 *Kʷ- 和 *P- 之後因同化而圓唇化，從而變為 MC *-juw*，但是介音 *-r- 就阻止同化：*Kʷrə > *Kwij*，*Prə > *Pij*。注意這些對應形式都歸為《切韻》的脂韻（*-ij*）；《切韻》的之韻（*-i*）沒有合口，也沒有帶唇音聲母的音節。

[3] 前文已提到，*Kə 和 *Krə（之部）僅依靠中古音的證據是無法區分的。

5.4.2.2 *-ək(-s)（＝傳統的職部）

-ək 的中古對應形式如表 5.33 所示。-ək-s 的中古對應同於表 5.32 的 *-ə-s（去聲）。

表 5.33 *-ək 的中古對應形式

上古音	中古音	注釋	例字
*Kʷˤək	Kwok		或 *[ɢ]ʷˤək > hwok > huò『有的；或許』
*Cˤək	Cok		刻 *[kʰ]ˤək > khok > kè『雕，刻』
			北 *pˤək > pok > běi『北方』
			塞 *[s]ˤək > sok > sè『堵住』
*Kʷˤrək	Kweak		馘 *C.qʷˤ<r>ək > kweak > guó『割獲左耳』

（續上表）

上古音	中古音	注釋	例字
*Cˤrək	Ceak		革 *kˤrək > keak > gé『獸皮』 麥 *m-rˤək（方言 >）*mrˤək > meak > mài『麥子』
*Kʷək	Kjuwk	[1]	囿 *[ɢ]ʷək > hjuwk > yòu『園林』
*Pək	Pjuwk		福 *pək > pjuwk > fú『祝福』
*Kʷrək	Kwik		域 *[ɢ]ʷrək > hwik > yù『疆界』
*Prək	Pik		逼 *prək > pik > bī『強迫』
*C(r)ək	Cik	[2]	憶 *ʔ(r)ək > 'ik > yì『記得』 棘 *krək > kik > jí『酸棗樹，莖上有刺』 式 *l̥ək > syik > shì『規格』 直 *N-t<r>ək > drik > zhí『筆直』

表 5.33 附注：

[1] 非咽化的唇音或唇化聲母跟 *-ə 和 *-əŋ 一樣導致後接元音 *ə 圓唇化，但是這種圓唇效果會被 *-r- 所阻礙，也不會在 A 型音節中發生影響。

[2] *Kə/*Krə 和 *Kəŋ/*Krəŋ（見表 5.34）一樣，我們也無法單依據中古音把 *Kək(-s) 同 *Krək(-s) 區分開。但是其他一些證據仍然可以支持在有些字裡構擬一個 *-r-：

（920）　棘 *krək > kik > jí；《韓詩》（《經典釋文》79）和馬王堆《老子》甲本中的異文作：
　　　　枋 *krək > kik > jí（高明 1996：381），此字聲符是力 *k.rək > lik > lì；原始閩語 *lhət D：廈門 /lat 8/建甌 /sɛ 6/，石陂 /se 1/

借由詞源和字形上的與 *-ək 的關聯，我們把以下的例子構擬成 *-ək-s（不採用 *-ə-s）：

（921）　北 *p^{ˤ}ək > pok > běi（背後的方向；「北」的早期字
　　　　形為兩人相背之形）

　　　　背 *p^{ˤ}ək-s > pwojH > bèi『人體後面從肩到腰的部
　　　　分；物體的後面』

（922）　憶 *ʔ(r)ək > 'ik > yì『記得』（動詞）

　　　　意 *ʔ(r)ək-s > 'iH > yì『心思』（名詞）

（923）　食 *mə-lək > zyik > shí『吃』

　　　　食～飤～飼^{41} *s-m-lək-s > ziH > sì『喂養』（動詞）

　　常用詞「來」lái 表現出不規則的變化，可能是由於失落了
音節末尾 *-k 的非重音形式以後又變為重音形式造成的：

230

（924）　來 *mə.r^{ˤ}ək > mə.r^{ˤ}ə > *r^{ˤ}ə > loj > lái『來』

「來」在《詩經》中作為 *-ək 的韻腳字出現於《小雅‧出車》
（168）首章、《小雅‧大東》（203）第四章、《大雅‧靈臺》
（242）第二章和《大雅‧常武》（263）第六章中，但是在《邶
風‧終風》（30）第二章、《邶風‧雄雉》（33）第三章、《王風‧
君子於役》（66）首章和《鄭風‧子衿》（91）第二章中又與 *-ə
押韻。（一般認為《大雅》和《小雅》的年代比《國風》要早。）
因此我們才假設原來韻母尾部的 *-k 在非重音的位置上脫落，
於是沒有 *-k 的新形式變為了重音形式，替換了原來的形式。
詳細論證可參 Baxter（1992：325–332）。（類似的演化過程也
出現在中古英語：中性代詞 hit 的 /h/ 在非重音的情況脫落，
hit 變為了現代英語的 it。）

────────────

41「飼」字中的次級聲符「司」*s-lə > si > sī 是平聲字，「飼」這個寫
　　法反映出 *-ək-s > *ə-s 的音變。此字大概是一個晚起字，它不見於
　　《說文》，在早期文獻裡大概也找不到「飼」字的用例。

5.4.2.3 *-əŋ（＝傳統的蒸部）

表 5.34 是 *-əŋ 的中古對應形式。

表 5.34 *-əŋ 的中古對應形式

上古音	中古音	注釋	例字
*Kʷˤəŋ	Kwong		弘 *[ɢ]ʷˤəŋ > hwong > hóng『大』
*Cˤəŋ	Cong		恆 *[g]ˤəŋ > hong > héng『持久』 崩 *Cə.pˤəŋ > pong > bēng『倒塌』 登 *tˤəŋ > tong > dēng『上升』 增 *s-tˤəŋ > tsong > zēng『加多』
*Kʷˤrəŋ	Kweang		宏 *[g]ʷˤ<r>əŋ > hweang > hóng『響亮；廣大』
*Cˤrəŋ	Ceang		繃 *pˤrəŋ > peang > bēng『拉緊』 橙 *[d]ˤrəŋ > dreang > chéng『柑橘』
*Kʷəŋ	Kjuwng		弓 *kʷəŋ > kjuwng > gōng『弓箭』
*Pəŋ	Pjuwng	[1]	馮 *[Cə.b]əŋ > bjuwng > féng
*Kʷrəŋ	Kwing?		[無明確例證]
*Prəŋ	Ping		憑 *[b]rəŋ > bing > píng『依靠』
*C(r)əŋ	Cing	[2]	兢 *k(r)əŋ > king > jīng『警惕的』 升 *s-təŋ > sying > shēng『向上』 澄 *[d]rəŋ > dring > chéng『透明』

表 5.34 附注：

[1] 與此系列中的其他構擬韻母一樣，*Kʷəŋ > Kjuwng 和 *Pəŋ > Pjuwng 發生元音的圓唇化，但圓唇效果被 *-r- 阻礙，也不會在 A 型音節內發生。像 Kwing < *Kʷrəŋ 的音節暫無明確例證。

[2] 與此系列中的其他構擬韻母一樣，無法僅從中古音的證據把 *Kəŋ 同 *Krəŋ 區分開。

5.4.3 帶後韻尾的 *e

上古韻母 *-e，*-ek(-s) 和 *-eŋ 的演變相對來說是比較直觀明了的。在先前的諸家構擬中，從這些韻部而來的某些三等韻被認為是不規則的演化結果，但現在在六元音構擬中通過構擬元音前的 *-r- 就可以解釋這些疑難現象。以下是一些例子：

231

（925） 卑 *pe > *pjie* > bēi『低下，低劣』（重紐四等）

碑 *pre > *pje* > bēi『石碑』（重紐三等）

（926） 名 *C.meŋ > *mjieng* > míng『人或事物的稱謂』（重紐四等）

鳴 *m.reŋ（方言） > *mreŋ > *mjaeng* > míng『鳥獸或昆蟲叫』（重紐三等）

（927） 屐 *Cə.[g]rek > *gjaek* > jī『木拖鞋』（重紐三等）

*-r- 是根據我們對於整個音系結構的總體假設推導出來的，不過也有一些直接證據可以確定其存在。例如暹羅語中的 /kre:ŋ A1/『害怕』很明顯就是來自漢語的借詞『驚』jīng（Manomaivibool 1975：168）：

（928） 驚 *kreŋ > *kjaeng* > jīng『害怕』

表 5.35 是我們與其他構擬系統的比較。

表 5.35 OC 帶後韻尾的 *e 諸家構擬一覽表（A 型音節）：

Baxter-Sagart	*-e	*-ek	*-ek-s	*-eŋ
傳統韻部	= 支	= 錫		= 耕
中古韻母	-ej 齊	-ek 錫	-ejH 霽	-eng 青

（續上表）

高本漢（1957）	*-ieg	*-iek	*-ieg	*-ieng
董同龢（1948）	*-ieg	*-iek	*-ieg	*-ieng
王力（1958）	*-e	*-ěk	*-ēk	*-eŋ
李方桂（1971）	*-ig	*-ik	*-igh	*-ing
蒲立本（1977–1978）	*-áj	*-ác	*-ács	*-áṇ
Starostin（1989）	*-ē	*-ēk	*-ēks	*-ēŋ
Baxter（1992）	*-e	*-ek	*-eks	*-eng
鄭張尚芳（2003）	*-ee	*-eeg	*-eegs	*-eeŋ

5.4.3.1 *-e（⊂ 傳統的支部）

表 5.36 是 *-e[42] 的中古對應形式。

表 5.36 *-e 的中古對應形式

上古音	中古音	注釋	例字
*Kʷˤe	Kwej		圭 *[k]ʷˤe > kwej > guī『古代玉器名』
*Cˤe	Cej		雞 *kˤe > kej > jī『家禽，雞肉』 髀 *m-pˤeʔ > bejX > bì『髀骨』 嗁，啼 *C.lˤe > dej > tí『大哭；哭泣』
*Kʷˤre	Kwea		卦 *[k]ʷˤre-s > kweaH > guà『古代筮法的一套符號』
*Cˤre	Cea		街 *[k]ˤre > kea > jiē『城市的大道』 稗 *C.[b]ˤre-s > beaH > bài『植物名』
*Ke	Tsye ~ Kjie	[1]	支 *ke > tsye > zhī『樹枝，四肢』
*Kre	Kje		技 *[g]reʔ > gjeX > jì『技能』

42　支部中除了來自 *-e 的字之外，還可能包括一些可以被構擬為 *-ej 韻母的字，參下文 5.5.3.1 小節。

（續上表）

上古音	中古音	注釋	例字
*Kʷe	Kjwie		窺 *kʷʰe > khjwie > kuī『窺視，觀看』（動詞）
*Kʷre	Kjwe		[無明確例證]
*Pe	Pjie		卑 *pe > pjie > bēi『低下，謙遜』
*Pre	Pje		碑 *pre > pje > bēi『石碑』
*Tsre	Tsrje ~ Tsrea	[2]	纚 *sreʔ > srjeX ~ sreaX > xǐ『束髮帶』
*C(r)e	Cje		是 *[d]eʔ > dzyeX > shì『這』 知 *tre > trje > zhī『知道』 斯 *[s]e > sje > sī『劈開』（動詞）

232

表 5.36 附注：

[1] 在 4.1.2 中我們已經提過，非咽化的軟腭音在元音 *i 和 *e 之前，如果沒有 *-r- 進行干擾的話，很容易發生腭化，不過腭化的確切的條件仍待確證。

[2] 在中古音中本來是 Tsrje 的音節在某些方言中會變為 Tsrea，兩者皆見於《經典釋文》。例如：《儀禮 ·士冠禮》「緇纚」一條，《經典釋文》注曰：

（929）緇纚：山買反 [sr(ean) + (m)eaX = sreaX]，舊山綺反 [sr(ean) + (kh)jeX = srjeX]（《經典釋文》143）。

5.4.3.2 *-ek(-s)（⊂ 傳統的錫部）

表 5.37 所示是 *-ek 的中古對應形式；*-ek-s[43] 的對應形式同於表 5.36 的 *-e-s（去聲）。

---

43 錫部中除了主元音為 *-ek(-s) 的字之外，還包括一些韻母被我們構擬為 *-ik(-s) 的字；參下文 5.4.4 小節。

表 5.37 *-ek 的中古對應形式

上古音	中古音	注釋	例字
*Kʷˤek	Kwek		鶪 *kʷˤek > kwek > jú『伯勞鳥』
*Cˤek	Cek		鷊 *m-ɢˤek > ngek > yì『一種水鳥』 壁 *C.pˤek > pek > bì『房屋的牆壁』 剔 *lˤek > thek > tī『使骨肉分離』
*Kʷˤrek	Kweak		畫 *gʷˤrek > hweak > huà 畫（動詞）
*Cˤrek	Ceak		隔 *[k]ˤrek > keak > gé『阻礙，分離（動詞）』 擘 *pˤrek > peak > bò『掰』 摘 *tˤrek > treak > zhāi『採取，拿下』（動詞） 責 *s-tˤrek > tsreak > zé『責怪』
*Kek	Kjiek	[1]	益（*q[i]k >）*qek > ʼjiek > yì『增加』
*Krek	Kjaek		屐 *Cə.[g]rek > gjaek > jī『木質涼鞋』
*Kʷek	Kjwiek		[無明確例證]
*Kʷrek	Kjwaek		[無明確例證]
*Pek	Pjiek		辟 *[N]-pek > bjiek > bì『法，法度，法律的』
*Prek	Pjaek		[無明確例證]
*Tsrek	Tsrjek ~ Tsreak?	[2]	[無明確例證]
*C(r)ek	Cjek		易 *lek > yek > yì『變易』 刺 *[tsʰ]ek > tshjek > cì『刺穿，戳』 躑躅 *[d]rek-[d]rok > drjek-drjowk > zhízhú『踱步』

表 5.37 附注：

[1] 軟腭音在 *-ek（或 *-eŋ）之前腭化的例子尚未發現。

[2] 由於中古音聲母的變化 Tsrj- > Tsr-，很難准確地將咽化的 *Tsˤrek(-s) 同非咽化的 *Tsrek(-s) 相區分。從 *Tsrjek 的構擬形式出發，我們設想應該有 Tsrjaek > Tsraek 的演化（見下一小節），這可以類比以下的例子：

（930）生 *sreŋ > *srjaeng* > *sraeng* > shēng『生育，出生；活』

但實際上，《廣韻》中帶 *Tsr-* 類聲母（莊組）的 *-jaek* 或 *-aek* 這類音節，要麼是來自上古的 *-ak，要麼就是未見於先秦文獻記錄的。

借由與 *-ek 在詞源或字形上的關聯，我們選擇把一些字構擬成 *-ek-s，而不是 *-e-s。

（931）易 *lek > *yek* > yì『改變，交換』

易 *lek-s > *yeH* > yì『容易』

剔 *lˤek-s > *thejH* > tì『刮去』

（932）畫 *gʷˤrek > *hweak* > huà 動詞，原始閩語 *ɦuak D

畫 *C-gʷˤrek-s > *hweaH* > huà 名詞，原始閩語 *ɣua C

（933）刺 *[tsʰ]ek > *tshjek* > cì 動詞『刺穿，戳』

刺 *[tsʰ]ek-s > *tshjeH* > cì 名詞『尖端，刺』

（934）責 *s-tˤrek > *tsreak* > zé『要債』

債 *s-tˤrek-s > *tsreaH* > zhài『債務』

5.4.3.3 *-eŋ（⊂ 傳統的耕部）

*-eŋ[44] 跟 *-e 和 *-ek(-s) 兩者大體上是相似的。*-eŋ 和 *-en 有一些交替現象，似乎說明在某些上古方言中 *-eŋ 已與 *-en 合併，正如 *-iŋ 合併於 *-in，*-ik 合併於 *-it（見下文 5.4.4

---

44 耕部中除了構擬為 *-eŋ 的字之外，還包括一些韻母被我們構擬為 *-iŋ 的字，參下文 5.4.4 小節。

節）。比如說，「平」字我們構擬為 *-eŋ：

（935）平 *breŋ > *bjaeng* > píng『平坦的』形容詞

《尚書·洪範》和《小雅·采菽》（222）第四章中有「平平」一詞，《經典釋文》將其音注為 *bjien-bjien*，對應 OC *ben-ben（《經典釋文》47，86）。

又如，《老子》今傳本第 26 章有「榮觀」一詞，義為「皇宮」。「榮觀」一詞我們構擬為：

（936）榮觀 róngguàn < *hjwaeng-kwanH* < *[N-qʷ]reŋ-*C.qʷˤar-s

但是在馬王堆《老子》甲、乙本中，「榮觀」都寫作「環官」：

（937）環官 huánguān < *hwaen-kwan* < *C.ɢʷˤ<r>en-*kʷˤa[n]

「環」的上古韻部是 *-en 而非 *-eŋ（高明 1996：356）。帛書何以作如此通假，原因尚不得確知。不過在上古音中至少兩字的主元音是一樣的：榮 róng < *hjwaeng* < *[N-qʷ]reŋ，環 huán < *hwaen* < *C.ɢʷˤ<r>en。

傳統的解釋直接認為「平」*breŋ 又讀為 *bjien* < *ben 是一個「異讀」現象。《老子》不同版本間的異文「榮」*[N-qʷ]reŋ 和「環」*C.ɢʷˤren 的通假在傳統術語中又被稱為「耕元旁轉」，即是認為是傳統陽聲韻部耕部（李方桂構擬為 *-ing）和元部（李方桂 *-an）的通轉異讀。「耕元旁轉」這樣的說法至多只是對此現象的一種描述，而不是解釋。我們通過語音構擬

有可能解釋為甚麼會發生這樣的「旁轉」（在某種上古方言發生 *-eŋ > *-en 的音變，或者在特定的《老子》文本中，*-en 在後續音節的 *k- 之前可能會與 *-eŋ 發生混同。（譯按：同化現象））再者，傳統的解釋對這種交替的歸納太過泛化：並非所有元部字都會發生與耕部的旁轉，旁轉只發生在傳統元部下被構擬為 *-en 的那一部分字上。

表 5.38 所示是 *-eŋ 的中古對應形式。

表 5.38 *-eŋ 的中古對應形式

上古音	中古音	注釋	例字
*K^{wˤ}eŋ	Kweng		坰 *k^{wˤ}eŋ > kweng > jiōng『遠方郊野』
*Cˤeŋ	Ceng		經 *k-lˤeŋ > keng > jīng『管理，標準』
			銘 *mˤeŋ > meng > míng『銘文』
			頂 *tˤeŋʔ > tengX > dǐng『頭的頂部』
*K^{wˤ}reŋ	Kweang		崢嶸 *[dz]ˤreŋ-[ɢ]^{wˤ}reŋ > dzreang-hweang > zhēngróng『高聳、險峻』
*Cˤreŋ	Ceang		耕 *kˤ<r>eŋ > keang > gēng『耕地』動詞
			迸 *pˤreŋ-s > peangH > bèng『爆開』
*Keŋ	Kjieng	[1] [2]	輕 *[k^h]eŋ > khjieng > qīng『不重』
*Kreŋ	Kjaeng		驚 *kreŋ > kjaeng > jīng『被嚇到，感到害怕』
*K^{w}eŋ	Kjwieng	[2]	頃 *[k]^{wh}eŋʔ > khjwiengX > qǐng『剛才，短時間』

（續上表）

上古音	中古音	注釋	例字
*Kʷreŋ	*Kjwaeng*		榮 *[N-qʷ]reŋ > *hjwaeng* > róng『光榮，榮譽』
*Peŋ	*Pjieng*	[2]	名 *C.meŋ > *mjieng* > míng『名字』
*Preŋ	*Pjaeng*		平 *breŋ > *bjaeng* > píng『平坦的（形容詞）』
*Tsreŋ	*Tsrjaeng* ~ *Tsraeng*	[3]	生 *sreŋ > *srjaeng* > *sraeng* > shēng『生育，出生，活』
*C(r)eŋ	*Cjeng*		正 *teŋ-s > *tsyengH* > zhèng『正確的，改正（形容詞，動詞）』
			清 *tsʰeŋ > *tshjeng* > qīng『潔淨的（形容詞）』
			貞 *treŋ > *trjeng* > zhēn『占卜（動詞）』

表 5.38 附注：

[1] 注意非咽化的軟腭音聲母在 *-eŋ 之前不會腭化，沒有 *Keŋ >「*Tsyeng*」這樣的音變現象。

[2] 在非咽化的鈍音聲母之後，有 -*jieng*（《廣韻》清韻，韻圖中見於四等位置上）和 -*jaeng*（《廣韻》庚韻，韻圖中見於三等位置上）的區分。我們為後者構擬了 *-r- 來解釋這種區別產生的原因。這導致了 -*jaeng* 會有兩個上古來源：一個來自 *-aŋ，另一個來自 *-eŋ，比如下面的一對例子：

（938）京 *[k]raŋ > *kjaeng* > jīng『山；國都』用作「涼」的聲符，涼 *C.raŋ > *ljang* > liáng『冷』

驚 *kreŋ > *kjaeng* > jīng『害怕』；參見暹羅語 /kreːŋ A1/『害怕』（Manovaibimool 1975：168）

在大多數早期的上古音構擬中，從 *-eŋ 而來的 MC -jaeng 都
未得到很好的解釋，被認為不規則變化。

[3]「生」shēng < sraeng 一般也被認為是一種不規則的變化，但
　　是 sraeng 一讀（《廣韻》所更切 sr(joX) + (k)aeng = sraeng）
　　反映的是在中古音時期發生的 Tsrj- 到 Tsr- 的音變現象。實
　　際上在較早的王仁昫《刊謬補缺切韻》中，「生」的反切還
　　是所京反 srjaeng (sr(joX) + (k)jaeng = srjaeng)，說明音變當
　　時還沒有發生。

5.4.4 帶後韻尾的 *i

　　我們認為沒有理由來為上古音構擬一個零韻尾的「*-i」韻
母，相對來說 *-ij 可能更合理。也有其他的構擬系統不採取
*-ij，而採用 *-i 構擬。（如鄭張尚芳 2003：159 － 168）。但是
如果構擬 *-ij，有一些語音變化是比較容易描寫的。

　　不過，我們還是構擬了帶後韻尾的 *-ik(-s) and *-iŋ。這兩
個韻母最主要的變化就是 *-ik(-s) 和 *-iŋ 分別會與 *-it(-s) 和
*-in，或者與 *-ek(-s) 和 *-eŋ 發生合併。一般來說，*-ik(-s)
和 *-iŋ 可以通過其同時與 *-it(s) 或 *-in，以及和 *-ek(-s) 或
*-eŋ 發生關聯而得以確認。此外，在 B 型音節中有時也有
-ik > -ik，-iŋ > -ing 的變化，這表示在上古還存在第三種類
型的方言，在這種方言裡前兩種的合併音變都沒有發生過。[45]
大多數的其他構擬系統都把我們所構擬的 *-ik(-s) 和 *-iŋ 當
作 *-it(-s) 和 *-in（傳統質部或真部），或是 *-ek(s) 和 *-eŋ

45　目前還不清楚這一保守方言的使用區域，不過目前找到的例子反映
　　出在山東和會稽（今浙江紹興）一帶仍保留有 -ik < *-ik，兩地都位
　　於東部沿海。又見下文例（956）及注 51。

（傳統錫部和耕部）來構擬，他們主要是根據相關字的中古讀音，但是卻沒有解釋何以這些字會同時與 *-it(-s)、*-in 和 *-ek(s)、*-eŋ 兩方同時發生聯繫的，也沒有對 MC -ik、-ing 這些中古音中的異常讀音做出合理解釋。表 5.39 是我們與其他構擬系統的比較。

表 5.39 OC 帶後韻尾的 *i（A 型音節）諸家構擬一覽表

Baxter-Sagart	*-ik	*-ik-s	*-iŋ
傳統韻部	⊂ 質 ~ ⊂ 錫		⊂ 真 ~ ⊂ 耕
中古音	-et 屑 ~ -ek 錫	-ejH 霽	-en 先 ~ -eng 青
高本漢（1957）	*-iet ~ *-iek	*-ied ~ *-ieg	*-ien ~ *-ieng
董同龢（1948）	*-iet ~ *-iek	*-ied ~ *-ieg	*-ien ~ *-ieng
王力（1958）	*-ĕt ~ *-ĕk	*-ēt ~ *-ēk	*-en ~ *-eŋ
李方桂（1971）	*-it ~ *-ik	*-idh ~ *-igh	*-in ~ *-ing
蒲立本（1977–1978）	*-ɔ́c ~ *-ác	*-ɔ́cs ~ *-ács	*-ɔ́ɲ ~ *-áɲ
Starostin（1989）	*-īk	*-īks	*-īŋ
Baxter（1992）	*-ik	*-iks	*-iŋ
鄭張尚芳（2003）	*-iig	*-iigs	*-iiŋ?

　　5.2 小節中我們已經提過我們可以用 *i 之外的五個元音包括中古漢語帶軟腭音韻尾的陽聲韻，我們把表 5.8 重新放在此處作為表 5.40。

236

表 5.40 中古帶 -ng 韻尾的一、四等韻的上古來源

上古音	傳統韻部	*Pˤ-	*Tˤ-	*Tsˤ-	*Kˤ-	*Kʷˤ-
*-aŋ	陽	*Pang*	*Tang*	*Tsang*	*Kang*	*Kwang*
*-oŋ	東	*Puwng*	*Tuwng*	*Tsuwng*	*Kuwng*	—

（續上表）

上古音	傳統韻部	*Pˤ-	*Tˤ-	*Tsˤ-	*Kˤ-	*Kʷˤ-
*-eŋ	耕	Peng	Teng	Tseng	Keng	Kweng
*-əŋ	蒸	Pong	Tong	Tsong	Kong	Kwong
*-uŋ	冬	Powng	Towng	Tsowng	Kowng	—

不過，當我們把視線投向中古帶 -n 韻尾的音節之後，第六個元音 *i 在構擬中的地位就得以顯現了。所以 *-iŋ 和 *-ik 好像是系統裡的缺位。

但是，我們有足夠的證據來證實上古 *-iŋ 和 *-ik 的存在。我們是通過相關字同時與 *-in、*-it 和 *-eŋ、*-ek 發生關聯從而構擬出 *-iŋ 和 *-ik 的，其中還有部分字在中古音中有不規則的對應形式：-ing 和 -ik（這些形式一般是從上古 *-əŋ 和 *-ək 變化來的）。

高本漢曾經舉過三個例子，這三個字在中古的讀音是收 -ng 尾的，但是在《詩經》的押韻裡卻是同 *-in 相押。高本漢在《漢文典》中指出「命」mjaengH（GSR 762a）在《詩經》中多次與 *-in 通押，[46] 他還指出「令」（GSR 823a）也有類似的押韻行為。[47] 我們為這兩個字構擬了如下形式，並且認為它們

---

[46] 《鄘風·蝃蝀》（51）第三章、《唐風·揚之水》（116）第三章、《小雅·采菽》（222）第三章、《大雅·假樂》（249）首章、《大雅·卷阿》（252）第八章、《大雅·韓奕》（261）首章及《大雅·江漢》（262）第五章中，「命」皆與一般被構擬為 *-in 的字押韻。(其中有些韻腳字可能也應該構擬為 *-iŋ，這表面上不規則現象可能是由中古音材料中的方言混雜造成的。)

[47] 義為「命令」（名、動）的「令」在《齊風·東方未明》（100）第二章中的押韻似為 *-in，但《經典釋文》將此字讀音注為 lingH（JDSW 66）；而《秦風·車鄰》（126）首章裡的「令」，《經典釋文》給了三個音注：ljeng, ljengH, leng（《經典釋文》69）.

的反常押韻主要是由於方言接觸混雜造成的，這種混雜可能是
發生在上古音內部，也可以是出於中古的音讀傳統：

(939)　命 *m-riŋ-s[48]（方言讀音）> *mriŋ-s > *mreŋ-s >
　　　　mjaengH > mìng『命令』（名詞）；在其他的方言中
　　　　*m-riŋ-s > *mrin-s（參見注 46）

(940)　令 *riŋ > *reŋ > *ljeng* > líng『下命令』；在其他方言
　　　　中 *riŋ > *rin（參見注 46）

另一個眾所周知的例子「矜」jīn < *king*『憐憫』與前兩者稍有
不同：從上古押韻來看它應該是 *-in，但它的中古音讀 *-ing*。
我們的構擬是：

(941)　矜 *k-riŋ > *king* > jīn『憐憫（動詞）』；又義為
　　　　『自矜』

「矜」的中古讀音 *king* 似乎有點不合規則：如果這裡是 *-iŋ 變
成了 *-in，那麼在中古音裡我們應該看到此字讀 *kin*，[49] 要是
*-iŋ 變成 *-eŋ，那麼中古音就應該是 *kjaeng*。大多數的構擬系

48　上古音中的「命」的押韻中的表現說明它與中古音所保留的「命」
　　的調類不同，這種不一致並不是非常罕見的現象。《廣韻》中只記
　　錄了「命」的去聲一讀：*mjaengH*，但在《詩經》當中「命」一般
　　與平聲押韻，即很可能其音節中沒有 *-s 後綴。我們推測最初是應
　　當同時有帶 *-s 和不帶 *-s 的音節形式的。「令」也是一個很相似的
　　例子，「令」所在的大多數韻段都是押平聲的。

49　實際上，義為「長矛」的「矜」在中古音裡的讀音是 *gin*。無論如
　　何，普通話中讀作 jīn 的「矜」應該規則對應中古音 *kin*，而不是
　　king。

統認為，MC -*ing* 在上古音的唯一來源是 *-əŋ。我們從中古音
的資料來看，*-iŋ 在非咽化音節裡至少應該有三種不同的變化
方式。

（942）　*Ciŋ > *-in > -*in*　　此方言中 *-iŋ > *-in

　　　　　*Ciŋ > *-eŋ > -*jeng*　此方言中 *-iŋ > *-eŋ

237　　　　*Ciŋ > -*ing*　　　　此方言保存 *-iŋ

「令」lìng 在《廣韻》中找不到有關 *-iŋ 的保守讀法的蛛絲馬
跡，不過《經典釋文》裡「自公令之」的「令」音注為 *lingH*
（《齊風・東方未明》（100）第二章；《經典釋文》66）。

　　古文字的證據也支持把「矜」jīn『憐憫』（動詞）構擬為
*-iŋ。《說文》云：

（943）　矜：矛柄也。从矛，今聲 [jīn < *kim* < *[k]r[ə]m『現
　　　　　在』]。（《說文解字》6395b）

今 jīn < *kim* < *[k]r[ə]m 為聲符的說法不可信，因為「今」的
韻尾 -m 與矜 jīn < *king* 的韻尾 -ng 對不上。段玉裁指出「矜」
字本來的聲符不是「今」，而是「令」líng < *riŋ（段玉裁
[1815]1981：719–720），這個說法同時支持我們構擬的主元音
*i 和元音前的 *r 介音：矜 jīn < *king* <*k-riŋ（*k-r- > *k-* 的演
變見 4.4.4.4 小節。）近來的出土文獻也確證了段玉裁的說法。
「矜」見於傳世本《老子》第30章中：

（944）　果而勿矜

我們很幸運地在馬王堆帛書《老子》（西漢早期）和郭店簡本《老子》裡都發現了這句話。馬王堆《老子》甲乙本此字都寫作「矜」（以「令」為聲符，而非「今」）。在郭店簡本中（郭店 3，第 7 簡）「矜」字形左側為「矛」，右作「命」：

（945）

以上三個字都從「令」*riŋ 得聲，它們在上古音都是與 *-in 押韻，但到了中古音當中，卻有軟腭音韻尾。

　　我們認為意為『誇耀』的 {矜}*k-riŋ 實際上與「命」*m-riŋ-s 是同根詞，也許它本來也與「專橫跋扈」或者「想要差使、命令別人」之類的意思相關。另一方面，{矜}*k-riŋ 意為「憐憫」，這個詞或許與「憐」相關聯（字形上可能是古今字）：

（946）憐 *rˤiŋ > *rˤin > len > lián『愛；憐憫』（「憐」字所見甚晚，《古文字詁林》（8.1065）中所收最早的例子來自秦代刻石）

　　究竟何時應該構擬 *-in，*-it，何時應該構擬 *-iŋ，*-ik，不是容易輕斷的問題。許多字音從音變發展的角度看似乎是來自上古 *-in 或 *-it 的，甚至其中古讀音中根本就不帶軟腭音韻尾，但實際很可能當來自 *-iŋ 或 *-ik，請看下面的例子：

（947）仁 *niŋ > nyin > rén『善良』

　　　　佞 *nˤiŋ-s > nengH > nìng『聰明』

因為「佞」*nˤiŋ-s 的聲符是「仁」，所以我們也為 {仁} *niŋ 構擬了軟腭音韻尾。在郭店出土的《老子》（郭店 9，第 3 簡）和其他一些文本當中我們發現「仁」也寫作：

（948）

此字形為上「身」下「心」組成，「身」字是聲符。古文字中「仁」有時也用「千」作為聲符來代替「身」（《忠信之道》，郭店 45，第 8 簡）：

（949）

根據這些字形，我們現在可以確定「身」shēn < *syin* 的上古音聲母是清鼻音 *ŋ̥-：[50]

（950） 身 *ŋ̥i[ŋ] > *syin* > shēn『身體；自己』

{千} qiān < *tshen* 的早期字形也是由「人」字上加一橫筆而成的（季旭昇 2010：154）；「二千」的意思還可以通過再多加一橫來體現：

---

50 之前的諸家構擬都主要依靠規範化的標準文字來進行研究，由於中古聲母 sy- 在上古音中有多個來源，因而很難確定「身」的上古聲母；在缺少直接證據的情況下，一般都按照書母 sy- 的默認對應形式把「身」構擬為帶邊音聲母的「*hljin」（見 Baxter 1992），相當於本書的「*l̥in」，詳參 2.3 節的討論。

（951）𠂤

我們把這兩個字構擬為

（952）千 *s.ŋˤi[ŋ] > tshen > qiān『數詞，十個一百』
（953）人 *ni[ŋ] > nyin > rén『別人，他人』

此外，在古文字中「千」*s.ŋˤi[ŋ] 或「人」*ni[ŋ] 都可以作
{年} nián < nen 的聲符，「年」我們構擬為：

（954）年 *C.nˤi[ŋ] > nen > nián『收成；年』

　　我們把「身」、「千」和「人」都構擬為 *-iŋ，這是基於
它們與 {仁} rén 之間各種直接或間接的聯繫，但是在中古音
裡，這幾個字沒有一個繼續保留軟腭音的韻尾。目前很難確定
到底哪些字應該構擬 *-iŋ，哪些應該構擬 *-in。（948）中的
字形或許是來自一個 *-iŋ 和 *-in 早已合併為一的方言。因此
「身」雖然被用作 {仁} *niŋ 的聲符並不必然可以得出「身」
的韻母是 *-iŋ 而不是 *-in 的結論。
　　我們還發現一些與以上情況相類似的中古對應形式，反映
出 *-it 和 *-ek 之間的糾葛，偶爾其中還混雜幾個中古為 -ik 的
例子。MC -ik 一般應是 *-ək 的中古對應，這些字一般總是和
MC -ok 之間存在諧聲關係，而與中古音 -it 或 -et 發生關聯的
-ik 可以被構擬成 *-ik：

（955）即 *[ts]ik > tsik > jí『至，到』
　　　　節 *tsˤik > *tsˤit > tset > jié『關節』
　　　　櫛 *[ts]rik > *[ts]rit > tsrit > zhì『梳子』

膝 *s-tsik > *s-tsit > *sit* > xī『膝蓋』（與節 *ts^{ˤ}ik 有

239　　語源關係）

（956）蝨 *srik > *srit ~ *srik* > shī『虱子』；參原始藏緬語
*s-r(y)ik『蝨子』（Matisoff 2003：153）。玄應《一
切經音義》卷 17 中「蝨」音注為 *srik*。（周法高
1962，#791）[51]

（957）抑 *[ʔ](r)ik > *'ik* > yì『抑制，阻止』
印 *[ʔ]iŋ-s > *[ʔ]in-s > *'jinH* > yìn『泛指圖章』
懿 *[ʔ]<r>ik-s > *'ijH* > yì『同「抑」，抑制』；此處
聲符也常用於韻母為 MC -*it* 和 -*et* 的字中

（957）諸例中韻尾位置上 *-k 和 *-ŋ 的交替尚未得到解釋，不
過這些詞在語義上是存在聯繫的。古文字學家認為「抑」和
「印」本來都是從一個字形分化出來的，最早的字形寫作一手
（「爪」或是「又」）懸於跪坐人形之上。（陳劍，個人交流；
季旭昇 2010：736）：

（958）

韻尾位置上塞音和鼻音的交替是將來研究中的一個重要問題。
（見 6.3 小節：「已知的問題」）

Sagart（1999a）把血 xiě ~ xuè < *xwet* 也構擬成 *-ik：

（959）血 *m̥^{ˤ}ik > *xwet* > xiě ~ xuè『血液』

─────────

51「山東及會稽，[蝨 shī] 皆音色 [MC *srik*]）」，此段又見引於漢文大
藏經 CBETA（2013），http://tripitaka.cbeta.org/C057n1163_017，
2013 年 7 月 14 日查詢。

通過這個構擬，一系列明顯存在語源和字形關聯的 *-it 和
*-ek，以及 MC -ik 就被串聯起來，使我們最終決定把它們都
構擬成 *-ik。參見下例：

（960）脈 *C.m̥ˤ<r>[i] k > meak > mài『血脈』
（961）洫 ~ 淢 *m̥(r)ik > xwik > xù『溝渠』暫不清楚哪一
　　　　種寫法更為古老，不過這不影響洫 xwik 可以證明
　　　　「血」*m̥ˤik 應當構擬為 *-ik，即使不去管聲母部分
　　　　的 *m̥ˤ- 構擬也沒關係。
　　　　洫 *m̥(r)ik > xwik > xù『靜寂』；又讀作洫 *m̥ik-s >
　　　　*m̥it-s > xjwijH > xù

相關的例子又如常用字「日」rì < nyit『太陽；白日』。有
兩個相互獨立的證據可以證明此字不應為 *-it，而應當構擬為
*-ik。首先，「日」字是汨 mì < mek 的聲符（見地名湖南汨羅
江，據說為屈原 [c. 340–278 BCE] 自沉之地）。「汨」字顯然
是由「水」和「日」組成的合體字。今本《說文》裡說「日」
為「冥」míng < meng 省形，如此則「冥」才應該是此字的真
正聲符（《說文詁林》4864b）。但《說文》此說不可信。我們
認為「日」才更有可能是聲符（《古文字詁林》9：38）。通過
我們的構擬，「日」作「汨」聲符這個看似有些奇怪的事實就
能夠得到解釋：汨 mì < mek < *m.nˤik『汨羅』（見 4.4.2.4 小
節），日 *C.nik > *C.nit > nyit > rì（*C. 用以解釋在某些閩語
和客家方言點裡的陰調現象，參見 Norman 1991：211 及本書
4.4.5.4 小節）。由於 *-ik > *-it 是個在方言中得到很好驗證的
音變現象，因此在我們的構擬裡「日」nì < nyit 音節末的 -t 是
能夠得到妥善解釋的。但如果我們把「日」nì < nyit 構擬為 *-it

240

的話，汩 mì < *mek* 音節末的 -k 就完全無法解釋了。

另一個支持「日」rì < *nyit* 上古帶 *-k 尾的證據是「暱／昵」 nì < *nrit* 及可能有與「暱／昵」有語義關聯的「衵」*nik > *nyit* > rì『女士內衣』。我們為這兩組字都構擬了 *-k 尾：*n<r>ik 和 *nik。《經典釋文》把《論語》注中出現的一個「昵」字讀作 *nrik*（《經典釋文》350）。「暱」nì < *nrit* 的聲符「匿」nì < *nrik* 也是收 *-k 的。「日」很可能就是「暱」和「昵」原來的聲符，把「日」當成兩字義符的說法是十分牽強的（《說文詁林》2938a）。

5.4.5 帶後韻尾的 *o

表 5.41 是我們所構擬的 *-o，*-ok(-s) 和 *-oŋ 與其他構擬系統之間的比較。

表 5.41 帶後韻尾的 OC *o（A 型音節）諸家構擬一覽表

Baxter-Sagart	*-o	*-ok	*-ok-s	*-oŋ
傳統韻部	= 侯	= 屋		= 東
中古音	-*uw* 侯	-*uwk* 屋	-*uwH* 侯	-*uwng* 東
高本漢（1957）	*-u	*-uk	*-ug	*-ung
董同龢（1948）	*-ûg	*-ûk	*-ûg	*-ûng
王力（1958）	*-o	*-ŏk	*-ōk	*-oŋ
李方桂（1971）	*-ug	*-uk	*-ugh	*-ung
蒲立本（1977–1978）	*-áw	*-ák^w	*-ák^w s	*-áŋ^w
Starostin（1989）	*-ō	*-ōk	*-ōks	*-ōŋ
Baxter（1992）	*-o	*-ok	*-oks	*-ong
鄭張尚芳（2003）	*-oo	*-oog	*-oogs	*-ooŋ

這幾個韻母的特別之處在於與一般的音系格局不同，在某些情況下 *-r- 在這幾個韻部的中古對應形式裡沒有任何蹤跡。換言之，在其他上古韻部的中古對應中出現的二等韻，在 *-o 的中古對應中不存在。在中古音的證據範圍內，我們無法將 *Kˤro 同 *Kˤo（兩者俱變為 Kuw），或是將 *Kroŋ 同 *Koŋ（兩者俱變為 Kjowng）區分開來。在 A 型音節裡，*o 在軟腭音韻尾前就發生複元音化，而這時 *-r- 造成的中古對應的差別就體現在 *Kˤok > Kuwk 和 Kˤrok（> *Kˤrawk）> Kaewk 的不同上。這裡的規則似乎可以歸納為：當後接元音在 *-r- 脫落時是一個圓唇元音，*-r- 對韻母不產生影響。如果由於複元音化使後接元音變為非圓唇元音，那麼 *-r- 仍然會發揮作用。這也就可以解釋（例如）*Pra 和 *Pa 為甚麼會有同樣的對應形式（見 5.4.1.1 小節）：在 *-r- 脫落之前，此類音節裡的 *a 應該已經變為圓唇元音 [ɔ]、[o] 或 [u] 之類了。

241

5.4.5.1 *-o（= 傳統的侯部）

*-o 的中古對應形式已歸總為表 5.42。

表 5.42 *-o 的中古對應形式

上古音	中古音	注釋	例字
*Kˤ(r)o	Kuw	[1]	口 *kʰˤ(r)oʔ > khuwX > kǒu『嘴』 邂逅 *[g]ˤre-s-[g]ˤro-s > heaH-huwH > xièhòu『不期而遇；歡悅貌』
*Pˤ(r)o	Puw		剖 *pʰˤ(r)oʔ > phuwX > pōu『分開』
*Cˤo	Cuw		斗 *tˤoʔ > tuwX > dǒu『量詞』 走 *[ts]ˤoʔ > tsuwX > zǒu『跑』
*Tˤro	Trjuwʔ	[2]	[無明確例證]

（續上表）

上古音	中古音	注釋	例字
*Tsˤro	*Tsrjuw*	[2]	縐 *[ts]ˤro-s > *tsrjuwH* > zhòu『有皺紋的』
*C(r)o	*Cju*	[1]	隅 *ŋ(r)o > *ngju* > yú『角落』 屨 *k-ro-s > *kjuH* > jù『便鞋』 毋 *mo > *mju* > wú [a]『別，不要』 朱 *to > *tsyu* > zhū『紅色』 誅 *tro > *trju* > zhū『懲罰』 取 *tsʰoʔ > *tshjuX* > qǔ『拿』 數 *s-roʔ > *srjuX* > shǔ『計算』（動詞）

[a] 傳世文本中的「毋」wú < *mo『別，不要』也常寫作「無」wú，但在早期文本中，「無」字只是用來代表 {無}wú < *mju* < *ma『沒有』；這說明在非咽化的唇音聲母之後，*-a 和 *-o 在漢代發生了合併，兩者在這種語音條件下都變成了中古音的 *-ju*。

表 5.42 附注：

[1] 上文已經提過，A 型音節裡的 *-r- 似乎對 *-o 的中古音對應形式不發生影響（除了在後來產生捲舌音聲母的語音環境裡），大多數情況我們只能依賴其他證據來構擬 *-r-。比如，在具備 *e 和 *o 交替的聯綿詞裡，兩個音節除了元音之外大體相同。所以在下列的例子裡，我們可以從第一個音節推導出第二個音也有 *-r-：

（962）邂逅 *[g]ˤre-s-[g]ˤro-s > *heaH-huwH* > xièhòu『不期而遇；歡悅貌』

下面這個例子裡，根據聲符可以構擬 *-r-：

（963） 屨 ~ 韝 *k-ro-s > *kjuH* > jù『便鞋』；其聲符為
婁 *[r]o > *lju* > lóu『牽，曳』（動詞）

[2] 在 *Tsˤro（或許也包括 *Tˤro，儘管此類型還缺少明顯的例
子）這一類音節裡，*-r- 促使了中古對應形式中捲舌音聲
母的出現，不過 *-o 在 A 型音節裡仍然按照預期變為 MC
-*uw*；《切韻》把「*Tsruw*」這類音節都處理為與 *Tsrjuw* 相合
併。例子如：

（964） 縐 *[ts]ˤro-s > *tsrjuwH* > zhòu『褶皺』
（965） 驟 *N-tsˤroʔ-s > *dzrjuwH* > zhòu『疾馳』

這些都是 A 型音節，試與 B 型音節比較：

（966） 數 *s-roʔ > *srjuX* > shǔ『數數』
（967） 芻 *[tsʰ]ro > *tsrhju* > chú『草料』

242

此前的構擬都無法解釋例（964）和（965）這樣的情況，只是
簡單目之為不規則現象。

5.4.5.2 *-ok(-s)（= 傳統的屋部）

-ok 的中古對應形式皆見表 5.43 的歸納。-ok-s 的對應
形式同於表 5.42 中的 *-o-s（去聲）。

表 5.43 *-ok 的中古對應形式一覽

上古音	中古音	注釋	例字
*Cˤok	Cuwk		穀 *[k]ˤok > kuwk > gǔ『穀物』
			卜 *pˤok > puwk > bǔ『占卜』（動詞）
			鹿 *mə-rˤok > luwk > lù『鹿』
			族 *[dz]ˤok > dzuwk > zú『宗族』
*Cˤrok	Caewk	[1]	角 *C.[k]ˤrok > kaewk > jiǎo『角，角落』
			剝 *[p]ˤrok > paewk > bō『剝落』
			啄 *mə-tˤ<r>ok > traewk > zhuó『啄食』
*Tsrok	Tsrjowk ~ Tsraewk	[2]	數 *s-rok > sraewk > shuò『屢次』
*C(r)ok	Cjowk	[3]	曲 *kʰ(r)ok > khjowk > qū『彎曲』
			幞 *[b](r)ok > bjowk > fú『頭巾』（《說文》）
			屬 *N-tok > dzyowk > shǔ『歸屬』
			躑躅 *[d]rek-[d]rok > drjek-drjowk > zhízhú『躑步』
			足 *[ts]ok > tsjowk > zú『腳』

表 5.43 附注：

[1] 相比於 *-o，在 A 型音節中，*-ok 前的 *-r-（在 *-oŋ 前亦然，見下文）就造成一個特別的中古對應形式，這大概是因為經過了一個複元音化的音變過程：

（968） 剝 *[p]ˤrok > *pˤrawk > paewk > bō『剝落』；試比較同聲符字：

祿 *(p.)rˤok > luwk > lù『福運，氣運』

[2] 由於中古音發生了 Tsrj- > Tsr- 的音變，現在無法可靠地把 *Tsˤrok 同 *Tsrok 區分開。以下例子在語源上具有明顯的聯繫，但是我們目前還不能說明「數」shuò < sraewk 的形態的意義：

（969） 數 *s-roʔ > *srjuX* > shǔ『計算』（動詞）

　　　　數 *s-roʔ-s > *srjuH* > shù『數目』（名詞）

　　　　數 *s-rok > *sraewk* > shuò『屢次』

[3] 在 B 型音節中，*Krok 和 *Prok 還無法僅從中古音的證據將
　　*Kok 和 *Pok 區分開，我們常常就把這些形式記作 *K(r)ok
　　或 *P(r)ok。關於這裡的 *-r-，有時也有一些直接證據：

（970） 獄 *[ŋ]rok > *ngjowk* > yù『審訊；牢獄』；參克木語
　　　　（Khmu）/grɔːk/『豬欄；監獄』[52]

　　根據語源和字形上與 *-ok 的關聯，我們為一些字構擬了
*-ok-s（而非 *-o-s）：

243

（971） 殼 *[kʰ]ˤrok > *khaewk* > què『空殼，空心的』

　　　　穀 *[k]ˤok > *kuwk* > gǔ『穀物』

　　　　彀 *[k]ˤ(r)ok-s > *[k]ˤ(r)o-s > *kuwH* > gòu『弓拉滿』

（972） 卜 *pˤok > *puwk* > bǔ『占卜』（動詞）

　　　　仆 *pʰˤ(r)ok-s > *pʰˤ(r)o-s > *phuwH* > pū『臥伏摔倒』

（973） 足 *[ts]ok > *tsjowk* > zú『充實，完備，足夠』

　　　　足 *[ts]ok-s > *tsjuH* > jù『增補』

（974） 脰 *kə.dˤok-s > *duwH* > dòu『脖頸』；參 Rục /kadók/
　　　　『項』（Nguyễn Phú Phong 等 1988）；又參越南語
　　　　dọc [zawk D2]『某種植物的肉質莖幹；管身』：原

---

52 引自 Suwilai Premsrirat（2002）；具體語料可參在線頁面：http://
　　sealang.net/monkhmer/database/；2011 年 11 月 17 日查詢。

始越語 *k-ʄɔːk『頸背，項』

(Ferlus 2009a：293）在這裡，或許當初 *-k-s 就是被當作 [k] 借入原始越語的，或許借出的來源裡這個詞就是一個沒有 *-s 後綴的形式。

（975） 啄 *mə-tˤ<r>ok > traewk > zhuó『啄』；原始苗瑤語 *ɳtʃʊk『啄』（王輔世、毛宗武 1995）

咮 *tˤ<r>ok-s > trjuwH > zhòu『鳥喙』

5.4.5.3 *-oŋ（＝傳統的東部）

表 5.44 中歸納的是 *-oŋ 的中古對應形式。

表 5.44 *-oŋ 的中古對應形式一覽

上古音	中古音	注釋	例字
*Cˤoŋ	Cuwng		工 *kˤoŋ > kuwng > gōng『工作』 琫 *pˤoŋʔ > puwngX > běng『佩刀鞘口上的裝飾』 東 *tˤoŋʔ > *tˤoŋ > tuwng > dōng『東方』 聰 *s-l̥ˤoŋ > tshuwng > cōng『聽覺靈敏；聰明』
*Cˤroŋ	Caewng	[1]	江 *kˤroŋ > kaewng > jiāng『長江』 邦 *pˤroŋ > paewng > bang『封國』 幢 *[d]ˤroŋ > draewng > chuáng『一種旗幟』
*Tsroŋ	(?Tsrjowng >) Tsraewng		雙 *[s]roŋ > sraewng > shuāng『一對』 [和 *Tsˤroŋ > Tsraewng? 無別]

（續上表）

上古音	中古音	注釋	例字
*C(r)oŋ	*Cjowng*	[2]	恐 *kʰ(r)oŋʔ > *khjowngX* > kǒng『害怕』 龔，恭 *k<r>oŋ > *kjowng* > gōng『恭敬』 蜂 *pʰ(r)oŋ > *phjowng* > fēng『昆蟲名』 鐘 *toŋ > *tsyowng* > zhōng『樂器』 重 *[m]-troŋ > *drjowng* > chóng『重複；重疊』 從 *[dz]oŋ > *dzjowng* > cóng『隨行；跟隨』

ᵃ 有關「東」從原來的 *tˤoŋʔ（詞根義：『搬移』）轉換為 *tˤoŋ『東』，
參見 Sagart（2004：74–76）。

表 5.44 附注：

[1] 就像 *-ok 和 *-rok 一樣，*-oŋ 和 *-roŋ 在咽化聲母後產生不同的中古對應形式，這可能是由於複元音化造成的：

（976）工 *kˤoŋ > *kuwng* > gōng『工作』
江 *kˤroŋ > *kˤrawŋ > *kaewng* > jiāng『長江』

244

[2] 在非咽化的鈍音聲母後，*-roŋ 和 *-oŋ 無法僅從中古音本身進行區分：

（977）恭 ～ 龏 ～ 龔 *k<r>oŋ > *kjowng* > gōng『肅敬，恭敬』；*-r- 是基於其早期文獻中的以下聲符：
龍 *[mə]-roŋ > *ljowng* > lóng『傳說中的神異動物，身長，有鱗爪，能興雲布雨。』

「共」作為構件出現在 {恭} 的早期字形裡，其構形像雙手執
器皿狀（季旭昇 2010：176）：

（978）𠔏

我們構擬：

（979）共 *N-k(r)oŋʔ-s > *gjowngH* > gòng『共同』

5.4.6 帶後韻尾的 *u

表 5.45 中是我們所構擬的 *-u，*-uk(-s)，*-uŋ 與其他諸
家構擬的比較。

表 5.45 帶後韻尾的 OC *u（A 型音節）諸家構擬一覽表

Baxter-Sagart	*-u	*-uk	*-uk-s	*-uŋ
傳統韻部	⊂幽	⊂覺		＝冬
中古音	-*aw* 豪	-*owk* 沃	-*awH* 号	-*owng* 冬
高本漢（1957）	*-ôg	*-ôk	*-ôg	*-ông
董同龢（1948）	*-ôg	*-ôk	*-ôg	*-ông
王力（1958）	*-əu	*-ɔ̄uk	*-ɔ̄uk	*-əuŋ
李方桂（1971）	*-əgw	*-əkw	*-əgwh	*-əngw
蒲立本（1977–1978）	*-ə́ʷ	*-ə́kʷ	*-ə́kʷs	*-ə́ŋʷ
Starostin（1989）	*-ū	*-ūk	*-ūks	*-ūŋ
Baxter（1992）	*-u	*-uk	*-uks	*-ung
鄭張尚芳（2003）	*-uu	*-uug	*-uugs	*-uuŋ

在 A 型音節中，*-u, *-uk(-s), *-uŋ 可能受咽化聲母使元音低化的影響而發生雙音節化，在中古不再與對應的 B 型音節中的對應形式相押。在此組的 B 型音節中，鈍音聲母後的 *-r- 單從中古音的材料本身是看不出來的。如果我們假定當其對應的主元音在 *-r- 脫落時還是一個圓唇元音，就可以解釋為甚麼韻母沒有受到 *-r- 的影響。

類似於 *Cˤ(r)u 和 *Cˤ(r)aw 這些音節之間的差別（中古音中已合併為 Caw 或 Caew）保留的時間相當長，在苗瑤語和白語的早期借詞中，這些差別仍得以反映，（980）中是我們所發現的一組對應關係，其中的白語來自劍川方言：

（980）上古音	原始苗瑤	白語	中古音
*Cˤu	*-əu	/-u/	-aw
*Cˤaw	*-æw	/-a/	-aw

其他例子（採自 Ratliff 2010 及 Starostin 1995）：

（981）OC *Cˤu：

道 *[kə.l]ˤuʔ > dawX > dào『道路』，原始苗瑤語 *kləuX，白語 /thu 1/『道路』

稻 *[l]ˤuʔ > dawX > dào『稻田』，原始苗瑤語 *mbləu『稻穀，稻田』

媼 *ʔˤuʔ > 'awX > ǎo『老婦』，原始苗瑤語 *ʔəuX『姐姐；妻子』

草 *[tsʰ]ˤuʔ > tshawX > cǎo『草本植物的總稱』，白語 /chu 1/『草本植物的總稱』

好 *qʰˤuʔ > *xawX* > hǎo『善，優點多』，白語 /xu 1/
『善，優點多』

（982） OC *Cˤaw：

桃 *C.lˤaw > *daw* > táo『桃子』，原始苗瑤語 *ɢlæw
A，白語 /ta 7/『桃樹的果』

號 *[C.g]ˤaw > *haw* > háo『叫出；唱』，原始苗瑤
語 *Gæw A『叫出；唱』

繰 *mə-tsˤawʔ > *tsawX* > zǎo『漂，洗』，原始苗瑤
語 *ntsæwX『洗』

毛 *C.mˤaw > *maw* > máo『鬚髮』，白語 /ma 7/『特
指人的鬚髮』

刀 *C.tˤaw > *taw* > dāo『用於切、割、砍、削的器
具的總名』，白語 /tã 4/『用於切、割、砍、削的器
具的總名』

通過苗瑤語和白語的借詞材料中所反映出的上古音 *Cˤu 和
*Cˤaw 分立的現象，我們能夠大致推算出這批借詞借入這些語
言的時間。根據丁邦新（1975：238）的詩歌韻部研究，上古
音的 *Cˤu 和 *Cˤaw 在東漢時期（25–220 CE）仍然是劃然不
混的，直到魏晉時期（220–420 CE）才開始合流。據此我們可
以大致判斷苗瑤語和白語中的漢語借詞是在約第三世紀中葉從
漢語借入的。當然，這個時代推算是基於書面文獻中的詩賦押
韻的總體趨勢，在不同的實際口語方言中上古韻部分合的情況
應該會存在參差，因此只是一個粗略的估計。

　　*mu, *muk(-s), *muŋ 的中古對應在不同的中古音資料來
源裡有不盡一致的形式：有時按照一般規律是 *mjuw, mjuwk,
mjuwng*，有時我們還會發現 *muw, muwk, muwng* 這樣的形式。

muw, muwk, muwng 一般分別應該是 *mˤo，*mˤok，*mˤoŋ 的
對應形式。但有的時候，中古音的 -*j*-（按照我們的轉寫形式）
在 *mjuw, mjuwk, mjuwng* 這些音節中脫落，這在漢語古音是一
種常見但並非普遍的音變現象。這很類似於中古音裡 *Tsrj-* 和
Tsr- 的參差互出的現象。

以下兩個例子在《廣韻》中都讀作 *mjuw*：

（983） 矛 *m(r)u > *mjuw* > máo『一種直刺兵器』
（984） 謀 *mə > *mjuw* > móu『考慮，謀劃』

但在《經典釋文》中關於這兩字的讀法不都一致：「矛」
字有多個不同的音注，有些直音「音謀 [móu < *mjuw*]」（《經
典釋文》62），有一些注為「亡侯反 [m(jang) + (h)uw = muw]」
（《經典釋文》64）。《詩經》中「矛」的韻母無疑當屬 *-u（《秦
風‧無衣》（133）首章，《小雅‧節南山》（191）第八章）。
本來按照規律我們應該看到 *m(r)u > *mjuw*，但是在一些不同
的中古音的記錄中，「矛」進一步變化為 *muw*。與之相類的，
中古音 *muwk* 和 *muwng* 是來自上古音 *muk 和 *muŋ 的，而不
是來自 *mˤok 和 *mˤoŋ 的。

5.4.6.1 *-u（⊂ **傳統的幽部**）
*-u 的中古對應形式 [53] 皆歸納見表 5.46：

---

53 傳統幽部中除了 *-u 以外，還包括一些我們構擬為 *-iw 的字；參
　下文 5.6.3.1 小節。

表 5.46 *-u 的中古對應形式一覽表

上古音	中古音	注釋	例字
*Cˤu	Caw	[1]	鼛 *[k]ˤu > kaw > gāo『大鼓』 寶 *pˤuʔ > pawX > bǎo『珍寶』 道 *[kə.l]ˤuʔ > dawX > dào『道路』 早 *Nə.tsˤuʔ > tsawX > zǎo『時間在先的』
*Cˤru	Caew		巧 *[kʰ]ˤruʔ > khaewX > qiǎo『神妙』 包 *pˤ<r>u > paew > bāo『包裝，捆紮』 爪 *[ts]ˤ<r>uʔ > tsraewX > zhǎo『爪子』
*Kʷu	Kjuwʔ		九 *[k]uʔ > kjuwX > jiǔ『數詞，八加一的和』
*Kʷru	Kwij	[2]	軌 *kʷruʔ > *kʷrəʔ > kwijX > guǐ『車轍』 頄 *[g]ʷru > *gʷrə > gwij > kuí『顴骨』 簋 *kʷruʔ > *kʷrəʔ > kwijX > guǐ『古代盛食物的器皿，禮器』
*m(r)u	mjuw ~ muw	[3]	矛 *m(r)u > mjuw > máo『一種直刺兵器有，長柄，有刃』 貿 *mru-s > mjuwH > muwH > mào『交換；交易』
*Tsru	Tsrjuw ~ Tsuw	[4]	搜 *sru > srjuw > sōu『搜索』 瘦 *sru-s > srjuwH > shòu『肌肉不豐（形容詞）』 叟，叜，傁 *s-ruʔ > suwX > sǒu『年老的男人』
*C(r)u	Cjuw	[5]	韭 *s.[k](r)uʔ > kjuwX > jiǔ『韭菜』 阜 *[b](r)uʔ > bjuwX > fù『大土堆』 酒 *tsuʔ > tsjuwX > jiǔ『一種含乙醇的飲料』 肘 *t-[k]<r>uʔ > trjuwX > zhǒu『手肘』

表 5.46 附注：

[1] 在 A 型音節中，咽化聲母的低化作用會導致複元音化，從而使 *-u，*-ru 的中古音對應形式分別與 *-aw，*-raw 的中古對應形式合併。例如：*Kˤu > *Kaw*，與從 *Kˤaw 來的對應形式合併；*Tsˤru > *Tsˤraw > *Tsraew*，與從 *Tsˤraw 來的對應形式合併。

[2] 此韻部下中古音 -juw 和 -wij 的對立一直是一個未解之謎。我們參鑑李方桂（1971：31–32）的處理方法，認為這種對立的產生可能是由於唇化聲母在 *Kʷu 和 *Kʷru 這樣的音節類型中使圓唇元音發生了異化音變：

（985）　*Kʷu > *Kʷə（與原來的 *Kʷə 合併）

　　　　*Kʷru > *Kʷrə（與原來的 *Kʷrə 合併）

經過音變之後產生的音節類型，其後的發展皆與原來的 *Kʷə 和 *Kʷrə 相同（見表 5.32 及 5.4.2.1 小節的討論）：晚起的同化音變使得 *Kʷə（包括來自 *Kʷu 的 *Kʷə）的元音圓唇化，於是就得到中古音形式 *Kjuw*（和 *Ku 的對應形式一致）。但是這個同化受阻於 *-r-，因此 *Kʷrə < *Kʷru 會得到中古音形式 *Kwij*，與來自 *Kʷrə 的形式一致。[54]

---

54 高本漢沒有為我們構擬為 *Kʷru 的音節單獨構擬一個音節類型，而是把它們當作相當於我們系統中的 *Kʷrə。因此他把「軌」guǐ < *kwijX*『車轍』和「簋」guǐ < *kwijX*『禮器』都構擬成「*kįwəg」，以為它們都屬於傳統的之部，就像「龜」guī < *kwij* < [k]ʷrə『爬行動物』一樣。但是在《詩經》《邶風‧匏有苦葉》（34）第二章、《秦風‧權輿》（135）第二章、《小雅‧伐木》（165）第二章很明顯它們和 *-u 押韻。

（986）九 *[k]uʔ ⁵⁵ > *kjuwX* > jiǔ『數詞，八加一的和』

（987）軌 *kʷruʔ >*kʷrəʔ > *kwijX* > guǐ『車轍』

（988）頄 *[g]ʷru > *gʷrə > *gwij* > kuí『顴骨』

（989）簋 *kʷruʔ > *kwijX* > guǐ『古代盛食物的器皿，禮器』

從 *-u 和 *-ə 到中古音的音變大勢見表 5.47 所示。

表 5.47 從 *-u、*-ə 到中古 *Kjuw*、*Kwij* 的音變

上古韻母	傳統韻部	例字	上古音	異化 *Kʷ(r)u > Kʷ(r)ə*	同化 *Kʷə > *Ku*	中古音
*-u	幽	九	*kʷuʔ	> *kʷəʔ	> *kuʔ	*kjuwX*
		軌	*kʷruʔ	> *kʷrəʔ	—	*kwijX*
*-ə	之	久	*[k]ʷəʔ	—	> *kuʔ	*kjuwX*
		龜	*[k]ʷrə	—	—	*kwij*

[3] 前文已提過，*m(r)u 在中古音裡常會產生 *muw* 這樣的對應形式，而不是如一般規則變作 *mjuw*：

（990）貿 *mru-s > *mjuwH* > *muwH* > mào『交換，交易（動詞）』

（991）牡 *m(r)uʔ > *mjuwX* > *muwX* > mǔ『雄性』（《廣韻》中不存在「*mjuwX*」這樣的音節）

---

55 我們把「九」jiǔ < *kjuwX* 的構擬形式寫作 *[k]uʔ，方括號意味著我們對聲母的構擬還不確定。例（987）、（988）皆以「九」為聲符，說明「九」的上古音可能就是 *kʷuʔ，此形式符合我們的基本預設，但是另一方面也沒有辦法獲得確證；「九」和「肘」zhǒu < *trjuwX* 之間的關係（「九」一般被認為「肘」的更早字符形式）似乎說明「九」的上古音形式應該包含一個音節前置輔音 *t-。

[4]「叟」MC *suw* 這樣的對應形式是經由兩次音變而形成的，這些音變在中古音材料中還能夠被觀察到：*Tsrj-* > *Tsr-*，此外還有精 *Ts-*、莊 *Tsr-* 兩組聲母的早期合併。見上文例（581）的相關討論。

[5] 在非咽化的 *K- 和 *P- 之後，我們無法單獨從中古對應形式來區分 *-u 和 *-ru，但是通過語源或字形證據，我們有時仍然可以把某些字構擬為 *-ru：

（992） 貿 *mru-s > *mjuwH* > *muwH* > mào『交換，交易（動詞）』；參見其同聲符字：

卯 *mˤruʔ > *maewX* > mǎo『地支第四位』

劉 *mə-ru > *ljuw* > liú『殺；（又為姓）』

5.4.6.2 *-uk(-s)（⊂ 傳統的覺部）

-uk 的中古對應形式歸納見表 5.48 所示。-uk-s 的中古對應[56]同於表 5.46 中的 *-u-s（去聲）。 248

表 5.48 *-uk 的中古對應形式一覽

上古音	中古音	注釋	例字
*Cˤuk	*Cowk*		告 *kˤuk > *kowk* > gào『告訴』 毒 *[d]ˤuk > *dowk* > dú『毒物』（名詞） 襡 *[t]ˤuk > *towk* > dú『著衣被接縫處』（又 *[s]ˤuk > *sowk*）
*Cˤruk	*Caewk*		覺 *kˤruk > *kaewk* > jué『覺悟』 雹 *C.[b]ˤruk > *baewk* > báo『冰雹』

---

56 傳統覺部除了 *-uk(-s) 以外，還包括一些我們構擬為 *-iwk(-s) 的字；參下文 5.6.3.2。

（續上表）

上古音	中古音	注釋	例字
*C(r)uk	Cjuwk	[1]	畜 *qʰuk > xjuwk > xù『畜養』 畜 *qʰ<r>uk > trhjuwk > chù『畜積（動詞）』ᵃ 復 *m-p(r)uk > bjuwk > fù『回復』 睦 *mr[uk] > mjuwk > mù『和睦』（晚起字？） 祝 *[t]uk > tsyuwk > zhù『禱祝』 宿 *[s]uk > sjuwk > sù『過夜』 縮 *[s]ruk > srjuwk > suō『收縮，卷縮』

ᵃ 聲母 *qʰr- > trh- 的變化，請見上文 4.3.2 小節。

表 5.48 附注：

[1] 我們的構擬一般無法區別在（非咽化的）*K 和 *P 之後的 *-ruk 和 *-uk。像 *Pruk 這樣的音節形式，我們可以提供一個可能的例子是：

（993）　睦「?*mruk」> mjuwk > mù『和睦，親厚』；參見同
　　　　　聲符字：
　　　　　陸 *[r]uk > ljuwk > lù『陸地（與水相對）』

通過聲符，我們可以為「睦」mù 構擬出 *-r- 介音。但是「睦」本身是一個晚起字，《古文字詁林》沒有為它列出來自先秦材料的出處（《古文字詁林》3.815）。不過我們認為「睦」與「穆」mù 可能本為一詞，而「穆」是一個可以確證是來自早期材料的字，在我們的構擬中它的上古韻母是 *-iwk。「睦」可能反映了在此類聲母環境中 *-iwk 和 *-uk 的合併（兩者最終都變為中古音 -juwk）：

（994）穆 *mriwk > *mjuwk* > mù『和諧』

我們把「穆」mù 構擬為 *-iwk 是因為在它在《周頌・雝》（282）首章中與「肅」押韻：

（995）肅 *siwk > *sjuwk* > sù『莊重，威嚴』

我們根據與 *-uk 在語源或字形上的聯繫來構擬 *-uk-s（而非 *-u-s）：

（996）復 *m-p(r)uk > *bjuwk* > fù『歸』
　　　　復 *[N]-pruk-s > *bjuwH* > fù『又』
（997）祝 *[t]uk > *tsyuwk* > zhù『禱祝』
　　　　祝 *[t]uk-s > *tsyuwH* > zhòu『咒』
（998）宿 *[s]uk > *sjuwk* > sù『過夜』
　　　　宿 *[s]uk-s > *sjuwH* > xiù『月之所次』
（999）覺 *kˤruk > *kaewk* > jué『覺悟』
　　　　覺 *kˤruk-s > *kaewH* > jiào『覺醒』
（1000）畜 *qʰuk > *xjuwk* > xù『畜養』
　　　　畜 *qʰuk-s > *xjuwH* > xù『家畜』
　　　　蓄，畜 *qʰ<r>uk > *trhjuwk* > chù『蓄積』
　　　　畜 *qʰ<r>uk-s > *trhjuwH* > chù『馴養的動物』

249

5.4.6.3 *-uŋ（ ＝傳統的冬部）

*-uŋ 的中古對應形式皆見表 5.49 的歸納。有關 *-uŋ 的確鑿例證相當罕見，*-uŋ 同 *-um 之間也糾葛難分。

表 5.49 *-uŋ 的中古對應形式一覽表

上古音	中古音	注釋	例字
*Cˤuŋ	Cowng	[1]	冬 *tˤuŋ > towng > dōng『冬天』 宗 *[ts]ˤuŋ > tsowng > zōng『宗廟』
*Cˤruŋ	Caewng	[2]	降 *m-kˤru[ŋ] > haewng > xiáng『降服』
*C(r)uŋ	Cjuwng		宮 *k(r)uŋ > kjuwng > gōng『住所』 終 *tuŋ > tsyuwng > zhōng『終止』 中 *truŋ > trjuwng > zhōng『中心』 嵩 *[s]uŋ > sjuwng > sōng『高』 崇 *[dz]<r>uŋ > dzrjuwng > chóng『尊崇』

表 5.49 附注：

[1] 在上古音範圍內很難找到帶咽化鈍音聲母的 *-uŋ 或 *-ruŋ。我們一般把中古音 -owng 視為 *Cˤuŋ 的對應形式，但一些中古為 -owng 的字明顯具有其他上古來源。《廣韻》中「攻」『攻擊』有 kuwng、kowng 兩讀（王仁昫《刊謬補缺切韻》中也是兩讀），其聲符「工」『工作』明顯在上古是 *-oŋ，「攻」gōng 自身在《詩經》裡也同 *-oŋ 押韻（《小雅・車攻》首章）：

（1001）攻 *kˤoŋ > kuwng > gōng『攻擊』
工 *kˤoŋ > kuwng > gōng『工作』

[2] 有些貌似為 *-uŋ 的形式可能是通過異化音變從更早期的 *-um 變化而來的，比如：

（1002）降 ~ 夅 *m-kˤru[ŋ] > haewng >『降服』

例（1002）在《詩經》中和 *-uŋ 韻母字押韻，見《召南・草蟲》

（14）首章、《小雅・出車》（168）第五章、《大雅・旱麓》（239）第二章以及《大雅・鳧鷖》（248）第四章。但是以「夅」為聲符的字中，有以 *-m 收尾的，比如「戇」字即從「夅」得聲：

（1003）戇 *[k]ʰˤomʔ > khomX > kǎn『（隆隆聲？）』[57]

關於此字及相關字形的討論，可參陳劍（2007）。

其實，在王力的系統當中，在《詩經》及更早期的時代裡，冬（本書構擬：*-uŋ）、侵（本書構擬：*-əm, *-im, *-um）是被處理為一個單獨的韻部，王力以為兩部的分化是後來的事情。在這一問題上，我們有不同的看法：根據本書的六元音構擬系統，我們最基本的假設是六個元音多半能出現在所有的韻尾之前，因此我們沒有理由認為 *-uŋ 這樣的韻母形式不會在上古音中付之闕如。*-um 異化為 *-uŋ 的情況當然是確實存在的（見下文 5.7 小節），但像 *-uŋ > *-um 的同化音變的可能性也應被考慮在內。對於解釋缺乏 *-uŋ 的相關例子的現象，同化音變同樣可備一說。

250

5.5 帶銳音韻尾（ *-j、*-t、*-n、*-r）的韻母

帶銳音韻尾的韻母有許多共同的特徵：例如，在這種語音環境中圓唇元音發生複元音化。通過文獻押韻的分析可知，複

---

57 《毛詩・小雅・伐木》（165）第六章：「坎坎 [*[k]ʰˤomʔ-[k]ʰˤomʔ] 鼓我」，《說文》「戇」條下引作「戇戇舞我」（段玉裁改作「戇戇鼓我」），《毛詩》的「坎」*[k]ʰˤomʔ 在《說文》中作「戇」*[k]ʰomʔ（《說文詁林》2320b）。

元音化的音變可能起自戰國後期。表 5.50 是對此類複元音化音變的歸納。

表 5.50 圓唇元音在銳音韻尾前的複元音化

	*u	*o
*-j	*-uj > *-wəj	*-oj > *-waj
*-t	*-ut > *-wət	*-ot > *-wat
*-n	*-un > *-wən	*-on > *-wan
*-r	*-ur > *-wər	*-or > *-war

　　在複元音化音變發生之後，還能觀察到另一個音變：在複元音化的音節中，唇音聲母後的 *-w- 就不再起區別性作用。有關這一變化的語音實質我們尚不完全明白，但我們認為表 5.51 或多或少可以反映出這一音變的基本面貌（「*-T」代表所有的銳音韻尾）：

表 5.51 *-w- 在唇音聲母後的中和作用

上古音	中古音
*PˤuT > *PˤwəT *PˤəT > *PˤwəT	> PwoT
*PuT > *PwəT *PəT > *PwəT	> PjuT
*PˤoT > *PˤwaT > *PˤaT *PˤaT	> PaT
*PoT > *PwaT > *PaT *PaT	> PjoT

在《詩經》和《老子》的押韻韻例中，圓唇元音和非圓唇元音的對立是很清楚地保留在那兒的，在這些文獻證據中我們看不到複元音化的影子。以下是一組圓唇元音後帶銳音韻尾的韻例：

（1004）　《大雅·雲漢》（258）第五章：

　　　　　川 chuān < *tsyhwen*『小河，河流』　　< *t.ḷu[n]

　　　　　焚 fén < *bjun*『燒毀』（動詞）　　　　< *[b]u[n]

　　　　　熏 xūn < *xjun*『用火烟熏炙，烟熏』　< *qʰu[n]

　　　　　聞 wén < *mjun*『聽見』（動詞）　　　< *mu[n]

　　　　　遯 dùn < *dwonH*『撤退』　　　　　　< *lˤu[n]ʔ-s

251

（1005）　《老子》第二十九章：

　　　　　隨 suí < *zjwe*『跟從』　　　　　< *sə.loj

　　　　　吹 chuī < *tsyhwe*『吹』　　　　　< *tʰo[r]

　　　　　羸 léi < *ljwe*『瘦弱；虛弱』　　< *[r]o[j]

　　　　　隳 huī < *xjwie*『毀壞』　　　　　< *l̥oj

但是在一些稍晚的文獻當中，的確存在 *-oT 和 *-aT、*-uT 和 *-əT 通押的例子，這說明當時複元音化已經發生。例如在《楚辭·九章》原來的圓唇元音韻母可以和非圓唇元音韻母通押：

（1006）　《惜誦》：　變 biàn < *pjenH*『改變』< *pr(w)an-s < *pro[n]-s

　　　　　　　　　　　遠 yuǎn < *hjwonX*『遙遠』< *C.ɢʷanʔ

　　　　　《懷沙》：　類 lèi < *lwijH*『種類』< *rwət-s < *[r]u[t]-s

愛 ài < *'ojH*『喜愛；熱愛』< *qˤət-s <*[q]ˤəp-s

《橘頌》：　搏 tuán < *dwan*『圓；弄圓』< *dˤwan < *[d]ˤon

爛 làn < *lanH*『煮到鬆軟』< *[r]ˤan-s

對這個複元音化的音變的確切年代和方言性質，仍有待做進一步深入的研究。

5.5.1 *-r 韻尾

Baxter（1992）為一些音節構擬了 *-j 和 *-n 兩個對立的音位，現在我們採納 Starostin（1989）的構擬方案，為這些音節再構擬第三個韻尾 *-r。這樣我們的上古音系統中就構成了一個韻尾三項對立：*-j ≠ *-n ≠ *-r。根據斯塔羅斯金的說法，我們假設 *-r 韻尾在不同的方言中應該有不同的處理方式：OC*-r 通常會變作 MC -*n*，不過也有部分字的 *-r 變成了 MC -*j*（或零韻尾 -ø，中間經歷了 *-j 的階段，例如：MC -*a* < *-aj < *-ar，又如 MC -*wa* < *-waj < *-war < *-or）。有一些早期借詞的例子反映出原始越語用 *-l 來對應上古漢語的 *-r。在 5.1 小節中，我們已經論述過，用 *-l 代替 *-r 來構擬第三個韻尾也未嘗不可。

5.5.1.1 *-ən、*-əj、*-ər 諸韻母

為了解釋 *r- 韻尾的假設，從傳統上歸文部和微部的字入手會相對方便一些。文部字到了中古音中都是帶 -*n* 韻尾的，因此上古文部字以前多半也構擬為帶 *-n 韻尾。傳統微部字的構擬一直以來爭議更大。主元音為 *ə 的基本 A 型音節的構擬請見表 5.52 的歸納。（傳統文部和微部也包括主元音構擬為 *u 的字，見 5.5.7 的討論，此處暫且不論。）

表 5.52 MC -*on* < 文 、-*oj* < 微 兩部早期諸家構擬一覽

	ᴄ文	ᴄ微
中古音	-*on* 痕	-*oj* 哈
高本漢（1957）	*-ən	*-ər
董同龢（1948）	*-ə̂n	*-ə̂d
王力（1958）	*-ən	*-əi
蒲立本（1962–1963）	*-ən	*-əδ (= [əð])
李方桂（1971）	*-ən	*-əd
蒲立本（1977–1978）	*-ə́n	*-ə́l
Baxter（1992）	*-in	*-ij
鄭張尚芳（2003）	*-ɯɯn	*-ɯɯl

　　上古微部的韻尾在諸家構擬中互不一致（ *-r,*-d, *-δ [= δ], *-l, 以及 *-i 和 *-j），但在中古音或現代漢語方言中相關字音除了 [i] 以外，卻不再有其他的韻尾形式，這多少會有點奇怪。高本漢之所以構擬 *-r 韻尾是為了解釋傳統微文兩部之間紛雜的交往現象。例如，在《詩經》中有兩部互相通押的現象：

（1007）《小雅・沔水》（183）首章、第二章：
　　　　水 shuǐ 『水』< *sywijX*　　　（微）
　　　　隼 sǔn 『猛禽』< *swinX*　　（文）

此外，還有很多使用同聲符的字兩見於微部或文部：

（1008）《小雅・庭燎》（182）第三章

晨 chén『早晨』< *zyin*[58] （文）

煇 huī『燦爛』< *xjw+j* （微）

旂 qí『旗幟』< *gj+j* （微）

（1009）軍 jūn『軍隊；營地』< *kjun* （文）

煇 huī『燦爛』< *xjw+j* （微）

（1010）斤 jīn『斧子』< *kj+n* （文）

旂 qí『旗幟』< *gj+j* （微）

清代學者已注意到此類鼻音韻尾和元音韻尾之間的關係，傳統的術語把這種現象稱作「陰陽對轉」，意為陰聲韻和陽聲韻的交替。微部傳統上被視作「陰聲」（收元音尾），文部是「陽聲」（收鼻音尾）。「對轉」則是指相聯繫韻部之間的交替現象。「陰陽對轉」只是對此類現象加以描述的較籠統的說法，並不能真正解釋產生這種現象的根本原因。

　　高本漢對「陰陽對轉」的解釋是，微部的韻尾「一定是某種舌音」，「在聽感上應該更加接近於 *-n*」，而不是 *-t* 和 *-d*（舌音塞音韻尾已經被高本用在其他韻部的構擬中了），「因而才能允許與 [諧聲] 收 *-n* 的字偶或通押」。據此，高本漢才構擬了 *-r* 來解決問題，儘管在現代漢語方言和中古音材料裡都找不到有關 *-r* 的直接證據（1954：300–301）。其他學者在高本漢的 *-r* 之外還構擬了 *-d, *-δ* 或 *-l*，但構擬的理由基本上都是一致的。

58　王仁昫《刊謬補缺切韻》裡「晨」有兩個讀音：一讀 dzyin，義為「早」；一讀 zyin，意為「平旦」（『黎明』）。根據我們的構擬：*dzyin* < *[d]ər*；*zyin* < *sə-[d]ər*。參 4.5.3.2 小節。

　　斯塔羅斯金認為高本漢的處理方法過分籠統：並非所有
的微部字都和文部字發生關係，反之亦然。因此，傳統上發
生「陰陽對轉」的這一批字恰恰形成了微文兩部之外的第三類
韻部，可構擬為 *-ər。大致上看，前引的押韻和諧聲上的通轉
現象在上古音中都不算是不規則現象，反常的應該是中古音和
現代方言中的對應形式，這些形式都受到了方言接觸混同的影
響。最常見的 *-r 的對應形式是 [n]，但是在先秦材料中我們就
可以發現方言中 *-r 變為 [j] 的證據。

　　我們確信斯塔羅斯金的看法是正確的，而且現在我們還可
以確定 *-r 變作 *-j 的地理範圍。至少我們可以肯定在漢代，
這一方言區域應該位於今山東半島及鄰近地區（見下文 5.5.1.4
小節）。表 5.53 歸納了相關字在不同構擬系統的處理。與其他
構擬兩個韻尾的系統不同，我們的系統現在已採納 Starostin 的
說法構擬三個不同的韻尾。

表 5.53 OC *-ən, *-ər, *-əj 與諸家構擬比較

	1 巾『方巾』	2 斤『斧子』	3 旂『旗幟』	4 幾『數量多少』
中古音	*kin*	*kj+n*	*˙gj+j*	*kj+jX*
傳統韻部	文	[文 ?]	[微 ?]	微
高本漢	*kiĕn	*kiən	*g'iər	*kiər
李方桂	*kjiən	*kjən	*gjəd	*kjədx
白一平（1992）	*krjin	*kjin	*gjij	*kjijʔ
鄭張尚芳（2003）	*krɯn	*kɯn	*gɯl	*kɯlʔ
斯塔羅斯金（1989）	*krən	*kər	*gər	*kəjʔ
Baxter-Sagart	*krən	*[k]ər	*C.[ɢ]ər	*kəjʔ

　　*-ər 類字組成了一個新的韻部，傳統韻部中都沒有把它單獨劃分出來。凡是（在相當早期）帶下列聲符的字，我們有信心認為它們都可以被構擬為 *-ər：

（1011）辰 *[d]ər > *dzyin* > chén『地支的第五位』
（1012）斤 *[k]ər > *kj+n* > jīn『斧子』
（1013）軍 *[k]ʷər > *kjun* > jūn『軍隊；營地』
（1014）先 *sˤər > *sen* > xiān『時間或次序在前』
（1015）西 *s-nˤər > *sej* > xī『西方』

　　押韻的證據除了上文已提到的《小雅·庭燎》（182）第三章以外，我們還發現以下的韻例也可以歸入 *-ər：

（1016）《小雅·采菽》（222）第二章和《魯頌·泮水》（299）
　　　　首章：
　　　　芹 *C.[ɢ]ər > *gj+n* > qín『水芹』
　　　　旂 *C.[ɢ]ər > *gj+j* > qí『旗；旗幟』
（1017）《周南·螽斯》（5）首章：
　　　　詵 *srər > *srin* > shēn『眾多』
　　　　振 *tər > *tsyin* > zhēn『眾多；莊嚴』

　　《詩經》當中 *-ər 和 *-əj 、*-ən 分韻並非偶然，《左傳·僖公五年》中有一長段韻段可以支持我們在《詩經》中觀察的分韻現象。《左傳》的文本時代較晚，其中的 *-ur 已經複元音化為 *-wər 了，不過 *-r 韻尾的構擬仍然是不受影響的。

（1018）《左傳・僖公五年》

辰 *[d]ər > *dzyin* > chén『地支第五位』

振 *tər > *tsyin* > zhēn『眾多；莊嚴』

旂 *C.[ɢ]ər > *gj+j* > qí『旗；旗幟』

賁 *pˤur > *pˤwər > *pwon* > bēn『勇敢、熱情』（又讀：*bjun, pj+j, pjeH*）

焞 *tʰˤur > *tʰˤwər > *thwon* > tūn『光明』（又讀：*thwoj, dzywin*）

軍 *[k]ʷər > *kjun* > jūn『軍隊；營地』

奔 *pˤur > *pˤwər > *pwon* > bēn『快跑』（動詞）

　　有些在早期借入到其他語言中的上古帶 *-r 尾的字，它們的借詞形式裡有時也不像中古漢語一樣帶 -n，這可能是由於當時作為借出一方的漢語當中 *-r 已經變成了 *-j，也可能是借入方的語言中本身就沒有 [r]。比如地支名「辰」chén < *[d]ər『地支的第五位』，李方桂（1945：336）所引用的台語的形式：Ahom shi, Lü si¹, Dioi chi²。[59] 克木語（一種主要於老撾境內使用的孟－高棉語言）中「辰」是 /síi/（Damrong & Lindell 1994：104）。如果借出時本來是帶韻尾 [n] 的，那在借入方則不太會不借用這個 [n]。

255

---

59 Ahom, Lü, Dioi 都是台語支語言。據 Ethnologue（www.ethnologue. com）的介紹，Ahom 是一種瀕於滅絕的西南台語，通行於印度阿薩姆邦（ISO code: aho）；Lü（ISO code: khb）也是一種西南台語，目前通行於雲南南部、老撾、緬甸、泰國和越南；Dioi，又名 Bouyei（中文名：仲家；ISO code: pcc）是一種北部台語，通行於貴州。

5.5.1.2 *-an、*-aj、*-ar 諸韻母

傳統的歌部和元部也存在同類的現象，押韻和諧聲中兩部多有交互，大部分構擬系統還是依從傳統見解把它們構擬成兩個上古韻，我們則依從 Starostin 的意見，把這兩個傳統韻部構擬成三個韻：*-an，*-ar，和 *-aj 表 5.54 中是一些相關的例子，並附上各家構擬。

表 5.54 *-an, *-ar, 和 *-aj 諸家構擬一覽

	1	2	3	4
	反『顛倒』	燔『焚燒』	番番『雄壯貌』	歌『歌唱』
中古音	*pjonX*	*bjon*	*Pa*	*ka*
傳統韻部	元	[元 ?]	[歌 ?]	歌
高本漢（1957）	*pi̯wǎn	*b'i̯wǎn	*pwâr	*kâ
李方桂（1971）	*pjanx	*pjan	*par	*kar
Baxter（1992）	*pjanʔ	*bjan	*paj	*kaj
鄭張尚芳（2003）	*panʔ	*ban	*paal	*kaal
Starostin（1989）	*panʔ	*bar	*pār	*kāj
Baxter-Sagart	*Cə.panʔ	*[b]ar	*pˤar	*[k]ˤaj

高本漢在處理這一組韻部時，採用了與文部微部構擬略微不同的方法：文微兩部他只構擬了兩類韻母，*-ən 文部，*-ər 微部；但是元部和歌部的構擬，他摒棄了傳統分為兩部的處理，構擬了三類韻，*-ân, *-âr, *-â。如果一個字上古歸元部，且在中古音中帶 -n 韻尾，高本漢就將這類字一直擬作 *-ân。*-âr 是用來構擬那些與中古帶 -n 尾字發生聯繫的傳統歸歌部的字的，而 *-â 則是給其他未反映此種聯繫的歌部字的。粗言

之，高本漢的 *-ân 對應於我們系統中的 *-an，也對應具有與
*-an 相同中古形式的 *-ar；他的 *-âr 則對應我們所構擬的具有
與 *-aj 相同中古對應的 *-ar；最後，他的 *-â 對應我們的 *-aj。

　　這裡我們需要對 *-aj 的構擬稍作評論：儘管這裡的韻尾有
時也被構擬成 *-r 或 *-l（如表 5.54 中所示），但是在一部分現
代方言或域外譯音中有相當多的一批字都讀作 [ai]，或相似的
讀法，沒有一種語言材料中顯示出與 -n 韻尾的特別聯繫，因
此對於這批字，合理的構擬形式應該是 *-aj。咽化音節 *-aj 的
中古對應形式是 -a，*-j 韻尾沒有留下任何痕跡。這很可能是
單元音化音變的結果：*-aj > [æ] > [a]，在中古文獻材料和大
多數現代諸方言中看來都是如此。[60] 但是有一些現代方言沒有受
到這一音變的影響，上古音 *-aj 類音節一直保留了 [i] 韻尾；
在一些其他語言的早期漢語借詞中也能發現相同的 [i] 韻尾：

（1019）我 *ŋˤajʔ > ngaX > wǒ『自己，第一人稱代詞』，廈
　　　　門 /gua 3/，福州 /ŋuai 3/，原始閩語 *ŋuai B（這
　　　　些方言中陰調的讀法暫不明其來源，見 Norman
　　　　1973：232）

（1020）籮 *C.rˤaj > la > luó『帶蓋子的籃子，筐』，廈門 /
　　　　lua 2/，福州 /lai 2/，建陽 /sue 2/，原始閩語
　　　　*lhai A（羅杰瑞 [Norman] 2005：3）

（1021）破 *pʰˤaj-s > phaH > pò『碎，不完整』，廈門 /pʰua
　　　　5/，福州 /pʰuai 5/，原始閩語 *phuai C；參越南語
　　　　phải [fai C1]『不小心碰到或摔倒在物體上』，phải tàu

---

60 此音變在漢代的韻部中即已體現，漢代詩文中「加」jiā < *kˤraj 開
　始與「家」jiā < *kˤra 一類的音節通押；參羅常培、周祖謨（1958：
　20–24）。

[fɑi C1 tau A2]『船破』（Rhodes 1651：*tàu* =『船』）[61]

（1022）餓 *ŋˤaj-s > *ngaH* > è『飢之甚，不飽』，溫州 /ŋai 6/

（1023）磨 *mˤaj > *ma* > mó『摩擦』，廈門 /bua 2/，福州 /muai 2/，邵武 /mai 2/，原始閩語 *muɑi A；參越南 語 *mài* [mɑi 2]『銼，磨，使鋒利』，朝鮮語 *may*『磨 （名詞）』

（1024）麻 *C.mˤraj > *mae* > má『草本植物』，廈門 /mua 2/， 福州 /muai 2/，邵武 /mai 7/，原始閩語 *mhuɑi A

（1025）寄 *C.[k] (r)aj-s > *kjeH* > jì『託付』，廈門 /kia 5/， 福州 /kie 5/，原始閩語 *kiɑi C；參越南語 *gửi* [ɣɯi C1] ~ *gởi* [ɣʌi C1]『委託，寄』

（1026）蛇 *Cə.lAj > *zyae* > shé『爬行動物』，廈門 /tsua 2/， 福州 /sie 2/，原始閩語 *-dʑiɑi A

　　以上這些歌部字構擬為 *-aj 應該是沒有問題的，不過就像 文微二部裡發現的對轉的現象，也有一大批字在元歌二部之間 搖擺不定，這部分字我們認為應當構擬為 *-ar。以下押韻的韻 段反映了兩個韻部之間的交互關係，為方便讀者，我們標注了 傳統韻部的名稱。

61　Rhodes 中原來的葡萄牙語和拉丁語釋文是："phải: tocar ou empeçer em algũa cousa por desastre: impingere in aliquid ex infortunio; . . . phải tàu: fazer naufragio: pati naufragium."

（1027）《小雅・桑扈》（215）第三章

翰 hàn『幹』< *hanH ~ han*　　　　　（元）

憲 xiàn『效仿』< *xjonH*　　　　　　（元）

難 nán『困難，不容易』< *nan*　　　　（元）

那 nuó『多』< *na*　　　　　　　　　（歌）

（1028）《大雅・崧高》（259）第七章

番番 bōbō『尚武貌』< *pa*[62]　　　　（歌）

嘽嘽 tāntān『眾多』< *than*　　　　　（元）

翰 hàn『幹』< *hanH ~ han*　　　　　（元）

憲 xiàn『效仿』< *xjonH*　　　　　　（元）

諧聲字裡也能反映元部和歌部的交互，凡出現交互現象的諧聲系列也應當構擬為 *-ar：

（1029）番番 *pˤar-pˤar > *pˤaj-pˤaj > pa-pa > bōbō『尚武貌』

　　　　燔 *[b]ar > *ban > bjon > fán『焚燒；使肉烤熟』

　　　　藩，蕃 *par > *pan > pjon > fān『籬笆；屏障』

（1030）單 *Cə.tˤar > *Cə.tˤan > tan > dān『單獨，簡單』，廈門
/tuã 1/，石陂 /duaiŋ 2/，原始閩語 *-tuɑn A

　　　　鼉 *[d]ˤar > *dˤaj > da > tuó，『揚子鱷』；又讀 *[d]ˤar > *dˤan > dan

　　　　觶 *tar > *taj > tsye > zhī『酒器』

（1031）難 *nˤar > *nˤan > nan > nán『困難，不容易』

　　　　儺 *nˤar > *nˤaj > na > nuó『風俗，迎神以驅逐疫鬼』

257

62「番」見於他處又讀 fān < *phjon*，更進一步地支持了 *-r 韻尾的構擬。

（1032）宣 *s-q^{w}ar > *s-q^{w}an > *sjwen* > xuān『宣布，傳布』

　　　 烜、晅 *q^{wh}ar? > *q^{wh}an? > *xjwonX* > xuǎn『晒乾』；
　　　 又讀作

　　　 烜 *q^{wh}ar? > *q^{wh}aj? > *xjweX* > huǐ『陽光』

　　　 垣 *[ɢ]^{w}ar > *[ɢ]^{w}an > *hjwon* > yuán『墻，城墻』

　　　 桓 *[ɢ]^{wˤ}ar > *[ɢ]^{ˤw}an > *hwan* > huán『棟梁；尚武貌』

　　（1032）的諧聲字「亘」xuān < *sjwen* < *swar < *s-[q]^{w}ar 也見於公元前二世紀在洛陽活動的支婁迦讖（「月支人 ?Lokakṣema」；見 Zürcher 2007：35）的譯經中，用來對譯印度語（梵文）*ābhāsvara*（「華麗的；一種神格」）裡的音節 *svar*（Coblin 1983：244，#68）：

　　（1033）阿會亘 *'a-hwajH-sjwen* < 漢代 *?ˤa-ɦˤwajs-swar*[63]
　　　　　　『ābhāsvara』

63　此處的「阿」*qˤa[j] 已經變為了 *?a。亦請注意去聲字「會」huì < *hwajH* < *ɦˤwajs < *m-kˤwat-s < *m-kˤot-s < *m-kˤop-s 用來對譯 *bhās-*，這個例子可以支持去聲反映早期 *-s 的假說。細繹對音材料，漢字所對的語言可能並不是梵語，而是中亞的另一種印度—雅利安語支的語言，梵文中處於元音之間的 -bh- 在這種語言中變為 -w-。根據許理和（Erik Zürcher 2007：35）的說法，支婁迦讖 [MC *tsye-luw-kja-tsrhimH*] 是印度—斯基泰人（Indoscythian，也譯作月氏人），其被認為是將大乘佛教傳入中國的僧侶。此例出自支婁迦讖所譯《般若道行經》，見大正藏卷 224 [高楠順次郎 1924–1932：431]，源於梵文的 *Aṣṭasāhasrikāprajñāpāramitā*）。

　　*-ar 類的字有一種很強的作為獨立韻部的傾向性，前引
《桑扈》（215）、《崧高》（259）二詩之外，還見於以下的韻例：

（1034）《小雅・小弁》（197）第八章

　　山 *s-ŋrar > srean > shān[64]『地面上土石組成的隆起
　　部分』

　　泉 *s-N-ɢʷar > dzjwen > quán『泉水』

　　垣 *[ɢ]ʷar > hjwon > yuán『墻，城墻』

（1035）《大雅・公劉》（250）第二章

　　原 *N-ɢʷar > ngjwon > yuán『水源』

　　繁 *[b]ar > bjon > fán『盛大，旺盛』

　　宣 *s-qʷar > sjwen > xuān『宣布，傳布』

　　歎 *ŋ̊ˤar > than > tàn『嘆息，嘆氣』

　　巘 *ŋ(r)ar(?) > ngjonX ~ ngjenX > yǎn『山頂』

　　原 *N-ɢʷar > ngjwon > yuán『泉，源』

（1036）《大雅・板》（254）第七章

　　藩 *par > pjon > fān『籬笆，屏障』

　　垣 *[ɢ]ʷar > hjwon > yuán『墻，城墻』

　　翰 *m-kˤar-s > hanH > hàn『支撐』

（1037）《大雅・崧高》（259）第一章

　　翰 *m-kˤar-s > hanH > hàn『支撐』

　　蕃 *par > pjon > fān『籬笆，屏障』

　　宣 *s-qʷar > sjwen > xuān『宣布，傳布』（動詞）　　258

64　其他有關「山」帶 *-r 韻尾的證據請參 4.4.3.4 小節中的例（595）、
　　（596）、（597）及相關討論。

　　早期文字的字形中也把 *-ar 同 *-an 區分開來。比如聲符「番」代表的是 *P(ˤ)ar 一型的音節。與之相對,「反」的諧聲系列則是代表 *P(ˤ)an,「單」代表 *T(ˤ)ar,與之相對的是「旦」,代表著 *T(ˤ)an。後來的字形標準中這種區別逐漸變得越來越模糊,這或許是由於 *-r 變作 *-n 的音變的影響,更寬泛地講,是音變導致了諧聲的標準不再那麼嚴格。因而,在傳世文獻中我們可以看到 *T(ˤ)an 一類的音節是用「單」這個聲符來寫的。比如在《大雅・板》首章的這個韻段裡:

（1038）《大雅・板》（254）首章:
　　　　板 *pˤranʔ > paenX > bǎn『板蕩』
　　　　癉 *tˤanʔ > tanX > dǎn『病；苦勞』
　　　　然 *[n]a[n] > nyen > rán『如此；這樣』（副詞,詞尾）
　　　　遠 *C.ɢʷanʔ > hjwonX > yuǎn『距離長』
　　　　痯,管 *kʷˤa[n]ʔ > kwanX > guǎn『疲憊』
　　　　亶 *tˤanʔ > tanX > dǎn『真誠』
　　　　遠 *C.ɢʷanʔ > hjwonX > yuǎn『距離長』
　　　　諫 *kˤranʔ(-s) > kaenH > jiàn[65]『諫諍,規勸』

*-an 的構擬對此韻段中的大部分字看來都很合理,但根據「癉」字的聲符「單」,好像應該構擬為 *-arʔ。可是郭店出土的《禮記・緇衣》（第 7 簡）有《板》此章目前確知最早的引文,竹簡對應毛詩中「癉」MC tanX > dǎn 的字形寫作:

65 雖然《廣韻》中「諫」jiàn『勸誡』只有一個讀音:kaenH,但是這個字在《詩經》中兩次入韻（《大雅・民勞》（253）第 5 章,《大雅・板》（254）首章）都像是讀如 *kˤranʔ。

（1039）𢪚

也就是，左側為「手」，右側為「旦」，隸定為「担」字。而以「旦」為聲符，這就和整個韻段 *-anʔ 完全和諧一致了。（GD 17，129）。傳世文本的《緇衣》裡，此字寫作「癉」，以「亶」為聲符，而「亶」又以「旦」為聲符。《經典釋文》中注《板》此章時，也引用了一個《詩經》的版本將「癉」寫作「癉」（《經典釋文》95）。因此傳世本《毛詩》的字形可能是反映了晚期音變的現象，不能夠直接用來構擬上古音。

　　*-r 的構擬同樣可以得到《詩經》以外其他文獻中押韻材料的支持，譬如《周易‧賁》中有如下韻段：

（1040）皤 *[b]ˤar > ba > pó『白，白髮的』
　　　　翰 *[g]ˤar > hanH > hàn『（馬之）白』

又如宋玉（公元前 3 世紀）所作《楚辭‧九辯》中的韻段：

（1041）漧 *[k]ˤar > kan > gān『乾』
　　　　歎 *n̥ˤar > than > tān『嘆息』

　　*o 和 *u 之後的 *-r 也有許多相對可靠的材料可予以證明（見 5.5.4.4 和 5.5.7.4 小節）。

　　5.5.1.3 對音材料中的 *-r
　　*-r 的構擬在用漢語記錄外族詞彙及專名的對音材料中也可獲得支持，我們可以看到帶 *-r 韻尾的漢字會被用來對應外族語言的 [r]：

259

單于 chányú < *dzyen-hju* <（漢代）*dar-ɦwa『匈奴最高統治者』
（< *[d]ar + *ɢʷ(r)a）

《史記》中稱匈奴最高統治者為「單于」：

（1042）單于 chányú[66] < MC *dzyen-hju*『漢時匈奴君長的稱
號』

這個詞的兩個音節的上古音構擬分別是：

（1043）單 chán < *dzyen* < *[d]ar
（1044）於 yú < *hju* < *ɢʷ(r)a『去；介詞，在』

我們無須假定在「於」中有 *-r- 介音，*ɢʷ- 在漢代可能已經變
為了 [ɦw]，所以在漢代「單于」可以依理構擬為：

（1045）單于 chányú < MC *dzyen-hju* <（漢代）*dar-ɦwa

這個讀音與書面蒙古文的 *daruɣa*『統治者』（此詞又借入
了波斯語：*dārūɣa*『統治者』，參 Doerfer 1963–1975，1.319–
1.323）非常貼合。當然這並不說明匈奴人一定是蒙古人的祖

---

66 漢語辭書中一致將「單于」的讀音標若 chányú，但是在西方漢學文
獻中一般都將它轉寫為「shan-yü」（威妥瑪式 Wade-Giles 羅馬字）
或是「shanyu」（拼音），這一慣例可能肇源於 Giles 的 *Chinese-
English dictionary*（1892：1050），其中就將「單于」的「單」的
讀音標為「shan²」（拼音「shán」）。Giles 開始編纂這部辭書時，
普通話的標準規範還遠未問世。現在的普通話中不存在讀為「shán」
的字。

先，因為詞彙的借用是十分常見的，對蒙古語來說有借用的可能性，對匈奴語亦然，借用可能是由彼及此，也有可能是反方向，或者也有可能來自第三方。

驩潛 Huānqián < *xwan-dzjem* < *xˤwar-dz[e]m『Khwārazm』
（< *qʷʰˤar + dz[o]m）

Khwārazm（又作 Chorasmia）是位於阿姆河下游河谷的綠洲區域，今天分屬於土庫曼斯坦和烏茲別克斯坦，離咸海（今已大部蒸發）不遠處。伯希和（1938）專門討論過漢語中有關這個地名的寫法。最早提到此地的漢語文獻是《史記‧大宛列傳》（1982：3137），司馬遷稱其為大宛西方的一個小國，其地名被寫作「驩潛」：

（1046）驩潛 Huānqián < *xwan-dzjem*

260

在公元前 500 年左右的古代波斯的記錄已經提到了這個地名，在古波斯語中寫作 *Huwārazmiš*（Mackenzie 1983）。

「驩」字的聲符表明其上古應帶 *-r 韻尾：

（1047）驩（= 歡 = 懽）*qʷʰˤar（> *xˤwar）> *xwan* > huān『快樂』

聲符「萑」（= 鸛）*C.qʷˤar-s > *kwanH* > guàn 本身又是從「吅」得聲：

（1048）吅 *qʷʰar > *xjwon* > xuān『囂鬧』.

表示這個意思的詞又被寫作「讙，諠，喧」；注意後兩個字的聲符：

（1049）宣 *s-qʷar > *sjwen* > xuān『傳布』（動詞）

我們已經說明過「宣」在上古的韻母應該是 *-ar。到了西漢時期 *qʷʰˤar 很可能已經變為了 *xˤwar。地名中第二字的讀音當作：

（1050）潛 *[dz][o]m > *dzjem* > qián『沒水遊渡』

MC *dzjem* 可以是 OC *[dz]am, *[dz]em, *[dz]om 的對應形式。如果 MC -*jem* 的諧聲系列中出現 MC -*om* 的字，我們一般會把這批 MC -*jem* 構擬為 *-[o]m。（參見 5.7 小節）不過在西漢恐怕這個帶圓唇元音的韻母已經變作 *dzem。因此司馬遷當時記錄的「驪潛」可能應該讀為 *xˤwar-dzem。

韓 Hán < *han* < *[g]ˤar（朝鮮半島國名）= 日語 Kara

地名「韓」Hán < *han* < *[g]ˤar，除了代表戰國七雄之一的韓國以外，還在《三國志》（成書於公元 297 年）[67]中代稱朝鮮半島的國名，這個地方在古日語中被稱作 Kara。「韓」及與之字形相關的一批字都有可靠證據可以說明它們的上古韻母是 *-ar。《說文》中給出了「韓」字更早的字形「韓」，並且指出其中的聲符是「倝」。

67　有關段落引自《魏書》卷 30《烏丸鮮卑東夷傳》。

（1051）韓，井垣、从韋、取其帀也、倝聲

　　　　韓 [*[g]ˤar]，『井垣』[垣 *[ɢ]ʷar]。从韋 [＝圍]、

　　　　取其帀也、倝 [gàn < *kanH < *[k]ˤar-s『日出』] 聲

　　　　（SWGL 2347b）

釋義中「井垣」大概代表 {幹} hán < han < *[g]ˤar「井上垣欄」
的意思。「垣」的構擬也是 *-ar，此處還可能是用作音訓。有大
量證據表明從「倝」得聲的字應該被構擬為 *-ar。[68]

鮮卑 Xiānbēi < sjen.pjie < *s[a]r.pe『*Särbi』

　　西漢早期，東胡是活動於匈奴東方之地的非漢民族。到了
公元前一世紀左右，東胡中分出了兩大支裔：鮮卑和烏桓。[69] 根
據蒲立本（1983：452－454）的說法，漢語對應的族名可分別
被釋作「*Särbi」和「Avar」。我們先來討論「鮮卑」這個詞。
　　「*Särbi」這個族名沒有直接的證據說明應該這麼讀，不
過這個名字後來又被寫作「室韋」Shìwéi < MC syit.hjw+j。伯
希和解釋這一譯名時認為，漢代時期外族語言中的 -r 在中古音
中可以 -n 來表示，並且之後還常用中古音的 -t 來對寫，因而
在這個例子中所對應的外族語第一音節的韻尾應作 *-r；伯希
和將「鮮卑」構擬為：*Serbi，*Širbi 或 *Širvi（1934：35，

261

68　例如在下列《詩經》的韻段中，可確證的 *-ar 韻母字跟從「倝」得
　　聲的字通押反覆出現：《王風・中谷有蓷》（69）首章，《小雅・桑
　　扈》（215）第三章，《大雅・文王有聲》（244）第四章，《大雅・板》
　　（254）第七章，《大雅・崧高》（259）第四章和第七章，《大雅・江
　　漢》（262）第四章，《大雅・常武》（263）第五章。

69　此族名又可寫作「烏丸」。雖然「桓」和「丸」在現代普通話中讀
　　音不同，但在中古漢語中它們都讀 hwan。

注 3）。

還有其他材料可以用來證明「鮮」帶 *-r 尾。首先「鮮」字出現於《詩經》的押韻中：

（1052）《邶風・新臺》（43）首章：

泚 *[tsʰ]e(j)ʔ > tshjeX > cǐ『鮮明』

瀰 *m.nerʔ > mjieX > mǐ『水流貌』

鮮 *[s][a]r > sjen > xiān『鮮亮；美好』

這一韻段在語音上有很多讓人頗費思量之處，不過由於中古帶 -n 與不帶 -n 的形式在此混押，說明中古帶 -n 的「鮮」sjen 字上古當構擬為 *-r。[70]

《說文》（SWGL 5188a）中有下一個以「鮮」sjen 為聲符的字，按照《廣韻》有兩個讀音：

（1053）霰 *s[e]r > *s[e]j > sje > sī『小雨』

霰 *sˤ[e]r-s > *sˤen-s > senH > xiàn『雨夾雪』（常見形式為「霰」）

---

70 以下對此韻的解釋與我們有關 *-r 韻尾的假設是相一致的：（1）此詩所用方言中 *-n, *-r, *-j 相互獨立，三個韻腳字都帶 *-r 韻尾，不規則的中古音讀音是由方言混雜造成的。（2）此詩所用方言中已發生 *-r > *-j 的音變，原來的 *-j 韻尾和 *-r 韻尾已相混；「泚」tshjeX 和 / 或「瀰」mjieX 原來都收 *-j 尾，而「鮮」sjen 當收 *-r 尾。「邶」地正位於我們所認為發生了 *-r > *-j 音變的方言區域的邊緣地帶上；參下文 5.5.1.4 小節。無論是哪種情況，「鮮」sjen 都應該構擬為 *[s]ar 或 *[s]er.

我們還將看到東漢經師鄭玄曾稱在齊魯之間（我們認為東漢時期在此區域內已完成 *-r > *-j 的音變參見：柯蔚藍（Coblin 1983：202），例（95））「鮮」xiān < *sjen* 可讀如「斯」sī < *sje* < *[s]。

烏桓（～烏丸）Wūhuán ~ Wūwán < *'u-hwan* < 西漢 *ʔˤa-ɦˤwar『Avars』（< 烏 *qˤa + 桓 *[ɢ]ʷˤar）

烏桓是東胡的南部支裔。蒲立本注意到「烏桓」可能是域外對音 *Awar，並且論證了這一民族即是後來在第四、五世紀時出現在今阿富汗境內的嚈噠王國的同一支民族，在突厥人占領該區域後，這一民族一直西遷至歐洲。在拜占庭和歐洲文獻中，他們被稱為 Avares 或 Ἄβαροι（希臘字母 beta 在當時的發音接近於 [v]）。[71] 由於在中國和西方兩方面的文獻中都提到該民族的已婚婦女佩帶一種以黃金珠玉編綴的特殊頭飾，故其身份進一步得到確認（蒲立本 1983：452–454）。

262

敦煌 Dūnhuáng < *twon-hwang* < *tˤur-ɦˤwaŋ（< *tˤur + *[ɢ]ʷˤaŋ）

據說，這個位於絲綢之路上的著名邊陲城鎮的漢語名字是由早期粟特語（Sogdian）名字轉化而來的。粟特語是一種在該地區長期被使用的重要的伊朗語支的語言。粟特文字起源於阿拉米字母（Aramaic alphabet），書寫中只記錄輔音字母，「敦

---

71 例如在 Niebuhr 的 "Ex historia Menandri Protectoris Excerpta de legationibus barbarorum ad Romanos"（Niebuhr 1829：281–437）中就有相關希臘原文及拉丁語的譯文。

煌」在粟特文中寫作 *drw''n*（上加撇號用來標示字母 aleph，代表元音 [a]），希臘語中這個地名又寫作 Θροανα（蒲立本 1962–1963：228）。我們也有很多證據可以為「敦」來構擬 *-r 韻尾，「敦」字本來就是兼具中古音 *-n* 和 *-j* 兩讀，我們已經指出這種交替現象是源自上古的 *-r 韻尾：

（1054）敦 *tˤur > twon > dūn『敦實』

敦 *tˤur > twoj > duī『治理』

以前的解釋認為，使用中古音的 *-n* 來對其他語言中的 [r] 是因為當時的漢語中缺少韻末的 [r]，而 OC *-n 從聽感上最為近似，或許因為它可能有一個特殊的類似於 [r] 的發音，如果確實如此，這種解釋聽起來更加合理（伯希和 1934，蒲立本 1962–1963）。但是目前我們已經看到有不少相關的字音都可以根據斯塔羅斯金的假設為它們構擬 *-r 韻尾，並且還具備獨立的論據，這一事實是非常突出的。通過上面所引的例子，*-r 韻尾的構擬得到各種交叉證據的支持而顯得頗為可信。

不過有時我們也必須承認，究竟如何准確界定 *-r 韻尾涉及的字的範圍仍屬不易。有許多帶中古音 *-n* 的字與帶 *-r 尾的字在押韻或諧聲上只有一兩處相關，這很可能就是不規則現象，或反映某種方言中 *-r 同 *-n 的合併。比如，「安」ān < ʼan『安靜』似乎很適合被構擬為帶 *-r，因為《史記 · 大宛列傳》裡最早提到的「安息」Ānxī（西域的一個伊朗語族國家）的對音透露出一些特別的信息。

（1055）安息 Ānxī < ʼan-sik < *[ʔ]ˤa[n]-sək

「安息」的譯名當來自 Aršaka = Arsaces（帕提亞語 ’ršk），即建立於約公元前 247 年的帕提亞阿薩息斯王朝的開國君主（Bivar 2000：98）。如果把這裡的「安」構擬為帶 *-r 尾，那麼就意味著一大批常用字都可以被構擬成帶 *-r 的形式，但我們還缺少直接的證據來證明這些字有這個韻尾（包括用作狀語的「焉」yān < *hjen* 和「然」rán < *nyen*）。

　　此外，「安」在稍晚的《後漢書・西域傳》中用來轉寫羅馬皇帝 Marcus Aurelius Antoninus（公元 121–180）的名字，此處的轉寫卻是帶 -n 的：

　　（1056）安敦 Āndūn < *’an-twon*

不可否認，「安敦」的轉寫較之「安息」要晚上幾個世紀，很可能在某一時期或某一方言當中 *-r 已經變為了 -n，例如「敦」字原來應為 *-r 尾，但是卻用來對應拉丁文中的 -ton-：敦 *tˤur > *tˤun > twon > dūn『堅實，寬厚』。然而伯希和發現「安息」之名是從粟特語進入漢語的，而且有材料顯示粟特語有用 -nš- 代替 -rš- 的傾向（伯希和 1938：146，注 1，引 Émile Benveniste），因此「安」在漢語中就可能從來都是帶 *-n。據此，我們在構擬 *-r 時採取了略為保守的態度，即只有在不同證據、多個例子支持的條件下，才構擬 *-r。像「安」ān < *’an* 這樣的例子，我們把它構擬為 *[ʔ]ˤa[n]，方括號表示我們不確定此處應該構擬 *-n 還是 *-r。[72]

263

---

[72] 目前也不能確認這個例子中的中古影母需構擬為 *ʔˤ- 還是 *qˤ-；因此暫且在聲母輔音外用方括號標示。

5.5.1.4 山東半島及鄰近地區發生的 *-r > *-j 音變

斯塔羅斯金認為 *-r 在正常情況下應變為中古音 -n，而 *-r 變為 *-j 只局限於部分方言中，但僅就我們所知，他沒有特別指出哪些方言會發生這種音變。把不規則現象歸咎於方言混雜是需要謹慎的，因為這種解釋可能把還沒有確實解決的問題輕易地打發掉了。但是斯塔羅斯金的 *-r 假說事實上的確能夠幫助我們搞清楚早期注經的經師們提到的一些方言差別。

鄭玄注中的齊方言

（1057）中的例子見於《禮記‧中庸》（朱熹（1130–1200）後將此篇選入《四書》），說的是武王克商而有天下（古人也以商的首都「殷」來指稱商代）；

（1057）壹戎衣而有天下。

此句的意思尚存爭論。「戎衣」一詞通常意為「甲冑」，所以全句通常可以理解為理雅各所翻譯的：

"He once buckled on his armor, and got possession of the kingdom." 但是曾為「三禮」作注的鄭玄（公元 127–200）把「衣」看作是「殷」的誤字，即意為「商代」，鄭玄注曰：

（1058）衣 [*ʔ(r)əj] 讀如殷 [*ʔər] 、聲之誤也、齊人言殷、
聲如衣

鄭玄的意見是認為「殷」被誤讀作「衣」乃是齊人方音所致。無論鄭玄之說正確與否，我們至少可以信從鄭玄對當時方言現象的描述，因為後來另一位東漢經師高誘也有同樣的說法（見

下文）。不過鄭玄的意思還不是百分之百的明白，我們尚不清楚是否齊人僅在此一個字上會犯錯，還是齊地方言的音系有問題。傳統分部把「衣」yī < ʾj+j 歸入微部，「殷」yīn < ʾj+n 歸入文部。鄭玄的說法是不是指出齊方言中微文兩部是不分的？

　　經我們改善的音系構擬令我們能更加準確地來理解鄭玄的原意。以下是我們對兩個字的構擬：

（1059）衣 *ʔ(r)əj > ʾj+j > yī『衣服』（《廣韻》中沒有音節 ʾij 和 ʾj+j 的分別，因此我們不確定這裡沒有 *-r-。）

　　　　殷 *ʔər > ʾj+n > yīn『朝代名』

鄭玄所指出的齊地方言特徵說明在此區域內的口語中，上古漢語的 *-r 韻尾已經變為了 *-j。關於齊地及相鄰區域內出現此類「訛誤」的說法習見於諸種注疏，每一條這樣的記錄，都是一條可以證明在相關字中應當構擬 *-r 韻尾的獨立證據。

　　關於「殷」*ʔər 的韻例（《邶風·北門》（40）首章，《小雅·正月》（192）第十二章，《大雅·桑柔》（257）第四章）和以「殷」為聲符的諧聲系列，當然還可能有不同的解釋。其他的一些相關字也許構擬為 *-ər 或 *-ən 兩可。儘管 *-ər 在《詩經》中押韻明顯是獨成一類的，但是在某些詩當中已經反映了 *-r > *-n 的音變，因此有些字很難單獨利用押韻的證據來構擬其上古形式。不過基於我們的假設，在當時山東地區的方言裡發生的是 *-r 變為 *-j 的音變，而不是 *-n 變為 *-j，因此鄭玄注中透露的信息清楚表明「殷」的上古韻母當為 *-ər。

　　高誘注中的「殷」Yīn < *ʔər

　　東漢經師高誘（約 205–212）在注《呂氏春秋》時也提到
「殷」字的特殊讀法：

（1060）今兗州人謂殷 [*ʔər] 氏皆曰衣 Yī [*ʔ(r)əj]（許維遹
2009：356）。

「兗州」是漢代的十三州之一，其地理位置在今天山東西南部
和河南東部。

　　如淳注中的「桓」huán < *[ɢ]ʷˤar『木柱』

《漢書・酷吏傳・尹賞》中提到「桓表」（桓 huán < hwan
< *[ɢ]ʷˤar）一詞，指的是郵亭之外標識物。唐代顏師古（581–
645，《切韻》編著者顏之推（531–591）之孫）在《漢書注》中
引了三世紀時學者如淳的注：

（1061）舊亭傳於四角面百步築土四方，上有屋，屋上有
　　　　柱出，高丈餘，有大板貫柱四出，名曰桓 [hwan <
　　　　*ɦˤwar < *[ɢ]ʷˤar] 表。……陳宋之俗言桓聲如和 [hé
　　　　< hwa < *ɦˤwaj < *[ɢ]ˤoj]，今猶謂之和表。

　　「桓」huán < *[ɢ]ʷˤar 的諧聲系列可以說明此字當構擬作
*-ar（見例（1032））。「和」字的上古韻母原當作 *-oj（在《鄭
風・蘀兮》(85)首章中與「吹」*tʰo[r] > tsyhwe > chuī 通押），
到了漢代，其韻母可能已經複元音化為 *-waj，而小舌濁塞音
聲母 *ɢ- 也可能已經擦化為類似 [ɦˤ]。如淳注的要點是明確提
到了陳宋間的方言把「桓」*ɦˤwar（或 *ɦˤwan < *ɦˤwar）讀作
了「和」*ɦˤwaj。

　　陳、宋皆為春秋時古國，略相當於今天山東以南和以西的相鄰地區。另一條反映陳地方言中 *-r 變為 *-j 的證據見於《詩經·陳風》，傳統上認為《詩經》中這一部分的詩歌都是從陳地採風而來的：

（1062）《陳風·東門之枌》（137）第二章
　　　　差 *[tsʰ]raj > tsrhea > chāi『差別；選擇』
　　　　原 *N-ɢʷar > ngjwon > yuán『高原』（此處用作專名）
　　　　麻 *C.mˤraj > mae > má『麻類植物的總稱』
　　　　婆娑 *[b]ˤa[j].[s]ˤa[j] > ba.sa > pósuō『閒散自得，
　　　　舞貌』

266

「原」是一個屬於 *-ar 韻的好例子，但是韻段中的其他韻字，我們一般都把它們構擬為 *-aj：這些韻字反映的是一個已經發生了 *-ar 變作 *-aj 音變的方言。

　　《釋名》中的「癬」*[s]arʔ > sjenX > xuǎn

　　劉熙的《釋名》約成書於公元 200 年，這是一部利用聲訓來釋義的語源詞典。聲訓是利用音義都相近的詞彙來解釋詞義的方法，這種方法在許多早期文獻中已見使用。許多聲訓是基於想像，並不反映真正的語源。但是劉熙有時會對發音進行詳細的訓釋，因而留給我們寶貴的信息。譬如，在討論疾病名稱時，他舉出一個詞條：

（1063）癬 [*[s]arʔ]，徙 [*[s]ajʔ] 也，浸淫移徙處曰廣也，
　　　　故青徐謂癬如徙也（郝懿行等 1989：1101）。

相關文字的構擬為：

（1064）癬 *[s]arʔ > sjenX > xuǎn『皮膚感染黴菌後引起一種
　　　　疾病』

（1065）徙 *[s]ajʔ > sjeX > xǐ『遷移』

劉熙這個聲訓的意思是說，「癬」*[s]arʔ 和「徙」*[s]ajʔ 之所
以音近，是因為癬癥常會在皮膚上擴散如遷徙。

　　不過真正讓我們感興趣的是劉熙說「青」、「徐」地方把
「癬」*[s]arʔ 讀成「徙」*[s]ajʔ，這表明在這一方言中 *-r 已
經變作了 *-j。「青」即青州位於今山東北部，「徐」——徐州位
於今山東以南一直到長江邊的廣大地區。

　　圖 5.1 中的地圖標出了我們已知的韻尾 *-r 變為 *-j 的大致
地理範圍，它包括了山東半島及其略向西、向南延展出去的鄰
近地區。

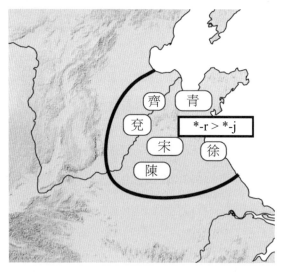

圖 5.1：發生 *-r > *-j 音變的方言地理範圍

最後我們還想舉出一個山東地名，它也清晰地反映了在這一地區所發生的 *-r 變為 *-j 的音變：沂 Yí < *ngj+j*，「沂」既是山東境內的一座山名，也是一條河流的名字；在 5.5.1.1 小節，我們已經討論過「斤」作為聲符，其韻母應當是 *-ər。因此「沂」的構擬形式應當是：

（1066）沂 *[ŋ]ər > *[ŋ]əj > *ngj+j* > Yí『（山東的山名及河流名）』

267

5.5.2 帶銳音韻尾的 *a

表 5.55 比較了我們構擬的 *-aj, *-at(-s), *-an, *-ar 及其他諸家構擬。

表 5.55 上古音 A 型音節中帶銳音韻尾的 *a 諸家構擬一覽表

白－沙系統		*-aj	*-at	*-at-s	*-an	*-ar
傳統韻部		ᴄ 歌	ᴄ 月		ᴄ 元	ᴄ 元～ᴄ 歌
中古音	*K-、*T(s)-	-a 歌	-at 曷	-ajH 泰	-an 寒	-an 寒 ~-a 歌
	*P-	-a 戈	-at 末	-ajH 泰	-an 桓	-an 桓 ~-a 戈
	*Kʷ-	-wa 戈	-wat 末	-wajH 泰	-wan 桓	-wan 桓 ~-wa 戈
高本漢（1957）		*-â	*-ât	*-âd	*-ân	(*-ân~*-âr)
董同龢（1948）		*-â	*-ât	*-âd	*-ân	—
王力（1958）		*-a	*-ăt	*-āt	*-an	—
李方桂（1971）		*-ar	*-at	*-adh	*-an	—
蒲立本（1977–1978）		*-ál	*-át	*-áts	*-án	—

（續上表）

Starostin（1989）	*-āj	*-āt	*-āts	*-ān	*-ār
Baxter（1992）	*-aj	*-at	*-ats	*-an	—
鄭張尚芳（2003）	*-aal	*-aad	*-aads	*-aan	—

之前已經提到，在中古音和大多數現代漢語方言中都發生了 *-aj 脫落了 [j] 的創新型音變，其音變過程可能是如：*Cˤaj > *Cæ > MC *Ca, *Caj > *Ce > MC *Cje*。不過在原始閩語和一些零星的東南方言裡，*-j 得以保留。從 *-oj 而來的 *-waj 裡的 *-j 韻尾也同樣脫落消失了。

5.5.2.1 *-aj（⊂ 傳統的歌部）

*-aj 的中古對應形式[73] 見表 5.56 的歸納：

表 5.56 *-aj 的中古對應形式一覽表

上古音	中古音	注釋	例字
*Kʷˤaj	*Kwa*		訛 *m-qʷʰˤaj > ngwa > é『改變』
*Cˤaj	*Ca*		歌 *[k]ˤaj > ka > gē『歌唱，歌曲』 波 *pˤaj > pa > bō『波浪』（名詞） 他 *l̥ˤaj > tha > tā『別的，另外的』
*Kʷˤraj	*Kwae*		化 *qʷʰˤ<r>aj-s > xwaeH > huà『改變，轉化』

---

73 傳統歌部除了 *-aj 韻母以外，還包括我們構擬為 *-oj 和（可能為）*-ej 的一些字，參下文 5.5.4.1 和 5.5.3.1 小節。被我們構擬為 *-ar, *-er, *-or 的字，如果服從 *-r > *-j 的音變，有時也會被歸入歌部中去。

（續上表）

上古音	中古音	注釋	例字
*Pˤraj	Pae ~ Pea	[1]	麻 *C.mˤraj > mae > má『麻類植物的總名』 買 *mˤrajʔ > meaX > mǎi『購買，以錢換物』
*Cˤraj	Cae	[2]	加 *kˤraj > kae > jiā『兩個或兩個以上的東西或數目合在一起』 差 *tsʰraj > tsrhae > chā『差別』
*K(r)aj	Kje	[3]	奇 *N-k(r)aj > gje > qí『奇怪』
*P(r)aj	Pje		皮 *m-[p](r)aj > bje > pí『皮膚』
*Kʷ(r)aj	Kjwe		為 *ɢʷ(r)aj > hjwe > wéi『做』
*Taj	Tsye		施 *l̥aj > sye > shī『給予，施捨』
*TAj	Tsyae	[4]	蛇 *Cə.lAj > zyae > shé『爬行動物』 也 *lAjʔ > yaeX > yě『（句末助詞）』
*Tsaj	Tsje		徙 *[s]ajʔ > sjeX > xǐ『遷移』
*TsAj	Tsjae	[4]	嗟 *tsAj > tsjae > jiē『嘆息；嘆詞』
*Traj	Trje		馳 *[l]raj > drje > chí『奔馳』
*Tsraj	Tsrje > Tsrea	[2]	參差 *[tsʰr][u]m-tsʰraj > tsrhim-tsrhje > cēncī『不齊貌』

表 5.56 附注：

[1] 在平聲和去聲中有 *Pˤraj > Pae 的音變，但在上聲當中我們暫無可靠的例子，上聲中的規則變化與平聲去聲略有不同：*Pˤrajʔ > PeaX，譬如以下的例子（下文附注 [3] 還有更深入的討論）：

（1067）罷 *[b]ˤrajʔ > beaX > bà『停止』

（1068）買 *mˤrajʔ > meaX > mǎi『購進，以錢換物』

例（1067）和（1068）中文字的上部都是「网」。《說文解字》將此二字釋為會意字，解釋得頗為牽強（*SWGL* 3392b，2769a）。我們懷疑「网」在這裡實際用作聲符，其所代表的不是｛網｝wǎng < *mjangX* < *maŋʔ，而是｛羅｝luó < *la* < *rˤaj『一種（帶把？）的網』。因此，儘管中古音 MC *-eaX* 的對應形式一般都構擬為 *Cˤreʔ，我們還是把以上這些字構擬成 *-aj*。這一構擬因「罷」*[b]ˤrajʔ > *beaX* > bà 可作為「羆」的聲符而得到了進一步的支持：

269   （1069）羆 *praj > *pje* > pí『熊的一種，俗稱人熊或馬熊』

從《小雅·斯干》（189）第六章、第七章和《大雅·韓奕》（261）第六章的押韻可以看出「羆」的韻母當為 *-aj。（與「罷」的構擬理由一致，我們把「羆」也構擬成 *praj，而不是 *paj，這兩個形式都可以得到中古對應 *-je*，詳見下文。）

[2] 我們暫無十足把握來區分 *Tsˤraj 和 *Tsraj。從一般的音變模式來看，我們會預測如下音變結果：*Tsˤraj > *Tsrae*；*Tsraj > *Tsrje* > *Tsrea*。但是我們所掌握的資料裡可能存在嚴重的方言混雜現象，譬如「差」在《廣韻》中有四個讀音：*tsrhje, tsrhae, tsrhea, tsrheaj*。[74]

[3] 在非咽化的鈍音聲母（*K-, *Kʷ-, *P-）之後，*-aj 和 *-raj 具有同樣的中古對應，如果沒有其他證據的話，很難區分兩者。但我們為「羈」構擬了 *-r-：

（1070）羈 *kraj > *kje* > jī『馬勒，韁繩』

---

74 須注意雖然現代漢語方言一般都會顯示經歷了 *Tsrj-* > *Tsr-* 的音變，但普通話中「參差」的讀音卻是對應類似中古音形式：*tsrhim. tsrhje*，這一讀音完全切合《經典釋文》關於《關雎》（1）的反切音注。

這是因為「羅」應該和例（1067）至例（1069）一樣，其上部字形與 ｛羅｝ luó < *la* <*r̥ˤaj 相關，與 ｛網｝ wǎng < *mjangX* < *maŋʔ 無關。「羅」作為聲符，其構擬形式是：

（1071）羅 *r̥ˤaj > *la* > luó『捕鳥網』

[4] 與 *-a 和 *-ak 裡的情況相似，我們發現在非咽化的銳音聲母之後 *-aj 同時有 -*je* 和 -*jae* 兩種對應形式。我們猜測其中可以摻雜某個方言的特徵，我們用 *-Aj 來表示「因未知原因在中古音中對應為 MC -*jae* 而不是 MC -*je* 的 *-aj」：

（1072）哆 *[t-l̥]ajʔ > *tsyheX* > chǐ『大』；又讀：哆 *[t-l]Ajʔ > *tsyhaeX* > chǐ『大』
（1073）蛇 *Cə.lAj > *zyae* > shé『爬行動物』；又讀 *ye*，委蛇 *q(r)oj.laj > *'jwe.ye* > wēiyí『順從的』
（1074）嗟 *tsAj > *tsjae* > jiē『嘆息；嘆詞』

傳統韻部分析的歌部同時包含 *-aj 和 *-oj，但是圓唇元音假說預斷兩個韻母應該是可以分開的。某些音節類型，如 MC *Ka, Kje, Ta, Tsye*，只可能來自 *-aj。而像 *Twa* 或 *Tsywe* 這樣的音節形式，只可能來自 *-oj：

（1075）拖 *l̥ˤaj > *tha* > tuō『曳引；拉』；原始閩語 *thɑi A
橢 *l̥ˤojʔ > *thwaX* > tuǒ『長圓形』

但也有一些模棱兩可的中古音音節類型：

（1076）*Kwa* 可能來自 *Kᵂˤaj 或 *Kˤoj

         Kjwe 可能來自 *Kᵂ(r)aj 或 *K(r)oj

要解決這些有問題的例子，我們仍需一一檢視它們在押韻、字形和詞源上的種種聯繫。譬如，我們確信可以為「和」hé < *hwa* 構擬 *-oj，為「過」guò < *kwa* 構擬 *-aj。這兩個字的構擬在押韻上的證據如下：

270

（1077）和 *[ɢ]ˤoj > hwa > hé 『和諧，協調』：在《鄭風・蘀兮》（85）首章中跟

        吹 *tʰo[r] > tsyhwe > chuī 『撮口用力出氣』押韻；

        又在《老子》第二章中與「隨」押韻：

        隨 *sə.loj > zjwe > suí 『跟從，追從』

（1078）過 *kᵂˤaj > kwa > guò 『經過』；在《召南・江有汜》（22）第三章中跟

        沱 *lˤaj > da > tuó 『江水支流的通稱』

        歌 *[k]ˤaj > ka > gē 『歌唱，歌曲』押韻；又在《衛風・考槃》（56）第二章跟下列的字押韻：

        阿 *qˤa[j] > 'a > ē 『山阿，河岸』

        薖 *kᵂʰˤaj > khwa > kē 『寬大的』

        歌 *[k]ˤaj > ka > gē 『歌唱，歌曲』

其餘可能存在的模棱兩可的歸部問題可以藉由詞源和字形證據加以解決。在接下的論述部分裡，我們還會提供相關的例證。不過除了韻尾 *-r 的問題以外，韻母的構擬與 Baxter（1992：367–564）相差不遠，有關 *-aj 和 *-oj 分別的詳細論證在該書中展開，此處不再贅敘。

5.5.2.2 *-at(-s)（⊂ 傳統的月部）

-at 的中古對應形式皆見表 5.57 的歸納，-at-s 的對應形式 [75] 請見表 5.58。

表 5.57 *-at 的中古對應形式一覽表

上古音	中古音	注釋	例字
*Kʷˤat	*Kwat*		活 *[g]ʷˤat > *hwat* > huó『生命存在，與「死」相對』
*Cˤat	*Cat*		割 *Cə-kˤat > *kat* > gē『切割，截斷；為害，損害』 撥 *pˤat > *pat* > bō『分開，撥開』 達 *[l]ˤat > *dat* > dá『到達，達到』
*Kʷˤrat	*Kwaet*		刖 *[ŋ]ʷˤ<r>at > *ngwaet* > yuè『砍掉腳或腳趾』
*Cˤrat	*Caet*		轄 *[g]ˤrat > *haet* > xiá『車轄』 獺 *[m-r̥]ˤat > *tʰrat > *trhaet* > tǎ『獸名，哺乳動物』
*Kat	*Kjot*		歇 *qʰat > *xjot* > xiē『停止，休息』
*Krat	*Kjet*		傑 *N-[k]<r>at > *gjet* > jié『才智超群的人』
*Kʷat	*Kjwot*		月 *[ŋ]ʷat > *ngjwot* > yuè『月球，月亮，月份』
*Kʷrat	*Kjwet*		[無明確例證]
*Pat	*Pjot*		發 *Cə.pat > *pjot* > fā『發射』
*Prat	*Pjet*		[無明確例證]

---

75 傳統月部除了韻母 *-at(-s) 以外，還包括我們所構擬的韻母為 *-et(s) 和 *-ot(-s) 的字；參下文 5.5.3.2 和 5.5.4.2 小節。此外，由於早期發生了 *-p-s > *-t-s 的音變，原本韻尾為 *-ap-s, *-ep-s, *-op-s 的字經常會被當作 *-at-s, *-et-s, *-ot-s 的音節形式而被歸入月部。

（續上表）

上古音	中古音	注釋	例字
*Tat	*Tsyet*		舌 *mə.lat > zyet > shé『舌頭』
*Trat	*Trjet*		[無明確例證]
*Tsat	*Tsjet*		泄 *s-lat > *sat > sjet > xiè『漏，泄漏』
*Tsrat	*Tsrjet >* *Tsreat*	[1]	殺 *s\<r\>at > srjet > sreat > shā『殺戮』

表 5.57 附注：

271

[1]「殺」原屬 B 型音節，經歷了 *Tsrj-* > *Tsr-* 的音變，見 4.1.1 小節。

表 5.58 OC *-at-s 的中古對應形式一覽表

上古音	中古音	注釋	例字
*Kʷˤat-s	*KwajH*		外 *[ŋ]ʷˤa[t]-s > ngwajH > wài『外面』
*Cˤat-s	*CajH*		害 *N-kˤat-s > hajH > hài『損害；傷害』
*Kʷˤrat-s	*KwaejH*		話 *[g]ʷˤrat-s > hwaejH > huà『善言；話語』
*Cˤrat-s	*CaejH*		犗 *[k]ˤ\<r\>at-s > kaejH > jiè『閹割，閹牛』
*Kat-s	*KjojH*		刈 *ŋa[t]-s > ngjojH > yì『割取』
*Krat-s	*KjejH*		劓 *ŋ\<r\>[a][t]-s > ngjejH > yì『割鼻』
*Kʷat-s	*KjwojH*		穢 *qʷat-s > 'jwojH > huì『雜草叢生；汙濁；骯髒』
*Kʷrat-s	*KjwejH*		[無明確例證]
*Pat-s	*PjojH*	[1]	廢 *pat-s > pjojH > fèi『大，形容程度深』
*Prat-s	*PjejH*		[無明確例證]
*Tat-s	*TsyejH*		泄 *lat-s > yejH > xiè『漏，洩漏』
*Trat-s	*TrjejH*		滯 *[d]r[a][t]-s > drjejH > zhì『阻塞』
*Tsat-s	*TsjejH*		[無明確例證]

（續上表）

上古音	中古音	注釋	例字
*Tsrat-s	*TsrjejH* > *TsreajH*	[2]	殺 *s<r>at-s > *srjejH* > *sreajH* > shài『減少』

表 5.58 附注：

[1]「廢」字所代表的 {廢} fèi < *pjojH*，在早期的文獻當中，常寫作「灋」= 法 *[p.k]ap > *pjop* > fǎ，這說明「廢」原初應當是 *[p]ap-s，而不是 *pat-s，儘管它後來的字形寫作從「發」*Cə.pat > *pjot* > fā 得聲，這反映了從 *-p-s 到 *-t-s 的音變。不過表示「大」義的「廢」字，我們把它構擬為 *pat-s，因為表示此義的「廢」字見於《小雅・四月》（204）第四章的韻段中，《經典釋文》將其音注為 *pjojH* 和 *pjot*（《經典釋文》83）。

[2]「殺」的中古音：shài < *sreajH* < *srjejH* 和 shā < *sreat* < *srjet* 一樣，都反映了 *Tsrj- > *Tsr-* 的音變。在一般情況下，*-t-s 的中古對應就和 *-j-s 的中古對應合併。不過，由於 *-aj 的韻尾脫落，*-at-s 的對應形式保持與 *-aj-s 的對應形式的分立。從 *-at-s 到 *-aj-s 的音變顯然應是發生在 *-aj 的韻尾 *-j 脫落之後，請參看以下的例子：

（1079）賀 *m-kˤaj-s > *haH* > hè『以禮物相慶，祝賀』
　　　　害 *N-kˤat-s > *hajH* > hài『損害；傷害』

（1080）餓 *ŋˤaj-s > *ngaH* > è『飢餓，不飽』
　　　　艾 *C.ŋˤa[t]-s > *ngajH* > ài；『植物名，一名冰臺，又名艾蒿，菊科』；原始閩語 *ŋh-

這一音變的發生，導致《切韻》韻母 *-ajH*, *-aejH*, *-jejH* 和 *-jojH* 只有去聲，沒有其他的 *-jH* 型的韻母可以與它們合併。

但閩語當中的 *-aj 沒有丟失韻尾，因此 *-aj 和 *-at-s 在閩語裡合併為原始閩語的 *-ɑi：

（1081）帶 *C.tˤa[t]-s > *tajH* > dài『腰帶，帶子』；原始閩語 *tɑi C『腰帶』：福州 /tai 5/，廈門 /tua 5/

籮 *C.rˤaj > *la* > luó『籃子』；原始閩語 *lhɑi A『籃子』，福州 /lai 2/，廈門 /lua 2/

我們構擬的 *-at(-s)，*-ot(-s) 和 *-et(-s) 在傳統韻部分析中都歸於月部，但是三者之間押韻上的區別在 Baxter（1992）當中已經清楚地揭示出來了。某些中古音音節，類如 *Kat*，*Tat*，*Kjot*，只能夠對應 *-at(-s)，但是其他音節則表現出兩可的個性：例如 MC *pjot*，既可以是 *pat 的對應形式，也可以是 *pot 的對應形式。實際上，有一個近似最小區別對：

（1082）發 *Cə.pat > *pjot* > fā『發射；出發，啟程』

髮 *pot > *pjot* > fà『根；頭髮』

本來從文字上來看，這是兩個不同的聲符：「發」為 *Pat 一型的聲符，而「犮」為 *Pot 一型的聲符；傳世文獻當中，兩者一定程度有所相混，[76] 但是押韻的證據可以清晰地展示兩者的分別。「發」fā < *Cə.pat 總是只與 *-at 一型的詞押韻，如在《齊

---

76 有幾個聲符為「犮」的字的確與 *-at(-s) 相押：「茇」*m-pˤat > *bat* > bá『宿於郊野』，見《召南·甘棠》首章；「軷」*[b]ˤ[a]t > *bat* > bá『祭行道之神』，見於《大雅·生民》第七章。此兩字都不見於其他先秦文獻中，因而很可能是晚起字，其聲符已反映出 *Pat 和 *Pot 的合併。

風・東方之日》（99）第二章、《檜風・匪風》（149）首章、《豳風・七月》（154）首章、《小雅・蓼莪》（202）第五章、《小雅・四月》（204）第三章、《大雅・烝民》（260）第三章和《商頌・長發》（304）第二章中。[77] 而「髮」*pot 和其他以「犮」為聲符的字總是反覆與 *-ot 押韻：

> （1083）髮 *pot > *pjot* > fà『根；[78]頭髮』（《小雅・都人士》
> （225）第二章中全與 *-ot 相押）
> 拔 *bˤ<r>ot > *beat* > bá『抽出，拽出』（《老子》第
> 五十四章中全與 *-ot 相押）
> 拔 *bˤot-s > *bajH* > bèi『除削（如在森林裡）拔除（一
> 些樹木）』（《大雅・緜》[237] 第八章、《大雅・皇
> 矣》[241] 第三章中全與 *-ot-s 相押）

關於區分 *-et(-s) 和 *-at(-s) 的例子，請見 5.5.3.2 小節。

5.5.2.3 *-an（⊂ 傳統的元部）

*-an 的中古對應形式 [79] 皆見表 5.59 的歸納。

77　這個韻段中惟一出韻的例子是發生在《商頌・長發》（304）第二章中，在六個連續相押的讀 *-at 的韻腳之後，突然出現了讀 *-et 的「截」*[dz]ˤet > *dzet* > jié『截斷，裁剪』。

78　《說文》云：髮，根也。（《說文詁林》3988a），季旭昇（2010：733）認為《說文》的解釋不正確；這個詞的本義可能是指形如鬚髮的小的植物根系。從這個意義上看，「髮」很可能與「拔」*bˤ<r>ot > beat > bá『拔除』在語義上有關聯。

79　傳統元部除了韻母 *-an 以外，還包括我們所構擬的韻母為 *-en 和 *-on 的字（參下 5.5.3.3 和 5.5.4.3 小節）；我們構擬為 *-ar, *er, *-or 的字，後來經歷了常見的 *-r > *-n 音變，因而傳統上也歸入元部。

表 5.59 *-an 的中古對應形式一覽表

上古音	中古音	例字
*Kʷˤan	Kwan	官 *kʷˤa[n] > kwan > guān『官府』
*Cˤan	Can	寒 *Cə.[g]ˤa[n] > han > hán『冷』 半 *pˤan-s > panH > bàn『二分之一』 旦 *tˤan-s > tanH > dàn『清晨；早晨』
*Kʷˤran	Kwaen	倌 *kʷˤra[n]-s > kwaenH > guān『車僕』
*Cˤran	Caen	姦 *[k]ˤran > kaen > jiān『奸邪；罪惡』 板 *C.pˤran? > paenX > bǎn『木板』 潸 *[s]ˤra[n] > sraen > shān『淚流貌』
*Kan	Kjon	建 *[k]a[n]-s > kjonH > jiàn『建立』
*Kran	Kjen	件 *[g]r[a][n]? > gjenX > jiàn『量詞。指事物的件數』
*Kʷan	Kjwon	園 *C.ɢʷa[n] > hjwon > yuán『四周圈圍，種植蔬果花木的地方』
*Kʷran	Kjwen	院 *ɢʷra[n]-s > hjwenH > yuàn『圍牆庭院』
*Pan	Pjon	反 *Cə.pan? > pjonX > fǎn『相反』（動詞）
*Pran	Pjen	俛 *mr[a][n]? > mjenX > miǎn『彎曲頭部』
*Tan	Tsyen	羴～羶 *s.tan > syen > shān『羊的氣味』
*Tran	Trjen	襢 *tra[n]? > trjenX > zhàn『忍受』
*Tsan	Tsjen	濺 *[ts][a][n]-s > tsjenH > jiàn『水迸射』
*Tsran	Tsrjen > Tsrean	孱 *[dz]r[a][n] > dzrjen > dzrean > chán『怯懦，怯弱』

　　雖然我們有一些明確的例子可以證明部分 MC -n 來自 *-r，但是尋找 MC -n 來自 *-n 卻常苦於缺少直接證據。因而有不少字的韻尾是我們採用 *-[n] 寫法的。如果一個字不出現在韻腳

裡，那麼確定其主元音也就不那麼容易，遇到這種情況時，我
們把主元音寫作 *[a]。不過 *-an，*-on，*-en 之間的分別已經
得到押韻和諧聲證據的支持，參見 Baxter（1992：370–389）。

5.5.2.4 方言所見 *-ar > *-an（⊂ 傳統的元部）或 *-aj（⊂ 傳統的歌部）

5.5.1 中已經提過，一般情況下 *-ar 會同原生的 *-an 合
併，但在某些方言裡（看來是山東半島及相鄰地區的方言）它
倒會和 *-aj 合併，因此 *-ar 的中古對應形式有時同於表 5.56
中的情況，有時卻同於表 5.59 中的情況。有關 *-ar 的一些例
字請見 5.5.1.2 小節。

273

5.5.3 帶銳音韻尾的 *e

有關我們所構擬的銳音韻尾之前的 *e 與此前諸家構擬系
統的比較請參見表 5.60。

*-eT 一型音節的變化進程彼此之間大抵相似，都符合前元
音假說的基本預測。不過韻母 *-ej 的情況尚有不明之處。

表 5.60 A 型音節中帶銳音韻尾的 OC *e 諸家構擬一覽表

Baxter-Sagart	*-ej	*-et	*-et-s	*-en	*-er
傳統韻部	⊂支？	⊂月		⊂元	⊂元～⊂支
中古音	-ej 齊	-et 屑	-ejH 霽	-en 先	-en 先～ej 齊
高本漢（1957）	—	*-iat	*-iad	*-ian	—
董同龢（1948）	—	*-iät	*-iäd	*-iän	
王力（1958）	—	*-iăt	*-iăt	*-ian	
李方桂（1971）		*-iat	*-iadh	*-ian	—

（續上表）

蒲立本 （1977–1978）	—	*-ʲát	*-ʲáts	*-ʲán	
斯塔羅斯金（1989）	—	*-ēt	*-ēts	*-ēn	—
白一平（1992）	*-ej	*-et	*-ets	*-en	—
鄭張尚芳（2003）	—	*-eed	*-eeds	*-een	—

274

5.5.3.1 *-ej：>*-e（⊂ 傳統的支部）？

我們暫且把某些同時顯示出 *-ij 和 *-e 特點的字構擬為 *-ej。以下是一些相關例子：

（1084）米 *(C).mˤ[e]jʔ > *mejX* > mǐ『去皮的谷實；特指去 皮的稻實』以之為聲符的字：

敉 *me[j]ʔ > *mjieX* > mǐ『安撫，安定』（中古音的 對應形式跟 *meʔ 一樣）

迷 *mˤij > *mej* > mí『迷失道路，不辨方向』（在《小 雅·節南山》（191）第三章裡和《大雅·板》（254） 第五章裡似與 *-ij 押韻）

不過 { 敉 } mǐ < *mjieX* 還有其他不同的寫法，因而相關的情況 可能會更加複雜。

5.5.3.2 *-et(-s)（⊂ 傳統的月部）

-et 的中古對應形式皆見表 5.61 的歸納，-et-s 的中古對 應形式[80] 見表 5.62。

---

80 傳統月部除了韻母 *-et(-s) 以外，還包括我們所構擬的韻母為 *-at(-s) 和 *-ot(-s) 的字（參 5.5.2.2 和 5.5.4.2 小節）。此外，由於 早期發生的 *-p-s > *-t-s 音變，原來的 *-ap-s, *-ep-s, *-op-s 等韻母 經常被當作 *-at-s, *-et-s, *-ot-s 一類，這些字也歸入傳統的月部。

表 5.61 *-et 的中古對應形式一覽表

上古音	中古音	注釋	例字
*Kʷˤet	Kwet		缺 *Nə-[k]ʷʰˤet > khwet > quē『破損，殘缺；缺陷』
*Kʷˤret	Kwaet?	[1]	[無明確例證]
*Cˤet	Cet		鍥 *kʰˤet > khet > qiè『用刀刻；鐮刀一類的農具』 竊 *[tsʰ]ˤet > tshet > qiè『偷盜』
*Cˤret	Ceat		八 *pˤr[e]t > peat > bā『數詞』 察 *[tsʰ]ˤret > tsrheat > chá『考察，調查』
*Ket	Tsyet (~ Kjiet?)	[2]	設 *ŋ̊et > *xet > syet > shè『建立，開設』
*Kret	Kjet		闃 *ŋr[e]t > ngjet > niè『門橛』
*Kʷet	Kjwiet		威 *m̥et > *xwet > xjwiet > xuè『滅』
*Kʷret	Kjwet		[無明確例證]
*Pet	Pjiet		滅 *[m]et > mjiet > miè『除盡，使不存在』
*Pret	Pjet		別 *N-pret > bjet > bié『分開』（不及物動詞）
*Tet	Tsyet		折 *N-tet > dzyet > shé『彎曲』（不及物動詞）
*Tret	Trjet		撤 *tʰret > trhjet > chè『除去；撤回，撤退』
*Tset	Tsjet		褻 *s-ŋet > *set > sjet > xiè『內衣；便服』
*Tsret	Tsrjet > Tsreat		[無法與 *Tsˤret 清晰地區分開]

表 5.61 附注：

[1] 雖然在咽化聲母之後，*r 之後的 *e 一般會變為 MC -ea-，但是我們在下文會看到 *Kʷˤren 的規則對應形式是 Kwaen，而非 Kwean。我們可以預測 *Kʷˤret 的變化會和 *Kʷˤren 相仿，但是目前尚無已知的可靠例證。OC *Kʷˤret-s 變為 KwaejH，而非 KweajH（表 5.62）。

[2] 設 *ŋ̊et > *xet > syet > shè『設立』的構擬，請參看白一平（2010）。「設」是動詞，在添加 *-s 後綴後就派生出名詞

「勢」*ŋ̊et-s > *xet-s > *syejH* > shì。『形勢，情勢』*Ket 發生

275

軟腭音腭化的條件目前尚不清楚。

表 5.62 *-et-s 的中古對應形式一覽表

上古音	中古音	注釋	例字
*Kʷˤet-s	*KwejH*		慧 *[ɢ]ʷˤe[t]-s > *hwejH* > huì『聰明，有才智』
*Kʷˤret-s	*KwaejH*	[1]	夬 *[k]ʷˤret-s > *kwaejH* > guài『分開，決口』
*Cˤet-s	*CejH*		契 *[kʰ]ˤet-s > *khejH* > qì『刻符』 折，杕 *[d]ˤet-s > *dejH* > dì『（樹木）』獨立突出 ᵃ
*Cˤret-s	*CeajH*		界 *kˤr[e][t]-s > *keajH* > jiè『邊界』
*Ket-s	*TsyejH* ~ *KjiejH*	[2]	瘈 *ke[t]-s > *tsyejH* > zhì『瘋（犬）』 藝 *ŋet-s > *ngjiejH* > yì『樹藝』 勢 *ŋ̊et-s > *xet-s > *syejH* > shì『形勢，情勢』
*Kret-s	*KjejH*		[無明確例證]
*Kʷet-s	*KjwiejH*		[無明確例證]
*Kʷret-s	*KjwejH*		[無明確例證]
*Pet-s	*PjiejH*		蔽 *pe[t]-s > *pjiejH* > bì『覆蓋，遮擋』（動詞）
*Pret-s	*PjejH*		[無明確例證]
*Tet-s	*TsyejH*		噬 *[d]e[t]-s > *dzyejH* > shì『咬』（動詞）
*Tret-s	*TrjejH*		[無明確例證]
*Tset-s	*TsjejH*		祭 *[ts]et-s > *tsjejH* > jì『犧牲』
*Tsret-s	*TsrjejH* > *TsreajH*	[3]	瘵 *[ts](ˤ)re[t]-s > *tsreajH* > zhài『癆病』

ᵃ 我們懷疑「枤」dì < MC *dejH* 是一個相當晚起的字形。早期同諧聲
聲符的字一般都有相同的主元音，但是｛枤｝的主元音肯定是前元
音 *e，因為其中古音韻母是 *-ejH*，而「枤」的聲符「大」*lˤa[t]- s >
dajH > dà 的主元音只能是 *a。此外，「枤杜」dì dù < *dejH-duX*『單株
梨樹』（高本漢）一詞看似雙聲聯綿詞。《詩經》當中以之為名的有兩
首詩（《唐風·枤杜》（119）和《小雅·枤杜》）（169），此外還有
《唐風·有枤之杜》（123）。在這幾首詩中，「有枤之杜」一句都被重
複了兩次。聲符「大」*lˤa[t]-s 當帶邊音聲母，而「杜」的聲符「土」
*tʰˤaʔ 則有齦音聲母。因而「大」似乎無論從聲或是韻兩方面都配不
上諧聲的標準。上博簡《孔子詩論》的第 18 和第 20 簡裡，｛枤杜｝
寫作「折杜」（SB 1.30，1.32，1.147–149），而「折」*tet > *tsyet* >
zhé 在聲音上比聲符「大」更加切合「枤」*[d]ˤet-s 的上古讀音，不
會造成上古音系諧聲的齟齬。

表 5.62 附注：

[1] 由於 *Kˤren 的中古對應是 *Kean*（見下文 5.5.3.3），根據類
比本來會有以下的變化方向：*Kʷˤren >「*Kwean,*」*Kʷˤret >
「*Kweat*」，*Kʷˤret-s >「*KweajH*」。但事實上，我們看到的
是：*Kʷˤren > *Kwaen*，*Kʷˤret-s > *KwaejH*。（關於 *Kʷˤret
暫無例證）。譬如：

（1085）夬 *[k]ʷˤret-s > *kwaejH* > guài『訣，缺』

「夬」作聲符的字有好幾個在中古音裡是 *-wet* 韻母，這些字在
上古都必須構擬為 *-et：

缺 *Nə-[k]ʷʰet > *khwet* > quē『破損，殘缺；缺陷』
決 *[k]ʷˤet > *kwet* > jué『打開；決斷，決定』
訣 *[k]ʷˤet > *kwet* > jué『將遠離或久別而告別』

[2] 軟腭音在 *Ket-s 一類的音節中腭化的條件暫不清楚：譬如

會期待「藝」*ŋet-s > yì 應當腭化為中古音的「*nyejH*」，然而現在我們看到的是 ngjiejH（事實上《廣韻》中根本沒有「*nyejH*」這樣的音節形式）。但是像「勢」*ŋet-s > *xet-s > *syejH*> shì『形勢、情勢』這樣的腭化形式也確實存在。

[3] MC *TsreajH* 既可以是 *Tsˤret-s 的對應，也可以是 *Tsret-s 的對應。

中古韻母 -jiej, -jej, -jwej 只有去聲，因為這些音節都只來自上古的 *-t-s。如果確實存在 *-ej 韻的話，它可能在 *-et-s 變為 *-ej-s 之前就失落了韻尾而同 *-e 合併了（即如 *-at-s 沒有和原生的 *-aj-s 合併一樣）。

有一些中古音韻母毫無疑義的當歸於上古的 *-et(-s)：傳統歸為月部的字，我們必須將其構擬為 *-et(-s) 來解釋四等韻母 -et, -wet, -ejH, -wejH 和四等重紐韻母 -jiet, -jwiet, -jiejH, -jwiejH（最後一個韻母未被實際觀察到）的來源。如果不能只根據中古音判斷應該構擬哪個元音，我們也常可以通過押韻和諧聲的關聯構擬出 *-et。譬如，一個月部字如果與 *-it(-s) 押韻的話，它就可以被構擬成 *-et(-s)，因為這兩個前元音有時允許互相通押，但是像 *i 和 *a 之間就不存在通押關係。關於單獨劃分出 *-et(-s) 韻母的詳細論證已見於 Baxter（1992：394–413）。此處可以再補充一個 *-et(-s) 的早期韻例，這個韻例未收於 Baxter（1992），因為它並非來自《詩經》：

（1086）《國語・越語》

蔽 *pe[t]-s > *pjiejH* > bì『覆蓋，遮擋』（動詞）

察 *[tsʰ]ˤret > *tsrheat* > chá『考察，調查』

藝 *ŋet-s > *ngjiejH* > yì『種植，技藝，才能』

5.5.3.3 *-en（⊂ 傳統的元部）

*-en 的中古對應形式[81] 皆見表 5.63 的歸納：

表 5.63 *-en 的中古對應形式一覽表

上古音	中古音	注釋	例字
*K^{wˤ}en	Kwen		犬 *[k]^{whˤ}[e][n]ʔ > khwenX > quǎn『狗』
*K^{wˤ}ren	Kwaen	[1]	環 *C.ɢ^{wˤ}<r>en > hwaen > huán『璧的一種。圓圈形的玉器』
*C^{ˤ}en	Cen		肩 *[k]^{ˤ}e[n] > ken > jiān『肩膀』（名詞） 邊 *p^{ˤ}e[n] > pen > biān『邊緣』 前 *dz^{ˤ}en ~ *m-dz^{ˤ}en > dzen > qián『前面』
*C^{ˤ}ren	Cean		間 *k^{ˤ}re[n] > kean > jiān『中間』 辦 *[b]^{ˤ}ren-s > beanH > bàn『辦理』
*Ken	Tsyen ~ Kjien		善 *[g]e[n]ʔ > dzyenX > shàn『好』 遣 *[k]^{h}e[n]ʔ > khjienX > qiǎn『派遣，差遣』
*Kren	Kjen		[無明確例證]
*K^{w}en	Kjwien		絹 *[k]^{w}en-s > kjwienH > juàn『絲綢織物』
*K^{w}ren	Kjwen		圓 *ɢ^{w}<r>en > hjwen > yuán『圓』
*Pen	Pjien		鞭 *pe[n] > pjien > biān『馬鞭』
*Pren	Pjen		辨 *[b]renʔ > bjenX > biàn『辨別』
*Ten	Tsyen		[無明確例證]
*Tren	Trjen		展 *trenʔ > trjenX > zhǎn『伸展，展開』

---

[81] 傳統元部除了韻母 *-en 之外，還包括我們所構擬的韻母為 *-an 和 *-on 的字（參 5.5.2.3 和 5.5.4.3 小節）。我們構擬 *-ar，*-er，*-or 的字之中，後來經歷了常見的 *-r > *-n 的方言音變的字，因而習慣上也歸入元部。

（續上表）

上古音	中古音	注釋	例字
*Tsen	*Tsjen*		箭 *[ts]en-s > *tsjenH* > jiàn『弓箭』
*Tsren	*Tsrjen >* *Tsrean?*		[無明確例證]

表 5.63 附注：

[1] 5.5.3.2 小節中已提過，*K^{wˤ}ren 變為 MC *Kwaen*，而不是如一般所預測的按照 *K^{ˤ}ren > *Kean* 的類比變為「*Kwean*」。

在 5.4.3.3 小節中我們也提到，*-iŋ 一般均已併入 *-in，因此我們也偶爾會遇到 *-eŋ 和 *-en 合併，或者是被混淆在一起的例子，比如在《老子》第 26 章中出現的情況：在傳世文本中我們看到如下的詞：

（1087）榮觀 *[N-q^w]reŋ *C.q^{wˤ}ar-s > *hjwaeng kwanH* > róng guàn；可釋為「皇居」或「高牆望樓」

此詞在馬王堆《老子》中作：

（1088）環官 *C.ɢ^{wˤ}<r>en *k^{wˤ}a[n] > *hwaen kwan* > huán guān（其義未明；高明 1996：356）

無論原始文本的性質如何，我們看到 *-eŋ 和 *-en 產生了相混的現象，這可能是受到後一音節聲母輔音的同化作用影響（MC k- < *k^ˤ; *C.q^{wˤ} 在漢代可能已經變為 *k^{wˤ}-）。

5.5.3.4 *-er > *-en（⊂傳統的元部）或 *-ej（> *-e, ⊂傳統的支部？）

根據其所代表的基礎方言，*-er 的中古對應形式可以與 *-en 的對應相一致（如表 5.63），也可以與 *-ej 的對應形式一致，不過這種情況下也會大體與 *-e 的對應沒有分別（如表 5.36）。斯塔羅斯金認為 *-r 韻尾在上古的前元音之後並不存在，他強調在前漢語階段（pre-Chinese）*-er 已經變為 *-en（1989：341）。但是基於我們在其他韻母中確定 *-r 韻尾的同樣標準（OC *-j 和 *-n 中古對應形式之間的交替現象），以下的例子大概可以構擬 *-er：

（1089）枅 *[k]ˤer > ken ~ kej > jiān『柱子上的支承大梁的方木』

（1090）扁 *pˤe[r]ʔ > penX > biǎn『平而薄』

斯塔羅斯金把「扁」biǎn 同米佐語（Mizo）（舊稱盧舍依語 Lushai）的「pēr」『薄而平』相關聯，以此假設 *-r 在上古漢語階段已經在前元音之後變為了 *-n。但是在《尚書》中有「善諞言」一詞，見於《秦誓》，這個詞又見於新近公布的《孔子詩論》（SB 1.20，1.136）中，寫作「善諞言」。「諞」寫作「諀」，這兩個字的中古音讀作：

（1091）諞 pián < bjien『花言巧語』，又音 biàn < bjienX（《廣韻》）；《經典釋文》音注為 MC beanX, phjien, pjienX, phjienH（《經典釋文》52）；所有這些讀音看似都像唇塞音聲母後加 *-en < *-er? 而來
諀 pǐ『誹謗』，MC phjieX，如同來自 *pʰeʔ（? <

*pʰejʔ < *pʰerʔ）

因此「扁」的正確構擬形式最終應該是 *pˤerʔ。

還有另一個從「扁」的字或許可以構擬成 *-er：

（1092）蹁躚 *bˤe[r]-sˤe[r] > ben-sen > piánxiān『步履艱難』
（《說文解字》）

聲符「䙴」qiān < tshjen 也許帶有 *-r。[82] 最後還有一個例子：

（1093）臡 *nˤer > nej > ní『帶骨的肉醬』

看起來其上古音像是 *e，但此字以「難」為聲符，說明它原本
應帶有 *-r：

（1094）難 *nˤar > nan > nán『困難，不容易』

5.5.4 帶有銳音韻尾的 *o

在銳音韻尾前，*o 裂化為 *wa。從押韻材料來看，這一音
變可能發生於戰國晚期。在中古音材料所反映的方言材料看，
從 *-oj 而來的 *-waj 丟失了韻尾 *-j。我們構擬的 *-oj 與早前

---

[82] 以「䙴」為聲符的字在押韻上的表現有些模棱兩可（《衛風·氓》
（58）第二章，《小雅·巷伯》（200）第四章，《小雅·賓之初筵》
（220）第三章，《商頌·殷武》（305）第六章），但是此字從「囟」
*[s]ə[r]-s > sinH > xìn『囟門』，似當與收 *-r 的字如「西」*s-nˤər
> sej > xī 有關。《說文》中「遷」又有古文字形「㧐」，由左「手」
右「西」構成（《說文詁林》757b），「西」可能是表聲的聲符（但
是元音不配）。

各家構擬的對比見表 5.64。

表 5.64 上古 A 型音節中帶銳音韻尾的 *o 諸家構擬一覽表

Baxter-Sagart		*-oj	*-ot	*-ot-s	*-on	*-or
上古韻部		⊂歌	⊂月		⊂元	⊂元～⊂歌
中古音	*K- *T(s)-	-wa 戈	-wat 末	-wajH 泰	-wan 桓	-wan 桓 ～-wa 戈
	*P-	-a 戈	-at 末	-ajH 泰	-an 桓	-an 桓 ～ -a 戈
高本漢（1957）		*-wâ	*-wât	*-wâd	*-wân	(*-wân ～ *-wâr)?
董同龢（1948）		*-wâ	*-wât	*-wâd	*-wân	—
王力（1958）		*-ua	*-uăt	*-uāt	*-uan	—
李方桂（1971）		*-uar	*-uat	*-uadh	*-uan	—
蒲立本（1977–1978）		*-ʷál	*-ʷát	*-ʷáts	*-ʷán	—
Starostin（1989）		*-ōj	*-ōt	*-ōts	*-ōn	*-ōr
Baxter（1992）		*-oj	*-ot	*-ots	*-on	—
鄭張尚芳（2003）		*-ool	*-ood	*-oods	*-oon	—

5.5.4.1 *-oj（⊂ 傳統的歌部）

*-oj 的中古對應形式[83] 皆見表 5.65 的歸納：

---

83 傳統歌部除了 *-oj 以外，還包括我們所構擬的韻母為 *-aj 的字（見 5.5.2.1 小節）。我們構擬 *-ar，*-er，*-or 的字之中，在方言中經歷了 *-r > *-j 音變的字，因而習慣上也歸入歌部。

表 5.65 *-oj 的中古對應形式

上古音	中古音	注釋	例字
*Pˤoj > *Pˤwaj	Pa	[1]	[無明確例證]
*Pˤroj > *Pˤrwaj	Pae		[無明確例證]
*Cˤoj > *Cˤwaj	Cwa	[2]	禾 *[ɢ]ˤoj > hwa > hé 『禾苗』 螺 *k.rˤoj > lwa > luó『田螺』（原始閩語 *lhoi A） 楕 *l̥ˤoj? > thwaX > tuǒ 『橢圓形』 坐 *[dz]ˤo[j]? > dzwaX > zuò
*Cˤroj > *Cˤrwaj	Cwae		蝸 *k.rˤoj（方言 > *kˤroj）> kwae > wō『蝸牛』 䯼 *[ts]ˤroj > tsrwae > zhuā 『古代婦人的喪髻』
*K(r)oj	Kjwe	[3]	詭 *[k](r)oj? > kjweX > guǐ 『違背』
*P(r)oj	Pje		[無明確例證]
*Toj	Tsywe		吹 *tʰo[r] > *tʰoj > tsyhwe > chuī 『風吹』
*Troj	Trjwe		錘 *m-t<r>oj > drjwe > chuí 『錘擊具』
*Tsoj	Tsjwe		髓 *s-loj? > *soj? > sjweX > suǐ 『骨髓』
*Tsroj	Tsrjwe		衰 *[tsʰ]roj > tsrhjwe > cuī 『減退』

279

表 5.65 附注：

[1] 通過與 *-on 和 *-ot 的類比，我們推想在唇音聲母之後可以構擬一個 *-oj：*-oj 會複元音化為 *-waj，同時 *-w- 在唇音聲母後也會失去原有的區別性特徵。於是 *Pˤoj > *Pˤwaj > *Pˤaj > Pa，會同原生的 *Pˤaj 相合併。不過我們暫時沒有為這些音節形式找到可靠的例證。

[2] 通過兩個例子：螺 *k.rˤoj > lwa > luó；蝸 *k.rˤoj（方言現象：> *kˤroj）> kwae > wō（一讀 guā），我們假設這兩個從同一語源分化而來的詞在不同的方言中經歷了不同的音變過程：一般情況下 *k.rˤ- 的前置輔音會脫落從而變為 MC l-，但在某些方言中 *k.rˤ- 會與 *kˤr- 合併（見 4.4.4.4 小節）。

[3] 在西部地區發生 *l- > *x- 音變的方言裡，會有特殊的變化：即使上古元音原來就是一個圓唇的後元音，*l̥oj 在中古音材料裡還是被處理為一個四等重紐音節：

（1095）墮 *l̥oj > *xjwie* > huī『毀壞』
　　　　隋 *l̥oj-s > *xjwieH* > huì『殘餘的祭肉』

　　*-oj 作為獨立於 *-aj 的韻母已見於 Baxter（1992：413–422）的論證。此處補充一個《詩經》之外的韻例，是 Baxter（1992）未曾提到過的：

（1096）《尚書·益稷》：
　　　　元首叢脞哉，
　　　　股肱惰哉，
　　　　萬事墮哉。

韻腳字的構擬如下：

（1097）脞 * tsʰˤojʔ > *tshwaX* > cuǒ『瑣碎』
　　　　惰 *lˤ ojʔ > *dwaX* > duò『懶，懈怠』
　　　　墮 *l̥oj > *xjwie* > huī『損毀』

5.5.4.2 *-ot(-s)（⊂ 傳統的月部）

　　-ot 的中古對應形式比如表 5.66 所示，-ot-s 的對應形式[84] 別見於表 5.67。

280

---

84 傳統月部除了 *-ot(-s) 以外，還包括我們所構擬的 *-at-s 和 *-et-s（見 5.5.2.2 和 5.5.3.2 小節）。此外，由於早期發生的 *-p-s > *-t-s 的音變，原來的 *-ap-s，*-ep-s，*-op-s 經常會被當成 *-at-s，*-et-s，*-ot-s，這批字也歸入月部。

表 5.66 *-ot 的中古對應一覽表

上古音	中古音	例字
*Pˤot > *Pˤwat	*Pat*	胈 *pˤot > *pat* > bá『人體細毛』
*Pˤrot > *Pˤrwat	*Peat*	拔 *bˤ\<r\>ot > *beat* > bá『連根拽出』
*Cˤot	*Cwat*	契闊 *kʰˤet-kʰˤot > *khet-khwat* > qièkuò『勤苦』 脫 *mə-l̥ˤot > *thwat* > tuō『剝掉』 撮 *[tsʰ]ˤot > *tshwat* >cuō『用手指抓取粒狀物』
*Cˤrot	*Cwaet*	錣 *tˤrot > *trwaet* > chuò『針』
*Kot	*Kjwot*	蕨 *Cə.kot > *kjwot* > jué『蕨類植物，可食用』
*Krot	*Kjwet*	[無明確例證]
*Pot	*Pjot*	髮 *pot > *pjot* > fà『頭髮』
*Prot	*Pjet*	[無明確例證]
*Tot	*Tsywet*	說 *l̥ot > *sywet* > shuō『講述』
*Trot	*Trjwet*	綴 *trot > *trjwet* > chuò『縫補』
*Tsot	*Tsjwet*	絕 *[dz]ot > *dzjwet* > jué『斷，隔開』
*Tsrot	*Tsrjwet > Tsrweat*	茁 *s-[k]rot > *tsrot* > *tsrjwet* > *tsrweat* > zhuó『抽芽』

表 5.67 *-ot-s 的中古對應一覽表

上古音	中古音	注釋	例字
*Pˤot-s > *Pˤwat-s	*PajH*		拔 *bˤot-s > *bajH* > bèi『除削（如在森林裡拔除一些樹木）』
*Pˤrot-s > *Pˤrwat-s	*PeajH*		拜 *C.pˤro[t]-s > *peajH* > bài『古代禮節，兩膝跪地，低頭』
*Cˤot-s	*CwajH*		蛻 *l̥ˤot-s *thwajH* > tuì『脫皮』 最 *[ts]ˤot-s > *tswajH* > zuì『聚合』

（續上表）

上古音	中古音	注釋	例字
*Cˤrot-s	CwaejH	[1]	嘬 *[tsʰ](ˤ)ro[t]-s > tsrhwaejH > chuài『咬，吃』
*Kot-s	KjwojH		[無明確例證]
*Krot-s	KjwejH		撅 *k(r)[o][t]-s > kjwejH > guì『提起衣裳』
*Pot-s	PjojH		吠 *Cə.bo[t]-s > bjojH > fèi『狗叫』
*Prot-s	PjejH		[無明確例證]
*Tot-s	TsywejH		說 *l̥ot-s > sywejH > shuì『勸說』
*Trot-s	TrjwejH		叕 *trot-s > trjwejH > zhuó『連綴』
*Tsot-s	TsjwejH		脃 *[tsʰ]o[t]-s > tshjwejH > cuì『脆』
*Tsrot-s	TsrjwejH >TsrweajH	[1]	嘬 *[tsʰ](ˤ)ro[t]-s > tsrhweajH > chuài『咬，吃』

表 5.66、5.67 附注：

[1] 從一般音變模式來看，MC *TsrwaejH* 應該來自咽化的 *Tsˤrot-s，而 MC *TsrweajH* 來自非咽化的 *Tsrot-s。但實際上我們不認為各類韻書能夠可靠地區分韻母 -waejH 和 -weajH。

　　*-ot(-s) 在音變上的表現符合我們構擬系統的預期。請看《老子》54 章中的一個 *-ot(-s) 韻段，這個例子在 Baxter（1992）當中未曾討論過：

（1098）《老子》54：

　　　拔 *bˤ<r>ot > beat > bá『連根拽出』

　　　脫 *mə-l̥ˤot > thwat > tuō『剝掉』

　　　輟 *trot > trjwet > chuò『停止』

5.5.4.3 *-on（⊂ 傳統的元部）

*-on 的中古對應形式皆見表 5.68 的歸納：[85]

表 5.68 *-on 的中古對應形式：

上古音	中古音	注釋	例字
*Pˤon > *Pˤwan	Pan		滿 *mˤ[o][n]ʔ > manX > mǎn『充盈』
*Pˤron > *Pˤrwan	Paen		蠻 *mˤro[n] > maen > mán『舊指我國南方民族』
*Cˤon	Cwan		筦，管 *[k]ˤo[n]ʔ > kwanX > guǎn『管樂器』 斷 *N-tˤo[n]ʔ > dwanX > duàn『截開』 竄 *[tsʰ]ˤo[n]-s > tshwanH > cuàn『隱藏』
*Cˤron	Cwaen		患 *[g]ˤro[n]-s > hwaenH > huàn『災難』
*Kon	Kjwon		壎 *qʰo[n] > xjwon > xūn『古代陶製吹奏樂器』
*Kron	Kjwen		卷 *[k](r)o[n]ʔ > kjwenX > juǎn『把物體轉成圓筒形』（動詞）[a]
*Pon > *Pwan	Pjon		飯 *bo[n]ʔ-s > bjonH > fàn『煮熟的穀類食物』
*Pron	Pjen		變 *pro[n]-s > pjenH > biàn『變化，改變』
*Ton	Tsywen		專 *ton > tsywen > zhuān『唯一的』
*Tron	Trjwen		傳 *m-tron > drjwen > chuán；又 *N-tron-s > drjwenH > zhuàn『轉達，遞送』

---

85 傳統元部除了 *-on 以外，還包括我們所構擬的韻母為 *-an 和 *-en 的字（參 5.5.2.3 和 5.5.3.3 小節）。我們構擬為 *-ar，*er，*-or 的字之中，後來經歷了常見的 *-r > *-n 的方言音變的字，因而習慣上也歸入元部。

（續上表）

上古音	中古音	注釋	例字
*Tson	*Tsjwen*		全 *[dz]o[n] > *dzjwen* > quán『完整』（形容詞）
*Tsron	*Tsrjwen* >*Tsrwaen*	[1]	孿 *[s.r]on-s > *srwenH* > *srwaenH* > luán『雙胞胎』

^a 不過「卷」juǎn < *kjwenX* 也可能來自 *-orʔ，這就可以解釋邵武方言的例子 /kuai 3/『捲起來』

表 5.68 附注：

[1]「孿」『雙胞胎』的讀音 *srwaenH* 可能源於 *Tsrj- >Tsr-* 的音變：「孿」*[s.r]on-s > *srjwenH* > *srwaenH*。（普通話「luán」可能是基於同聲符字的影響，比如鑾 *[m]ə.rˤon > *lwan> luán『鑾鈴』。）

　　5.2.2 小節中已提過，把 *-on 當成一個獨立的韻部的構擬有助於解決出現在《齊風·猗嗟》（106）第三章中的一個文本問題（見表 5.19）。

5.5.4.4 方言所見的 *-or > *-on（⊂ 傳統的元部）或 *-oj（⊂ 傳統的歌部）

　　根據方言的不同，*-or 的中古對應形式在有些方言裡會同於 *-on（表 5.68），而在另一些方言裡會同於 *-oj 的對應形式（表 5.65）。因此但凡一個字兼有 *-n 和 *-j 兩類對應的，或者以這類字為聲符的同一諧聲系列，我們一律構擬為 *-or。例如：

（1099）果 *[k]ˤo[r]ʔ > *kˤwarʔ > *kˤwajʔ > kwaX > guǒ『果實；結果』

　　　　裸 *[k]ˤor(ʔ)-s > *kˤwar-s > *kˤwan-s > kwanH >

guàn『奠酒祭神』

輨 *[g]ˤorʔ > *gˤwarʔ > *gˤwanʔ > hwanX > huàn
『（輪子）廻轉』；又音

輨 *[g]ˤ<r>orʔ > *gˤrwarʔ > *gˤrwajʔ > hwaeX > huà
『（輪子）廻轉』

踝 *m-kˤ<r>o[r]ʔ > *gˤrwarʔ > *gˤrwajʔ > hwaeX >
huái『腳踝』

282

表 5.69 處衢方言中於 *-oi 一類相同的 *-or 的對應形式

		原始處衢 （秋谷裕幸 2003）
酸	*[s]ˤor > swan > suān『酸味』	*soi 1
短	*tˤorʔ > twanX > duǎn『不長』	*toi 1
鑽	*[ts]ˤor > tswan > zuān『穿刺，打孔』	*tsoi 1

（1100）卵 *k.rˤorʔ > *k.rˤwarʔ > *rˤwanʔ > lwan『蛋』；
又音：

卵 *k.rˤorʔ > *k.rˤwarʔ > *rˤwajʔ > lwaX > luǒ『蛋』；
參原始閩語 *lhon B；但建甌 /lua 3/『蛋』的來源不
明（北京大學 2003：264）。

（1101）算 *[s]ˤorʔ-s > *sˤwarʔ-s > *sˤwanʔ-s > swanH > suàn
『計算』；參日語 soroban『算盤』

（1102）端 *tˤor > *tˤwar > *tˤwan > twan > duān『事物的一
頭』（名詞）

輲 *[d]or > *dwar > *dwan > dzywen > chuán『實心
輪子的車子』

瑞 *[d]or-s >*dwar-s > *dwaj-s > *dzyweH > ruì『玉』

喘 *[tʰ]orʔ > *tʰwarʔ > *tʰwanʔ > tsyhwenX > chuǎn
『急促呼吸』

（1103）短 *tˤorʔ > *tˤwarʔ > *tˤwanʔ > twanX > duǎn『不長』；
參原始閩語 *toi B『不長』：福州 /tøi 3/，廈門 /te 3/

在浙江南部的處衢方言中（曹志耘等 2000，秋谷裕幸
2003），*-r 一般會變為 -n，但 OC *-or 在原始處衢中的對應
為 *-oi 的已經發現了三例，包括已討論過的例「短」這個字，
參見表 5.69。

5.5.5 帶銳音韻尾的 *ə

只有帶銳音韻尾的 *ə 諸韻才在中古音當中同時有一等韻
母和四等韻母的對應形式，這是 *ə 處於銳音聲母和銳音韻尾
之間時的規則前化音變造成的。

（1104）恩 *ʔˤə[n] > ʼon > ēn『恩惠』

荐 *N-tsˤə[n]-s > dzenH > jiàn『牧草』

不過，這些韻部在方言中的變化可能會各有个同，我們發現了
一個例子（「吞」）顯示在銳音聲母後發生了 *ən > MC -on 的
音變，而且還有其他一些例子顯示 OC *-ən 或 *-ər 的對應形式
會發生 *-ən > -won 的音變（具體討論見 5.5.1.1 小節）。

（1105）吞 *l̥ˤən > thon > tūn『咽下』，原始閩語 *thun A
（普通話中又讀 tūn，這個讀音一般都是來自 MC
thwon）

「吞」thon 是《廣韻》裡唯一一個在銳音聲母之後讀 -on 的字，這一反常或許與該詞的擬聲特質有關。《廣韻》也收錄了「吞」作姓氏時的又音 then（譯注：他前切），其所反映的是從上古 *lˤən 而來的規則音變的結果。

（1106）薦 *Cə.tsˤə[r]-s > tsenH > jiàn『草料』；原始閩語 *-tsun C『稻草牀墊』，[86] 可能與「薦」從同一詞根而來：

薦 *N-tsˤə[n]-s > dzenH > jiàn『牧草』

（1107）存 *[dz]ˤə[n] > dzwon > cún『存在』，可能的同根詞：在 *[dz]ˤəʔ > dzojX > zài『正在』

「存」dzwon 之類的 MC -won 韻母一般都是 *-un 或 *-ur 的對應形式，而證明其主元音為 *ə 的進一步證據來自《鄭風·出其東門》首章的韻例：

（1108）《鄭風·出其東門》（93）首章韻例：

門 *mˤə[r] > mwon > mén『房屋出入口』

---

86 羅杰瑞認為閩語的這一詞當作「苫」*s.tem > syem > shān『茅草屋頂』（1996：26），但是閩語中的對應形式似當構擬為原始閩語的 *-tsun C，除了福州的讀音 /tsaiŋ 5/ 已如羅杰瑞指出似為例外；福州話的 /tsaiŋ 5/ 對應於原始閩語的 *-ən C（羅杰瑞 1981：58）。根據羅杰瑞（1981）所提供的對應關係，原始閩語的 *-un 和 *-ən 都可以合理地對應上古漢語的 *-ən 或 *-ər，但與任何原始閩語中收 *-m 的韻母都對不上。中古音的 -m 一般都對應原始閩語的 *-m，因此「苫」shān < syem 似乎不能在這裡被視作為閩語這些形式的語源。我們認為原始閩語 *-tsun C『茅草屋頂』所代表的是「薦」*Cə.tsˤə[r]-s > tsenH > jiàn『草，草料』。

雲 *[ɢ]ʷə[n] > hjun > yún『水氣聚合體』

雲 *[ɢ]ʷə[n] > hjun > yún『水氣聚合體』

存 *[dz]ˤə[n] > dzwon > cún『存在』

巾 *krən > kin > jīn『擦抹用的織物』

員 *[ɢ]ʷə[n] > hjun > yún『（助詞）』

　　我們所構擬的帶銳音韻尾的 *ə 與之前各家構擬的比較請見表 5.70 的歸納。

表 5.70 A 型音節中帶銳音韻尾的 OC *ə 諸家構擬一覽表

Baxter-Sagart		*-əj	*-ət	*-ət-s	*-ən	*-ər
傳統韻部		⊂微	⊂物		⊂文	⊂文 ~ ⊂微
中古音	*K-	-oj 哈	-ot 沒	-ojH 代	-on 痕	-on 痕 ~ -oj 哈
	*P- *Kʷ-	-woj 灰	-wot 沒	-wojH 隊	-won 魂	-won 魂 ~ -woj 灰
	*T(s)-	-ej 齊	-et 屑	-ejH 霽	-en 先	-en 先 ~ -ej 齊
高本漢（1957）	*K *P- *Kʷ-	*-ər	*-ət	*-əd	*-ən	—
	*T(s)-	*-iər	*-iət	*-iəd	*-iən	—
董同龢（1948）	*K *P- *Kʷ-	*-ə̂d	*-ə̂t	*-ə̂d	*-ə̂n	
	*T(s)-	*-iəd	*-iət	*-iəd	*-iən	
王力（1958）	*K *P- *Kʷ-	*-əi	*-ə̄t	*-ə̄t	*-ən	—
	*T(s)-	*-iəi	*-iə̄t	*-iə̄t	*-iən	—

（續上表）

李方桂 （1971）	*K- *P- *Kʷ	*-əd	*-ət	*-ədh	*-ən	—
	*T(s)-	*-iəd	*-iət	*-iədh	*-iən	—
蒲立本 （1977–1978）	*K- *P- *Kʷ	*-ə́l	*-ə́t	*-ə́ts	*-ə́n	—
	*T(s)-	*-i̯ə́l	*-i̯ə́t	*-i̯ə́ts	*-i̯ə́n	—
Starostin（1989）		*-ə̄j	*-ə̄t	*-ə̄ts	*-ə̄n	*-ə̄r
Baxter（1992）		*-ij	*-it	*-its	*-in	—
鄭張尚芳（2003）		*-ɯɯl	*-ɯɯd	*-ɯɯds	*-ɯɯn	—

5.5.5.1 *-əj（⊂ 傳統的微部）

*-əj 的中古對應形式 [87] 皆見表 5.71 和 5.72 的歸納。為方便起見，我們把鈍音聲母和銳音聲母分置於兩表。

表 5.71 鈍音聲母後 *-əj 的中古對應一覽表：

上古音	中古音	例字
*Kˤəj	Koj	哀 *ʔˤəj > ʼoj > āi『悲傷』
*Kˤrəj	Keaj	喈 *kˤrəj > keaj > jiē『風雨疾速的樣子』
*Kʷˤəj	Kwoj	回 *[ɢ]ʷˤəj > hwoj > huí『運轉，迴繞』
*Kʷˤrəj	Kweaj	乖 *kʷˤrəj > kweaj > guāi『違背』
*Pˤəj	Pwoj	枚 *mˤəj > mwoj > méi『樹幹』
*Pˤrəj	Peaj	排 *[b]ˤrəj > beaj > pái『推』
*Kəj	Kj+j	衣 *ʔ(r)əj > ʼj+j > yī『人身上所穿的東西』
*Krəj	Kij	机 *krəjʔ > kijX > jī『几案』

---

87 傳統微部除了 *-əj 以外，還包括我們所構擬的韻母為 *-uj 的字（參 5.5.7.1 小節）。我們構擬 *-ər 和 *-ur 的字之中，在方言中經歷了 *-r > *-j 音變的字，因而習慣上也被歸入微部。

（續上表）

上古音	中古音	例字
*Kʷəj	Kjw+j	歸 *[k]ʷəj > kjw+j > guī『返回』
*Kʷrəj	Kwij	[無明確例證]
*Pəj	Pj+j	非 *pəj > pj+j > fēi『不』
*Prəj	Pij	悲 *prəj > pij > bēi『傷心』

表 5.72 銳音聲母後 *-əj 的中古對應一覽表

上古音	中古音	例字
*Tˤəj	Tej	弟 *lˤəjʔ > dejX > dì『弟弟』
*Tˤrəj	Treaj	[無明確例證]
*Tsˤəj	Tsej	隮 *[ts]ˤəj > tsej > jī『登上』
		妻 *[tsʰ]ˤəj > tshej > qī『妻子』
*Tsˤrəj	Tsreaj	齍 *tsˤr[ə]j > tsreaj > zhāi『去除雜念』
*Təj	Tsyij	夷 *ləj > yij > yí『平』;『和悅』
		尸 *l̥əj > syij > shī『屍體』
*Trəj	Trij	遲 *l<r>ə[j] > drij > chí『緩慢』
*Tsəj	Tsij	私 *[s]əj > sij > sī『個人的』
*Tsrəj	Tsrij	[無明確例證]

　　主流傳統分部的一個嚴重問題 —— 同時這也是先前多家構擬系統中存在的問題 —— 在於表 5.72 中所列的音節都一致歸於傳統的脂部（對應我們構擬的 *-ij），但是通過檢視《詩經》韻腳就能夠清楚揭示，其實這些音節部分當屬微部。用一個例子來加以說明：「遲」*l<r>ə[j] > drij > chí，在《王力古漢語字典》（2000）中此字歸於脂部。在《詩經》,「遲」共

出現於八個韻段中（《邶風・谷風》（35）第二章、《陳風・衡門》（138）首章、《豳風・七月》（154）第二章、《小雅・四牡》（162）首章、《小雅・采薇》（167）第六章、《小雅・出車》（168）第六章、《小雅・楚茨》（209）第五章、《魯頌・閟宮》（300）首章）。這些韻段中（除了一個例外）都至少包含一些《王力古漢語詞典》歸作微部的字，在半數這些韻段中（《谷風》、《七月》、《四牡》和《閟宮》）除了「遲」以外，其餘韻腳字每一個都是微部字。唯一的例外是《衡門》首章當中「遲」與《王力古漢語詞典》認為脂部字的「飢」押韻。但是把「飢」（飢餓）字歸入脂部也是錯誤：「飢」字明顯與「饑」（饑荒）是緊密相聯的，而「饑」的歸部各家無一例外地都歸於微部：

（1109）饑 *kə[j] > *kj+j* > jī『饑荒』

飢 *Cə.k<r>ə[j] > *kij* > jī『飢餓』

只要把「遲」和「飢」都撥亂反正構擬成 *-əj（或更加可靠地寫作 *-ə[j]），[88] 那麼所有八個含有「遲」字的韻段就全無例外了。

以下的兩個字我們認為也不應該是 *-ij，而必須構擬成 *-əj：

（1110）尸 *l̥əj > *syij* > shī『屍體』

夷 *ləj > *yij* > yí『平；和靜』；又『蠻夷』

---

[88] 在少數情況下，我們懷疑韻母可能當作 *-ər 而非 *-əj，遇到這種情況我們就寫作 *-ə[j]。

押韻材料已清楚表明「夷」當歸於 *-əj，[89] 而且早期文字是用
「尸」的字形來代表「夷」：甲骨文中﹛夷﹜意為『異族人』（或
許是某個特定異族的名稱），其字形有如下幾種形體（季旭昇
2010：695）：

285

（1111）

這些字形所像看來是側面屈膝人形；在甲骨文中，這個字形與
「人」字極難分辨開來（季旭昇 2010：651）：[90]

（1112）

高本漢認為「尸」是「屎」的聲符（*GSR* 561），而「屎」字
一般歸為脂部（對「屎」的歸部，我們表同意）：

（1113）屎 *[qʰ]ijʔ > *xijʔ> *syijX* > shǐ『糞便』；又音 *xjij* <
　　　　*[qʰ]ij（腭化不規則地失效）『呻吟』

---

89 含「夷」yí < *ləj 的韻段見於《召南・草蟲》（14）第三章、《鄭風・
　　風雨》（90）首章、《小雅・出車》（168）第六章、《小雅・節南山》
　　（191）第五章、《大雅・桑柔》（257）第二章和《周頌・有客》（284）
　　首章（《有客》中包含一處 *-əj 和 *-uj 通押的出韻）。
90 實際上，我們懷疑這個在殷商契刻上常見的與商人起衝突的「人
　　方」不是甚麼其他部落，而正是甲骨文中提到的商人的敵人──
　　「夷方」（趙誠 1988：145 即提過這一說法）。雖然這樣的「尸」字
　　很像「人」字，可是當時的人很容易會根據上下文判斷此處指的當
　　是﹛夷﹜，而不是﹛人﹜。

Baxter（1992：787）根據高本漢的說法也把「屎」和「尸」
都構擬為 *-ij。

　　但是「屎」的早期字形明顯是一個象形字，因此聲符在這
裡根本無從談起（《古文字詁林》1.551）——此字的字形分析
可與「尿」並舉齊觀（季旭昇 2010：705）：

　　（1114）𡳞　𡳞　（屎 *[qʰ]ijʔ > syijX > shǐ『糞便』）

　　（1115）𡳅　𡲰　（尿 *kə.nˤewk-s > newH > niào『小便』）

根據這些早期文獻上的材料，我們現在應該把「尸」的構擬改
正為 *l̥əj，以此來解釋在早期文字中它可以代表 { 夷 } yí < yij
< *ləj 的現象。[91]

　　《詩經》當中的確存在 *-i[j] 和 *-ə[j] 的不規則混押，但
是目前表 5.72 中的字（除了「齋」*tsˤr[ə]j > tsreaj > zhāi 以
外，它未被用作韻腳字）都可以被放心地構擬為 *-əj（或者
*-ə[j]）。正確劃分 *-əj 和 *-ij 這兩個韻部對於古代文獻研究、

91　「尸」的韻例有一些模稜兩可之處：在《小雅‧楚茨》（209）第五
　　章中它與 *-əj 相押（韻腳字：尸 *l̥əj 歸 *[k]ʷəj 遲 *l<r>ə[j] 私 *[s]
　　əj），但在《大雅‧板》（254）第五章當中它又可以同全部都是 *-ij
　　的字相押（韻腳字：儕 *[dz]ˤ[i]j 毗 *[b]ij 迷 *mˤij 尸 *l̥əj 屎 *[qʰ]ij
　　葵 *gʷij 資 *[ts]ij 師 *srij）。如果我們把「尸」構擬為 *-əj，那麼
　　我們就可以把《板》中的韻例解釋成為在銳音聲母之後發生的 *-əj
　　> *-ij 晚期音變的結果（當然我們也懷疑《板》此章中有一些待解
　　決的文獻問題）；但是如果把「尸」的韻母被構擬為 *-ij 的話，《楚茨》
　　當中 *-əj 的韻例就不容易得到合理的解釋。因此從這些韻例，我們
　　得出「尸」作 *l̥əj 才是正確的構擬。

方言史的重構以及漢語和親屬語言間的比較至關重要。[92]

5.5.5.2 *-ət(-s)（⊂ 傳統的物部）

鈍音聲母之後 *-ət 的中古對應形式 [93] 皆見表 5.73 的歸納。*-ət-s 的中古對應同於 *-əj-s，如表 5.71 和 5.72 所示，但僅有去聲。銳音聲母後帶 *-ət(-s) 的例子很難找見，因而我們未列另表。僅有的相對可靠的例子如下：

（1116）饕餮 *[tʰ]ˤaw-tʰˤət > thaw-thet > tāotiè『貪吃的人』

札 *s-qˤrət > tsreat > zhá『古時書寫用的小木片』

表 5.73 鈍音聲母後 *-ət 的中古對應形式一覽表

上古音	中古音	例字
*Kˤət	Kot	齕 *m-[q]ˤət > hot > hé『用牙齒咬』（動詞）
*Kˤrət	Keat	軋 *qˤrət > ’eat > yà『傾軋』
*Kʷˤət	Kwot	[無明確例證]
*Kʷˤrət	Kweat	[無明確例證]
*Pˤət	Pwot	[無明確例證]
*Pˤrət	Peat	[無明確例證]

92　例如，與原始藏緬語 *-əy 之間最好的對應（馬提索夫 2003：201）——早先也構擬為 *-iy（白保羅 1972：57，n. 188）——應該是上古漢語的 *-ij，而不是 *-əj；參白一平（1985）。

93　傳統物部除了 *-ət(-s) 以外，還包括我們所構擬的韻母為 *-ut(-s)的字（參 5.5.7.2 小節）。此外，由於早期發生的 *-p-s > *-t-s 的音變，原來的 *-əp-s 和 *-up-s 也經常會分別被當成 *-ət-s 或 *-ut-s，這些字習慣上也歸入物部。

（續上表）

上古音	中古音	例字
*Kət	Kj+t	乞 *C.qʰət > khj+t > qǐ，『乞求，乞討』
*Krət	Kit	乙 *qrət > ʾit > yǐ『天干的第二位』
*Kʷət	Kjut	[無明確例證]
*Kʷrət	Kwit	汩 *[ɢʷ]rət > hwit > yù『水流急速的樣子』
*Pət	Pjut	market 芾 *p[ə]t > pjut > fú『除草』
*Prət	Pit	[無明確例證]

我們根據與 *-ət 類字在字形和詞源上的關聯來構擬 *-ət-s。有不少諧聲偏旁只用於去聲字中，這些字的對應形式也同 *-ət-s 相一致。我們為符合這些情況的例子構擬了 *-ət-s，而不是 *-əj-s，這樣便於解釋這些諧聲偏旁何以不會用於平聲字和上聲字。有一些字看似來自 *-ət-s，但實際卻是從更早的 *əp-s 變化而來，這些字見下文 5.7 的討論。

（1117）乞 *C.qʰət > khj+t > qǐ『乞求，乞討』

訖 *qʰə[t]-s > xj+jH > qì『終止；休止』

（1118）未 *m[ə]t-s > mj+jH > wèi『不曾』；『地支第八位』。

借入克木語作 /mòt/（Damrong & Lindell 1994：104）

妹 *C.mˤə[t]-s > mwojH > mèi『年齡比自己小的女子』；原始閩語 *mhye C

（1119）胃 *[ɢ]ʷə[t]-s > hjw+jH > wèi『人和動物的消化器官之一』

謂 *[ɢ]ʷə[t]-s > hjw+jH > wèi『說，告訴』

5.5.5.3 *-ən（⊂ 傳統的文部）

　　鈍音聲母之後 *-ən 的中古對應形式 [94] 皆見表 5.74 的歸納，銳音聲母之後的對應形式另見表 5.75。同其他帶中古音 -n 韻尾的韻一樣，雖然我們有時有材料可以證明這個 -n 來自早期的 *-r，但反之要證明這個 -n 不是來自 *r 卻很不容易，因此我們把構擬形式時常寫作 *-ə[n]。

表 5.74 鈍音聲母後 *-ən 的中古對應形式一覽表

上古音	中古音	例字
*Kˤən	Kon	根 *[k]ˤə[n] > kon > gēn『植物長在土中的部分』
*Kˤrən	Kean	限 *[g]ˤrə[n]ʔ > heanX > xiàn『阻隔，界限』
*Kʷˤən	Kwon	魂 *[m.]qʷˤə[n] > hwon > hún『精神、神志』
*Kʷˤrən	Kwean	鰥 *[k]ʷˤrə[n] > kwean > guān『男子無妻』
*Pˤən	Pwon	門 *mˤə[r] > *mˤə[n] > mwon > mén『房屋或區域可以開關的出入口』
*Pˤrən	Pean	[無明確例證]
*Kən	Kj+n	筋 *C.[k]ə[n] > kj+n > jīn『肌肉』
*Krən	Kin	銀 *ŋrə[n] > ngin > yín『化學元素』
*Kʷən	Kjun	雲 *[ɢ]ʷə[n] > hjun > yún『水氣聚合體』
*Kʷrən	Kwin	隕 *[ɢ]ʷrə[n]ʔ > hwinX > yǔn『墜落』
*Pən	Pjun	分 *pə[n] > pjun > fēn『分開』
*Prən	Pin	貧 *[b]rə[n] > bin > pín『窮困』

---

[94] 傳統文部除了 *-ən 以外，還包括我們所構擬的韻母為 *-un 的字（參 5.5.7.3 小節）。我們構擬的 *-ər 和 *-ur，如果其在中古音的對應形式帶 -n 的話，那麼這批字習慣上也歸入文部。

表 5.75 銳音聲母後 *-ən 的中古對應形式一覽表

上古音	中古音	例字
*Tˤən	*Ten*	殄 *[d]ˤə[n]ʔ > *denX* > tiǎn 『盡；消滅』
*Tˤrən	*Trean*	[無明確例證]
*Tsˤən	*Tsen*	薦 *N-tsˤə[n]-s > *dzenH* > jiàn 『牧草』 存 *[dz]ˤə[n] > *dzwon* > cún 『存在』(不規則韻母形式)
*Tsˤrən	*Tsrean*	[無明確例證]
*Tən	*Tsyin*	刃 *nə[n]-s > *nyinH* > rèn 『刀劍等的鋒利部分』
*Trən	*Trin*	塵 *[d]rə[n] > *drin* > chén 『灰塵』
*Tsən	*Tsin*	[無明確例證]
*Tsrən	*Tsrin*	[無明確例證]

與前文中 *-əj 的情形不同，傳統韻部分析中所見的文部各類音節與表 5.75 中所列出的音節基本相同。不過一個基本的分歧是，傳統韻部分析把 *-ən 和 *-un 全都置於一個單一的文部當中，但實際上，*-ən 和 *-un 在押韻上的區別是非常顯著的：唯一一處相混的地方見於《大雅‧鳧鷖》（248）第五章（見 Baxter 1992：425–431）。

5.5.5.4 方言所見的 *-ər > *-ən（⊂ 傳統的文部）或 > *-əj（⊂ 傳統的微部）

與其他主元音的 *-r 一樣，我們也把兼有 *-ən 和 *-əj 兩類中古對應形式的諧聲系統構擬成 *-ər。詳細的討論和解釋見 5.5.1.1 小節。

5.5.6 帶銳音韻尾的 *i

我們所構擬的 *-ij，*-it(-s)，*-in，*-ir 與早前其他諸家構擬的比較皆見表 5.76。

表 5.76 A 型音節中帶銳音韻尾的 OC *i 諸家構擬一覽表

Baxter-Sagart	*-ij	*-it	*-it-s	*-in	*-ir
傳統韻部	⊂脂	⊂質		⊂真	⊂真～⊂脂
中古音	-ej 齊	-et 屑	-ejH 霽	-en 先	-en 先～ej 齊
高本漢（1957）	*-iər	*-iet	*-ied	*-ien	—
董同龢（1948）	*-ied	*-iet	*-ied	*-ien	—
王力（1958）	*-ei	*-ĕt	*-ēt	*-en	—
李方桂（1971）	*-id	*-it	*-idh	*-in	—
蒲立本（1977–1978）	*-ə́j	*-ə́c	*-ə́cs	*-ə́n	—
Starostin（1989）	*-īj	*-īt	*-īts	*-īn	—
Baxter（1992）	*-ij	*-it	*-its	*-in	—
鄭張尚芳（2003）	*-iil	*-iid	*-iids	*-iin	—

這些韻部大部分都沒有爭議，除了兩個問題以外：（1）我們把傳統上歸為質部和真部的一部分字，分別從原來的 *-it 、 *-in 形式改擬為 *-ik、*-iŋ；（2）我們猜測同時還存在著 *-ir ，它的對應形式裡有時會與 *-in 相一致，有時會與 *-ij 一致。5.4.4 中已討論過第一個問題，第二問題將在 5.5.6.4 小節中再行討論。

288

5.5.6.1 *-ij（⊂ 傳統的脂部）

*-ij 的中古對應形式 [95] 皆見表 5.77 的歸納。

表 5.77 *-ij 的中古對應形式一覽表

上古音	中古音	注釋	例字
*Kʷˤij	Kwej		睽 *kʷʰˤij > khwej > kuí『乖離』
*Kʷˤrij	Kweaj		淮 *[ɢ]ʷˤrij > hweaj > huái『水名』
*Cˤij	Cej		稽 *[kʰ]ˤijʔ > khejX > qǐ『稽首』 禮 *[r]ˤijʔ > lejX > lǐ『禮節；禮貌』 鳖 *[ts]ˤij > tsej > jī『醃製物』
*Cˤrij	Ceaj	[1]	階 *kˤrij > keaj > jiē『臺階』
*Kij	Tsyij ~ Kjij	[2]	旨 *kijʔ > tsyijX > zhǐ『味美』 伊 *ʔij > 'jij > yī『此，這』
*Krij	Kij		耆 *[g]rij > gij > qí『老人』
*Kʷij	Kjwij		癸 *kʷijʔ > kjwijX > guǐ『天干末位』 維 *ɢʷij > ywij > wéi『系物的大繩』
*Kʷrij	Kwij		帷 *ɢʷrij > hwij > wéi『幕帳』 戣 *[g]ʷrij > gwij > kuí『古代兵器名』
*Pij	Pjij		比 *C.pijʔ > pjijX > bǐ『比配』
*Prij	Pij		麋 *mr[i]j > mij > mí『麋鹿』
*Tij	Tsyij		砥 *tijʔ > tsyijX > zhǐ『磨刀石』
*Trij	Trij		坻 *[d]rij > drij > chí『水中的小島或高地』
*Tsij	Tsij		死 *sijʔ > sijX > sǐ『生命終結』
*Tsrij	Tsrij		師 *srij > srij > shī『軍隊』

95 傳統脂部除了 *-ij 以外，我們構擬 *-ir 的字之中，後來經歷了 *-r > *-j 音變的字也習慣上也被歸入脂部（見 5.5.6.4 小節）。

表 5.77 附注：

[1] 從押韻來看，「皆」jiē < *keaj*、「偕」xié < *keaj*、「階」jiē < *keaj* 均屬 *-ij，而「喈」jiē < *keaj* 和「湝」jiē < *heaj*（均意為「冷」）卻為 *-əj。這可能是因為「喈」和「湝 」都是後起字，《古文字詁林》中給出的字形例子沒有一個早於《說文》（《古文字詁林》2.84，2.142），而在其造字之時諧聲的標準已不再那麼嚴格。

[2] 如沒有介音 *-r- 的抑阻作用，在 *-ij 之前的軟腭音會發生腭化。帶 *-r- 的音節的中古對應形式為重紐三等韻 -ij（軟腭音腭化的討論見 4.1.2 小節）。*-r- 存在與否，決定了在中古音裡的對應是重紐三等韻 -ij（如「耆」*[g]rij > gij > qí），還是重紐四等韻 -jij（如「比」*C.pij? > pjijX > bǐ）。

5.5.6.2 *-it(-s)（⊂ 傳統的質部）

　　-it 的中古對應形式見表 5.78 的歸納。-it-s 的對應 [96] 和 *-ij-s 相同，見表 5.77，但只有去聲。

表 5.78 *-it 的中古對應形式一覽表

上古音	中古音	注釋	例字
*K^{wˤ}it	*Kwet*		穴 *[g]^{wˤ}i[t] > *hwet* > xué『山洞，洞穴』
*K^{wˤ}rit	*Kweat*		[無明確例證]
*Cˤit	*Cet*		結 *kˤi[t] > *ket* > jié『繫』（動詞） 苾 *[b]ˤi[t] > *bet* > bì『芳香』 切 *[tsʰ]ˤi[t] > *tshet* > qiè『割；急迫』

---

96 傳統質部除了 *-it(-s) 以外，還包括我們所構擬的韻母為 *-ik(-s) 的字，這些字在方言中都經歷了 *-ik > *-it 的音變（參 5.4.4 小節）。此外，由於早期發生的 *-p-s > *-t-s 的音變，原來的 *-ip-s 也經常被當成 *-it-s，這批字也歸入質部。

（續上表）

上古音	中古音	注釋	例字
*Cˤrit	Ceat		黠 *[g]ˤri[t] > heat > xiá『狡猾』
*Kit	Tsyit? ~ Kjit	[1]	一 *ʔi[t] > 'jit > yī『數詞』 吉 *C.qi[t] > kjit > jí『吉祥』
*Krit	Kit		佶 *[g]ri[t] > git > jí『健壯』
*Kʷit	Kjwit		繘 *C.qʷi[t] > kjwit > jú『汲井水用的繩索』
*Kʷrit	Kwit		[無明確例證]
*Pit	Pjit	[2]	必 *pi[t] > pjit > bì『必要』 蜜 *mit > mjit > mì『蜂蜜』
*Prit	Pit		密 *mri[t] > mit > mì『隱蔽』
*Tit	Tsyit		質 *t-lit > tsyit > zhì『實質，本質』 實 *mə.li[t] > zyit > shí『果實；滿』
*Trit	Trit		窒 *[t]ri[t] > trit > zhì『阻塞』
*Tsit	Tsit		疾 *[dz]i[t] > dzit > jí『病』
*Tsrit	Tsrit		蟋蟀 *srit-srut > srit-srwit > xīshuài『蟲名』

表 5.78 附注：

[1] 我們認為理論上應該存在 *Kit > Tsyit 的可能性，但是手頭暫無例證。我們也無法解釋為何「吉」*C.qi[t] > kjit > jí 的聲母在早期沒有發生腭化。（這很可能與「吉」的軟腭音聲母 k- 是由帶前綴的小舌音聲母 *C.q- 變化而來有關。）

[2] 請注意在這個韻部中有重紐三四等的對立：

290　　　蜜 *mit > mjit > mì『蜂蜜』對 密 *mri[t] > mit > mì『密集』

有時候我們有可靠的證據來支持 *-ik 的構擬，以取代傳統的 *-it；有時候雖然沒有直接證據，但也不意味著 *-it 的構擬是唯一的選擇，這種情況我們經常採取 *-i[t](-s) 的寫法。

某些字的中古對應形式與 *-ij-s 相一致，但在詞源和字形上又與上古為 *-it 的字緊密相關，我們將這些字都構擬為 *-it-s：

（1120）結 *kˤi[t] > ket > jié『繫』（動詞）

　　　　髻 *kˤi[t]-s > kejH > jì『髮髻』

（1121）室 *s.ti[t] > syit > shì『房間；屋子』

　　　　至 *ti[t]-s > tsyijH > zhì『到達』

　　　　致 *t<r>i[t]-s > trijH > zhì『使達到；給予』

5.5.6.3 *-in（⊂ 傳統的真部）

*-in 的中古對應形式 [97] 皆見表 5.79 的概括。

表 5.79 *-in 的中古對應形式一覽表

上古音	中古音	注釋	例字
*Kʷˤin	Kwen		玄 *[ɢ]ʷˤi[n] > hwen > xuán『赤黑色』
*Kʷˤrin	Kwean		[無明確例證]
*Cˤin	Cen		賢 *[g]ˤi[n] > hen > xián『賢能』 眠 *mˤi[n] > men > mián『睡覺』 天 *l̥ˤi[n] > then > tiān『天神』
*Cˤrin	Cean		[無明確例證]
*Kin	Tsyin ~ Kjin		腎 *Cə.[g]i[n]ʔ > dzyinX > shèn『器官』 因 *ʔi[n] > ʼjin > yīn『依靠』
*Krin	Kin		駰 *ʔ<r>i[n] > ʼin > yīn『灰白色馬』

---

97 傳統真部除了 *-in 以外，還包括我們所構擬的韻母為 *-iŋ 的字，
　　這些字都經歷了 *-iŋ > *-in 的音變（參 5.4.4 小節）。我們構擬的
　　*-ir 經歷了常見的 *-r > *-n 的音變，可能也應該歸入到真部中來。

（續上表）

上古音	中古音	注釋	例字
*Kʷin	Kjwin	[1]	均 *C.qʷi[n] > kjwin > jūn『等，公平』
*Kʷrin	Kwin		筠 *[ɢ]ʷri[n] > hwin > yún『竹子的青皮』
*Pin	Pjin		賓 *pi[n] > pjin > bīn『賓客』
*Prin	Pin		[無明確例證]
*Tin	Tsyin		真 *ti[n] > tsyin > zhēn『正確，真實』
*Trin	Trin		陳 *lri[n] > drin > chén『排列』
*Tsin	Tsin		親 *[tsʰ]i[n] > tshin > qīn『感情深厚；父母』
*Tsrin	Tsrin		蓁 *[ts]ri[n] > tsrin > zhēn『繁茂』

表 5.79 附注：

[1] *-ij 和 *-it(-s) 中的情況一樣，取決於 *-r- 出現與否，中古對應形式或為重紐四等 -j(w)in，或為重紐三等 -(w)in：

（1122）勻 *[N-q]ʷi[n] > ywin > yún『平均』

筠 *[ɢ]ʷri[n] > hwin > yún『竹皮』

此處須注意，介音 *-r- 會抑阻 *ɢʷ- 的腭化，使其在中古時變為 hj-，而不是 y-。

5.5.6.4 方言所見的 -ir > *-in（⊂ 傳統的真部）或 *-ij（⊂ 傳統的脂部）

根據與其他韻部的類比，我們認為這裡應同樣存在 *-ir，它的中古對應形式有時會表現如來自 *-in，有時會表現如來自 *-ij。這樣的例子目前我們只找到：

（1123）牝 *[b]irʔ > *binʔ > *bjinX > pìn『雌性動物』；又讀
　　　　牝 *[b]irʔ > *bijʔ > bjijX

在《老子》六章中「牝」和 *-ijʔ 相通押：

（1124）《老子》第六章：
　　　　谷神不死　　死 *sijʔ > sijX > sǐ『生命終結』（動詞）
　　　　是謂玄牝　　牝 *[b]irʔ > *bijʔ > bjijX『雌性的』
『世間萬物就好像有一個母親存在一樣生生不息，我們將其稱
為玄牝』

《經典釋文》的音注云：

（1125）玄牝：頻忍反 [b(jin) + (ny)inX = bjinX]，舊云扶比
　　　　反 [b(ju) + (p)jijX = bjijX]、簡文[98] 扶緊反 [b(ju)+ (k)
　　　　jinX = bjinX]（《經典釋文》356）

因此如果韻尾 *-r 的構擬是正確的話，且《老子》此章著錄時
代與地域也能夠被確定下來的話，我們就又多了一條材料來證
明 *-r 變為 *-j 的上古方言地域範圍。

5.5.7 帶銳音韻尾的 *u

表 5.80 中展示了我們所構擬的 *-uj、*-ut(s)、*-un 和
*-ur 與早先其他諸家構擬的對比：

---

98 此條音注出自梁簡文帝（503–551）的《老子》注，此書全帙今佚。
　　我們感謝王弘治對釋讀此章的協助。

表 5.80 A 型音節中帶銳音韻尾的 OC *u 諸家構擬一覽表

Baxter-Sagart	*-uj	*-ut	*-ut-s	*-un	*-ur
傳統韻部	⊂微	⊂物		⊂文	⊂文～⊂微
中古音	-woj 灰	-wot 沒	-wojH 隊	-won 魂	-won 魂～woj 灰
高本漢（1957）	*-wər	*-wət	*-wəd	*-wən	—
董同龢（1948）	*-wə̂d	*-wə̂t	*-wə̂d	*-wə̂n	
王力（1958）	*-uəi?	*-uə̆t?	*-uə̆t?	*-uən	
李方桂（1971）	*-əd	*-ət	*-ədh	*-ən	
蒲立本（1977–1978）	*-ʷə́l	*-ʷə́t	*-ʷə́ts	*-ʷə́n	—
Starostin（1989）	*-ūj	*-ūt	*-ūts	*-ūn	*-ūr
Baxter（1992）	*-uj	*-ut	*-uts	*-un	
鄭張尚芳（2003）	*-uul	*-uud	*-uuds	*-uun	—

292

　　圓唇元音 *u 在銳音韻尾之前很容易會發生裂化：*u ＞ *wə，我們已看到 *o 也有相似的變化：*o ＞ *wa。這個音變發生的時代大約在戰國晚期，我們所根據的材料是前文例（1006）中所引的《楚辭·九章》。

5.5.7.1 *-uj（⊂ 傳統的微部）
*-uj 的中古對應形式[99] 皆見表 5.81 的歸納。

---

99 傳統微部除了 *-uj 以外，還包括我們所構擬的韻母為 *-əj 的字（參 5.5.5.1 小節）。我們構擬的 *-ər 和 *-ur 在方言中經歷了 *-r ＞ *-j 音變的字，一般也歸入微部。

表 5.81 *-uj 中古對應形式一覽表

上古音	中古音	注釋	例字
*Cˤuj	Cwoj		塊 *[kʰ]ˤuj-s > khwojH > kuài『土塊；塊狀物』 推 *tʰˤuj > thwoj > tuī『推開』 罪 *[dz]ˤujʔ > dzwojX > zuì『罪行，犯罪』
*Pˤruj	Peaj	[1]	[無明確例證]
*Cˤruj	Cweaj		塊 *[kʰ]ˤ<r>uj-s > *kʰ<r>wəj-s > khweajH > kuài『土塊；塊狀物』 懷 *[g]ˤruj > *gˤrwəj > hweaj > huái『胸懷；懷抱』
*Kuj	Kjw+j		威 *ʔuj > *ʔwəj > ʼjw+j > wēi，『令人敬畏的』
*Kruj	Kwij		匱 *[g]ruj-s > *grwəj-s > gwijH > guì『櫃子』（名詞）
*Puj	Pj+j	[1]	[無明確例證]
*Pruj	Pij		[無明確例證]
*Tuj	Tsywij		誰 *[d]uj > *dwəj > dzywij > shuí『疑問人稱代詞』
*Truj	Trwij		追 *truj > *trwəj > trwij > zhuī『追赶』
*Tsuj	Tswij		綏 *s.nuj > *s.nwəj > *swəj > swij > suí『綏服』
*Tsruj	Tsrwij		衰 *sruj > *srwəj > srwij > shuāi『縮減、衰減』

表 5.81 附注：

[1] 我們暫時沒有找到唇音聲母（或唇化聲母）之後 *-uj 的有關例子，如果這種音節類型早先確實存在的話，它們後來的消失也許可以用 *u 在相應語音環境中的異化來解釋。

5.5.7.2 *-ut(-s)（⊂ 傳統的物部）

-ut 的中古對應形式皆如表 5.82 所歸納。-ut-s 的對應形

式 [100] 與表 5.81 中的 *-uj-s 相一致，但僅有去聲。

表 5.82 *-ut 的中古對應形式

上古音	中古音	例字
*Cˤut	Cwot	骨 *kˤut > kwot > gǔ 『骨骼』 沒 *mˤut > mwot > mò 『沉沒，消失』 卒 *[ts]ˤut > tswot > zú 『士卒』
*Pˤrut	Peat	[無明確例證]
*Cˤrut	Cweat	滑 *Nə-gˤrut > hweat > huá 『光滑』
*Kut	Kjut	屈 *[kʰ]ut > khjut > qū 『屈服』
*Krut	Kwit	[無明確例證]
*Put	Pjut	勿 *mut > mjut > wù 『不要』
* Prut	Pit	筆 *p.[r]ut（方言 > *prut）> pit > bǐ 『毛筆』
*Tut	Tsywit	出 *t-kʰut > *tʰut > tsyhwit > chū 『從裡面到外面』
*Trut	Trwit	黜 *t.kʰ<r>ut > *tʰrut > trhwit > chù 『罷免』
*Tsut	Tswit	卒 *[ts]ut > tswit > zú 『終』
*Tsrut	Tsrwit	率 *s-rut > srwit > shuài 『率領』

　　某些字的中古對應形式與 *-uj-s 一致，但在詞源和字形上又與上古 *-ut 的字緊密相關，我們將這些字構擬為 *-ut-s：

---

100 傳統物部除了 *-ut(-s) 以外，還包括我們所構擬的韻母為 *-ət(-s) 的字（參 5.5.5.2 小節）。此外，由於早期發生的 *-p-s > *-t-s 的音變，原來的 *-əp-s 和 *-up-s 也經常會分別被當成 *-ət-s 或 *-ut-s，這些字也常歸入物部。

（1126）出 *t-kʰut > *tʰut > tsyhwit > chū『出去或出來』

　　　　出 *t-kʰut-s > tʰut-s > tsyhwijH >chuì『拿出或擺出』

（1127）率 *s-rut > srwit >shuài『跟隨，遵循』

　　　　帥 *s-rut-s > srwijH > shuài『（軍隊的）統帥』

（1128）卒 *[ts]ut > tswit > zú『結束，死』

　　　　碎 *[s-tsʰ]ˤu[t]-s > swojH > suì『破碎』

　　　　醉 *Cə.tsu[t]-s > tswijH > zuì『醉（形容詞）』　　　　293

5.5.7.3 *-un（⊂ 傳統的文部）

*-un 的中古對應形式 [101] 皆見表 5.83。

前文已經提過，儘管傳統韻部分析把 *-ən 和 *-un 全都歸於文部一部，但這兩個韻部在押韻上仍是可以劃然而分的，參見 Baxter（1992：429–434）。

表 5.83 *-un 的中古對應形式一覽表

上古音	中古音	例字
*Cˤun	Cwon	溫 *ʔˤun > 'won > wēn『溫暖；溫和』 屯 *[d]ˤun > dwon > tún『儲存』 尊 *[ts]ˤu[n] > tswon > zūn『尊敬』（動詞）
*Pˤrun	Pean	[無明確例證]
*Cˤrun	Cwean	綸 *k.rˤu[n]（方言 > *kˤrun）> kwean > guān『綸巾』
*Kun	Kjun	慍 *ʔun-s > 'junH > yùn『惱怒』
*Krun	Kwin	菌 *[g]runʔ > gwinX > jùn『菌菇』

---

101 傳統文部除了 *-un 以外，還包括我們所構擬的韻母為 *-ən 的字（參 5.5.5.3 小節）。我們構擬的 *-ər 和 *-ur 經歷了常見的 *-r > *-n 音變的字，習慣上也歸入文部。

（續上表）

上古音	中古音	例字
*Pun	*Pjun*	聞 *mu[n] > *mjun* > wén 『聽到』（動詞）
*Prun	*Pin*	緡 *m-ru[n]（方言 > *mrun）> *min* > mín『以衣物覆蓋』
*Tun	*Tsywin*	春 *tʰun > *tsyhwin* > chūn『春天』 綸 *k.ru[n] > *lwin* > lún『經綸』
*Trun	*Trwin*	輴 *l̥ru[n] > *trhwin* > chūn『葬車』
*Tsun	*Tswin*	遵 *[ts]u[n] > *tswin* > zūn『遵守』
*Tsrun	*Tsrwin*	[無明確例證]

5.5.7.4 方言所見的 *-ur > *-un（⊂ 傳統的文部）或 *-uj（⊂ 傳統的微部）

與其他帶 *-r 的韻部一樣，我們把具有 *-un 和 *-uj 之間相交涉的字，以及同這些字互相通押的字都構擬為 *-ur：

（1129）敦 *tˤur > *tˤun > *twon* > dūn『厚實』

敦 *tˤur > *tˤuj > *twoj* > duī『治理』

（此字又用於「敦煌」地名的對音，在粟特文的地名中含有 *-r，見 5.5.1.3 小節。）

（1130）隼 *[s]urʔ > *[s]unʔ > *swinX* > sǔn『猛禽』

準 *turʔ > *tunʔ > *tsywinX* > zhǔn『水平』

水 *s.turʔ > *s.tuj*ʔ > *sywijX* > shuǐ，原始閩語 *tšyi B

（1131）奔 *pˤur > *pˤun > *pwon* > bēn；在《鄘風・鶉之奔奔》（49）第二章和《王風・大車》（73）第二、四章中與 *-ur 相通押；《鶉之奔奔》首章也可能是一個支持韻例：

賁 *[b]ur > *bˤun > *bjun* > fén『大』

賁 *por-s > *pwar-s > *pwaj-s > *paj-s > *pjeH* > bì『（卦名）』

5.6 帶 *-w 和 *-wk 韻尾的韻母

我們在三個上古音元音之後構擬 *-w 韻尾和 *-wk 韻尾：
*a，*e，*i。也許在其他元音之後也會有這兩個韻尾，但是目
前沒有任何證據可以確定這些韻的存在。帶 *-wk 韻尾的韻母
在很多方面與帶 *-w 韻尾的韻母基本一致，*-wk 也可以被看
作是一個帶有唇化色彩的軟腭音韻尾 *-kʷ。同時表示 *-w、
*-wk 兩個韻尾的諧聲偏旁也並不罕見，譬如：

（1132）肅 *siwk > *sjuwk* > sù『莊重，嚴厲』
　　　　簫 *sˤiw > *sew* > xiāo『排簫』
（1133）宵 *[s]ew > *sjew* > xiāo『夜晚』
　　　　削 *[s]ewk > *sjak* > xiāo『刮，削』

但是在諧聲系統中，帶元音韻尾的音節與帶塞音韻尾的音節互
不相混的情況更為常見一些。*-w 和 *-wk 之間的交互或許只
是反映出 *-wk 是一種相對少見的韻尾，所以能代表這類韻尾
的諧聲偏旁相應更少（見 3.4 小節）。須注意的是，上古音沒
有與 *-wk 相對應的圓唇鼻音韻尾「*-wŋ」。

5.6.1 帶 *-w 和 *-wk(-s) 韻尾的 *a
我們所構擬的 *-aw、*-awk 與早先各家構擬的比較請見表
5.84。

表 5.84 A 型音節中帶 *-w、*-wk 韻尾的 OC *a 諸家構擬一覽表

Baxter-Sagart	*-aw	*-awk	*-awk-s
傳統韻部	ᴄ宵	ᴄ藥	

（續上表）

中古音	-aw 豪	-ak 鐸 ~ -owk 沃 ~ -uwk 屋	-awH 號
高本漢（1957）	*-og	*-ok	*-og
董同龢（1948）	*-ɔ̂g	*-ɔ̂k	*-ɔ̂g
王力（1958）	*-au	*-ăuk	*-āuk
李方桂（1971）	*-agw	*-akw	*-agwh
蒲立本（1977–1978）	*-áʁ	*-áq	*-áqs
Starostin（1989）	*-āw	*-ākʷ	*-ākʷs
Baxter（1992）	*-aw	*-awk	*-awks
鄭張尚芳（2003）	*-aaw	*-aawɢ	*-aawɢs

5.6.1.1 *-aw（⊂ 傳統的宵部）

295   *-aw 的中古對應形式 [102] 皆見表 5.85 的歸納。

表 5.85 OC *-aw 的中古對應形式一覽表

上古音	中古音	注釋	例字
*Cˤaw	Caw		高 *Cə.[k]ˤaw > kaw > gāo『上下距離大』
			毛 *C.mˤaw > maw > máo『毛髮』
			刀 *C.tˤaw > taw > dāo『割坎器具』
*Cˤraw	Caew	[1]	交 *[k]ˤraw > kaew > jiāo『交錯』
			貓 *C.mˤraw > maew > māo『貓』
			巢 *[dz]ˤraw > dzraew > cháo『鳥窩』
*K(r)aw	Kjew	[2]	橋 *[g](r)aw > gjew > qiáo『橋梁』
*P(r)aw	Pjew		表 *p(r)aw? > pjewX > biǎo『外部，外觀』
*Kʷ(r)aw	Kjew	[3]	鴟鴞 *tʰij.[ɢ]ʷ(r)aw > tsyhij.hjew > chīxiāo『貓頭鷹』

---

102 傳統宵部除了 *-aw 以外，還包括我們所構擬的韻母為 *-ew 的
字；參 5.6.2.1 小節。

（續上表）

上古音	中古音	注釋	例字
*Tsraw	*Tsrjew >* Tsraew	[1]	[和 *Tsˤraw 無別]
其他：			
*C(r)aw	Cjew		沼 *tawʔ > tsyewX > zhǎo『水池』
			朝 *m-t\<r\>aw > drjew > cháo『朝見』

表 5.85 附注：

[1]《廣韻》中沒有「*Tsrjew*」這類的音節形式。由於 MC「-*j*-」在 *Tsr*- 聲母之後易脫落，因此 B 型音節中 *Tsraw 在首先變為 *Tsrjew* 之後，又變為 *Tsraew*，最終導致的結果就是我們無從分辨原來的 *Tsˤraw 和 *Tsraw。

[2] 在帶鈍音聲母的 B 型音節中，*-aw 和 *-raw 看來發生了合併，因此單從中古音的讀音很難分辨 *-r- 存在與否。

[3] 為了解釋「鴟鴞」chīxiāo < *tsyhij.hjew*『貓頭鷹』中的第二音節 *hjew*，我們得假設上古漢語中有 *Kʷ(r)aw 一類的音節。中古音聲母 *hj*- 一般都只能是 *[ɢ]ʷ- 的對應形式，*[ɢ]ʷ- 的唇化成分受到韻尾 *-w 的異化作用的影響脫落。其他如 *Kʷ(ˤ)- 帶 *-aw 這樣的組合也有可能存在，但是我們暫時沒有別的例子。

296

5.6.1.2 *-awk(-s)（⊂ 傳統的藥部）

-awk 的中古對應形式皆見表 5.86 的概括。-awk-s 的對應形式[103] 與表 5.85 中 *-aw-s 的對應形式一致，但僅有去聲。

---

[103] 傳統藥部除了 *-awk(-s) 以外，還包括我們所構擬的韻母為 *-ewk(-s) 的字；參 5.6.2.2 小節。

表 5.86 OC *-awk 的中古對應形式一覽表

上古音	中古音	注釋	例 字
*C^{ˤ}awk	Cak ~ Cowk ~ Cuwk	[1]	鶴 *[g]ˤawk > hak > hè 『水鳥名』 隺 *[g]ˤawk > howk > hè 『極高』 襮 *pˤawk > powk ~ pak > bó 『有花紋的衣領』 暴 *m-pˤawk > buwk > pù 『日曬』
*Tsˤrawk	Tsraewk?	[2]	[無明確例證]
其他：			
*Cˤrawk	Caewk		樂 *[ŋ]ˤrawk > ngaewk > yuè 『音樂』 卓 *tˤrawk > traewk > zhuō 『高，壯觀』
*Tsrawk	Tsrjak > Tsraewk?	[2]	[無明確例證]
其他：			
*C(r) awk	Cjak	[3]	虐 *[ŋ](r)awk > ngjak > nüè 『殘暴』 綽 *tʰawk > tsyhak > chuò 『寬緩，柔美』

表 5.86 附注：

[1] *C^{ˤ}awk 的對應形式非常不規則，它在不同方言中一定存在很大的差別。大多數情況下我們看到的對應形式是 *Cak* 和 *Cowk*，少數情況下會是 *Cuwk*。

[2] 通過與其他上古韻母的類比，我們可以推斷存在 *Ts^{ˤ}rawk > Tsraewk* 和 *Tsrawk > Tsrjak > Tsraewk* 的音變過程，但是暫無可靠例證。

[3] 在帶其他類型聲母的 B 型音節中，*C(r)awk > Cjak*。在帶鈍音聲母的音節中，無法判斷 *-r-* 是否存在。

　　*-awk-s（而不是 *-aw-s）的構擬可以用來解釋與 *-awk 一類字在詞源和字形的關聯：

（1134）樂 *[r]^{ˤ}awk > lak > lè 『喜悅』

　　　　樂 *[ŋ]^{ˤ}rawk > ngaewk > yuè 『音樂』

樂 *[ŋ]ˤrawk-s > *ngaewH* > yào『使快樂』

（1135）暴 *m-pˤawk > *buwk* > pù『暴露在陽光下，曬』

暴 *[b]ˤawk-s > *bawH* > bào『暴力』

（1136）卓 *tˤrawk > *traewk* > zhuō『高，傑出的』

罩 *tˤrawk-s > *traewH* > zhào『用來捕魚或者養雞鴨的竹籃子』

5.6.2 帶 *-w 和 *-wk(-s) 韻尾的 *e

我們所構擬的 *-ew 和 *-ewk(-s) 與早先各家構擬之間的比較請見表 5.87。

297

表 5.87 A 型音節中帶 *-w 和 *-wk(-s) 韻尾的
OC *e 諸家構擬一覽表

Baxter-Sagart	*-ew	*-ewk	*-ewk-s
傳統韻部	⊂宵	⊂藥	
中古音	-ew 蕭	-ek 錫	-ewH 嘯
高本漢（1957）	*-iog	*-iok	*-iog
董同龢（1948）	*-iɔg	*-iɔk	*-iɔg
王力（1958）	*-iau	*-iăuk	*-iāuk
李方桂（1971）	*-iagw	*-iakw	*-iagwh
蒲立本（1977–1978）	*-iáʁ	*-iáq	*-iáqs
Starostin（1989）	*-ēw	*-ēkʷ	*-ēkʷs
Baxter（1992）	*-ew	*-ewk	*-ewks
鄭張尚芳（2003）	*-eew	*-eewɢ	*-eewɢs

5.6.2.1 *-ew（⊂ 傳統的宵部）

*-ew 的中古對應形式 [104] 皆見表 5.88。

---

104 傳統宵部除了 *-ew 以外，還包括我們所構擬的韻母為 *-aw 的字；參 5.6.1.1 小節。

表 5.88 OC *-ew 的中古對應形式一覽表

上古音	中古音	注釋	例字
*Cˤew	Cew		堯 *[ŋ]ˤew > ngew > yáo『高』
			摽 *pʰˤew > phew > piāo『擊落』
			挑 *lˤewʔ > dewX > tiǎo『挑起事端』
*Cˤrew	Caew	[1]	磽 *[C.q]ʰˤrew > khaew > qiāo『多石之地』
			摽 *pʰˤrew > phaew > pāo『擊倒』
			筲 *[s](ˤ)rew > sraew > shāo『竹制盛器』
*Kew	Tsyew ~ Kjiew	[2]	燒 *[ŋ]ew > *xew > syew > shāo『燃燒』
			腰 *ʔew > ʼjiew > yāo『腰部』
*Pew	Pjiew		瓢 *(Cə.)[b]ew > bjiew > piáo『葫蘆』
*Krew	Kjew	[3]	[無明確例證]
*Prew	Pjew		[無明確例證]
*Tsrew	Tsrjew > Tsraew	[1]	稍 *[s](ˤ)rew-s > sraewH > shào『稍微』
其他：			
*C(r)ew	Cjew		趙 *[d]rewʔ > drjewX > zhào『姓氏』
			宵 *[s]ew > sjew > xiāo『夜晚』

表 5.88 附注：

[1] 一般而言，*Tsˤrew 和 *Tsrew 兩類音節是無法分辨的，
因為存在如下形式的音變 Tsrj- > Tsr-: *Tsrew > Tsrjew >
Tsraew。《經典釋文》有一處記錄了「稍」shào『俸祿』的兩
個異讀：sraewH，還有一個是舊讀 srjewH。

（1137）《經典釋文·周禮》

稍，所教反 [sr(joX) + (k)aewH = sraewH]、舊踈

詔反 [*sr(jo)* + *tsyewH* (= *(tsy-)* + *-jewH*) = *srjewH*]

（《經典釋文》135） 298

[2] 從 *Kew 和 *Pew 我們會得到重紐四等韻 *Kjiew* 和 *Pjiew*——
而軟腭音聲母之後的對應形式則不太規則：比如我們有時會
看到聲母腭化，燒 *[ŋ]ew > *xew > *syew* > shāo『燃燒』。但
是喉塞音卻沒有發生腭化：腰 *ʔew > *ʼjiew* > yāo『腰部』。

[3] 我們預期 *Krew 和 *Prew 會變為中古重紐三等音節「*Kjew*」
和「*Pjew*」，但是我們暫無可靠的例子。

5.6.2.2 *-ewk(-s)（⊂ 傳統的藥部）

-ewk 的中古對應形式皆見表 5.89。-ewk-s 的對應形
式 [105] 與表 5.88 的 *-ew-s 相同，僅有去聲。

表 5.89 OC *-ewk 的中古對應形式一覽表

上古音	中古音	注釋	例字
*Cˤewk	*Cek*	[1]	激 *[k]ˤewk > *kek* > jī『受阻』
			翟 *lˤewk > *dek* > dí『野雞』
			溺 *nˤewk > *nek* > nì『淹沒在水中』
*Cˤrewk	*Caewk*		藥 *[q]ˤrewk > *ʼaewk* > yào『草藥』
			濯 *lˤrewk > *draewk* > zhuó『洗滌』
*Tsrewk	*Tsrjak >* *Tsraewk*	[2]	[和 *Tsˤrewk 無別]
其他：			

---

105 傳統藥部除了 *-ewk(-s) 以外，還包括我們所構擬的韻母為
*-awk(-s) 的字；參 5.6.1.2 小節。

（續上表）

上古音	中古音	注釋	例字
*C(r)ewk	Cjak	[3]	約 *[q](r)ewk > ʼjak > yuē『纏束（動詞）約定』
			篟 *lewk > yak > yuè『竹笛；竹管』
			削 *[s]ewk > sjak > xiāo『刮掉，用刀去掉表皮』

表 5.89 附注：

[1] 在 *Cˤewk 這一類音節中，*-ewk 韻尾中的圓唇成分脫落，進而變為中古音 -ek，最終與原來的 *Cˤek 和 *Cˤiwk 合併。

[2] *Tsˤrewk 和 *Tsrewk 的中古對應形式看來已經完全合併，因而從中古音本身是無法加以分別的。

[3] *-ewk 在 B 型音節中變為 -jak，從中古音材料無法確知鈍音聲母之後是否存在 *-r-。

　　根據與 *-ewk 在詞源和字形上的關聯，我們構擬出 *-ewk-s（而不是 *-ew-s），以下是一些例子：

（1138）激 *[k]ˤewk > kek > jī『（水）受阻』
　　　　竅 *[k]ʰˤewk-s > khewH > qiào『洞穴，貫通』
（1139）約 *[q](r)ewk > ʼjak > yuē『捆綁（動詞），約定』
　　　　約 *[q]ewk-s > ʼjiewH > yào『協議（名詞）』

例（1139）中有中古重紐四等韻，這明確告訴我們它所對應的上古主元音應該是 *e。

（1140）溺 *nˤewk > nek > nì『淹沒在水中』
　　　　溺，尿 *kə.nˤewk-s > newH > niào『小便』

（1141）翟 *lˤewk > dek > dí『野雞』

曜 *lewk-s > yewH > yào『發光』

濯 *lˤrewk > draewk > zhuó『洗滌』

濯 *lˤrewk-s > draewH > zhào『洗衣』

（1142）削 *[s]ewk > sjak > xiāo『刮掉，用刀去除表皮』

削 *[s]ewk-s > sjewH > xiào『刮掉，用刀去除表皮』

削 *[sˤ]rewk-s > sraewH > shào『都城二百里之內的地方』

5.6.3 帶 *-w、*-wk(-s) 韻尾的 *i

我們所構擬的 *-iw、*-iwk(-s) 與早先各家構擬之間的比較請見表 5.90。

表 5.90 A 型音節中帶 *-w 和 *-wk(-s) 韻尾的
OC *i 諸家構擬一覽表

Baxter-Sagart	*-iw	*-iwk	*-iwk-s
傳統韻部	⊂ 幽	⊂ 覺	
中古音	-ew 蕭	-ek 錫	-ewH 嘯
高本漢（1957）	*-iôg	*-iôk	*-iôg
董同龢（1948）	*-iog	*-iok	*-iog
王力（1958）	*-iəu	*-iəuk	*-iəuk
李方桂（1971）	*-iəgw	*-iəkw	*-iəgwh
蒲立本（1977–1978）	*-iə́w	*-iə́kʷ	*-iə́kʷs
Starostin（1989）	*-īw	*-īkʷ	*-īkʷs
Baxter（1992）	*-iw	*-iwk	*-iwks
鄭張尚芳（2003）	*-iiw	*-iiwɢ	*-iiwɢs

5.6.3.1 *-iw（⊂ 傳統的幽部）

*-iw 的中古對應形式 [106] 皆見表 5.91。

表 5.91 OC *-iw 的中古對應形式一覽表

上古音	中古音	注釋	例字
*Cˤiw	Cew		條 *[l]ˤiw > dew > tiáo『整理』 簫 *sˤiw > sew > xiāo『排簫』
*Cˤriw	Caew		膠 *[k]ˤriw > kaew > jiāo『黏性物質』 嘲 *tˤriw > traew > zhāo『嘈雜聲』
*Kjiw	Tsyuw ~ Kjiw		收 *s-kiw > syuw > shōu『收集，收穫』
*K(r)iw	Kjiw	[1]	幽 *[ʔ](r)iw > ʼjiw > yōu『昏暗，隱蔽的』
*P(r)iw	Pjiw		髟 *p(r)iw > pjiw > biāo『長髮』 謬 *m-riw-s > mjiwH > miù『詐偽，差錯』
其他：			
*C(r)iw	Cjuw	[2]	周 *tiw > tsyuw > zhōu『環繞，遍及』 秋 *tsʰiw > tshjuw > qiū『秋季；收成』 綢 *[d]riw > drjuw > chóu『纏繞』 愁 *[dz]riw > dzrjuw > chóu『哀傷』 修 *s-liw > sjuw > xiū『修飾，裝飾』

300

表 5.91 附注：

[1] OC *-iw（在非咽化的聲母之後）是中古幽韻 -jiw 的來源，而幽韻除了極少數例外，只有鈍音聲母字。雖然從上古來源看幽韻是從 B 型音節發展而來，但其表現卻近似於重紐四等，其在韻圖上也被安置於四等的格子裡（這也是我們的中古音

---

106 傳統幽部除了 *-iw 以外，還包括我們所構擬的韻母為 *-u 的字；參 5.4.6.1 小節。

標記系統中同時使用 -j- 和 -i- 而將其標寫為 -jiw 的原因）。在
一般的音變規則下，凡一個上古韻部中出現重紐四等韻，相
應地一定也會有一個帶 *-r- 介音的重紐三等韻。不過字形上
的證據表明鈍音聲母後的 *-riw 也會產生出重紐四等韻 -jiw：

（1143）翏 *[r]iw-s > *ljuwH* > liù『翱翔（不見於漢代之前的
　　　　文獻）』；以之為聲符的字有
　　　　謬 *m-riw-s > *mjiwH* > miù『詐偽，差錯』
　　　　樛 *k-riw >（方言變化 > *kriw）> *kjiw* > jiū『扭曲』
　　　　（動詞）

[2] 銳音聲母之後的 B 型音節 *-iw 的對應形式按照一般規則
　　是 -juw，比如「秋」*tsʰiw > *tshjuw* > qiū『秋季；收成，收
　　穫』，這似乎表明在某一階段發生過 *-iw > -juw 的音變。但
　　是在中古音階段有部分方言很可能沒有經歷這一音變，因此
　　還會在銳音聲母後也保留獨特的「-iw」韻母。《廣韻》中現
　　有的少數幾個 -jiw 韻中的銳音聲母字可能是來自某個特殊的
　　方言，《經典釋文》中也有一些類似的音注（比如：鏐 liú <
　　ljuw < *[r]iw『純金』注為「*ljiw*」音，《經典釋文》85 ）。《切
　　韻》時代或稍早時期詩文韻部的研究可能會幫助我們從地理
　　上確定這一方言特徵。

5.6.3.2 *-iwk(-s)（⊂ 傳統的覺部）

　　-iwk 的中古對應形式 [107] 皆見表 5.92。-iwk-s 的對應與表
5.91 中的 *-iw-s 一致，但僅有去聲。

---

107 傳統覺部除了 *-iwk(-s) 以外，還包括我們所構擬的韻母為
　　*-uk(-s) 的字；參 5.4.6.2 小節。

表 5.92 OC *-iwk 的中古對應形式一覽表

上古音	中古音	注釋	例字
*Cˤiwk	*Cek*	[1]	滌 *lˤiwk > *dek* > dí 『洗，打掃』 戚 *s.tʰˤiwk > *tshek* > qī 『親屬』
*Cˤriwk	*Caewk?*	[2]	[無明確例證]
*C(r)iwk	*Cjuwk*	[3]	穆 *mriwk > *mjuwk* > mù 『和睦』 叔 *s-tiwk > *syuwk* > shū 『兄弟排行次序第三』 肅 *siwk > *sjuwk* > sù 『嚴肅，嚴格』 逐 *[l]riwk > *drjuwk* > zhú 『追趕，追逐』

表 5.92 附注：

[1] 在 *Cˤiwk 這一類型音節中，*-iwk 與 *-ewk 一類音節一樣，其韻尾的圓唇成分脫落，從而與 *-ek 合併。

[2] 根據與其他韻部之間的類比，我們認為有 *Cˤriwk > *Caewk* 的音變發生，但是暫時未找到明確的證據。

[3] MC *-jiw* 沒有與之對應的入聲形式「*-jiwk*」。在 B 型音節中，*-iwk 和 *-uk 合併，進而變為 *-juwk*。

　　根據與 *-iwk 在詞源和字形上的關聯，我們構擬出 *-iwk-s（而非 *-iw-s）的形式。但於在此韻部中，同一個諧聲偏旁有時會同時用於 *-iw 和 *-iwk，因此字形的證據並不是決定性的，我們常把構擬形式寫作 *-iw(k)-s：

（1144）肅 *siwk > *sjuwk* > sù 『嚴肅，嚴格』

　　　　嘯 *sˤiw(k)-s > *sewH* > xiào 『發出尖銳而悠長的聲音』

　　　　繡 *[s]iw(k)-s > *sjuwH* > xiù 『刺繡』

5.7 帶唇音韻尾（ *-p 或 *-m ）的韻母

在早期漢語的詞彙中，收唇音韻尾的字與收軟腭音、齒音韻尾的字相比，數量要少得多。根據我們詞彙數據庫粗略統計，（中古音）收唇音韻尾 -p 或 -m 的字佔 8%，收軟腭音韻尾 -k 或 -ng 的字佔 24%，收齒音韻尾 -t 或 -n 的大約佔 23%。[108] 收唇音韻尾的字數少，見於韻段中的韻腳字的數量相對就少，相關的諧聲系列的字也少，這給我們的研究帶來了諸多不便。

我們借用英語單詞 orange 來認識一下尋找合適的韻腳字究竟有哪些難點。說英語沒有一個詞能和 orange 押韻這似乎已經是老生常談，但一定要找的話，的確還能找到一個生僻詞：sporange，這是一個生物學術語，與之同義的詞還有 sporangium『孢子囊，貯存孢子的容器；孢子莢』。[109]Orange 本身是一個見諸日常的常用詞，使用頻率極高，但作為韻腳字使用卻只有相當低的出現機會，幾乎為零。除非正好 sporange 這個詞能嵌合上下文的情境，不然詩人要麼置一般押韻標準於不顧，要麼就暫且把 orange 這個詞剔除出韻腳的行列。即便我們絞盡腦汁再找出幾個能和 orange 押韻的詞兒，讓 orange 當韻字的概率可以略微升高一點兒，但與 orange 在日常交流

---

108 其餘為收元音韻尾的字。這裡的數據只是一些粗略的估計。在我們的數據庫包含 11000 條記錄，每一條記錄代表一個漢字形式及其讀音，但大量的字都往往有不止一個讀法。

109 請參見 "Are there any words that rhyme with orange?"，http://oxforddictionaries.com/words/are-there-any-words-that-rhyme-with-orange，*Oxford English Dictionary*（第二版 1989；在線版本 2011 年 12 月），http://www.oed.com.proxy.lib.umich.edu/view/Entry/187451，2011 年 12 月查詢。

中出現的概率相比，它當韻腳的頻率會是微不足道的。同理，如果有人想用像漢字之類的文字來寫英語，找到一個能代表 *orange* 的聲旁也會遇到同樣的麻煩。

現在我們把目光回注到上古音中收唇音韻尾的字身上：《詩經》中收唇音韻尾字的韻段非常少見，而收唇音韻尾字的諧聲偏旁與其他音節類型的諧聲偏旁相比，其不得已而放寬標準的現象卻更加常見。比方說，一個收唇音韻尾的諧聲偏旁同時代表以 *-p 和 *-m 為韻尾的字也不是罕見的。

總之，與唇音韻尾相關的押韻和諧聲現象與其他類型的音節相比顯得缺少嚴整地規則，由於押韻和諧聲又是上古韻母構擬的兩大主要佐證，因此在構擬收唇音韻尾字的上古元音時，材料證據上的欠缺也使我們的構擬頗費斟酌，我們將不時使用方括號來表示我們對所構擬元音的不確定性。

不過，我們有理由相信上古音中所有的六個元音原來都應該能帶唇音韻尾。傳統韻部只分出了兩個收 *-p 的韻部：葉部和緝部，還有兩個收 *-m 的韻部：談部和侵部。這幾個韻部的主元音一般都分別構擬成 *a 和 *ə，如表 5.93 和 5.94 所示。

表 5.93 A 型音節中收唇音韻尾的 OC *a 諸家構擬一覽表

Baxter-Sagart	*-ap	*-ap-s (> *-at-s)	*-am
傳統韻部	⊂葉		⊂談
中古音	-ap 盍	-ajH 泰	-am 談
高本漢（1957）	*-âp	*-âb	*-âm
董同龢（1948）	*-âp	*-âb	*-âm
王力（1958）	*-ăp	*-āp	*-am
李方桂（1971）	*-ap	*-abh	*-am

（續上表）

蒲立本（1977–1978）	*-áp	*-áps	*-ám
Starostin（1989）	*-āp	*-āps	*-ām
Baxter（1992）	*-ap	*-aps	*-am
鄭張尚芳（2003）	*-aab	*-aabs	*-aam

表 5.94 A 型音節中收唇音韻尾的 OC *ə 諸家構擬一覽表

Baxter-Sagart	*-əp	*-əp-s (> *-ət-s)	*-əm
傳統韻部	⊂緝		⊂侵
中古音	-op 合	-ojH 代	-om 覃
高本漢（1957）	*-əp	*-əb?	*-əm
董同龢（1948）	*-ə̂p	*-ə̂b	*-ə̂m
王力（1958）	*-ə̆p	[*-ə̆p]?	*-əm
李方桂（1971）	*-əp	*-əbh	*-əm
蒲立本（1977–1978）	*-ə́p	*-ə́ps	*-ə́m
Starostin（1989）	*-ə̄p	*-ə̄ps	*-ə̄m
Baxter（1992）	*-ip	*-ips	*-im
鄭張尚芳（2003）	*-əəb	*-əəbs	*-əəm

　　六元音假設要求我們還要在唇音韻尾 *-p、*-m 之前構擬前元音 *e 和 *i。根據前元音假設，中古音的四等韻和重紐四等韻只能夠來自上古前元音的韻部。[110] 中古音裡有六個這種收唇音韻尾的韻母：-ep, -em, -jiep, -jiem, -jip, -jim。此外，傳統韻部分析認為 MC -em 和 -ep 分別都有兩個上古來源：MC -em

---

110 中古韻母 -en，-et，-ej 可以來自 *ə 在銳音聲母和銳音韻尾之間發生的前化音變，這是一個系統性的例外；參 5.5.5 小節。

303　　來自談部和侵部，MC *-ep* 來自葉部和緝部，見表 5.95。

表 5.95 MC -em、-ep 的上古來源

中古音	傳統韻部	高本漢 / 李方桂	Baxter-Sagart
-em 添	談	*-iam	*-em
	侵	*-iəm	*-im
-ep 帖	葉	*-iap	*-ep
	緝	*-iəp	*-ip

在我們的系統中不允許出現 *-ia- 或 *-iə- 的複合元音，我們用收唇音韻尾的 *e 和 *i 的構擬來解釋例如以下這些例子：

（1145）協 *[ɢ]ˤep > *hep* > xié『和，融洽 』（葉部）

（1146）墊 *[t]ˤip > *tep* > dié『（四川（今重慶）地名「墊江」）』（緝部）

（1147）厭 *ʔep > *ʼjiep* > yā『押』（動詞）（葉部）

（1148）挹 *qip > *ʼjip* > yì『抑制』（緝部）

（1149）點 *tˤemʔ > *temX* > diǎn『細小的黑色斑痕』（談部）

（1150）念 *nˤim-s > *nemH* > niàn『想念』（侵部）

（1151）猒 *ʔem-s > *ʼjiemH* > yàn『滿足』（談部）

（1152）愔 *[q]im > *ʼjim* > yīn『安靜和悅』（侵部）

我們所構擬的 *-ep, *-em, *-ip, *-im 與其他各家構擬的比較見表 5.96 和 5.97。

表 5.96 A 型音節中帶唇音韻尾的 OC *e 諸家構擬一覽表

Baxter-Sagart	*-ep	*-ep-s (> *-et-s)	*-em
傳統韻部	⊂葉		⊂談
中古音	-ep 帖	-ejH 霽	-em 添
高本漢（1957）	*-iap	*-iab	*-iam
董同龢（1948）	*-iɐp	*-iɐb	*-iɐm
王力（1958）	*-iăp	*-iāp	*-iam
李方桂（1971）	*-iap	*-iabh	*-iam
蒲立本（1977–1978）	*-ɪáp	*-ɪáps	*-ɪám
Starostin（1989）	*-ēp	*-ēps	*-ēm
Baxter（1992）	*-ep	*-eps	*-em
鄭張尚芳（2003）	*-eeb	*-eebs	*-eem

表 5.97 A 型音節中帶唇音韻尾的 OC *i 諸家構擬一覽表

Baxter-Sagart	*-ip	*-ip-s (> *-it-s)	*-im
傳統韻部	⊂緝		⊂侵
中古音	-ep 帖	-ejH 霽	-em 添
高本漢（1957）	*-iəp	*-iəb	*-iəm
董同龢（1948）	*-iəp	*-iəb	*-iəm
王力（1958）	*-iə̄p	*-iə̄p	*-iəm
李方桂（1971）	*-iəp	*-iəbh	*-iəm
蒲立本（1977–1978）	*-ɪə́p	*-ɪə́ps	*-ɪə́m
Starostin（1989）	*-īp	*-īps	*-īm
Baxter（1992）	*-ip	*-ips	*-im
鄭張尚芳（2003）	*-iib	*-iibs	*-iim

在表 5.96 和 5.97 中可以看到，我們所構擬的 *-ep, *-em, *-ip, *-im 以前一直習慣上被構擬成完全符合傳統韻部押韻要求的形式：因此高本漢和李方桂都把這些韻母構擬成 *-iap, *-iam, *-iəp, *-iəm，如此好像就可以同 *-ap, *-am, *-əp, *-əm 分別押韻了。

在實際分析《詩經》的韻腳時，要把前元音和非前元音在唇音韻尾前區分開是相當困難的：根據六元音系統所推斷出的帶其他韻尾的音節形式在 Baxter（1992）中都已經基本明確了其各自在押韻上的區分，然而收唇音韻尾字所組成的韻段數量實在太少，因而難以形成具有統計意義的顯著性結果，而在有限的一些收唇音字韻段當中，又存在著明顯的不規則現象。目前為止，我們還沒有找到所構擬為 *-ep 的韻段，而 *-em 也僅見於一個韻段裡，而其中的第二個韻腳要不要構擬 *-em 是不清楚的。[111]

但《詩經》裡面可以找到兩個確定無疑可以構擬成 *-im 的韻例：

（1153）《小雅・四牡》（162）第五章：

駸 *[tsʰ]r[i]m > tsrhim > qīn『疾馳』（又音 MC tshim，此讀音反映出中古時代有 tsr- > ts-，tsrh->tsh- 音變的方言。）

諗 *ŋimʔ > syimX > shěn『勸誡』

---

111 在《大雅・召旻》（265）第三章中，「玷」diàn < temX < *tˤemʔ『黑點』（明顯與「點」diǎn< temX 是同一詞的分化字）和「貶」biǎn < pjemX『使變小』押韻，不過雖然 pjemX 可能來自 *premʔ，因而也是符合我們系統的規則變化，但我們還是不能夠排除 pjemX 來自 *pramʔ 或 *promʔ 的可能性。

（1154）《小雅・斯干》（189）第六章：

簟 *[l]ˤimʔ > demX > diàn『竹蓆』

寢 *[tsʰ]imʔ > tshimX > qǐn『睡覺』

例（1153）中，我們根據聲符「念」niàn <*nˤim-s 來構擬「諗」：*ŋimʔ；（1154）中的「簟」diàn < demX 必須要構擬為 *-imʔ 才能解釋它在中古音中四等韻的讀法：-em。聲符「寻」如我們在兩個韻段中所見似乎是對應 *-im 的。

OC 韻母 *-ip 也有類似的例子：

（1155）《周南・螽斯》（5）第三章：

揖 *s.qrip > tsrip，（方言：）tsip > jí『群聚』（又音 *qip > ʼjip> yī『作揖』（動詞），此處顯示主元音為 *i）

蟄 *[d]rip > drip > zhé『蟄伏』

「揖」jí < tsip 有四等重紐的異讀 ʼjip，這個異讀對應的上古形式只能是 *-ip，「蟄」zhé < drip 的構擬也是 *-ip，因為與之同聲符的有讀中古四等的：

（1156）墊 *[t]ˤ[i]m-s > temH > diàn『下陷』，又讀：

墊 *[t]ˤip > tep > dié『（四川（今重慶）地名「墊江」）』

305

這樣我們已經確定了四個帶唇音韻尾的上古元音，那麼剩下的圓唇元音 *o、*u 又如何呢？我們有一些間接的但相當可靠的證據可以說明這兩個元音也是能夠出現在唇音韻尾之前

的。董同龢（1948：108–112）曾辨識出幾個諧聲系列，其中所含的一等韻對應形式是 -op 、-om，這與我們構擬的 *-əp、*-əm 相一致；但是其中的三等對應形式 -jep, -jaep, -jop, -jem 又與我們構擬的 *-ap、*-am 相一致。董同龢將這些諧聲系列中的字都歸入傳統的葉部和談部（這兩個韻部對應我們系統中的 *-ap, *-ep 和 *-am, *-em），但卻為它們擬了一個全新的元音 *ɐ。董氏的 *-ɐp、*-ɐm 大致上就相當於我們的 *-op、*-om。[112]

從帶 *-p-s 韻尾的字的音變發展中，我們常常可以發現一些線索能夠確定其前接主元音的音質。比如，我們的構擬系統可以推斷 *-op-s 的音變發展，如（1157）所示：

（1157）*Cˤop-s > *Cˤot-s > *Cˤwat-s > *CwajH*
　　　　*Cop-s > *Cot-s > *Cwat-s > *CjwejH*

當中古音韻母為 *-wajH* 或 *-jwejH* 的字看起來都來自同一個帶 *-p 韻尾的詞根時，我們會把這兩個韻母所對應的上古音形式構擬為 *-op-s，並把相關的不帶後綴的詞根形式構擬為 *-op。比如下例：

（1158）舂 *[tsʰ]<r>op > *tsrheap* > chā『杵槌』
　　　　舂 *[tsʰ]<r>op-s > *tsrhjwejH* > cuì『用杵槌搗』

---

112 董同龢也把中古韻母 *-em* 的上古來源構擬成 *-iɐm（談部），他承認從諧聲上看，這些字傾向於與（我們構擬的）*-am 保持分立。董氏的 *-iɐm 對應於我們系統中的 *-em，且實際上又與董氏自己的 *-ɐm 有少數交互接觸的例子。

至於 *-up 和 *-um，一般情況下它們與 *-əp 和 *-əm 發生合併，因此很難確定哪些字真正屬於 *-up 和 *-um。同理，我們要借用韻尾 *-op-s 的思路，利用收 *-p-s 的韻母形式來指引我們確定圓唇的主元音。根據我們系統的原則，我們推斷 *-up-s 會發生（1159）中的變化：

（1159）*Cˤup-s > *Cˤut-s > *Cˤwət-s > CwojH

　　　　*Cup-s > *Cut-s > *Cwət-s > Cjw+jH 或 CwijH

當這些中古韻母字與收 *-p 的字發生關聯時，我們就把這些字構擬成 *-up-s，而其詞根形式則是 *-up。例如：

（1160）集 *[dz][u]p > dzip > jí『聚集；會合』

　　　　萃 *[dz][u]p-s > dzwijH > cuì『聚集』

　　另一條可以用來確定唇音韻尾前主元音的線索在於，我們已經明確，在上古漢語的一種方言當中，唇音韻尾 *-p 和 *-m 會無條件地變為 *-k 和 *-ŋ。在一些韻段當中我們發現韻腳字收軟腭音韻尾的字和收唇音韻尾的字可以通押，由於收軟腭韻尾的字很容易確定其主元音，通過這些字，我們就可以確定同一韻段中收唇音韻尾的字到底帶甚麼樣的主元音。《詩經》當中有不少韻段中都反映出上述的方言特徵，比如《秦風·小戎》中有兩個相關類型的韻段：

（1161）《秦風·小戎》（128）第二章：

　　　　中 *truŋ > trjuwng > zhōng『中央』

　　　　驂 *m-sˤrum > tshom > cān『獨轅車所駕的三匹馬』　　306

（1162）《秦風・小戎》（128）第三章：

膺 *[q](r)əŋ > *'ing* > yīng『胸』

弓 *kʷəŋ > *kjuwng* > gōng『弓，射箭或打彈的兵器』

滕 *lˤəŋ > *dong* > téng『帶子』

興 *qʰ(r)əŋ > *xing* > xīng『舉』

音 *[q](r)əm > *'im* > yīn『樂音』

我們把「驂」cān < *tshom* 構擬為 *-um，因為這個字在第二章中與 *-uŋ 通押；我們把「音」yīn < *'im* 構擬為 *əm，因為它在第三章中與 *-əŋ 通押。

我們懷疑這種無條件的韻尾音變是一種西部地區方言的特徵，《秦風・小戎》就採自西周故地的秦國。此外至少還有一處文獻證據明確地談及這種方言特徵——《切韻》編者之一顏之推在《顏氏家訓》中說：

窮訪蜀土，呼粒 [MC *lip*『穀粒，粒狀物』] 為逼 [MC *pik*『強迫』]，時莫之解。吾云：「《三蒼》、《說文》，此字白下為匕 [即：皂]，皆訓粒，《通俗文》音方力反 [*p(jang) + (l)ik = pik*]。」眾皆歡悟。[113]

「蜀」指的就是今天的四川。

顏之推所稱訓「粒」的「皂」字在《廣韻》裡有三個讀音：*pip, pik, kip*。[114] 如果我們假設「粒」lì < *lip* 字最初的音節

---

113 轉引自《漢語大詞典》（2001）.

114「皂」還被用來寫讀 xiāng < *xjang*『香氣』的同形字，一般就寫作「香」。

形式是 *p.rəp 的話，我們就可以解釋「皀」字的讀音了。在顏
之推訪問的蜀地方言裡，韻尾 *-p 似乎應該變為了 *-k：*p.rəp
> *p.rək，同時前音節成分仍然得以保留：*p.rək > *prək，
最後變為中古音 *pik*。「皀」的另一個中古讀音 *kip* 對應自
*k.rəp —— 這可能是一個帶不同前置音節成分的變體，或者也
可能是異化音變的結果 *p.rəp > *k.rəp，無論是哪一種可能，
在保留了前音節成分的方言裡，音變的過程應該是：*k.rəp
> *krəp > MC *kip*。最後 MC「粒」*lip* 這個讀音裡前置音節成
分脫落，這反映的是中古音中很常見的變化：*k.rəp > *rəp >
lip。不過「粒」的聲符「立」lì < lip < *k.rəp『站立（動詞）』
似乎說明「粒」字的前音節成分應該是 *k.-。不論上古音裡這
個前音節成分究竟是甚麼音，我們必須得採用帶前音節成分的
構擬 *C.rəp，如此才能解釋東南方言中「粒」字的一些特殊讀
法：邵武讀 /sən 7/（李如龍、張雙慶 1992：87）可能是原始
閩語 *lhəp D 的規則對應形式，客家話裡「粒」字帶陰調類的
/l/（梅縣 /lɛp 7/），粵語亦然（廣州 /nɐp 7/ ~ /lɐp 7/）。這些
讀音可能都是 *k.rəp 的對應形式（即「粒」字），或者也可能
是對應最初的 *p.rəp。

307

　　不過由於可以被明確構擬出來的相關字音較少，我們將
先討論所有帶高元音的韻母，然後再來處理其他非高元音的韻
母。收 *-p 的高元音韻母的中古對應形式皆見表 5.98 的歸納。

　　我們把與 *-əp, *-up, *-ip 之間存在詞源或字形交互的字
分別構擬為 *-əp-s, *-up-s, *-ip-s。由於 *-p-s 在早期就已變為
了 *-t-s，這些帶後綴的韻母應該具有和 *-ət-s, *-ut-s, *-it-s 這
類韻母一致的對應形式。由於 *-p-s 和 *-t-s 具有一樣的對應形
式，因此一大批收 *-p-s 的字以前沒有辨識，所以早前的構擬
中也都將它們處理為 *-t-s（高本漢 *-d，李方桂 *-dh）。

（1163）*-əp-s > *-ət-s > *-əj-s

*-up-s > *-ut-s > *-wət-s > *-wəj-s

*-ip-s > *-it-s > *-ij-s

表 5.98 收 *-p 韻尾高元音韻母的中古對應形式一覽表

上古音	中古音	注釋	例字
*Cˤəp	Cop	[1]	眔，遝 *m-rˤəp > dop > tà『及』
*Cˤup		[2]	納 *nˤ[u]p > nop > nà『引入，使進入』
*Cˤip	Cep		墊 *[t]ˤip > tep > dié『（四川（今重慶）地名「墊江」）』
*Cˤrəp	Ceap		[符合理論預設，但無明確例證]
*Cˤrup			
*Cˤrip			
*Kip	Kjip	[3]	揖 *qip > 'jip > yī『拱手行禮』（所有例字均為中古影母）
*Pip	Pjip?		[符合理論預設，但無明確例證]
*Kwəp	Kjuwk?	[4]	[符合理論預設。但無明確例證]
*P(r)əp	Pjuwk?		[符合理論預設。但無明確例證]
其他：			
*C(r)əp	Cip	[1]	吸 *qʰ(r)əp > xip > xī『吸氣入內』
*C(r)up		[2]	入 *n[u]p > nyip > rù『由外到內』
*C(r)ip		[5]	執 *[t]ip > tsyip > zhí『拿著』

表 5.98 附注：

[1] 通過比對帶 *-s 後綴的同族詞的元音形式，我們為「眔，遝」
構擬了 *ə：*m-rˤəp > dop > tà：

（1164）眔，逿 *m-rˤəp > dop > tà『及』

逮 *m-rˤəp-s > *m-rˤət-s > dojH > dài『及』；又音
dejH[115]

及 *[m-k-]rəp > gip > jí『至，到達』

暨 *[m-k-]rəp-s > *m-krət-s > gijH > jì『及』（高本
漢：*gʼi̯ɛd）

我們把例（1165）中整個詞族也構擬為 *-əp(-s)。

（1165）吸 *qʰ(r)əp > xip > xī『吸氣入內』

愾 *qʰəp-s > xj+jH > kài『嘆氣；憤怒』

氣 *C.qʰəp-s > khj+jH > qì『雲氣』 　　　　308

這些詞在義訓上基本相同，即便這裡面反映出來的形態意義我
們還不完全清楚，但絲毫不影響我們確認這批詞之間的音義關
係。《經典釋文》一再注明「逮」*m.rˤəp-s 的異讀 dejH（如《經
典釋文》97，《詩經・大雅・桑柔》（257）第六章），「逮」的
異讀可以解釋為不同方言中不同類型音變導致的結果。如果上
古音節形式為 *m.rˤət-s，*ə 處在銳音聲母和銳音韻尾之間，
易發生前化，於是就生成了 dejH 的形式。而 dojH 這個讀音
則反映的是某一個未發生元音前化音變的方言，或者也可能是
*-ət-s 前化之後才發生 *-əp-s > *-ət-s 的音變，因而 *-əp-s 沒
有受到前化的任何影響。

---

115 高本漢把「逮」構擬為 *dʼəd、*dʼiəd；李方桂構擬為 *dədh，但
　　這在他的系統中屬於不規則現象（這個構擬形式應該對應中古音
　　dwojH）。董同龢認同要構擬唇音韻尾：*dʼə̂b。

[2] 通過比對帶 *-s 後綴的同族詞的元音形式，我們為「納」
*nˤ[u]p > *nop* > nà 和「入」*n[u]p > *nyip* > rù 構擬了圓唇的
主元音 *u：[116]

（1166）入 *n[u]p > *nyip* > rù 『由外到內』

納 *nˤ[u]p > *nop* > nà 『引入，使進入』

內 *nˤ[u]p-s > *nˤut-s > *nˤwət-s > *nˤwəj-s > *nwojH*
> nèi 『裡面』

退 *n̥ˤ[u]p-s > *-ut-s > *-wət-s >*-wəj-s > *thwojH* >
tuì 『後退（「進」之反義）』（高本漢：*t'wəd）

還有兩組韻母可構擬為 *-[u]p(-s) 的同族詞：

（1167）雜 *[dz]ˤ[u]p > *dzop* > zá 『混合』

集 *[dz][u]p > *dzip* > jí 『聚集，會合』

萃 *[dz][u]p-s > *dzwijH* > cuì 『聚集』

（1168）答 *[t]ˤ[u]p > *top* > dá 『回答』

對 *[t]ˤ[u]p-s > *tˤut-s > *tˤwət-s > *tˤwəj-s > *twojH*
> duì 『應答』

[3] 由於一些我們尚未充分瞭解的原因，中古四等重紐韻母 *-jip*,
-jim, *-jiep*, *-jiem* 只和中古影母 '- 相配。與這些韻母相配的軟
腭音聲母可能因為腭化音變消失，例如 *Kip > *Tsyip*，但是

---

116 我們在此處用 *[u] 來代替 *u，因為也可能存在一種方言，其中原
來的 *-əp 直接變作 *-up，然後就以 *-up 的形式一直發展下去；
同理又見以下的其他例子。

我們還缺少可靠的例證來證明。此外，這些四等重紐韻母完全不出現在唇音聲母之後。

[4] 通過與「熊」*C.[ɢ]ʷ(r)əm > hjuwng > xióng『獸名』和「風」*prəm > pjuwng > fēng『空氣流動的現象』這些例子的類比，我們推斷「Kjuwk」和「Pjuwk」這樣的韻母形式有時可能來自 *-up，但是我們暫時還找不到例證。

[5] 我們把「執」*[t]ip > tsyip > zhí『拿著』的主元音構擬為 *i，因為其聲符又出現在四等字「墊」*[t]ˤip > tep > dié『（墊江，在今重慶）』之中（見前文），讀去聲的派生形式的音變發展與 *-it-s 相類。最後，「蟄」*[d]rip > drip > zhé『冬眠，聚集』作為 *-ip 的韻腳出現在《周南‧螽斯》（5）第三章當中（見例（1155））。

*-əm, *-um, *-im 的中古對應形式皆見表 5.99。 309

表 5.99 收 *-m 尾的上古高元音韻母的中古對應形式一覽表

上古音	中古音	注釋	例 字
*Cˤəm	Com		南 *nˤ[ə]m > nom > nán『南方（與「北」相對）』
*Cˤum		[1]	暗 *qˤum-s > 'omH > àn『光線不足』
*Cˤim	Cem	[2]	簟 *[l]ˤimʔ > demX > diàn『竹席』
*Cˤrəm	Ceam		減 *kˤr[ə]mʔ > keamX > jiǎn『減少』
*Cˤrum			[無明確例證]
*Cˤrim			[無明確例證]
*Kim	Kjim	[3]	愔 *[q]im > 'jim > yīn『安和貌』
*Pim	Pjimʔ		[無明確例證]
*Kʷəm	Kjuwng	[4]	熊 *C.[ɢ]ʷ(r)əm > hjuwng > xióng『獸名』
*P(r)əm	Pjuwng		風 *prəm > pjuwng > fēng『空氣流動的現象』

（續上表）

上古音	中古音	注釋	例 字
其他：			
*C(r)əm	*Cim*	[1]	音 *[q](r)əm > *'im* > yīn『樂音，聲調』
*C(r)um			陰 *q(r)um > *'im* > yīn『幽暗，昏暗』
*C(r)im		[2]	諗 *ŋimʔ > *syimX* > shěn『勸誠』

表 5.99 附注：

[1] 我們把「音」*[q](r)əm > *'im* > yīn『樂音，聲調』的主元音構擬為 *ə，因為在《秦風·小戎》（128）第三章中它與 *-əŋ 類字押韻（見例（1162））。但是在中古音中與「音」同音的「陰」卻應構擬為帶主元音 *-u：*q(r)um > *'im* > yīn 因為在《豳風·七月》（154）第八章中它與 *-uŋ 類字押韻：

　（1169）沖沖 *[d]ruŋ-[d]ruŋ > *drjuwng-drjuwng* > chōng chōng『伐冰聲』

　　　　陰 *q(r)um > *'im* > yīn『幽暗，昏暗』

用「音」作聲符的「暗」，我們把它的韻母也構擬為 *-um：「暗」*qˤum-s > *'omH* > àn『光線不足』。因為「暗」很可能與「陰」*q(r)um『幽暗，昏暗』之間存在詞源關係。《古文字詁林》所集的「暗」字沒有見於漢代以前的例子，因此作為一個晚起字，「暗」已經無法體現出上古 *-əm 和 *-um 的語音區別了。

[2] 上文例（1154）曾經提到過，「簟」*[l]ˤimʔ > *demX* > diàn『竹蓆』構擬為 *-im 就可以說明其中古韻母 *-em* 的來源；「簟」在《小雅·斯干》（189）第六章中與「寢」*[tsʰ]imʔ > *tshimX* > qǐn 押韻，與「寢」同聲符的字「駸」*[tsʰ]r[i]m > *tsrhim* > qīn『疾馳』又和聲符為「念」*nˤim-s > *nemH* > niàn『想念』的字通押。（例（1153））。

[3] 和韻母 -jip < *-ip 一樣，中古韻母 -jim < *-im 只拼中古影母。

[4]「熊」和「風」傳統都歸入侵部，我們現在把這兩字的韻母構擬為 *-əm。我們認為 *-əm 的主元音在唇音聲母或唇化聲母之後會圓唇化，從而變為 *-um，而後 *-m 又因異化音變為 *-ŋ。從「風」*prəm > pjuwng > fēng『空氣流動的現象』的諧聲字形關聯可以推斷，在主元音前應當有過 *-r-，當 *-r- 消失的時候，主元音已經圓唇化，因而 *-r- 在韻母當中沒有留下痕跡。(與最早的 *-ruŋ 的形式一樣，見 5.4.6.3 小節)。

310

上古音收 *-p 的非高元音韻母的中古對應形式見表 5.100 的歸納。

表 5.100 收 *-p 尾的上古非高元音的中古對應形式一覽表

上古音	中古音	注釋	例字
*Cˤap	Cap	[1]	盍 *m-[k]ˤap > hap > hé『蓋（動詞）』
*Cˤep	Cep		挾 *m-kˤep > hep > xié『夾持』
*Cˤop	Cop	[2]	合 *m-kˤop > hop > hé『聚集』
*Cˤrap	Caep	[1]	甲 *[k]ˤr[a]p > kaep > jiǎ『天干的第一位』
*Cˤrep	Ceap		狹 *N-kˤ<r>ep > heap > xiá『窄（與「寬」相對）』
*Cˤrop		[2]	洽 *N-kˤ<r>[o]p > heap > qià『和洽』
*K(r)ap		[3]	劫 *k(r)ap > kjaep > jié『搶奪』
*K(r)op	Kjaep	[3]	跲 *[k](r)op > kjaep > jiá『絆倒』
*K(r)ep		[3]	脅 *qʰ<r>ep > xjaep > xié『身體的側邊』
*Kep	Kjiep	[4]	厭 *ʔep > ʼjiep > yā『壓（動詞）』
*Kʷrap	Kjep	[5]	爗 *[ɢ]ʷ(r)[a]p > hjep > yè『光明燦爛貌』

（續上表）

上古音	中古音	注釋	例字
*P(r)ap	*Pjop*	[6]	法 *[p.k]ap > *pjop* > fǎ『法律，規律』
*P(r)op		[7]	乏 *[b](r)[o]p > *bjop* > fá『缺少（動詞）』
*Pep	*Pjiep?*		[無例證]
*Prep	*Pjep?*		[無例證]
*Tsrap	*Tsrjep >*		[無明確例證]
*Tsrop	*Tsreap ~ Tsraep?*	[8]	舂 *[tsʰ]<r>op > *tsrheap* > chā『杵槌』
* Tsrep			[無明確例證]
其他			
*C(r)ap			獵 *r[a]p > *ljep* > liè『捕捉禽獸』
*C(r)ep	*Cjep*	[9]	攝 *kə.ŋep > *syep* > shè『提起，夾鉗』
*C(r)op			[除以上「舂」以外無明確例證]

表 5.100 附注：

[1] 一般情況下，MC *-ap* 是 *Cˤap 的對應形式，而 *-aep* 是 *Cˤrap 的對應形式。我們把下列例子構擬為 *ap(s)：

（1170）盍 *m-[k]ˤap > *hap* > hé『蓋（動詞）』

　　　　蓋 *[k]ˤap-s > *kajH* > gài『蓋（動詞）；蓋子（名詞）』

（1171）接 *[ts][a]p > *tsjep* > jiē『接合』

　　　　際 *[ts][a]p-s > *tsjejH* > jì『接合處』

雖然「祭」*[ts]et-s > *tsjejH* > jì『祭祀』的韻母是 *-et-s，「察」*[tsʰ]ˤret > *tsrheat* > chá『考察』的韻母也可能是 *-et，但同聲符的字「際」是一個晚起字，因此「際」的聲符不能夠反映早期的元音和韻尾。（《古文字詁林》10.840 中未見此字在漢前

文獻中的用例。）

[2] 我們根據「合」hé < hop 的去聲派生形式「會」huì < hwajH
　　和其他同族詞，把「合」的主元音構擬為 *o：

　　（1172）合 *m-kˤop > hop > hé『聚攏』

　　　　　　洽 *N-kˤ<r>[o] p > heap > qià『和洽』

　　　　　　會 *m-kˤop-s > hwajH > huì『會見』

　　　　　　會 *kˤop-s > kwajH > kuài『會計』

　　　　　　襘 *kˤop-s > kwajH > guì『衣領交叉處』

[3] MC -jop 一般只出現在 P- 類聲母之後，而 -jaep 只出現在 K-
　　類聲母之後。因為它們有幾個可能的上古來源，所以很難確
　　定它們的上古主元音。

[4] 與其他類似的收唇音韻尾的音節一樣，中古重紐四等韻
　　母 -jiep 只出現在影母之後。

[5] 當收唇音韻尾的韻母帶唇化聲母時，唇化聲母會因與韻尾的
　　衝突發生異化而失落唇化特徵，因而很難知道上古音中哪些
　　字有這一類聲母。但是像「爗」『閃亮，光澤』這樣的字，
　　只有把它構擬為 *[ɢ]ʷ(r)[a]p > hjep > yè，才能夠解釋何以其
　　中古聲母是云母 hj-（喻三 = 云）。MC hj- 一般只出現於合
　　口音節中（在我們的標寫系統裡云母帶 -w-）。在「爗」的
　　讀音裡，-w- 已因異化消失。

[6] 「去」從很早的字形材料中就被用作「灋～法」的聲符，這
　　是一個爭訟已久的問題。一些問題至今仍未解決，我們在這
　　裡提出現在我們對這個問題的看法：（1）「去」最早曾用於
　　*Kap 一類的音節中表聲（劫 *k(r)ap > kjaep > jié『搶奪』）；
　　（2）「灋 ～ 法」所代表的音節有一個唇音的音節前成分：法

*[p.k]ap > *pjop* > fǎ『法律，規律』；（3）「去」qù < *khjoH* 這個讀音可能是與發生了韻尾 *-p > *-k 音變（*[k]ʰ(r)ap-s > *-ak-s > *-a-s > *khjoH*）的西部方言有關。或者另一種可能是，MC *-jo* 源於詞彙輕讀變體的重新重音化，從而使韻尾塞音弱化乃至消失，這種變化又見於「來」字的 *-k 韻尾消失：「來」*mə.rˤək > *rˤək > *rˤə（輕讀形式）> *loj* > lái『由彼至此，到來』。（參見 Baxter 1992：330 以及本書 5.4.2.2 小節）而中古讀音 *khjoX*，則可能是從 *[kʰ](r)ap > *kʰaʔ（輕讀形式）演化而來的。（4）{廢}*[p-k]ap-s > *-at-s > *pjojH* > fèi『消除』（早期文獻中寫作「灋」）可能與詞根形式「去」*[k]ʰ(r)ap-s > *khjoH* > qù『離開』有關係。

[7]「乏」*[b](r)[o]p > *bjop* > fá『缺少』（動詞）和「去」這兩個聲符是劃然可分的，這也許說明「乏」的韻母應該是 *-op 而不是 *ap。下面這個讀 *-oŋ（*-om 在方言中變為 *-oŋ）也可以佐證「乏」一類字的主元音在上古應該是 *o。

（1173）覂 *p(r)omʔ（方言 >）*p(r)oŋʔ > *pjowngX* > fěng『傾覆（此字不見於漢前）』

顏師古《漢書》注裡有一次把「泛」注讀「覂」音，並且說字
本作「覂」，義為「覆也」。

[8] 之前提到過，我們根據與「臿」音義相聯的去聲形式 *-jwejH*，把「臿」*[tsʰ]<r>op > *tsrheap* > chā『杵槌』的韻母構擬為 *-op：

（1174）臿 *[tsʰ]<r>op > *tsrheap* > chā『杵槌』
　　　　 櫐 *[tsʰ]<r>op-s > *tsrhjwejH* > cuì『用杵槌搗』

[9] 用「聶」niè < *nrjep* ~ shè < *syep* 為聲符的字上古韻母為
　　-ep，這一諧聲系列中所有字的中古讀音都一致對應 *-ep*。
　　此外，{懾}*[t.n][e]p > *tsyep* > shè『害怕』還可以寫作從「執」
　　*[t]ip > *tsyip* > zhí『拿著』得聲，同樣也符合前元音的構擬。
　　雖然「同聲必同部」在大多數情況下的確如此，但也難免例
　　外。比如此處 *i 和 *e 都可以見於同一聲符上。但是必須指
　　出，*i 與其他元音之間的這種交替現象是極為罕見的。

　　收 *-m 尾的上古非高元音韻母的中古對應形式皆見表
5.101 的歸納。

表 5.101 收 *-m 尾的上古非高元音韻母的中古對應形式一覽表

上古音	中古音	注釋	例字
*Cˤam	Cam		籃 *k.rˤam > *lam* > lán，原始閩語 *lʰɑm A 『籃子，有提梁的盛物器』
*Cˤem	Cem		兼 *[k]ˤem > *kem* > jiān『兼併，同』
*Cˤom	Com	[1]	贛 *[k]ˤom(ʔ)-s > *komH* > gàn『江西贛江』
*Cˤram	Caem		監 *[k]ˤram > *kaem* > jiān『視察』
*Cˤrem	Ceam		歉 *kʰˤremʔ-s > *kheamH* > qiàn『謙虛』
*Cˤrom		[2]	陷 *[ɢ]ˤromʔ-s > *heamH* > xiàn『墜入』
*K(r)am	Kjaem		嚴 *ŋ(r)am > *ngjaem* > yán『嚴厲，端莊』
*K(r)om	Kjom	[2]	欠 *[k]ʰ(r)om-s > *khjomH* > qiàn『呵欠』
*Kem	Kjiem	[3]	厭 *ʔem > *ʼjiem* > yān『滿足的』
*Krem	Kjem	[4]	鉗 *C.[g]<r>[e]m > *gjem* > qián『鉗子，夾東西的工具』
*P(r)am	Pjom		[無可靠例證]
*P(r)om		[5]	范 *[m-pʰ](r)omʔ > *bjomX* > fàn『蜜蜂』
*Pem	Pjiem?	[3]	[無可靠例證]

（續上表）

上古音	中古音	注釋	例字
*Prem	*Pjem?*		貶 *pr[e]m? > *pjemX* > biǎn『減少』
*Kw(r)am	*Kjem*	[6]	炎 *[ɢ]ʷ(r)am > *hjem* > yán『焚燒，火苗升騰』
*C(r)am			檐 *Cə.[ɢ]am > *yem* > yán『屋檐』
*C(r)em	*Cjem*	[7]	占 *tem > *tsyem* > zhān『占卜』
*C(r)om		[2]	淹 *ʔ(r)om > *ʼjem* > yān『浸沒』

表 5.101 附注：

[1] 根據「贛」gàn < *komH* 與 *-oŋ 的交互現象，我們為其構擬了 *-om，它與鼻音韻尾的交互可能反映出某種已將唇音韻尾變為軟腭音韻尾的方言特色：

（1175）贛 *[k]ˤom-s > *komH* > gàn『江西贛江』
（1176）贛 ~ 貢 *[k]ˤom-s > *[k]ˤoŋ-s > *kuwngH* > gòng『貢賦；進貢』

「贛 ~ 貢」現在的字形當中都含有聲符「工」gōng < *kuwng* < *kˤoŋ『官員』，但是這個聲符卻是由於晚近字形的混淆而導致的誤釋。「贛」最早的字形由「章」（即「璋」『古瑞玉名』之初文）和「卂」（像人雙臂前伸）組成，如下所示（出自西周青銅器庚嬴鼎）[117]：

---

117 此器著錄於《殷周金文集成》（中國社會科學院考古研究所編，1984[2007]）第 2748 號。我們的討論依據的是陳劍（2007）的詳細研究。陳劍指出，「贛」和「貢」在後來的字體發展中發生了功能的分工，但從源頭上講，它們都是表示「貢納」的意思，只是表示動作施受的方向有所不同。

（1177）𫝀

陳劍（2007）詳細地討論了這個字的形體發展過程，後來的字形起初添加了聲符「欠」*[k]ʰ(r)om-s > *khjomH* > qiàn『呵欠』，而「工」gōng< *kuwng* < *kˤoŋ『官員』是最後被加上去的，其出現時代相當晚近。西周朝廷的「朝貢」（~「贛」）之禮可能與「贛 ~ 貢」讀作 *kuwngH* < *[k]ˤoŋ-s 有關，因為 *-ŋ 替換更早期的 *-m 反映的正是西部方言的特徵。而保留了 *-m 韻尾的「贛」*[k]ˤom-s > *komH* > gàn，用作今中國南方江西省的河流名稱，可能表明那裡正是保留了 *-om 的方言區域。

[2]「欠」qiàn < *khjomH*『呵欠』，「臽」xiàn < *heamH*『小坑』，「奄」yǎn < *ʔjemX*『遮蓋』都屬於董同龢所構擬的 *-em 類的諧聲系列，因為這系列中的字兩見於中古韻母 *-om* 和 *-jem*（參前文討論，以及董同龢 1948：108，109）。（1178）中的詞可能屬於同一族：

（1178）欠 *[k]ʰ(r)om-s > *khjomH* > qiàn『呵欠』
坎 *[k]ʰˤomʔ > *khomX* > kǎn『凹陷，小坑』
臽 *[ɢ]ˤromʔ-s > *heamH* > xiàn『小坑』
陷 *[ɢ]ˤromʔ s > *heamH* > xiàn『墜入』

[3] 除了少數有問題的例子以外，重紐四等韻母 *-jem* 基本只拼影母，這與其他收唇音韻尾的重紐四等韻的聲韻配合格局是一樣的。

[4]「鉗」qián < *gjem* 的聲符雖然是「甘」*[k]ˤ[a]m > *kam* > gān『甜』，但「鉗」的韻母卻可能是 *-em，它可能與「挾」*m-kˤep > *hep* > xié『夾持』及其他一些詞在歷史上有詞族關係：

（1179）挾 *m-kˤep > hep > xié『夾持』

夾 *kˤ<r>ep > keap > jiā『從左右相持』

挾 *S-kˤep > tsep > xié『夾持』

狹 *N-kˤ<r>ep > heap > xiá『窄（與「寬」相對）』

[5]「范」*[m-pʰ](r)omʔ > bjomX > fàn『蜜蜂』可能是「蜂」*pʰ(r)oŋ > phjowng > fēng 的某種方言變體。

[6] 只有給「炎」*[ɢ]ʷ(r)am > hjem > yán『焚燒，火苗升騰』構擬小舌音聲母 *[ɢ]ʷ-，才能解釋其中古聲母 hj- 的來源。須注意「炎」為「熊」*C.[ɢ]ʷ(r)əm> hjuwng > xióng 之聲符，小舌聲母 *[ɢ]ʷ- 才能較好地解釋 *-m > *-ŋ 的異化音變。「炎」有 *[ɢ]ʷ(r)am 和 *C.[ɢ]ʷ(r)əm 兩種構擬形式，兩者的主元音是不同的，但在此韻部當中能夠准確表音的聲符實屬鳳毛麟角，選擇「炎」作聲符也是不得已而求其次。

314

[7] 聲符「占」zhān < *tem 是分辨韻母屬 *-em 還是 *-ep 的可靠指針：

（1180）占 *tem > tsyem > zhān『占卜』

點 *tˤemʔ > temX > diǎn『細小的黑色斑痕』

苫 *s.tem > syem > shān『茅草屋頂』

怗 *[tʰ]ˤep > thep > tiē『撫靖；平靜』

315　我們對於上古漢語韻母的討論就到此為止。

第六章 結論

6.1 上古漢語是怎樣的一種語言？

要討論上古漢語是怎樣的一種語言，如果不考慮提出這個問題的歷史背景，這會是一件很幼稚的事。幾個世紀以來，歐洲的知識界都對中國以及漢語的本質很感興趣。中國的某些制度有幾千年連續的歷史，這使一些歐洲的觀察家得出這樣的結論，即中國和他們自己所在的歐洲完全不同，中國很少變化。黑格爾在他的《歷史哲學》中，出於看來是相當抽象的理由，認為中國和印度都處「在世界歷史的局外」：

> 歷史必須從中華帝國說起，因為根據史書的記載，中國實在是最古老的國家；它的原則又具有那一種實體性，所以它既然是最古的、同時又是最新的帝國。中國很早就已經進展到了它今日的情狀；但是因為它客觀的存在和主觀運動之間仍然缺少一種對峙，所以無從發生任何變化，一種終古如此的固定的東西代替了一種真正的歷史的東西。中國和印度可以說還在世界歷史的局外，而且是預期著、等待著若干因素的結合，然後才能夠得到活潑生動的進步。（黑格爾

1899：116；著重號為原文所有，中文譯文參考王造時譯本，《歷史哲學》1956 年三聯書店版，頁 160–161。）

人們經常說漢語是連續使用時間最長的人類語言。當然，如果我們說的是口語，這多半只是個術語的問題：我們用不同的名稱來稱呼吠陀梵語和印地語，雖然它們的關係與上古漢語和現代普通話的關係差不多。但是如果就文字系統而言，那漢字可能是最古老的連續使用的文字、至少在公元前十三世紀就已經存在了（因此比腓尼基字母要早）；而且早期歐洲的觀察家也沒有理由去相信，在此之前的二三千年中，它有甚麼大的變化。考慮到一般人都不區分書面語和口語的差別，就很容易就得出這樣的結論：即上古漢語就和現代漢語一樣，只不過古老一點而已。

316　　十九世紀歐洲關於語言差異本質的觀點也影響了對早期漢語的看法。十九世紀現代語言學開始興起時，當時人們普遍假設人類語言就分為結構根本不同的少數幾種類型，就像當時最流行的比較解剖學，根據動物內在的結構把它們分為脊椎門、軟體門、節肢門、輻射對稱門（參見 Baxter 2002 關於這一聯繫的討論）。語言的分類也嘗試用類似的方法，集中在語素怎樣連結在一起形成更高一級的表達方式上。雖然當時也有許多互相競爭的提議，但是奧古斯特・威廉・施萊格爾（August William von Schlegel，1818：14）將語言分為三類：（1）沒有語法的（如漢語）；（2）詞綴機械地附加到詞根上，沒有變化的；（3）有曲折變化的，其中語言的元素是「有機地」組合起來，經過內部的變化，而不只是機械地組合在一起。印歐語言被認為是屬於第三類，當然（一點也不驚訝）被認為是最高級的語言。不同的語族被認為是有不同的語言結構類型（就像

不同門類的動物有不同的內在結構一樣），而且這些語言結構
經常是和使用這些語言的民族國家或「種族」的特定精神狀態
相對應。

　　此外，十九世紀人們還普遍相信地球才幾千年的歷史；所
以可能語言也是相當晚近才發展起來的，可能在不同「種族」
有不同的發展。也有人嘗試去估計特定語言在進化上的發展程
度，而且漢語，不管它有其他甚麼長處，總是被認為結構原
始，接近於人類語言的最早階段的狀態。因為人們認為漢語是
單音節結構的，而單音節結構是最早的人類語言的特徵，所以
就認為漢語歷史上應該很少變化。這樣，威廉·德懷特·惠特
尼（William Dwight Whitney）在 1867 年還說（帶著好奇的黑
格爾的回響）：

　　　　部分漢語文獻幾乎或者完全和印歐語文獻一樣古
　　老，而且漢語 …… 在某些方面比任何其他人類語言
　　都要在結構上更原始。但是，漢語最初是，而且一直
　　以來都是，一種幾乎沒有歷史的語言的孤立的例子。
　　（1867：233–234）
　　　　一種語言，漢語 …… 從來沒有從它原始的單音節
　　階段向前進步。它的詞彙甚至到今天還是簡單的詞根
　　音節，很像印歐語的詞根，沒有形式變化，本身沒有
　　詞性，詞彙的詞性只是組合成句子後才出現的 …… 而
　　這樣一種貧乏的、殘障的語言卻數千年來滿足了一個
　　非常有文化和有文學性的人群的需求。（1867：257）
　　　　要解釋這麼簡單的一種語言的結構和歷史，我們
　　沒有甚麼需要多說的 —— 一種語言可以說沒有語法結
　　構，沒有詞形變化，沒有詞性，它在四千年的歷史中

317

變化很少，還沒有大多數語言在四百年裡的變化多，或者說別的語言一百年裡的變化。（1867：334）

現在我們很少聽到這樣的觀點這樣清楚明白地表達出來，但是我們依然會碰到有人說漢語是和歐洲語言徹底不同的一種語言，以某種方式與「東」、「西」方的思想差異緊密地聯繫在一起。

雖然在漢學界我們依然可以感受到這些十九世紀的觀念，但是在語言學界情況已經發生了變化。現代語言學家一般認為人類的語言能力是一種人類的生物性的適應能力，在種群之間沒有很大的差別。我們現在知道不同的形態模式，即以前被用來劃分語言的根本不同的類型標準，是可以隨著時間發生翻天覆地的變化的，甚至在同一個語族內部。

因此，除了人類語言共有的屬性，一個語族的分支語言，在具有公共的祖語之外，不一定有甚麼相同的東西，而且類型的相似性不再是語族關係的證據。這樣就沒有甚麼印歐語或漢藏語結構了。[1] 漢藏語族，以前認為有聲調和「孤立性」結構特徵，包括聲調語言和非聲調語言，而且有的語言有豐富的詞形變化，有的沒有。印歐語中也有聲調語言，而且英語本身已經失去了大部分的詞形曲折變化，在形態結構上越來越向著現代漢語那樣的方向變化。所以我們沒有理由假設任何古代語言與它後來的現代語言在類型上一定相似。

此外，我們現在相信人類語言作為一種生物性的適應能力至少有好幾萬年的歷史，不是如十九世紀所普遍相信那樣是一

1　當然，最早的印歐語之間，在時間上還和沒有遠離它們的祖語的確有一些共同的結構特徵。

個近期的文化發明。所以沒有理由去相信我們構擬的古代語言在本質上與現代語言不同，或者在結構上更原始；或者影響古代語言的那些變化會與影響現代語言的變化有重大的不同。

鑑於上述這些考慮，我們怎樣來描述上古漢語的特徵呢？我們可以先說上古漢語幾乎沒有任何一項我們通常認為的典型漢語的特徵。

上古漢語沒有聲調。聲調是在上古漢語時期結束以後發展起來的，當某些輔音失去而伴隨音高（pitch）差異變得具有區別作用：詞尾喉塞音的消失產生了上聲，詞尾 -[h]（來自更早的 *-s）的消失產生了去聲。事實上，有一些方言中輔音元素 [ʔ] 和 [h] 還保存著（如山西孝義，參見 Sagart 1999b：132 和郭建榮 1989）。

上古漢語不是單音節的。在很多例子中，現代方言和早期借詞的證據，都要求我們去構擬詞頭的次要音節。我們必需構擬緊密附著的前置輔音來解釋下面的例子（1181）：

318

（1181）牀 *k.dzraŋ > dzrjang > chuáng『牀』，原始閩語
*dzh-；原始越語 *k-ɟəːŋ『牀』，Chứt [Sách, Rục]
/kɔciːŋ²/，Maleng [Brô] /kaciəŋ/；Maleng [Kha
Pong] kɔciːŋ²，越南語 giường [zɯʌŋ A2]

我們構擬鬆散附著的前置音節來解釋閩語和越南語中都有的元音之間的減弱，例如（1182）：

（1182）脰 *kə.dˤok-s > duwH > dòu『頸』，原始閩語 *-d-；
原始越語 *k-dɔːk『頸背』，Rục kadók，越南語 dọc
[zɔk D2]『植物的莖或梗』

　　在一些例子中，前置音節成分可能是在上古漢語或者更早的一個語言階段中共時的前綴，但是我們沒有理由懷疑在一些例子中它可能是詞根的一部分。對存在這樣複雜的起首輔音群的一個可能解釋是，它們可能是通過縮減原來完整的雙音節詞中的第一個音節而形成的。在摩洛哥阿拉伯語中可以發現這樣一個例子。雙音節動詞的原始形式失去了第一個元音，產生了複雜的輔音群（Harrell 1966）：

（1183）現代標準阿拉伯語　　　　　摩洛哥阿拉伯語

　　　　　jabal『山』　　　　　　　žbəl

　　　　　katab『他寫過』　　　　　ktəb

　　　　　namir『虎』　　　　　　　nmər

　　　　　taqīl『重』　　　　　　　tqil

　　　　　baʕid『距離』　　　　　　bʕid

　　不像現代漢語，我們構擬的上古漢語的詞反倒像現代高棉語的固有詞彙（不包括多音節的借詞）：都有單音節和次要前置音節的詞，有相當多的派生性形態變化。（當然，這並不是說漢語和高棉語是在起源上是有關聯的，前面我們就已經說過那些原因了。）

6.2 上古漢語的方言差別

　　上古漢語時期估計有相當大的方言多元性。我們已經在確認上古漢語方言特徵以及找到它們的具體地理位置上有了一些進展：

1. 方言中韻尾 *-r 變成 *-j，在山東半島及其鄰近地區（參見 5.5.1.4 節）。這一發展在處衢方言和閩方言中還能看到一些跡象，一些以 [i] 為韻尾的詞對應中古音的 MC -*n*.

319

2. 在沿海地區輔音 *ḷ(ˤ)- 和 *ŋ̊(ˤ)- 變成 [tʰ]，但是在更西邊的地區變成 [x] 或 [h]；輔音 *r̥(ˤ)- 也有類似的分流發展（參見 4.3.5 節）。

3. 對於前置音節的處理，各個方言有很大的不同。閩方言似乎反映了其中的一種：前置輔音阻塞音在阻塞輔音之前消失：

（1184）書 *s-ta > *syo* > shū『寫』；原始閩語 *tšy A（好比來自上古漢語 OC *ta）

在閩語和客家話中，阻塞音前置輔音在響音輔音之前導致不同的對應形式，而在中古漢語代表方言的書面材料中，和大多數現代方言，這樣的阻塞音前置輔音就消失了（參看 4.4.4.4 節）。

（1185）鹵 *rˤaʔ > *luX* > lǔ『有鹽的（土地）』，原始閩語 *l-，梅縣（客家）/lu 1/

老 *C.rˤuʔ > *lawX* > lǎo『老』，原始閩語 *lh-，梅縣 /lau 3/

豐富的早期故訓材料和中古漢語書面材料可能包含更多的線索，可以進一步修正我們關於早期方言差別的假設。

6.3 已知的問題

我們相信，通過考慮比以前更廣泛的證據，我們在構擬一個更充分的上古漢語音系方面有了進展。但是，我們也知道還存在尚未解決的問題。這裡我們概述其中的一些問題，並提出我們認為今後研究中解決這些問題的可能途徑。

6.3.1 *-a 對 *-A，*-ak 對 *-Ak，*-aj 對 *-Aj

上古漢語 *-a、*-aj 和 *-ak 在中古漢語對應形式中，我們還沒法解釋其中的一些差異：在銳音輔音後，從 *-a 我們有時有 -jo，有時是 -jae（5.4.1.1 節）；從 *-ak，我們有時有 -jak，有時是 -jek（5.4.1.2 節）；從 *-aj 我們有時有 -je，有時是 -jae（5.5.2.1 節）。我們用臨時的標記來表示這些差別，但是這只是發現了問題，而沒有解決。在 *-a 的例子中，我們有這樣的對立：

（1186）*-a > -jo：諸 *ta > tsyo > zhū『很多』

*-A > -jae：者 *tAʔ > tsyaeX > zhě『（名詞化標誌）』

在 *-ak 的例子中，我們有這樣的對立：

（1187）*-ak > -jak：斫 *tak > tsyak > zhuó『砍』

*-Ak > -jek：尺 *tʰAk > tsyhek > chǐ『尺（丈量單位）』

在 *-aj 的例子中，我們有這樣的對立：

（1188）*-aj > -je： 移 *laj > ye > yí『移動』

    *-Aj > -jae：哆 *[t-l]Aj? > tsyhaeX > chǐ『大』（也

    讀作 *[t-l]aj? > tsyheX > chǐ『大』）

可能的解釋是與方言差異或者韻律有關，另外一種可能是韻母
的演變受到前置輔音的影響。目前我們可以說的是我們的 *A
不是第七個元音，它只是明確的臨時標記，表示沒有解決的
問題。

6.3.2 *s- 對 *S-

  與上面情形類似，在少數例子中，前置輔音 *s 似乎和緊
接的塞音換位形成一個塞擦音，而我們預期的是一個不同的對
應形式。在這樣的例子中，我們用大寫字母 *S- 作為臨時標記
來表示這種不規則變化：

（1189）甑 *S-təŋ-s > tsingH > zèng『蒸米飯的器具』，原始苗
    瑤語 pHM *tsjɛŋH；很可能與下面的詞來自同一詞根：
    烝 *təŋ > tsying > zhēng『（蒸汽）上升，蒸煮（及
    物動詞）』

通常的對應形式是 *s.t- > sy-：

（1190）羶 *s.tan > syen > shān『羊臊味』；聲符是
    亶 *t^ʕan? > tanX > dǎn『真誠、真實地』

在這些例子中，我們也不能解釋這些差異。可能事實上有兩種
前置輔音 *s-，或者 *s.C- 和 *sə.C- 的差別在起作用。

6.3.3 還沒法解釋的音系學上的缺環

有一些詞和音節我們找不到證據來構擬，但是可能應該存在。例如，我們沒有在清塞音或鼻音前構擬 *sə.。關於這些下落不明的結構的假設可能幫助我們解決其他問題（例如上面談到的 *s.- 對 *S.- 的問題）。

6.3.4 *-s 後綴未知功能

我們暫時假設所有後置輔音 *-s 是形態上的後綴，而且我們為這樣的後綴構擬了幾個有很強的證據支持的功能，包括：（1）從動詞派生名詞；（2）從靜態動詞或形容詞派生外向動詞；（3）從名詞派生動詞（參見 3.3.2.7 節）。但是，還有許多附著 *-s 的例子沒有得到解釋。很可能一些上古漢語原有的形態變化在讀寫傳統中變得不清楚了，所以我們不能總依靠中古漢語的材料來告訴我們哪些形式有 *-s，哪些沒有。但是，這個問題值得進一步研究。

321

6.4 未來研究的方向

更一般地說，我們第二章所概括的每一種證據都需要進一步和更細緻地研究。這不但對傳統的三巨頭：中古漢語、上古音韻部和文字證據是如此，而且對以前忽視的材料，如新的古文字發現、現代方言和其他語言中的早期漢語借詞，更是如此。

雖然已經有很多對中古漢語的書面材料的研究，但研究時到底要解決甚麼樣的問題，這並不總是很清楚的。現在《切韻》系統不是一個單一的方言，這一認識目前已經得到公認。那麼更有用的研究是去更徹底地調查我們材料中的方言多元性，並

且嘗試與我們從現代方言的直接研究中得到的結果聯繫起來。我們修訂的構擬提出了一些值得研究的問題，例如韻尾 *-r 的不同對應形式的地理分布，和對前置輔音的不同處理的地理分布。

迄今為止，上古漢語韻部的研究主要集中在《詩經》。它是早期韻文的最大的一部總集，但是早期文獻中其他的散布的韻文段落也值得研究。利用上古漢語時期音變和方言差別的假設，可能我們可以依據它們韻部的特徵，更精確地確定文本的時空來源 —— 或者可以修訂和改正我們的假設。

雖然原則上我們希望用先秦文字的證據來構擬上古漢語，而不是後來的標準文字，但是隨著早期文獻的數量持續增加，要充分利用它們來作語言重構需要更多的人用更多的時間和努力。這裡我們試圖表明需要哪一類的研究，但是有更多的工作需要做。我們相信我們的構擬，與現在被廣泛使用的傳統音韻學的方法相比，對於古文字研究更有效用，但是需要更多進一步的研究來證明這一點，來檢驗或修正我們的假設。

特別是，如果我們能更精確地知道先秦文字變化的時空軌跡，那將是會很有用的。我們提出了具體的上古漢語期間的音變假設，並且認為這些音變可以解釋文字上的變化 —— 例如 {聞} 的聲符中以「門」替「昏」的變化（參見 3.4 節）。檢驗和優化這個假設的方法之一就是系統地調查何時何地出現這些詞的新寫法，這可以弄清楚先秦時期語言變化的時空序列；反過來，也可以根據內在證據來幫助確定特定文本產生的時代與地域。

322

我們相信我們已經展示了在上古漢語構擬中利用現代方言材料的必要性，而不僅僅是以《切韻》音系為代表的中古漢語。現在閩方言有比以前更好的記錄，即便我們依賴羅杰瑞的

構擬，但為了更充分地利用方言所提供的證據，還需要對這些方言的歷史作進一步更細緻地研究。例如，沒有一個充分的上古漢語構擬可以忽視閩北方言中的聲母軟化現象，但是一些對應中古濁聲母的軟化聲母的確看上去是次生的（參見 4.2.1.1 節）。為了更恰當地區分這些方言中詞彙的歷史層次，需要更多的工作來構擬原始閩語的聲母和韻母。同時，為了構擬上古漢語的詞彙，光知道原始閩語中有這樣那樣的差別是不夠的，我們還需要構擬盡可能多的單詞來闡明這些差別。

我們現在清楚了，不只是閩方言，還有客家、瓦鄉和浙江南部的處衢方言保存了中古漢語所沒有的一些特徵，可能還有其他方言可以加到這個單子裡來。所有這些都應該從歷史的角度來徹底研究。

最後，我們還需要瞭解更多關於其他語言中的早期漢語借詞，以及漢語中的可能來自其他語言的借詞。關於侗台語、越語族和苗瑤語的歷史的重要工作正在進行，將來可以用它們改良我們的構擬。

上面提到的這些證據很大程度上引發了我們新構擬中的創新，主要是有一個更複雜的前置音節系統。韻部的構擬，除了增加韻尾 *-r 和具體單字擬音的修訂外，自 Baxter（1992）以來相當穩定。相反地，在許多例子中我們關於前置音節的假設是基於尚不完善的材料及分析，我們堅信取得了進展，並且預期隨著將來的研究，這部分的構擬可能需要修正。如我們在前面主張的那樣（1.2.1 節），語言構擬是一個持續的過程，我們的構擬是進一步研究的基礎，而不是最終的結果。

6.5 廣泛比較視角下的上古漢語

我們在構擬上古漢語時，盡量不去把我們的推論建立在藏緬語族的事實之上。這不是因為我們認為它們和漢語沒有關係 ── 我們接受漢藏語系是一個有意義的分類 ── 但是作為一個方法論的選擇：如果漢語族和藏緬語族是漢藏語系的兩大主要分支，如有些人相信的那樣，那麼構擬祖語最好是完全建立在獨立的上古漢語和原始藏緬語的基礎之上。

323

我們的新構擬有時把上古漢語詞彙帶到更接近於現存的藏緬語的形式：如『蒼蠅』，我們現在的蠅 *m-rəŋ（參看 4.4.2.4 節）比以前的任何構擬都更接近書面藏語 *sbrang*（可能 < *s-mrang）。但有時我們的構擬也使上古漢語詞彙與現存的藏緬語構擬相差更遠：如『水』，我們是 *s.turʔ，詞尾 *-r 看上去把上古漢語挪到遠離原始藏緬語的 *twij『水』（Benedict 1972），原始漢藏語的 *tujH『水』（Peiros 和 Starostin 1996 2.146）。然而，這也的確使得語音的對應更加規則。例如川 *t.l̥u[n] > *tsyhwen* > chuān『河流』，最後的輔音放在方括號裡，因為我們不清楚上古漢語是 OC *-n 或 *-r：假設韻尾是 *-r，這一形式中的主要音節可以和本尼迪克的原始藏緬語擬音 *lwi(y)『流；河』比較，有相同的韻母對應：原始藏緬語（PTB）*-wij：上古漢語 OC *-ur，和『水』相似。同樣地，『蛋』，本尼迪克的原始藏緬語 *twiy：早期漢語表達『蛋』一詞的主要形式是，卵 *k.r̥ˤorʔ > *lwanX* > luǎn，與藏緬語詞沒有關係，但在漢語南方方言的俗語中『蛋』，也用來指『睪丸』：廣東話 /tʃʰœn 1/，客家話 /tʃʰun 1/『鳥蛋、爬行動物的蛋、魚卵』。這些形式可以從上古漢語 OC*tʰu[n] 演變來（[n] 不能確定是 *r 或 *n）。如果我們再假設上古漢語的韻尾是 *-r，那麼

這個詞就和原始藏緬語的 *twij 相合，和『河流』與『水』一樣，都有相同的韻部對應。

表 6.1 PTB *-wij（本尼迪克）和上古音 OC *-ur

（白一平一沙加爾）的對應

	PTB *-wij (Benedict)	OC *-ur (Baxter-Sagart)
水	*twij	*s.tur?
蛋、卵	*twij	*tʰu[n] (< *-ur?)
川、河流	*lwi(j)	*t.l̥u[n] (< *-ur?)

　　表 6.1 中的資料顯示原始漢藏語詞彙以某種帶 r 的聲音結尾，它在原始藏緬語中變成以 [j] 結尾。『水』和『蛋』兩個詞在一些藏緬語中有不同的聲調：如 Boro /²dōy/『水，河』相對於 /¹dōy/『蛋』（Bhattacharya 1977：280，288），Mizo（盧舍依語）/tui 35/『水』相對於 /tui 55/『蛋』（Matisoff 2003：195）。現存原始藏緬語的構擬中沒有考慮的部分聲調差異，可能源於上古漢語繼承下來的喉塞音的有無。比較表 6.2 中漢語和原始 Proto-Bodo-Garo 語的形式（採自 Joseph and Burling 2006）。原始 Proto-Bodo-Garo 語聲調 tone 2 來自詞尾 -?，根據 Joseph and Burling（2006：101），它仍然出現在 Garo 語。

　　很多比較性的問題還沒有答案：如上古漢語『水』和『河流』中的 *s. 和 *t. 是甚麼？為甚麼漢語中『河流』的聲母 *l̥- 是清音？為甚麼漢語中『水』的首位塞音不送氣，但是在『蛋』中確是送氣的？我們希望藏緬語構擬的進展將最終給我們一些回答，我們也不排斥這一區域的漢藏語和其他語族的比較會給我們更多的答案。

表 6.2 上古音 OC *-ʔ 和原始博多—加羅語聲調 2 的對應

上古漢語	原始博多—加羅語 (Joseph and Burling)
以 *ləʔ > *yiX > yǐ『拿，用』	*la 2『拿，用』
負 *[b]əʔ > *bjuwX > fù『背負』	*ba 2『背小孩』

　　雖然我們避免使用漢語以外的資料來檢驗關於上古漢語的假設，但是對其他相關語言的進一步認識可以最終幫助我們更好地理解上古漢語。原始日耳曼語的一個例子可以作為一個平行的例證。一些原始日耳曼語詞根有 *s 和 *z 的替換（遺存在英語裡的例子如 *was* 對 *were* 或者 *lose* 對 *(for)lorn*，這裡的 /r/ 來自更早的 *z）或者 *þ 和 *ð 的替換（遺存在英語裡的例子如 *seethe* 和它的舊的過去分詞 *sodden*）。這些替換可以在原始日耳曼語中得到構擬，但是要理解它們的起源，我們必須在更廣的印歐語族的範圍內觀察其他相關的語言。我們發現它們是由於原始印歐語重音位置的不同而造成的（這一規則稱為維爾納定律）。這一更廣泛的視角不一定改變我們對原始日耳曼語的構擬，但是它使我們對它有一個更好的理解。同樣，我們預計上古漢語的某些現象可能不會被充分理解，直到弄清楚漢藏語族的歷史。更廣泛地，當我們從更廣泛的比較的語境來看，從漢藏語族角度來看很令人困惑的現象，可能可以變得更清楚。

　　總之，我們希望除了對漢語史本身的問題作新的解釋之外，我們的構擬也將有助於弄清漢藏語族歷史的某些方面，尤其是它可以幫助尋找早期漢藏語的創新。我們相信，這對解決漢藏語族結構至關重要，也是成功構擬原始語言的先決條件。

325

附錄：構擬詞表

　　本表收錄見於本書的所有上古漢語單詞的構擬。一個更完整的、及時更新的構擬詞表，見以下網站：http://ocbaxtersagart.lsait.lsa.umich.edu/. 本表中的單詞以現代漢語讀音為序，然後是我們的中古音的標音。現代漢語的讀音以《漢語大詞典》為據，和依據中古漢語推測的讀音不一定相合。英語的解釋只是為了辨別詞義的方便，而不是對上古漢語中該單詞詞義的確定的重構。每個單詞後面的數字是原英文版的頁碼，即中譯本的邊碼。英文原書中頁 379–403 中（頁 379–380 第一章；頁 380–382 第二章；頁 382–383 第三章；頁 383–393 第四章；頁 393–403 第五章；頁 403 第六章）的尾注已經改成當頁腳注，相關上古漢語單詞請參看各章腳注。尾注號碼與腳注號碼相同。例如：400n78，是第五章尾注 78，即第五章腳注 78。

哀 āi　　　　*'oj* < *ʔˤəj『憐憫；悲哀』: 285

艾 ài　　　　*ngajH* < *C.ŋˤa[t]-s『艾屬植物』: 92, 272

安 ān　　　　*'an* < *[ʔ]ˤa[n]『安靜』: 263–264; 也見於 Ānxī < *'an.sik*

安息 Ānxī　　*'an.sik* < 西漢 *[ʔ]ˤa[n].sək 'Ānxī:『西域的一個伊朗語族國家』(from Aršaka = Arsaces, founder of the Arsacid dynasty): 263–264; 也見於 ān < *'an*『安靜』

暗 àn　　　　'omH < *qˤum-s 『光線不足』：310

卬 áng　　　　ngang < *[k.ŋ]ˤaŋ 『高；高舉』：57, 163, 215

瓮 àng　　　　'angH < *ʔˤaŋ-s 『盆；臃腫』：100

媼 ǎo　　　　'awX < *ʔˤuʔ 『老婦』：102, 246

豝 bā　　　　pae < *pˤra 『母豬；豬』：51, 223

八 bā　　　　peat < *pˤr[e]t 『八』：214, 275

拔 bá　　　　beat < *bˤ<r>ot 『拔出』：280, 281, 400n78；也見
　　　　　　　於 bèi < bajH

胈 bá　　　　pat < *pˤot 『人體細毛；草根』：280

罷 bà　　　　beaX < *[b]ˤrajʔ 『阻止，停止』：269

白 bái　　　　baek < *bˤrak 『白色』：17, 65, 72, 108

柏 bǎi　　　　paek < *pˤrak 『柏樹』：65

百 bǎi　　　　paek < *pˤrak 『百』：65, 225

稗 bài　　　　beaH < *C.[b]ˤre-s 『似谷之草』：232

敗 bài　　　　baejH < *N-pˤra[t]-s 『遭受失敗』；也見於 bài <
　　　　　　　paejH: 11, 54, 117, 118

敗 bài　　　　paejH < *pˤra[t]-s 『打敗（及物動詞）』；也見於
　　　　　　　bài < baejH: 11, 54, 117, 118

拜 bài　　　　peajH < *C.pˤro[t]-s 『鞠躬，屈膝』：281

班 bān　　　　paen < *pˤ<r>an 『分，分賜』：60

搬 bān　　　　pan < *Cə.pˤan 『搬動』：186

板 bǎn　　　　paenX < *C.pˤranʔ 『木板』：53, 168, 274

板 bǎn　　　　paenX < *pˤranʔ 『反常』：259

辦 bàn　　　　beanH < *[b]ˤren-s 『治理，處理』：277

半 bàn　　　　panH < *pˤan-s 『一半』：60, 61, 274

邦 bāng　　　paewng < *pˤroŋ 『國』：215, 244

包 bāo　　　　paew < *pˤ<r>u 『包裝，捆』：55, 124, 247

雹 báo　　　*baewk* < *C.[b]ˤruk『冰雹（名詞）』: 88, 249

抱 bào　　　*bawX* < *[m-p]ˤuʔ『抱持在懷中』: 124

寶 bǎo　　　*pawX* < *pˤuʔ『珍貴之物』: 247

暴 bào　　　*bawH* < *[b]ˤawk-s『凶暴的』: 297; 也見於 pù < *buwk*

悲 bēi　　　*pij* < *prəj『悲傷』: 285

碑 bēi　　　*pje* < *pre『石碑』: 17, 19, 216, 231, 232

卑 bēi　　　*pjie* < *pe『低下，謙卑』: 17, 19, 216, 231, 232; 也見於 Xiānbēi < *sjen.pjie*

北 běi　　　*pok* < *pˤək『北面』: 230

拔 bèi　　　*bajH* < *bˤot-s『除削（如在森林裡拔除一些樹木）』: 273, 281; 也見於 bá < *beat*

備 bèi　　　*bijH* < *[b]rək-s『完備（形容詞）』: 228

被 bèi　　　*bjeX* < *m-pʰ(r)ajʔ『被單』: 88

背 bèi　　　*bwojH* < *m-pˤək-s『背對』: 55; 也見於 bèi < *pwojH*

背 bèi　　　*pwojH* < *pˤək-s『背脊』: 55, 230; 也見於 bèi < *bwojH*

奔 bēn　　　*pwon* < *pˤur『奔跑（動詞）』: 255, 295

賁 bēn　　　*pwon* < *pˤur『烈性的，勇敢的』: 255; 也見於 bì < *pjeH*, fén < *bjun*

本 běn　　　*pwonX* < *C.pˤə[n]ʔ『樹榦』: 17, 168

崩 bēng　　　*pong* < *Cə.pˤəŋ『倒塌（特指山）』: 86, 89, 186, 231

祊 bēng　　　*paeng* < *pˤraŋ『廟門之側；祭於廟門之側』: 143

繃 bēng　　　*peang* < *pˤrəŋ『包』: 231

琫 běng   *puwngX < *pˤoŋʔ*『佩刀鞘口上的裝飾』：244

迸 bèng   *peangH < *pˤreŋ-s*『驅趕』：235

逼 bī   *pik < *prək*『催促，逼迫』：228, 230

鼻 bí   *bjijH < *Cə-bi[t]-s*『聞（及物動詞）』：132, 188

鼻 bí   *bjijH < *m-bi[t]-s*『鼻子』：89, 95, 132, 142, 188, 393n4

鄙 bǐ   *pijX < *prəʔ*『邊境小邑』：229

筆 bǐ   *pit < *p.[r]ut*（方言：*p.r- > *pr-）『書寫的筆』：42, 43, 89, 162, 294

彼 bǐ   *pjeX < *pajʔ*『那』：65

比 bǐ   *pjijX < *C.pijʔ*『比較』：289, 290

髀 bì   *bejX < *m-pˤeʔ*『髀骨』：55, 232；也見於 bì < *pjieX*

髀 bì   *pjieX < *peʔ*『髀骨，臀骨』：55；也見於 bì < *bejX*

苾 bì   *bet < *[b]ˤi[t]*『芳香』：290

辟 bì   *bjiek < *[N]-pek*『法令，法則；合法的』：233

庳 bì   *bjieX < *N-peʔ*『低，矮』：117

壁 bì   *pek < *C.pˤek*『牆壁』：168, 233

碧 bì   *pjaek < *prak*『淺藍色』：225

賁 bì   *pjeH < *por-s*『華麗的（卦名）』：259, 295；也見於 bēn < *pwon*, fén < *bjun*

蔽 bì   *pjiejH < *pe[t]-s*『覆蓋（動詞）』：276, 277

畀 bì   *pjijH < *pi[t]-s*『給』：142, 390n65

必 bì   *pjit < *pi[t]*『必定』：290

邊 biān   *pen < *pˤe[n]*『旁邊』：100, 277

鞭 biān   *pjien < *pe[n]*『鞭子』：277, 388n52

扁 biǎn 　　　*penX* < *pˤe[r]ʔ『平而且薄』: 278

貶 biǎn 　　　*pjemX* < *pr[e]mʔ『削弱』: 313, 403n111

弁 biàn 　　　*bjenH* < *C.[b]ro[n]-s『帽子』: 204–205, 209

辨 biàn 　　　*bjenX* < *[b]renʔ『辨別』: 277

便 biàn 　　　*bjienH* < *[b]e[n]-s『舒適的』: 204–205

諞 biàn 　　　*bjienX* < *[m-pʰ]e[r]ʔ『巧言善辯』: 278; 也見於
　　　　　　　pián < *bjien*

變 biàn 　　　*pjenH* < *pro[n]-s『變化（動詞）』: 208–209,
　　　　　　　217, 252, 282, 394n13, 395n17

髟 biāo 　　　*pjiw* < *p(r)iw『長髮』: 300

表 biǎo 　　　*pjewX* < *p(r)awʔ『外面』: 218, 296

別 bié 　　　*bjet* < *N-pret『被分開（不及物動詞）』: 88,
　　　　　　　116–117, 118, 275; 也見於 bié < *pjet*

別 bié 　　　*pjet* < *pret『分為兩半（及物動詞）』: 116; 也
　　　　　　　見於 bié < *bjet*

賓 bīn 　　　*pjin* < *pi[n]『客人』: 196, 291

冰 bīng 　　　*ping* < *p.rəŋ（方言：*p.r- > *pr-）『冰』: 217,
　　　　　　　396n27; 也見於 líng < *ling*

丙 bǐng 　　　*pjaengX* < *praŋʔ『天干第三位』: 17, 163, 217,
　　　　　　　227

稟 bǐng 　　　*pimX* < *p.rimʔ（方言：*p.r- > *pr-）『收到』: 162

稟 bǐng 　　　*pimX* < *p.rimʔ（方言：*p.r- > *pr-）『配給口
　　　　　　　糧』: 162; 也見於 lǐn < *limX*

波 bō 　　　*pa* < *pˤaj『波浪（名詞）』: 197, 269, 381n10

剝 bō 　　　*paewk* < *[p]ˤrok ~ *mə-pˤrok『切割，剝皮』:
　　　　　　　215, 243

撥 bō 　　　*pat* < *pˤat『分撥』: 271

泊 bó   *bak* < *[b]ˤak『安靜，不動』: 65

伯 bó   *paek* < *pˤrak『伯父』: 65

襮 bó   *powk* < *pˤawk『繡花的衣領』: 297

跛 bǒ   *paX* < *pˤajʔ『跛腳』: 65

擘 bò   *peak* < *pˤrek ~ *mə-pˤrek『分開，劈開』: 233

番番 bōbō   *pa-pa* < *pˤar-pˤar『勇武貌』: 256, 257; 也見於 fān < *phjon*

卜 bǔ   *puwk* < *pˤok『占卜（動詞）』: 243, 244

補 bǔ   *puX* < *[Cə]-pˤaʔ『修補』: 95, 187, 382n27

步 bù   *buH* < *mə-bˤa-s『腳步』: 88, 95, 178

不 bù   *pjuw* < *pə『不』: 53, 229; 也見於 bùlǜ < *pjuw.lwit*

不律 bùlǜ   *pjuw.lwit* < *pə.[r]ut 書寫的筆（讀音見東漢《說文》所收吳語方言）』: 43, 162; 也見於 bù < *pjuw*, lǜ < *lwit*

才 cái   *dzoj* < *[dz]ˤə『才能，才幹』: 202–203

采 cǎi   *tshojX* < *s.r̥ˤəʔ『採集』: 21, 24

採 cǎi   *tshojX* < *s.r̥ˤəʔ『採集』: 150

彩 cǎi   *tshojX* < *s.r̥ˤəʔ『多彩的』: 150

驂 cān   *tshom* < *m-sˤrum『三匹馬一組』: 306–307

蠶 cán   *dzom* < *C.[dz]ˤ[ə]m『蠶』: 171

倉 cāng   *tshang* < *tsʰˤaŋ『糧倉』: 55, 128

藏 cáng   *dzang* < *m-tsʰˤaŋ『貯藏（動詞）』: 55, 128

草 cǎo   *tshawX* < *[tsʰ]ˤuʔ『草，植物』: 104, 246

參差 cēncī   *tsrhim.tsrhje* < *[tsʰr][u]m.tsʰraj『不齊貌』: 269, 400n74; 也見於 shēn < *srim*, 差 chā < *tsrhae*, chāi < *tsrhea*

層 céng   *dzong* < *m-s-tˤəŋ『又一層樓，領域』: 33, 55, 59, 382n19; 也見於 céng < *dzong*『二層樓，加倍』

層 céng   *dzong* < *N-s-tˤəŋ『二層樓，加倍』: 54, 59, 192; 也見於 céng < *dzong*『又一層樓，領域』

差 chā   *tsrhae* < *tsʰraj『差異；選擇』: 74, 80, 266, 269, 270; 也見於 chāi < *tsrhea*, 參差 cēncī < *tsrhim.tsrhje*

扱 chā   *tsrheap* < *tsrhjep* < *s-qʰr[ə]p『搜集，收集』: 140;《經典釋文》也給出了一些其他的讀法: *tsrhip, khip, xip* 和 *ngip* (《經典釋文》118, 145)

臿 chā   *tsrheap* < *[tsʰ]<r>op『古農具』: 306, 311, 313

察 chá   *tsrheat* < *[tsʰ]ˤret『檢查』: 213, 275, 277, 311, 392n94

拆 chāi   *trhaek* < *qʰˤ<r>ak『分開，拆開』（方言：*qʰˤr- >*r̥ˤ- > *trh-*）: 175

差 chāi   *tsrhea* < *[tsʰ]raj『差異；選擇』: 74, 80, 266, 269, 270; 也見於 chā < *tsrhae*, 參差 cēncī < *tsrhim.tsrhje*

豺 chái   *dzreaj* < *[dz]ˤrə『猛獸』: 229

儕 chái   *dzreaj* < *[dz]ˤ<r>əj『類，同類』: 58, 213

孱 chán   *dzrean* < *dzjren* < *[dz]r[a][n]『膽怯的』: 274

單于 chányú   *dzyen.hju* < 西漢 *dar.ɦʷa (< OC *[d]ar + *ɢʷ(r)a)『匈奴的首領』: 260, 399n66; 也見於 單 dān < *tan*, 于 yú < *hju*

產 chǎn   *sreanX* < *s-ŋrarʔ『生育（動詞），生產』: 18, 148, 391n76

腸 cháng　　*drjang* < *lraŋ『腸子』：109, 110, 166, 173

嘗 cháng　　*dzyang* < *Cə.daŋ『品嘗（動詞）』：53, 188

鬯 chàng　　*trhjangH* < *tʰraŋ-s『香酒』：80

唱 chàng　　*tsyhangH* < *mə-tʰaŋ-s『領唱』：178

朝 cháo　　*drjew* < *m-t<r>aw『朝會』：55, 296；也見於
　　　　　　zhāo < *trjew*

巢 cháo　　*dzraew* < *[dz]ˤraw『鳥窠』：296

車 chē　　*tsyhae* < *[t.qʰ](r)A『戰車』：158, 224；也見於
　　　　　　jū < *kjo*

撤 chè　　*drjet* < *m-tʰret『撤除，拿走』：128；也見於 chè
　　　　　　< *trhjet*

坼 chè　　*trhaek* < *Nə-qʰˤ<r>ak『裂（不及物動詞）（方言：
　　　　　　*qʰˤr- > *r̥ˤ- >trh-）』：175 trh-)：175

撤 chè　　*trhjet* < *tʰret『撤除，拿走』：128, 275；也見於
　　　　　　chè <*drjet*

塵 chén　　*drin* < *[d]rə[n]『塵土（名詞）』：288

晨 chén　　*zyin* < *sə-[d]ər『天蠍星座裡的部分；早晨』：
　　　　　　253, 399n58

陳 chén　　*drin* < *lri[n]『排列』：291

辰 chén　　*dzyin* < *[d]ər『地支第五位』：181, 255

瞠 chēng　　*trhaeng* < *tʰˤraŋ『注視』：227

赬 chēng　　*trhjeng* < *t-kʰreŋ『紅色』：79, 159

稱 chēng　　*tsyhing* < *tʰəŋ『稱重；稱量；稱呼』：55；也見
　　　　　　於 chèng< *tsyhingH*

橙 chéng　　*dreang* < *[d]ˤrəŋ『柑橘樹（《說文》）』：231

澄 chéng　　*dring* < *[d]rəŋ『清澈，潔淨』：231

程 chéng　　*drjeng* < *l<r>eŋ『規則，法則』：164

塍 chéng   *zying* < *m.ləŋ『田埂』: 133, 382n19

騁 chěng   *trhjengX* < *[r̥]eŋʔ『奔馳』: 167

稱 chèng   *tsyhingH* < *mə-tʰəŋ-s『秤桿』: 55, 77, 95, 178;
                        也見於 chēng < *tsyhing*

絺 chī   *trhij* < *qʰrəj『細葛布』（方言：*qʰr- > *r̥- > *trh-*）:
                        103

离 chī   *trhje* < *r̥aj『山岳的神靈』: 116

鴟鴞 chīxiāo   *tsyhij.xjew* < *tʰij.[ɢ]ʷ(r)aw『貓頭鷹』: 296

坻 chí   *drij* < *[d]rij『水中高地』: 289

遲 chí   *drij* < *l<r>ə[j]『慢』: 109, 284–285, 401n91

池 chí   *drje* < *Cə.lraj『水池（名詞）』: 190

馳 chí   *drje* < *[l]raj『奔馳』: 269

侈 chǐ   *tsyhaeX* < *[t-l̥]Ajʔ『大』; 也見於 chǐ < *tsyheX*:
                        270, 321

尺 chǐ   *tsyhek* < *tʰAk『尺（度量單位）』: 76, 104, 226,
                        320, 385n25

侈 chǐ   *tsyheX* < *[t-l̥]ajʔ『大』: 270, 321; 也見於 chǐ <
                        tsyhaeX

齒 chǐ   *tsyhiX* < *t-[kʰ]ə(ŋ)ʔ 或 r *t-ŋ̊əʔ『門齒』: 32, 48,
                        57, 79, 157–158

翅 chì   *syeH* < *s-kʰe-s『翅膀』: 140

赤 chì   *tsyhek* < *[t-qʰ](r)Ak『紅色』: 103

沖 chōng   *drjuwng* < *[d]ruŋ『鑿冰的聲音』: 310

重 chóng   *drjowng* < *[m]-troŋ『重複，雙重』: 244; 也見
                        於 zhòng< *drjowngX*

蟲 chóng   *drjuwng* < *C.lruŋ『昆蟲』: 109, 172

崇 chóng   *dzrjuwng* < *[dz]<r>uŋ『擢升，尊崇』: 250

寵 chǒng　　　*trhjowngX* < *r̥oŋʔ『喜歡，恩賜』：112

瘳 chōu　　　*trhjuw* < *r̥iw『病愈』：115

綢 chóu　　　*drjuw* < *[d]riw『纏繞』：300

愁 chóu　　　*dzrjuw* < *[dz]riw『憂慮』：74, 300

杻 chǒu　　　*trhjuwX* < *n̥<r>uʔ『手銬』：80

杽 chǒu　　　*trhjuwX* < *n̥<r>uʔ『手銬』：407

臭 chòu　　　*tsyhuwH* < *t-qʰu(ʔ)-s『氣味；散發臭味』：57

初 chū　　　*tsrhjo* < *[ts]ʰra『開始』：223

出 chū　　　*tsyhwit* < *t-kʰut『出去或出來』：56, 79, 158, 293, 294; 也見於 chuì < *tsyhwijH*

除 chú　　　*drjo* < *[l]<r>a『消除』：81, 109, 145–146, 390n69, 390n70

鉏 chú　　　*dzrjo* < *s-[l]<r>a『鋤頭（名詞）』：145–146, 390n69

鋤 chú　　　*dzrjo* < *s-[l]<r>a『鋤頭（名詞）』：81, 145–146, 390n69

芻 chú　　　*tsrhju* < *[tsʰ]ro『作燃料或飼料用的草』：242, 396n25

楚 chǔ　　　*tsrhjoX* < *s.r̥aʔ『荊棘』：150

杵 chǔ　　　*tsyhoX* < *t.qʰaʔ『杵』：79, 83, 128–129

處 chǔ　　　*tsyhoX* < *t.qʰaʔ『在（某處）』：129, 138; 也見於 chù < *tsyhoH*

畜 chù　　　*trhjuwH* < *qʰ<r>uk-s『馴養的動物』：250; 也見於 chù < *trhjuwk*, xù < *xjuwk*, xù < *xjuwH*

畜 chù　　　*trhjuwk* < *qʰ<r>uk『蓄積（動詞）』：103, 249, 250; 也見於 chù < *trhjuwH*, xù < *xjuwk*, xù < *xjuwH*

黜 chù　　　*trhwit* < *t.kʰ<r>ut『驅逐』：294

處 chù	*tsyhoH* < *t.qʰaʔ-s 『處所（名詞）』: 129; 也見於 chǔ < *tsyhoX*
揣 chuǎi	*tsrhjweX* < *s-tʰ\<r>orʔ 『測量，估計』: 80, 139
嘬 chuài	*tsrhwaejH* < *[tsʰ](ˤ)ro[t]-s 『叮咬，吃』; 也見於 chuài < *tsrhweajH:* 281
嘬 chuài	*tsrhweajH* < *[tsʰ](ˤ)ro[t]-s 『叮咬，吃』; 也見於 chuài < *tsrhwaejH:* 281
穿 chuān	*tsyhwen* < *tʰo[n] 『穿過』: 76, 104
川 chuān	*tsyhwen* < *t.l̥u[n] (-*jwen* is irregular; we would expect -*win*) 『溪、河』: 53, 166, 251, 324
傳 chuán	*drjwen* < *m-tron 『傳授』: 282; 也見於 zhuàn < *drjwenH*
輇 chuán	*dzywen* < *[d]or 『有實心輪子的車子』: 283
船 chuán	*zywen* < *Cə.lo[n] 『船』: 190
喘 chuǎn	*tsyhwenX* < *[tʰ]orʔ 『氣喘』: 80, 283
窻 chuāng	*tsrhaewng* < *s-l̥ˤ\<r>oŋ 『窗戶』56, 91, 146, 150
窗 chuāng	*tsrhaewng* < *s-l̥ˤ\<r>oŋ 『窗戶』: 150
幢 chuáng	*draewng* < *[d]ˤroŋ 『一種旗幟』: 244
牀 chuáng	*dzrjang* < *k.dzraŋ 『 』: 37, 71, 95, 97, 153, 160, 227, 319
吹 chuī	*tsyhwe* < *tʰo[r] 『吹（動詞）』: 76, 252, 266, 271, 279
錘 chuí	*drjwe* < *m-t\<r>oj 『榔頭』: 279
椎 chuí	*drwij* < *k.druj 『錘子』: 160
出 chuì	*tsyhwijH* < *t-kʰut-s 『拿出或擺出』: 293; 也見於 chū < *tsyhwit*
輴 chūn	*trhwin* < *l̥ru[n] 『出殯車』: 294

春 chūn	*tsyhwin* < *tʰun『春季』: 76, 104, 294
脣 chún	*zywin* < *sə.dur『嘴唇』: 181
綴 chuò	*trjwet* < *trot『縫補』: 281
輟 chuò	*trjwet* < *trot『中止，停止』: 281
錣 chuò	*trwaet* < *tˤrot『馬鞭端的針刺』: 281
綽 chuò	*tsyhak* < *tʰawk『寬緩，從容』: 297
差 cī	*tsrhje*, see 參差 cēncī < *tsrhim.tsrhje*; 也見於 chā < *tsrhae*, chāi < *tsrhea*
慈 cí	*dzi* < *[N-ts]ə『充滿深情的，仁慈的』: 90
餈 cí	*dzij* < *dzij『大米或小米糕』: 108
泚 cǐ	*tshjeX* < *[tsʰ]e(j)ʔ『清澈（形容詞）』: 262, 400n70
賜 cì	*sjeH* < *s-lek-s『給予』: 51
次 cì	*tshijH* < *[s-n̥]i[j]-s『排列；次等』: 90
刺 cì	*tshjeH* < *[tsʰ]ek-s『尖端，刺』: 234; 也見於 cì < *tshjek*
刺 cì	*tshjek* < *[tsʰ]ek『刺穿，戳』: 233, 234; 也見於 cì < *tshjeH*
聰 cōng	*tshuwng* < *s-l̥ˤoŋ『聽覺靈敏；聰明』: 150, 244
從 cóng	*dzjowng* < *[dz]oŋ『跟隨』: 244
叢 cóng	*dzuwng* < *dzˤoŋ『收集；灌木叢』: 108
粗 cū	*tshu* < *Nə-s.rˤa『粗糙的，（頭髮）厚的』: 192–193
竄 cuàn	*tshwanH* < *[tsʰ]ˤo[n]-s『隱藏；逃避』: 282
催 cuī	*tshwoj* < *s-tʰˤuj『催促，抑制』: 139
衰 cuī	*tsrhjwe* < *[tsʰ]roj『遞減』: 279; 也見於 shuāi < *srwij*

道 dào   *dawX < *[kə.l]ˤuʔ『道路』: 184, 246, 247

稻 dào   *dawX < *[l]ˤuʔ『稻穀，稻田』: 246

得 dé   *tok < *tˤək『獲得』: 10–11, 101, 380n4, 385n25

德 dé   *tok < *tˤək『德行』10–11, 380n4, 385n25

登 dēng   *tong < *k-tˤəŋ『一種祭祀用的器皿』: 97

登 dēng   *tong < *tˤəŋ『上升』: 59, 136, 192, 231

鐙 dēng   *tong < *k-tˤəŋ『燈』: 153

翟 dí   *dek < *lˤewk『野雞』: 299, 300

滌 dí   *dek < *lˤiwk『洗滌，清掃（動詞）』: 301

氐 dǐ   *tejX < *tˤijʔ『底部』: 100

底 dǐ   *tejX < *tˤijʔ『底部；滯，塞』: 197

折 dì   *dejH < *[d]ˤet-s『孤零獨立（特指樹木）』: 276; 也見於 shé < *dzyet*, zhé < *tsyet*

杕 dì   *dejH < *[d]ˤet-s『孤零獨立（特指樹木）』: 276

弟 dì   *dejX < *lˤəjʔ『弟弟』: 285

地 dì   *dijH < *[l]ˤej-s『地面，土地』: 109

驒騱 diānxí   *ten.hej < *tˤer.gˤe『一種野馬（匈奴的坐騎）』: 66

點 diǎn   *temX < *tˤemʔ『黑點』: 72, 97, 98, 100, 304, 315, 403n111

玷 diàn   *temX < *tˤemʔ『黑點』: 403n111

簟 diàn   *demX < *[l]ˤimʔ『竹席』: 305, 310

墊 diàn   *temH < *[t]ˤ[i]m-s『下陷』: 305; 也見於 dié < *tep*

墊 dié   *tep < *[t]ˤip『（四川地名）（漢之前沒有例證）』: 304, 305, 308, 309; 也見於 diàn < *temH*

釘 dīng   *teng* < *tˤeŋ『釘（名詞）』: 126; 也見於 dìng < *tengH*

頂 dǐng   *tengX* < *tˤeŋʔ『頭頂』: 235

鼎 dǐng   *tengX* < *tˤeŋʔ『鼎』: 43

定 dìng   *dengH* < *m-tˤeŋ-s『使……固定、定居（及物動詞）』: 126; 也見於 dìng < *tengH*『被……固』，dìng < *tengH*

定 dìng   *dengH* < *N-tˤeŋ-s『被……固定，定居（不及物動詞）』: 126, 也見於 dìng < *dengH*『使……固定、定居（及物動詞）, dìng < *tengH*

定 dìng   *tengH* < *tˤeŋ-s『燒好的（食物）』: 126; 也見於 dìng < *dengH*

釘 dìng   *tengH* < *tˤeŋ-s『釘（動詞）』: 126; 也見於 dīng < *teng*

冬 dōng   *towng* < *tˤuŋ『冬天』: 250

東 dōng   *tuwng* < *tˤoŋ (< *tˤoŋʔʔ)『東方』: 9–10, 147, 244, 390n74

動 dòng   *duwngX* < *[Cə-m-]tˤoŋʔ『移動』: 147, 390n74

兜 dōu   *tuw* < *tˤo『頭盔』: 55, 124

斗 dǒu   *tuwX* < *tˤoʔ『量器名；杓』: 71, 242

脰 dòu   *duwH* < *kə.dˤok-s『頸項』: 95, 184, 244, 319

毒 dú   *dowk* < *[d]ˤuk『毒物』; 也見於閩方言 *m-[d]ˤuk-s『下毒（動詞）』: 132, 249

讀 dú   *duwk* < *C.lˤok『讀』: 109

裻 dú   *sowk* < *[s]ˤuk 衣背的中縫』: 249; 也見於 dú < *towk*

裻 dú   *towk* < *tˤuk『衣背的中縫』: 249; 也見於 dú < *sowk*

肚 dǔ　　　*tuX* < *tˤaʔ『肚子，胃』: 55, 126; 也見於 dù < *duX*

賭 dǔ　　　*tuX* < *mə.tˤaʔ『打賭』: 88

度 dù　　　*duH* < *[d]ˤak-s『尺度（名詞）』: 220, 226; 也見於 duó < *dak*

肚 dù　　　*duX* < *m-tˤaʔ『肚子』: 55, 126–127; 也見於 dǔ < *tuX*

端 duān　　*twan* < *tˤor『尖端（名詞）』: 283

短 duǎn　　*twanX* < *tˤorʔ『不長』: 283

斷 duàn　　*twanX* < *tˤo[n]ʔ『切成兩段』: 117; 也見於斷 duàn < *dwanX*

斷 duàn　　*dwanX* < *N-tˤo[n]ʔ『被切成兩段』: 117, 118, 282; 也見於斷 duàn < *twanX*

敦 duī　　　*twoj* < *tˤur（方言：*-r > *-j）『治理，指導』: 263, 295; 也見於 dūn < *twon*, 敦煌 Dūnhuáng < *twon.hwang*

對 duì　　　*twojH* < *[t]ˤ[u]p-s『應答』: 309

敦 dūn　　　*twon* < *tˤur『堅實，寬厚』: 263, 295: 也見於 duī < *twoj*, 敦煌　Dūnhuáng < *twon.hwang*

燉 dūn　　　*twon*, 參見敦煌 Dūnhuáng < *twon.hwang*

敦煌 Dūnhuáng *twon.hwang* < *tˤur.[ɢ]ʷˤaŋ『敦煌（地名）』: 263, 295 也寫作燉煌；也見於敦 dūn < *twon*, duī < *twoj*

遯 dùn　　　*dwonH* < *lˤu[n]ʔ-s『退隱』: 251

多 duō　　　*ta* < *[t.l]ˤaj『很多』: 10–11, 164

度 duó　　　*dak* < *[d]ˤak『測量（動詞）』: 27, 220, 225, 226, 397n40; 也見於 dù < *duH*

鐸 duó	*dak* < *l^ˤak『一種鈴』: 27	

鐸 duó　　　*dak* < *lˤak『一種鈴』: 27

奪 duó　　　*dwat* < *Cə.lˤot『強取』: 190

掇 duó　　　*twat* < *tˤot『拾取，收集』: 21

墮 duò　　　*dwaX* < *lˤojʔ『墜落』: 182; 也見於 huī < *xjwie*

惰 duò　　　*dwaX* < *lˤojʔ『懶惰』: 280

阿 ē　　　　*'a* < *qˤa[j]『斜坡，河岸』: 121, 271, 399n63;
　　　　　　也見於阿會亘 ēhuìxuān < *'a.hwajH.sjwen*

鵝 é　　　　*nga* < *ŋˤa[r]『鵝』: 92

訛 é　　　　*ngwa* < *m-qʷhˤaj『行動；改變』: 269

惡 è　　　　*'ak* < *ʔˤak『不好，醜陋』: 59, 226; 也見於 wù
　　　　　　< *'uH*

厄 è　　　　*'eak* < *qˤ<r>[i]k『軛的一部分』: 58

餓 è　　　　*ngaH* < *ŋˤaj-s『饑餓』: 257, 272

愕 è　　　　*ngak* < *N-qhˤak『驚訝』: 121, 175

諤 è　　　　*ngak* < *ŋˤak『直言』: 56

阿會亘 ēhuìxuān　　　*'a.hwajH.sjwen* < 東漢 *ʔˤa-ɦˤwajs-
　　　　　　swar (< OC *qˤaj + *m-kˤop-s + *s-[q]ʷar) <
　　　　　　Sanskrit *ābhāsvara*『閃光』: 258; 也見於 阿 ē <
　　　　　　'a, 會 huì < *hwajH*, 亘 xuān < *sjwen*

恩 ēn　　　*'on* < *ʔˤə[n]『仁慈，善意的行為』: 283

兒 ér　　　*nye* < *ŋe『兒童』: 77, 108, 133

而 ér　　　*nyi* < *nə『和，但是』: 53, 72–73

耳 ěr　　　*nyiX* < *C.nəʔ『耳朵』: 158

爾 ěr　　　*nyeX* < *n[ə][r]ʔ『你（的）』: 133

二 èr　　　*nyijH* < *ni[j]-s『二』: 110

發 fā　　　*pjot* < *Cə.pat『發射，發出』: 186, 210, 271,
　　　　　　272, 273, 391n82

沸 fèi   *pj+jH* < *Nə.p[u][t]-s 『沸騰（動詞）』: 88, 95, 174

廢 fèi   *pjojH* < *pat-s 『大』: 272

廢 fèi   *pjojH* < *[p-k]ap-s 『廢除』: 152–153, 154, 272, 312, 391n82

分 fēn   *pjun* < *pə[n] 『劃分』: 216, 217, 288

焚 fén   *bjun* < *[b]u[n] 『燃燒（動詞）』: 251

賁 fén   *bjun* < *[b]ur 『大』: 295; 也見於 bēn < *pwon*, bì < *pjeH*

粉 fěn   *pjunX* < *mə.pən? 『面粉』: 177

蜂 fēng   *phjowng* < *pʰ(r)oŋ 『蜜蜂』: 104, 244, 314

風 fēng   *pjuwng* < *prəm 『風（名詞）』: 195, 309, 310

馮 féng   *bjuwng* < *[Cə.b]əŋ 『馮（姓氏）』: 216, 231

覂 fěng   *pjowngX* < *p(r)om? （方言：*-om > *-oŋ）『傾覆』（漢之前沒有例證）: 312

縫 fèng   *bjowngH* < *C.[b](r)oŋ-s 『縫』: 171

奉 fèng   *bjowngX* < *m-pʰ(r)oŋ? 『雙手捧住』: 128; 也見於 fèng < *phjowngX*

奉 fèng   *phjowngX* < *pʰ(r)oŋ? 『雙手捧住』: 104, 128; 也見於 fèng < *bjowngX*

膚 fū   *pju* < *pra 『皮膚』: 223

幞 fú   *bjowk* < *[b](r)ok 『頭巾（《說文》）』: 243

浮 fú   *bjuw* < *m.b(r)u 『漂浮（動詞）』: 131

伏 fú   *bjuwH* < *[b]ək-s (< *[b]uk-s?) 『孵卵（動詞）』: 228

茀 fú   *pjut* < *p[ə]t 『把稠密的草除去』: 287

福 fú   *pjuwk* < *pək 『福氣』: 228, 230

斧 fǔ	*pjuX* < *p(r)aʔ『斧頭』: 100, 224, 381n11	
府 fǔ	*pjuX* < *p(r)oʔ『庫藏』: 381n11	
縛 fù	*bjak* < *bak『捆綁（動詞）』: 107, 225	
負 fù	*bjuwX* < *[b]əʔ『以背載物』: 325	
阜 fù	*bjuwX* < *[b](r)uʔ『大土堆』: 247	
復 fù	*bjuwH* < *[N]-pruk-s『又』: 249; 也見於 fù < *bjuwk*	
復 fù	*bjuwk* < *m-p(r)uk『回復』: 249; 也見於 fù < *bjuwH*	
婦 fù	*bjuwX* < *mə.bəʔ『婦女，妻子』: 88, 156, 178	
腹 fù	*pjuwk* < *p(r)uk『腹部』: 126	
改 gǎi	*kojX* < *C.qˤəʔ『改變（動詞）』: 30–31, 229, 385n24	
攺 gǎi	*kojX* < *C.qˤəʔ『改變（動詞）』: 30–31, 229, 385n24	
蓋 gài	*kajH* < *[k]ˤap-s『蓋（動詞），蓋子（名詞）』: 151, 153, 197, 311	
甘 gān	*kam* < *[k]ˤ[a]m『甜』: 314	
漧 gān	*kan* < *[k]ˤar『乾』: 260	
肝 gān	*kan* < *s.kˤa[r]『肝臟』: 137	
軦 gàn	*kanH* < *[k]ˤar-s『日出（《說文》）』: 261	
幹 gàn	*kanH* < *[k]ˤar-s『頸上；垣欄』: 261	
贛 gàn	*komH* < *[k]ˤom-s『江西贛江』: 313–314, 403n117	
剛 gāng	*kang* < *kˤaŋ『硬，強』: 227	
綱 gāng	*kang* < *kˤaŋ『提網的繩』: 43	
亢 gāng	*kang* < *k-ŋˤaŋ『舉高』: 57, 96, 163	

弓 gōng   *kjuwng* < *kʷəŋ『弓箭（名詞）』: 228, 231, 307

觥 gōng   *kwaeng* < *[k]ʷˤraŋ『酒器』: 227

廾 gǒng   *kjowngX* < *k(r)oŋʔ『拱手』: 119

共 gòng   *gjowngH* < *N-k(r)oŋʔ-s『一起，都』: 119, 245

貢 gòng   *kuwngH* < *[k]ˤoŋ-s < *[k]ˤom-s『貢品』: 313–314, 403n117

贛 gòng   *kuwngH* < *[k]ˤoŋ-s < *[k]ˤom-s『貢品』: 313–314, 403n117

狗 gǒu   *kuwX* < *Cə.kˤroʔ『狗』: 186, 215

彀 gòu   *kuwH* < *[k]ˤ(r)ok-s『張滿弓弩』: 244

孤 gū   *ku* < *kʷˤa『孤兒』: 223

菇 gū   *ku* < *mə.kˤa『蘑菇』: 177

穀 gǔ   *kuwk* < *[k]ˤok『穀物』: 243, 244

牯 gǔ   *kuX* < *Cə.kʷˤaʔ『公牛』: 187

骨 gǔ   *kwot* < *kˤut『骨頭』: 294

故 gù   *kuH* < *kˤaʔ-s『舊的』: 75, 101

瓜 guā   *kwae* < *kʷˤra『瓜，葫蘆』: 223

卦 guà   *kweaH* < *[k]ʷˤre-s『用筮草預言的辦法』: 232

乖 guāi   *kweaj* < *kʷˤrəj『背離；混亂』: 285

夬 guài   *kwaejH* < *[k]ʷˤret-s『分開，決口』: 276

怪 guài   *kweajH* < *[k]ʷˤrə-s『離奇的』: 229

關 guān   *kwaen* < *[k]ˤro[n]『門閂』: 214; 也見於間關 jiānguān < *kean.kwaen*

倌 guān   *kwaenH* < *kʷˤra[n]-s『僱工，男僕』: 274

冠 guān   *kwan* < *[k.ʔ]ˤor『帽子（名詞）』: 58, 151; 也見於 guàn < *kwanH*

官 guān   *kwan* < *kʷˤa[n]『官府（名詞）』: 234, 274, 278

鰥 guān   *kwean* < *[k]ʷˤrə[n]*『鰥夫』: 288

綸 guān   *kwean* < *k.rˤu[n]*（方言：*k.rˤ- > *kˤr-)*『頭巾；海藻』: 294; 也見於 *lún* < *lwin*

瘝 guǎn   *kwanX* < *kʷˤa[n]ʔ*『疲憊，無助的』: 259

痯 guǎn   *kwanX* < *kʷˤa[n]ʔ*『疲憊，無助的』: 259; 也見於 *guǎn* < *kwanX*『管子；笛』

管 guǎn   *kwanX* < *[k]ˤo[n]ʔ*『管子；笛』: 282; 也見於 *guǎn* < *kwanX*『疲憊，無助的』

筦 guǎn   *kwanX* < *[k]ˤo[n]ʔ*『管子；笛』: 282

冠 guàn   *kwanH* < *k.ʔˤor-s*『戴帽子（動詞）』: 58, 151, 154; 也見於 *guān* < *kwan.*

祼 guàn   *kwanH* < *[k]ˤor(ʔ)-s*『祭祀時倒出祭酒』: 282

貫 guàn   *kwanH* < *kˤon-s*『從中心穿過』: 208–209, 395n16

觀 guàn   *kwanH* < *C.qʷˤar-s*『觀察樓』: 234, 278; 也見於 榮觀 *róngguàn* < *hjwaeng.kwanH*

鸛 guàn   *kwanH* < *C.qʷˤar-s*『鸛』: 261

光 guāng   *kwang* < *kʷˤaŋ*『光明』: 81, 117

廣 guǎng   *kwangX* < *kʷˤaŋʔ*『寬』: 227

歸 guī   *kjw+j* < *[k]ʷəj*『返回（動詞）』: 385, 391n80, 401n91

圭 guī   *kwej* < *[k]ʷˤe*『玉版』: 232

龜 guī   *kwij* < *[k]ʷrə*『龜』: 229, 248, 398n54

詭 guǐ   *kjweX* < *[k](r)ojʔ*『不正常』: 279

癸 guǐ   *kjwijX* < *kʷijʔ*『天干第十位』: 289

鬼 guǐ   *kjw+jX* < *k-ʔujʔ*『鬼』: 101, 151, 154, 391n80

簋 guǐ   *kwijX* < *kʷruʔ*『禮器』: 247, 248, 398n54

軌 guǐ   *kwijX* < *kʷruʔ『車轍』：218, 247, 248, 397n30, 398n54

匱 guì   *gwijH* < *[g]ruj-s『箱子（名詞）』：293

撅 guì   *kjwejH* < *k(r)[o][t]-s『揭起（衣服）』：281

貴 guì   *kjw+jH* < *kuj-s『有價值的；貴的』：101, 102, 196, 391n79

繪 guì   *kwajH* < *kˤop-s『衣領或腰帶兩頭的交叉處』：312

郭 guō   *kwak* < *kʷˤak『外城』：225

馘 guó   *kweak* < *C.qʷˤ<r>ək『割獲左耳』：230

果 guǒ   *kwaX* < *[k]ˤo[r]ʔ『水果；結果』：282

過 guò   *kwaH* < *kʷˤaj-s『經過』：271

害 hài   *hajH* < *N-kˤat-s『被傷害（動詞）；傷害（名詞）』：197, 272

駭 hài   *heajX* < *[g]ˤrəʔ『受驚』：229

寒 hán   *han* < *Cə.[g]ˤa[n]『寒冷』：274

韓 hán   *han* < *[g]ˤar『三國時期朝鮮半島的國家』：261

含 hán   *hom* < *Cə-m-kˤ[ə]m『銜在嘴裡』：192

翰 hàn   *hanH* < *[g]ˤar (rhymes as *-ar, but MC implies *[g]ˤar -s)『（馬之）白』：259；也見於 hàn < *hanH*『支撐，支持』

翰 hàn   *hanH* < *m-kˤar-s『支撐，支持』：257, 258；也見於 hàn < *hanH*『（馬之）白』

旱 hàn   *hanX* < *[g]ˤa[r]ʔ『乾，乾旱』：106

漢 hàn   *xanH* < *ŋ̊ar-s（W 方言：*ŋ̊- > x-，*-r > -n）『（江河名）』：112, 114, 387n37

茠 hāo   *xaw* < *qʰˤu『除草（動詞）』：103

薅 hāo   *xaw* < *qʰˤu『除草（動詞）』: 103, 390n71

號 háo   *haw* < *[C.g]ˤaw『大聲喊叫』: 246

好 hǎo   *xawX* < *qʰˤuʔ『好』: 59, 102, 103, 246; 也見於 hào < *xawH*

好 hào   *xawH* < *qʰˤuʔ-s『愛，喜好（動詞）』: 59; 也見 於 hǎo < *xawX*

盍 hé   *hap* < *m-[k]ˤap『茅草屋頂，覆蓋』: 151, 153, 197, 311

合 hé   *hop* < *m-kˤop『合併』: 125, 127, 311, 312; 也 見於 gě < *kop*

齕 hé   *hot* < *m-[q]ˤət『咬（動詞）』: 287

和 hé   *hwa* < *[ɢ]ˤoj『和諧』: 266, 270, 271

禾 hé   *hwa* < *[ɢ]ˤoj『正在生成的穀物』: 279

賀 hè   *haH* < *m-kˤaj-s『祝賀』: 272

鶴 hè   *hak* < *[g]ˤawk『鶴』: 297

褐 hè   *hat* < *[ɢ]ˤat『粗布』: 44

隺 hè   *howk* < *[g]ˤawk『高』: 297

嚇 hè   *xaek* < *qʰˤ<r>ak『恐嚇』: 121, 175

赫 hè   *xaek* < *qʰˤrak『紅色，熾烈的』: 103

黑 hēi   *xok* < *m̥ˤək（方言：*m̥ˤ- > x-）『黑色』: 42

亨 hēng   *xaeng* < *qʰˤraŋ『通達』: 157; 也見於 xiǎng < *xjangX*

恆 héng   *hong* < *[g]ˤəŋ『永恆』: 231

橫 héng   *hwaeng* < *C.gʷˤraŋ『交叉的；橫向的』: 171

紅 hóng   *huwng* < *gˤoŋ『粉紅』: 105

宏 hóng   *hweang* < *[g]ʷˤ<r>əŋ『響亮的；大』: 231

弘 hóng   *hwong* < *[ɢ]ʷˤəŋ『巨大』: 231

猴 hóu   *huw* < *mə-gˤ(r)o『猴子』：178

侯 hóu   *huw* < *[g]ˤ(r)o『諸侯』：242

厚 hòu   *huwX* < *Cə.[g]ˤ(r)oʔ『厚』：189

后 hòu   *huwX* < *ɢˤ(r)oʔ『君王；王后』：105

逅 hòu   *huwH*, 參見 邂逅 xièhòu < *heaH.huwH*

呼 hū   *xu* < *qʰˤa『叫喚，喊叫』：220；也見於 hù < *xuH*

芴 hū   *xwot* < *m̥ˤut『粗心；困惑的』：111

搰 hú   *hwot* < *[g]ˤut『挖出』：158

虎 hǔ   *xuX* < *qʰˤraʔ（W 方言：*qʰr- >r̥ˤ- > x-)『老虎』：103

澔澔 hǔhǔ   *xuX.xuX* < *qʰˤaʔ.qʰˤaʔ『伐木聲』，也寫作所所：129；也見於許許 hǔhǔ < *xuX.xuX*

許許 hǔhǔ   *xuX.xuX* < *qʰˤaʔ.qʰˤaʔ『伐木聲（《小雅・伐木》）』，也寫作所所：129；也見於 許 xǔ < *xjoX*, 澔澔 hǔhǔ < *xuX.xuX*

洰 hù   *huH* < *N-qˤaʔ-s『關進，塞住』：129

戶 hù   *huX* < *m-qˤaʔ『門』：129

戶 hù   *huX* < *m-qˤaʔ『停止，抑制』：129

呼 hù   *xuH* < *qʰˤa-s『叫喚，喊叫』：220；也見於 hū < *xu*

花 huā   *xwae* < *qʷʰˤra『花（名詞）』：7, 83, 105, 379n5

華 huā   *xwae* < *qʷʰˤra『花（名詞）』（今作「花」）：7, 83, 105, 379n5；也見於 huá < *hwae*

華 huá   *hwae* < *N-qʷʰˤra『開花（動詞）；華麗的（形容詞）』：7, 83；也見於 huā < *xwae*

滑 huá   *hweat* < *Nə-gˤrut『滑溜』：95, 174, 175, 215, 294

話 huà　　　*hwaejH* < *[g]ʷˤrat-s『善言；話語』: 106, 272

鞾 huà　　　*hwaeX* < *[g]ˤ<r>orʔ（方言：*-r > *-j）『轉（指車輪）』: 282; 也見於 huàn < *hwanX*

踝 huà　　　*hwaeX* < *m-kˤ<r>o[r]ʔ『腳脖子』: 215, 282

畫 huà　　　*hweaH* < *C-gʷˤrek-s『圖畫』: 106, 171, 234; 也見於 huà < *hweak*

繢 huà　　　*hweaH* < *m-qʷʰˤrek-s『捆綁』: 83; 也見於 huà < *xweak*

畫 huà　　　*hweak* < *gʷˤrek『畫圖（動詞）』: 106, 171, 233, 234; 也見於 huà < *hweaH*

劃 huà　　　*hweak* < *gʷˤrek『畫圖（動詞）』: 106, 171

繢 huà　　　*xweak* < *qʷʰˤrek『捆綁』: 83; 也見於 huà < *hweaH*『捆綁』

化 huà　　　*xwaeH* < *qʷʰˤ<r>aj-s『改變』: 105, 269, 379n5

淮 huái　　　*hweaj* < *[ɢ]ʷˤrij『（水名）』: 289

懷 huái　　　*hweaj* < *[g]ˤruj『胸懷；環抱』: 293

壞 huài　　　*kweajH* < *[k]ˤ<r>ujʔ-s『破壞，毀滅』: 117; 也見於 壞 huài < *hweajH*

壞 huài　　　*hweajH* < *N-[k]ˤ<r>ujʔ-s『遭到破壞』: 117, 118, 215; 也見於 壞 huài < *kweajH*

讙 huān　　　*xjwon* < *qʷʰar『喧叫，喊叫』: 261

懽 huān　　　*xwan* < *qʷʰˤar『高興；令人高興的』: 261

驩潛 Huānqián　*xwan.dzjem* < 西漢 *xˤwar-dz[e]m (< OC *qʷʰˤar + *dz[o]m)『花剌子模』（中亞國家）: 260–261; 也見於 潛 qián < *dzjem*

環 huán　　　*hwaen* < *C.ɢʷˤ<r>en『圓環』: 214, 234, 277, 278

還 huán *hwaen* < *[ɢ]ʷˤ<r>en『旋轉，回轉』：67；也見於 xuán < *zjwen*.

睘 huán *hwaen* < *[ɢ]ʷˤ<r>en『旋轉，回轉』：67

桓 huán *hwan* < *[ɢ]ʷˤar『柱子；威武』：258, 266；也見於烏桓 Wūhuán < ´u.*hwan*

患 huàn *hwaenH* < *[g]ˤro[n]-s『禍患；危難』：282

輠 huàn *hwanX* < *[g]ˤorʔ『轉（指車輪）』：282；也見於 huà < *hwaeX*

荒 huāng *xwang* < *m̥ˤaŋ『荒地；田地生草，無人耕種』：152

煌 huáng *hwang*, 參見 敦煌 Dūnhuáng < *twon.hwang*

黃 huáng *hwang* < *N-kʷˤaŋ『黃色的』：81, 117, 118

墮 huī *xjwie* < *l̥oj（W 方言：*l̥- > x-)『損毀』：280；也見於 duò < *dwaX*

輝 huī *xjw+j* < *qʷʰər『燦爛』：253

怴 huī *xwoj* < *[r̥]ˤu[j]（W 方言：*r̥- > x-)『精疲力盡』：116；也見於 huǐ < *xjw+jX*

回 huí *hwoj* < *[ɢ]ʷˤəj『回轉』：285

烜 huǐ *xjweX* < *qʷʰarʔ（方言：*-r > *-j)『光明』：258

怴 huǐ *xjw+jX* < *r̥u[j]ʔ（W 方言：*r̥- > x-)『雷聲』：116；也見於 huī < *xwoj*

會 huì *hwajH* < *m-kˤop-s『相會；開會』：312, 399n63；也見於 kuài < *kwajH*, 阿會亘 ēhuìxuān < ´a.*hwajH.sjwen*

慧 huì *hwejH* < *[ɢ]ʷˤe[t]-s『聰明』：276

穢 huì ʼ*jwojH* < *qʷat-s『雜草，污垢』：272

喙 huì　　　　*tsyhwejH* < **t-l̥o[rʔ]-s*『動物的嘴；氣喘』: 33, 57, 165, 393n103; 也見於 huì < *xjwojH*

隳 huì　　　　*xjwieH* < **l̥oj-s*（W 方言：**l̥- > x-*）『碎裂的祭肉』: 112, 280; 也見於 tuǒ < *thwaX*

喙 huì　　　　*xjwojH* < **l̥o[rʔ]-s*（W 方言:**l̥- > x-*）『動物的嘴；氣喘』: 57, 165; 也見於 huì < *tsyhwejH*

靧 huì　　　　*xwojH* < **qʰˤuj-s*『洗臉』: 101

賄 huì　　　　*xwojX* < **qʷʰˤəʔ*『財物，值錢的』: 44, 229

昏 hūn　　　　*xwon* < **m̥ˤu[n]*『黃昏，昏暗』: 63, 64, 322

魂 hún　　　　*hwon* < **[m.]qʷˤə[n]*『靈魂』: 288

活 huó　　　　*hwat* < **[g]ʷˤat*『生存』: 271

獲 huò　　　　*hweak* < **m-qʷˤrak*『捕獵（動詞）』: 225

或 huò　　　　*hwok* < **[ɢ]ʷˤək*『有的；或許』: 39–40, 230

屐 jī　　　　*gjaek* < **Cə.[g]rek*『木屐』: 232, 233

雞 jī　　　　*kej* < **kˤe*『雞，雞肉』: 232

枅 jī　　　　*kej* < **[k]ˤer*『柱頂的橫土』: 278; 也見於 jiān < *ken*

激 jī　　　　*kek* < **[k]ˤewk*『（水）受阻』: 299

基 jī　　　　*ki* < **k(r)ə*『基礎（名詞）』: 218, 229

飢 jī　　　　*kij* < **Cə.k<r>ə[j]*『饑餓』: 187, 285

机 jī　　　　*kijX* < **krəjʔ*『小桌子，凳子』: 285

羈 jī　　　　*kje* < **kraj*『馬籠頭，韁繩』: 270

奇 jī　　　　*kje* < **[k](r)aj*『單數』: 8, 379n7; 也見於 qí < *gje*

饑 jī　　　　*kj+j* < **kə[j]*『饑荒』: 285

隮 jī　　　　*tsej* < **[ts]ˤəj*『登』: 285

鳖 jī　　　　*tsej* < **[ts]ˤij*『腌製（動詞）』: 289

集 jí   *dzip* < *[dz][u]p『聚集；會集』: 306, 309

疾 jí   *dzit* < *[dz]i[t]『疾病』: 290

及 jí   *gip* < *[m-k-]rəp『達到』: 134, 140, 308

佶 jí   *git* < *[g]ri[t]『健壯，（馬）健壯』: 290

亟 jí   *kik* < *k(r)ək『急迫』: 218

棘 jí   *kik* < *krək『荊棘』: 230

朸 jí   *kik* < *krək『荊棘』: 230

吉 jí   *kjit* < *C.qi[t]（*C.q- > *k-, 未經歷化）『吉利』: 290

即 jí   *tsik* < *[ts]ik『走到』: 239

緝 jí   *tsip* < *s.qrip（方言：*tsr-* > *ts-*）『聚積』: 137, 305, 389n59; 也見於 yī < *'jip*

濈 jí   *tsrip* < *s.q\<r\>[i]p『聚在一起』: 137, 389n59

己 jǐ   *kiX* < *k(r)əʔ『天干第六位』: 30–31, 382n17

幾 jǐ   *kj+jX* < *kəjʔ『少，多少』: 254

忌 jì   *giH* < *m-k(r)ək-s『訓誡；避免』: 125

暨 jì   *gijH* < *[m-k-]rəp-s『達到』: 134, 308

技 jì   *gjeX* < *[g]reʔ『技藝』: 232

髻 jì   *kejH* < *kˤi[t]-s『頭髻，發髻』: 58, 291

寄 jì   *kjeH* < *C.[k](r)aj-s『委托』: 257

罽 jì   *kjejH* < *[k](r)[a][t]-s『一種羊毛織品』: 196

際 jì   *tsjejH* < *[ts][a]p-s『相連』: 311

祭 jì   *tsjejH* < *[ts]et-s『祭獻』: 276, 311

家 jiā   *kae* < *kˤra『家庭』: 223, 399n60

加 jiā   *kae* < *kˤraj『增加』: 269, 399n60

梜 jiā   *kaep* < *C.kˤ\<r\>ep『筷子』（MC -*aep* 是不規則的；我們本期望是 -*eap*): 126; 也見於 jiā < *kep*

夾 jiā   *keap* < *kˤ<r>ep 『兩邊夾住』：58, 117, 126, 314

梜 jiā   *kep* < *kˤep 『筷子』（《經典釋文》164）：126; 也見於 jiā < *kaep*

跲 jiá   *kjaep* < *[k](r)op 『絆跌』：311

甲 jiǎ   *kaep* < *[k]ˤr[a]p 『天干的第一位』：311

假 jiǎ   *kaeX* < *Cə.kˤraʔ 『借來的，假的』：187

嫁 jià   *kaeH* < *s-kˤra-s 『將女兒嫁出』：75, 136–137

監 jiān   *kaem* < *[k]ˤram 『察看』：107, 163, 313

姦 jiān   *kaen* < *[k]ˤran 『邪惡』：274

間 jiān   *kean* < *kˤre[n] 『介於兩者的中間』：277; 也見於 間關 jiānguān < *kean. kwaen*

兼 jiān   *kem* < *[k]ˤem 『兼有，同時』：313

肩 jiān   *ken* < *[k]ˤe[n] 『肩膀（名詞）』：204, 277

枅 jiān   *ken* < *[k]ˤer 『柱頂的橫木』：278; 也見於 jī < *kej*

間關 jiānguān *kean.kwaen* < *kˤre[n].kˤro[n] 『輪轄發出的聲音《小雅・車轄》』：214

減 jiǎn   *keamX* < *kˤr[ə]mʔ 『減少』：310

繭 jiǎn   *kenX* < *kˤ[e][n]ʔ 『繭』：71

撊 jiǎnzhǎn   *kjenX.trjenX* < *krenʔ.trenʔ 『醜長（貌）』：78

栫 jiàn   *dzenH* < *[dz]ˤə[n]-s 『用籬笆圍起來』：203

荐 jiàn   *dzenH* < *N-tsˤə[n]-s 『草，草本植物；兩次』：203, 204, 283, 288

件 jiàn   *gjenX* < *[g]r[a][n]ʔ 『件』：274

諫 jiàn   *kaenH* < *kˤranʔ-s ~ *kˤranʔ 『規勸』：259, 399n65

見 jiàn   *kenH* < *[k]ˤen-s 『看見（動詞）』：54, 55, 58,

116, 201；也見於 xiàn < *henH*『出現』, xiàn < *henH*『使⋯⋯看見』

劍 jiàn　　*kjaemH* < *s.kr[a]m-s『劍』：137

建 jiàn　　*kjonH* < *[k]a[n]-s『建立，樹立』：274

薦 jiàn　　*tsenH* < *Cə.tsˤə[r]-s『草，草本植物』：186, 283, 393n105, 401n86

濺 jiàn　　*tsjenH* < *[ts][a][n]-s『水迸射』：274

箭 jiàn　　*tsjenH* < *[ts]en-s『箭』：100, 277

江 jiāng　　*kaewng* < *kˤroŋ『（揚子）江』：215, 244

疆 jiāng　　*kjang* < *kaŋ『邊疆』：43

姜 jiāng　　*kjang* < *C.qaŋ『姓』：106, 385n28

匠 jiàng　　*dzjangH* < *s.baŋ-s『匠人』：142, 143

交 jiāo　　*kaew* < *[k]ˤraw『交叉（動詞）』：296

膠 jiāo　　*kaew* < *[k]ˤriw『黏膠』：300

教 jiāo　　*kaew* < *s.[k]ˤraw『教』：136, 137；也見於 jiào < *kaewH*

角 jiǎo　　*kaewk* < *C.[k]ˤrok『獸角，角落』：215, 243

覺 jiào　　*kaewH* < *kˤruk-s『喚醒』：55, 197, 249；也見於 jué < *kaewk*

教 jiào　　*kaewH* < *s.kˤraw-s『教，教導』：136, 137；也見於 jiāo < *kaew*

揭 jiē　　*gjot* < *m-[k]at『舉』：58

湝 jiē　　*heaj* < *[g]ˤrəj『寒冷』：289–290

街 jiē　　*kea* < *[k]ˤre『十字路口』：232

喈 jiē　　*keaj* < *kˤrəj『寒冷』：285, 289–290

階 jiē　　*keaj* < *kˤrij『臺階，樓梯』：289

皆 jiē　　*keaj* < *kˤrij『都』：213, 289

嗟 jiē　　　　*tsjae* < *tsAj『歎息聲；唉』: 269, 270

接 jiē　　　　*tsjep* < *[ts][a]p『連接』: 311

截 jié　　　　*dzet* < *[dz]ˤet『截斷，裁剪』: 400n77

傑 jié　　　　*gjet* < *N-[k]<r>at『特出的；英雄』: 271

桀 jié　　　　*gjet* < *N-[k]<r>at『傑出；豪傑』: 58

竭 jié　　　　*gjet* < *N-[k](r)at『盡（動詞）；乾』: 210

結 jié　　　　*ket* < *kˤi[t]『打結』: 58, 290, 291

袺 jié　　　　*ket* < *kˤi[t]『提起衣服的下襬』: 21

劫 jié　　　　*kjaep* < *k(r)ap『劫掠』: 153, 311, 312

跲 jié　　　　*kjaep* < *[k](r)op『絆跌』: 311

節 jié　　　　*tset* < *tsˤik『關節』: 71, 100, 136, 239

犗 jiè　　　　*kaejH* < *[k]ˤ<r>at-s『閹割過的牛』: 272

界 jiè　　　　*keajH* < *kˤr[e][t]-s『邊界』: 276

芥 jiè　　　　*keajH* < *kˤr[e][t]-s『芥菜』: 71, 102

誡 jiè　　　　*keajH* < *kˤrək-s『訓誡』: 125

借 jiè　　　　*tsjaeH* < *[ts]Ak-s『借出，借入』: 226; 也見於 jiè < *tsjek*

借 jiè　　　　*tsjek* < *[ts]Ak『借出，借入』: 226; 也見於 jiè < *tsjaeH*

金 jīn　　　　*kim* < *k(r)[ə]m『金屬，青銅』: 101

今 jīn　　　　*kim* < *[k]r[ə]m『現在』: 238

巾 jīn　　　　*kin* < *krən『方巾』: 254, 284

矜 jīn　　　　*king* < *k-riŋ（方言：*k-r- > *kr-, *-iŋ > -*ing*）『自誇』: 237, 238; 也見於 jīn < *king*『憐憫（動詞）』, qín < *gin*

矜 jīn　　　　*king* < *k-riŋ（方言：*k-r- > *kr-, *-iŋ > -*ing*）『憐憫（動詞）』: 237, 238; 也見於 jīn < *king*『自

誇』, qín < *gin*

筋 jīn   *kjɨn* < *C.[k]ə[n]*『腱』：168, 288

斤 jīn   *kjɨn* < *[k]ər*『斧頭，斤斤』：253, 254, 255, 267

近 jìn   *gjɨnH* < *s-N-kər?-s*『靠近（及物動詞）』：54, 118–119, 142, 387n42; 也見於 jìn < *gjɨnX*

近 jìn   *gjɨnX* < *N-kər?*『近』：118; 也見於 jìn < *gjɨnH*

莖 jīng   *heang* < *m-k-lˤ<r>eŋ*『莖稈（名詞）』：192

經 jīng   *keng* < *k-lˤeŋ*『織布機上的線；法則；準則』：164, 192, 235

巠 jīng   *keng* < *k.lˤeŋ*『水脈（《說文》）』：159, 163–164, 192

兢 jīng   *king* < *k(r)əŋ*『小心』：231

京 jīng   *kjaeng* < *[k]raŋ*『山；國都』：43, 217, 227, 235

驚 jīng   *kjaeng* < *kreŋ*『害怕』：75, 232, 235

晶 jīng   *tsjeng* < *tseŋ*『明亮，透明』：55

精 jīng   *tsjeng* < *tseŋ*『精米；純』：55

景 jǐng   *kjaengX* < *C.qraŋ?*『明亮；圖景』：28, 45, 101, 168

井 jǐng   *tsjengX* < *C.tseŋ?*『井（名詞）』：168

淨 jìng   *dzjengH* < *m-tseŋ-s*『洗淨（及物動詞）』；*N-tseŋ-s*『乾淨』：55, 81

競 jìng   *gjaengH* < *m-kraŋ?-s ~ C-kraŋ?-s*『努力；競爭』：126

脛 jìng   *hengH* < *m-kʰˤeŋ-s*『腿，小腿』：58, 128

鏡 jìng   *kjaengH* < *C.qraŋ?-s*『鏡子』：101, 168, 385n24

勁 jìng   *kjiengH* < *keŋ-s（*-eŋ? 之前沒有化）*『強壯有力』：78

坰 jiōng   *kweng* < *kʷˤeŋ『遠離國都的區域』: 235

囧 jiǒng   *kjwaengX* < *k-mraŋʔ（方言：*k.mr- > *kʷr-）『明亮的窗戶』: 57, 152

丩 jiū   *kjiw* < *k-riw（方言：*k-r- > *kr-）『糾纏（動詞）』: 137

樛 jiū   *kjiw* < *k-riw（方言：*k-r- > *kr-）『糾結（動詞）』: 301

摎 jiū   *kjiw* < *k-riw（方言：*k-r- > *kr-）『絞死，纏繞』: 57

久 jiǔ   *kjuwX* < *[k]ʷəʔ『長久』: 119, 248

九 jiǔ   *kjuwX* < *[k]uʔ『九』: 31–32, 80, 155, 247, 248, 397n30, 398n55

韭 jiǔ   *kjuwX* < *s.[k](r)uʔ『韭菜』: 247

酒 jiǔ   *tsjuwX* < *tsuʔ『酒』: 101, 247

舊 jiù   *gjuwH* < *N-kʷəʔ-s『舊』: 118, 119

臼 jiù   *gjuwX* < *C.[g]ʷəʔ『舂米器』: 123, 229

舅 jiù   *gjuwX* < *[g](r)uʔ『母親的兄弟』: 106, 123

車 jū   *kjo* < *C.q(r)a『戰車』: 158, 224; 也見於 chē < *tsyhae*

且 jū   *tsjo* < *tsa『［句末語氣詞］』: 145; 也見於 qiě < *tshjaeX*

局 jú   *gjowk* < *N-kʰ(r)ok『身體彎曲，縮』: 120, 175

�‍繘 jú   *kjwit* < *C.qʷi[t]『井上汲水的繩子』: 82, 290; 也見於 yù < *ywit*

鵙 jú   *kwek* < *kʷˤek『伯勞鳥』: 233

舉 jǔ   *kjoX* < *C.q(r)aʔ『舉，起』: 131, 168, 171

筥 jǔ   *kjoX* < *[k]raʔ『圓形的竹器』: 158, 223

枸 jǔ   *kjuX* < *[k](r)oʔ『（一種樹）』: 381n11

矩 jǔ   *kjuX* < *[k]ʷ(r)aʔ『木工角尺』: 381n11

鋸 jù   *kjoH* < *k(r)a-s『鋸子』: 224

屨 jù   *kjuH* < *k-ro-s『便鞋，鞋』: 242

韝 jù   *kjuH* < *k-ro-s『便鞋，鞋』: 242

足 jù   *tsjuH* < *[ts]ok-s『增補』: 244; 也見於 zú < *tsjowk*

卷 juǎn   *kjwenX* < *[k](r)o[n]ʔ『卷（動詞）』: 118, 282

絹 juàn   *kjwienH* < *[k]ʷen-s『絲綢織物』: 277

絕 jué   *dzjwet* < *[dz]ot『斷絕』: 281

掘 jué   *gjut* < *[g]ut『挖土』: 158

覺 jué   *kaewk* < *kˤruk『睡醒』: 197, 249; 也見於 jiào < *kaewH*

矍 jué   *kjwak* < *C.qʷ(r)ak『急視』: 225

蕨 jué   *kjwot* < *Cə.kot『蕨菜（可食用）』: 186, 281

蹶 jué   *kjwot* < *kʷat『顛仆，倒』: 210

訣 jué   *kwet* < *[k]ʷˤet『臨別之語』: 276

決 jué   *kwet* < *[k]ʷˤet『打開；決定』: 276

君 jūn   *kjun* < *C.qur『君王；統治者』: 82, 127

軍 jūn   *kjun* < *[k]ʷər『軍隊，駐』: 253, 255

均 jūn   *kjwin* < *C.qʷi[n]『均勻，平等』: 127, 291, 388n50

鈞 jūn   *kjwin* < *C.qʷi[n]『陶工的旋盤』: 127, 193, 388n50

菌 jùn   *gwinX* < *[g]runʔ『蘑菇』: 294

開 kāi   *khoj* < *[k]ʰˤəj『開（及物動詞）』: 120, 175; 也見於 kāi < *khoj*『開（不及物動詞）』

開 kāi   *khoj* < *Nə-[k]ʰˤəj『開（不及物動詞）』: 120, 174–175; 也見於 kāi < *khoj*『開（及物動詞）』

愾 kài   *xj+jH* < *qʰəp-s『歎氣；憤怒』: 308

坎 kǎn   *khomX* < *[k]ʰˤomʔ『坑』: 314, 399n57

轗 kǎn   *khomX* < *[k]ʰomʔ『（隆隆聲？）』: 250, 399n57

康 kāng   *khang* < *k-r̥ˤaŋ『平靜；從容』: 166; 也見於 tāng < *thang*

考 kǎo   *khawX* < *k-r̥ˤuʔ『年長的；已故的父親』: 166, 167

蒚 kē   *khwa* < *kʷʰˤaj『恢宏』: 271

渴 kě   *khat* < *Nə-[k]ʰˤat『口渴的』: 175

刻 kè   *khok* < *[kʰ]ˤək『割，雕刻』: 230

客 kè   *khaek* < *kʰˤrak『賓客』: 225

𩨗 kēng   *heang* < *m-kʰˤ<r>eŋ『脛骨』: 58; 也見於 kēng < *kheang*

𩨗 kēng   *kheang* < *kʰˤ<r>eŋ『脛骨』: 58, 128; 也見於 kēng < *heang*

空 kōng   *khuwng* < *kʰˤoŋ『空曠的，空的；孔穴』: 66; 也見於 kǒng < *khuwngX*

空 kǒng   *khuwngX* < *kʰˤoŋʔ『空曠的，空的；孔穴』: 75, 104; 也見於 kōng < *khuwng*

恐 kǒng   *khjowngX* < *kʰ(r)oŋʔ『懼怕』: 244

口 kǒu   *khuwX* < *kʰˤ(r)oʔ『嘴』: 33, 242

苦 kǔ   *khuX* < *kʰˤaʔ『苦』: 104, 222, 223

塊 kuài   *khweajH* < *[kʰ]ˤ<r>uj-s『土塊；團』: 293; 也見於 kuài < *khwojH*

塊 kuài   *khwojH* < *[kʰ]ˤuj-s『土塊；團』: 293; 也見於 kuài < *khweajH*

會 kuài　　*kwajH* < *kˤop-s『計算（動詞，名詞）』: 312; 也見於 huì < *hwajH*, 阿會亘 ēhuìxuān < *'a.hwajH.sjwen*

匡 kuāng　　*khjwang* < *k-pʰaŋ『方筐』: 57, 151, 152, 158–159

筐 kuāng　　*khjwang* < *k-pʰaŋ『方筐』: 158–159

曠 kuàng　　*khwangH* < *[k-m̥]ˤaŋ-s『空缺的；廢棄的』: 152

窺 kuī　　*khjwie* < *kʷʰe『窺探，偵探（動詞）』: 232

葵 kuí　　*gjwij* < *gʷij『錦葵』: 108, 401n91

鍨 kuí　　*gwij* < *[g]ʷrij『一種矛』: 289

頯 kuí　　*gwij* < *[g]ʷru『顴骨，臉上的骨頭』: 247, 248

睽 kuí　　*khwej* < *kʷʰˤij『乖離，不平常』: 289

闊 kuò　　*khwat*, 見於 契闊 qièkuò < *khet.khwat*

剌 là　　*lat* < *mə.rˤat (~ *C.rˤat?)『邪惡的，辛辣的』: 134

來 lái　　*loj* < *mə.rˤək (> *rˤə)『來』: 39–40, 110, 134, 147, 153, 179, 230–231, 312, 392n102

猍 lái　　*loj* < *[r]ˤə『野貓的一種』(「陳楚江淮之間謂之『猍』」): 162

賴 lài　　*lajH* < *rˤa[t]-s『依靠』: 196

籃 lán　　*lam* < *k.rˤam『籃子』: 163, 313

藍 lán　　*lam* < *[N-k.]rˤam『靛青』: 54

婪 lán　　*lom* < *[r]ˤ[ə]m『貪婪』: 122

懶 lǎn　　*lanX* < *[N-kə.]rˤanʔ『懶惰』: 54, 192

琅邪 Lángyá　　*lang.yae* < *[r]ˤaŋ.ɢ(r)A『山東境內一座山的名字』: 131; 也見於 邪 xié < *zjae*, yé < *yae*

朗 lǎng	*langX* < *k.rˤaŋʔ 『明亮』: 163	
老 lǎo	*lawX* < *C.rˤuʔ 『年老』: 144, 166–167, 172, 320	
樂 lè	*lak* < *[r]ˤawk 『治療』; 也表示『喜悅，喜歡』: 297; 也見於 yào < *ngaewH*, yuè < *ngaewk*	
羸 léi	*ljwe* < *[r]o[j] 『瘦弱；虛弱』: 252	
雷 léi	*lwoj* < *C.rˤuj 『雷』: 116	
淚 lèi	*lwijH* < *[r][ə]p-s 『眼淚（名詞）』: 57, 134, 166	
儽 lèi	*lwojH* < *[r]ˤuj-s 『筋疲力盡』: 116, 122	
狸 lí	*li* < *p.rə 『野貓的一種（「關西謂之狸」）』: 162; 也見於 貓狸 péilí < *bij.li*	
梨 lí	*lij* < *C.r[ə][j] 『梨樹，梨子』: 110	
犁 lí	*lij* < *[r][i]j 『犁（動詞，名詞）』: 91	
李 lǐ	*liX* < *C.rəʔ 『李子』: 96, 172	
豊 lǐ	*lejX* < *[r]ˤijʔ 『禮器』: 112	
禮 lǐ	*lejX* < *[r]ˤijʔ 『行為規範，禮節』: 289	
里 lǐ	*liX* < *(mə.)rəʔ 『里（長度名）；村莊』: 197	
鯉 lǐ	*liX* < *mə-rəʔ 『鯉魚』: 33, 179	
吏 lì	*liH* < *[r]əʔ-s 『官吏』: 144	
力 lì	*lik* < *k.rək 『力量』: 91, 163, 230	
笠 lì	*lip* < *k.rəp 『竹編的帽子』: 163	
立 lì	*lip* < *k.rəp 『站立（動詞）』: 134, 166, 307, 386n30	
粒 lì	*lip* < *p.rəp 『米粒』: 307	
離 lì	*ljeH* < *raj-s 『排斥』: 110	
蠣 lì	*ljejH* < *mə-rat-s 『牡蠣』: 179	
蓮 lián	*len* < *k.[r]ˤe[n] 『蓮子』: 163	

憐 lián   *len < *rˤiŋ『喜愛；可憐』: 238

簾 lián   *ljem < *rem『竹簾』: 110

健 liàn   *ljenH < *k.r[a]n-s『小雞』: 163

孌 liàn   *ljwenX < *[r]onʔ『美麗的』: 208–209, 395n16, 395n17

涼 liáng   *ljang < *C.raŋ『冷』: 217, 235

梁 liáng   *ljang < *raŋ『橫梁』: 111

兩 liǎng   *ljangX < *p.raŋʔ『一對』: 163, 217

獵 liè   *ljep < *r[a]p『追獵』: 311

裂 liè   *ljet < *[r]at『扯開，分裂』: 210

冽 liè   *ljet < *C.r[a]t『冷，陰冷』: 172

臨 lín   *lim < *(p.)rum『向下看』: 42

淋 lín   *lim < *r[ə]m『澆水（動詞）』: 110, 111

鱗 lín   *lin < *C.r[ə][n]『魚鱗』: 91

稟 lǐn   *limX < *p.rimʔ『配給量』: 162; 也見於 bǐng < *pimX*

凌 líng   *ling < *p.rəŋ『冰』: 217; 也見於 bīng < *ping.*

令 líng   *ljeng < *riŋ『派遣（人）』: 134, 237–238, 398n47, 398n48; 也見於 lìng < *ljengH*

令 lìng   *ljengH < *riŋ-s『下命令』: 111, 217, 237–238, 398n47, 398n48; 也見於 líng < *ljeng*

劉 liú   *ljuw < *mə-ru『殺；姓名』: 248

旒 liú   *ljuw < *[r]u『旗幟或帽子上的垂飾』: 248

流 liú   *ljuw < *ru『流動（動詞）』: 91, 111, 122

鏐 liú   *ljuw < *[r]iw『純金』(《經典釋文》85 中也有一些類似的音注 MC "*ljiw*"): 301

六 liù   *ljuwk < *k.ruk『六』: 163

嵺 liù　　　　*ljuwH* < *[r]iw-s『高飛（不見於漢代之前的文獻）』: 301

龍 lóng　　　*ljowng* < *[mə]-roŋ『龍』: 112, 245

聾 lóng　　　*luwng* < *C.rˤoŋ『聾』: 91

籠 lóng　　　*luwng* < *k.rˤoŋ『籠子』: 163

婁 lóu　　　　*lju* < *[r]o『曳，拖（動詞）』: 242

漏 lòu　　　　*luwH* < *[Nə-r]ˤok-s『漏（動詞）』: 110, 176

鹵 lǔ　　　　*luX* < *rˤaʔ『鹽性的（特指土地）』: 111, 320

魯 lǔ　　　　*luX* < *r.ŋˤaʔ（方言：> *r.ŋˤ- > *rˤ- > *l-*）『（地名）』: 52

陸 lù　　　　*ljuwk* < *[r]uk『陸地（與「水」相對）』: 249

路 lù　　　　*luH* < *Cə.rˤak-s『路』: 33, 185, 190

露 lù　　　　*luH* < *p.rˤak-s『露水；顯露』: 163

鹿 lù　　　　*luwk* < *mə-rˤok『鹿』: 56, 179, 243

祿 lù　　　　*luwk* < *(p.)rˤok『福』: 243

鑾 luán　　　*lwan* < *mə.rˤo[n]『馬飾上的鈴』: 217, 395n17

鑾 luán　　　*lwan* < *[m]ə.rˤon『馬飾上的鈴』: 282

孿 luán　　　*srjwenH* < *[s.r]on-s『孿生子』: 282; 也見於 luán < *srwaenH*

孿 luán　　　*srwaenH* < *[s.r]on-s (MC *srj-* > *sr-*)『孿生子』: 282; 也見於 luán < *srjwenH*

卵 luǎn　　　*lwaX* < *k.rˤorʔ『蛋』: 163, 283, 324; 也見於 luǎn < *lwanX*

卵 luǎn　　　*lwanX* < *k.rˤorʔ『蛋』: 163, 283, 324; 也見於 luǎn < *lwaX*

亂 luàn　　　*lwanH* < *[r]ˤo[n]-s『無秩序，反叛』: 208, 209, 395n16, 395n17

綸 lún   *lwin* < *k.ru[n]『緯繩；搓繩』: 294; 也見於 guān < *kwean*

捋 luō   *lwat* < *[r]ˤot『採，摘』: 21

籮 luó   *la* < *C.rˤaj『籃子，筐（名詞）』: 257, 273

羅 luó   *la* < *rˤaj『一種（帶把？）的網，捕鳥的網』: 269, 270

螺 luó   *lwa* < *k.rˤoj『螺旋形物，田螺』: 163, 279, 280

落 luò   *lak* < *kə.rˤak『掉下（動詞）』: 53, 185

呂 lǚ   *ljoX* < *[r]aʔ『脊骨，定音管』: 223

縷 lǚ   *ljuX* < *[r]oʔ『細線』: 144

律 lǜ   *lwit* < *[r]ut『法，規則』: 42; 也見於 不律 bùlǜ < *pjuw.lwit*

率 lǜ   *lwit* < *[r]ut『規則，標準』: 144; 也見於 shuài < *srwijH*, shuài < *srwit*

麻 má   *mae* < *C.mˤraj『大麻』: 92, 257, 266, 269

馬 mǎ   *maeX* < *mˤraʔ『馬』: 110, 213

埋 mái   *meaj* < *m.rˤə（方言：*m.rˤ- > *mˤr-）『埋葬』: 179

霾 mái   *meaj* < *mˤrə『陰霾』: 229

買 mǎi   *meaX* < *mˤrajʔ『買』: 59, 110, 269, 320, 386n33

脈 mài   *meak* < *C.mˤ<r>[i]k『血脈』: 213, 240

賣 mài   *meaH* < *mˤrajʔ-s『賣』: 59

麥 mài   *meak* < *m-rˤək（方言：*m-rˤ- > *mˤr-）『麥子』: 40, 134, 179, 230

蠻 mán   *maen* < *mˤro[n]『南方的民族』: 215, 282

滿 mǎn   *manX* < *mˤ[o][n]ʔ『充滿』: 282

芒 máng　　　*mang* < *mˤaŋ『芒，穀物上的芒』: 390n66

貓 māo　　　*maew* < *C.mˤraw『貓』: 296

毛 máo　　　*maw* < *C.mˤaw『毛髮』: 246, 296

矛 máo　　　*mjuw* < *m(r)u『長矛』: 246–247

卯 mǎo　　　*maewX* < *mˤruʔ『地支第四位』: 215, 248

貿 mào　　　*muwH* < *mru-s『交易（動詞）』: 247, 248

梅 méi　　　*mwoj* < *C.mˤə『梅樹』: 229

枚 méi　　　*mwoj* < *mˤəj『樹榦，樹枝』: 285

袂 mèi　　　*kwet* < *k.mˤet（方言：*k.m- > *km- > *kw-*)『袖子』: 152, 162; 也見於 mèi < *mjiejH*

袂 mèi　　　*mjiejH* < *k.met-s『袖子』: 152, 162; 也見於 mèi < *kwet*

妹 mèi　　　*mwojH* < *C.mˤə[t]-s『妹妹』: 287

門 mén　　　*mwon* < *mˤə[r]『門，戶』: 63, 284, 288

黽 měng　　　*meangX* < *mˤraŋʔ『蟾蜍』: 133

孟 mèng　　　*maengH* < *mˤraŋ-s『居長者，大』: 111

迷 mí　　　*mej* < *mˤij『迷路』: 275, 401n91

麛 mí　　　*mej* < *m-ŋˤe『幼鹿；捕獵幼獸』: 133

麋 mí　　　*mij* < *mr[i]j『麋鹿』: 289

彌 mí　　　*mjieX* < *m-nə[r]ʔ『停止』: 133

米 mǐ　　　*mejX* < *(C.)mˤ[e]jʔ『去皮的穀實或稻實』: 172, 275

靡 mǐ　　　*mjeX* < *m(r)ajʔ『倒伏』: 218

敉 mǐ　　　*mjieX* < *me[j]ʔ『達到』: 275

瀰 mǐ　　　*mjieX* < *m.nerʔ『水滿貌』: 262, 400n70

汨 mì　　　*mek* < *m.nˤik『（一條河的名字）』: 240–241

密 mì　　　*mit* < *mri[t]『稠密』: 205, 216, 290

蜜 mì　　　*mjit* < *mit『蜂蜜』：205–206, 216, 290

眠 mián　　*men* < *mˤi[n]『閉眼，睡覺』：204, 291

俛 miǎn　　*mjenX* < *mr[a][n]ʔ『低頭』：274

勉 miǎn　　*mjenX* < *mr[o][r]ʔ『盡力』：397n29

面 miàn　　*mjienH* < *C.me[n]-s『臉』：96, 172

滅 miè　　　*mjiet* < *[m]et『毀壞』：143, 210, 275

緡 mín　　　*min* < *m-ru[n]（方言：*m-r- > *mr-）『纏繞』：
　　　　　　294

銘 míng　　*meng* < *mˤeŋ『銘文』：69–70, 235

明 míng　　*mjaeng* < *mraŋ『明亮』：57, 152

鳴 míng　　*mjaeng* < *m.reŋ『叫（鳥或動物）』：75, 216,
　　　　　　232

名 míng　　*mjieng* < *C.meŋ『名字』：69–70, 216, 232, 235

命 mìng　　*mjaengH* < *m-riŋ-s（方言：*m-r- > *mr-）『命令
　　　　　　（名詞）』：134, 217, 237, 238, 396n28, 398n46,
　　　　　　398n48

謬 miù　　　*mjiwH* < *m-riw-s（方言：*m-r- > *mr-）『謊
　　　　　　言，謬誤〈「扭曲事實」〉』：57, 300, 301

磨 mó　　　*ma* < *mˤaj『摩擦，研磨』：58, 92, 110, 257；也
　　　　　　見於 mò < *maH

磨 mò　　　*maH* < *mˤaj-s『磨石』：58；也見於 mó < *ma

莫 mò　　　*mak* < *mˤak『否定代詞』：226

墨 mò　　　*mok* < *C.mˤək『墨水』：42

沒 mò　　　*mwot* < *mˤut『潛水，毀滅，死』：294

謀 móu　　　*mjuw* < *mə『計劃（動詞）』：246

牡 mǔ　　　*muwX* < *m(r)uʔ『雄性動物』：248, 397n30

穆 mù　　　*mjuwk* < *mriwk『和諧』：249, 301

睦 mù   *mjuwk < *mriwk*『和睦』: 249

墓 mù   *muH < *C.mˤak-s*『墳墓（名詞）』: 226

木 mù   *muwk < *C.mˤok*『樹，木頭』: 125

納 nà   *nop < *nˤ[u]p*『引入或使引入』: 58, 308, 309

乃 nǎi   *nojX < *nˤəʔ*『於是』: 72–73, 146, 147, 229

廼 nǎi   *nojX < *nˤərʔ*『於是』: 146

奈 nài   *najH < *nˤa[t]-s*『處理』: 197

難 nán   *nan < *nˤar*『不容易』: 66, 110, 111, 112, 257, 258, 279

南 nán   *nom < *nˤ[ə]m*『南方』: 92, 310

內 nèi   *nwojH < *nˤ[u]p-s*『裡面』: 58, 115, 309

能 néng   *nong < *nˤə(ʔ)*『能夠，能力』: 38–39, 382n24

麑 ní   *mej < *m-ŋˤe*『幼鹿』: 56, 133

臡 ní   *nej < *nˤer*『腌製的帶骨的肉』: 66, 279

尼 ní   *nejH < *nˤərʔ-s*『阻止』: 147, 390n74; 也見於 ní < *nejX*

尼 ní   *nejX < *nˤərʔ*『阻止』: 147; 也見於 ní < *nejH*

倪 ní   *ngej < *ŋˤe*『幼，弱』: 109, 133

柅 nǐ   *nrijX < *n<r>[ə]rʔ*『馬車的制動工具』: 147 ʼ

溺 nì   *nek < *nˤewk*『淹沒在水中』: 299; 也見於 niào < *newH*

屰 nì   *ngjaek < *ŋrak*『反對』: 56, 148, 149, 225, 391n78

逆 nì   *ngjaek < *ŋrak*『反對』: 80, 110, 130, 148, 225

翍 nì   *nrit < *n<r>[i]k*『膠合』: 80

昵 nì   *nrit < *n<r>ik*『親近，親密』: 241

暱 nì   *nrit < *n<r>ik*『親近，親密』: 241

年 nián   *nen* < *C.nˤi[ŋ]『年成；歲』: 96, 172, 239

念 niàn   *nemH* < *nˤim-s『思念』: 179, 304, 305, 310

尿 niào   *newH* < *kə.nˤewk-s『尿』: 96, 184–185, 286, 299

溺 niào   *newH* < *kə.nˤewk-s『尿』: 37, 96, 184–185, 286, 299; 也見於 nì < *nek*

闑 niè   *ngjet* < *ŋr[e]t『門橛』: 275

囁 niè   *nrjep* < *nrep『允諾；嚅』: 185, 313

踂 niè   *nrjep* < *n<r>ep『不能走路』: 57, 80

躡 niè   *nrjep* < *nrep『踏』: 185

凝 níng   *nging* < *[ŋ](r)əŋ『凝凍』: 396n27

佞 nìng   *nengH* < *nˤiŋ-s『聰明』: 238–239

狃 niǔ   *nrjuwX* < *Cə.n<r>uʔ『動物足跡；爪子』: 115, 190

紐 niǔ   *nrjuwX* < *n<r>uʔ『紐扣』: 144

耨 nòu   *nuwH* < *nˤok-s『鋤頭』: 390n71

虐 nüè   *ngjak* < *[ŋ](r)awk『殘暴』: 297

那 nuó   *na* < *nˤar『多』: 257

儺 nuó   *na* < *nˤar『驅惡鬼，逐邪惡』: 258

藕 ǒu   *nguwX* < *C.ŋˤ(r)oʔ『蓮藕』: 172, 392

拍 pāi   *phaek* < *mə-pʰˤrak『拍打』: 177

簲 pái   *bea* < *Cə.[b]ˤre『木排』: 86

排 pái   *beaj* < *[b]ˤrəj『推』: 285

畔 pàn   *banH* < *m-pʰˤan-s『田畔』: 55, 60

判 pàn   *phanH* < *pʰˤan-s『分開』: 55, 60, 61

旁 páng   *bang* < *[b]ˤaŋ『旁邊；廣泛』: 227

摽 pāo   *phaew* < *pʰˤrew『擊倒』: 298; 也見於 piāo < *phew*

袍 páo　　　*baw* < *m.[p]ˤu『長袍』: 55

貔 péi　　　*bij* < *[b]rə『野貓的一種（《方言》「北燕朝鮮之間謂之」）』: 162, 391n89, 392n90; 也見於貔狸 *péilí* < *bij.li*

貔狸 péilí　　*bij.li* < *bə.rə ~ *phij.li* < *pʰə.rə『野貓的一種（郭璞注：「今江南呼為狸」）』: 162, 392n90; 也見於貔 *péi* < *bij*, 狸 *lí* < *li*

烹 pēng　　*phaeng* < *[p.qʰ]ˤraŋ『煮（動詞）』: 157

彭 péng　　*baeng* < *C.[b]ˤraŋ『（地名）』: 227

篷 péng　　*buwng* < *C.bˤoŋ『遮篷，船帆』: 86

丕 pī　　　*phij* < *pʰrə『大』: 392n89

疲 pí　　　*bje* < *[b](r)aj『疲勞，衰竭』: 65

皮 pí　　　*bje* < *m-[p](r)aj『獸皮』: 65, 86, 269, 393n103

毗 pí　　　*bjij* < *[b]ij『輔助，自誇』: 197, 401n91

貔 pí　　　*bjij* < *[b]ij『野貓的一種』: 162

羆 pí　　　*pje* < *praj『棕白色的熊』: 269–270

諀 pǐ　　　*phjieX* < *pʰe[r]ʔ『誹謗』: 278

諞 pián　　*bjien* < *[m-pʰ]e[r]『巧言善辯』: 278; 也見於 *biàn* < *bjienX*

平平 piánpián *bjien-bjien* < *[b]en-[b]en『治理有序的樣子』: 234

蹁躚 piánxiān *ben.sen* < *bˤe[r].sˤe[r]『步履艱難（《說文》）』: 278

片 piàn　　*phenH* < *pʰˤe[n]-s『一半，部分』: 104

騙 piàn　　*phjienH* < *phen(ʔ)-s『愚弄，欺騙』: 104

摽 piāo　　*phew* < *pʰˤew『擊落』: 298; 也見於 *pāo* < *phaew*

瓢 piáo   *bjiew* < *(Cə.)[b]ew『葫蘆』: 298

貧 pín   *bin* < *[b]rə[n]『貧窮』: 216, 217, 288

品 pǐn   *phimX* < *pʰr[ə]mʔ『類，級』: 42

牝 pìn   *bjijX* < *[b]irʔ（方言：*-r > *-j）『雌性禽獸』: 292; 也見於 pìn < *bjinX*

牝 pìn   *bjinX* < *[b]irʔ『雌性禽器』: 292; 也見於 pìn < *bjijX*

娉 pìn   *phjiengH* < *p.[r̥]eŋ-s『（為了婚姻的）聘問』: 167

瓶 píng   *beng* < *[b]ˤeŋ『瓶』: 86

馮 píng   *bing* < *[b]rəŋ『依靠』: 216

憑 píng   *bing* < *[b]rəŋ『依靠』: 216, 231

平 píng   *bjaeng* < *breŋ『平坦（形容詞）』: 86, 88, 107, 123, 131, 234, 235

平 píng   *bjaeng* < *m-breŋ『使之平』: 123, 131

婆 pó   *ba*, 參見 婆娑 pósuō < *ba.sa*

皤 pó   *ba* < *[b]ˤar『白，白髮的』: 259

婆娑 pósuō   *ba.sa* < *[b]ˤa[j].[s]ˤa[j]『閒散自得，舞貌』: 266

破 pò   *phaH* < *pʰˤaj-s『破壞（動詞）』: 65, 257

剖 pōu   *phuwX* < *pʰˤ(r)oʔ『分開，破開』: 242

仆 pū   *phuwH* < *pʰˤ(r)ok-s『跌倒』: 244

暴 pù   *buwk* < *m-pˤawk『曝曬』: 297; 也見於 bào < *bawH*

棲 qī   *sej* < *s-nˤər『鳥的巢穴』: 147, 391n75

妻 qī   *tshej* < *[tsʰ]ˤəj『配偶，妻子』: 147, 285, 391n75

戚 qī 　　　*tshek* < *s.tʰˤiwk『親屬』: 301

緝 qī 　　　*tship* < *[tsʰ][ə]p『縫（衣服的）邊』: 303

齊 qí 　　　*dzej* < *[dz]ˤəj『整齊，齊一』: 58

憏 qí 　　　*dzej* < *[dz]ˤ[i]j『發怒』: 401n91

其 qí 　　　*gi* < *gə『語氣詞』: 53, 105

耆 qí 　　　*gij* < *[g]rij『年老的』: 137, 216, 289, 290

祁 qí 　　　*gij* < *[g]rij『（地名）』: 137, 216, 289, 290

騎 qí 　　　*gje* < *C.g(r)aj『跨坐；騎』: 170

奇 qí 　　　*gje* < *N-k(r)aj『奇怪』: 269; 也見於 jī < *kje*

祇 qí 　　　*gjie* < *[k.d]e（方言 *k.d- > *g.d- > *g-, 未化）
　　　　　　『地神』: 161

旂 qí 　　　*gjɨj* < *C.[ɢ]ər『旗幟』: 253, 254, 255

稽 qǐ 　　　*khejX* < *[kʰ]ˤijʔ『稽首』: 289

企 qǐ 　　　*khjieX* < *kʰeʔ『用腳尖站』: 102

豈 qǐ 　　　*khjɨjX* < *C.qʰəjʔ『怎麼』: 83

乞 qǐ 　　　*khjɨt* < *C.qʰət『乞求，請求』: 169–170, 287

契 qì 　　　*khejH* < *[kʰ]ˤet-s『契刻文字』: 137, 276; 也見
　　　　　　於 qiè < *khet*

泣 qì 　　　*khip* < *k-r̥əp『哭泣』: 57, 134, 166

棄 qì 　　　*khjijH* < *[kʰ]i[t]-s『丟棄，放棄』: 78

氣 qì 　　　*khjɨjH* < *C.qʰəp-s『雲氣』: 308; 也見於 xì <
　　　　　　xjɨjH

气 qì 　　　*khjɨjH* < *C.qʰəp-s『（吸入的東西）氣息，空
　　　　　　氣，水氣』: 170

訖 qì 　　　*xjɨjH* < *qʰə[t]-s『終止，休止』: 287

洽 qià 　　*heap* < *N-kˤ<r>[o]p『協調』: 311, 312

愆 qiān 　　*khjen* < *C.qʰra[n]『超過，犯錯』: 169

千 qiān　　　　*tshen* < *s.n̥ˤi[ŋ]『一千』: 7, 51, 147, 148, 150, 239

譣 qiān　　　　*tshjem* < *s.qʰ[a]m（方言：*s.qʰ- > *tsh*-)『偽善，奉承』: 137; 也見於 xiān < *sjem*

僉 qiān　　　　*tshjem* < *s.qʰ[a]m（方言：*s.qʰ- > *tsh*-)『全部；許多』: 137

遷 qiān　　　　*tshjen* < *[tsʰ]ar『遷移（動詞）』: 401n82

前 qián　　　　*dzen* < *[dz]ˤen ~ *m-dzˤen『前面』: 212, 277

潛 qián　　　　*dzjem* < *[dz][o]m『潛在水底』: 261; 也見於 驧潛 Huānqián < *xwan.dzjem*

鉗 qián　　　　*gjem* < *C.[g]<r>[e]m『鉗子』: 313, 314

淺 qiǎn　　　　*tshjenX* < *[tsʰ]e[n]ʔ『淺』: 392n94

遣 qiǎn　　　　*khjienX* < *[k]ʰe[n]ʔ『派遣』: 78, 277

歉 qiàn　　　　*kheamH* < *kʰˤremʔ-s『不足，謙虛』: 313

欠 qiàn　　　　*khjomH* < *[k]ʰ(r)om-s『打哈欠』: 313, 314

羌 qiāng　　　　*khjang* < *C.qʰaŋ『西方部落』: 106, 385n28

強 qiáng　　　　*gjang* < *N-kaŋ『強大』: 227

磽 qiāo　　　　*khaew* < *[C.q]ʰˤrew『多石之地』: 298

橋 qiáo　　　　*gjew* < *[g](r)aw『橋梁』: 106, 296

巧 qiǎo　　　　*khaewX* < *[kʰ]ˤruʔ『靈巧』: 247

竅 qiào　　　　*khewH* < *[k]ʰˤewk-s『孔，隙』: 299

且 qiě　　　　*tshjaeX* < *[tsʰ]Aʔ『而且』: 145, 223; 也見於 jū < *tsjo*

鍥 qiè　　　　*khet* < *kʰˤet『用刀刻；鐮刀一類的農具』: 275

竊 qiè　　　　*tshet* < *[tsʰ]ˤet『盜取』: 275

切 qiè　　　　*tshet* < *[tsʰ]ˤi[t]『切割；急切』: 290

契闊 qièkuò　　　*khet.khwat* < *kʰˤet.[k]ʰˤot『勤勉的《詩經・擊鼓》』: 214, 280; 也見於 qì < *khejH*

親 qīn　　　　*tshin* < *[tsʰ]i[n]『親近；父母』：291

駸 qīn　　　　*tsrhim* < *[tsʰ]r[i]m，也見於 MC *tshim* (MC *tsrh-* > *tsh-*)『飛跑《小雅・四牡》』：305, 310

矜 qín　　　　*gin* < *griŋ『長矛』：105, 238, 398n49；也見於 *jīn* < *king*

芹 qín　　　　*gj+n* < *C.[ɢ]ər『水芹』：171, 255

寢 qǐn　　　　*tshimX* < *[tsʰ]imʔ『睡覺』：305, 310

輕 qīng　　　　*khjieng* < *[kʰ]eŋ『輕的（『重』的反義）』：79, 102, 235

清 qīng　　　　*tshjeng* < *tsʰeŋ『清澈（形容詞）』：120, 139, 235

晴 qíng　　　　*dzjeng* < *N-tsʰeŋ『（天氣）放晴』：95, 120, 139

頃 qǐng　　　　*khjwiengX* < *[k]ʷʰeŋʔ『少時，片刻』：235

秋 qiū　　　　*tshjuw* < *tsʰiw『秋天；收成』：104, 300, 301, 389n63

逑 qiú　　　　*gjuw* < *g(r)u『聚集一起；伴侶（名詞）』：105, 108

胠 qū　　　　*khjaep* < *[kʰ]<r>ap『腋；軍陣的右翼』：153

曲 qū　　　　*khjowk* < *kʰ(r)ok『彎曲』：120, 175, 243, 387n43

屈 qū　　　　*khjut* < *[kʰ]ut『彎曲，使……屈服』：79, 294, 387n43

取 qǔ　　　　*tshjuX* < *tsʰoʔ『拿取』：242

去 qù　　　　*khjoH* < *[k]ʰ(r)ap-s『離開』：151, 153–154, 312, 391n83

闃 qù　　　　*khwek* < *[k-m̥]ˤik（方言：*-ik > *-ek）『安靜』：152

全 quán　　dzjwen < *[dz]o[n]『完整（形容詞）』：282

泉 quán　　dzjwen < *s-N-ɢʷar（我們期望是 z-）『泉，源泉』：258

拳 quán　　gjwen < *N-kro[n]『拳頭（< 握拳的手）』：118

犬 quǎn　　khwenX < *[k]ʷʰˤ[e][n]ʔ『狗』：277

勸 quàn　　khjwonH < *C.qʷʰar-s『鼓勵』：170

缺 quē　　khwet < *Nə-[k]ʷʰˤet『破；欠缺』：175, 275, 276

殼 què　　khaewk < *[kʰ]ˤrok『空殼，空心的』：244

卻 què　　khjak < *[k]ʰak『推辭，拒絕』：216

却 què　　khjak < *[k]ʰak『推辭，拒絕』：225

髯 rán　　nyem < *nam『鬍鬚』：110

然 rán　　nyen < *[n]a[n]『如此，這樣，（副詞詞尾）』：39, 259, 263

染 rǎn　　nyemX < *C.n[a]mʔ『染色』：172

攘 ráng　　nyang < *naŋ『竊，驅趕』：149

壤 rǎng　　nyangX < *naŋʔ『耕種的土地』：111

仁 rén　　nyin < *niŋ『仁慈的』：115, 148, 238–239

人 rén　　nyin < *ni[ŋ]『（其他）人』：147, 148, 150, 211–212, 239, 386, 401n90

刃 rèn　　nyinH < *nə[n]-s『刀口』：288

日 rì　　nyit < *C.nik『太陽；白日』：240–241

衵 rì　　nyit < *nik『女士內衣』：241

榮 róng　　hjwaeng < *[N-qʷ]reŋ『光榮，榮譽』：216, 234, 235, 278; 也見於榮觀 róngguàn < hjwaeng. kwanH

嶸 róng　　hweang, 參見 崢嶸 zhēngróng < dzreang.hweang

頌 róng　　yowng < *[ɢ](r)oŋ『面容』：182

搔 sāo   *saw* < *s-[ts]ˤu『抓撓（動詞）』：136

塞 sè   *sok* < *[s]ˤək『塞住，阻（動詞）』：230

色 sè   *srik* < *s.rək『顏色；面容』：150

嗇 sè   *srik* < *s.rək『收割』：150

沙 shā   *srae* < *sˤraj『沙子』：80, 101, 213

殺 shā   *sreat* < *s<r>at『殺死』：74, 214, 271, 272, 395n22, 396n23; 也見於 shài < *sreajH*

釃 shāi   *srje* < *Cə.sre『濾酒』：187

殺 shài   *sreajH* < *s<r>at-s『降低』：272, 395n22, 396n22; 也見於 shā < *sreat*

潸 shān   *sraen* < *[s]ˤra[n]『淚流』：274

山 shān   *srean* < *s-ŋrar『山』：148, 214, 258, 395n23, 399n64

苫 shān   *syem* < *s.tem『茅草屋頂』：315, 401n86

羴 shān   *syen* < *s.tan『羊氣』：274

羶 shān   *syen* < *s.tan『羊氣』：274, 321

壇 shàn   *dzyenX* < *[d]anʔ『高臺』：218; 也見於 tán < *dan*

善 shàn   *dzyenX* < *[g]e[n]ʔ『好』：77, 78, 277

傷 shāng   *syang* < *l̥aŋ『傷』：166

商 shāng   *syang* < *s-taŋ『估量；商業；交易』：56

上 shàng   *dzyangH* < *daŋʔ-s『頂上，上面』：188; 也見於 shàng < *dzyangX*『上升』, shàng < *dzyangX*『上舉』

上 shàng   *dzyangX* < *Cə-daŋʔ『上升』：132, 188, 227; 也見於 shàng < *dzyangX*『上舉』, shàng < *dzyangH*

上 shàng   *dzyangX* < *m-daŋʔ『上舉』：132, 188; 也見於 shàng < *dzyangX*『上升』, shàng < *dzyangH*

餉 shàng   *syangH* < *ŋaŋ(ʔ)-s『送飯；食物』：385n23

筲 shāo   *sraew* < *[s](ˤ)rew『竹器』：298

燒 shāo   *syew* < *[ŋ̊]ew『火燒』：298, 299

稍 shào   *sraewH* < *[s](ˤ)rew-s『稍微；糧食』：298, 395n23

削 shào   *sraewH* < *[sˤ]rewk-s『京畿』：300；也見於 xiāo < *sjak* and xiào < *sjewH*

賖 shē   *syae* < *l̥A『欠』：115

奢 shē   *syae* < *s.tʰA『奢侈』：138, 146, 224

折 shé   *dzyet* < *N-tet『彎曲（不及物動詞）』：54, 117, 118, 275；也見於 dì < *dejH*, zhé < *tsyet*

蛇 shé   *zyae* < *Cə.lAj『蛇』：190, 257, 269, 270；也見於 委蛇 wēiyí < *ʼjwe.ye*

舌 shé   *zyet* < *mə.lat『舌頭』：53, 88, 180, 271

社 shè   *dzyaeX* < *m-tʰAʔ『祭祀土地神』：128, 224, 388n51

攝 shè   *syep* < *kə.ŋep『捉住，抓住』：96, 185–186, 311

設 shè   *syet* < *ŋ̊et『設立』：29–30, 77, 78, 275

射 shè   *zyaeH* < *Cə.lAk-s『射；射手』：226；也見於 shè < *zyek*

射 shè   *zyek* < *Cə.lAk『以弓矢射物』：190, 226；也見於 shè < *zyaeH*

參 shēn   *srim* < *srum『獵戶星座（由獵戶座星帶上的三顆星得名）』：75；也見於 參差 cēncī < *tsrhim.tsrhje*

詵 shēn   *srin* < *srər『眾多貌』：255

身 shēn   *syin* < *ŋ̊i[ŋ]『身體；自身』：76, 115, 147, 148,

150, 211, 212, 239, 398n50

諗 shěn   *syimX* < *n̪imʔ『規諫』: 305, 310

哂 shěn   *syinX* < *n̪ərʔ『笑』: 147

腎 shèn   *dzyinX* < *Cə.[g]i[n]ʔ『腎臟』: 77, 79, 189, 291

生 shēng   *sraeng* < *srjaeng* < *sreŋ『生育，出生；活』: 74–75, 99, 233, 235, 236, 381n9

升 shēng   *sying* < *s-təŋ『升（動詞）』: 56, 61, 93, 231

勝 shèng   *syingH* < *l̥əŋ-s『克服；超過』: 133

師 shī   *srij* < *srij『軍隊』: 289, 401n91

蝨 shī   *srit* < *srik『蝨子』: 74, 101, 240, 398n51

施 shī   *sye* < *l̥aj『給予，施舍』: 269

尸 shī   *syij* < *l̥əj『尸體』: 109, 115, 285–286, 385n26, 401n91

蓍 shī   *syij* < *s-kij『蓍草（？）』: 137

石 shí   *dzyek* < *dAk『石頭』: 76, 107, 225, 226

十 shí   *dzyip* < *t.[g]əp『十』: 79, 154, 160

識 shí   *syik* < *s-tək『認識』: 135

食 shí   *zyik* < *mə-lək『吃』: 180, 230; 也見於 sì < *ziH*

實 shí   *zyit* < *mə.li[t]『果實；充滿』: 7, 164, 180, 290

使 shǐ   *sriH* < *s-rəʔ-s『使節』: 144; 也見於 shǐ < *sriX*

使 shǐ   *sriX* < *s-rəʔ『差遣；導致』: 144; 也見於 shǐ < *sriH*

屎 shǐ   *syijX* < *[qʰ]ijʔ『糞便』: 78, 103, 286, 385n26; 也見於 xī < *xjij*

噬 shì   *dzyejH* < *[d]e[t]-s『咬（動詞）』: 276

是 shì   *dzyeX* < *[d]eʔ『此』: 232

氏 shì   *dzyeX* < *k.deʔ『氏族』: 160–161

叔 shū   *syuwk* < *s-tiwk『兄弟排行次序第三』: 301

攄 shū   *trhjo* < *r̥a『擴大延伸』: 116

秫 shú   *zywit* < *m.lut ~ *mə.lut『黏的小米』: 89, 133, 389n56

署 shǔ   *dzyoH* < *m-taʔ-s『任命，官職』: 61

屬 shǔ   *dzyowk* < *N-tok『屬某一類』: 117, 118, 243; 也見於 zhǔ < *tsyowk*

數 shǔ   *srjuX* < *s-roʔ『計算（動詞）』: 80, 144, 242, 243; 也見於 shù < *srjuH*, shuò < *sraewk*

黍 shǔ   *syoX* < *s-tʰaʔ『黍（黏的）』: 138–139

暑 shǔ   *syoX* < *s-tʰaʔ『暑熱』: 138–139

樹 shù   *dzyuH* < *m-toʔ-s『樹』: 95, 124, 125; 也見於 shù < *dzyuX*

樹 shù   *dzyuX* < *m-toʔ『種植；立直』: 124, 125; 也見於 shù < *dzyuH*

數 shù   *srjuH* < *s-roʔ-s『數字（名詞）』: 80, 144, 243; 也見於 shǔ < *srjuX*, shuò < *sraewk*

恕 shù   *syoH* < *n̥a-s『寬恕』: 29

衰 shuāi   *srwij* < *sruj『縮減，衰退』: 293; 也見於 cuī < *tsrhjwe*

率 shuài   *srwijH* < *s-rut-s『率領；指揮官』: 144; 也見於 shuài < *srwit*

帥 shuài   *srwijH* < *s-rut-s『（軍隊的）統帥』: 293

率 shuài   *srwit* < *s-rut『跟隨，遵循』: 144, 293, 294; 也見於 shuài < *srwijH*

蟀 shuài   *srwit*, see 蟋蟀 xīshuài < *srit.srwit*

雙 shuāng   *sraewng* < *[s]roŋ『一對』: 244

霜 shuāng　　*srjang* < *[s]raŋ『白霜』: 196

誰 shuí　　*dzywij* < *[d]uj『甚麼人』: 293

水 shuǐ　　*sywijX* < *s.turʔ（方言：*-r > *-j）『水；河流』:
　　　　　　93, 97, 146, 253, 295, 324

帨 shuì　　*sywejH* < *l̥ot-s『佩巾』: 150; 也見於 shuì <
　　　　　　tshjwejH

帨 shuì　　*tshjwejH* < *s.l̥ot-s『佩巾』: 150; 也見於 shuì <
　　　　　　sywejH

說 shuì　　*sywejH* < *l̥ot-s『規勸』: 281; 也見於 shuō <
　　　　　　sywet

順 shùn　　*zywinH* < *Cə.lu[n]-s『跟從；服從』: 165–166,
　　　　　　183

說 shuō　　*sywet* < *l̥ot『說，解釋』: 281; 也見於 shuì <
　　　　　　sywejH

朔 shuò　　*sraewk* < *s-ŋrak『月初第一天』: 56, 80, 148,
　　　　　　149, 225, 391n78

數 shuò　　*sraewk* < *s-rok『屢次』: 144, 243; 也見於 shǔ
　　　　　　< *srjuX*, shù < *srjuH*

爍 shuò　　*syak* < *r̥ewk（方言：*r̥- > *x-, 化）『熔化，注
　　　　　　入』: 78

絲 sī　　*si* < *[s]ə『絲綢』: 90

私 sī　　*sij* < *[s]əj『私人的』: 90, 285, 401n91

斯 sī　　*sje* < *[s]e『此』: 262; 也見於斯須 sīxū < *sje.sju*

斯 sī　　*sje* < *[s]e『劈開（動詞）』: 232; 也見於斯須
　　　　　　sīxū < *sje.sju*

霺 sī　　*sje* < *s[e]r『小雨』: 262; 也見於 xiàn < *senH*

斯須 sīxū　　*sje.sju* < *[s]e.[s]o『片刻』: 214; 也見於斯 sī < *sje*

死 sǐ   *sijX* < *sijʔ『死亡（動詞）』: 90, 289, 292'

四 sì   *sijH* < *s.li[j]-s『四』: 90

飼 sì   *ziH* < *s-m-lək-s『餵養（動詞）』: 230, 398n41

飤 sì   *ziH* < *s-m-lək-s『餵養（動詞）』: 230

食 sì   *ziH* < *s-m-lək-s『餵養（動詞）』: 230; 也見於 shí < *zyik*

似 sì   · *ziX* < *sə.ləʔ『相似的』: 183

巳 sì   *ziX* < *s-[ɢ]əʔ『地支第六位』: 30–31, 382n17, 386n30

俟 sì   *zriX* < *s-[ɢ]rəʔ『等』: 141

嵩 sōng   *sjuwng* < *[s]uŋ『高』: 250

松 sōng   *zjowng* < *sə.ɢoŋ『松樹』: 181

搜 sōu   *srjuw* < *sru『搜索』: 247, 390n67

叟 sǒu   *suwX* < *s-ruʔ（方言：MC *srj-* > *sr-* > *s-*）『老人』: 144–145, 167, 247, 248, 389n59

夋 sǒu   *suwX* < *s-ruʔ（方言：MC *srj-* > *sr-* > *s-*）『老人』: 144, 247

傁 sǒu   *suwX* < *s-ruʔ（方言：MC *srj-* > *sr-* > *s-*）『老人』: 144, 247

蘇 sū   *su* < *s-ŋˤa『復蘇』: 148–149, 391n78

肅 sù   *sjuwk* < *siwk『莊重，嚴肅』: 249, 295, 301, 302

宿 sù   *sjuwk* < *[s]uk『過夜』: 249; 也見於 xiù < *sjuwH*

愬 sù   *suH* < *s-ŋˤak-s『訴說，誹謗』: 56

算 suàn   *swanH* < *[s]ˤorʔ-s『計數，計數的竹籤』: 283

綏 suí   *swij* < *s.nuj『安慰（動詞）』: 293

隨 suí   *zjwe* < *sə.loj『跟隨』：182, 252, 271

髓 suǐ   *sjweX* < *s-lojʔ『骨髓』：279

碎 suì   *swojH* < *[s-tsʰ]ˤu[t]-s『破碎』：293

筍 sǔn   *swinX* < *s-qʷi[n]ʔ『竹子的芽』：137

隼 sǔn   *swinX* < *[s]urʔ『老鷹，獵鷹』：253, 295

娑 suō   *sa*, 見於婆娑 pósuō < *ba.sa*

縮 suō   *srjuwk* < *[s]ruk『收縮』：249

所 suǒ   *srjoX* < *s-qʰ\<r>aʔ『住所；關係代詞』：129, 140; 也見於潝潝 *hǔhǔ* < *xuX.xuX,* 許許 *hǔhǔ* < *xuX.xuX*

他 tā   *tha* < *l̥ˤaj（E. 方言：*l̥ˤ- > *th-*）『其他』：269

獺 tǎ   *that* < *r̥ˤat『水獺』：115, 134, 135; 也見於 *tǎ* < *trhaet*

獺 tǎ   *trhaet* < *[m-r̥]ˤat『水獺』：134, 135; 也見於 *tǎ* < *that*

遝 tà   *dop* < *m-rˤəp『達到；和』：134, 308

眔 tà   *dop* < *m-rˤəp『達到；和』：133, 134, 308

灘 tān   *than* < *n̥ˤar（E 方言：*n̥ˤ- > *th-*）『灘』：111, 112

歎 tān   *than* < *n̥ˤar『歎息』：258, 260

嘽嘽 tāntān   *than-than* < *tʰˤar-tʰˤar『眾多』：257

覃 tán   *dom* < *N.rˤ[o]m『延長，伸展』：386n31

彈 tán   *dan* < *Cə.dˤar『射彈丸』：189

壇 tán   *dan* < *[d]ˤan『祭壇』：25; 也見於 *shàn* < *dzyenX*

坦 tǎn   *thanX* < *[tʰ]ˤa[n]ʔ『平，舒適』：113

炭 tàn   *thanH* < *[tʰ]ˤa[n]-s『木炭，煤炭』：104

湯 tāng   *thang* < *l̥ˤaŋ『熱水』：111, 114, 115, 166; 也見

於 tāng < *thang*『商代第一個統治者的名字』

湯 tāng	*thang* < late OC *l̥ˤaŋ『商代第一個統治者的名字』，早期：*r̥ˤaŋ: 166; 也見於 tāng < *thang*『熱水』
康 tāng	*thang* < *r̥ˤaŋ『商代第一個統治者的名字』: 166; 也見於 kāng < *khang*
唐 tāng	*thang* < *r̥ˤaŋ『商代第一個統治者的名字』: 166; 也見於 táng < *dang*
糖 táng	*dang* < *C.lˤaŋ『糖』: 109
唐 táng	*dang* < *[N-]rˤaŋ『誇張；大』: 166; 也見於 tāng < *thang*
饕餮 tāotiè	*thaw.thet* < *[tʰ]ˤaw.[tʰ]ˤət『貪食者』: 287
桃 táo	*daw* < *C.lˤaw『桃子』: 109, 172, 246, 387n34
逃 táo	*daw* < *lˤaw『逃走』: 109
縢 téng	*dong* < *lˤəŋ『帶子』: 307
梯 tī	*thej* < *l̥ˤ[ə]j『樓梯』: 115
剔 tī	*thek* < *l̥ˤek『割肉』: 233; 也見於 tì < *thejH*
啼 tí	*dej* < *C.lˤe『哭，號』: 232
嗁 tí	*dej* < *C.lˤe『哭，號』: 232
體 tǐ	*thejX* < *r̥ˤijʔ『身體；四肢』: 112, 115
剔 tì	*thejH* < *l̥ˤek-s『割除』: 234; 也見於 tī < *thek*
吞 tiān	*then* < *l̥ˤən『（姓氏）』: 202, 283; 也見於 tūn < *thon*
天 tiān	*then* < *l̥ˤi[n]『天』: 113–114, 291; 也見於 xiān < *xen*
田 tián	*den* < *lˤiŋ『田地；捕獵』: 33, 60, 109
殄 tiǎn	*denX* < *[d]ˤə[n]ʔ『停止；消除』: 288

舔 tiǎn　　　*themX* < *l̥ˤ[i]mʔ『舔』（未收錄於 *GSR*）: 113

條 tiáo　　　*dew* < *[l]ˤiw『整理；樹枝；新枝』: 109, 300

挑 tiǎo　　　*dewX* < *lˤewʔ『挑起事端』: 298

怗 tiē　　　*thep* < *[tʰ]ˤep『使服從，安寧』: 315

饕 tiè　　　*thet*, 參見 饕餮 tāotiè < *thaw.thet*

挺 tǐng　　　*thengX* < *l̥ˤeŋʔ『站直』: 159

壬 tǐng　　　*thengX* < *l̥ˤeŋʔ『善（《說文解字》）』: 159, 164

通 tōng　　　*thuwng* < *l̥ˤoŋ『通透』: 56, 81, 150

銅 tóng　　　*duwng* < *[l]ˤoŋ『青銅，黃銅』: 36

桶 tǒng　　　*thuwngX* < *l̥ˤoŋʔ『木桶』: 36

頭 tóu　　　*duw* < *[m-t]ˤo『頭』: 55, 124

屠 tú　　　*du* < *[d]ˤa『屠宰（動詞）』: 27

涂 tú　　　*du* < *lˤa『道路』: 26, 27

土 tǔ　　　*thuX* < *tʰˤaʔ『土地』: 128, 223, 224, 276, 388n51

吐 tǔ　　　*thuX* < *tʰˤaʔ『吐出，吐』: 220

吐 tù　　　*thuH* < *tʰˤaʔ-s『嘔吐』: 220

團 tuán　　　*dwan* < *C.[d]ˤon『圓的，大量的』: 25, 171

彖 tuàn　　　*thwanH* < *l̥ˤo[r]-s『奔跑的豬』: 165

推 tuī　　　*thwoj* < *tʰˤuj『推開』: 139, 293

隤 tuí　　　*dwoj* < *N-rˤuj『筋疲力盡』: 122

蛻 tuì　　　*thwajH* < *l̥ˤot-s『昆蟲或爬蟲等脫下的皮』: 115, 197, 281; 也見於 yuè < *ywet*

退 tuì　　　*thwojH* < *n̥ˤ[u]p-s『後退（『進』的反義）』: 115, 309

吞 tūn　　　*thon* < *l̥ˤən『吞咽』: 113, 202, 283; 也見於 tiān < *then*

焞 tūn   *thwon < *tʰˤur*『光明』：255

屯 tún   *dwon < *[d]ˤun*『儲存』：294

拕 tuō   *tha < *l̥ˤaj*『曳引，拉』：270

脫 tuō   *thwat < *mə-l̥ˤot*『脫落』；180, 197, 280, 281

沱 tuó   *da < *lˤaj*『流（動詞）』：271

鼉 tuó   *da ~ dan < *[d]ˤar*『揚子』：258

隋 tuǒ   *thwaX < *l̥ˤojʔ*『碎裂的祭肉』：112；也見於 huì < *xjwieH*

橢 tuǒ   *thwaX < *l̥ˤojʔ*『橢圓』：270, 279

污 wā   *ʼwae < *qʷˤra*『不淨，污穢』：44

黿 wā   *ʼwae < *qʷˤre (MC -ae for -ea)*『青蛙』：55, 100, 127；也見於 wā < *ʼwea,* wā < *hwae,* wā < *hwea*

黿 wā   *ʼwea < *qʷˤre*『青蛙』：55, 100, 127；也見於 wā < *ʼwae,* wā < *hwae,* wā < *hwea*

黿 wā   *hwae < *m-qʷˤre (MC -ae for -ea)*『青蛙』：55, 100, 127；也見於 wā < *ʼwae,* wā < *ʼwea,* wā < *hwea*

黿 wā   *hwea < *m-qʷˤre*『青蛙』：55, 100, 127；也見於 wā < *ʼwae,* wā < *ʼwea,* wā < *hwae*

瓦 wǎ   *ngwaeX < *C.ŋʷˤra[j]ʔ*『屋瓦』：42, 172

外 wài   *ngwajH < *[ŋ]ʷˤa[t]-s*『外面』：272

丸 wán   *hwan < *[ɢ]ʷˤar*『彈丸；球』：400n69；也見於 烏桓 Wūhuán < *ʼu.hwan*

晚 wǎn   *mjonX < *m[o][r]ʔ*『遲』：397n29

婉 wǎn   *ʼjwonX < *[ʔ]o[n]ʔ*『美麗』：208–209, 395n16

王 wáng   *hjwang < *ɢwaŋ*『國王』：59, 107, 159, 227；也見於 wàng < *hjwangH*

亡 wáng	*mjang* < *maŋ 『逃亡；消失；死亡』: 56, 143, 227, 390n66	
往 wǎng	*hjwangX* < *ᴳʷaŋʔ 『去往』: 107, 159, 227	
網 wǎng	*mjangX* < *maŋʔ 『網』: 269, 270	
王 wàng	*hjwangH* < *ᴳʷaŋ-s 『稱王』: 59; 也見於 wáng < *hjwang*	
望 wàng	*mjangH* < *maŋ-s 『向遠處看』: 110	
威 wēi	*ʼjw+j* < *ʔuj 『使人敬畏的』: 101, 151, 293	
微 wēi	*mj+j* < *məj 『微小』: 284	
委蛇 wēiyí	*ʼjwe.ye* < *q(r)oj.laj 『順從，殷勤』: 270; 也見於 蛇 shé < *zyae*	
為 wéi	*hjwe* < *ᴳʷ(r)aj 『做，幹，充當』: 83, 107, 121, 269	
帷 wéi	*hwij* < *ᴳʷrij 『幕』: 107, 289	
惟 wéi	*ywij* < *ᴳʷij 『（繫詞），即是』: 78, 107	
維 wéi	*ywij* < *ᴳʷij (? < *ᴳʷuj) 『繫物的大繩』: 289	
洧 wěi	*hwijX* < *[ɢ]ʷrəʔ 『洧川』: 228	
偽 wěi	*ngjweH* < *N-ᴳʷ(r)aj-s 『虛假的』: 83, 121	
謂 wèi	*hjw+jH* < *[ɢ]ʷə[t]-s 『說，告訴，稱作』: 287	
胃 wèi	*hjw+jH* < *[ɢ]ʷə[t]-s 『胃臟』: 287	
畏 wèi	*ʼjw+jH* < *ʔuj-s 『害怕；威嚇』: 101, 151	
未 wèi	*mj+jH* < *m[ə]t-s 『地支第八位』: 287	
未 wèi	*mj+jH* < *m[ə]t-s 『還沒有』: 287	
魏 wèi	*ngjw+jH* < *N-qʰuj-s 『高』: 121	
溫 wēn	*ʼwon* < *ʔˤun 『暖和；柔和』: 100, 294	
蚊 wén	*mjun* < *C.mə[r] 『蚊子』: 172	
文 wén	*mjun* < *mə[n] 『裝飾』: 287

聞 wén   *mjun < *mu[n]*『聽見（動詞）』：8, 63, 64, 67, 251, 294, 322

翁 wēng   *'uwng < *qˤoŋ*『老人』：101

甕 wèng   *'uwngH < *qˤoŋ-s*『罈子』：28, 182, 381n14

蝸 wō   *kwae < *k.rˤoj*（方言：*k.rˤ- > *kˤr-）『蝸牛』：279, 280

我 wǒ   *ngaX < *ŋˤajʔ*『我們，我』：65, 111, 256

攫 wò   *'waek < *qʷˤrak*『捉（動詞）』：225

烏 wū   *'u < *qˤa*『烏鴉；黑』：262；也見於 烏桓 Wūhuán < *'u.hwan*

屋 wū   *'uwk < *qˤok*『房屋；屋頂』：33, 243

烏桓 Wūhuán   *'u.hwan* < 西漢 *ʔˤa- ˤwar (< OC *qˤa + *[ɢ]ʷˤar) 'Avars'，也寫作烏丸：262, 399n67, 400n69；也見於烏 wū < *'u*, 桓 huán < *hwan*, 丸 wán < *hwan*

無 wú   *mju < *ma*『沒有』：179, 223, 227, 242；也見於 wú < *mju*『（動詞前綴）』

無 wú   *mju < *ma*『（動詞前綴）』：179, 392n100；也見於 wú < *mju*『沒有』

無 wú   *mju < *mo*『沒有』（後起字形 毋 wú < *mju*, q.v.）：242

毋 wú   *mju < *mo*『沒有』（後起也寫作 無 wú）：242

吾 wú   *ngu < *ŋˤa*『我；我的』：128, 130

舞 wǔ   *mjuX < *k.m(r)aʔ*『跳舞（動詞）』：164

五 wǔ   *nguX < *C.ŋˤaʔ*『五』：46, 128, 130, 172, 388n52

午 wǔ   *nguX < *[m].qʰˤaʔ*『地支第七位』：46, 83, 128–130, 140, 388n52, 389n53；也見於 wǔ < *nguX* < *m-qʰˤaʔ『牾也，違逆；十字形交錯』

午 wǔ   *nguX* < *[m].qʰˤaʔ*『牾也，違逆；十字形交錯』: 83, 130; 也見於 wǔ < *nguX*『地支第七位』

勿 wù   *mjut* < **mut*『不要』: 111, 294

物 wù   *mjut* < **C.mut*『物體』: 205

牾 wù   *nguH* < **ŋˤak-s*『違逆；反對』: 130

悟 wù   *nguH* < **ŋˤa-s*『睡醒，認識到』: 149

寤 wù   *nguH* < **ŋˤa-s*『睡醒』: 149

惡 wù   *'uH* < **ʔˤak-s*『厭惡』（動詞）: 59, 226; 也見於 è < *'ak*

兮 xī   *hej* < **gˤe*『語末語氣詞』: 160–161

西 xī   *sej* < **s-nˤər*『西方』: 146–147, 255, 390n74, 401n82

錫 xī   *sek* < **s.lˤek*『錫』: 149

息 xī   *sik* < **sək*『呼吸』: 263; 也見於 安息 Ānxī < *'an.sik*

膝 xī   *sit* < **s-tsik*『膝蓋』: 136, 239

昔 xī   *sjek* < **[s]Ak*『從前』: 225

吸 xī   *xip* < **qʰ(r)əp*『吸入』: 170, 308

犧 xī   *xje* < **ŋ̊(r)a[j]*『祭祀用動物』: 111

屎 xī   *xjij* < **[qʰ]ij*（方言：未化）『呻吟』: 103, 286, 401n91; 也見於 shǐ < *syijX*

希 xī   *xj+j* < **qʰəj*『稀薄，稀疏』: 103

夕 xī   *zjek* < **s-ɢAk*『傍晚，夜』: 64, 226

蟋蟀 xīshuài   *srit.srwit* < **srit.srut*『蟋蟀』: 290

騱 xí   *hej*, 參見驒騱 diānxí < *ten.hej*

席 xí   *zjek* < **s-m-tAk* 席子: 61, 142, 226, 389

洗 xǐ   *sejX* < **[s]ˤərʔ*『洗滌』: 57

徙 xǐ   *sjeX* < *[s]aj? 『移開』：267, 269

灑 xǐ   *srjeH* < *srər?-s 『洒』：57, 187; 也見於 xǐ < *srjeX*, să < *sreaX*, să < *sreaH*

灑 xǐ   *srjeX* < *srər? 『洒』：1587, 396n23; 也見於 xǐ < *srjeX*, să < *sreaX*, să < *sreaH*

纚 xǐ   *srjeX* < *sre? 『束髮帶』：232, 233; 也見於 să < *sreaX*

豨 xǐ   *xj+jX* < *qʰəj? 『豬』：103

綌 xì   *khjaek* < *[k]ʰrak 『粗葛布』：216

舄 xì   *sjek* < *s.qʰAk 『拖鞋，鞋』：140, 397n40

舄 xì   *tshjak* < *s.qʰak（方言：*s.qʰ- > *tsh*-, *-ak > -*jak*）『拖鞋，鞋』：140

虩 xì   *xjaek* < *qʰrak 『害怕』：103

氣 xì   *xj+jH* < *qʰət-s 『餽送食物』：169; 也見於 qì < *khj+jH*

舝 xiá   *haet* < *[g]ˤrat 『車轄』：271

狹 xiá   *heap* < *N-kˤ<r>ep 『狹窄』：117, 118, 126, 213, 311, 314, 388n48

峽 xiá   *heap* < *N-kˤ<r>ep 『山口』：82

黠 xiá   *heat* < *[g]ˤri[t] 『狡猾』：290

下 xià   *haeH* < *m-gˤra?-s 『下降』：131, 197; 也見於 xià < *haeX*

下 xià   *haeX* < *gˤra? 『下面』：105, 131, 197; 也見於 xià < *haeH*

夏 xià   *haeX* < *[ɢ]ˤra? 『大』：121

躚 xiān   *sen*, 參見蹁躚 piánxiān < *ben.sen*

先 xiān   *sen* < *sˤər 『時間或次序在前』：218, 255; 也見於 xiàn < *senH*

諴 xiān　　　　*sjem* < *s.qʰ[a]m『偽善，奉承』: 137; 也見於 qiān < *tshjem*

鮮 xiān　　　　*sjen* < *[s][a]r『新鮮；好』: 262, 400n70; 也見 於 Xiānbēi < *sjen.pjie*

天 xiān　　　　*xen* < *l̥ˤi[n]（W 漢代方言：*l̥ˤ- > *xˤ-）『天』: 113–114; 也見於 tiān < *then*

鮮卑 Xiānbēi　*sjen.pjie* < *s[a]r.pe『鮮卑』: 261–262, 399n67; 也見於鮮 xiān < *sjen*, 卑 bēi < *pjie*

鹹 xián　　　　*heam* < *Cə.[g]ˤr[o]m『咸』: 107

咸 xián　　　　*heam* < *[g]ˤr[ə]m『皆；遍』: 154

瞯 xián　　　　*hean* < *m-[k]ˤ<r>en『監視』: 58

賢 xián　　　　*hen* < *[g]ˤi[n]『有才幹的』: 201, 291

險 xiǎn　　　　*xjemX* < *qʰr[a]mʔ『險峻的，危險的』: 103

顯 xiǎn　　　　*xenX* < *qʰˤenʔ『顯示，表現』: 113

陷 xiàn　　　　*heamH* < *[ɢ]ˤromʔ-s『落入陷阱』: 314

臽 xiàn　　　　*heamH* < *[ɢ]ˤromʔ-s『小坑』: 314

限 xiàn　　　　*heanX* < *[g]ˤrə[n]ʔ『阻隔，界限』: 288

見 xiàn　　　　*henH* < *m-[k]ˤen-s『使出現，引見』: 55; 也見 於 xiàn < *henH*『出現』, jiàn < *kenH*

見 xiàn　　　　*henH* < *N-[k]ˤen-s『出現』: 54; 也見於 xiàn < *henH*『使出現，引見』, jiàn < *kenH*

現 xiàn　　　　*henH* < *N-[k]ˤen-s『露面』: 116, 118

霰 xiàn　　　　*senH* < *sˤ[e]r-s『夾雨雪珠』: 262

霰 xiàn　　　　*senH* < *sˤ[e]r-s『夾雨雪珠』: 262; 也見於 sī < *sje*

先 xiàn　　　　*senH* < *sˤər-s『先行』: 201; 也見於 xiān < *sen*

憲 xiàn　　　　*xjonH* < *qʰar『法律；模範；規則』: 257

羨 xiàn   *zjenH* < *s-N-qa[r]-s『羨慕，希望』: 191–192

箱 xiāng   *sjang* < *C.[s]aŋ『（車）箱』: 169

襄 xiāng   *sjang* < *s-naŋ『搬移』: 149

香 xiāng   *xjang* < *qʰaŋ『芳香』: 102, 403

夅 xiáng   *haewng* < *m-kˤru[ŋ] (? < *-[u]m)『降伏』: 250

降 xiáng   *haewng* < *m-kˤru[ŋ] (? < *-[u]m)『降伏』: 215, 250

祥 xiáng   *zjang* < *s.ɢaŋ『吉祥』: 141

饟 xiǎng   *syang* < *n̥aŋ『送食物於人』: 111

亯 xiǎng   *xjangX* < *qʰaŋʔ『祭品』: 157; 也見於 hēng < *xaeng*

巷 xiàng   *haewngH* < *C.[g]ˤroŋ-s『小巷子，街道』: 171

象 xiàng   *zjangX* < *s.[d]aŋʔ『大象』: 141

鴞 xiāo   *hjew*, 參見鴟鴞 chīxiāo < *tsyhij.hjew*

簫 xiāo   *sew* < *sˤiw『排簫』: 295, 300

削 xiāo   *sjak* < *[s]ewk『用刀刮、削』: 295, 299, 300; 也見於 xiào < *sjewH* and shào < *sraewH*

宵 xiāo   *sjew* < *[s]ew『夜晚』: 295, 298

斆 xiào   *haewH* < *m-kˤruk-s『教』: 59

嘯 xiào   *sewH* < *sˤiw(k)-s『悲哭』: 302

削 xiào   *sjewH* < *[s]ewk-s『刮掉；削皮』: 300; 也見於 xiāo < *sjak* and shào < *sraewH*

孝 xiào   *xaewH* < *qʰˤ<r>uʔ-s『孝順』: 103

楔 xiē   *set* < *s.qˤet『插入死人齒間的楔形木片』: 137

歇 xiē   *xjot* < *qʰat『停止，休息』: 44, 210, 271

協 xié   *hep* < *[ɢ]ˤep『融洽』: 304

襭 xié   *het* < *m-[k]ˤi[t]『把衣服下擺掖在腰間』: 21

挾 xié　　　*hep* < *m-kˤep『抓住』: 58, 126, 311, 314; 也見於 xié < *tsep*

挾 xié　　　*tsep* < *S-kˤep『抓住』: 314; 也見於 xié < *hep*

脅 xié　　　*xjaep* < *qʰ\<r>ep『側面，身體兩側』: 103, 311

邪 xié　　　*zjae* < *sə.ɢA『歪邪的』: 131, 132, 182; 也見於 yé < *yae*, 琅邪 Lángyá < *lang.yae*

寫 xiě　　　*sjaeX* < *s-qʰAʔ『描繪』: 140, 224

蟹 xiè　　　*heaX* < *m-kˤreʔ『蟹』: 125

卸 xiè　　　*sjaeH* < *s-qʰA(ʔ)-s『卸下』: 140

褻 xiè　　　*sjet* < *s-ŋet『貼身之衣』: 275

泄 xiè　　　*sjet* < *s-lat『洩漏』: 144, 271; 也見 *yejH* < *lat-s『洩漏』: 272

謝 xiè　　　*zjaeH* < *sə-lAk-s『辭謝，放棄』: 71, 182

邂逅 xièhòu　*heaH.huwH* < *[g]ˤre-s.[g]ˤro-s『無憂無慮的（《唐風・綢繆》）』: 214, 242

欣 xīn　　　*xj+n* < *qʰər『喜悅』: 171

囟 xìn　　　*sinH* < *[s]ə[r]-s『囟門』: 401n82

信 xìn　　　*sinH* < *s-ni[ŋ]-s『誠信的』: 147–148, 150

星 xīng　　　*seng* < *s-tsʰˤeŋ『星星』: 139, 146

興 xīng　　　*xing* < *qʰ(r)əŋ『升高，起』: 307

兄 xiōng　　*xjwaeng* < *m̥raŋ『哥哥』: 111

熊 xióng　　*hjuwng* < *C.[ɢ]ʷ(r)əm『熊』: 195, 218, 309, 310, 314, 386n30

修 xiū　　　*sjuw* < *s-liw『裝飾』: 300

羞 xiū　　　*sjuw* < *s-nu『羞恥』: 144

休 xiū　　　*xjuw* < *qʰ(r)u『休息（動詞）』: 103

朽 xiǔ　　　*xjuwX* < *qʰ(r)uʔ『腐爛』: 57

繡 xiù　　　*sjuwH* < *[s]iw(k)-s『繡花』：302

宿 xiù　　　*sjuwH* < *[s]uk-s『星宿』：249；也見於 sù < *sjuwk*

須 xū　　　　*sju*, 參見斯須 sīxū < *sje.sju*

戌 xū　　　　*swit* < *s.mi[t]『地支第十一位』：143–144

訏 xū　　　　*xju* < *qʷʰ(r)a『大』：44

徐 xú　　　　*zjo* < *sə.la『慢慢地走』：183

許 xǔ　　　　*xjoX* < *qʰ(r)aʔ『處所（名詞）』：129, 389n53；
　　　　　　也見於 hǔ < *xuX*

蓄 xù　　　　*trhjuwk* < *qʰ<r>uk『蓄積（動詞）』：103, 250

畜 xù　　　　*xjuwk* < *qʰuk『養育』；also *xjuwH* < *qʰuk-s
　　　　　　『家畜』：61, 103, 156, 249, 250；也見於 chù <
　　　　　　trhjuwk, trhjuwH

淢 xù　　　　*xwik* < *m̥(r)ik『水道；護城河』：240

洫 xù　　　　*xwik* < *m̥(r)ik『水道；護城河』：240

侐 xù　　　　*xwik* < *m̥(r)ik『清靜，沉寂』：152, 240

緒 xù　　　　*zjoX* < *s-m-taʔ『整理』：61

宣 xuān　　　*sjwen* < *s-qʷar『擴散（動詞）』：137, 222, 258,
　　　　　　261

亘 xuān　　　*sjwen* < *s-[q]ʷar『回轉』：258；也見於阿會亘
　　　　　　ēhuìxuān < *ʼa.hwajH.sjwen*

翾 xuān　　　*xjwien* < *qʷʰen『飛翔』：214

誼 xuān　　　*xjwon* < *qʷʰar『喧嘩，叫喊』：170, 261

吅 xuān　　　*xjwon* < *qʷʰar『喧嘩，叫喊』：170, 261

喧 xuān　　　*xjwon* < *qʷʰar『喧嘩，叫喊』：170, 261

玄 xuán　　　*hwen* < *[ɢ]ʷˤi[n]『深色』：291

還 xuán　　　*zjwen* < *s-ɢʷen『回轉，旋轉，敏捷』：67, 214；
　　　　　　也見於 huán < *hwaen*

癬 xuǎn　　*sjenX < *[s]arʔ『癬』: 267

晅 xuǎn　　*xjwonX < *qʷʰarʔ『曬乾』: 258

烜 xuǎn　　*xjwonX < *qʷʰarʔ『曬乾』: 258; 也見於 huī < xjw+j

選 xuàn　　*sjwenH < *[s]o[n]ʔ-s『整齊的』: 208, 209, 395n16

絢 xuàn　　*xwenH < *qʷʰˤi[n]-s『華麗的，裝飾的』: 137

旋 xuàn　　*zjwenH < *s-ɢʷen-s『頭上的髮旋』: 141, 182

學 xué　　*haewk < *m-kˤruk『學習；模仿』: 55, 59, 215

鷽 xué　　*ʼaewk < qˤruk『（一種鳥）』: 56, 127; 也見於 xué < haewk

鷽 xué　　*haewk < *m-qˤruk『（一種鳥）』: 56, 127; 也見於 xué < ʼaewk

穴 xué　　*hwet < *[ɢ]ʷˤi[t]『山洞，洞穴』: 290

威 xuè　　*xjwiet < *m̥et『撲滅，毀壞』: 143, 275

血 xuè　　*xwet < *m̥ˤik『血液』: 152, 240

熏 xūn　　*xjun < *qʰu[n]『用火煙燻炙；蒸溽，氣味』: 251, 395n16

壎 xūn　　*xjwon < *qʰo[n]『陶製樂器』: 282, 395n16

馴 xún　　*zwin < *sə.lu[n]『溫順的；逐步的』: 183

旬 xún　　*zwin < *s-N-qʷi[n]『十天一周』: 127, 193

訓 xùn　　*xjunH < *l̥u[n]-s（W 方言：*l̥- > x-）『訓導』: 165–166, 183

厭 yā　　*ʼjiep < *ʔep『壓（動詞）』: 304, 311; 也見於 yān < ʼjiem

牙 yá　　*ngae < *m-ɢˤ\<r>a『牙齒』: 83, 131–132

涯 yá　　*ngea < *ŋˤrar『河岸；邊界』: 51, 148

崖 yá   *ngea* < *ŋˤrar『河岸；邊界』: 148, 391n76

厓 yá   *ngea* < *ŋˤrar『河岸；邊界』: 148

邪 yá   *yae*, 參見琅邪 Lángyá < *lang.yae*; 也見於 xié < *zjae*

雅 yǎ   *ngaeX* < *N-ɢˤraʔ『適當的，有教養的』: 121

軋 yà   *'eat* < *qˤrət『碾碎』: 287

淹 yān   *'jem* < *ʔ(r)om『浸泡，淹沒』: 313

厭 yān   *'jiem* < *ʔem『滿足的（形容詞）』: 58, 313; 也見於 yā < *'jiep*

焉 yān   *hjen* < *[ʔ]a[n]（第三人稱處所代詞）: 263, 389n62; 也見於 yān < *'jen*

焉 yān   *'jen* < *ʔa[n]『怎麼』: 389n62; 也見於 yān < *hjen*

炎 yán   *hjem* < *[ɢ]ʷ(r)am『燃燒，燒得旺的』: 313, 314, 386n30, 389n62

顏 yán   *ngaen* < *C.ŋˤrar『臉，額頭』: 148, 172

嚴 yán   *ngjaem* < *ŋ(r)am『威嚴，莊嚴』: 313

檐 yán   *yem* < *Cə.ɢam『屋檐』: 188, 313

鹽 yán   *yem* < *[ɢr][o]m『鹽』: 107, 386n31

巘 yǎn   *ngjenX* < *ŋ(r)ar(ʔ)『山；山巔』: 148, 258; 也見於 yǎn < *ngjonX*

巘 yǎn   *ngjonX* < *ŋ(r)ar(ʔ)『山；山巔』: 148, 258; 也見於 yǎn < *ngjenX*

衍 yǎn   *yenX* < *N-q(r)anʔ『溢出』: 169

燕 yàn   *'enH* < *ʔˤe[n]-s『燕子』: 100

饜 yàn   *'jemH* < *ʔ<r>em-s『滿意的』: 58, 100

猒 yàn   *'jiemH* < *ʔem-s『滿足』: 304

衣 yī　　　　'j+j < *ʔ(r)əj『衣服』：59, 101, 264–265, 285;
　　　　　　也見於 yì < 'j+jH

宜 yí　　　　ngje < *ŋ(r)aj『適宜；應該』：65–66

沂 Yí　　　　ngj+j < *[ŋ]ər (< uvular)『（山東的山和河流
　　　　　　名）』：267

蛇 yí　　　　ye, 參見委蛇 wēiyí < 'jwe.ye; 也見於 shé < zyae

移 yí　　　　ye < *laj『移動（動詞）』：164, 321

夷 yí　　　　yij < *ləj『外族人（特指東方）』：115, 285–286,
　　　　　　401n89, 401n90

夷 yí　　　　yij < *ləj『平的，平靜的』：109, 285, 401n89

遺 yí　　　　ywij < *[ɢ](r)uj『留下；拒絕』：101

鉯 yí　　　　ziX < *sə-lə?『耒柄或鐮刀』：56

矣 yǐ　　　　hiX < *qə? (atonic)『（句末語助詞）』：141,
　　　　　　389n62

乙 yǐ　　　　'it < *qrət『天干第二位』：80, 138, 287

椅 yǐ　　　　'jeX < *Cə.q(r)aj?『椅子』：187

倚 yǐ　　　　'jeX < *Cə.q(r)aj?『斜靠』：187

螘 yǐ　　　　ngj+jX < *m-qʰəj?『螞蟻』：83

已 yǐ　　　　yiX < *ɢ(r)ə?『停止；已經』：27, 31, 107, 141,
　　　　　　386n30

以 yǐ　　　　yiX < *lə?『拿，用』：27, 56, 183, 325

意 yì　　　　'iH < *ʔ(r)ək-s『思想（名詞）』：230

懿 yì　　　　'ijH < *[ʔ]<r>ik-s『抑制』：240

抑 yì　　　　'ik < *[ʔ](r)ik『觸痛，壓抑』：240

臆 yì　　　　'ik < *ʔ(r)ək『胸懷』：100

憶 yì　　　　'ik < *ʔ(r)ək『記憶』：230

縊 yì　　　　'jieH < *q[i]k-s『勒死』：58

益 yì   *ʼjiek < *q[i]k（方言：*-ik > *-ek）『增加』：233

衣 yì   *ʼj+jH < *ʔ(r)əj-s『穿衣服（及物動詞）』：59; 也見於 yī < *ʼj+j

挹 yì   *ʼjip < *qip『壓抑』：304

鷁 yì   *ngek < *m-ɢˤek『水鳥名』：233

義 yì   *ngjeH < *ŋ(r)aj-s『義務；正義』：65–66

劓 yì   *ngjejH < *ŋ<r>[a][t]-s『割鼻』：272

藝 yì   *ngjiejH < *ŋet-s（方言：腭？）『種植，技藝，才能』：276, 277

埶 yì   *ngjiejH < *ŋet-s（方言：腭？）『種植』：29–30, 78, 384n10

刈 yì   *ngjojH < *ŋa[t]-s『割草，割』：272

易 yì   *yeH < *lek-s『容易』：110, 149, 234; 也見於 yì < *yek

亦 yì   *yek < *ɢ(r)Ak『也』：27, 107

譯 yì   *yek < *lAk『翻譯』：27

易 yì   *yek < *lek『改變，交換』：51, 149, 233, 234; 也見於 yì < *yeH

異 yì   *yiH < *ɢ(r)ək-s『不同』：107, 386n30

翼 yì   *yik < *ɢʷrəp（方言：*-p > *-k）『翅膀』：107, 386n30

翌 yì   *yik < *ɢʷrəp（方言：*-p > *-k）『下一天』：386n30

翊 yì   *yik < *ɢʷrəp（方言：*-p > *-k）『下一天』：386n30

役 yì   *ywek < *ɢʷek『戰役；勞役』：107

音 yīn　　'im < *[q](r)əm『聲音，音調』：307, 310

陰 yīn　　'im < *q(r)um『陰暗』：310

駰 yīn　　'in < *ʔ<r>i[n]『灰白色馬』：291

愔 yīn　　'jim < *[q]im『溫和，平和』：304, 310

因 yīn　　'jin < *ʔi[n]『依靠』：101, 291

殷 yīn　　'j+n < *ʔər『（朝代名）』：264–265

銀 yín　　ngin < *ŋrə[n]『銀』：110, 288

淫 yín　　yim < *N.r[ə]m『過分；放大』：122

尹 yǐn　　ywinX < *m-qurʔ『統治；統治者』：82, 127

蔭 yìn　　'imH < *mə-q<r>[u]m-s『陰暗』：177

印 yìn　　'jinH < *[ʔ]iŋ-s『圖章』：240

膺 yīng　　'ing < *[q](r)əŋ『胸；反對』：307

迎 yíng　　ngjaeng < *ŋraŋ『迎接』：214

蠅 yíng　　ying < *m-rəŋ『蒼蠅』：77, 133, 324

營 yíng　　yweng < *[ɢ]ʷeŋ『劃界，營』：78, 216

影 yǐng　　'jaengX < *qraŋʔ『陰影』：28, 45, 101, 168, 385n24

永 yǒng　　hjwaengX < *[ɢ]ʷraŋʔ『（時間上的）久遠』：45, 227

幽 yōu　　'jiw < *[ʔ](r)iw『幽暗；隱退』：300

游 yóu　　yuw < *[N-]ru『浮，游』：122

斿 yóu　　yuw < *[N.]ru『旌旗』：122

有 yǒu　　hjuwX < *[ɢ]ʷəʔ『有，存在』：21, 38–39, 44, 106, 155, 218, 228, 382n27, 286n30

酉 yǒu　　yuwX < *N-ruʔ『地支第十位』：77

囿 yòu　　hjuwH < *[ɢ]ʷək-s『園囿，花園』：44; 也見於 yòu < hjuwk

囿 yòu　　　*hjuwk* < *[ɢ]ʷək『園囿，花園』: 230; 也見於
　　　　　　　yòu < *hjuwH*

佑 yòu　　　*hjuwH* < *[ɢ]ʷəʔ-s『幫助』: 332

右 yòu　　　*hjuwX* < *[ɢ]ʷəʔ『右手』: 155

于 yú　　　*hju* < *ɢʷ(r)a『去；在』: 44, 45, 107, 227, 260;
　　　　　　　也見於 單于 chányú < *dzyen.hju*

魚 yú　　　*ngjo* < *[r.ŋ]a『魚』: 24, 52, 149

隅 yú　　　*ngju* < *ŋ(r)o『角落』: 242

娛 yú　　　*ngju* < *ŋʷ(r)a『歡樂』: 223

餘 yú　　　*yo* < *la『餘下的；多餘』: 145

余 yú　　　*yo* < *la『第一人稱代詞（可能是禮貌用語）』:
　　　　　　　26, 183

輿 yú　　　*yo* < *m-q(r)a『車，車箱；肩扛』: 158, 224

愉 yú　　　*yu* < *lo『愉悅』: 29

雨 yǔ　　　*hjuX* < *C.ɢʷ(r)aʔ『雨水』: 224

圉 yǔ　　　*ngjoX* < *m-qʰ<r>aʔ『監獄』: 130

語 yǔ　　　*ngjoX* < *ŋ(r)aʔ『說話』: 197, 223, 388n52; 也
　　　　　　　見於 yù < *ngjoH*

與 yǔ　　　*yoX* < *m-q(r)aʔ『給；為了；和』: 83, 125, 131,
　　　　　　　132, 168, 171; 也見於 yù < *yoH*

芋 yù　　　*hjuH* < *[ɢ]ʷ(r)a-s『芋頭』: 108, 224

域 yù　　　*hwik* < *[ɢ]ʷrək『疆界』: 230

汩 yù　　　*hwit* < *[ɢʷ]rət『水流；疾行』: 287

郁 yù　　　*ʼjuwk* < *qʷək『雅致，優美』: 44

語 yù　　　*ngjoH* < *ŋ(r)aʔ-s『告訴』: 197; 也見於 yǔ <
　　　　　　　ngjoX

獄 yù　　　*ngjowk* < *[ŋ]rok『審訊，牢獄』: 243

禦 yù　　　*ngjoX < *m-qʰ(r)aʔ『抵擋，阻礙，停止』: 129, 130, 388n52

御 yù　　　*ngjoX < *m-qʰ(r)aʔ『抵擋，反抗』: 388n52

馭 yù　　　*ngjoH < *[ŋ](r)a-s『駕駛』: 388n52

與 yù　　　*yoH < *ɢ(r)aʔ-s『參與』: 77, 107；也見於 yǔ < *yoX

欲 yù　　　*yowk < *ɢ(r)ok『想要（動詞）』: 107

昱 yù　　　*yuwk < *ɢʷrəp『下一天』（方言 *-əp > *-up > *-uk）: 386n30

煜 yù　　　*yuwk < *ɢʷrəp『發光，閃光』: 386n30

鬻 yù　　　*yuwk < *m-quk『養育』: 61, 156；也見於 zhōu < *tsyuwk

聿 yù　　　*ywit < *[m-]rut『用來書寫的工具（東漢《說文解字》「楚謂之聿」）』: 43, 162

繘 yù　　　*ywit < *N.qʷi[t]『井上汲水的繩索』: 82；也見於 jú < *kjwit

淵 yuān　　‘wen < *[ʔ]ʷˤi[ŋ]『深淵』: 211–212

圜 yuán　　*hjwen < *ɢʷ<r>en『圓的』: 78, 141, 214, 277, 389n62, 395n21

圓 yuán　　*hjwen < *ɢʷ<r>en『圓的』: 78, 141, 214, 389n62, 395n21

園 yuán　　*hjwon < *C.ɢʷa[n]『園圃』: 170, 274

垣 yuán　　*hjwon < *[ɢ]ʷar『牆』: 137, 258, 261

原 yuán　　*ngjwon < *N-ɢʷar『泉，源；起源』: 258

原 yuán　　*ngjwon < *N-ɢʷar『高原（名詞）』: 266

遠 yuǎn　　*hjwonX < *C.ɢʷanʔ『遠』: 67, 252, 259, 394n16, 395n21

院 yuàn　　*hjwenH* < *Gʷra[n]-s『院子四周的牆』: 78, 108, 274

約 yuē　　　*'jak* < *[q](r)ewk『纏束；約定』: 299; 也見於 yào < *'jiewH*

樂 yuè　　　*ngaewk* < *[ŋ]ˤrawk『音樂』: 297; 也見於 lè < *lak*, yào < *ngaewH*

月 yuè　　　*ngjwot* < *[ŋ]ʷat『月亮；月份』: 64, 271

刖 yuè　　　*ngwaet* < *[ŋ]ʷˤ<r>at『斷足』: 271

籥 yuè　　　*yak* < *lewk『竹笛；鑰匙；竹管』: 299

蛻 yuè　　　*ywet* < *lot『昆蟲或爬蟲的蛻皮』: 109; 也見於 tuì < *thwajH*

雲 yún　　　*hjun* < *[ɢ]ʷə[n]『天上的雲』: 284, 288

員 yún　　　*hjun* < *[ɢ]ʷə[n]『（助詞）』: 38–40, 284, 382n26

云 yún　　　*hjun* < *[ɢ]ʷə[r]『說』: 38–40, 382n25, 382n27, 389n62

筠 yún　　　*hwin* < *[ɢ]ʷri[n]『竹皮』: 216, 291

勻 yún　　　*ywin* < *[N-q]ʷi[n]『均勻』: 127, 216, 291, 388n50

隕 yǔn　　　*hwinX* < *[ɢ]ʷrə[n]ʔ『墜落』: 288

韻 yùn　　　*hwinH* < *[m-qʷ]<r>i[n]-s『和諧的；韻』: 127, 193, 388n50, 393n107

慍 yùn　　　*'junH* < *ʔun-s『怨恨，憤怒』: 294

雜 zá　　　　*dzop* < *[dz]ˤ[u]p『混雜』: 309

載 zài　　　*dzojH* < *[m-ts]ˤəʔ-s『裝載某物在交通工具上（及物動詞）』: 127; 也見於 zài < *tsojH*

在 zài　　　*dzojX* < *[dz]ˤəʔ『在』: 202–203, 284, 394n7

載 zài   *tsojH* < *[ts]ˤəʔ-s『裝載某物在交通工具上』：
127; 也見於 zài < *dzojH*

再 zài   *tsojH* < *[ts]ˤə(ʔ)-s『兩次；第二次』：203

簪 zān   *tsom* < *Cə.tsˤ[ə]m『髮簪』：186

繰 zǎo   *tsawX* < *mə-tsˤawʔ『漂白；洗滌』：95, 177,
246

早 zǎo   *tsawX* < *Nə.tsˤuʔ『早的』：88, 95, 174, 247

譟 zào   *sawH* < *C.sˤaw-s『叫喊』：169

燥 zào   *sawX* < *C.sˤawʔ『乾燥』：169

澤 zé   *draek* < *lˤrak『沼澤；水分』：109

責 zé   *tsreak* < *s-tˤrek『要求報償』：80, 98, 136, 233,
234; 也見於 zhài < *tsreaH*

賊 zéi   *dzok* < *k.dzˤək『歹徒』：37, 95, 97, 153, 160

增 zēng   *tsong* < *s-tˤəŋ『增加』：59, 136, 192, 231

甑 zèng   *tsingH* < *S-təŋ-s『蒸飯的器具』：61, 136, 321

柤 zhā   *tsrae* < *tsˤra『一種酸果』：223

札 zhá   *tsreat* < *s-qˤrət『木簡；木牘』：80, 138, 287

摘 zhāi   *treak* < *tˤrek『摘取（動詞）』：233

齋 zhāi   *tsreaj* < *tsˤr[ə]j『洗心滌慮』：285, 286

宅 zhái   *draek* < *m-tˤ<r>ak『住宅』：225

責 zhài   *tsreaH* < *s-tˤrek-s『債務』：80, 136; 也見於 zé
< *tsreak*

債 zhài   *tsreaH* < *s-tˤrek-s『債務』：80, 97, 136, 234

瘵 zhài   *tsreajH* < *[ts](ˤ)re[t]-s『受傷害；痛苦』：276

占 zhān   *tsyem* < *tem『占卜』：313, 315

展 zhǎn   *trjenX* < *trenʔ『伸展；展開』：277

搌 zhǎn   *trjenX*, 參見 jiǎnzhǎn < *kjenX.trjenX*

輾轉 zhǎnzhuǎn   *trjenX.trjwenX* < **tre[n]ʔ.tro[n]ʔ*『臥不安席貌(《陳風‧澤陂》(145)第三章)』: 214

嚲 zhàn   *trjenX* < **tra[n]ʔ*『忍受』: 274

張 zhāng   *trjang* < **C.traŋ*『開弓』: 227

啁 zhāo   *traew* < **tˤriw*『鳥叫聲,嘈雜聲』: 300

朝 zhāo   *trjew* < **t<r>aw*『早上』: 55; 也見於 cháo < *drjew*

爪 zhǎo   *tsraewX* < **[ts]ˤ<r>uʔ*『爪子』: 136, 215, 247

叉 zhǎo   *tsraewX* < **[ts]ˤ<r>uʔ*『爪子』: 136

沼 zhǎo   *tsyewX* < **tawʔ*『池塘』: 296

濯 zhào   *draewH* < **lˤrewk-s*『洗衣服』: 300; 也見於 zhuó < *draewk*

櫂 zhào   *draewH* < **lˤrewk-s*『櫂』: 109

趙 zhào   *drjewX* < **[d]rewʔ*『(姓氏)』: 298

罩 zhào   *traewH* < **tˤrawk-s*『捕魚的罩籃』: 297

遮 zhē   *tsyae* < **tA*『遮蓋』: 224

謫 zhé   *dreak* < **m-tˤrek*『責備,懲罰』: 80; 也見於 zhé < *treak*

蟄 zhé   *drip* < **[d]rip*『冬眠,叢生』: 305, 309

慹 zhé   *nep* < **t-nˤ[i]p*『害怕』: 57, 162; 也見於 zhí < *tsyip*

輒 zhé   *tep* < **t-nˤep*『癱瘓,不能動』: 57

謫 zhé   *treak* < **C.tˤrek*『責備(動詞)』: 136, 168; 也見於 zhé < *dreak*

耴 zhé   *trjep* < **t-nrep*『耳朵下垂(用於人名)』: 80

懾 zhé   *tsyep* < **t-nep*『恐懼』: 313

折 zhé   *tsyet* < **tet*『彎曲;折斷』: 54, 117, 276; 也見於

dì < *dejH*, shé < *dzyet*

者 zhě   *tsyaeX* < *tAʔ『（名詞化助詞）』: 138, 223, 224, 320, 397n36

赭 zhě   *tsyaeX* < *tAʔ『紅土；紅色顏料』: 223

貞 zhēn   *trjeng* < *treŋ『占卜（動詞）』: 235

蓁 zhēn   *tsrin* < *[ts]ri[n]『茂盛貌』: 291

榛 zhēn   *tsrin* < *tsri[n]『榛子』: 80

鍼 zhēn   *tsyim* < *t.[k]əm『針』: 154

針 zhēn   *tsyim* < *t.[k]əm『針』: 154

箴 zhēn   *tsyim* < *t.[k]əm『針』: 37, 71, 79, 97, 153, 154

振 zhēn   *tsyin* < *tər『數量眾多；威嚴貌』: 255

真 zhēn   *tsyin* < *ti[n]『真的，真實的』: 76, 97, 99, 291

鎮 zhèn   *trinH* < *t<r>i[n]-s『鎮壓』: 80

正 zhēng   *tsyeng* < *C.teŋ『第一個（月）』: 97, 98, 168; 也見於 zhèng < *tsyengH*

烝 zhēng   *tsying* < *təŋ『（水蒸溓）升起；蒸』: 56, 60, 136, 321

崢嶸 zhēngróng   *dzreang.hweang* < *[dz]ˤreŋ.[ɢ]ʷˤreŋ『高聳，險峻』: 235

整 zhěng   *tsyengX* < *teŋʔ『按排；整齊』: 43

正 zhèng   *tsyengH* < *teŋ-s『正確的；改正』: 235; 也見於 zhēng < *tsyeng*

知 zhī   *trje* < *tre『知道』: 232

枝 zhī   *tsye* < *ke『（樹的）分枝』: 77, 79

支 zhī   *tsye* < *ke『（樹的）分枝，四肢』: 77, 79, 140, 232

觶 zhī   *tsye* < *tar『酒器』: 258

隻 zhī   *tsyek* < *tek 『單個』: 98, 99

之 zhī   *tsyi* < *tə 『（第三人稱賓語代詞，定語助詞）』: 53

脂 zhī   *tsyij* < *kij 『脂肪，油脂』: 77, 216

直 zhí   *drik* < *N-t<r>ək 『筆直的』: 117, 118, 230

執 zhí   *tsyip* < *[t]ip 『拿著』: 308, 309, 131

慹 zhí   *tsyip* < *t-nip（方言：*t-n- > *t-）『感到害怕的，害怕』: 57, 162; 也見於 zhé < *nep*

躑躅 zhízhú   *drjek.drjowk* < *[d]rek.[d]rok 『躑步』: 233, 243

紙 zhǐ   *tsyeX* < *k.teʔ 『紙』: 37, 97, 98, 153, 156, 161

旨 zhǐ   *tsyijX* < *kijʔ 『美味的』: 77, 289

指 zhǐ   *tsyijX* < *mə.kijʔ 『手指；指向』: 79

砥 zhǐ   *tsyijX* < *tijʔ 『磨刀石』: 289

止 zhǐ   *tsyiX* < *təʔ 『腳；停止』: 157, 158, 229

治 zhì   *driH* < *lrə-s 『治理，安排』: 229

置 zhì   *triH* > *trək-s 『放置；豎起』: 117

滯 zhì   *drjejH* < *[d]r[a][t]-s 『阻塞』: 272

致 zhì   *trijH* < *t<r>i[t]-s 『（使……來）；傳送』: 291

窒 zhì   *trit* < *[t]ri[t] 『填塞』: 290

櫛 zhì   *tsrit* < *[ts]rik 『梳篦的總稱』: 239

炙 zhì   *tsyaeH* < *tAk-s 『烤，煮』: 99; 也見於 zhì < *tsyek*

瘈 zhì   *tsyejH* < *ke[t]-s 『狂（指狗）』: 77, 276

炙 zhì   *tsyek* < *tAk 『烤，煮』: 226; 也見於 zhì < *tsyaeH*

至 zhì   *tsyijH* < *ti[t]-s 『到達』: 291

質 zhì   *tsyit* < *t-lit 『本體，堅實部分』: 164, 290

中 zhōng   *trjuwng* < *truŋ 『中心』：60, 250, 306；也見於 zhòng < *trjuwngH*

鐘 zhōng   *tsyowng* < *toŋ 『鐘』：244

妐 zhōng   *tsyowng* < *t-qoŋ 『夫之父』：57, 79

終 zhōng   *tsyuwng* < *tuŋ 『止』：51, 250

種 zhǒng   *tsyowngX* < *k.toŋʔ 『種子』：47, 53, 71, 76, 153, 156

腫 zhǒng   *tsyowngX* < *toŋʔ 『腫脹的，腫塊；瘤』：58, 118

重 zhòng   *drjowngX* < *N-t<r>oŋʔ 『重』：58, 118；也見於 chóng < *drjowng*

仲 zhòng   *drjuwngH* < *N-truŋ-s 『兄弟排名中間』：60, 95

中 zhòng   *trjuwngH* < *truŋ-s 『擊中』：60；也見於 zhōng < *trjuwng*

周 zhōu   *tsyuw* < *tiw 『環繞；遍及』：300

鬻 zhōu   *tsyuwk* < *t-quk 『米粥』：156；也見於 yù < *yuwk*

肘 zhǒu   *trjuwX* < *t-[k]<r>uʔ 『肘部』：31–32, 57, 80, 155, 247, 399n55

箒 zhǒu   *tsyuwX* < *[t.p]əʔ 『掃帚』：79

帚 zhǒu   *tsyuwX* < *[t.p]əʔ 『掃帚』：79, 156, 391n87

驟 zhòu   *dzrjuwH* < *N-tsˤroʔ-s 『快跑』：242

咮 zhou   *trjuwH* < *tˤ<r>ok-s 『鳥喙』：244, 396n25

縐 zhòu   *tsrjuwH* < *[ts]ˤro-s 『皺紋』：242, 396n25

祝 zhòu   *tsyuwH* < *[t]uk-s 『詛咒』：249；也見於 zhù < *tsyuwk*

豬 zhū   *trjo* < *tra 『豬』：223

株 zhū   *trju* < *tro 『樹根，莖』：396n25

誅 zhū   *trju* < *tro 『處罰；殺』：396n25

諸 zhū　　　　*tsyo* < *ta『很多』: 320

朱 zhū　　　　*tsyu* < *to『紅色』: 242

躅 zhú　　　　*drjowk*, 參見躑躅 zhízhú < *drjek.drjowk*

逐 zhú　　　　*drjuwk* < *[l]riwk『追趕』: 301

燭 zhú　　　　*tsyowk* < *tok『火炬』: 76

拄 zhǔ　　　　*trjuX* < *t<r>oʔ『支撐，支持』: 55, 124, 125

屬 zhǔ　　　　*tsyowk* < *tok『聚集，連接』: 117; 也見於 shǔ < *dzyowk*

煮 zhǔ　　　　*tsyoX* < *[t]aʔ『煮，燒』: 29, 223

渚 zhǔ　　　　*tsyoX* < *taʔ『水中小塊陸地』: 223, 397n36

箸 zhù　　　　*drjoH* < *[d]<r>ak-s『筷子』: 224

紵 zhù　　　　*drjoX* < *mə.draʔ『苧麻；亞麻』: 95, 178

住 zhù　　　　*drjuH* < *dro(ʔ)-s『停留』: 80, 108

柱 zhù　　　　*drjuX* < *m-t<r>oʔ『柱子』: 55, 89, 124

著 zhù　　　　*trjoH* < *t<r>ak-s『放置（名詞）；顯露』: 61; 也見於 zhuó < *trjak*

祝 zhù　　　　*tsyuwk* < *[t]uk『祈禱，祝頌』: 249; 也見於 zhòu < *tsyuwH*

髽 zhuā　　　　*tsrwae* < *[ts]ˤroj『古代婦人的喪髻』: 279

專 zhuān　　　　*tsywen* < *ton『專一的』: 282

轉 zhuǎn　　　　*trjwenX* < *mə-tronʔ『轉動，運』: 282

轉 zhuǎn　　　　*trjwenX*, 參見 輾轉 zhǎnzhuǎn < *trjenX.trjwenX*

傳 zhuàn　　　　*drjwenH* < *N-tron-s『已傳的記載』: 282; 也見於 chuán < *drjwen*

追 zhuī　　　　*trwij* < *truj『追趕』: 293

墜 zhuì　　　　*drwijH* < *m.lru[t]-s『墜落』: 133

準 zhǔn　　　　*tsywinX* < *turʔ『水平』: 295

卓 zhuō　　　*traewk* < *tˤrawk『高；傑出』：99, 297

濯 zhuó　　　*draewk* < *lˤrewk『洗滌』：299, 300；也見於
　　　　　　　zhào < *draewH*

濁 zhuó　　　*draewk* < *[N-tˤ]rok『污濁的』：81

斲 zhuó　　　*traewk* < *Cə.tˤrok『砍，切開』：186

啄 zhuó　　　*traewk* < *mə-tˤ<r>ok『啄食』：243, 244

著 zhuó　　　*trjak* < *t<r>ak『放置』：61, 99, 142, 225；也見
　　　　　　　於 zhù < *trjoH*

叕 zhuó　　　*trjwejH* < *trot-s『針腳（名詞？）』：281

斮 zhuó　　　*tsrjak* < *[ts]rak『砍掉』：225

茁 zhuó　　　*tsrjwet ~ tsrweat* < *s-[k]rot『抽芽（動詞）』：
　　　　　　　281

斫 zhuó　　　*tsyak* < *tak『砍，劈』：320

資 zī　　　　*tsij* < *[ts]ij『財產，生活資料』：90, 401n91

緇 zī　　　　*tsri* < *[ts]rə『黑色』：229

姊 zǐ　　　　*tsijX* < *[ts][i]jʔ『姐姐』：90

字 zì　　　　*dziH* < *mə-dzə(ʔ)-s『生育，愛護；文字』：88,
　　　　　　　90, 178

自 zì　　　　*dzijH* < *s.[b]i[t]-s『跟從；自從』：142

自 zì　　　　*dzijH* < *s.[b]i[t]-s『自己』：90, 142

宗 zōng　　　*tsowng* < *[ts]ˤuŋ『宗廟』：250

走 zǒu　　　　*tsuwX* < *[ts]ˤoʔ『跑』：242

族 zú　　　　*dzuwk* < *[dz]ˤok『氏族』：243

足 zú　　　　*tsjowk* < *[ts]ok『足夠』：244；也見於 zú <
　　　　　　　tsjowk『腳』，jù < *tsjuH*

足 zú　　　　*tsjowk* < *[ts]ok『腳』：243；也見於 zú < *tsjowk*
　　　　　　　『足夠』，jù < *tsjuH*

卒 zú   *tswit* < *[ts]ut『結束，死』: 293, 294; 也見於 zú < *tswot*

卒 zú   *tswot* < *[ts]ˤut『士兵』: 294; 也見於 zú < *tswit*

觜 zuǐ   *tsjweX* < *[ts]oj?『鳥喙』: 392n92

罪 zuì   *dzwojX* < *[dz]ˤuj?『罪行，犯法』: 293

最 zuì   *tswajH* < *[ts]ˤot-s『集；極其』: 281

醉 zuì   *tswijH* < *Cə.tsu[t]-s『醉（形容詞）』: 186, 293

遵 zūn   *tswin* < *[ts]u[n]『沿著一條路』: 294

尊 zūn   *tswon* < *[ts]ˤu[n]『尊敬（動詞）』: 294

座 zuò   *dzwaH* < *[dz]ˤo[j]?-s『座位』: 197

坐 zuò   *dzwaX* < *[dz]ˤo[j]?『就坐』: 197, 279, 394n7

參考書目

Aurousseau, Léonard. "La première conquête chinoise des pays annamites. (IIIe siècle avant notre ère) " *Bulletin de l'École française d'Extrême-Orient* 1923(23): 136–264.

白一平（William H. Baxter）:〈上古漢語 *sr- 的發展〉，收入《語言研究》（1983 年 (1)），頁 22–26。

───── :〈「執」,「勢」,「設」等字的構擬和中古 sy-（書母＝審三）的來源〉，收入《簡帛》（2010 年 (5)），頁 161–178。

白於藍:《簡牘帛書通假字字典》，福州:福建人民出版社，2008 年。

Bailey, H. W. "Gāndhārī." *Bulletin of the School of Oriental and African Studies* 1946(11): 764–797.

Barrett, T. H.《列子》, *Early Chinese texts: a bibliographical guide*, ed. Michael Loewe, Berkeley: Society for the Study of Early China: Institute of East Asian Studies, University of California, Berkeley, 1993, 298–308.

Baxter, William H. *Old Chinese origins of the Middle Chinese chóngniǔ doublets: a study using multiple character readings*[D]. Ph.D. diss., Cornell University, 1977.

───── . "Tibeto-Burman cognates of Old Chinese *-ij and

*-ij." *Linguistics of the Sino-Tibetan area: the state of the art—papers presented to Paul K. Benedict for his 71st birthday* (Pacific linguistics, series C, no. 87), ed. Graham Thurgood, James A. Matisoff, and David Bradley, Canberra: Australian National University, 1985, 242–263.

——— . *A handbook of Old Chinese phonology* Berlin: Mouton de Gruyter, 1992.

——— . "Where does the 'comparative method' come from?" *The linguist's linguist: a collection of papers in honor of Alexis Manaster Ramer*, ed. Fabrice Cavoto, München: Lincom, 2002, 33–52.

——— . and Laurent Sagart. "Word formation in Old Chinese." *New approaches to Chinese word formation: morphology, phonology and the lexicon in Modern and Ancient Chinese*, ed. Jerome L. Packard, Berlin: Mouton de Gruyter, 1998, 35–76.

北京大學中國語言文學系語言學教研室：《漢語方言詞彙》（第二版），北京：文字改革出版社，1995 年。

——— ：《漢語方言字彙》（第二版重排本），北京：語文出版社，2003 年。

Benedict, Paul K. *Sino-Tibetan: a conspectus*. ed. James A. Matisoff. Cambridge: Cambridge University Press, 1972.

——— . "Sino-Tibetan: another look." *Journal of the American Oriental Society* 1976(96), 167–197.

——— . "Archaic Chinese initials." *Wang Li memorial volumes. English volume*, Hong Kong: Joint Publishing Co,

1987, 25–71.

Bhattacharya, Pramod Chandra. *A descriptive analysis of the Boro language.*. Gauhati: Department of Publication, Gauhati University, 1977.

Bivar, A. D. H. "The political history of Iran under the Arsacids." *The Seleucid, Parthian and Sasanian periods*, vol. 3, part 1 of *The Cambridge history of Iran*, Cambridge: Cambridge University Press, 2000, 21–99.

Bodman, Nicholas C (包擬古). *A linguistic study of the Shih Ming: initials and consonant clusters.*, Cambridge: Harvard University Press, 1954.

————. "Proto-Chinese and Sino-Tibetan: data towards establishing the nature of the relationship" *Contributions to historical linguistics: issues and materials*, ed. Frans van Coetsem and Linda R. Waugh, Leiden: E. J. Brill, 1980, 34–199.

Boltz, William G. "Textual criticism and the Ma wang tui Lao tzu, review of *Chinese classics: Tao te ching*.", by D. C. Lau. *Harvard Journal of Asiatic Studies* 1984(44), 185–224.

————. "The Lao tzu text that Wang Pi and Ho-shang Kung never saw." *Bulletin of the School of Oriental and African Studies* 1985(48), 493–501.

————. "Shuo wen chieh tzu《說文解字》" *Early Chinese texts: a bibliographical guide*, ed. Michael Loewe, Society for the Study of Early China and the Institute of East

Asian Studies, Berkeley: University of California, 1993, 429–442.

Burling, Robbins. *The language of the Modhupur Mandi (Garo), Vol. 1: Grammar.* New Delhi: Promilla, 2004.

蔡俊明：《潮語詞典》，香港：香港中文大學出版社，1976 年。

曹志耘、秋谷裕幸、太田斎、趙日新：《吳語處衢方言研究》，東京：好文出版社，2000 年。

CBETA(Chinese Buddhist Electronic Text Association)：《漢文大藏經》http://tripitaka.cbeta.org, 2013.

Chao, Yuen Ren(趙元任)："Distinctions within Ancient Chinese". *Harvard Journal of Asiatic Studies* 1941(5), 203–233.

陳初生：《金文常用字典》，西安：陝西人民出版社，1987 年。

陳劍：〈釋西周金文的「竷（贛）」字〉，收入《甲骨金文考釋論集》，北京：線裝書局，2007 年，頁 8–19。

陳澧：《切韻考；切韻考外篇》，上海：上海古籍出版社，1995 年（1842）。

陳新雄：《古音學發微》，臺北：嘉新水泥公司文化基金會，1972 年。

陳章太、李如龍：《閩語研究》，北京：語文出版社，1991 年。

Coblin, W. South (柯蔚南). *A handbook of Eastern Han sound glosses.* Hong Kong: Chinese University Press, 1983.

——— . *Comparative phonology of the Central Xiāng dialects.* Taipei: Institute of Linguistics, Academia Sinica, 2011.

Coedès, G. "L'origine du cycle des douze animaux au Cambodge" *T'oung pao.* 1935(31), 315–329.

戴家祥：《金文大字典》，上海：學林出版社，1995 年。

Damrong Tayanin and Kristina Lindell. "The Khmu cycles of 60 days and 60 years." *Mon-Khmer Studies* 1994(23), 103–118.

Dell, François, and Mohamed Elmedlaoui. "Syllabic consonants and syllabification in Imdlawn Tashlhiyt Berber." *Journal of African Languages and Linguistics.* 1985(7), 105–130.

鄧享璋：《閩北、閩中方言語音研究》，廈門大學博士論文，2007 年。

Dien, Albert E.. "A note on Hsien (Zoroastrianism)." *Oriens 10*, 1957, 284–288.

Diffloth, Gérard.. *The Dvaravati Old Mon language and Nyah Kur.* Bangkok: Chulalongkorn University Printing House, 1984.

丁度：《集韻》，北京：中華書局，1985 年（1039）。

丁聲樹、李榮：〈漢語音韻講義〉，收入《方言》（1981 年 (4)），頁 241–274。

Doerfer, Gerhard. *Türkische und mongolische Elemente im Neupersischen; unter besonderer Berücksichtigung älterer neupersischer Geschichtsquellen, vor allem der Mongolen- und Timuridenzeit.* 4 vols. Wiesbaden: F. Steiner, 1963–1975.

董同龢：〈上古音韻表稿〉，收入《「中研院」歷史語言研究所集刊》（1948 年 (18)），頁 1–249。

———　：〈四個閩南方言〉，收入《「中研院」歷史語言研究所集刊》（1960 年 (30)），頁 729–1042。

Douglas, Carstairs (杜嘉德). *Chinese-English dictionary of the vernacular or spoken language of Amoy, with the principal variations of the Chang-chew and Chin-chew dialects.* New ed., with corrections by the author. London: Presbyterian Church of England, 1899.

Downer, Gordon B. "Tone-change and tone-shift in White Miao." *Bulletin of the School of Oriental and African Studies* 1967(30), 589–599.

————. "Strata of Chinese loanwords in the Mien dialect of Yao." *Asia Major n.s.* 1973(18), 1–33.

段玉裁：《說文解字注》，上海：上海古籍出版社，1981 年（1815）。

Dyson, F.W., A.S.Eddington, and C. Davidson. "A determination of the deflection of light by the sun's gravitational field, from observations made at the total eclipse of May 29, 1919." *Philosophical Transactions of the Royal Society of London. Series A, Containing Papers of a Mathematical or Physical Character.* 1920(220), 291–333.

Edmondson, Jerold A (艾傑瑞)., and Quan Yang (楊權). "World-initial preconsonants and the history of Kam-Sui resonant initials and tones." *Comparative Kadai: linguistic studies beyond Tai*, ed. Jerold A. Edmondson and David B. Solnit, Dallas: Summer Institute of Linguistics, 1988, 143–166.

Evans, Jonathan. "Origins of vowel pharyngealization in Hongyan Qiang." *Linguistics of the Tibeto-Burman Area*

2006a(29), 95–126.

———. "Vowel quality in Hongyan Qiang." *Language and Linguistics* 2006b(7), 937–960.

馮愛珍:《福州方言詞典》,南京:江蘇教育出版社,1998 年。

Ferlus, Michel (米歇爾・費呂). "Du nouveau sur la spirantisation ancienne en vietnamien." *Bulletin de la Société de Linguistique de Paris* 1976(71), 305–312.

———. "Spirantisation des obstruantes médiales et formation du système consonantique du vietnamien." *Cahiers de linguistique—Asie orientale* 1982(11), 83–106.

———. "Histoire abrégée de l'évolution des consonnes initiales du vietnamien et du sino-vietnamien." *Mon-Khmer Studies* 1992(20), 111–125.

———. "Langues et peuples viet-muong." *Mon-Khmer Studies* 26(1996), 7–28.

———. "Le maleng brô et le vietnamien." *Mon-Khmer Studies* 27(1997), 55–66.

———. *Lexique de racines Proto Viet-Muong (Proto Vietic).* Unpublished manuscript. Adobe Acrobat file. 2009a.Cited with the author's permission.

———. "What were the four divisions of Middle Chinese?" *Diachronica* 2009b(26), 184–213.

Franklin, Karl J. "Kutubuan (Foe and Fasu) and proto Engan" *The boy from Bundaberg: studies in Melanesian linguistics in honour of Tom Dutton*, ed. Andrew Pawley, Malcolm Ross, and Darryl Tryon, Canberra: Pacific Linguistics,

Research School of Pacific and Asian Studies, Australian National University, 2001, 143–154.

高亨:《古字通假會典》,濟南:齊魯書社,1989 年。

高明:《帛書老子校注》,北京:中華書局,1996 年。

荊門市博物館:《郭店楚墓竹簡》,北京:文物出版社,1998 年。

Gernet, Jacques. *Le monde chinois*. Paris: Armand Colin, 1990.

格桑居冕(Skal bzang 'gyur med)、格桑央京(Skal bzang dbyangs chan):《藏語方言概論》,北京:民族出版社,2002 年。

GG: 古文字詁林編纂委員會:《古文字詁林》(12 卷),上海:上海教育出版社,1999 年。

Graham, A. C. "The date and composition of *Liehtzyy* 列子 ". *Asia Major* 1960–1961 (8), 139–198.

———— . *Disputers of the Tao: philosophical argument in ancient China*. La Salle, IL: Open Court, 1989.

GSR: Karlgren, Bernhard. "Grammata serica recensa." *Bulletin of the Museum of Far Eastern Antiquities* 29(1957), 1–332.

郭建榮:《孝義方言志》,北京:語文出版社,1989 年。

郭錫良:《漢字古音手冊》,北京:北京大學出版社,1986 年。

國家文物局古文獻研究室:《馬王堆漢墓帛書(一)》,北京:文物出版社,1980 年。

《漢語大字典》(共 9 冊),成都:四川辭書出版社,1990 年。

《漢語大詞典》(共 22 卷),上海:漢語大詞典出版社,2001 年。

郝懿行、王念孫、錢繹、王先謙:《爾雅‧廣雅‧方言‧釋名》

（清疏四種合刊附索引），上海：上海古籍出版社，1989 年。

Harbsmeier. "Irrefutable conjectures. A Review of William H. Baxter and Laurent Sagart, *Old Chinese. A New Reconstruction." Monumenta Serica* 64 (2), 2016, 445–504.

Harrell, Richard Slade. *A dictionary of Moroccan Arabic: Arabic-English.* Washington: Georgetown University Press, 1966.

Haudricourt, André-Georges（奧德里古爾）. "Comment reconstruire le chinois archaïque" *Word.*1954a(10), 351–364.

——— . "De l'origine des tons en vietnamien." *Journal asiatique.* 1954b(242), 68–82.

——— . "Les mutations consonantiques des occlusives initiales en mon-khmer." *Bulletin de la Société de Linguistique de Paris* 1965(60), 160–172.

何琳儀：《戰國古文字典：戰國文字聲系》（共 2 卷），北京：中華書局，1998 年。

Hegel, Georg Wilhelm Friedrich（黑格爾）. *The philosophy of history.* Trans.John Sibree. Rev.ed. New York: Colonial Press, 1899.

Hirata Shōji（平田昌司）：〈閩北方言第九調的性質〉，收入《方言》（1988 年 (1)），頁 12–24。

Ho Dah-an 何大安 . "Such errors could have been avoided: Review of Old Chinese: a new reconstruction." *Journal of Chinese Linguistics* 44 (1), 2016, 175–230.

侯精一：《晋語研究》，東京：東京外國語大学アジア・アフリ

力言語文化研究所，1989 年。

黃布凡：《藏緬語族語言詞彙》，北京：中央民族學院出版社，
1992 年。

黃良榮、孫宏開：《漢嘉戎詞典》，北京：民族出版社，2002
年。

黃焯：《經典釋文彙校》，北京：中華書局，1980 年。

Jakobson, Roman（羅曼・雅各布森）. "K xarakteristike evrazijskogo
jazykovogo sojuza." *Selected writings* 1.The Hague: Mouton,
1971(1931), 144–201.

———— . "Mufaxxama: The 'emphatic' phonemes in Arabic"
Selected writings 1. The Hague: Mouton, 1971(1957),
510–522.

Jaxontov, Sergej Evgen'evič（雅洪托夫）. "Consonant
combinations in Archaic Chinese" Papers presented by
the USSR delegation at the 25th International Congress
of Orientalists, Moscow. Moscow: Oriental Literature
Publishing House, 1960a, 1–17. (English version of
Jaxontov 1963.)

———— . "Fonetika kitajskogo jazyka 1 tsysjač eletija do n.
e. (labializovannye glasnye)" *Problemy vostokovedenija*
1960b, 102–115.

———— . "Sočetanija soglasnyx v drevnekitajskom jazyke."
(Consonant combinations in Arhaic Chinese) *Trudy
dvadcat' pjatogo meždunarodnogo kongressa vostokovedov*,
Moskva, 9–16 avgusta 1960 g. Vol.5: Zasedanija sekcij
XVI–XX(Works of the 25th International Congress of

Orientalists), Moscow, 9–16 August 1960.vol. 5: Sessions of sections XVI–XX, Moscow: Izdatel'stvo vostočnyj literatury, 1963, 89–95.

陸德明:《經典釋文》,北京:中華書局,1983 年。

季旭昇:《說文新證》,福州:福建人民出版社,2010 年。

Joseph, U. V., and Robbins Burling. *Comparative phonology of the Boro-Garo languages.* Mysore: Central Institute of Indian Languages, 2006.

Karlgren, Bernhard (高本漢). "Word families in Chinese." *Bulletin of the Museum of Far Eastern Antiquities* 1933(5), 9–120.

———— . "Grammata serica:script and phonetics in Chinese and Sino-Japanese." *Bulletin of the Museum of Far Eastern Antiquities* 1940(12), 1–471.

———— . "Glosses on the Book of odes." *Bulletin of the Museum of Far Eastern Antiquities* 1942 (14), 71–247, 1944 (16), 25–169, 1946(18), 1–198.

———— . *The book of odes.* Stockholm: Museum of Far Eastern Antiquities, 1950.

———— . "Compendium of phonetics in Ancient and Archaic Chinese." *Bulletin of the Museum of Far Eastern Antiquities* 1954(26), 211–367.

———— . Grammata serica recensa. *Bulletin of the Museum of Far Eastern Antiquities* 1957 (29), 1–332.

Kennedy, George A. "Metrical 'irregularity' in the Shih Ching." *Harvard Journal of Asiatic Studies* 1939(4), 284–296.

L-Thongkum, Therapan. "A preliminary reconstruction of Proto-Lakkja (Cha Shan Yao)." *Mon-Khmer Studies* 1992(20), 57–89.

——— . "A view on Proto-Mjuenic (Yao)." *Mon-Khmer Studies* 1993(22), 163–230.

Lau, D. C. *Tao te ching*. Baltimore: Penguin Books, 1963.

Leong, Sow-Theng（梁肇庭）. *Migration and ethnicity in Chinese history: Hakkas, Pengmin, and their neighbors*[C], ed. Tim Wright; introduction and maps by G. William Skinner. Stanford, CA: Stanford University Press, 1997.

Li, Fang-kuei 李方桂 . "Some Old Chinese loan words in the Tai languages." *Harvard Journal of Asiatic Studies* 1945(8), 333–342.

——— :〈上古音研究〉, *Tsing Hua Journal of Chinese Studies*, 1971(9), 1–61.

——— . *A handbook of comparative Tai*. Honolulu: University Press of Hawaii, 1977.

李家浩:〈釋「弁」〉,收入《古文字研究》（1979 年 (1)）,頁 391–395。

——— :〈戰國竹簡《民之父母》中的「才辯」〉,收入《北京大學學報》（2004 年 (41)）,頁 96–98。

李錦芳:《布央語研究》,北京:中央民族大學出版社,1999 年。

李如龍、陳章太:〈論閩方言內部的主要差異〉,收入《閩語研究》,北京:語文出版社,1991 年,頁 58–138。

李如龍、潘渭水:《建甌方言詞典》,南京:江蘇教育出版社,

1998 年。

李如龍、張雙慶：《客贛方言調查報告》，廈門：廈門大學出版社，1992 年。

李如龍等：《粵西客家方言調查報告》，廣州：暨南大學出版社，1999 年。

梁敏：《毛難語簡志》，北京：民族出版社，1980 年。

林素清：〈釋吝——兼論楚簡的用字特徵〉，收入《中央研究院歷史語言研究所集刊》（2003 年 (74)），頁 293–305。

劉綸鑫：《江西客家方言概況》，南昌：江西人民出版社，2001 年。

中國社會科學院考古研究所編，《殷周金文集成》，北京：中華書局，1984 年 [修訂增補本 2007 年]。

龍宇純：《唐寫全本王仁昫刊謬補缺切韻校箋》，香港：香港中文大學，1968 年。

Lorrain, J. Herbert, and Fred W. Savidge. *A grammar and dictionary of the Lushai language (Dulien dialect)* . Shillong: Assam Secretariat Printing Office, 1898.

羅常培：〈切韻魚虞之音值及其所據方音考〉，收入《中央研究院歷史語言研究所集刊》（1931 年 (2)），頁 258–385。

羅常培、周祖謨：《漢魏晉南北朝韻部演變研究》（第 1 卷），北京：科學出版社，1958 年。

羅杰瑞（Jerry Norman）：〈閩方言中的來母字和早期漢語〉，收入《民族語文》（2005 年 (4)），頁 1–5。

呂曉玲：〈近代泉州、廈門方言給予義動詞讀音的演變——兼論漳州方言的給予義動詞「互」〉，《中國語文》2016 年 (5)，頁 576–584。

Mackenzie, D. N. "Khwarazmian language and literature." *The Cambridge history of Iran, volume 3, part 2: The Seleucid, Parthian and Sasanian Periods*, ed. Ehsan Yarshater. Cambridge: Cambridge University Press, 1983, 1244–1249.

Maddieson, Ian, and Richard Wright. "The vowels and consonants of Amis: a preliminary phonetic report." *UCLA Working Papers in Phonetics* 1991(91), 45–63.

Manomaivibool, Prapin. A *study of Sino - Thai lexical correspondences*. Ph.D diss, University of Washington, 1975.

Maspero, Henri (馬伯樂). "Études sur la phonétique historique de la langue annamite: les initiales." *Bulletin de l'École française d'Extrême-Orient* 1912(12), 1–124.

Mathews, R. H. Mathews' *Chinese-English dictionary*. Revised by Y. R. Chao and M. Y. Wang. Cambridge, MA: Harvard University Press, 1943.

Matisoff, James A (馬提索夫). *Handbook of Proto-Tibeto-Burman: system and philosophy of Sino-Tibetan reconstruction*. Berkeley: University of California Press., 2003.

Mayr, Ernst (恩斯特‧邁爾). *The growth of biological thought: diversity, evolution, and inheritance*. Cambridge, MA: Belknap Press, 1982.

梅祖麟：〈上古漢語 *s- 前綴的構詞功用〉，*Proceedings of the Second International Conference on Sinology* (*Section on Linguistics and Paleography*)，臺北：中研院，1989 年，頁 33–52。

———— :〈現代吳語和「支脂魚虞，共為不韻」〉，收入《中

國語文》（2001 年 (1)），頁 3–15。

Mei, Tsu-lin (梅祖麟). "The causative *s- and nominalizing *-s in Old Chinese and related matters in Proto-Sino-Tibetan." *Language and Linguistics* 2012(13), 1–28.

Michaud, Alexis, Guillaume Jacques, and Robert L. Rankin. "Historical transfer of nasality between consonantal onset and vowel: from C to V or from V to C?" *Diachronica* 2012(29.2), 201–230.

Nguyễn Phú Phong, Trần Trí Dõi, and Michel Ferlus. *Lexique vietnamien-rục-français: parler d'une minorité ethnique des montagnes de Quảng Bình, Vietnam, avec notes ethnographiques et introduction linguistique.* Paris: Université de Paris VII, Sudestasie, 1988.

Niebuhr, Barthold Georg(ed.). "Ex historia Menandri Protectoris Excerpta de legationibus barbarorum ad Romanos." *Corpus scriptorum historiae byzantinae* 1829(5): 281–437. Bonn: Impensis Ed. Weberi. http://catalog.hathitrust.org/Record/001222061.

Norman, Jerry (羅杰瑞). *A guide to the Chien-yang dialect.* Washington, DC: Office of Education, Department of Health, Education, and Welfare, 1971.

――――― . "Tonal development in Min." *Journal of Chinese Linguistics* 1973(1), 222–238.

――――― . "The initials of Proto-Min." *Journal of Chinese Linguistics* 1974a(2), 27–36.

――――― . "The Shaowu dialect." *Orbis:Bulletin international de documentation linguistique* 1974b (23), 328–334.

———. "Chronological strata in the Min dialects.",收入《方言》(1979 年 (4)),頁 268–273.

———. "The Proto-Min finals",收入《中研院國際漢學會議論文集:語言文字組》,臺北:中研院,1981 年,頁 35–73。

———. "The classification of the Shaowu dialect",收入《中研院歷史語言研究所集刊》(1982 年 (53)),頁 543–583。

———. "The origin of the Proto-Min softened stops." *Contributions to Sino-Tibetan studies*, ed. John McCoy and Timothy Light. Leiden: E. J. Brill, 1986, 375–384.

———. *Chinese.* Cambridge: Cambridge University Press, 1988.

———. "What is a Kèjiā dialect?" *Proceedings of 2nd International Conference on Sinology: Linguistics*, Taipei: Academia Sinica 1989(vol.1), 323–344.

———. "Nasals in Old Southern Chinese." *Studies in the historical phonology of Asian languages*, ed. William G. Boltz and Michael C. Shapiro. Amsterdam: John Benjamins, 1991, 205–214.

———. "Pharyngealization in Early Chinese." *Journal of the American Oriental Society* 1994(114), 397–408.

———. "A glossary of the Herpyng dialect." *Yuen Ren Society Treasury of Chinese Dialect Data* 1995(1), 107–126.

———. "Tonal development in the Jennchyan dialect." *Yuen Ren Society Treasury of Chinese Dialect Data* 1996(2),

7–41.

——— . "Voiced initials in Shyrbei"，收入丁邦新、余靄芹編：《語言變化與漢語方言：李方桂先生紀念論文集》臺北：中研院語言學研究所籌備處，2000 年，頁 271–280。

——— . "A glossary of the Lianduentsuen dialect." *Yuen Ren Society Treasury of Chinese Dialect Data* 2002(3), 339–394.

——— . "Miin animal body parts." *Bulletin of Chinese Linguistics* 2006(1), 133–143.

——— , and W. South Coblin. "A new approach to Chinese historical linguistics." *Journal of the American Oriental Society* 1995(115), 576–584.

Norquest, Peter K. *A phonological reconstruction of Proto-Hlai.*[D]Ph.D. diss., University of Arizona, 2007.

Ostapirat, Weera (許家平). "Proto-Kra." *Linguistics of the Tibeto-Burman Area* 2000(23), 1–251.

——— . "Proto-Hlai sound system and lexicons"，收入林英津編：《漢藏語研究：龔煌城先生七秩壽慶論文集》，臺北：中研院語言學研究所，2004 年，頁 121–175。

——— . "Alternation of tonal series and the reconstruction of Proto-Kam-Sui."，收入何大安等編：《山高水長：丁邦新先生七秩壽慶論文集》，臺北：中研院語言學研究所，2006 年，頁 1077–1121。

——— . "Linguistic interaction in South China: the case of Chinese, Tai and Miao-Yao." Paper for the symposium "Historical linguistics in the Asia-Pacific region and the position of Japanese" at the 20th International Conference on Historical Linguistics, Osaka, June 30, 2011.

潘渭水：《建甌方言詞典》，南京：江蘇教育出版社，1998 年。

潘悟雲：〈喉音考〉，收入《民族語文》（1997 年 (5)），頁 10–24。

Peiros, Ilia, and Sergej Starostin. *A comparative vocabulary of five Sino-Tibetan langauges.* 6 vols. Melbourne: Department of Linguistics and Applied Linguistics,

University of Melbourne, 1996.

Pelliot, Paul. "Tokharien et Koutchéen." *Journal asiatique* 1934(224), 23–106.

Pelliot, Paul. Le nom du χwārizm dans les textes chinois. T'oung pao 1938(34):.146–152.

Pittayaporn, Pittayawat (張高峰). *The phonology of Proto-Tai.* [D] Ph.D. diss., Cornell University, 2009.

Plaisier, Heleen. *A Grammar of Lepcha.* Tibetan studies library: Languages of the greater Himalayan region 5. Leiden: E. J. Brill, 2007.

Pulleyblank, Edwin G (蒲立本). "The consonantal system of Old Chinese." *Asia Major* 1962–1963(9), 58–144, 206–265.

——— . "Some new hypotheses concerning word families in Chinese." *Journal of Chinese Linguistics* 1973(1), 111–125.

——— . "The final consonants of Old Chinese." *Monumenta Serica* 1977–1978(33), 180–206.

——— . "The Chinese and their neighbors in prehistoric and early historic times." *The origins of Chinese civilization*, ed. David N. Keightley. Berkeley: University of California Press, 1983, 411–466.

——— . *Middle Chinese: a study in historical phonology.* Vancouver: University of British Columbia Press, 1984.

秋谷裕幸:《吳語處衢方言（西北片）古音構擬》，東京：好文出版社，2003 年。

——— :〈福建石陂方言音系〉，《方言》（2004 年 (1)），頁 76–91。

裘錫圭:〈釋殷墟甲骨文的「遠」「𢽾」（邇）及有關諸字〉，收入《古文字研究》（1985 年 (11)），頁 85–98。

——— :《文字學概要》，北京：商務印書館，1988 年。

——— :〈「畀」字補釋〉，收入《古文字論集》，北京：中華書局，1992 年，頁 90–98。

——— :〈古文獻中讀為「設」的「埶」及其與「執」互訛之例〉，收入《東方文化》（1998 年 (36)），頁 39–46（實際 2002 年出版）。

Qiú Xīguī（裘錫圭）. *Chinese writing..* Trans. Gilbert Louis Mattos and Jerry Norman. Berkeley: Society for the Study of Early China and the Institute of East Asian Studies, University of California, 2000. [Translation of Qiú Xīguī (1988).]

——— :〈釋郭店《緇衣》「出言有丨，黎民所訂」：兼說「丨」為「針」之初文〉，收入《中國出土古文獻十講》，上海：復旦大學出版社，2004 年。

Ratliff, Martha. *Hmong-Mien Language History.*Canberra: Pacific Linguistics, 2010.

Rhodes, Alexandre de. *Dictionarium Annamiticum Lusitanum et Latinum, ope Sacrae Congregationis de Propaganda Fide.* Romae: Typis & sumptibus eiusdem Sacr. Congreg, 1651.

Rule, Murray. *The culture and language of the Foe, Lake Kutubu People of the Southern Highlands Province, Papua New Guinea.* Published by the author, 1993.

Sagart, Laurent (沙加爾). *Les dialectes gan.* Paris: Langages Croisés, 1993a.

———— . "New views on Old Chinese phonology." [Review of Baxter (1992)]. *Diachronica* 1993b(10), 237–260.

———— . "The Chinese and Tibeto-Burman words for 'blood'." *Studies on Chinese historical syntax and morphology: linguistic essays in honor of Mei Tsu-lin,* ed. Alain Peyraube and Chaofen Sun. Paris: École des Hautes Études en Sciences Sociales, Centre de Recherches Linguistiques sur l'Asie Orientale, 1999a, 165–181.

———— . "The origin of Chinese tones." *Proceedings of the symposium Cross-Linguistic Studies of Tonal Phenomena, Tonogenesis, Typology, and Related Topics: December 10–12, 1998, Takinogawa City Hall, Tokyo,* ed. Shigeki Kaji, Tokyo: Institute for the Study of Languages and Cultures of Asia and Africa, Tokyo University of Foreign Studies, 1999b, 91–104.

———— . *The roots of Old Chinese.* Amsterdam: John Benjamins, 1999c.

———. "Sources of Middle Chinese manner types: Old Chinese prenasalized initials in Hmong-Mien and Sino-Tibetan perspective." *Language and Linguistics* 2003(4), 757–768.

———. "The Chinese names of the four directions." *Journal of the American Oriental Society* 2004(124), 69–76.

———, and William H. Baxter. "Reconstructing Old Chinese uvulars in the Baxter-Sagart system (version 0.99)." *Cahiers de linguistique Asie orientale* 2009(38), 221–244.

———, and William H. Baxter. "Reconstructing the*s- prefix in Old Chinese." *Language and Linguistics* 2012(13), 29–59.

馬承源編：《上海博物館藏戰國楚竹書》，上海：上海古籍出版社，2001 年。

Schlegel, August Wilhelm von. *Observations sur la langue et la littérature provençales*. Paris: Librairie grecque-latine allemande, 1818. http://hdl.handle.net/2027/hvd.hxjg66.

Schuessler, Axel. "The time of emergence of medial yod." *Studies in honor of Jerry Norman*, ed. Anne O. Yue and W. South Coblin. Hong Kong: Ng Tor-tai Chinese Language Research Center, The Chinese University of Hong Kong, 2010, 305–310.

沙加爾（Laurent Sagart）、白一平（William H. Baxter）：〈上古漢語的 N- 和 m- 前綴〉，收入《漢藏語學報》（2010 年(4)），頁 62–69。沙加爾，見 Sagart, Laurent.

Shar, Saeed, and John Ingram. "Pharyngealization in Assiri Arabic: an acoustic analysis." *Proceedings of the 13th*

Australasian International Conference on Speech Science and Technology. Adelaide: Causal Productions, 2010, 5–8.

《史記》（共 10 冊），北京：中華書局，1982 年。

So-Hartmann, Helga. *A descriptive grammar of Daai Chin.* Berkeley: Sino-Tibetan Etymological Dictionary and Thesaurus Project, 2009.

Solnit, David B. "The position of Lakkia within Kadai." *Comparative Kadai: linguistic studies beyond Tai,* ed. Jerold A. Edmondson and David B. Solnit, Dallas: Summer Institute of Linguistics, 1988, 219–238.

Starostin, Sergej Anatol'evi （斯塔羅斯金）. *Rekonstrukcija drevnekitajskoj fonologičeskoj sistemy.* Moskva: 'Nauka,' Glavnaja redakcija vostočnoj literatury, 1989.

————. "The historical position of Bai." *Moskovskij Lingvističeskij Žurnal* 1995(1), 174–190.

Sun, Jackson T.-S. "Variegated tonal developments in Tibetan." *Language variation: papers on variation and change in the Sinosphere and in the Indosphere in honour of James A. Matisoff,* ed. David Bradley, Randy J. LaPolla, Boyd Michailovsky, and Graham Thurgood. Canberra: Pacific Linguistics, 2003, 35–51.

Suwilai Premsrirat. *Thesaurus of Khmu dialects in Southeast Asia.* Salaya, Nakhon Pathom, Thailand: Mahidol University at Salaya., 2002.

SWGL《說文詁林》。丁福保編：《說文解字詁林及補遺》（共 17 冊），臺北：臺灣商務印書館，1931 年。

Takakusu Junjirō（高楠順次郎）編：*Taishō shinshū Daizōkyō*（《大正新修大藏經》）. 85 vols. Tōkyō: Taishō Issaikyō Kankōkai（大正一切經刊行會），1924–1932。

Thompson, Laurence C. "Proto-Viet-Muong phonology." *Austroasiatic studies*, ed. Philip N. Jenner, Laurence C. Thompson, and Stanley Starosta,. Honolulu: The University Press of Hawaii., 1976, 1113–1203.

Thompson, P. M. *The Shen Tzu fragments*. Oxford: Oxford University Press, 1979.

Thurgood, Graham. "Notes on the reconstruction of Proto-Kam-Sui." *Comparative Kadai: linguistic studies beyond Tai*, ed. Jerold A. Edmondson and David B. Solnit .Arlington: Summer Institute of Linguistics, University of Texas at Arlington, 1988, 179–218.

Ting, Pang-hsin（丁邦新）. *Chinese phonology of the Wei-Chin period: reconstruction of the finals as reflected in poetry*. Taipei: Institute of History and Philology, Academia Sinica, 1975.

———. "Derivation time of colloquial Min from Archaic Chinese." *Bulletin of the Institute of History and Philology, Academia Sinica* 1983(54), 1–14.

Unger, Ulrich（翁有理）. "Finger." *Hao-ku* 1995(46), 131–137.

Vendler, Zeno（澤諾・萬德勒）. "Verbs and times." *The Philosophical Review* 1957(66), 143–160.

王輔世：《苗語方言聲韻母比較》，北京：中國社會科學院民族研究所，1979 年。

———— :〈湖南瀘溪瓦鄉話語音〉，收入《語言研究》，1982
年，頁 135–147。

———— 、毛宗武：《苗瑤語古音構擬》，北京：中國社會科學
出版社，1995 年。

王力：〈上古韻母系統研究〉，收入《漢語史論文集》，北京：
科學出版社，（1937）1958 年，頁 77–156。

———— :《漢語史稿》（共 3 冊），北京：科學出版社，1958
年。

———— :《詩經韻讀》，上海：上海古籍出版社，1980 年。

———— :《漢語音韻學》，收入《王力文集》（第 4 冊），濟南：
山東教育出版社，1985 年。

———— :《漢語史稿》，收入《王力文集》（第 9 冊），濟南：
山東教育出版社，1988 年。

———— :《古代漢語》（校訂重排本）（共 4 冊），北京：中華
書局，1999 年。

王力等：《王力古漢語字典》，北京：中華書局，2000 年。

王引之：《經傳釋詞：附孫經世補及再補》，北京：中華書局，
（1798）1956 年。

魏慈德：〈從出土文獻的通假現象看「改」字的聲符偏旁〉，收
入《文與哲》（2009 年 (14)），頁 1–30。

Weingreen, J. *A practical grammar for classical Hebrew.* (2nd
ed.) Oxford: Clarendon Press, 1959.

Whitney, William Dwight（威廉‧德懷特‧惠特尼）.
*Language and the study of language: twelve lectures on
the principles of linguistic science.* New York: Charles
Scribner, 1867.

吳昌瑩：《經詞衍釋》，北京：中華書局，（1873）1956 年。

伍雲姬、沈瑞清：《湘西古丈瓦鄉話調查報告》，上海：上海教育出版社，2010 年。

廈門大學中國語言文學研究所漢語方言研究室：《普通話閩南方言詞典》，福州：福建人民出版社，1982 年。

向柏霖（Guillaume Jacques）：《嘉絨語研究》，北京：民族出版社，2008 年。

許理和，見 Zürcher, E.。

許維遹：《呂氏春秋集釋》，北京：中華書局，2009 年。

徐中舒主編：《甲骨文字典》，成都：四川辭書出版社，1988 年。

雅洪托夫，見 Jaxontov, Sergej Evgen'evi.

楊樹達：《詞詮》，北京：中華書局，1954 年。

俞敏監修、謝紀鋒主編：《虛詞詁林》，哈爾濱：黑龍江人民出版社，1992 年。

余廼永編：《新校互注宋本廣韻》，上海：上海辭書出版社，2000 年。

于省吾：《雙劍誃殷栔駢枝續編》，北京：大業印刷局，1941 年。

———：《甲骨文字釋林》，北京：中華書局，1979 年。

———、姚孝遂：《甲骨文字詁林》（共 4 冊），北京：中華書局，1996 年。

曾運乾：〈喻母古讀考〉，1927，重刊於陳新雄，1972 年，頁674–700。

張振興：《漳平方言研究》，北京：中國社會科學出版社，1992 年。

趙誠：《甲骨文簡明詞典：卜辭分類讀本》，北京：中華書局，
　　1988 年。

鄭張尚芳：〈上古韻母系統和四等、介音、聲調的發源問題〉，
　　收入《溫州師院學報（社會科學版）》（1987 年 (4)），頁
　　67–90。

───：《上古漢語聲母系統》，未刊稿，1995 年。

───：《上古音系》，上海：上海教育出版社，2003 年。

中研院歷史語言研究所：《漢籍電子文獻資料庫》，臺北：中研
　　院歷史語言研究所，2013 年，見 http://hanji.sinica.edu.tw.

周法高：《玄應一切經音義》，臺北：中研院歷史語言研究所，
　　1962 年。

周祖謨：〈顏氏家訓音辭篇注補〉，收入《問學集》，北京：中
　　華書局，（1943）1966 年，頁 405–433。

───：〈切韻的性質和它的音系基礎〉，收入《問學集》，
　　北京：中華書局，1966 年，頁 434–473。

Zhōu Zǔmó 周祖謨 . "Chou Tsu-mo on the Ch'ieh-yün." Trans.
　　Göran Malmqvist. *Bulletin of the Museum of Far Eastern
　　Antiquities* 1968(40), 33–78. (Translation of Zhōu Zǔmó
　　1966.)

Zürcher, E. 許理和 *The Buddhist conquest of China: the spread
　　and adaptation of Buddhism in early medieval China.* 3rd
　　ed., with a foreword by Stephen F. Teiser. Leiden: E. J.
　　Brill, 2007.

索引

to Vietic, 34–35, 91
越語借詞
See also borrowing
參看「借用」

Lokakṣema (Zhī Lóujiāchèn 支婁迦讖), 258

lowering of vowels, after pharyngealized initials, 211–212, 215, 245, 247
咽化聲母後的元音低化

L-Thongkum, Therapan,
    work on Lakkia, 37, 96, 154, 172, 184–185
    對拉珈語的研究
    work on Mienic, 94, 96, 177, 215
    對勉語的研究

Lù Démíng 陸德明 , 3, 9

Luó Chángpéi 羅常培 , 399n60

Lushai language. *See* Mizo (Lushai) language
盧舍依語

Lǚ shì Chūnqiū《呂氏春秋》, 265

Maddieson, Ian, 74
麥迪森

Maleng language, 126, 319
Maleng 語，

script. *See* pre-Qín script

文字，參見先秦文字

Shā Jiā' ěr 沙加爾 . *See* Sagart

沙加爾

Shāng 商 dynasty graphs,

殷商文字

> 鼻 bí 'nose' and 自 zì 'self (adv.); follow; from', 142
>
> 齒 chǐ 'front teeth', 158
>
> 寸 cùn 'thumb; inch', 155
>
> 匚 fāng 'container, box', 143
>
> 尿 niào 'urine', 286
>
> 人 rén 'person', 286
>
> 千 qiān 'thousand', 239
>
> 尸 shī 'corpse and 夷 yí 'foreigner', 115,
> 285–286
>
> 屎 shǐ 'excrement', 286
>
> 眔 tà 'reach to', 133–134
>
> 亡 wáng 'flee; disappear; die' used with the sense of 無 wú 'not
> have', 227
>
> 亡（逃亡，消失，死亡）用作「無」
>
> 聞 wén 'hear', 63
>
> 午 wǔ 'seventh earthly branch', 129
>
> 西 xī 'west' and 乃 nǎi 'then', 146–147
>
> 抑 yì 'rub, repress' and 印 'seal', 240
>
> 右 yòu 'right hand', 有 yǒu 'have, exist', 肘 zhǒu 'elbow', 九
> jiǔ 'nine', 155
>
> 圉 ~ 圄 yǔ 'prison', 130
>
> 針 zhēn 'needle' and 十 shí 'ten', 154